7

Boris Vian
Die Krimis

**Alle Krimis mit einem editorischen
Nachwort von Klaus Völker**

Zweitausendeins

1. Auflage als Zweitausendeins-Taschenbuch Nr. 7, März 2009.

Copyright © 2009 bei Zweitausendeins, Postfach, D-60381 Frankfurt am Main.
www.Zweitausendeins.de

Alle Rechte vorbehalten, insbesondere das Recht der mechanischen, elektronischen oder fotografischen Vervielfältigung, der Einspeicherung und Verarbeitung in elektronischen Systemen und Kommunikationsmitteln, des Nachdrucks in Zeitschriften oder Zeitungen, des öffentlichen Vortrags, der Verfilmung oder Dramatisierung, der Übertragung durch Rundfunk, Fernsehen oder Internet, auch einzelner Textteile.

Der *gewerbliche* Weiterverkauf und der *gewerbliche* Verleih von Büchern, CDs, CD-ROMs, DVDs, Videos, Downloads, Streamings oder anderen Sachen aus der Zweitausendeins-Produktion bedürfen in jedem Fall der schriftlichen Genehmigung durch die Geschäftsleitung der Zweitausendeins Versand Dienst GmbH in Frankfurt am Main.

Herausgeber der dieser Taschenbuchausgabe zugrundeliegenden Einzelausgaben: Klaus Völker.

Korrektorat: Florian Kohl und Angelika Kuhlmann.
Umschlaggestaltung: Herburg Weiland, München.
Umschlagbild: © Erwan Frotin / art + commerce.
Satz und Herstellung: Dieter Kohler GmbH, Wallerstein.
Druck und Einband: CPI – Clausen & Bosse, Leck.
Printed in Germany.

Dieses Buch gibt es nur bei Zweitausendeins im Versand, Postfach, D-60381 Frankfurt am Main, Telefon 069-420 8000, Fax 069-415 003.
Internet www.Zweitausendeins.de. E-Mail Service@Zweitausendeins.de.
Oder in den Zweitausendeins-Läden 2 x in Berlin, Düsseldorf, Frankfurt am Main, Freiburg, 2 x in Hamburg, Hannover, Köln, Leipzig, Mannheim, München, Nürnberg und Stuttgart.
Oder in den Zweitausendeins-Shops in Aachen, Augsburg, Bamberg, Bochum, Bonn, Bremen, Darmstadt, Dortmund, Dresden, Düsseldorf, Duisburg, Erfurt, Essen, Göttingen, Gütersloh, Karlsruhe, Kiel, Koblenz, Konstanz, Ludwigsburg, Marburg, Münster, Neustadt an der Weinstraße, Oldenburg, Osnabrück, Speyer, Trier, Tübingen, Ulm und Würzburg.

In der Schweiz über buch 2000, Postfach 89, CH-8910 Affoltern a. A.

ISBN 978-3-86150-907-3

Autorennotiz sowie Copyrightangaben zu den einzelnen Krimis am Schluss des Buches.

INHALT

Ich werde auf eure Gräber spucken
7

Die kapieren nicht
151

Tote haben alle dieselbe Haut
293

Aufruhr in den Andennen
429

Wir werden alle Fiesen killen
535

VERNON SULLIVAN

Ich werde auf eure Gräber spucken

*– J'IRAI CRACHER SUR
VOS TOMBES –*

Aus dem Amerikanischen von
BORIS VIAN

Deutsch von Eugen Helmlé

VORWORT

Gegen Juli 1946 hat Jean d'Halluin Sullivan bei einer Art französisch-amerikanischer Zusammenkunft kennengelernt. Zwei Tage später brachte ihm Sullivan sein Manuskript. Er sagte ihm dabei, daß er sich eher als Schwarzer denn als Weißer fühle, obgleich er die Linie überschritten hatte; wie man weiß, verschwinden jährlich mehrere Tausend »Schwarzer« (vom Gesetz als solche eingestuft) von den Volkszählungslisten und gehen ins andere Lager über; seine Vorliebe für die Schwarzen flößte Sullivan so etwas wie eine Verachtung für die »guten Schwarzen« ein, für jene, denen die Weißen in der Literatur liebevoll auf den Rücken klopfen. Er war der Meinung, daß man sich Schwarze vorstellen und ihnen sogar begegnen könne, die genauso »hart« sind wie die Weißen. Das hatte er auch persönlich in diesem kurzen Roman zu beweisen versucht, dessen gesamte Veröffentlichungsrechte Jean d'Halluin sofort erworben hatte, nachdem er über einen Freund Kenntnis davon erhalten hatte. Sullivan zögerte um so weniger, sein Manuskript in Frankreich veröffentlichen zu lassen, als die Verbindungen, die er bereits mit amerikanischen Verlegern aufgenommen hatte, ihm die Sinnlosigkeit eines jeden Publikationsversuchs in seinem Lande ganz klar vor Augen führten.

Hier werden nun unsere bekannten Moralisten gewissen Seiten ihren ... etwas zu weit gehenden Realismus vorwerfen. Es scheint uns jedoch interessant, auf den grundlegenden Unterschied zwischen diesen Seiten und den Schriften Millers hinzuweisen; Miller zögert in keinem Fall, sich der drastischen Wörter zu bedienen; Sullivan hingegen scheint darauf bedacht zu sein, weniger durch den Gebrauch des kruden Wortes als durch Wendungen und Satzkonstruktionen anzudeuten; in dieser Hinsicht nähert er sich eher der erotischen Tradition der romanischen Länder. Übrigens wird man auf den folgenden Seiten ganz eindeutig sowohl den Einfluß Cains (obgleich der Autor nicht versucht, durch den einen oder anderen Kunstkniff die Verwendung der ersten Person zu rechtfertigen, deren Notwendigkeit der oben genannte Autor in dem merkwürdigen Vorwort zu *Three of a kind* verkündet, einem Sammelband von drei Kurzromanen, die kürzlich in Amerika unter dem gleichen Titel erschienen und hier in Frankreich von Sabine Berritz übersetzt worden sind) als auch den der modernsten Bücher Chases und anderer Anhänger des Entsetzlichen feststellen. In dieser Hinsicht wird man zugeben müssen, daß sich Sullivan wahrhafter als Sadist erweist als seine berühmten Vorgänger; es ist keineswegs verwunderlich, daß sein Werk in Amerika abgelehnt worden ist: wetten, daß es einen Tag nach seiner Veröffentlichung verboten werden würde. Was seinen Inhalt angeht, so darf man darin den Ausdruck einer Neigung zur Rache sehen, zumal bei einer Rasse, die, was immer man auch sagt, nach wie vor unterdrückt und terrorisiert wird, er stellt so etwas wie einen Exorzismusversuch gegenüber der beherrschenden Macht der »echten« Weißen dar, so wie die Steinzeitmenschen von Pfeilen getroffene Büffel malten, um ihre Beute in die Falle zu locken, eine recht beachtliche Mißachtung der Wahrscheinlichkeit sowie der Konzessionen an den Publikumsgeschmack.

Leider ist Amerika, das Schlaraffenland, auch die Wahlheimat der Puritaner, der Alkoholiker und des Merken-Sie-sich-das: und während man sich in Frankreich um mehr Originalität bemüht, macht es jenseits des Atlantiks niemand etwas aus, schamlos ein Verfahren auszubeuten, das sich bewährt hat. Aber das ist eine Art wie jede andere, seinen Käse zu verkaufen ...

BORIS VIAN

1

Niemand kannte mich in Buckton. Aus diesem Grund hatte Clem die Stadt ausgesucht; und selbst wenn ich Schiß bekommen hätte, blieb mir gar nicht mehr genug Benzin, um in Richtung Norden weiterzufahren. Kaum fünf Liter. Das war zusammen mit meinem Dollar und dem Brief von Clem alles, was ich besaß. Von meinem Koffer reden wir lieber nicht. Wegen dem, was da drin war. Ich vergesse: im Kofferraum hatte ich den kleinen Revolver des Jungen, einen lausigen, billigen 6,35; er steckte noch in seiner Tasche, als der Sheriff gekommen war und uns sagte, daß wir die Leiche mit nach Hause nehmen sollten, um sie begraben zu lassen. Ich muß sagen, daß ich auf Clems Brief mehr zählte als auf alles andere. Es mußte klappen, es mußte einfach klappen. Ich betrachtete meine Hände am Steuer, meine Finger, meine Fingernägel. Wirklich, niemand konnte etwas dagegen zu sagen finden. In dieser Hinsicht bestand keine Gefahr. Vielleicht würde ich mich aus der Affäre ziehen...

Mein Bruder Tom hatte Clem auf der Universität kennengelernt. Clem verhielt sich ihm gegenüber nicht wie zu den andern Studenten. Er sprach gern mit ihm; sie tranken zusammen einen, sie gingen zusammen in Clems Caddy. Wegen Clem wurde Tom geduldet. Als er abging, um die Stelle seines Vaters an der Spitze der Fabrik zu übernehmen, mußte Tom daran denken, ebenfalls zu gehen. Er kam zu uns zurück. Er hatte viel gelernt und hatte keine Mühe, an der neuen Schule Lehrer zu werden. Aber dann hat die Geschichte mit dem Jungen alles kaputtgemacht. Ich war scheinheilig genug, nichts zu sagen, aber nicht so der Junge. Er fand nichts Schlimmes dabei. Der Vater und der Bruder des Mädchens hatten sich seiner angenommen.

Daher der Brief meines Bruders an Clem. Ich konnte nicht mehr in dieser Gegend bleiben, und er bat Clem, etwas für mich zu finden. Nicht allzuweit weg, damit er mich ab und zu besuchen konnte, doch weit genug weg, damit uns niemand kennt. Er glaubte, daß wir bei meinem Gesicht und meinem Charakter absolut kein Risiko eingingen. Er hatte vielleicht recht, aber trotzdem erinnerte ich mich an den Jungen.

Geschäftsführer einer Buchhandlung in Buckton; das war mein neuer Job. Ich mußte mit dem früheren Geschäftsführer Kontakt aufnehmen und mich innerhalb von drei Tagen mit allem vertraut machen. Er übernahm eine andere Buchhandlung, wurde befördert und wollte auf seinem Weg Staub aufwirbeln.

Die Sonne schien. Die Straße hieß jetzt Pearl Harbor Street. Clem wußte es wahrscheinlich nicht. Auf den Straßenschildern konnte man auch den alten Namen lesen. Bei Hausnummer 270 sah ich den Laden und parkte den Nash vor der Tür. Der Geschäftsführer saß hinter seiner Kasse und schrieb von Listen Zahlen ab; er war ein Mann mittleren Alters mit harten blauen Augen und hellblonden Haaren, wie ich sehen konnte, als ich die Tür aufmachte. Ich sagte guten Tag.

»Guten Tag. Sie wünschen?«

»Ich habe diesen Brief für Sie.«

»Aha! Dann sind Sie das, den ich mit allem vertraut machen soll. Zeigen Sie mal den Brief her.«

Er nahm ihn, las ihn, drehte ihn um und gab ihn mir zurück.

»Es ist gar nicht kompliziert«, sagte er. »Hier sind die Bestände. (Er machte eine umfassende Gebärde.) Die Abrechnung ist bis heute abend abgeschlossen. Wegen des Verkaufs, der Werbung und allem übrigen brauchen Sie nur den Anweisungen der Inspektoren der Firma zu folgen sowie den Papieren, die Sie bekommen werden.«

»Ist es eine Kette?«

»Ja. Filialen.«

»Gut«, stimmte ich zu. »Und was wird am meisten verkauft?«

»Oh! Romane. Schlechte Romane, aber das geht uns nichts an. Religiöse Bücher, ganz schön, und auch Schulbücher. Wenig Kinderbücher, auch keine ernsthaften Bücher. Ich habe nie versucht, diese Sparte weiter auszubauen.«

»Religiöse Bücher, sind das für Sie keine ernsthaften Bücher?«

Er fuhr sich mit der Zunge über die Lippen.

»Legen Sie mir nicht etwas in den Mund, was ich nicht gesagt habe.«

Ich lachte herzlich.

»Nehmen Sie's nicht tragisch, ich glaube auch nicht sonderlich daran.«

»Schön, dann will ich Ihnen einen guten Rat geben. Lassen Sie es die Leute nicht merken und hören Sie sich jeden Sonntag den Pfarrer an, sonst haben die's nämlich schnell geschafft, daß Sie geschaßt werden.«

»Oh, schon in Ordnung«, sagte ich. »Ich werde mir den Pfarrer zu Gemüte führen.«

»Hier«, sagte er und hielt mir ein Blatt Papier hin. »Prüfen Sie das. Es ist die Buchführung vom letzten Monat. Es ist ganz einfach. Wir bekommen alle Bücher vom Stammhaus. Sie brauchen nur die Ein- und die Ausgänge in dreifacher Ausfertigung festzuhalten. Alle vierzehn Tage kommt jemand vorbei, um das Geld einzukassieren. Sie werden mit Schecks bezahlt und bekommen ein paar Prozente.«

»Geben Sie her«, sagte ich.

Ich nahm das Blatt und setzte mich auf einen niederen Ladentisch, der voller Bücher lag, die die Kunden aus den Regalen genommen hatten. Wahrscheinlich hatte er noch keine Zeit gehabt, sie zurückzustellen.

»Was kann man in dieser Gegend hier machen?« fragte ich ihn noch.

»Nichts«, sagte er. »Im Drugstore gegenüber gibt's Mädchen, und bei Ricardo, zwei Häuserblocks weiter, gibt's Bourbon.« Er war nicht unangenehm, mit seinem schroffen Benehmen.

»Wie lange sind Sie hier?«

»Fünf Jahre«, sagte er. »Noch fünf Jahre zu machen.«

»Und dann?«

»Sie sind neugierig.«

»Das ist Ihre Schuld. Warum sagen Sie ›noch fünf‹? Ich habe Sie nicht danach gefragt.«

Sein Mund wurde etwas weicher, und seine Augen bekamen Fältchen.

»Sie haben recht. Nun, noch fünf Jahre, und ich ziehe mich von dieser Arbeit zurück.«

»Um was zu machen?«

»Schreiben«, sagte er. »Bestseller schreiben. Nur Bestseller. Historische Romane, Romane, in denen Neger mit weißen Frauen schlafen und nicht gelyncht werden, Romane mit unschuldigen jungen Mädchen, denen es gelingt, inmitten der gemeinen Unterwelt der Vorstädte unberührt heranzuwachsen.«

Er lachte höhnisch.

»Bestseller eben! Und außerdem ungewöhnlich kühne und originelle Romane. Es ist einfach, in diesem Land kühn zu sein; man braucht nur zu sagen, was jeder sehen kann, wenn er sich die Mühe macht.«

»Sie werden Erfolg haben«, sagte ich.

»Selbstverständlich werde ich Erfolg haben. Ich habe schon sechs in der Schublade.«

»Haben Sie nie versucht, sie unterzubringen?«

»Ich habe keinen Verleger, dessen Freund oder Freundin ich bin, und ich habe nicht genug Geld, das ich hineinstecken kann.«

»Nun?«
»Nun, in fünf Jahren habe ich genug Geld.«
»Sie werden ganz bestimmt Erfolg haben«, schloß ich.

Während der folgenden zwei Tage fehlte es nicht an Arbeit, obgleich der Laden wirklich einfach funktionierte. Man mußte die Bestellisten auf den neusten Stand bringen, und außerdem gab mir Hansen – das war der Name des Geschäftsführers – verschiedene Tips über die Kunden, von denen eine gewisse Anzahl regelmäßig zu ihm kam, um mit ihm über Literatur zu sprechen. Was sie darüber wußten, beschränkte sich auf das, was sie darüber in der *Saturday Review* erfahren konnten oder im Feuilleton der Lokalzeitung, die immerhin eine Auflage von sechzigtausend hatte. Im Augenblick begnügte ich mich damit, sie mit Hansen diskutieren zu hören, wobei ich versuchte, mir ihre Namen zu merken und mich an ihre Gesichter zu erinnern, denn in einer Buchhandlung ist es ungeheuer wichtig, wichtiger als sonstwo, daß man den Käufer mit seinem Namen anspricht, sobald er den Fuß in den Laden setzt.

Wegen der Wohnung hatte ich mich mit ihm geeinigt. Ich übernahm die beiden Zimmer, die er über dem Drugstore gegenüber bewohnte. Er hatte mir einige Dollar vorgestreckt, damit ich drei Tage im Hotel wohnen konnte und er war so aufmerksam gewesen, mich zwei- oder dreimal einzuladen, seine Mahlzeiten mit ihm zu teilen, wodurch er mir ersparte, daß meine Schulden bei ihm noch größer wurden. Er war ein feiner Kerl. Ich machte mir seinetwegen Kummer wegen dieser Geschichte mit den Bestsellern; einen Bestseller schreibt man nicht einfach so, nicht einmal, wenn man Geld hat. Er hatte vielleicht Talent. Ich hoffte es für ihn.

Am dritten Tag nahm er mich mit zu Ricardo, um vor dem Mittagessen noch einen zu trinken. Es war zehn Uhr, er sollte am Nachmittag aufbrechen.

Es war die letzte Mahlzeit, die wir zusammen einnehmen sollten. Danach würde ich allein bleiben, allein mit den Kunden, allein mit der Stadt. Ich mußte aushalten. Es war schon ein verdammter Glücksfall, daß ich auf Hansen gestoßen war. Mit meinem Dollar hätte ich mich die drei Tage mit Gelegenheitsarbeiten durchschlagen müssen, aber so war ich gut aus dem Schneider. Ich war auf dem richtigen Fuß gelandet.

Das Ricardo war die übliche Kneipe, sauber, häßlich. Es roch nach gebratenen Zwiebeln und nach Berlinern. Ein unbedarfter Kerl las hinter der Theke zerstreut eine Zeitung.

»Was wollen Sie trinken?« fragte er.

»Zwei Bourbons«, bestellte Hansen und sah mich fragend an. Ich stimmte zu.

Der Kellner brachte sie uns in zwei großen Gläsern, mit Eis und Strohhalm.

»Ich trinke ihn immer so«, erklärte Hansen. »Sie sollen sich aber nicht verpflichtet fühlen...«

»Schon gut«, sagte ich.

»Wenn Sie nie eiskalten Bourbon mit einem Strohhalm getrunken haben, können Sie auch nicht wissen, was für eine Wirkung er hat. Es ist wie ein Feuerstrahl auf dem Gaumen. Mildes Feuer, es ist phantastisch.«

»Wunderbar!« pflichtete ich bei.

Meine Augen fielen in einem Spiegel auf mein Gesicht. Ich sah aus, als sei ich völlig bekloppt. Seit einiger Zeit trank ich nicht mehr. Hansen lachte.

»Machen Sie sich nichts draus«, sagte er. »Man gewöhnt sich schnell daran, leider. Na ja«, fuhr er fort, »ich muß eben in der nächsten Kneipe, in der ich meinen Durst löschen werde, dem Kellner meine Manien beibringen...«

»Ich bedaure, daß Sie weggehen«, sagte ich.

Er lachte.

»Wenn ich bleiben würde, wären Sie nicht da!... Nein«,

fuhr er fort, »es ist besser, daß ich gehe. Mehr als fünf Jahre, verdammt noch mal!«

Er trank sein Glas in einem Atemzug aus und bestellte gleich ein zweites.

»Oh! Sie werden sich schnell daran gewöhnen.« Er sah mich von oben bis unten an. »Sie sind sympathisch. Es ist etwas an Ihnen, das man nicht so recht versteht. Ihre Stimme.«

Ich lächelte, ohne zu antworten. Dieser Kerl war teuflisch.

»Ihre Stimme ist zu voll. Sind Sie etwa Sänger?«

»Och, ich singe manchmal zu meiner Zerstreuung.«

Ich sang jetzt nicht mehr. Früher ja, vor der Geschichte mit dem Jungen. Ich sang und begleitete mich dazu auf der Gitarre. Ich sang die Blueslieder von Handy und die alten Lieder von New Orleans sowie noch andere, die ich auf der Gitarre komponierte, aber ich hatte keine Lust mehr, Gitarre zu spielen. Ich brauchte Geld. Viel Geld. Um das übrige zu bekommen.

»Mit dieser Stimme werden Sie alle Frauen bekommen«, sagte Hansen.

Ich zuckte die Achseln.

»Interessiert Sie das nicht?«

Er versetzte mir einen Schlag auf den Rücken.

»Machen Sie mal einen Gang zum Drugstore rüber. Dort finden Sie sie alle. Sie haben einen Club in der Stadt. Einen Bobby-Soxers-Club. Sie wissen doch, die Jungen, die rote Socken anziehen und einen gestreiften Pullover und an Frankie Sinatra schreiben. Der Drugstore ist ihr Hauptquartier. Sicherlich haben Sie schon welche gesehen? Nein, stimmt, Sie sind ja fast die ganzen Tage über im Laden geblieben.«

Ich bestellte nun ebenfalls einen zweiten Bourbon. Das lief ganz hinunter in die Arme, die Beine, in den ganzen Körper. Bei uns gab es keine Bobby-Soxers. Ich war gar nicht abgeneigt. Junge Bienen von fünfzehn, sechzehn Jahren mit ganz spitzen Brüsten unter enganliegenden Pullovern, die machen das absichtlich, die Flittchen, die wissen doch genau Bescheid. Und die Socken. Grellgelbe oder grellgrüne Socken, kerzengerade in flachen Schuhen; dazu weite Röcke, runde Knie; und immer mit gespreizten Beinen über weißen Slips am Boden sitzend. Ja, ich mochte das, die Bobby-Soxers.

Hansen sah mich an.

»Die sind alle zu haben«, sagte er. »Sie riskieren nicht viel. Die kennen genügend Orte, an die sie Sie mitnehmen können.«

»Halten Sie mich nicht für ein Schwein«, sagte ich.

»O nein!« sagte er. »Ich wollte damit sagen, wohin sie Sie zum Tanzen und Trinken mitnehmen.«

Er lächelte. Sicherlich machte ich ein interessiertes Gesicht.

»Sie sind komisch, die Mädchen«, sagte er. »Sie werden Sie im Laden aufsuchen.«

»Was mögen sie dort wohl suchen?«

»Sie kaufen Fotos von Schauspielern und wie zufällig alle Bücher über Psychoanalyse. Ich meine medizinische Bücher. Sie studieren alle Medizin.«

»Gut«, schimpfte ich. »Wir werden ja sehen ...«

Diesmal mußte ich die Gleichgültigkeit wohl ziemlich gut geheuchelt haben, denn Hansen begann von was anderem zu reden. Und dann haben wir zu Mittag gegessen, und er ist gegen zwei Uhr nachmittags aufgebrochen. Ich bin allein vor dem Laden stehen geblieben.

2

Ich glaube, ich war schon vierzehn Tage da, als ich anfing, mich zu langweilen. Ich hatte das Geschäft während dieser ganzen Zeit nicht verlassen. Der Verkauf lief gut. Die Bücher fanden reißenden Absatz, und was die Werbung anging, so wurde alles schon im voraus erledigt. Die Firma schickte jede Woche mit dem Bücherpaket illustrierte Blätter und Faltprospekte, um sie an gut sichtbarer Stelle ins Schaufenster zu legen, unter das entsprechende Buch oder gleich daneben. In den meisten Fällen genügte es mir, den Waschzettel zu lesen und das Buch an vier oder fünf verschiedenen Stellen aufzuschlagen, um eine völlig ausreichende Vorstellung von seinem Inhalt zu haben – völlig ausreichend auf jeden Fall, um dem Unglücklichen antworten zu können, der auf diese Kunstgriffe hereinfiel: der illustrierte Umschlag, das Faltblatt und das Foto des Autors mit der kurzen biographischen Notiz. Die Bücher sind sehr teuer, und diese ganze Werbung ist mit daran schuld; ein Beweis dafür, daß es den Leuten wenig darum geht, gute Literatur zu kaufen; sie wollen das Buch gelesen haben, das ihr Club empfiehlt, das Buch, von dem man spricht, und es ist ihnen vollkommen egal, was drinsteht.

Von manchen Schmökern bekam ich eine ganze Masse, dazu eine Notiz, in der mir empfohlen wurde, ein ganzes Schaufenster damit zu dekorieren, sowie Werbeprospekte zum Verteilen. Ich stapelte sie neben der Registrierkasse auf und stopfte in jedes Bücherpaket einen hinein. Niemand lehnt je einen Prospekt auf Glanzpapier ab, und die paar darauf gedruckten Sätze sind genau das, was man den Bücherkäufern dieser Stadt erzählen muß. Die Stammfirma benutzte dieses System für alle etwas skandalträchtigen Bücher – und diese fanden noch am gleichen Nachmittag, an dem sie ausgestellt wurden, reißenden Absatz.

Offen gestanden langweilte ich mich nicht richtig. Doch ich fing an, mich mechanisch in der Routine des Geschäftsablaufs zurechtzufinden, und hatte Zeit, an all das übrige zu denken. Und das machte mich nervös. Es klappte zu gut.

Es herrschte schönes Wetter. Der Sommer ging zu Ende. Die Stadt roch nach Staub. Unten am Fluß hatte man es unter den Bäumen sicherlich kühl. Ich war seit meiner Ankunft noch nicht ausgegangen, und ich kannte nichts von dem Land ringsum. Ich empfand das Bedürfnis nach etwas neuer Luft. Aber ich empfand vor allem ein anderes Bedürfnis, das mir zu schaffen machte. Ich brauchte Frauen.

Als ich an diesem Abend um fünf Uhr das eiserne Gitter herunterließ, ging ich nicht ins Geschäft zurück, um dort wie gewöhnlich noch im Schein der Neonleuchten zu arbeiten. Ich nahm meinen Hut, und die Jacke auf dem Arm, ging ich geradewegs zum Drugstore gegenüber. Ich wohnte direkt obendrüber. Es waren drei Gäste anwesend. Ein Junge von etwa fünfzehn Jahren und zwei Mädchen – ungefähr im gleichen Alter. Sie sahen mich mit abwesenden Blicken an und vertieften sich wieder in ihre Gläser mit eisgekühlter Milch. Allein beim Anblick dieses Produkts wäre ich beinahe ohnmächtig geworden. Zum Glück steckte das Gegengift in meiner Jackentasche.

Ich setzte mich an die Bar, einen Hocker von dem größten der beiden Mädchen entfernt. Die Kellnerin, eine ziemlich häßliche Dunkelhaarige, sah kaum auf, als sie mich sah.

»Was haben Sie ohne Milch?« sagte ich.

»Zitrone?« schlug sie vor. »Grapefruit? Tomatensaft? Coca-Cola?«

»Grapefruit«, sagte ich. »Und das Glas nicht zu voll.«

Ich kramte in meiner Jacke und entkorkte mein Fläschchen.

»Keinen Alkohol hier«, protestierte die Kellnerin schwach.

»Schon gut. Das ist mein Medikament«, höhnte ich. »Machen Sie sich keine Sorgen wegen Ihrer Lizenz.«

Ich hielt ihr einen Dollar hin. Ich hatte am Morgen meinen Scheck bekommen. Neunzig Dollar pro Woche. Clem kannte Leute. Sie gab mir das Kleingeld zurück, und ich ließ ihr ein anständiges Trinkgeld.

Grapefruit mit Bourbon schmeckt zwar nicht toll, aber es ist immerhin besser als nichts. Ich fühlte mich wohler. Ich würde es schon schaffen. Ich schaffte es. Die drei Kinder sahen mich an. Für diese Rotznasen ist ein Kerl von sechsundzwanzig Jahren ein alter Sack; ich lächelte die kleine Blonde an; sie trug einen weißgestreiften himmelblauen Pullover ohne Kragen, die Ärmel bis zum Ellbogen hochgerollt, und kleine weiße Söckchen in Schuhen mit dicken Kreppsohlen. Sie war nett. Sehr entwickelt. Bestimmt lag das fest in der Hand wie ganz reife Pflaumen. Sie trug keinen Büstenhalter, und die Brustwarzen zeichneten sich unter dem Wollstoff ab. Sie lächelte zurück.

»Heiß, was?« schlug ich vor.

»Furchtbar«, sagte sie und räkelte sich.

Unter ihren Achseln sah man zwei feuchte Flecken. Das ging mir durch und durch. Ich stand auf und steckte fünf Cent in den Schlitz der Musikbox, die dort stand.

»Mutig genug zum Tanzen?« sagte ich und trat auf sie zu.

»Oh, Sie werden mich umbringen!« sagte sie.

Sie drängte sich so hautnah an mich, daß es mir den Atem verschlug. Sie hatte einen Geruch von einem sauberen Baby. Sie war schmal, und ich konnte ihre rechte Schulter mit meiner rechten Hand erreichen. Ich rutschte mit meinem Arm hoch und schob meine Finger direkt unter die Brust. Die beiden andern schauten uns zu und begannen dann auch zu tanzen. Es war ein Schlager, *Shoo Fly Pie*, von Dinah Shore. Sie trällerte die Melodie mit. Die Kellnerin hatte aus ihrer Illustrierten hochgeguckt, als sie uns tanzen sah, und sich nach einer Weile wieder in ihre Lektüre vertieft.

Sie hatte nichts unter ihrem Pullover. Das spürte man sofort. Ich war froh, daß die Schallplatte zu Ende war, noch zwei Minuten, und ich konnte mich nicht mehr sehen lassen. Sie ließ mich los, ging an ihren Platz zurück und sah mich an.

»Sie tanzen nicht schlecht für einen Erwachsenen«, sagte sie.

»Das hat mir mein Großvater beigebracht«, sagte ich.

»Das sieht man«, spottete sie. »Nicht für einen Cent Pepp drin...«

»Beim Swing stecken Sie mich sicherlich in die Tasche, aber ich kann Ihnen andere Kniffe beibringen.«

Sie schloß halb die Augen.

»Kniffe von Erwachsenen?«

»Kommt drauf an, ob Sie Anlagen dazu haben.«

»Ich weiß schon, was Sie vorhaben...«, sagte sie.

»Sie wissen mit Sicherheit nichts. Hat jemand von euch eine Gitarre?«

»Spielen Sie Gitarre?« sagte der Junge.

Er sah aus, als würde er plötzlich wach werden.

»Ich spiele ein bißchen Gitarre«, sagte ich.

»Dann singen Sie auch«, sagte das andere Mädchen.

»Ich singe ein bißchen...«

»Er hat die Stimme von Cab Calloway«, spottete die erste.

Es schien sie zu ärgern, daß die andern mit mir sprachen. Ich warf in aller Ruhe meinen Köder aus.

»Bringen Sie mich irgendwo hin, wo es eine Gitarre gibt«, sagte ich und sah sie dabei an, »und ich werde euch zeigen, was ich kann. Ich lege es nicht darauf an, daß man mich für W.-C. Handy hält, aber ich kann Blues spielen.«

Sie hielt meinem Blick stand.

»Gut«, sagte sie, »wir werden zu B. J. gehen.«

»Hat er eine Gitarre?«

»Sie hat eine Gitarre, Betty Jane.«

»Es hätte Baruch Junior sein können«, spottete ich.

»Sicher!« sagte sie. »Der wohnt nämlich hier. Kommen Sie.«

»Gehen wir sofort?« sagte der Junge.

»Warum nicht?« sagte ich. »Sie muß mal runtergeputzt werden.«

»Okay«, sagte der Junge. »Ich heiße Dick. Sie heißt Jicky.« Er zeigte auf die, mit der ich getanzt hatte.

»Ich«, sagte das andere Mädchen, »ich bin Judy.«

»Ich bin Lee Anderson«, sagte ich. »Ich habe die Buchhandlung gegenüber.«

»Wissen wir«, sagte Jicky. »Wissen wir seit vierzehn Tagen.«

»Interessiert euch das so sehr?«

»Klar«, sagte Judy. »In der Gegend fehlt's an Männern.«

Wir gingen alle vier hinaus, während Dick protestierte. Sie machten einen ziemlich erregten Eindruck. Es blieb mir noch genügend Bourbon, um sie notfalls noch etwas mehr zu erregen.

»Ich folge euch«, sagte ich, als wir draußen waren.

Dicks Roadster, ein altes Chrysler-Modell, stand vor der Tür. Er setzte die beiden Mädchen auf die Vordersitze, und ich quetschte mich auf den Rücksitz.

»Was macht ihr denn so im Leben, ihr jungen Leute?« fragte ich.

Der Wagen fuhr plötzlich an, und Jicky kniete sich auf den Sitz, das Gesicht mir zugewandt, um mir zu antworten.

»Wir arbeiten«, sagte sie.

»Studium?« legte ich nahe.

»Das und anderes ...«

»Wenn Sie hierher kämen«, sagte ich und hob ein wenig die Stimme wegen des Windes, »könnten wir bequemer reden.«

»Öfters«, murmelte sie.

Sie schloß wieder halb die Augen. Sie mußte sich diesen Tick in irgendeinem Film abgeguckt haben.

»Sie haben keine Lust, sich zu kompromittieren, wie?«

»Schon gut«, sagte sie.

Ich packte sie bei den Schultern und ließ sie über die Sitzlehne kippen.

»He, ihr da!« sagte Judy und drehte sich um. »Ihr habt etwas sonderbare Redensarten ...«

Ich war dabei, Jicky herüberzuhelfen, und ich richtete es so ein, daß ich sie an den richtigen Stellen zu fassen bekam. Das fühlte sich wirklich nicht übel an. Es sah so aus, als würde sie den Spaß verstehen. Ich setzte sie auf den Ledersitz und legte meinen Arm um ihren Hals.

»Ruhig jetzt«, sagte ich. »Oder ich versohle Ihnen den Hintern.«

»Was haben Sie denn in dieser Flasche?« sagte sie.

Ich hatte meine Jacke auf den Knien liegen. Sie schob die Hand unter den Stoff, und ich weiß nicht, ob sie es absichtlich tat, doch wenn ja, dann hatte sie verdammt gut gezielt.

»Bewegen Sie sich nicht«, sagte ich und zog ihre Hand heraus. »Ich gebe Ihnen zu trinken.«

Ich schraubte den Nickelverschluß ab und hielt ihr das Fläschchen hin. Sie nahm einen kräftigen Schluck.

»Nicht alles!« protestierte Dick.

Er beobachtete uns im Rückspiegel.

»Geben Sie mir auch welchen, Lee, Sie altes Krokodil ...«

»Nur keine Angst, es gibt noch mehr.«

Er hielt mit der einen Hand das Steuer und stieß mit der andern in unsere Richtung in die Luft.

»Keinen Blödsinn, ja!« empfahl Judy. »Fahr uns nicht in den Graben!...«

»Sie sind wohl der klare Kopf der Clique«, rief ich ihr zu. »Verlieren Sie nie Ihre Kaltblütigkeit?«

»Nie!« sagte sie.

Sie packte im Flug das Fläschchen in dem Augenblick, in dem Dick es mir zurückgeben wollte. Als sie es mir hinhielt, war es leer.

»Na ja«, sagte ich anerkennend, »geht es jetzt besser?«

»Oh!... Das ist gar nicht schlimm...«, sagte sie.

Ich sah Tränen in ihren Augen, aber sie hielt sich tapfer. Ihre Stimme war ein wenig erstickt.

»Und für mich«, sagte Jicky, »ist jetzt nichts mehr da...«

»Wir werden wieder welchen holen«, schlug ich vor. »Erst besorgen wir uns diese Gitarre, und dann fahren wir zu Ricardo zurück.«

»Sie haben Glück«, sagte der Junge. »Uns will niemand welchen verkaufen.«

»Das kommt davon, wenn man so jung aussieht«, sagte ich und machte mich über sie lustig.

»So jung auch wieder nicht«, schimpfte Jicky.

Sie rückte näher heran und setzte sich so, daß ich nur noch die Finger zu schließen brauchte, um mich zu beschäftigen. Der Roadster hielt plötzlich, und ich ließ meine Hand nachlässig ihren Arm herunterhängen.

»Ich bin gleich zurück«, verkündete Dick.

Er stieg aus und lief auf das Haus zu. Dieses gehörte zu einer Häuserzeile, die augenscheinlich von demselben Bauunternehmer in einer Siedlung gebaut worden war. Dick erschien wieder im Vorbau. Er hatte eine Gitarre in einem Plastikfutteral dabei. Er schlug die Tür hinter sich zu und war in drei Sprüngen am Wagen.

»B. J. ist nicht da«, verkündete er. »Was machen wir?«
»Wir bringen sie ihr wieder«, sagte ich. »Steigen Sie ein. Fahren Sie bei Ricardo vorbei, damit ich dieses Ding nachfüllen lasse.«

»Sie werden einen schönen Ruf bekommen«, sagte Judy.

»Oh!« versicherte ich. »Jeder wird gleich begreifen, daß ihr mich in eure schmutzigen Orgien hineingezogen habt.«

Wir legten in umgekehrter Richtung dieselbe Strecke zurück, doch die Gitarre störte mich. Ich sagte dem Jungen, daß er in einiger Entfernung von der Kneipe halten solle, und stieg aus, um aufzutanken. Ich kaufte ein zusätzliches Fläschchen und ging zu der Gruppe zurück. Dick und Judy, auf dem Vordersitz kniend, diskutierten energisch mit der Blonden.

»Was meinen Sie dazu, Lee«, sagte der Junge. »Sollen wir schwimmen gehen?«

»Einverstanden«, sagte ich. »Leiht ihr mir eine Badehose? Ich habe nichts dabei...«

»Oh! Wir werden schon klarkommen!...« sagte er.

Er brauste los, und wir fuhren aus der Stadt. Fast gleich darauf schlug er einen Seitenweg ein, der gerade breit genug für den Chrysler und in einem entsetzlich schlechten Zustand war. Eigentlich in keinem Zustand.

»Wir haben da eine tolle Ecke zum Schwimmen«, versicherte er. »Nie jemand da! Und ein Wasser!...«

»Forellenbäche?«

»Ja. Kies und weißer Sand. Niemand kommt dort je hin. Wir sind die einzigen, die diesen Weg einschlagen.«

»Das sieht man«, sagte ich und hielt meinen Kiefer fest, der bei jedem Stoß Gefahr lief, ausgerenkt zu werden. »Ihr solltet den Roadster gegen einen Bulldozer auswechseln.«

»Das gehört zur Gaudi«, erklärte er. »Das hindert die Leute daran, ihren stinkigen Riecher in diese Kante zu stecken.«

Er gab Gas, und ich empfahl meine Knochen dem Schöpfer. Der Weg machte plötzlich eine Biegung und hörte nach hundertfünfzig Metern auf. Es gab nur noch Dickicht. Der Chrysler hielt vor einem dicken Ahorn, und Dick und Judy sprangen heraus. Ich stieg als erster aus und erwischte Jicky im Flug. Dick hatte die Gitarre genommen und flitzte voraus. Unter den Zweigen war ein schmaler Durchgang, und man entdeckte plötzlich den Bach, frisch und durchsichtig wie ein Glas Gin. Die Sonne stand tief, aber die Hitze war noch groß. Eine ganze Seite des Wassers zitterte im Schatten, und die andere glänzte sanft unter den schrägen Strahlen. Dichtes, trockenes, staubiges Gras reichte bis zum Wasser hinunter.

»Nicht übel, diese Ecke«, gab ich zu. »Habt ihr das ganz alleine gefunden?«

»So blöd sind wir auch wieder nicht«, sagte Jicky.

Und ich bekam einen dicken Klumpen trockener Erde an den Hals geworfen.

»Wenn Sie nicht brav sind«, drohte ich, »bekommen Sie keine Mimi mehr.«

Ich klopfte auf meine Tasche, um die Gewichtigkeit meiner Worte zu unterstreichen.

»Oh! Ärgern Sie sich doch nicht, Sie alter Bluessänger«, sagte sie. »Zeigen Sie lieber mal, was Sie können.«

»Und die Badehose?« fragte ich Dick.

»Machen Sie sich nur keine Sorgen«, sagte er. »Es ist ja niemand da.«

Ich drehte mich um. Judy hatte bereits ihren Pullover ausgezogen. Sie trug bestimmt nicht viel darunter. Ihr Rock glitt an ihren Beinen herunter, und im Nu ließ sie ihre Schuhe und ihre Socken durch die Luft wirbeln. Völlig nackt streckte sie sich im Gras aus. Ich mußte ein ziemlich dummes Gesicht gemacht haben, denn sie lachte mir so spöttisch hinein, daß ich beinahe die Fassung verlor. Dick und Jicky hatten sich gerade in der gleichen

Aufmachung neben sie fallen lassen. Das allerlächerlichste aber war, daß ich verlegen zu sein schien. Ich bemerkte indes die Magerkeit des Jungen, dessen Rippen unter der von der Sonne gegerbten Haut hervortraten.

»Okay«, sagte ich, »ich sehe nicht ein, weshalb ich mich zieren sollte.«

Ich ließ mir absichtlich Zeit. Ich weiß, was ich nackt wert bin, und ich versichere Ihnen, daß sie genügend Zeit hatten, das festzustellen, während ich mich auszog. Ich ließ meine Rippen knacken, indem ich mich gründlich streckte, und setzte mich neben sie. Ich hatte mich noch nicht beruhigt nach meinen kleinen Zusammenstößen mit Jicky, und ich tat nichts, um irgend etwas zu verbergen. Ich nehme an, daß sie darauf warteten, daß ich Luft ablasse.

Ich griff mir die Gitarre. Es war eine ausgezeichnete Ediphone. Es ist nicht sehr bequem, auf dem Boden sitzend zu spielen, und ich sagte zu Dick:

»Macht es Ihnen etwas aus, wenn ich mir das Kissen aus dem Schlitten holen gehe?«

»Ich gehe mit Ihnen«, sagte Jicky.

Und sie wand sich wie ein Aal durch die Zweige hindurch.

Es war ein komischer Anblick, dieser Kinderkörper mit dem Kopf eines Starlets inmitten dieser Sträucher voller dunkler Schatten. Ich legte die Gitarre hin und folgte ihr. Sie hatte schon einen Vorsprung, und als ich den Wagen erreichte, kam sie bereits zurück, mit dem schweren Ledersitz beladen.

»Geben Sie her!« sagte ich.

»Lassen Sie mich in Ruhe, Sie Tarzan!« schrie sie.

Ich hörte nicht auf ihre Proteste und packte sie von hinten wie ein Tier. Sie ließ das Kissen los und ließ alles mit sich machen. Ich hätte sogar eine Vogelscheuche genommen. Sie muß sich dessen bewußt gewesen sein und wehrte sich nach besten Kräften. Ich begann zu lachen. Ich mochte das. Das Gras war an dieser Stelle hoch und sanft wie eine Luftmatratze. Sie glitt auf den Boden, und ich kam hinterher. Wir rangen beide miteinander wie Wilde. Sie war braungebrannt bis auf die Brustwarzen, ohne diese Büstenhalterspuren, die so viele nackte Mädchen entstellen. Und glatt wie eine Aprikose, nackt wie ein kleines Mädchen, aber als es mir endlich gelungen war, sie unter mich zu bekommen, begriff ich, daß sie mehr darüber wußte als ein kleines Mädchen. Sie gab mir das beste Beispiel für Technik, das ich seit vielen Monaten bekommen hatte. Unter meinen Fingern spürte ich ihr glattes, hohles Kreuz und weiter unten ihre Hinterbacken, die fest waren wie Wassermelonen. Es dauerte kaum zehn Minuten. Sie machte Anstalten einzuschlafen, und in dem Augenblick, in dem ich mich ganz gehenließ, ging sie mir wie einem Deppen durch die Lappen und floh vor mir her, dem Bach entgegen. Ich hob das Kissen auf und lief hinter ihr her. Am Ufer des Wassers nahm sie einen Anlauf und machte einen Kopfsprung ohne einen Wasserspritzer.

»Badet ihr schon?«

Es war Judys Stimme. Sie kaute ein kleines Stück Weide und lag ausgestreckt auf dem Rücken, den Kopf unter den Händen. Dick, der sich neben sie gelümmelt hatte, streichelte ihr die Schenkel. Eines der Fläschchen lag auf dem Boden. Sie sah meinen Blick.

»Ja ... es ist leer! ...« Sie lachte. »Wir haben euch eines aufgehoben ...«

Jicky plätscherte auf der anderen Seite des Wassers. Ich wühlte in meiner Jacke und nahm die andere Flasche, dann tauchte ich. Das Wasser war warm. Ich fühlte mich ganz toll in Form. Ich sprintete auf Leben und Tod und erreichte sie in der Mitte des Baches. Er war vielleicht zwei Meter tief und hatte eine fast unmerkliche Strömung.

»Haben Sie Durst?« fragte ich sie und plätscherte mit einer Hand im Wasser, um mich an der Oberfläche zu halten.

»Und ob!« versicherte sie. »Sie sind sehr anstrengend mit Ihrem Gehabe eines siegreichen Rodeoreiters!«

»Kommen Sie«, sagte ich. »Markieren Sie einen toten Mann.«

Sie legte sich auf den Rücken, und ich glitt unter sie, einen Arm um ihren Rumpf. Mit der anderen Hand hielt ich ihr das Fläschchen hin. Sie ergriff es, und ich ließ meine Finger an ihren Schenkeln herabgleiten. Sanft spreizte ich ihre Beine, und von neuem nahm ich sie im Wasser. Sie ließ sich auf mich fallen. Wir standen fast und bewegten uns gerade so viel, daß wir nicht untergingen.

3

Das ist so weitergegangen bis September. In ihrer Clique gab es fünf oder sechs Jungens und Mädchen: B.J., der die Gitarre gehörte, ziemlich schlecht gebaut, deren Haut aber einen außergewöhnlichen Geruch hatte, Susie Ann, eine andere Blonde, aber runder als Jicky, und ein kastanienbraunes, unbedeutendes Mädchen, das von einem Ende des Tages bis zum andern tanzte. Die Jungens waren genauso dumm, wie ich es mir wünschen konnte. Ich hatte mir den Spaß nicht mehr erlaubt, mit ihnen in die Stadt zu gehen: ich wäre schnell unten durchgewesen in der Gegend. Wir trafen uns in der Nähe des Flusses, und sie wahrten das Geheimnis unserer Begegnungen, weil ich eine bequeme Quelle für Bourbon und Gin war.

Ich besaß nacheinander alle Mädchen, aber es war zu einfach, ein wenig widerlich. Sie taten das fast so selbstverständlich, wie man sich die Zähne putzt, aus hygienischen Gründen. Sie führten sich auf wie eine Bande Affen, unanständig, gefräßig, laut und lasterhaft; im Augenblick kam mir das zustatten.

Ich spielte oft Gitarre; das allein hätte schon genügt, selbst wenn ich nicht in der Lage gewesen wäre, allen diesen Burschen gleichzeitig den Hintern zu versohlen, und das mit einer Hand. Sie brachten mir den Jitterbug bei und den Swing; es bedurfte keiner großen Anstrengung, um es bald besser zu können als sie. Es war nicht ihre Schuld.

Dennoch dachte ich wieder an den Jungen, und ich schlief schlecht. Ich hatte Tom zweimal wiedergesehen. Es gelang ihm, sich zu halten. Man sprach dort nicht mehr über die Geschichte. Die Leute ließen Tom in seiner Schule in Ruhe, und mich hatten sie nie oft gesehen. Der Vater von Anne Moran hatte seine Tochter auf die Universität der Grafschaft geschickt; er machte mit seinem Sohn weiter. Tom fragte mich, ob bei mir alles gut liefe, und ich sagte ihm, daß ich bereits hundertfünfzig Dollar auf meinem Bankkonto hätte. Ich sparte an allem, nur nicht am Alkohol, und der Verkauf der Bücher war weiterhin gut. Ich rechnete mit einer Steigerung gegen Ende des Sommers. Er empfahl mir, meine religiösen Pflichten nicht zu vernachlässigen. Das war zwar etwas, von dem ich mich hatte frei machen können, doch ich verstand es so einzurichten, daß man das ebensowenig merkte wie das übrige. Tom glaubte an Gott. Ich ging sonntags zum Gottesdienst wie Hansen, aber ich glaube, daß man nicht helle bleiben und an Gott glauben kann, und ich mußte helle sein.

Nach dem Kirchgang trafen wir uns am Fluß und tauschten die Mädchen mit der gleichen Schamhaftigkeit aus wie eine verdammte Affenherde in der Brunst; und wirklich, das waren wir auch, das kann ich Ihnen versichern. Und dann ist der Sommer zu Ende gegangen, ohne daß man es merkte, und die Regenzeit hat begonnen.

Ich bin oft bei Ricardo eingekehrt. Von Zeit zu Zeit ging ich in den Drugstore, um mit den Miezen der Gegend ein Schwätzchen zu halten; wirklich, ich fing an, den Swingjargon besser zu sprechen als sie, und ich hatte auch natürliche Anlagen dazu. Ein ganzer Haufen der wohlhabendsten Kerle von Buckton fing an, aus den Ferien zurückzukommen, sie kamen aus Florida oder aus Santa Monica und was weiß ich, woher noch ... Alle braungebrannt, sehr blond, aber nicht mehr als wir, die wir am Fluß geblieben waren. Der Laden ist einer ihrer Treffpunkte geworden.

Sie kannten mich zwar noch nicht, aber ich hatte genügend Zeit, und ich beeilte mich nicht.

4

Dann ist auch Dexter zurückgekommen. Alle erzählten mir von ihm, daß mir schon die Ohren weh taten. Dexter bewohnte eines der schicksten Häuser im Villenviertel der Stadt. Seine Eltern blieben in New York, während er sich das ganze Jahr über in Buckton aufhielt, denn er war schwach auf der Lunge. Sie stammten aus Buckton, einer Stadt, in der man genausogut studieren kann wie anderswo. Ich kannte schon Dexters Packard, seine Golfclubs, sein Radio, seinen Keller und seine Bar, so als hätte ich mein ganzes Leben mit ihm verbracht: ich bin nicht enttäuscht gewesen, als ich ihn sah. Er war wirklich der widerliche kleine Lump, der er sein mußte. Ein dunkelhaariger, magerer Kerl, etwas indianisch aussehend, mit heimtückischen schwarzen Augen, gekräuseltem Haar und einem schmalen Mund unter einer großen gebogenen Nase. Er hatte furchtbare Hände, große Pranken mit ganz kurz geschnittenen Fingernägeln, die aussahen, als säßen sie quer im Nagelbett, breiter als lang und aufgequollen wie die Fingernägel von jemand, der krank ist.

Sie waren alle hinter Dexter her wie Hunde hinter einem Stück Leber. Ich verlor ein wenig von meiner Bedeutung als Alkohollieferant, doch es blieb mir noch die Gitarre, und ich hatte noch einige kleine Kunststücke mit der Rassel für sie in Reserve, von denen sie nicht die geringste Vorstellung hatten. Ich hatte Zeit. Ich brauchte einen großen Brocken, und in Dexters Clique würde ich sicherlich das finden, worauf ich hoffte, seitdem ich jede Nacht von dem Jungen träumte. Ich glaube, daß ich Dexter gefallen habe. Wegen meiner Muskeln und meiner Größe, auch wegen meiner Gitarre hätte er mich hassen müssen, aber das zog ihn an. Ich hatte alles, was ihm fehlte. Und er besaß die Kohlen.

Wir waren dafür geschaffen, uns zu verstehen. Außerdem hatte er von Anfang an begriffen, daß ich zu so manchem bereit war. Er ahnte nicht, was ich wollte; nein, so weit ging er nicht; wieso hätte er auch eher daran denken sollen als die andern? Ich glaube, er dachte ganz einfach, daß man mit meiner Hilfe einige kleine, besonders gepfefferte Orgien auf die Beine bringen könne. Und in dieser Hinsicht irrte er sich nicht.

Die Stadt war jetzt ziemlich vollzählig; ich begann, Lehrbücher über Naturwissenschaften, Geologie, Physik und einen Haufen anderer Dinge dieser Art zu verkaufen. Sie schickten mir alle ihre Kumpels. Die Mädchen waren furchtbar. Mit vierzehn Jahren wußten sie es schon einzurichten, sich von mir abknutschen zu lassen, und dabei muß man wirklich allerhand Phantasie aufbringen, um einen Knutschvorwand zu finden, wenn man ein Buch kauft... Aber plötzlich wurde das zur Masche: sie ließen mich ihre Bizepse betasten, damit ich das Ergebnis der Ferien feststellen konnte, und wie das eine so das andere ergibt, landeten wir schließlich bei den Schenkeln. Sie übertrieben. Immerhin hatte ich einige ernsthafte Kunden, und ich nahm Rücksicht auf meine Stellung. Aber diese Mädchen waren zu jeder Stunde des Tages heiß wie Ziegen und naß, daß es nur so auf den Boden tropfte. Ganz sicher ist das kein geruhsamer Job, Professor an einer Universität zu sein, wenn es schon für einen Buchhändler so leicht ist. Als die Vorlesungen wieder anfingen, bekam ich etwas Ruhe. Sie kamen nur noch am Nachmittag. Das Schlimme ist, daß mich auch die Jungens alle mochten. Diese Wesen waren weder Männer noch Frauen; mit Ausnahme von einigen, die schon wie Männer gebaut waren, hatten alle andern das gleiche Vergnügen daran, in meine Pranken zu geraten. Und dazu ständig ihre Manie, auf der Stelle zu tanzen. Ich kann mich nicht erinnern, fünf von ihnen zusammen gesehen zu haben, ohne daß sie anfingen, irgendeinen Schlager zu trällern und sich im Takt zu bewegen. Es tat mir allerdings gut, das war etwas, das von uns kam.

Was mein Äußeres anging, so war ich nicht beunruhigt. Ich glaube, daß es unmöglich war, etwas zu argwöhnen. Dexter hatte mir anläßlich einer der letzten Badeveranstaltungen angst gemacht. Ich war gerade dabei, nackt mit einem der Mädchen, das ich in die Luft warf und dann wie ein Baby auf meine Arme rollen ließ, den Deppen zu spielen. Er beobachtete uns, hinter mir auf dem Bauch liegend. Es war ein häßliches Schauspiel, der Anblick dieses Schwachmatikus mit seinen Punktiernarben auf dem Rücken; er hatte zweimal Rippenfellentzündung gehabt. Er betrachtete mich von unten und sagte dann zu mir:

»Sie sind nicht gebaut wie alle andern, Lee, Sie haben fallende Schultern wie ein schwarzer Boxer.«

Ich habe das Mädchen fallen lassen und machte mich gefechtsbereit, und ich bin um ihn herumgetanzt und habe dazu selbstkomponierte Worte gesungen, und sie haben alle gelacht, doch ich war verärgert. Dexter lachte nicht. Er sah mich unentwegt an.

Am Abend habe ich mich in dem Spiegel über meinem Waschbecken betrachtet, und ich habe nun ebenfalls zu lachen angefangen. Mit diesen blonden Haaren, dieser rosigen, weißen Haut riskierte ich wirklich nichts. Ich werde sie reinlegen. Bei Dexter war es nur der Neid, der ihn so reden ließ. Außerdem hatte ich wirklich fallende Schultern. Was ist daran Schlechtes? Ich habe selten so gut geschlafen wie in dieser Nacht. Zwei Tage später organisierten sie bei Dexter eine Wochenendparty. Abendanzug. Ich bin mir einen Smoking leihen gegangen, und der Händler hat ihn mir eiligst gerichtet; der Kerl, der ihn vor mir trug, mußte ungefähr meine Größe gehabt haben, und alles klappte bestens.

Ich habe diese Nacht wieder an den Jungen gedacht.

5

Als ich bei Dexter reingekommen bin, war mir klar, warum Abendanzug: unsere Gruppe verlor sich in einer Mehrheit von »feinen« Pinkeln. Ich habe sofort Leute erkannt: den Doktor, den Pfarrer und andere von der gleichen Art. Ein schwarzer Diener ist gekommen, um mir meinen Hut abzunehmen, und ich habe noch zwei andere bemerkt. Und dann hat mich Dexter am Arm geschnappt und hat mich seinen Eltern vorgestellt. Ich habe begriffen, daß es sein Geburtstag war. Seine Mutter glich ihm: eine kleine, magere, dunkelhaarige Frau mit widerlichen Augen, und sein Vater, die Art von Männern, die man am liebsten langsam unter einem Kopfkissen ersticken möchte, derart geben sie sich den Anschein, einen nicht zu sehen. B.J., Judy, Jicky und die andern in Abendkleidern, sie wirkten sehr nett. Ich kam nicht umhin, an ihre Geschlechtsteile zu denken, als ich sah, wie sie sich zierten, um einen Cocktail zu trinken und sich von diesen Brillenkerlen des seriösen Genres zum Tanzen auffordern zu lassen. Von Zeit zu Zeit flinkerten wir uns zu, um den Kontakt nicht zu verlieren. Es war zu traurig.

Es gab wirklich was zu trinken. Dexter wußte immerhin, wie man die Kumpels empfängt. Ich habe mich selber ein oder zwei Mädchen vorgestellt, um Rumba mit ihnen zu tanzen, und ich habe getrunken, viel mehr gab es nicht zu tun. Ein schöner Blues mit Judy hat mir das Herz wieder an den rechten Fleck gerückt; sie ist eine von denen, die ich am seltensten ficke. Sie schien mich in der Regel zu meiden, und ich versuchte nicht, sie öfter zu haben als irgendeine andere, aber an diesem Abend habe ich geglaubt, ich käme nicht mehr lebendig aus ihren Schenkeln heraus; mein Gott! Was für eine Hitze! Sie wollte unbedingt mit mir in Dexters Zimmer hinaufgehen, aber ich war mir nicht ganz sicher, daß wir dort unsere Ruhe hätten, und zum Ausgleich habe ich sie zum Trinken mitgeschleppt, und dann habe ich so etwas wie einen Faustschlag zwischen die Augen gekriegt, als ich die Gruppe sah, die gerade hereinkam.

Es waren drei Frauen – zwei junge; eine von etwa vierzig Jahren – und ein Mann – aber von denen wollen wir lieber nicht reden. Ja, ich habe sofort gewußt, daß ich endlich das Richtige gefunden hatte. Diese beiden – und der Junge würde sich vor Freude im Grab umdrehen. Ich habe Judys Arm gedrückt, sie muß geglaubt haben, daß ich scharf auf sie war, denn sie ist näher an mich rangerückt. Ich hätte sie am liebsten alle zusammen in mein Bett gesteckt, als ich diese Mädchen sah. Ich ließ Judy los und streichelte ihre Hinterbacken, ganz unauffällig, indem ich meinen Arm herunterhängen ließ.

»Was sind denn das für zwei Puppen, Judy?«

»Das interessiert Sie wohl, wie, Sie alter Kataloghändler?«

»Sagen Sie mal, wo mag Dexter diese bezaubernden Bienen hervorgeholt haben?«

»Gute Gesellschaft. Keine Vorstadt-Bobby-Soxers, das wissen Sie genau, Lee. Und was das Baden angeht, nichts zu machen! ...«

»Verdammt schade! Ich glaube, wenn's sein müßte, würde ich sogar die dritte nehmen, um an die beiden andern ranzukommen!«

»Erregen Sie sich nicht so, Alter! Die sind nicht von hier.«

»Wo kommen sie denn her?«

»Aus Prixville. Hundert Meilen von hier. Alte Freunde von Dexters Vater.«

»Alle beide?«

»Na klar! Sie sind aber dumm heute abend, mein lieber

Joe Louis. Es sind die beiden Schwestern, die Mutter und der Vater. Lou Asquith, Jean Asquith, Jean ist die Blonde. Die Älteste. Lou ist fünf Jahre jünger als sie.«

»Dann ist sie also sechzehn?« fühlte ich vor.

»Fünfzehn. Lee Anderson, Sie werden die Clique hängenlassen und hinter Papa Asquith' Weibern herrennen.«

»Sie sind dumm, Judy. Reizen diese Mädchen Sie nicht?«

»Ich ziehe die Männer vor; entschuldigen Sie bitte, aber ich fühle mich heute abend ganz normal. Tanzen Sie mit mir, Lee.«

»Werden Sie mich vorstellen?«

»Darum müssen Sie Dexter bitten.«

»Okay«, sagte ich.

Ich tanzte die beiden letzten Takte der zu Ende gehenden Schallplatte mit ihr und ließ sie stehen. Dexter diskutierte am Ende der Eingangshalle mit irgendeiner Biene. Ich angelte ihn mir.

»Oh! Dexter!«

»Ja!«

Er drehte sich um. Es sah so aus, als mache er sich lustig, als er mich ansah, aber das war mir völlig wurscht.

»Diese Mädchen... Asquith... glaube ich? Stellen Sie mich doch bitte vor.«

»Aber gewiß, alter Junge. Kommen Sie mit.«

Aus der Nähe übertraf es bei weitem das, was ich von der Bar aus gesehen hatte. Sie waren sensationell. Ich sagte irgend etwas zu ihnen und forderte die Dunkelhaarige, Lou, auf, den Slow mit mir zu tanzen, den der Plattenwechsler gerade vom Stapel geangelt hatte. Herrgott noch mal! Ich segnete den Himmel und den Kerl, der diesen Smoking in meiner Größe hatte machen lassen. Ich hielt sie etwas näher an mich, als es üblich ist, aber trotzdem traute ich mich nicht, ihr so auf den Leib zu rücken, wie wir uns in der Clique gegenseitig auf den Leib rückten, wenn es uns überkam. Sie war mit einem sicherlich sehr teuren komplizierten Dings parfümiert; wahrscheinlich ein französisches Parfum. Sie hatte braune Haare, die sie ganz auf eine Seite des Kopfes kämmte, und gelbe Katzenaugen in einem ziemlich blassen dreieckigen Gesicht; und ihr Körper... Ich will lieber gar nicht daran denken. Ihr Kleid hielt ganz von allein, ich weiß auch nicht, wie, denn es war nichts da, um es festzuhalten, weder an den Schultern noch um den Hals, nichts, außer ihren Brüsten, und ich muß sagen, daß man mit so harten und so spitzen Brüsten zwei Dutzend Kleider von diesem Gewicht hätte halten können. Ich habe sie ein wenig nach rechts gedreht, und im Ausschnitt meines Smokings spürte ich ihre Brustwarze durch mein Seidenhemd hindurch auf meiner Brust. Bei den andern sah man den Rand des Slips, der sich auf den Schenkeln durch den Stoff durchdrückte, aber sie schien eine andere Lösung gefunden zu haben, denn von den Achselhöhlen bis zu den Knöcheln war ihre Linie ebenso glatt wie ein Milchstrahl. Ich habe versucht, dennoch mit ihr zu reden. Ich tat es, sobald ich wieder zu Atem gekommen war.

»Wie kommt es, daß man Sie nie hier sieht?«

»Man sieht mich hier. Sie sehen doch selbst.«

Sie warf sich ein wenig zurück, um mich anzusehen. Ich war um einen guten Kopf größer als sie.

»Ich meine, in der Stadt...«

»Sie würden mich sehen, wenn Sie nach Prixville gingen.«

»Ich glaube, dann werde ich mir etwas in Prixville mieten.«

Ich hatte gezögert, bevor ich ihr das hinknallte. Ich wollte nicht zu schnell vorgehen, aber bei diesen Mädchen kann man nie wissen. Man muß Risiken eingehen. Es hat sie anscheinend nicht sonderlich beeindruckt. Sie lächelte ein wenig, doch ihre Augen blieben kalt.

»Selbst dann wäre es nicht sicher, daß Sie mich sehen.«

»Ich denke, es gibt eine ganze Menge Liebhaber...«

Wirklich, ich ging ran wie ein grober Klotz. Wenn man schüchtern ist, zieht man sich nicht so an.

»Oh!« sagte sie. »In Prixville gibt es nicht viele interessante Leute.«

»Schön«, sagte ich. »Dann habe ich also Chancen?«

»Ich weiß nicht, ob Sie interessant sind.«

Reingefallen. Im Grunde war es mir recht geschehen. Aber ich ließ so schnell nicht locker.

»Was interessiert Sie denn?«

»Sie sind nicht übel. Aber das kann täuschen. Ich kenne Sie nicht.«

»Ich bin ein Freund von Dexter, von Dick Page und den andern.«

»Ich kenne Dick. Aber Dexter ist ein sonderbarer Kerl...«

»Er hat viel zu viel Geld, um wirklich lustig zu sein«, sagte ich.

»Ich glaube, dann würden Sie meine Familie überhaupt nicht mögen. Wissen Sie, auch wir haben wirklich nicht wenig Geld...«

»Das riecht man...«, sagte ich und näherte mein Gesicht ein wenig ihrem Haar.

Sie lächelte von neuem.

»Mögen Sie mein Parfum?«

»Ich liebe es.«

»Das ist merkwürdig...«, sagte sie. »Ich hätte geschworen, daß Sie den Geruch von Pferden, von Waffenfett oder Schmieröl vorziehen.«

»Nehmen Sie mich nicht auf den Arm...«, gab ich zurück. »Es ist nicht meine Schuld, wenn ich so gebaut bin und wenn ich keinen Engelskopf habe.«

»Ich habe einen Horror vor Engeln«, sagte sie. »Aber ich habe einen noch größeren Horror vor Männern, die Pferde lieben.«

»Ich habe mich nie, weder von nahem noch von weitem, einem dieser Geflügeltiere genähert«, sagte ich. »Wann kann ich Sie wiedersehen?«
»Oh! ... Ich bin noch gar nicht weg«, sagte sie. »Sie haben noch den ganzen Abend vor sich.«
»Das ist nicht genug.«
»Das kommt auf Sie an.«
Sie ließ mich einfach stehen, denn das Musikstück war zu Ende gegangen. Ich sah ihr nach, wie sie sich zwischen den Paaren hindurchschlängelte, und sie drehte sich um, um mir ins Gesicht zu lachen, doch es war kein entmutigendes Lachen. Sie hatte eine Linie, um ein Mitglied des Kongresses aufzuwecken.

Ich ging an die Bar zurück. Ich fand dort Dick und Jicky. Sie waren dabei, einen Martini zu schlürfen. Sie schienen sich feste zu langweilen.

»Oh, Dick!« sagte ich zu ihm. »Sie lachen zuviel. Das wird Ihre Birne entstellen...«

»Schon gut, Mann mit der langen Mähne«, sagte Jicky. »Was haben Sie denn gerade gemacht? Einer Negerin die Zottel gedreht? Oder eine Luxusbiene gejagt?«

»Für einen Kerl mit langer Mähne«, gab ich zurück, »fange ich an, ein wenig zu swingen. Hauen wir doch mit ein paar sympathischen Leuten von hier ab, und ich werde euch zeigen, was ich alles kann.«

»Sympathische Leute mit gelben Katzenaugen und schulterfreien Kleidern, wie?«

»Jicky, meine Hübsche«, sagte ich und ging zu ihr, wobei ich sie an den Handgelenken packte, »Sie werden mir doch nicht zum Vorwurf machen, daß ich die hübschen Mädchen mag?«

Ich drückte sie ein wenig an mich und schaute ihr dabei fest in die Augen. Sie lachte übers ganze Gesicht.

»Sie langweilen sich, Lee. Haben Sie genug von der Clique? Wissen Sie, ich bin im Grunde auch keine schlechte

Partie; mein Vater macht immerhin zwanzigtausend im Jahr.«

»Ja, amüsiert ihr euch denn hier? Ich finde das sterbenslangweilig. Kommt, wir nehmen uns ein paar Flaschen und setzen uns anderswohin ab. Man erstickt ja in diesen verdammten dunkelblauen Dingern ...«

»Nehmen Sie an, daß Dexter sich darüber freuen wird?«

»Ich nehme an, daß Dexter was anderes zu tun hat, als sich um uns zu kümmern.«

»Und Ihre Hübschen? Glauben Sie, daß sie einfach so mitkommen werden?«

»Dick kennt sie ...«, behauptete ich und warf ihm einen verstohlenen Blick zu.

Dick, weniger blöd als gewöhnlich, schlug sich auf die Schenkel.

»Lee, Sie sind ein richtig harter Bursche. Sie sind nicht aus der Ruhe zu bringen!«

»Ich glaubte, ich sei ein Bursche mit langer Mähne.«

»Das ist bestimmt eine Perücke.«

»Suchen Sie diese beiden Geschöpfe und bringen Sie sie hierher. Oder besser noch, versuchen Sie, sie in meinen Schlitten zu schaffen, oder in den Ihren, wenn Ihnen das lieber ist.«

»Aber unter welchem Vorwand?«

»O Dick!« versicherte ich, »Sie haben sicherlich einen Haufen Kindheitserinnerungen mit diesen Frauenzimmern gemeinsam ...«

Mutlos ging er weg, wobei er Witze machte. Jicky hörte sich das an und machte sich über mich lustig. Ich winkte sie heran. Sie kam näher.

»Sie«, sagte ich, »gabeln Judy und Bill auf, mit sieben oder acht Flaschen.«

»Wo gehen wir denn hin?«

»Wo kann man denn hingehen?«

»Meine Eltern sind nicht daheim. Nur mein kleiner Bruder. Und der wird schlafen. Gehen wir zu mir nach Hause.«

»Sie sind ein richtiges As, Jicky. Ehrlich!«

Sie senkte die Stimme.

»Werden Sie mir's machen?...«

»Was?«

»Werden Sie mir's machen, Lee?«

»Oh!... Selbstverständlich«, sagte ich.

Wenn ich auch noch so an Jicky gewöhnt war, ich glaube, ich hätte es ihr jetzt sofort machen können. Es war ziemlich aufreizend, sie im Abendkleid zu sehen, mit der Welle glatter Haare längs der linken Wange, ihren etwas schrägen Augen und ihrem Mund einer Naiven. Sie atmete schneller, und ihre Wangen waren rosig geworden.

»Es ist dumm, Lee... Ich weiß, daß wir es ständig tun. Aber ich mag das!«

»Schon gut, Jicky«, sagte ich und streichelte dabei ihre Schultern. »Bevor wir tot sind, werden wir es noch mehr als einmal machen...«

Sie drückte mir ganz fest das Handgelenk und machte sich dünne, bevor ich sie zurückhalten konnte. Ich hätte ihr jetzt gern gesagt, was ich war; ich hätte es gern getan, um ihr Gesicht zu sehen... doch Jicky war keine Beute in meiner Größenordnung. Ich fühlte mich stark wie John Henry, und es bestand kaum Gefahr, daß mir das Herz brach.

Ich drehte mich nach dem Buffet um und verlangte einen doppelten Martini von dem Kerl, der dahinter stand. Ich stürzte ihn in einem Zug hinunter und versuchte ein wenig zu arbeiten, um Dick zu helfen.

Die älteste der Asquith-Töchter tauchte in unserem Bereich auf. Sie plauderte mit Dexter. Er gefiel mir noch weniger als gewöhnlich mit seiner schwarzen Strähne über der Stirn. Sein Smoking stand ihm wirklich gut. Er sah darin fast gut gebaut aus, und sein dunkler Teint auf dem weißen Hemd, das wirkte etwa so wie »Verbringen Sie Ihre Ferien im *Splendid* in Miami«.

Ich ging ganz einfach zu ihnen hinüber.

»Dex«, sagte ich. »Werden Sie mich umbringen, wenn ich Miss Asquith bitte, diesen Slow mit mir zu tanzen?«

»Sie sind viel zu stark für mich, Lee«, gab Dexter zur Antwort. »Ich schlage mich nicht mit Ihnen.«

Wirklich, ich glaube, daß es ihm wurscht war, aber es war schwer herauszufinden, was der Ton dieses Burschen bedeuten mochte. Ich hatte Jean Asquith bereits umfaßt.

Ich glaube, daß ich trotzdem ihre Schwester Lou vorzog. Man hätte ihnen jedoch nie einen Altersunterschied von fünf Jahren gegeben. Jean Asquith war fast so groß wie ich. Sie hatte mindestens vier Zoll mehr als Lou. Sie trug ein zweiteiliges Kleid aus durchsichtigem schwarzem Dings, für den Rock in sieben- oder achtfacher Stärke, mit einem völlig überkandidelten Büstenhalter, der aber wirklich ein Minimum an Platz einnahm. Ihre Haut war bernsteinfarben mit einigen Sommersprossen auf den Schultern und an den Schläfen, und ihre Haare, die sehr kurz geschnitten und gelockt waren, gaben ihr einen ganz runden Kopf. Auch ihr Gesicht war runder als Lous Gesicht.

»Finden Sie, daß man sich hier amüsiert?« fragte ich.

»Diese Partys sind immer das gleiche. Diese hier ist nicht schlimmer als jede andere.«

»Im Augenblick«, sagte ich, »ziehe ich sie einer anderen vor.«

Dieses Mädchen konnte tanzen. Ich hatte wirklich nicht viel Arbeit. Und außerdem tat ich mir keinen Zwang an, sie näher an mich heranzuziehen als ihre Schwester, denn sie konnte mit mir sprechen, ohne mich von unten herauf anzusehen. Sie hielt ihre Wange an die meine: wenn ich nach unten sah, hatte ich das Panorama eines gesäumten

Ohrs, ihrer komischen kurzen Haare und ihrer runden Schulter vor mir. Sie roch nach Salbei und nach wilden Kräutern.

»Was für ein Parfum haben Sie?« fuhr ich fort, denn sie gab keine Antwort.

»Ich parfümiere mich nie«, sagte sie.

Ich ließ diese Art von Unterhaltung fallen und ging das Risiko ein.

»Was würden Sie dazu sagen, wenn wir an einen Ort gingen, wo man sich richtig amüsiert?«

»Nämlich?«

Sie sprach mit gleichgültiger Stimme, ohne aufzusehen, und was sie sagte, schien von hinter mir zu kommen.

»Nämlich irgendwohin, wo man genügend trinken und genügend rauchen kann und genügend Platz zum Tanzen hat.«

»Das wäre was anderes als hier«, sagte sie. »Das hier erinnert eher an einen Stammestanz als an sonstwas.«

Tatsächlich war es uns seit fünf Minuten nicht mehr gelungen, von der Stelle zu kommen, und wir traten im Takt auf der Stelle, ohne vor- oder zurückzugehen. Ich lockerte meine Umarmung, und sie weiterhin um die Taille haltend, führte ich sie zum Ausgang.

»Kommen Sie«, sagte ich, »ich bringe Sie zu Freunden.«

»Oh! Sehr gern«, sagte sie.

Ich drehte mich in dem Augenblick nach ihr um, in dem sie mir antwortete, und ihr Atem schlug mir mitten ins Gesicht. Gott möge mir verzeihen, wenn sie nicht ihre halbe Flasche Gin getrunken hatte.

»Wer sind denn Ihre Freunde?«

»Oh! Sehr nette Typen«, versicherte ich.

Wir durchquerten ungehindert die Vorhalle. Ich machte mir gar nicht erst die Mühe, ihren Umhang zu holen. Die Luft war warm und von dem Jasmin am Eingang ganz durchduftet.

»Eigentlich«, bemerkte Jean Asquith und blieb in der Tür stehen, »kenne ich Sie überhaupt nicht.«

»Aber doch...«, sagte ich und zog sie mit, »ich bin dieser alte Lee Anderson.«

Sie brach in lautes Lachen aus und lehnte sich nach hinten.

»Aber ja, Lee Anderson... Kommen Sie, Lee... Sie warten auf uns.«

Jetzt hatte ich Mühe, ihr zu folgen. Sie purzelte in zwei Sekunden die fünf Stufen hinunter, und ich holte sie erst zehn Meter weiter wieder ein.

»He!... Nicht so schnell!...« sagte ich.

Ich packte sie mit aller Kraft.

»Die Karre steht dort.«

Judy und Bill erwarteten mich im Nash.

»Wir haben Getränke dabei«, flüsterte Judy. »Dick ist mit den andern schon voraus.«

»Lou Asquith?« murmelte ich.

»Ja, Don Juan. Sie ist dabei. Fahr los.«

Jean Asquith, den Kopf auf die Lehne des Vordersitzes zurückgelegt, hielt Bill eine weiche Hand hin.

»Hello! Wie geht es Ihnen? Regnet es?«

»Mit Sicherheit nicht!« sagte Bill. »Das Barometer ist zwar mächtig gefallen, aber das ist erst für morgen.«

»Oh!« sagte Jean, »so tief wird der Wagen nie fallen.«

»Sagen Sie nichts Schlechtes über meinen Duesenberg«, sagte ich. »Ist Ihnen nicht kalt?«

Ich beugte mich vor, um nach einer hypothetischen Decke zu suchen, und schob dabei aus Versehen ihren Rock bis zu den Knien hoch, als er sich an den Knöpfen meines Ärmels verfing. Heiliger Rauch, was für Beine!...

»Ich sterbe vor Hitze«, versicherte Jean mit unsicherer Stimme.

Ich ließ den Motor an und folgte Dicks Wagen, der gerade vor mir abgefahren war. Vor Dexters Haus stand eine ganze Reihe von Schlitten aller Art, und ich hätte gern einen genommen, um meinen uralten Nash zu ersetzen. Aber ich würde auch ohne neues Auto zum Ziel kommen.

Jicky wohnte nicht allzuweit weg in einem kleinen Haus im Virginia-Stil. Der Garten, von einer ziemlich hohen Sträucherhecke umgeben, unterschied sich von denen der Gegend.

Ich sah, wie Dicks Rücklicht aus- und das Standlicht anging; ich hielt ebenfalls und hörte, wie die Wagentür des Roadsters zuschlug. Vier Personen waren ausgestiegen, Dick, Jicky und Lou sowie ein anderer Kerl. Ich erkannte ihn an der Art, wie er die Treppe hinaufging, es war der kleine Nicholas. Dick und er hatten jeder zwei Flaschen, und ich sah, daß Judy und Bill ebenso viele hatten. Jean Asquith machte keine Anstalten, aus dem Wagen auszusteigen, und ich ging um den Nash herum. Ich öffnete den Wagenschlag und schob einen Arm unter ihre Knie und einen unter ihren Hals. Sie hatte ganz schön einen sitzen. Judy blieb hinter mir stehen.

»Na, Lee, Ihre süße Freundin ist aber groggy. Haben Sie sie geboxt?«

»Weiß nicht, ob ich es war oder der Gin, den sie getrunken hat«, brummte ich, »aber es hat nichts mit dem Schlaf der Gerechten zu tun.«

»Das ist doch der Augenblick, die Gelegenheit zu nutzen, mein Lieber, machen Sie zu.«

»Sie gehen mir auf die Nerven. Das ist mir zu einfach, mit einer besoffenen Frau.«

»Sagt mal, ihr da!«

Es war die sanfte Stimme Jeans. Sie wurde wach.

»Wollen Sie mich noch lange in der Luft herumtragen?«

Ich sah den Augenblick kommen, in dem sie sich erbrechen würde, und sprang in Jickys Garten. Judy schloß die Tür hinter uns, und ich hielt Jeans Kopf, während sie sich erleichterte. Es war eine schöne Bescherung. Nichts als reiner Gin. Und genauso schwer zu halten wie ein Pferd. Sie ließ sich vollkommen gehen. Ich hielt sie mit einer einzigen Hand fest.

»Ziehen Sie mir den Ärmel herunter«, flüsterte ich Judy zu.

Sie schob den Ärmel des Smokings meinen Arm herunter, und ich hielt nun die Älteste der Asquiths mit dem andern Arm.

»Es ist gut«, sagte Judy, als die Operation beendet war. »Ich halte Ihnen die Jacke. Lassen Sie sich Zeit.«

Bill war unterdessen mit den Flaschen weggegangen.

»Wo gibt's denn hier Wasser?« fragte ich Judy.

»Im Haus. Kommen Sie, wir können von hinten rein.«

Ich folgte ihr in den Garten und zog dabei Jean hinter mir her, die bei jedem Schritt über den Kies des Gehweges stolperte. Herrgott! War dieses Mädchen schwer! Da war allerhand dran, womit ich meine Hände beschäftigen konnte. Judy ging mir im Treppenhaus voraus und führte mich ins obere Stockwerk. Die andern machten bereits einen Höllenkrach im Wohnzimmer, dessen Türen zum Glück zu waren, was ihre Schreie dämpfte. Ich tastete mich im Dunkeln hinauf und ließ mich von dem hellen Fleck leiten, den Judy machte. Oben gelang es ihr, den Lichtschalter zu finden, und ich ging ins Badezimmer. Vor der Badewanne lag eine große Schaumgummimatte.

»Legen Sie sie da drauf«, sagte Judy.

»Machen Sie keine Witze«, sagte ich. »Ziehen Sie ihr den Rock aus.«

Sie bediente den Reißverschluß und entfernte im Handumdrehen den leichten Stoff. Sie rollte die Strümpfe über die Knöchel. Wirklich, bevor ich Jean Asquith nackt auf dieser Schaumgummiunterlage gesehen hatte, wußte ich nicht, was ein gutgebautes Mädchen ist. Es war ein Traum. Sie hatte die Augen geschlossen und sabberte ein wenig. Ich wischte ihr den Mund mit einem Handtuch ab. Nicht ihretwegen, sondern meinetwegen. Judy machte sich an der Hausapotheke zu schaffen.

»Ich habe gefunden, was wir brauchen, Lee. Geben Sie ihr das zu trinken.«

»Sie kann jetzt nicht trinken. Sie schläft. Sie hat nichts mehr im Magen.«

»Na, los, Lee. Wegen mir brauchen Sie sich nicht zu genieren. Wenn sie wach ist, wird sie vielleicht nicht mitmachen.«

»Sie tragen ziemlich stark auf, Judy.«

»Stört es Sie, daß ich angezogen bin?«

Sie ging zur Tür und drehte den Schlüssel im Schloß um. Dann zog sie ihr Kleid und den Büstenhalter aus. Sie hatte nur noch ihre Strümpfe an.

»Nun sind Sie dran, Lee.«

Sie setzte sich mit gespreizten Beinen auf die Badewanne und sah mich an. Ich konnte nicht mehr warten. Ich schmiß meine ganzen Klamotten in die Luft. »Drücken Sie sich an sie, Lee. Beeilen Sie sich.«

»Judy«, sagte ich zu ihr, »Sie sind zum Kotzen.«

»Warum denn? Es amüsiert mich, Sie auf diesem Mädchen zu sehen. Los, Lee, los ...«

Ich ließ mich auf das Mädchen fallen, aber diese verdammte Judy hatte mich völlig benommen gemacht. Es funktionierte überhaupt nicht mehr. Ich blieb knien, sie lag zwischen meinen Beinen. Judy kam noch näher heran. Ich spürte ihre Hand auf mir, und sie führte mich dorthin, wo es nötig war. Ich ließ die Hand gewähren. Beinahe hätte ich gebrüllt, so sehr erregte mich das. Jean Asquith blieb reglos, dann fiel mein Blick auf ihr Gesicht, sie sabberte immer noch. Sie hat die Augen halb geöffnet und sie dann wieder zugemacht, und ich habe gespürt, daß sie anfing, sich ein bißchen zu bewegen – die Hüften zu bewegen –, und Judy machte währenddessen weiter, und mit der anderen Hand streichelte sie mir den Unterleib.

Judy ist aufgestanden. Sie ist durch den Raum gegangen, und das Licht ist erloschen. Schließlich wagte sie nicht, alles im Hellen zu machen. Sie ist zurückgekommen, und ich dachte, sie wolle wieder anfangen, aber sie hat sich über mich gebeugt, hat mich betastet. Ich war immer noch in der gleichen Stellung, und sie hat sich bäuchlings auf meine Schulter gelegt, in umgekehrter Richtung, und anstelle ihrer Hand war es jetzt ihr Mund.

6

Trotzdem ist mir nach einer Stunde klargeworden, daß die andern das sonderbar finden würden, und es ist mir gelungen, mich von diesen beiden Mädchen frei zu machen. Ich weiß nicht mehr ganz genau, an welcher Stelle des Badezimmers wir waren. Mein Kopf drehte sich ein wenig, und der Rücken tat mir weh. Ich war ganz zerkratzt an den Hüften, wo mich Jean Asquith' Fingernägel schonungslos gepackt hatten. Ich bin bis zur Wand gekrochen und habe mich dort orientiert, dann habe ich den Lichtschalter gefunden. Judy bewegte sich währenddessen. Ich habe Licht gemacht und sie auf dem Boden sitzen sehen, wobei sie sich die Augen rieb. Jean Asquith lag bäuchlings auf der Schaumgummimatte, den Kopf auf den Armen, sie sah aus, als schliefe sie. Herr, die Lenden dieses Mädchens. Ich habe in aller Eile mein Hemd und meine Hose wieder angezogen. Judy hat sich vor dem Waschbecken wieder schöngemacht. Dann habe ich ein Badetuch genommen und es ins Wasser getaucht. Ich habe Jean Asquith' Kopf hochgehoben, um sie aufzuwecken – sie hatte die Augen weit geöffnet –, und Ehrenwort, sie lachte. Ich habe sie in der Körpermitte gepackt und habe sie auf den Rand der Badewanne gesetzt.

»Eine gute Dusche würde Ihnen guttun.«

»Ich bin zu müde«, sagte sie. »Ich glaube, daß ich ein wenig getrunken habe.«

»Das glaube ich auch«, sagte Judy.

»Oh! Nicht so viel!« versicherte ich. »Sie mußten vor allem ein kleines Nickerchen machen.«

Darauf stand sie auf und hängte sich an meinen Hals, und sie konnte auch küssen. Ich habe mich sanft losgemacht und habe sie in die Badewanne gedrückt.

»Machen Sie die Augen zu und heben Sie den Kopf...«

Ich drehte die Hähne der Mischbatterie auf, und sie bekam ihre Dusche. Unter dem warmen Wasser spannte sich ihr Körper, und ich sah, wie ihre Brustwarzen dunkler wurden und sanft hervortraten.

»Das tut gut...«

Judy zog ihre Strümpfe hoch.

»Beeilt euch, ihr beiden. Wenn wir sofort hinuntergehen, bekommen wir vielleicht noch was zu trinken.«

Ich ergriff einen Bademantel. Jean drehte den Wasserhahn ab, und ich packte sie in den schwammigen Stoff. Sie mochte das sicherlich.

»Wo sind wir?« sagte sie. »Bei Dexter?«

»Bei anderen Freunden«, sagte ich. »Ich finde, daß wir uns bei Dexter langweilten.«

»Sie haben gut daran getan, mich mitzunehmen«, sagte sie. »Hier ist mehr Leben in der Bude.«

Sie war gut trocken. Ich hielt ihr ihr zweiteiliges Kleid hin.

»Ziehen Sie das wieder an. Machen Sie sich das Gesicht zurecht und kommen Sie.«

Ich begab mich zur Tür. Ich machte die Tür vor Judy auf, die wie ein Wirbelwind die Treppe hinunterlief. Ich schickte mich an, ihr zu folgen.

»Warten Sie auf mich, Lee...«

Jean drehte sich mir zu, damit ich ihr den Büstenhalter zumachte. Ich biß ihr zärtlich in den Nacken. Sie lehnte sich nach hinten.

»Werden Sie wieder mit mir schlafen?«

»Sehr gern«, sagte ich. »Wann Sie wollen.«

»Sofort?...«

»Ihre Schwester wird sich fragen, was Sie treiben.«

»Ist Lou hier?«

»Selbstverständlich!...«

»Oh!... Das ist sehr gut«, sagte Jean. »Auf diese Weise kann ich sie überwachen.«

»Ich glaube, Ihre Überwachung wird ihr nicht viel nützen«, versicherte ich.

»Wie finden Sie Lou?«

»Mit ihr würde ich auch gern schlafen«, sagte ich.

Sie lachte von neuem.

»Ich finde sie toll. Ich möchte so sein wie sie. Wenn Sie sie ausgezogen sehen würden ...«

»Nichts wäre mir lieber«, sagte ich.

»Sagen Sie mal! Sie sind ein ausgemachter Flegel!«

»Entschuldigen Sie bitte! Ich habe keine Zeit gehabt, gutes Benehmen zu lernen.«

»Ich mag Ihr Benehmen«, sagte sie und sah mich schmeichelnd an.

Ich legte meinen Arm um ihre Taille und zog sie mit zur Tür.

»Es ist Zeit, daß wir hinuntergehen.«

»Ich mag auch Ihre Stimme.«

»Kommen Sie.«

»Wollen Sie mich heiraten?«

»Reden Sie doch kein dummes Zeug.«

Ich fing an, die Treppe hinunterzugehen.

»Ich rede kein dummes Zeug. Sie müssen mich jetzt heiraten.«

»Ich kann Sie nicht heiraten.«

»Warum nicht?«

»Ich glaube, ich ziehe Ihre Schwester vor.«

Sie lachte wieder.

»Lee, ich bete Sie an!«

»Sehr verbunden«, sagte ich.

Sie waren alle im Wohnzimmer und machten einen Heidenlärm. Ich stieß die Tür auf und ließ Jean vorgehen. Unsere Ankunft wurde von einem Brummkonzert begrüßt. Sie hatten Dosen mit Hähnchen in Gelee aufgemacht und aßen wie Ferkel. Bill, Dick und Nicholas waren in Hemdsärmeln und mit Sauce bekleckert. Lou hatte einen riesigen

Mayonnaisefleck auf ihrem Kleid, von oben bis unten. Judy und Jicky waren dabei, sich unbekümmert vollzustopfen. Ich stellte fest, daß fünf der Flaschen fast leer getrunken waren.

Das Radio leierte gedämpft ein Konzert mit Tanzmusik herunter.

Als Jean Asquith das Hähnchen sah, stieß sie einen Kriegsschrei aus und bemächtigte sich mit beiden Händen eines großen Stückes, in das sie hineinbiß, ohne noch länger zu warten. Ich setzte mich nun ebenfalls und füllte meinen Teller.

Wirklich, das ließ sich sehr gut an.

7

Um drei Uhr morgens hat Dexter angerufen. Jean fuhr fleißig fort, sich einen zweiten Schwips zu verpassen, schöner noch als der erste, und ich hatte die Gelegenheit genutzt, um Nicholas an sie ranzulassen. Ich wich ihrer Schwester kaum von der Seite und gab ihr so viel zu trinken, wie ich nur konnte; aber sie spielte nicht so recht mit, und ich mußte viel List aufwenden. Dexter sagte uns Bescheid, daß die Eltern Asquith sich zu wundern anfingen, daß sie ihre Töchter nicht mehr sahen. Ich fragte ihn, wie er unseren Versammlungsort gefunden habe, und er lachte nur am andern Ende der Leitung. Ich erklärte ihm, warum wir weggegangen waren.

»Schon gut, Lee«, sagte er. »Ich weiß genau, daß bei mir heute abend nichts drin war, um was loszumachen. Zu viele ernsthafte Leute.«

»Kommen Sie doch zu uns, Dex«, protestierte ich.

»Habt ihr nichts mehr zu trinken?«

»Nein«, sagte ich. »Das ist es nicht, aber Sie würden auf andere Gedanken kommen.«

Wie immer war dieser Bursche verletzend, und wie immer war sein Ton vollkommen unschuldig.

»Ich kann hier nicht weg«, sagte er. »Sonst käme ich. Was soll ich den Eltern sagen?«

»Sagen Sie ihnen, daß wir ihnen ihre Töchter nach Hause bringen werden.«

»Wissen Sie, Lee, ich weiß nicht, ob ihnen das recht sein wird...«

»Die beiden Mädchen sind doch alt genug, um allein klarzukommen. Bringen Sie das in Ordnung, alter Junge, ich zähle auf Sie.«

»Okay, Lee. Ich werde das in Ordnung bringen. Auf Wiedersehen.«

»Auf Wiedersehen.«

Er legte auf. Ich tat das gleiche und kehrte zu meinen Beschäftigungen zurück. Jicky und Bill begannen mit einigen kleinen Übungen, die nichts für junge Mädchen aus gutem Hause waren, und ich war auf Lous Reaktionen gespannt. Immerhin begann sie ein wenig zu trinken. Es schien sie gar nicht zu wundern, selbst als Bill anfing, Jickys Kleid aufzumachen.

»Was darf ich Ihnen geben?«

»Whiskey.«

»Dann trinken Sie schnell, damit wir tanzen gehen.«

Ich packte sie und versuchte, sie in einen anderen Raum zu schleppen.

»Was werden wir dort tun?«

»Die machen zuviel Krach hier.«

Sie folgte mir, ohne etwas zu sagen. Sie setzte sich auf ein Sofa neben mich, ohne zu protestieren, doch als ich anfing, sie zu tätscheln, bekam ich eine von diesen Ohrfeigen gescheuert, die im Leben eines Mannes zählen. Ich war furchtbar wütend, doch es gelang mir, weiter zu lächeln.

»Runter mit den Pfoten«, sagte Lou.

»Sie tragen dick auf«, sagte ich zu ihr.

»Ich habe nicht angefangen.«

»Das ist kein Grund. Haben Sie etwa angenommen, das ist eine Sonntagsschulversammlung hier? Oder daß wir hier sind, um Bingo zu spielen?«

»Ich habe keine Lust, das große Los zu sein.«

»Ob Sie es wollen oder nicht, Sie sind das große Los.«

»Sie denken an die Kohlen meines Vaters.«

»Nein«, sagte ich. »An das.«

Und ich warf sie aufs Sofa und riß ihr das Vorderteil ihres Kleides herunter. Sie wehrte sich wie eine Irre. Ihre Brüste sprangen aus der hellen Seide.

»Lassen Sie mich los. Sie sind ein Stück Vieh!«

»Nein«, sagte ich. »Ich bin ein Mann.«
»Sie sind zum Kotzen«, sagte sie und versuchte sich loszumachen. »Was haben Sie denn eine Stunde lang mit Jean da oben gemacht?«
»Ich habe gar nichts gemacht«, sagte ich. »Sie wissen doch, daß Judy dabei war.«
»Allmählich wird mir klar, was für eine Clique ihr seid, Lee Anderson, und mit welcher Art von Kerlen Sie Umgang haben.«
»Lou, ich schwöre Ihnen, daß ich Ihre Schwester nur berührt habe, um sie auszunüchtern.«
»Sie lügen. Sie haben ihr Gesicht nicht gesehen, als sie wieder heruntergekommen ist.«
»Nicht zu glauben«, sagte ich. »Man könnte glatt meinen, daß Sie eifersüchtig sind!«
Sie sah mich verdutzt an.
»Aber... wer sind Sie denn?... Für wen halten Sie sich überhaupt?«
»Wenn ich... Ihre Schwester angerührt hätte, glauben Sie, daß ich dann noch Lust hätte, mich mit Ihnen zu beschäftigen?«
»Sie ist nicht besser als ich!«
Ich hielt sie immer noch auf dem Sofa fest. Sie hatte aufgehört, sich zu wehren. Ihre Brust hob und senkte sich schnell. Ich beugte mich über sie und küßte lange ihre Brüste, eine nach der andern, wobei ich mit der Zunge die Brustwarzen liebkoste. Dann erhob ich mich.
»Nein, Lou«, sagte ich. »Sie ist nicht besser als Sie.«
Ich ließ sie los und wich rasch zurück, denn ich war auf eine heftige Reaktion gefaßt. Darauf begann sie zu weinen.

8

Danach begann wieder die Alltagsarbeit. Ich hatte den Köder ausgelegt, ich mußte warten und die Dinge sich von selbst entwickeln lassen. Wirklich, ich wußte, daß ich sie wiedersehen würde. Ich glaubte nicht, daß Jean mich vergessen könnte, nachdem ich gesehen hatte, was für Augen sie machte, und Lou, nun, ich setzte ein wenig auf ihr Alter und auf das, was ich bei Jicky zu ihr gesagt und mit ihr gemacht hatte.

In der darauffolgenden Woche bekam ich eine ganze Ladung neuer Bücher, die mir das Ende des Herbstes und den Beginn des Winters ankündigten; ich kam nach wie vor gut klar und legte Dollars auf die hohe Kante. Ich hatte jetzt schon einen ganz schönen Batzen. Eine Lappalie, aber das genügte mir. Ich mußte einige Ausgaben machen. Um mich neu einzukleiden und um den Wagen reparieren zu lassen. Ich hatte ein paarmal den Gitarristen in dem einzigen genießbaren Orchester der Stadt, das im Stork-Club spielte, vertreten. Ich glaube, daß dieser Stork-Club nichts mit dem andern, dem von New York, zu tun hatte, aber die jungen Kerle mit Brille oder die Traktorhändler aus der Gegend kamen mit den Töchtern der Versicherungsagenten gern hierher. Das brachte mir ein paar Bier zusätzlich ein, und den Leuten, bei denen ich mich hier anmachte, verkaufte ich Bücher. Manchmal kam auch einer aus der Clique her. Ich sah sie weiterhin regelmäßig, und ich schlief immer noch mit Judy und Jicky. Ich konnte Jicky einfach nicht loswerden. Dabei war es ein Glück, daß ich diese beiden Mädchen hatte, denn ich war sagenhaft in Form. Nebenbei machte ich noch Bodybuilding und bekam richtige Boxermuskeln.

Und dann habe ich eines Abends, eine Woche nach dem

Abend bei Dex, einen Brief von Tom bekommen. Er bat mich, ihn so schnell wie möglich aufzusuchen. Da gerade Samstag war, bin ich sofort losgebraust. Ich wußte, daß Tom einen Grund hatte, mir zu schreiben, und daß es nichts Gutes war.

Diese Kerle hatten auf Anweisung des Senators Balbo, der gottverdammteste Schurke, den man in der Gegend finden kann, bei den Wahlen die Stimmabgabe sabotiert. Seitdem die Schwarzen wählen durften, rissen die Provokationen nicht mehr ab. Er hatte es so weit getrieben, daß seine Männer zwei Tage vor der Wahl die Versammlungen der Schwarzen auflösten und zwei dabei hopsgingen.

Mein Bruder hatte in seiner Eigenschaft als Lehrer der schwarzen Schule öffentlich dagegen protestiert und einen Brief geschickt und war darauf am nächsten Tag zusammengeschlagen worden. Er schrieb mir, ich solle ihn mit dem Wagen abholen kommen, zwecks Ortswechsel.

Er erwartete mich im Haus, allein in dem dunklen Zimmer; er saß auf einem Stuhl. Sein breiter, gekrümmter Rücken und sein in die Hände gestützter Kopf taten mir weh, ich spürte, wie das Blut des Zorns, mein gutes schwarzes Blut, durch meine Adern rauschte und in meinen Ohren sang. Er stand auf und nahm mich bei den Schultern. Sein Mund war angeschwollen, und er konnte nur mit Mühe sprechen. Als ich ihm auf den Rücken schlagen wollte, um ihn zu trösten, hielt er meine Hand fest.

»Sie haben mich ausgepeitscht«, sagte er.

»Wer hat das getan?«

»Balbos Männer und Morans Sohn.«

»Schon wieder der! ...«

Unwillkürlich ballten sich meine Fäuste. Allmählich überkam mich eine kalte Wut.

»Sollen wir ihn umlegen, Tom?«

»Nein, Lee. Das können wir nicht. Dein Leben wäre

verpfuscht. Du hast eine Chance, du trägst nicht die Zeichen.«

»Aber du bist mehr wert als ich, Tom.«

»Schau dir meine Hände an, Lee. Schau dir meine Fingernägel an. Schau dir meine Haare an und schau dir meine Lippen an. Ich bin ein Schwarzer, Lee. Dem kann ich nicht entgehen. Du!...«

Er hielt inne und schaute mich an. Dieser Bursche liebte mich wirklich.

»Du, Lee, sollst dem entgehen. Gott wird dir helfen, dem zu entgehen. Er wird dir helfen, Lee.«

»Gott ist das völlig wurscht«, sagte ich.

Er lächelte. Er wußte, wie schwach mein Glaube war.

»Lee, du hast diese Stadt viel zu jung verlassen, und du hast deine Religion, deinen Glauben verloren, aber Gott wird dir verzeihen, wenn der Augenblick gekommen ist. Die Menschen muß man fliehen, nur sie. Zu ihm aber sollst du gehen, Hände und Herz weit geöffnet.«

»Wo wirst du hingehen, Tom? Willst du Geld?«

»Ich habe Geld, Lee. Ich wollte das Haus mit dir verlassen. Ich will...«

Er hielt inne. Die Worte kamen nur schwer aus seinem entstellten Mund.

»Ich will das Haus verbrennen, Lee. Unser Vater hatte es gebaut. Wir verdanken ihm alles, was wir sind. Er war, was die Farbe angeht, fast ein Weißer, Lee. Aber erinnere dich, daß er nie daran gedacht hat, seine Rasse zu verleugnen. Unser Bruder ist gestorben, und niemand soll das Haus besitzen, das unser Vater mit seinen beiden Negerhänden gebaut hat.«

Ich hatte nichts dazu zu sagen. Ich half Tom, seine Sachen zu packen, und wir stapelten sie auf dem Nash. Das Haus stand ziemlich einsam am Rande der Stadt.

Ich ließ Tom fertigpacken und ging hinaus, um die Pakete zu verstauen.

Einige Minuten später kam er zu mir.

»Komm«, sagte er, »gehen wir, da die Zeit noch nicht gekommen ist, wo für schwarze Menschen auf dieser Erde Gerechtigkeit herrscht.«

Ein roter Schein flackerte in der Küche und wurde auf einen Schlag größer. Man hörte den dumpfen Knall eines Benzinkanisters, der explodierte, und schon erreichte der Feuerschein das Fenster des Nachbarraums. Dann durchstieß eine lange Flamme die Bretterwand, und der Wind fachte das Feuer an. Der Schein tanzte ringsherum, und Tom glänzte in dem roten Licht vor Schweiß. Zwei dicke Tränen rollten über seine Wangen. Darauf legte er mir die Hand auf die Schulter, und wir drehten uns um, um aufzubrechen.

Ich meine, daß Tom das Haus hätte verkaufen können; mit dem Geld war es möglich, den Morans Unannehmlichkeiten zu machen, einen von den dreien vielleicht zu vernichten, aber ich wollte ihn nicht daran hindern, nach seiner eigenen Vorstellung zu handeln. Ich machte es so, wie ich es für richtig hielt. Er hatte noch zu viele Vorurteile über Güte und Göttlichkeit im Kopf. Er war zu anständig, Tom, und das war eines Tages auch sein Untergang. Er glaubte, Gutes zu ernten, wenn er Gutes tat, aber wenn das wirklich mal vorkommt, ist es reiner Zufall.

Nur eins zählt, sich rächen, und zwar auf die nachhaltigste Art rächen, die es gibt. Ich dachte an den Jungen, der noch weißer war als ich, falls das überhaupt möglich ist. Als Anne Morans Vater erfahren hatte, daß er seiner Tochter den Hof machte und daß sie zusammen ausgingen, hatte er nicht lange gefackelt. Aber der Junge war nie aus der Stadt herausgekommen; ich war damals schon über zehn Jahre aus dieser Stadt weggewesen, und im Umgang mit Leuten, die meine Herkunft nicht kannten, hatte ich diese niederträchtige, gemeine Demut ablegen können, die sie uns allmählich wie einen Reflex eingeprägt haben, diese hassenswerte Demut, die die zerfetzten Lippen Toms Worte des Mitleids ausstoßen ließen, dieses Entsetzen, das unsere Brüder dazu trieb, sich zu verstecken, wenn sie die Schritte des weißen Mannes hörten; doch ich wußte genau, wenn wir ihm seine Haut nehmen, haben wir ihn, denn er ist geschwätzig und verrät sich denen gegenüber, die er für seinesgleichen hält. Bill, Dick, Judy hatte ich schon Punkte abgeluchst. Ihnen aber sagen, daß sie gerade gegen einen Schwarzen verloren hatten, brachte mich auch nicht weiter. An Lou und Jean Asquith würde ich mich wegen Moran und all den andern rächen. Zwei für einen, und mich würden sie nicht umlegen, wie sie meinen Bruder umgelegt hatten.

Tom döste leicht in dem Wagen. Ich gab Gas. Ich sollte ihn zum Hauptanschluß nach Murchison Junction fahren, von wo aus er den Schnellzug nach Norden nehmen wollte. Er hatte beschlossen, nach New York zurückzufahren. Tom war ein braver Kerl. Ein braver, allzu sentimentaler Kerl. Allzu demütig.

9

Am nächsten Tag bin ich in die Stadt zurückgekommen und habe meine Arbeit wiederaufgenommen, ohne geschlafen zu haben. Ich hatte keinen Schlaf. Ich wartete immer noch. Um elf Uhr geschah es, ich bekam einen Telefonanruf. Jean Asquith lud mich zusammen mit Dex und anderen Freunden zum nächsten Wochenende zu sich nach Hause ein. Ich habe natürlich angenommen, doch ohne übertriebenen Eifer.

»Ich werde mich freimachen...«

»Versuchen Sie zu kommen«, sagte sie am anderen Ende der Leitung.

»Es wird Ihnen ja wohl nicht so sehr an Kavalieren fehlen«, spottete ich. »Oder Sie leben wirklich in einem Loch.«

»Die Männer von hier verstehen es nicht, sich um ein Mädchen zu kümmern, das ein wenig getrunken hat.«

Ich blieb kalt, und sie spürte es, denn ich hörte ein leises Auflachen.

»Kommen Sie, ich habe wirklich Verlangen danach, Sie zu sehen, Lee Anderson. Und Lou wird ebenfalls froh sein...«

»Geben Sie ihr einen Kuß von mir«, sagte ich, »und sagen Sie ihr, sie solle das gleiche mit Ihnen tun.«

Ich machte mich mit größerem Eifer wieder an die Arbeit. Ich war wieder aufgedreht. Am Abend suchte ich die Clique im Drugstore auf und fuhr mit Judy und Jicky im Nash weg. So ein Schlitten ist zwar nicht sehr bequem, aber man findet dort völlig neue Möglichkeiten. Wieder eine Nacht, in der ich gut schlief.

Um meine Garderobe zu vervollständigen, kaufte ich mir am nächsten Tag so eine Art Toiletten-Necessaire und einen Handkoffer; zwei neue Pyjamas und so kleine Dinge, die bei diesen Leuten keine große Bedeutung haben, aber ich wußte ungefähr, was man braucht, um nicht als Landstreicher angesehen zu werden.

Am Donnerstag abend dieser Woche hatte ich gerade Kasse gemacht und füllte meine Formulare noch aus, als ich, gegen halb sechs, Dexters Wagen vor der Tür halten sah. Ich bin ihm aufmachen gegangen, denn der Laden war schon geschlossen, und er ist hereingekommen.

»Tag, Lee«, sagte er zu mir. »Gehen die Geschäfte?«

»Nicht schlecht, Dex. Und das Studium?«

»Oh!... Das schleppt sich dahin. Ich habe nicht genug Spaß am Baseball und am Hockey, um einen sehr glänzenden Studenten abzugeben, wissen Sie.«

»Was führt Sie zu mir?«

»Ich bin vorbeigekommen, damit wir irgendwo zusammen zu Abend essen können, und anschließend möchte ich Sie mitnehmen, um eine meiner kleinen Lieblingszerstreuungen auszuprobieren.«

»Einverstanden, Dex. Geben Sie mir fünf Minuten Zeit.«

»Ich warte im Auto auf Sie.«

Ich habe meine Formulare und den Zaster in der Kasse verstaut, habe den eisernen Rolladen heruntergelassen und bin dann, nachdem ich meine Jacke genommen hatte, durch die Hintertür hinausgegangen. Es war ein verdammtes schwüles Wetter, viel zu warm für die schon weit fortgeschrittene Jahreszeit. Die Luft war feucht und klebrig, und die Dinge pappten einem an den Fingern.

»Soll ich die Gitarre mitnehmen?« fragte ich Dex.

»Nicht nötig. Heute abend kümmere ich mich um die Zerstreuungen.«

»Dann los.«

Ich setzte mich auf den Vordersitz neben ihn. Sein Packard war was anderes als mein Nash, aber dieser

Bursche konnte nicht fahren. Um es fertigzubringen, daß der Motor eines Clippers bei einem Überholvorgang zu klopfen anfängt, muß man sich wirklich schon anstrengen.

»Wo fahren Sie mich hin, Dex?«

»Zuerst werden wir im Stork zu Abend essen, und dann bringe ich Sie dorthin, wo wir hingehen.«

»Sie gehen am Samstag zu den Asquiths, glaube ich.«

»Ja. Ich nehme Sie mit, wenn Sie wollen.«

Das war eine Möglichkeit, nicht im Nash dort anzukommen. Ein Bürge wie Dexter, das war nicht zu verachten.

»Danke. Ich nehme an.«

»Spielen Sie Golf, Lee?«

»Ich habe es einmal in meinem Leben versucht.«

»Haben Sie einen Golfdreß und Clubs?«

»Nie im Leben! Sie halten mich wohl für einen Kaiser?«

»Die Asquiths haben einen Golfplatz. Ich rate Ihnen zu sagen, daß der Arzt Ihnen das Golfspielen verboten hat.«

»Sie meinen, auf diese Weise...«, brummte ich.

»Und Bridge?«

»Oh! damit geht's.«

»Geht's gut?«

»Es geht.«

»Dann möchte ich Ihnen ebenfalls den guten Rat geben, erklären Sie, daß eine Bridgepartie für Sie verhängnisvoll wäre.«

»Immerhin«, ließ ich nicht locker, »kann ich spielen...«

»Können Sie fünfhundert Dollar verlieren, ohne ein langes Gesicht zu machen?«

»Es wäre mir unangenehm.«

»Also, befolgen Sie auch diesen Rat.«

»Sie bestehen heute abend aus lauter Liebenswürdigkeiten, Dex«, sagte ich zu ihm. »Wenn Sie mich eingeladen haben, um mir zu verstehen zu geben, daß ich für diese Leute zu abgebrannt bin, dann sagen Sie es gleich und auf Wiedersehen.«

»Sie sollten mir lieber dankbar sein, Lee. Ich gebe Ihnen die Möglichkeit, sich gegenüber diesen Leuten, wie Sie sagen, zu behaupten.«

»Ich frage mich, wieso Sie das interessieren kann.«

»Es interessiert mich halt.«

Er schwieg einen Augenblick und bremste plötzlich, weil die Ampel auf Rot stand. Der Packard sackte sanft auf seiner Federung nach vorn und nahm dann wieder seinen Platz ein.

»Ich sehe eigentlich keinen Grund dazu.«

»Ich möchte wissen, worauf Sie mit diesen Mädchen hinauswollen.«

»Alle hübschen Mädchen verdienen es, daß man sich mit ihnen beschäftigt.«

»Sie haben ein Dutzend an der Hand, die ebenso hübsch und sehr viel leichter zu haben sind.«

»Ich glaube nicht, daß der erste Teil Ihres Satzes ganz wahr ist«, sagte ich, »und der zweite auch nicht.«

Er sah mich an, wobei er eine Idee im Hinterkopf hatte. Es war mir lieber, wenn er auf die Straße aufpaßte.

»Sie setzen mich in Erstaunen, Lee.«

»Offen gestanden«, sagte ich, »ich finde diese beiden Mädchen nach meinem Geschmack.«

»Ich weiß, daß Sie das mögen«, sagte Dex.

Mit Sicherheit war es nicht das, was er für mich in der Hinterhand hatte.

»Ich glaube nicht, daß es mit ihnen schwieriger ist zu schlafen als mit Judy oder Jicky«, versicherte ich.

»Es ist doch nicht nur das, was Sie suchen, Lee?«

»Nur das.«

»Dann geben Sie acht. Ich weiß nicht, was Sie mit Jean gemacht haben, aber sie hat am Telefon innerhalb von fünf Minuten die Möglichkeit gefunden, Ihren Namen viermal zu nennen.«

»Ich bin glücklich, daß ich einen solchen Eindruck auf sie gemacht habe.«

»Das sind keine Mädchen, mit denen man schlafen kann, ohne sie mehr oder weniger zu heiraten. Zumindest meine ich, daß sie so sind. Wissen Sie, Lee, ich kenne sie seit zehn Jahren.«

»Dann habe ich ja Schwein«, versicherte ich. »Denn ich beabsichtige nicht, sie beide zu heiraten, ich beabsichtige jedoch, mit beiden zu schlafen.«

Dexter gab keine Antwort und sah mich wieder an. Ob Judy ihm von unserer Sitzung bei Jicky erzählt hatte oder ob er nichts wußte? Ich glaube, daß dieser Kerl imstande war, drei Viertel der Dinge zu erraten, selbst ohne daß man ihm das übrige erzählte.

»Steigen Sie aus«, sagte er zu mir.

Ich merkte, daß der Wagen vor dem Stork-Club gehalten hatte, und stieg aus.

Ich ging vor Dexter hinein, und er war es, der der Dunkelhaarigen an der Garderobe das Trinkgeld gab. Ein Boy in Livree, den ich gut kannte, führte uns an den Tisch, der für uns reserviert war. In dieser Kneipe versuchte man, großen Stil nachzuäffen, und das führte zu komischen Resultaten. Ich drückte Blacky, dem Kapellmeister, im Vorbeigehen die Hand. Es war Cocktailzeit, und das Orchester spielte zum Tanz auf. Ich kannte auch die meisten Gäste vom Sehen. Doch ich war es gewohnt, sie vom Podium aus zu sehen, und es ist dann immer ein seltsames Gefühl, wenn man sich plötzlich unter den Feinden wiederfindet, im Publikum.

Wir setzten uns, und Dex bestellte dreifache Martinis.

»Lee«, sagte er zu mir, »ich will nicht mehr mit Ihnen darüber sprechen, aber passen Sie bei diesen Mädchen auf.«

»Ich passe immer auf«, sagte ich. »Ich weiß nicht, in welchem Sinne Sie es verstehen, aber in der Regel ist mir klar, was ich tue.«

Er gab mir keine Antwort und sprach zwei Minuten später von was anderem. Wenn er sein komisches hinterhältiges Aussehen verlieren wollte, konnte er interessante Dinge sagen.

10

Als wir gingen, waren wir beide ganz schön voll, und ich setzte mich trotz der Proteste Dexters ans Steuer.

»Ich bin nicht scharf darauf, daß Sie mir für Samstag mein Porträt ramponieren. Sie schauen beim Fahren immer anderswohin, und ich habe dann jedesmal den Eindruck zu sterben.«

»Sie kennen den Weg nicht, Lee...«

»Ja und!« sagte ich. »Sie werden ihn mir zeigen.«

»Es ist ein Stadtviertel, in das Sie nie gehen, und es ist kompliziert.«

»Ach! Sie gehen mir auf den Wecker, Dex. Welche Straße?«

»Na gut, fahren Sie uns zur Stephen's Street Nummer 300.«

»Ist es dort?« fragte ich und zeigte mit einem Zeigefinger vage in die Richtung des westlichen Viertels...

»Ja. Kennen Sie es?«

»Ich kenne alles«, behauptete ich. »Achtung beim Anfahren.«

Dieser Packard war samtweich zu fahren. Dex mochte ihn nicht und zog den Cadillac seiner Eltern vor; aber neben dem Nash: das reinste Honigschlecken.

»Fahren wir in die Stephen's Street?«

»Nebenan«, sagte Dex.

Trotz der Alkoholmenge, die er in den Eingeweiden hatte, hielt er sich wie eine Eiche. Man hätte meinen können, daß er nichts getrunken hatte.

Wir kamen mitten in das Armenviertel der Stadt. Die Stephen's Street fing anständig an, doch ab Nummer 200 wurden es billige Siedlungshäuser und dann immer ärmlicher aussehende einstöckige Baracken. Auf der Höhe von

Nummer 300 war alles kurz vor dem Einsturz. Vor den Häusern standen einige alte Autos, fast aus der Zeit von Fords T. Ich parkte Dex' Schlitten vor der angegebenen Stelle.

»Kommen Sie, Lee«, sagte er. »Wir müssen ein Stück gehen.«

Er schloß die Wagentüren ab, und wir machten uns auf den Weg. Er bog in eine Querstraße ein und ging etwa hundert Meter. Es gab Bäume und zertretene Zäune. Dex blieb vor einem zweistöckigen Gebäude stehen, dessen oberer Teil aus Brettern bestand. Wie durch ein Wunder war das Gitter um den Haufen Schutt, der den Garten bildete, in einigermaßen gutem Zustand. Er ging hinein, ohne Bescheid zu sagen. Es war fast dunkel, und in den Ecken wimmelte es von wunderlichen Schatten.

»Kommen Sie, Lee«, sagte er. »Hier ist es.«

»Ich folge Ihnen.«

Vor dem Haus stand ein einziger Rosenstock, doch sein Duft genügte, um die Gerüche des Unrats, der überall herumlag, zu überdecken. Dex stieg die beiden Stufen zum Eingang hinauf, der an der Seite des Hauses war. Auf unser Klingeln kam eine dicke Negerin und machte uns auf. Ohne etwas zu sagen, drehte sie uns den Rücken zu, und Dexter folgte ihr. Ich schloß die Tür hinter mir.

Im ersten Stock trat sie zurück, um uns vorbeizulassen. In einem kleinen Raum fanden sich ein Sofa, eine Flasche und zwei Gläser, und die Kinder zwischen elf und zwölf Jahren, eine kleine, rundliche Rothaarige voller Sommersprossen und eine junge Negerin, die Ältere der beiden, wie es schien.

Sie saßen brav auf dem Sofa, jede mit einem Hemdchen und einem zu kurzen Rock bekleidet.

»Da sind Herren, die Dollars bringen«, sagte die Negerin. »Seid sehr nett zu ihnen.«

Sie schloß die Tür und ließ uns allein. Ich sah Dexter an.

»Ziehen Sie sich aus, Lee«, sagte er. »Es ist sehr warm hier.«

Er wandte sich an die Rothaarige.

»Komm her und hilf mir, Jo.«

»Ich heiße Polly«, sagte das Kind. »Werden Sie mir Dollars geben?«

»Aber gewiß«, sagte Dex.

Er zog eine zerknitterte Zehndollarnote aus der Tasche und gab sie der Kleinen.

»Komm, hilf mir meine Hose aufmachen.«

Ich hatte mich immer noch nicht gerührt. Ich sah, wie die Rothaarige aufstand. Sie mußte etwas älter als zwölf Jahre alt sein. Sie hatte unter ihrem zu kurzen Rock einen schönen runden Hintern. Ich wußte, daß Dexter mich ansah.

»Ich nehme die Rothaarige«, sagte er zu mir.

»Sie wissen, daß wir für diese Sache ins Kittchen kommen können.«

»Ist es ihre Hautfarbe, was Sie stört?« sagte er plötzlich zu mir.

Das also war es, was er für mich in der Hinterhand hatte. Er sah mich immer noch an mit seiner Strähne über dem Auge. Er wartete. Ich glaube, daß ich nicht die Farbe gewechselt habe. Die beiden Kinder, ein wenig erschreckt, rührten sich nicht mehr ...

»Komm, Polly«, sagte Dex. »Willst du ein Gläschen trinken?«

»Lieber nicht«, sagte sie. »Ich kann Ihnen auch helfen, ohne zu trinken.«

In weniger als einer Minute war er ausgezogen und nahm das Kind auf die Knie, wobei er ihm den Rock hochhob. Sein Gesicht wurde düster, und er fing an zu schnaufen.

»Werden Sie mir auch nicht weh tun?« sagte sie.

»Laß mich nur machen«, gab Dexter zur Antwort. »Sonst gibt's keine Dollars.«

Er steckte ihr die Hand zwischen die Beine, und sie fing an zu weinen.

»Halt den Mund!« sagte er. »Oder ich lasse dich von Anna schlagen ...«

Er drehte den Kopf nach mir um. Ich hatte mich nicht gerührt.

»Ist es ihre Hautfarbe, was Sie stört?« sagte er noch einmal. »Wollen Sie meine?«

»Schon gut so«, sagte ich.

Ich sah das andere Mädchen an. Es kratzte sich am Kopf und verhielt sich völlig gleichgültig gegenüber alldem. Sie hatte schon Formen.

»Komm«, sagte ich zu ihr.

»Sie können unbesorgt sein, Lee«, sagte Dex, »sie sind sauber. Willst du wohl still sein?«

Polly hörte auf zu weinen und zog die Nase hoch.

»Sie sind zu stark ...«, sagte sie. »Das tut mir weh! ...«

»Halt den Mund«, sagte Dex. »Ich gebe dir fünf Dollar mehr.«

Er keuchte wie ein Hund. Und dann packte er sie bei den Schenkeln und fing an, sich auf dem Stuhl zu bewegen.

Pollys Tränen flossen jetzt lautlos. Die kleine Negerin schaute mich an.

»Zieh dich aus«, sagte ich zu ihr, »und geh auf dieses Sofa.«

Ich legte meine Jacke ab und machte den Gürtel auf. Sie stieß einen leichten Schrei aus, als ich in sie eindrang. Und sie war heiß wie die Hölle.

11

Bis zum Samstag abend hatte ich Dexter nicht wiedergesehen ... Ich beschloß, den Nash zu nehmen und zu ihm zu fahren. Käme er mit, würde ich meinen Wagen in seiner Garage stehenlassen ... Wenn nicht, würde ich geradewegs hinfahren.

Ich hatte ihn an dem Abend zuvor krank wie ein Schwein zurückgelassen. Er mußte noch viel besoffener gewesen sein, als ich glaubte, denn er fing an, ausfällig zu werden. Die kleine Polly würde wohl ein Mal auf der linken Brust zurückbehalten, denn dieses Vieh war doch auf den Gedanken gekommen, sie wie ein Tollwütiger zu beißen. Er nahm an, daß seine Dollars sie beruhigen würden, doch die Negerin Anna kam unverzüglich herein und drohte damit, ihn nie mehr zu empfangen. Sicherlich kam er nicht zum ersten Mal in diesen Laden. Er wollte Polly nicht gehen lassen, deren Geruch einer Rothaarigen ihm zu gefallen schien. Anna machte ihr so was wie einen Verband und gab ihr ein Schlafmittel, aber sie mußte sie Dex lassen, der sie an allen Nähten ableckte und dabei mit dem Rachen Geräusche machte.

Es wurde mir klar, was er empfinden mußte, denn ich selber konnte mich nicht dazu entschließen, aus der kleinen Schwarzen herauszugehen, aber immerhin gab ich acht, das ich sie nicht verletzte, und sie hatte sich nicht ein einziges Mal beklagt. Sie schloß nur die Augen.

Deshalb fragte ich mich, ob Dex für das Wochenende bei den Asquiths überhaupt auf der Höhe war. Ich selber war am nächsten Morgen in einem komischen Zustand wach geworden. Und Ricardo konnte es sagen: schon um neun Uhr früh servierte er mir einen dreifachen Zombie, und ich kenne nichts anderes, um einen Kerl wieder auf die Beine zu bringen. Eigentlich hatte ich kaum getrunken, bevor ich nach Buckton gekommen war, und ich merkte jetzt, daß ich da einen Fehler gemacht hatte. Vorausgesetzt, man nimmt genug zu sich, gibt es nichts Besseres, um auf klare Gedanken zu kommen. An diesem Morgen ging es, und als ich vor Dexters Haus hielt, war ich in Hochform.

Im Gegensatz zu meiner Annahme erwartete er mich schon, frisch rasiert, in einem beigefarbenen Gabardineanzug und einem zweifarbigen Hemd, grau und rosa.

»Haben Sie schon gefrühstückt, Lee? Ich hasse es, unterwegs anzuhalten, deshalb sorge ich vor.«

Dieser Dexter war klar, einfach und offen wie ein Kind. Ein Kind, das allerdings älter war als sein Alter. Seine Augen.

»Ich würde gern etwas Schinken und Marmelade essen«, gab ich zur Antwort.

Ein Diener legte mir reichlich auf. Ich habe einen Horror davor, wenn ein Kerl seine Flossen in das hängt, was ich esse, aber für Dexter schien das ganz normal zu sein.

Gleich danach sind wir aufgebrochen. Ich habe mein Gepäck aus dem Nash in den Packard umgeladen, und Dexter hat sich rechts hingesetzt.

»Fahren Sie, Lee. Es ist besser so.«

Er sah mich von unten herauf an. Es war seine einzige Anspielung auf den vorgestrigen Abend. Auf dem ganzen Weg war er von bezaubernder Laune und erzählte mir einen Haufen Geschichten über die Eltern Asquith, zwei anständige Mistviecher, die zwar mit einem hübschen Kapital auf die Welt gekommen waren, was korrekt ist, aber auch mit der Gewohnheit, jene Leute auszubeuten, deren einziger Fehler es ist, eine andere Hautfarbe zu haben. Sie hatten Zuckerrohrpflanzungen bei Jamaika oder Haiti, und Dexter behauptete, daß man bei ihnen einen ganz tollen Rum zu trinken bekomme.

»Der schlägt noch Ricardos Zombies, wissen Sie, Lee.«
»Dann ist es mein Getränk!« bestätigte ich.
Und ich trat kräftig aufs Gaspedal.

Wir legten die hundert Meilen in etwas mehr als einer Stunde zurück, und Dexter dirigierte mich, als wir in Prixville ankamen. Es war ein Kaff, das viel unbedeutender war als Buckton, doch die Häuser schienen luxuriöser zu sein und die Gärten größer. Es gibt solche Orte, wo alle Kerle im Geld zu schwimmen scheinen.

Das Tor der Asquiths stand offen, und ich fuhr im vierten Gang die Zufahrt zur Garage hinauf, doch der Motor klopfte nicht. Ich parkte den Clipper hinter zwei anderen Wagen.

»Es sind schon Kunden da«, sagte ich.

»Nein«, bemerkte Dexter. »Es sind die Autos der Asquiths. Ich glaube, daß wir die einzigen sind. Außer uns sind noch einige Kerle von hier eingeladen. Sie laden sich gegenseitig ein, weil sie sich so furchtbar langweilen, wenn sie allein zu Hause sind. Aber ich muß sagen, daß sie nicht oft hier sind.«

»Ich weiß Bescheid«, sagte ich. »Im Grunde sind die Leute zu beklagen.«

Er lachte und stieg aus. Jeder nahm seinen Koffer, und wir fanden uns Auge in Auge mit Jean Asquith. Sie trug einen Tennisschläger. Sie hatte weiße Shorts an, und nach der Partie hatte sie gerade einen entenblauen Pullover übergestreift, der ihre Formen wahnsinnig betonte.

»Oh! Da sind Sie ja«, sagte sie.

Sie schien entzückt, uns zu sehen.

»Kommen Sie, nehmen Sie was zu sich.«

Ich sah Dex an, und er sah mich an, und wir nickten zustimmend und zusammen mit dem Kopf.

»Wo ist Lou?« fragte Dex.

»Sie ist schon hinaufgegangen«, sagte Jean. »Sie muß sich wohl umziehen.«

»Oh!« sagte ich mißtrauisch. »Zieht man sich hier zum Bridge um?«

Jean lachte schallend.

»Ich meine, daß sie andere Shorts anzieht. Ziehen Sie sich etwas Bequemeres an und kommen Sie dann wieder. Man wird Sie in Ihre Zimmer führen.«

»Ich hoffe, Sie werden auch ein paar andere Shorts anziehen«, spottete ich. »Diese hier tragen Sie doch schon mindestens eine Stunde.«

Ich bekam einen ganz schönen Schlag mit dem Tennisschläger auf die Finger.

»Ich schwitze nicht mehr!« behauptete Jean. »Über das Alter bin ich hinaus.«

»Und Sie haben sicherlich die Partie verloren?«

»Ja!...«

Sie lachte wieder. Sie wußte, daß sie sehr gut lachte.

»Na, dann kann ich es ja wagen, Ihnen einen Satz vorzuschlagen«, sagte Dex. »Natürlich nicht für nachher. Für morgen früh.«

»Selbstverständlich«, sagte Jean.

Ich weiß nicht, ob ich mich irre, aber sie hätte bestimmt mich vorgezogen.

»Gut«, sagte ich. »Wenn es zwei Tennisplätze gibt, werde ich das gleiche mit Lou tun, und die beiden Verlierer werden gegeneinander spielen. Sehen Sie zu, daß Sie verlieren, Jean, und wir werden eine Chance haben, zusammen zu spielen.«

»Okay«, sagte Jean.

»Dann«, schloß Dex, »werde ich geschlagen werden, da alle Welt schummelt.«

Wir begannen alle drei zu lachen. Es war nicht lustig; aber da die Atmosphäre etwas gespannt war, mußte was dagegen getan werden. Dann folgten Dex und ich Jean ins Haus, und sie übergab uns einer sehr schmalen schwarzen Kammerfrau mit einer kleinen weißen, gestärkten Haube.

12

Ich habe mich in meinem Zimmer umgezogen und habe dann Dex und die andern unten wieder getroffen. Es waren zwei andere Jungens und zwei Mädchen, ein runde Sache, und Jean spielte mit einem der Mädchen und den beiden Jungens Bridge. Lou war da. Ich ließ Dex dem andern Mädchen Gesellschaft leisten und habe das Radio angestellt, um etwas Tanzmusik reinzuholen. Ich habe Stan Kenton erwischt, und ich habe ihn spielen lassen. Es war besser als nichts. Lou roch nach einem neuen Parfum, das ich dem von neulich vorzog, aber ich habe sie necken wollen.

»Haben Sie Ihr Parfum gewechselt, Lou?«

»Ja. Gefällt es Ihnen nicht?«

»Doch, es ist gut. Aber Sie wissen doch, daß man das nicht tut.«

»Was?«

»Es ist nicht die Regel, daß man sein Parfum wechselt. Eine wirklich elegante Dame bleibt ihrem Parfum treu.«

»Wo haben Sie denn das her?«

»Das weiß doch jeder. Das ist eine alte französische Regel.«

»Wir sind nicht in Frankreich.«

»Warum benutzen Sie dann französische Parfums?«

»Es sind die besten.«

»Gewiß, aber wenn Sie eine Regel respektieren, müssen Sie alle respektieren.«

»Sagen Sie mal, Lee Anderson, wo haben Sie das nur alles her?«

»Das sind die Wohltaten der Bildung«, spottete ich.

»Von welchem College kommen Sie denn?«

»Von keinem College, das Sie kennen.«

»Das heißt?«

»Ich habe in England und Irland studiert, bevor ich in die USA zurückgekommen bin.«

»Warum tun Sie das, was Sie tun? Sie könnten doch mehr Geld verdienen?«

»Ich verdiene genug für das, was ich tun will«, sagte ich.

»Was ist mit Ihrer Familie?«

»Ich hatte zwei Brüder.«

»Und?«

»Der jüngste ist tot. Ein Unfall.«

»Und der andere?«

»Er lebt noch. Er ist in New York.«

»Ich möchte ihn gern kennenlernen«, sagte sie.

Sie schien diese Schroffheit, die sie bei Dexter und bei Jicky zeigte, verloren zu haben, auch vergessen zu haben, was ich damals mit ihr gemacht hatte.

»Es ist mir lieber, wenn Sie ihn nicht kennen«, sagte ich.

Und das war auch meine Meinung. Aber ich irrte mich, wenn ich glaubte, sie hätte vergessen.

»Ihre Freunde sind komisch«, sagte sie und wandte sich ohne Übergang einem anderen Thema zu.

Wir tanzten immerzu. Es gab praktisch keine Unterbrechung zwischen den Musikstücken, und das ersparte mir eine Antwort.

»Was haben Sie denn das letzte Mal mit Jean gemacht?« sagte sie. »Sie ist nicht mehr die gleiche.«

»Ich habe nichts mit ihr gemacht. Ich habe ihr nur beim Ausnüchtern geholfen. Es gibt da eine bekannte Technik.«

»Ich weiß nicht, ob Sie mir Witze erzählen. Bei Ihnen weiß man das nie so recht.«

»Ich bin durchsichtig wie Glas!...« versicherte ich.

Nun antwortete sie nicht mehr, und einige Minuten lang gab sie sich ganz dem Tanz hin. Sie war entspannt in meinen Armen und schien an nichts zu denken.

»Ich wäre gern dabeigewesen«, schloß sie.

»Ich bedauere es auch«, sagte ich. »Dann wären Sie jetzt beruhigter.«

Bei meinem Satz stieg mir selber eine leichte Hitzewelle hinter die Ohren. Ich erinnerte mich an Jeans Körper. Sie beide nehmen und sie gleichzeitig vernichten, nachdem ich es ihnen gesagt hatte. Unmöglich...

»Ich glaube nicht, daß Sie das denken, was Sie sagen.«

»Ich weiß nicht, was ich sagen müßte, damit Sie glauben, daß ich es denke.«

Sie protestierte heftig, schimpfte mich einen Kleinigkeitskrämer und beschuldigte mich, so zu reden wie ein österreichischer Psychiater. Das war ein wenig hart.

»Ich meine«, erklärte ich, »in welchen Augenblicken glauben Sie, daß ich die Wahrheit sage?«

»Es ist mir lieber, wenn Sie gar nichts sagen.«

»Auch wenn ich gar nichts tue?«

Ich drückte sie ein wenig fester. Sie erinnerte sich sicherlich an das, worauf ich anspielte, und schlug die Augen nieder. Aber ich wollte sie nicht einfach so loslassen. Außerdem sagte sie:

»Es kommt drauf an, was Sie tun...«

»Billigen Sie nicht alles, was ich tue?«

»Es ist völlig ohne Interesse, wenn Sie es bei allen tun.«

Ich spürte, daß ich langsam ans Ziel kam. Sie war fast reif. Noch einige Anstrengungen. Ich wollte sehen, ob die Sache wirklich geritzt war.

»Sie sprechen in Rätseln«, sagte ich. »Wovon sprechen Sie eigentlich?«

Diesmal schlug sie nicht nur die Augen nieder, sondern senkte auch den Kopf. Sie war wirklich sehr viel kleiner als ich. Sie hatte eine große weiße Nelke in den Haaren. Aber sie antwortete:

»Sie wissen sehr gut, wovon ich spreche. Von dem, was Sie neulich auf dem Sofa getan haben.«

»Na und?«

»Tun Sie das bei allen Frauen, die Sie kennenlernen?«
Ich lachte ganz laut, und sie kniff mich in den Arm.
»Machen Sie sich nicht über mich lustig, ich bin keine dumme Gans.«
»Gewiß nicht.«
»Antworten Sie auf meine Frage.«
»Nein«, sagte ich. »Ich tue es nicht bei allen Frauen. Offen gestanden gibt es nur sehr wenige Frauen, bei denen man Lust haben kann, es zu tun.«
»Sie erzählen mir faule Witze. Ich habe doch gesehen, wie sich Ihre Freunde aufführten...«
»Das sind keine Freunde, sondern Kameraden.«
»Kommen Sie mir nur nicht mit Haarspaltereien«, sagte sie. »Tun Sie es mit Ihren Kameradinnen?«
»Glauben Sie, man könnte Lust haben, es mit solchen Mädchen zu tun?«
»Ich glaube es...«, murmelte sie. »Es gibt Augenblicke, wo man vieles mit vielen Leuten tun könnte.«
Ich glaubte, mir diesen Satz zunutze machen zu müssen, um meine Umarmung etwas zu verstärken. Gleichzeitig bemühte ich mich, ihre Brust zu streicheln. Ich hatte mich etwas zu früh vorgewagt. Sie machte sich sanft, aber entschlossen frei.
»Wissen Sie, neulich hatte ich getrunken«, sagte sie.
»Ich glaube nicht«, gab ich zur Antwort.
»Oh!... Sie nehmen an, ich hätte mir das gefallen lassen, wenn ich nicht getrunken hätte?«
»Gewiß.«
Sie senkte von neuem den Kopf, dann blickte sie wieder auf, um mir zu sagen:
»Sie glauben doch wohl nicht, daß ich mit jedem x-beliebigen getanzt hätte?«
»Ich bin ein x-beliebiger.«
»Sie wissen, daß Sie das nicht sind.«
Ich hatte selten eine so erschöpfende Unterhaltung ge-

führt. Dieses Mädchen glitt einem wie ein Aal zwischen den Fingern hindurch. Mal machte sie den Eindruck, als liefe sie auf vollen Touren, dann wieder begehrte sie bei der geringsten Berührung auf. Trotzdem machte ich weiter.

»Was ist denn an mir anders?«

»Ich weiß nicht. Sie sehen äußerlich gut aus, aber da ist noch was anderes. Ihre Stimme, zum Beispiel.«

»Na und?«

»Es ist keine gewöhnliche Stimme.«

Ich lachte herzlich.

»Nein«, sagte sie mit Nachdruck. »Es ist eine tiefere Stimme ... eine ... Ich weiß nicht, wie ich sagen soll ... eine wohlklingendere.«

»Das liegt daran, daß ich gewöhnlich Gitarre spiele und dazu singe.«

»Nein«, sagte sie. »Ich habe keine Sänger und keine Gitarristen gehört, die so singen wie Sie. Ich habe Stimmen gehört, die mich an die Ihre erinnern, ja ... es war ... in Haiti. Schwarze.«

»Das ist ein Kompliment, das Sie mir da machen«, sagte ich. »Es sind die besten Musiker, die man finden kann.«

»Reden Sie kein dummes Zeug.«

»Die ganze amerikanische Musik kommt von ihnen«, versicherte ich.

»Das glaube ich nicht. Alle großen Tanzorchester sind Weiße.«

»Gewiß, die Weißen sitzen näher an der Quelle, um die Entdeckungen der Schwarzen auszubeuten.«

»Ich glaube nicht, daß Sie recht haben. Alle großen Komponisten sind Weiße.«

»Duke Ellington, zum Beispiel.«

»Nein, Gershwin, Kern, und die alle.«

»Alles eingewanderte Europäer«, versicherte ich. »Sicherlich sind sie die besten Ausbeuter. Ich glaube nicht, daß man bei Gershwin eine originelle Stelle finden kann, die er nicht kopiert, plagiiert oder nachgeahmt hat. Wetten, daß Sie in der *Rhapsody in Blue* nicht eine einzige finden?«

»Sie sind seltsam«, sagte sie. »Ich hasse die Schwarzen.«

Es war zu schön. Ich dachte an Tom, und ich war nahe daran, dem Herrn zu danken. Aber ich begehrte dieses Mädchen zu sehr, um in diesem Augenblick dem Zorn zugänglich zu sein. Und um gute Arbeit zu leisten, brauchte ich den Herrn nicht.

»Sie sind wie die andern«, sagte ich. »Sie rühmen sich gern der Dinge, die alle möglichen Leute, nur Sie nicht, entdeckt haben.«

»Ich verstehe nicht, was Sie sagen wollen.«

»Sie sollten Reisen machen«, versicherte ich. »Wissen Sie, die weißen Amerikaner haben das Kino oder das Auto oder den Nylonstrumpf oder die Pferderennen nicht ganz allein erfunden. Nicht einmal die Jazzmusik.«

»Reden wir von was anderem«, sagte Lou. »Sie lesen zu viele Bücher, das ist alles.«

An dem Tisch nebenan spielten sie weiterhin Bridge, und wirklich, ich würde nichts erreichen, wenn ich dieses Mädchen nicht zum Trinken animierte. Man mußte Beharrlichkeit zeigen.

»Dex hat mir von Ihrem Rum erzählt. Ist das ein Mythos, oder ist er auch für gewöhnliche Sterbliche zugänglich?«

»Aber sicher bekommen Sie welchen«, sagte Lou. »Ich hätte daran denken müssen, daß Sie Durst haben.«

Ich ließ sie los, und sie schob ab zu einer Art Hausbar.

»Gemischt?« sagte sie. »Weißer Rum mit rotem Rum?«

»Die Mischung geht in Ordnung. Wenn Sie noch etwas Orangensaft dazutun können. Ich komme um vor Durst.«

»Das ist einfach«, versicherte sie.

Die am Bridgetisch, am andern Ende des Raums, riefen laut schreiend zu uns herüber.

»He! Lou!... Machen Sie Ihre Mischung gleich für alle!...«

»Gut«, sagte sie, »aber ihr müßt sie euch holen kommen.«

Ich sah es gern, wie dieses Mädchen sich vorbeugte. Sie trug so etwas wie eine enganliegende Jerseybluse mit einem ganz runden Dekolleté, das den Ansatz ihrer Brüste entblößte, und diesmal waren ihre Haare alle nach einer Seite gekämmt, wie an dem Tag, an dem ich sie das erste Mal gesehen hatte, aber nach links. Sie war viel weniger geschminkt und wirklich zum Anbeißen.

»Sie sind wirklich ein hübsches Mädchen«, sagte ich.

Sie richtete sich auf, eine Flasche Rum in der Hand.

»Fangen Sie nicht an...«

»Ich fange nicht an. Ich mache weiter.«

»Dann machen Sie nicht weiter. Das geht zu schnell bei Ihnen. Man verliert die ganze Lust.«

»Die Dinge dürfen nicht zu lange dauern.«

»Doch. Die angenehmen Dinge, die müßten immer dauern.«

»Wissen Sie, was angenehm ist?«

»Ja. Zum Beispiel mit Ihnen sprechen.«

»Da haben Sie das Vergnügen allein. Das ist egoistisch.«

»Sie sind ein Flegel. Sagen Sie doch gleich, daß meine Unterhaltung Sie anödet!...«

»Ich kann Sie nicht ansehen, ohne zu denken, daß Sie für etwas anderes geschaffen sind als fürs Reden, und es fällt mir schwer, mit Ihnen zu reden, ohne Sie anzuschauen. Aber ich will gern weiter mit Ihnen reden. In der Zeit brauche ich nicht Bridge zu spielen.«

»Spielen Sie nicht gern Bridge?«

Sie hatte ein Glas gefüllt und hielt es mir hin. Ich nahm es und leerte es zur Hälfte.

»Ich mag das.«

Ich zeigte auf das Glas.

»Und ich mag auch, daß Sie es zubereitet haben.«
Sie errötete.
»Das ist so angenehm, wenn Sie so sind.«
»Ich versichere Ihnen, daß ich noch auf viele andere Weisen angenehm sein kann.«
»Sie sind ein Angeber. Sie sind gut gebaut, und Sie bilden sich ein, daß alle Frauen scharf darauf sind.«
»Auf was?«
»Auf die physischen Dinge.«
»Die Frauen, die nicht scharf darauf sind«, behauptete ich, »haben es nie versucht.«
»Das ist nicht wahr.«
»Haben Sie es versucht?«
Sie gab keine Antwort und verdrehte die Finger, dann gab sie sich einen Ruck.
»Was Sie mit mir getan haben, das letzte Mal...«
»Nun?«
»Das war nicht angenehm. Es war... Es war entsetzlich!«
»Aber... nicht unangenehm?«
»Nein...«, sagte sie ganz leise.
Ich ließ das Thema fallen und trank mein Glas aus. Ich hatte das verlorene Terrain wieder zurückgewonnen. Herrgott noch mal, was für eine Mühe würde ich mit diesem Mädchen haben; es gibt Forellen, die diesen Eindruck auf einen machen.
Jean war aufgestanden und kam Gläser holen.
»Langweilen Sie sich nicht mit Lou?«
»Du bist zu liebenswürdig!...« sagte ihre Schwester.
»Lou ist charmant«, sagte ich. »Ich mag sie sehr. Darf ich bei Ihnen um ihre Hand anhalten?«
»Nie im Leben!...« sagte Jean. »Ich habe den Vorrang.«
»So, und was bin ich bei dieser Sache?« sagte Lou. »Ein Ladenhüter?«
»Du bist jung«, sagte Jean. »Du hast noch Zeit. Ich...«

Ich lachte, denn Jean war ja kaum zwei Jahre älter als ihre Schwester.

»Lachen Sie nicht wie ein Idiot«, sagte Lou. »Ist sie nicht schon ganz schön verwelkt?«

Wirklich, ich mochte diese beiden Mädchen. Und auch sie machten den Eindruck, als würden sie sich gut verstehen.

»Wenn Sie beim Altern nicht schlimmer werden«, sagte ich zu Lou, »will ich Sie gern beide heiraten.«

»Sie sind schrecklich«, sagte Jean. »Ich gehe wieder zu meinem Bridge zurück. Nachher müssen Sie mit mir tanzen.«

»Ach! Quatsch«, sagte Lou. »Diesmal habe ich den Vorrang. Spiel du mit deinen dreckigen Karten.«

Wir begannen von neuem zu tanzen, doch es kam ein anderes Programm, und ich schlug Lou einen Gang nach draußen vor, um uns die Beine zu vertreten.

»Ich weiß nicht, ob es in meinem Interesse ist, mit Ihnen allein zu bleiben«, sagte sie.

»Sie riskieren nicht viel. Im Grunde brauchen Sie nur zu rufen.«

»Ganz richtig«, protestierte sie. »Damit man mich für eine dumme Gans hält!...«

»Gut«, sagte ich. »Dann möchte ich ein wenig trinken, wenn es Ihnen nichts ausmacht.«

Ich begab mich zur Bar und mixte mir ein kleines Stärkungsdings. Lou war dort stehen geblieben, wo ich sie zurückgelassen hatte.

»Wollen Sie auch?«

Sie schüttelte den Kopf und schloß dabei ihre gelben Augen. Ich kümmerte mich nicht mehr um sie, durchquerte den Raum und stellte mich hinter Jean, um ihrem Spiel zuzuschauen.

»Ich komme, um Ihnen Glück zu bringen«, sagte ich.

»Das ist der richtige Augenblick!«

Sie drehte sich mit einem strahlenden Lächeln leicht nach mir um.

»Ich verliere hundertdreißig Dollar. Finden Sie das lustig?«

»Alles hängt davon ab, welchen Prozentsatz von Ihrem Vermögen das genau ausmacht«, versicherte ich.

»Wie wär's, wenn wir jetzt mit Spielen aufhörten«, schlug sie darauf vor.

Die drei andern, die nicht unbedingt lieber zu spielen als was anderes zu tun schienen, standen alle zusammen auf. Was den besagten Dexter anging, so hatte er das vierte Mädchen schon vor einer Weile in den Garten geführt.

»Habt ihr nur das?« sagte Jean und zeigte mit einem verächtlichen Zeigefinger auf das Radio. »Ich werde etwas Besseres für euch finden.«

Sie spielte an den Knöpfen herum und erwischte wirklich etwas Tanzbares. Einer der beiden Burschen forderte Lou auf. Die beiden andern tanzten zusammen, und ich ging mit Jean erst was trinken, bevor wir anfingen. Bei ihr wußte ich, was sie brauchte.

13

Praktisch hatte ich seit unserer großen Unterhaltung nicht mehr das Wort an Lou gerichtet, als wir, Dex und ich, zum Schlafen hinaufgingen. Unsere Zimmer lagen im ersten Stock, auf der gleichen Seite wie die der Mädchen. Die Eltern bewohnten den andern Flügel. Die andern Typen waren nach Hause gegangen. Ich sagte, daß die Eltern den andern Flügel bewohnten, aber im Augenblick waren sie wieder abgereist, nach New York oder Haiti oder sonst wohin. Als erstes kam mein Zimmer, dann das von Dexter, das von Jean und das von Lou. Für Streifzüge lag mein Zimmer ungünstig.

Ich zog mich aus, nahm eine schöne Dusche und rieb mich energisch mit dem Roßhaarhandschuh ab. Ich hörte undeutlich, wie Dexter in seinem Zimmer hin- und herging. Er ging hinaus und kam fünf Minuten später wieder zurück, und ich vernahm das Geräusch eines Glases, das gefüllt wird. Er hatte eine kleine Proviantierungsexpedition unternommen, und ich dachte, daß das keine schlechte Idee war. Ich klopfte leise an die Verbindungstür zwischen seinem Zimmer und dem Bad, die uns trennte. Er kam sofort.

»Oh! Dex«, sagte ich durch die Tür. »Habe ich geträumt, oder habe ich das Geräusch von Flaschen gehört?«

»Ich geb' Ihnen eine rüber«, sagte Dex. »Ich habe gleich zwei mit raufgenommen.«

Es war Rum. Nichts Besseres, um zu schlafen oder um wach zu bleiben, je nach der Stunde. Ich gedachte, wach zu bleiben, aber ich hörte, wie Dexter sich kurz darauf hinlegte. Er hatte es anders verstanden als ich.

Ich wartete eine halbe Stunde und ging dann sachte aus meinem Zimmer. Ich hatte einen Slip an und meine

Pyjamajacke. Ich kann Pyjamahosen nicht ausstehen. Es ist ein unmögliches System.

Der Flur war dunkel, doch ich wußte, wo ich hinging. Ich versuchte gar nicht, leise aufzutreten, denn der Teppich genügte, um den Lärm eines Baseballmatchs zu schlucken, und ich klopfte leise an Lous Tür.

Ich hörte sie herankommen; oder eher, ich spürte sie herankommen, und der Schlüssel drehte sich im Schloß um. Ich schlich mich in ihr Zimmer und schloß eiligst die Lacktür hinter mir.

Lou trug ein bezauberndes weißes Negligé, das sie bestimmt einem Varga Girl gestohlen hatte. Augenscheinlich gehörte zu ihrem Dreß auch ein Spitzenbüstenhalter und ein passendes Höschen.

»Ich wollte mal nachsehen, ob Sie immer noch böse auf mich sind«, sagte ich.

»Bleiben Sie nicht hier«, protestierte sie.

»Warum haben Sie aufgemacht? Wer glaubten Sie denn, wer es sei?«

»Ich weiß nicht! Susie vielleicht...«

»Susie ist zu Bett gegangen. Und die andern Dienstmädchen auch. Sie wissen es genau.«

»Worauf wollen Sie hinaus?«

»Darauf.«

Ich packte sie im Flug und küßte sie auf wirklich konsequente Weise. Ich weiß nicht, was meine linke Hand währenddessen tat. Aber Lou wehrte sich, und ich bekam einen der bezauberndsten Faustschläge aufs Ohr, die ich bis heute eingesteckt habe. Ich ließ sie los.

»Sie sind ein Wilder«, sagte sie.

Ihre Haare waren normal weich gekämmt, mit einem Scheitel in der Mitte, sie war wirklich ein Prachtstück. Doch ich blieb ruhig. Der Rum half mir.

»Sie machen zuviel Lärm«, gab ich zur Antwort. »Jean wird Sie bestimmt hören.«

»Zwischen unseren beiden Zimmern liegt das Bad.«
»Wunderbar.«
Ich wurde wieder rückfällig und öffnete ihr Negligé. Es gelang mir, ihr ihren Slip herunterzureißen, bevor sie mich von neuem hatte schlagen können. Doch ich erwischte sie am Handgelenk und hielt ihre Hände hinterm Rücken. Sie lagen bequem in meiner hohlen rechten Hand. Sie kämpfte lautlos, doch zornig und versuchte, mich mit dem Knie zu treten, aber ich schob meine linke Hand ins Kreuz und hielt sie fest an mich gepreßt. Sie versuchte, mich durch meine Pyjamajacke hindurch zu beißen. Doch es gelang mir nicht, mich von meinem verfluchten Slip frei zu machen. Ich ließ sie plötzlich los und stieß sie auf ihr Bett.

»Im Grunde«, sagte ich, »sind Sie bisher allein klargekommen. Ich wäre ganz schön dumm, wenn ich mich wegen so wenig müde machen würde.«

Sie war nahe daran zu weinen, aber ihre Augen glänzten vor Zorn. Sie versuchte nicht einmal, sich wieder anzuziehen, und ich bekam Stielaugen. Sie hatte schwarzes, dichtes Schamhaar, das wie ein Persianer glänzte.

Ich drehte mich auf dem Absatz um und ging zur Tür. Es fiel mir schwer, noch flegelhafter zu sein, und dabei habe ich ganz schöne Anlagen. Sie gab keine Antwort, doch ich sah, wie sich ihre Fäuste zusammenkrampften und wie sie sich in die Lippen biß. Sie drehte mir plötzlich den Rücken zu, und eine Sekunde lang konnte ich diese Seite bewundern. Wirklich, es war schade. Ich ging in einem komischen Zustand aus dem Zimmer.

Ohne mich zu genieren, öffnete ich die nächste Tür, die zu Jeans Zimmer. Sie hatte nicht abgeschlossen. Bedächtig ging ich zum Bad und schob den vernickelten Riegel vor.

Dann zog ich meine Pyjamajacke aus und streifte meinen Slip ab. Das Zimmer war in ein sanftes Licht getaucht, und die organgefarbene Tapete milderte die Atmosphäre noch. Jean, vollkommen nackt, lag bäuchlings auf ihrem niederen Bett und machte sich die Fingernägel. Sie drehte den Kopf um, als sie mich hereinkommen sah, und folgte mir mit den Augen, während ich die Türen zumachte.

»Sie sind aber ganz schön dreist«, sagte sie.

»Ja«, gab ich zur Antwort. »Und Sie, Sie erwarteten mich.«

Sie lachte und drehte sich auf ihrem Bett um. Ich setzte mich neben sie und streichelte ihre Schenkel. Sie war schamlos wie ein zehnjähriges Mädchen. Sie setzte sich auf und befühlte meine Bizepse.

»Sie sind kräftig.«

»Ich bin schwach wie ein neugeborenes Lamm«, versicherte ich.

Sie rieb sich an mir und küßte mich, aber ich sah, wie sie zurückwich und sich die Lippen abputzte.

»Sie kommen gerade von Lou. Ich rieche ihr Parfum.«

Ich hatte nicht an diese verdammte Gewohnheit gedacht. Jeans Stimme zitterte, und sie vermied es, mich anzuschauen. Ich packte sie bei den Schultern.

»Sie sind unvernünftig.«

»Sie riechen nach ihrem Parfum.«

»Sehen Sie!... Ich mußte mich bei ihr entschuldigen«, sagte ich. »Ich hatte sie am Nachmittag gekränkt.«

Ich dachte, daß Lou vielleicht noch dreiviertelnackt mitten in ihrem Zimmer stand, und das erregte mich noch mehr. Jean merkte es und wurde rot.

»Stört Sie das?« fragte ich.

»Nein«, murmelte sie. »Darf ich Sie berühren?«

Ich streckte mich neben ihr aus, und ich hieß sie, sich wieder langzulegen. Ihre Hände fuhren schüchtern über meinen Körper.

»Sie sind sehr stark«, sagte sie leise.

Wir lagen jetzt auf der Seite, uns gegenüber. Ich stieß sie sanft an und drehte sie auf die andere Seite. Dann rückte ich ganz nahe an sie heran. Sie spreizte leicht die Beine, um mir Durchgang zu verschaffen.

»Sie werden mir weh tun.«

»Ganz gewiß nicht«, sagte ich.

Ich tat nichts anderes, als meine Finger über ihre Brüste spazierenzuführen, wobei ich von unten zu den Brustwarzen hin strich, und ich spürte, wie sie an mir erschauderte. Ihr runder, warmer Hintern lag ganz eng an meinen Oberschenkeln, und sie atmete schneller.

»Soll ich das Licht ausmachen?« murmelte ich.

»Nein«, sagte Jean. »So ist es mir lieber.«

Ich machte meine linke Hand unter ihrem Körper frei und schob ihre Haare vom rechten Ohr weg. Viele Leute wissen gar nicht, was man alles mit einer Frau machen kann, wenn man eines ihrer Ohren küßt und daran knabbert. Es ist ein prima Trick. Jean schlängelte sich wie ein Aal.

»Tun Sie das nicht, bitte.«

Ich hörte sofort auf, doch sie ergriff mich am Handgelenk und drückte mich mit ungewöhnlicher Kraft.

»Tun Sie es noch einmal.«

Ich fing wieder an, ausführlicher diesmal, und ich spürte, wie sie plötzlich steif wurde, sich dann entspannte und den Kopf hängen ließ. Meine Hand glitt ihren Bauch entlang, und ich stellte fest, daß sie etwas gespürt hatte. Ich übersäte ihren Hals mit schnellen, kaum aufgedrückten Küssen. Ich sah, wie sich ihre Haut spannte, je näher ich zur Brust kam. Dann nahm ich ganz sachte mein Geschlecht und drang in sie ein, so leicht, daß ich nicht weiß, ob sie es überhaupt merkte, bevor ich zu stoßen anfing. Das ist eine Frage der Vorbereitung. Doch sie machte sich mit einer leichten Hüftbewegung frei.

»Bin ich Ihnen unangenehm?« sagte ich.

»Streicheln Sie mich noch. Streicheln Sie mich die ganze Nacht.«

»Das gedenke ich auch zu tun«, sagte ich.

Von neuem besaß ich sie, diesmal gewalttätig. Aber ich zog mich zurück, bevor ich sie befriedigt hatte.

»Sie werden mich verrückt machen...«, murmelte sie.

Und sie wälzte sich auf den Bauch, wobei sie ihren Kopf in ihren Armen verbarg. Ich küßte ihr Kreuz und ihren Hintern, und dann kniete ich mich über sie.

»Spreizen Sie die Beine«, sagte ich.

Sie sagte nichts und spreizte sachte die Beine. Ich schob meine Hand zwischen ihre Schenkel und ließ mich von neuem leiten, doch ich irrte mich im Weg. Von neuem machte sie sich steif, und ich blieb hartnäckig.

»Ich will nicht«, sagte sie.

»Knien Sie sich hin«, sagte ich.

»Ich will nicht.«

Dann wölbte sie das Kreuz, und ihre Knie kamen hoch. Sie hielt ihren Kopf in den Armen vergraben, und langsam gelangte ich ans Ziel. Sie sagte nichts, doch ich spürte, wie ihr Bauch von oben nach unten ging und ihr Atem schneller wurde. Ohne aus ihr herauszugehen, ließ ich mich auf die Seite fallen, wobei ich sie an mich gepreßt mitzog, und als ich ihr Gesicht zu sehen versuchte, liefen Tränen aus ihren geschlossenen Augen, doch sie sagte, ich solle bleiben.

14

Ich bin um fünf Uhr morgens in mein Zimmer zurückgegangen. Jean hat sich nicht gerührt, als ich sie losgelassen habe, sie war wirklich am Ende. Die Knie schlotterten mir zwar ein wenig, aber es ist mir gelungen, um zehn Uhr aus dem Bett zu kommen. Ich glaube, daß mir Dex' Rum ganz schön dabei geholfen hat. Ich habe mich unter die kalte Dusche geklemmt und ihn gebeten herüberzukommen, um mich ein wenig zu boxen. Er hat draufgeschlagen wie ein Besessener, und das hat mich wieder auf die Beine gebracht. Ich dachte an den Zustand, in dem Jean sein mußte. Dex wiederum hatte sich zu stark in den Rum gekniet, er hatte eine furchtbare, zwei Meter lange Fahne. Ich habe ihm den Rat gegeben, drei Liter Milch zu trinken und eine Runde um den Golfplatz zu machen. Er glaubte, Jean beim Tennis anzutreffen, aber sie war noch nicht auf. Ich bin hinuntergegangen, um zu frühstücken. Lou saß ganz allein am Tisch; sie trug einen kleinen Plisseerock und eine helle Seidenbluse unter einer Wildlederjacke. Wirklich, ich begehrte dieses Mädchen. Aber an diesem Morgen fühlte ich mich eher beruhigt. Ich sagte guten Morgen. »Guten Morgen.«

Ihr Ton war kalt. Nein, eher traurig.

»Sind Sie böse mit mir? Ich entschuldige mich wegen gestern abend.«

»Ich nehme an, daß Sie nichts dafür können«, sagte sie. »Sie sind so geboren.«

»Nein. Ich bin so geworden.«

»Ihre Geschichten interessieren mich nicht.«

»Sie sind halt noch nicht in dem Alter, in dem meine Geschichten Sie interessieren könnten...«

»Ich werde dafür sorgen, daß Sie noch bedauern werden, was Sie mir gerade gesagt haben, Lee.«

»Ich möchte nur sehen, wie.«

»Reden wir nicht mehr davon. Wollen Sie ein Einzel mit mir machen?«

»Gern«, sagte ich. »Ich muß mich entspannen.«

Sie konnte sich ein Lächeln nicht verkneifen, und gleich nach dem Frühstück folgte ich ihr auf den Tennisplatz. Dieses Mädchen konnte nicht lange zornig bleiben.

Wir haben bis Mittag Tennis miteinander gespielt. Ich spürte meine Beine nicht mehr, und ich fing an, alles grau zu sehen, als Jean von der einen Seite und Dex von der andern Seite gekommen sind. Sie waren in einem ebenso traurigen Zustand wie ich.

»Tag!« sagte ich zu Jean. »Sie scheinen gut in Form zu sein.«

»Sie haben sich wohl noch nicht betrachtet«, gab sie zur Antwort.

»Das ist Lous Schuld«, behauptete ich.

»Ist es vielleicht auch meine Schuld, wenn man diesen alten Dex mit dem Löffel aufkratzen kann?« protestierte Lou. »Ihr habt alle zuviel Rum getrunken, das ist alles. Oh! Dex! Sie stinken ja fünf Meter gegen den Wind nach Rum!«

»Lee hat gesagt, nur zwei Meter«, protestierte Dexter lebhaft.

»Ich soll das gesagt haben?«

»Lou«, sagte Dex, »kommen Sie und spielen Sie mit mir.«

»Nicht gerecht«, sagte Lou. »Es müßte Jean sein.«

»Unmöglich!« sagte Jean. »Lee, kommen Sie, lassen Sie uns eine Fahrt machen vor dem Mittagessen.«

»Aber um wieviel Uhr wird hier denn zu Mittag gegessen?« protestierte Dex.

»Zu keiner bestimmten Zeit«, sagte Jean.

Sie schob ihren Arm unter den meinen und zog mich zur Garage mit.

»Sollen wir Dex' Wagen nehmen?« sagte ich. »Es ist der erste, das ist bequemer.«

Sie gab keine Antwort. Sie drückte meinen Arm sehr fest und rückte so nahe wie nur möglich an mich heran. Ich bemühte mich, von unwichtigen Dingen zu sprechen, und sie gab weiterhin keine Antwort. Sie ließ meinen Arm los, um in den Wagen zu steigen, doch sobald ich saß, drängte sie sich von neuem an mich, so nahe sie nur konnte, ohne mich am Fahren zu hindern. Ich fuhr im Rückwärtsgang hinaus und fuhr die Allee hinunter. Das Tor stand offen, und ich bog rechts ein. Ich wußte nicht, wohin das führte.

»Wie kommt man aus dieser Stadt heraus?« fragte ich Jean.

»Irgendwie...«, murmelte sie.

Ich betrachtete sie im Rückspiegel. Sie hatte die Augen geschlossen.

»Sagen Sie mal«, sagte ich mit Nachdruck, »Sie haben zuviel geschlafen, davon sind Sie betäubt.«

Sie richtete sich auf wie eine Irre und packte meinen Kopf mit beiden Händen, um mich zu küssen. Ich bremste vorsichtig, denn das schränkte die Sicht ganz beachtlich ein.

»Küssen Sie mich, Lee...«

»Warten Sie wenigstens, bis wir aus der Stadt heraus sind.«

»Die Leute sind mir gleichgültig. Sie können es ruhig alle wissen.«

»Und Ihr Ruf?«

»Um den kümmern Sie sich nicht immer. Küssen Sie mich.«

Küssen, das geht mal fünf Minuten, aber ich konnte das nicht die ganze Zeit über tun. Mit ihr schlafen und sie nach allen Seiten hin umdrehen, in Ordnung. Aber nicht küssen. Ich machte mich frei.

»Seien Sie brav.«

»Küssen Sie mich, Lee. Bitte.«

Von neuem gab ich Gas und bog in die erste Straße zu meiner Rechten ein, dann nach links; ich versuchte sie so zu schütteln, daß sie von mir abließ und sich an etwas anderem festklammerte; aber bei diesem Packard war nichts zu machen. Der lag ruhig auf der Straße. Sie nutzte das aus, um mir wieder die Arme um den Hals zu legen.

»Ich versichere Ihnen, daß man ganz schöne Geschichten über Sie in dieser Gegend erzählen wird.«

»Ich möchte, daß man noch viel mehr erzählt. Die Leute werden sich nachher ganz schön ärgern ...«

»Wann? Nachher?«

»Wenn sie erfahren, daß wir heiraten werden.«

Mannometer, dieses Mädchen war aber voll abgefahren! Es gibt welche, auf die hat das die gleiche Wirkung wie Baldrian auf eine Katze oder wie eine tote Kröte auf einen Foxterrier. Sie möchten sich ihr ganzes Leben lang daran klammern.

»Werden wir heiraten?«

Sie beugte den Kopf herab und küßte meine rechte Hand.

»Sicher.«

»Wann?«

»Jetzt.«

»Nicht an einem Sonntag.«

»Warum nicht?« sagte sie.

»Nein. Das ist dumm. Ihre Eltern werden nicht einverstanden sein.«

»Das ist mir gleichgültig.«

»Ich habe kein Geld.«

»Genug für zwei.«

»Kaum genug für mich«, sagte ich.

»Meine Eltern werden mir welches geben.«

»Das glaube ich nicht. Ihre Eltern kennen mich nicht. Sie kennen mich übrigens auch nicht.«

Sie wurde rot und versteckte ihren Kopf an meiner Schulter.

»Doch, ich kenne Sie«, murmelte sie. »Ich könnte Sie auswendig beschreiben, und zwar ganz.«

Ich wollte sehen, wie weit ich gehen könnte, und sagte: »Viele Frauen könnten mich auf diese Weise beschreiben.«

Sie reagierte nicht.

»Das ist mir gleichgültig. Sie werden es jetzt nicht mehr tun.«

»Aber Sie wissen doch nichts von mir.«

»Ich wußte nichts von Ihnen.«

Sie begann das Lied Dukes zu trällern, das diesen Titel hat.

»Sie wissen jetzt auch nicht mehr von mir«, versicherte ich.

»Dann erzählen Sie mir von sich«, sagte sie und hörte auf zu singen.

»Ich sehe eigentlich nicht«, sagte ich, »wie ich Sie daran hindern könnte, mich zu heiraten. Höchstens, indem ich gehe. Und ich habe keine Lust zu gehen.«

Ich fügte nicht hinzu »bevor ich Lou gehabt habe«, aber es ist genau das, was ich sagen wollte. Jean hielt es für bare Münze. Ich hatte dieses Mädchen ganz in meiner Hand. Ich mußte das Manöver mit Lou beschleunigen. Jean legte ihren Kopf auf meine Knie und breitete ihren Körper auf den übrigen Sitz.

»Erzählen Sie mir, bitte, Lee.«

»Gut«, sagte ich.

Ich klärte sie darüber auf, daß ich irgendwo in Kalifornien zur Welt gekommen war, daß mein Vater schwedischer Abstammung war und daß ich deshalb blonde Haare hatte. Ich hatte eine schwierige Kindheit, denn meine Eltern waren sehr arm, und so im Alter von neun Jahren, es war mitten in der Weltwirtschaftskrise, spielte ich Gitarre, um meinen Lebensunterhalt zu verdienen, und dann hatte ich das Glück, einen Kerl kennenzulernen, der sich für mich interessiert hat, als ich vierzehn Jahre alt war, und er hat mich mit nach Europa genommen, nach Großbritannien und nach Irland, wo ich etwa zehn Jahre lang geblieben war.

Das war natürlich alles fauler Zauber. Ich war zwar zehn Jahre lang in Europa gewesen, jedoch nicht unter diesen Bedingungen, und alles, was ich gelernt hatte, verdankte ich nur mir und der Bibliothek des Kerls, bei dem ich als Diener gearbeitet hatte.

Ich erzählte ihr auch nichts davon, wie dieser Kerl mich behandelte, weil er wußte, daß ich Schwarzer war, auch nicht, was er mit mir tat, wenn seine kleinen Freunde ihn nicht besuchen kamen, auch nicht, auf welche Weise ich ihn verlassen hatte, nachdem ich ihn mittels einiger Sonderbehandlungen einen Scheck hatte unterschreiben lassen, um damit meine Rückreise zu bezahlen.

Ich tischte ihr einen Haufen alberner Geschichten über meinen Bruder Tom und über den Jungen auf und wie er bei einem Unfall umgekommen war, man glaubte, das käme von den Negern, diese Burschen sind ja heimtückisch, eine Dienstbotenrasse, und der Gedanke mit einem Farbigen zusammenzusein, machte sie krank. Nach Amerika zurückgekommen, fand ich also das Haus meiner Eltern verkauft, meinen Bruder Tom in New York und den Jungen sechs Fuß unter der Erde, worauf ich Arbeit gesucht hatte, und ich verdankte meinen Job in der Buchhandlung einem Freund von Tom; und das stimmte.

Sie hörte mir zu wie einem Prediger, und ich trug noch dicker auf; ich sagte ihr, daß ich glaube, daß ihre Eltern mit unserer Hochzeit nicht einverstanden seien, denn sie sei noch keine zwanzig Jahre alt. Sie war gerade zwanzig geworden und kam auch ohne ihre Eltern aus. Aber ich verdiente wenig Geld. Es wäre ihr lieber, daß ich das Geld allein und ehrlich verdiene, und ihre Eltern würden mich sicherlich mögen und eine interessantere Arbeit in Haiti oder in einer ihrer Pflanzungen für mich finden. Währenddessen versuchte ich mich zurechtzufinden, und schließlich geriet ich wieder auf die Straße, auf der ich mit Dex angekommen war. Ich würde vorerst meine Arbeit weitermachen, und sie käme mich wochentags besuchen; wir würden es einrichten, um in den Süden zu brausen und dort einige Tage an einem Ort zu verbringen, wo niemand uns stören würde, und dann kämen wir verheiratet wieder zurück, und die ganze Geschichte wäre gelaufen.

Ich fragte sie, ob sie es Lou sagen würde; sie sagte ja, aber nicht, was wir zusammen getan hätten, und als sie wieder davon sprach, geriet sie von neuem in Erregung. Zum Glück waren wir angekommen.

15

Wir haben den Nachmittag irgendwie herumgebracht. Es war nicht mehr so schön wie am Vortag. Ein richtiges Herbstwetter; und ich habe mich natürlich gehütet, mit den Freunden von Jean und Lou Bridge zu spielen; ich erinnerte mich an Dex' Ratschläge; es war nicht der richtige Augenblick, die paar hundert Dollar, die ich zusammenbekommen hatte, zum Fenster hinauszuwerfen; und tatsächlich kümmerten sich diese Burschen kaum darum, ob sie fünf- oder sechshundert Dollar mehr oder weniger hatten. Sie suchten nur die Zeit totzuschlagen.

Jean sah mich unentwegt an, wegen jeder Kleinigkeit, und als wir einen Augenblick unter vier Augen waren, sagte ich ihr, sie solle aufpassen. Ich tanzte wieder mit Lou, aber sie war mißtrauisch; es gelang mir nicht, das Gespräch auf ein interessantes Thema zu bringen. Ich spürte die Nachwirkungen meiner Nacht nicht mehr und war jedesmal erregt, wenn ich ihre Brust ansah; immerhin ließ sie sich beim Tanzen etwas abknutschen. Wie am Tag zuvor sind die Freunde nicht sehr spät aufgebrochen, und wir waren wieder zu viert. Jean konnte sich nicht mehr auf den Beinen halten, wollte aber schon wieder, und ich hatte alle Mühe der Welt, sie davon zu überzeugen, daß es besser sei zu warten; zum Glück wirkte die Müdigkeit. Dex sprach weiterhin dem Rum zu. Wir sind gegen zehn Uhr hinaufgegangen, und ich bin fast gleich darauf wieder hinuntergegangen, um mir ein Buch zu holen. Ich hatte keine Lust, es wieder mit Jean zu treiben, und war auch nicht müde genug, um sofort einzuschlafen.

Und dann, als ich wieder mein Zimmer betreten habe, habe ich Lou auf meinem Bett sitzend vorgefunden. Sie trug das gleiche Negligé wie am Abend zuvor und einen neuen

Slip. Ich habe sie nicht angerührt. Ich habe meine Tür und die zum Badezimmer abgeschlossen und mich hingelegt, als ob sie nicht dagewesen wäre. Während ich meine Klamotten auszog, hörte ich sie schnell atmen. Als ich dann im Bett lag, habe ich mich entschlossen, mit ihr zu reden.

»Finden Sie heute abend keinen Schlaf, Lou? Kann ich etwas für Sie tun?«

»So bin ich sicher, daß Sie heute abend nicht zu Jean gehen werden«, gab sie zur Antwort.

»Was führt Sie zu der Annahme, daß ich gestern abend bei Jean gewesen bin?«

»Ich habe Sie gehört«, sagte sie.

»Sie setzen mich in Erstaunen ... Dabei habe ich keinen Lärm gemacht«, spottete ich.

»Warum haben Sie diese beiden Türen abgeschlossen?«

»Ich schlafe immer bei geschlossenen Türen«, sagte ich. »Ich lege keinen Wert darauf, daß irgend jemand neben mir liegt, wenn ich wach werde.«

Sie mußte sich von Kopf bis Fuß einparfümiert haben. Sie roch kilometerweit, und ihr Make-up war tadellos. Sie war frisiert wie am Tag zuvor, mit ihren in der Mitte gescheitelten Haaren, und es genügte wirklich, die Hand auszustrecken, um sie wie eine reife Orange zu pflücken, aber ich hatte noch eine kleine Rechnung mit ihr zu begleichen.

»Sie sind bei Jean gewesen«, behauptete sie.

»Auf jeden Fall haben Sie mich vor die Tür gesetzt«, sagte ich. »Das ist alles, woran ich mich erinnere.«

»Ich mag Ihr Benehmen nicht«, sagte sie.

»Ich finde mich heute abend ganz besonders korrekt«, sagte ich. »Ich bitte Sie um Entschuldigung, daß ich gezwungen war, mich vor Ihnen auszuziehen, aber ich bin auf jeden Fall sicher, daß Sie nicht hingeschaut haben.«

»Was haben Sie mit Jean gemacht?« bohrte sie weiter.

»Hören Sie«, sagte ich. »Sie werden überrascht sein,

aber ich kann nicht anders. Es ist mir lieber, daß Sie Bescheid wissen. Ich habe sie neulich geküßt, und seitdem läuft sie unaufhörlich hinter mir her.«

»Wann?«

»Als ich sie bei Jicky ausnüchterte.«

»Ich wußte es.«

»Sie hat mich fast dazu gezwungen. Sie wissen ja, daß ich auch ein wenig getrunken hatte.«

»Haben Sie sie wirklich geküßt?...«

»Wie?«

»Wie mich...«, murmelte sie.

»Nein«, sagte ich schlicht mit einer Ungezwungenheit im Ton, mit der ich sehr zufrieden war. »Ihre Schwester ist eine Klette, Lou. Ich begehre nur Sie. Ich habe Jean geküßt, wie... wie wenn ich meine Mutter geküßt hätte, und sie ist nicht mehr zu bremsen. Ich weiß nicht, wie ich sie loswerden soll, aber ich fürchte, es wird mir nicht gelingen. Sie wird Ihnen sicherlich erzählen, daß wir heiraten werden. Das ist heute morgen in Dex' Wagen in sie gefahren. Sie ist hübsch, aber ich begehre sie nicht. Ich glaube, sie ist etwas übergeschnappt.«

»Sie haben sie vor mir geküßt.«

»Sie hat mich geküßt. Sie wissen doch, daß man immer dankbar ist gegenüber jemand, der sich um einen kümmert, wenn man blau ist...«

»Bedauern Sie es, daß Sie sie geküßt haben?«

»Nein«, sagte ich. »Ich bedaure nur eins, nämlich daß Sie an diesem Abend nicht an ihrer Stelle betrunken gewesen sind.«

»Sie können mich jetzt küssen«, sagte sie.

Sie rührte sich nicht und schaute vor sich hin, aber das zu sagen, hat sie sicherlich viel gekostet.

»Ich kann Sie nicht küssen«, sagte ich. »Bei Jean war das ohne Bedeutung. Bei Ihnen macht mich das krank. Ich werde Sie nicht anrühren, bevor...«

Ich beendete meinen Satz nicht und stieß ein unbestimmtes Brummen der Mutlosigkeit aus, wobei ich mich auf die andere Seite des Bettes legte.
»Bevor was?« fragte Lou.
Sie hatte sich leicht gedreht und legte mir eine Hand auf den Arm.
»Es ist dumm«, sagte ich. »Es ist unmöglich ...«
»Sagen Sie es ...«
»Ich wollte sagen ... bevor wir verheiratet sind. Lou, Sie und ich. Aber Sie sind zu jung, und ich werde Jean nie loswerden, und sie wird uns nie in Ruhe lassen.«
»Denken Sie das wirklich im Ernst?«
»Was?«
»Mich zu heiraten?«
»Ich kann nicht im Ernst an etwas Unmögliches denken«, versicherte ich. »Aber was die Lust dazu angeht, so kann ich Ihnen hoch und heilig schwören, daß ich ganz im Ernst Lust dazu habe.«
Sie stand vom Bett auf. Ich blieb auf der anderen Seite liegen. Sie sagte nichts. Ich habe ebenfalls nichts gesagt, und ich habe gespürt, daß sie sich auf dem Bett ausgestreckt hat.
»Lee«, sagte sie nach einer Weile.
Ich spürte, wie mein Herz so schnell schlug, dass das Bett ein wenig dröhnte. Ich drehte mich um. Sie hatte ihr Negligé und das andere ausgezogen und schloß die Augen, während sie auf dem Rücken lag. Ich dachte, daß Howard Hughes ein Dutzend Filme gedreht hätte nur wegen der Brust dieses Mädchens. Ich rührte sie nicht an.
»Ich will es nicht mit Ihnen tun«, sagte ich. »Diese Geschichte mit Jean kotzt mich an. Bevor Sie mich kannten, haben Sie sich beide gut verstanden. Ich habe keine Lust, Sie auf die eine oder andere Weise zu trennen.«
Ich weiß nicht, ob ich auf etwas anderes Lust hatte, als sie bis zum Krankwerden zu ficken, wenn ich meinen

Reflexen Glauben schenken durfte. Doch es gelang mir, mich zusammenzureißen.

»Jean ist in Sie verliebt«, sagte Lou. »Das sieht man.«

»Ich kann nichts dafür.«

Sie war glatt und schmal wie ein Grashalm und duftend wie ein Parfümerieladen. Ich setzte mich auf und beugte mich über ihre Beine, und ich küßte die Innenseite ihrer Schenkel, an der Stelle, wo die Haut einer Frau ebenso weich ist wie die Federn eines Vogels. Sie preßte ihre Beine zusammen und spreizte sie dann fast gleich darauf, und ich fing etwas weiter oben wieder an. Ihr glänzender, gelockter Flaum streichelte meine Wange, und sachte begann ich, sie zu lecken. Ihr Geschlecht war brennend und feucht, fest unter der Zunge. Am liebsten hätte ich sie gebissen, aber ich richtete mich wieder auf. Sie setzte sich mit einem Satz auf und packte meinen Kopf, um ihn wieder an seinen Platz zurückzubringen. Ich machte mich halb frei.

»Ich will nicht«, sagte ich. »Ich will nicht, solange diese Geschichte mit Jean nicht erledigt ist. Ich kann Sie nicht beide heiraten.«

Ich biß ihr in die Brustwarzen. Sie hielt immer noch meinen Kopf fest und hatte die Augen geschlossen.

»Jean will mich heiraten«, fuhr ich fort. »Warum? Ich weiß es nicht. Doch wenn ich mich weigere, wird sie es mit Sicherheit zu verhindern wissen, daß wir uns sehen.«

Sie schwieg, und ihr Körper straffte sich unter meinen Liebkosungen. Meine rechte Hand fuhr an ihren Schenkeln auf und ab, und Lou öffnete sich bei jeder eindeutigen Berührung.

»Ich sehe nur eine Lösung«, sagte ich. »Ich kann Jean heiraten, und Sie ziehen zu uns, dann werden wir schon eine Möglichkeit finden, uns zu sehen.«

»Ich will nicht«, murmelte Lou.

Ihre Stimme klang ungleich, und ich hätte fast darauf

spielen können wie auf einem Musikinstrument. Bei jeder neuen Berührung wechselte sie den Tonfall.

»Ich will nicht, daß Sie das mit ihr tun...«

»Nichts zwingt mich dazu, das mit ihr zu tun«, sagte ich.

»Oh! Tun Sie es mit mir«, sagte Lou. »Tun Sie es sofort mit mir!«

Sie geriet in Erregung, und jedesmal, wenn meine Hand hochfuhr, kam sie ihr entgegen. Ich schob meinen Kopf zwischen ihre Beine, und sie auf die andere Seite drehend, den Rücken mir zugewandt, hob ich ihr Bein hoch und steckte meinen Kopf zwischen ihre Schenkel. Ich nahm ihr Geschlecht zwischen die Lippen. Sie machte sich plötzlich steif und entspannte sich gleich darauf. Ich lutschte sie ein wenig und zog mich dann zurück. Sie lag flach auf dem Bauch.

»Lou«, murmelte ich. »Ich werde Sie nicht ficken. Ich will Sie nicht ficken, bevor wir es nicht in Ruhe tun können. Ich werde Jean heiraten, und wir werden gut miteinander klarkommen. Sie werden mir helfen.«

Sie warf sich mit einem Schlag auf den Rücken und küßte mich mit einer Art Raserei. Ihre Zähne stießen gegen die meinen, während ich ihren Hintern streichelte. Dann nahm ich sie bei der Hüfte und stellte sie auf den Boden.

»Gehen Sie in Ihr Zimmer und schlafen Sie«, sagte ich zu ihr. »Wir haben genug dummes Zeug geredet. Gehen Sie in Ihr Zimmer und legen Sie sich brav ins Bett.«

Ich stand nun ebenfalls auf und küßte sie auf die Augen. Zum Glück hatte ich einen Slip unter dem Pyjama anbehalten und bewahrte so meine Würde.

Ich gab ihr ihren Büstenhalter und ihren Slip; ich wischte ihr mit meinem Bettuch die Schenkel ab, und schließlich half ich ihr in ihr durchsichtiges Negligé. Sie ließ alles mit sich geschehen, ohne ein Wort zu sagen, sie war weich und warm in meinen Armen.

»Schön heia gehen, Schwesterchen«, sagte ich zu ihr. »Morgen früh fahre ich zurück. Versuchen Sie, beim Frühstück dazusein, ich sehe Sie gern.«

Dann schob ich sie hinaus und schloß die Tür ab. Mit Sicherheit hatte ich diese beiden Mädchen jetzt in der Hand. Ich fühlte mich innerlich ganz fröhlich, und wahrscheinlich drehte sich der Junge unter seinen zwei Metern Erde herum. Darauf hielt ich ihm die Hand hin. Das will schon was heißen, die Hand seines Bruders zu drücken.

16

Einige Tage später bekam ich von Tom einen Brief. Er schrieb nicht viel über seine Angelegenheiten. Ich glaubte zu verstehen, daß er einen nicht sehr glanzvollen Job in einer Schule in Harlem gefunden hatte, und er zitierte die Heilige Schrift, wobei er mir die Stelle angab, weil er sich denken konnte, daß ich in diesen Geschichten nicht sehr gut bewandert war. Es war eine Stelle aus dem Buche Hiob, wo es heißt: »Was soll ich mein Fleisch mit meinen Zähnen davontragen und meine Seele in meine Hände legen?« Ich glaube, daß der Bursche, nach Toms Auslegung, damit zu verstehen geben wollte, daß er seine letzte Karte ausgespielt oder alles auf eine Karte gesetzt hatte, und ich finde, daß es eine komplizierte Art ist, eine so einfache Speise zuzubereiten. Ich sah also, daß Tom sich in dieser Hinsicht nicht geändert hatte. Aber er war trotzdem ein braver Kerl. Ich schrieb ihm zurück, daß für mich alles zum besten stünde, und ich legte ihm eine Fünfzigdollarnote bei, denn ich glaube, daß der arme Kerl nicht so aß, wie er es hätte tun sollen.

Ansonsten gab es nichts Neues. Bücher und immer wieder Bücher. Ich bekam Listen von Weihnachtsbüchern und Prospekte, die nicht über die Stammfirma gegangen waren, Burschen, die auf eigene Rechnung warben, doch mein Vertrag verbot mir dieses Spielchen, und ich wollte mich keiner Gefahr aussetzen. Manchmal mußte ich Kerle eines anderen Genres, die im Pornogeschäft arbeiteten, hinauswerfen: jedoch nie auf die brutale Tour. Diese Burschen waren oft Schwarze oder Mulatten, und ich weiß, daß diese Knaben es schwer haben; in der Regel nahm ich ihnen ein oder zwei Dinger ab und gab sie dann der Clique; besonders Judy war scharf auf diese Dinger.

Sie trafen sich auch weiterhin im Drugstore, kamen zu mir in die Buchhandlung, und ich verpaßte mir von Zeit zu Zeit eines der Mädchen, in der Regel jeden zweiten Tag. Dümmer als lasterhaft. Mit Ausnahme von Judy.

Jean und Lou sollten noch vor dem Wochenende beide nach Buckton kommen. Zwei getrennt getroffene Verabredungen; ich bekam einen Anruf von Jean, und Lou kam nicht. Jean lud mich für das nächste Wochenende ein, und ich mußte ihr sagen, daß ich nicht kommen konnte. Ich wollte mich von diesem Mädchen nicht wie ein Bauer beim Schachspiel hin- und herschieben lassen. Sie fühlte sich nicht wohl und hätte es lieber gehabt, daß ich komme, doch ich habe ihr gesagt, daß ich noch mit einer Arbeit im Rückstand sei, und sie hat mir versprochen, am Montag gegen fünf Uhr zu kommen; auf diese Weise hätten wir Zeit, miteinander zu plaudern.

Bis Montag tat ich nichts Außergewöhnliches, und am Samstag abend vertrat ich wieder den Gitarristen aus dem Stork, das brachte mir fünfzehn Dollar ein und die Getränke umsonst. Sie zahlten nicht schlecht in dieser Kneipe. Zu Hause las ich oder übte auf meiner Gitarre. Ich hatte die Rasseln weitgehend aufgegeben, ohne ging es eben viel einfacher. Ich würde wieder damit anfangen, wenn ich mir die beiden Asquith-Töchter vom Hals geschafft hätte. Ich besorgte mir auch Patronen für den kleinen Ballermann des Jungen und kaufte diverse harte Sachen. Ich brachte meinen Schlitten in die Garage zur Inspektion, und der Kerl stellte einiges fest, das nicht mehr in Ordnung war.

Kein Lebenszeichen von Dex während dieser ganzen Zeit. Am Samstag morgen hatte ich versucht, ihn zu erreichen, aber er war gerade zu einem Wochenendausflug aufgebrochen, und man sagte mir nicht, wohin. Ich nehme an, daß er wieder zur alten Anna gegangen war, um dort zehnjährige Mädchen zu vernaschen, weil auch die andern aus unserer Clique nicht wußten, wo er die ganze Woche über abgeblieben war.

Und am Montag hielt Jeans Wagen um vier Uhr zwanzig vor meiner Tür; was die Leute denken mochten, war ihr völlig egal. Sie stieg aus und kam in meinen Laden. Es war niemand da. Sie kam zu mir und verpaßte mir einen, daß mir Hören und Sehen verging, und ich sagte ihr, sie solle sich setzen. Ich ließ absichtlich nicht den Rolladen runter, damit sie sah, daß ich ihre Idee, früher zu kommen, nicht billigte. Sie sah sehr schlecht aus, trotz ihres Make-ups, und hatte schwarzumränderte Augen. Wie gewöhnlich trug sie das Teuerste, was man sich auf den Leib hängen kann, und dazu einen Hut, der nicht aus dem Modehaus Macy kam; übrigens machte er sie älter.

»Gute Reise gehabt?« fragte ich.

»Es ist ja nur ein Katzensprung«, gab sie zur Antwort.

»Ich hatte den Eindruck, es sei weiter.«

»Sie sind zu früh dran«, bemerkte ich.

Sie schaute auf ihre mit Brillanten gepflasterte Uhr.

»Nicht so sehr!... Es ist fünf nach halb fünf.«

»Vier Uhr neunundzwanzig«, protestierte ich. »Ihre Uhr geht ja entsetzlich vor.«

»Ist Ihnen das unangenehm?«

Sie sprach schmeichelnd, was mir auf die Nerven ging.

»Aber gewiß. Ich habe noch etwas anderes zu tun, als mich zu amüsieren.«

»Lee«, murmelte sie, »seien Sie nett!...«

»Ich bin nett, wenn ich meine Arbeit gemacht habe.«

»Seien Sie nett, Lee«, sagte sie noch einmal. »Ich bekomme... Ich bin...«

Sie hielt inne. Ich hatte verstanden, aber sie mußte es sagen.

»Erklären Sie sich«, sagte ich.

»Ich bekomme ein Kind, Lee.«

»Sie«, sagte ich und drohte ihr mit dem Finger, »Sie haben sich mit einem Mann eingelassen.«

Sie lachte, doch ihr Gesicht blieb angegriffen und abgespannt.

»Lee, Sie müssen mich so schnell wie möglich heiraten, andernfalls wird es einen furchtbaren Skandal geben.«

»Ach was«, versicherte ich. »So was kommt jeden Tag vor.«

Ich schlug jetzt einen munteren Ton an; ich durfte sie schließlich nicht vertreiben, bevor alles geregelt war. In diesem Zustand sind die Frauen oft nervös. Ich ging zu ihr und streichelte ihre Schultern.

»Warten Sie«, sagte ich. »Ich werde den Laden zumachen, dann sind wir ungestörter.«

Mit einem Kind wäre es sicher leichter, sie loszuwerden. Sie hatte jetzt einen guten Grund, sich umzubringen. Ich ging zur Tür und betätigte den linken Schalter, der für den Rolladen zuständig war. Der Rolladen ging langsam herunter, wobei er kein anderes Geräusch machte als das Rasseln des Winkeltriebs, der sich im Öl drehte.

Als ich mich umdrehte, hatte Jean ihren Hut abgenommen und tastete an ihrem Haar herum, um es aufzulockern; so sah sie besser aus; wirklich ein schönes Mädchen.

»Wann reisen wir ab?« fragte sie plötzlich. »Sie müssen jetzt so schnell wie möglich mit mir wegfahren.«

»Wir können Ende dieser Woche aufbrechen«, gab ich zur Antwort. »Meine Angelegenheiten sind geregelt; aber ich werde dort einen neuen Job finden müssen.«

»Ich werde Geld mitnehmen.«

Ich hatte ganz gewiß nicht die Absicht, mich aushalten zu lassen, nicht einmal von einem Mädchen, das ich umlegen wollte.

»Das ändert für mich nichts«, sagte ich. »Es kommt gar nicht in Frage, daß ich Ihr Geld ausgebe. Ich möchte, daß das ein für alle Male klargestellt ist.«

Sie gab keine Antwort. Sie wand sich auf ihrem Stuhl wie jemand, der was sagen will und sich nicht traut.

»Reden Sie schon«, fuhr ich fort, um sie zu ermuntern. »Sagen Sie schon, was Sie auf dem Herzen haben. Was haben Sie denn getan, ohne es mir zu sagen?«

»Ich habe dorthin geschrieben«, sagte sie. »Ich habe im Anzeigenteil eine Adresse gesehen, darin heißt es, es sei ein menschenleerer Ort, für die Liebhaber der Einsamkeit und für Verliebte, die einen ruhigen Honigmonat verbringen wollen.«

»Wenn sich alle Verliebten, die ihre Ruhe haben wollen, dort ein Stelldichein geben«, schimpfte ich, »wird es dort bald ein schönes Gedränge geben!...«

Sie lachte. Sie sah erleichtert aus. Es war kein Mädchen, das etwas für sich behalten konnte.

»Sie haben geantwortet«, sagte sie. »Wir haben einen Pavillon für die Nacht, und unsere Mahlzeiten nehmen wir im Hotel ein.«

»Am besten«, sagte ich, »fahren Sie als erste hin, und ich komme nach. Ich habe dann Zeit genug, hier alles zu erledigen.«

»Ich würde lieber mit Ihnen hinfahren.«

»Das ist nicht möglich. Fahren Sie wieder nach Hause, um keinen Verdacht aufkommen zu lassen, und packen Sie Ihren Koffer erst im letzten Augenblick. Sie brauchen nicht viel mitzunehmen. Und hinterlassen Sie keinen Brief, in dem Sie sagen, wo Sie hingehen. Ihre Eltern brauchen es nicht zu wissen.«

»Wann werden Sie kommen?«

»Nächsten Montag. Ich werde Sonntag abend aufbrechen.«

Es bestanden wenig Aussichten, daß meine Abreise an einem Sonntagabend bemerkt wurde. Aber da war noch Lou.

»Selbstverständlich«, fügte ich hinzu, »nehme ich an, daß Sie es Ihrer Schwester gesagt haben.«

»Noch nicht.«

»Sie ahnt bestimmt etwas. In jedem Fall tun Sie gut daran, wenn Sie es ihr sagen. Sie könnte Ihnen als Mittelsperson dienen. Sie verstehen sich doch gut, oder?«

»Ja.«

»Dann sagen Sie es ihr, aber erst an dem Tag, an dem Sie abreisen, und hinterlassen Sie die Adresse, aber so, daß sie sie erst nach Ihrer Abreise findet.«

»Wie soll ich das machen?«

»Sie können sie in einen Umschlag stecken und den Umschlag erst zur Post bringen, wenn Sie zwei- oder dreihundert Meilen von zu Hause weg sind. Sie können den Umschlag aber auch in einer Schublade lassen. Es gibt eine Menge Möglichkeiten.«

»Ich mag das nicht, diese ganzen Komplikationen. Ach! Lee! Können wir nicht einfach abreisen, wir beide, und allen sagen, daß wir unsere Ruhe haben möchten?«

»Das ist unmöglich«, sagte ich. »Bei Ihnen geht das. Aber nicht bei mir, ich habe kein Geld.«

»Das ist mir gleichgültig.«

»Schauen Sie sich in einem Spiegel an«, sagte ich. »Es ist Ihnen gleichgültig, weil Sie welches haben.«

»Ich traue mich nicht, es Lou zu sagen. Sie ist erst fünfzehn Jahre alt.«

Ich lachte.

»Halten Sie sie für ein Wickelkind? Sie müssen doch wissen, daß in einer Familie, in der es Schwestern gibt, die jüngste etwa zur gleichen Zeit aufgeklärt wird wie die älteste. Wenn Sie eine kleine Schwester von zehn hätten, wüßte die genausoviel wie Lou.«

»Aber Lou ist doch noch ein Kind.«

»Sicher. Man braucht ja nur zu sehen, wie sie sich anzieht. Die Parfums, mit denen sie sich begießt, zeugen ebenfalls von ihrer großen Unschuld. Sie müssen Lou Bescheid sagen. Glauben Sie mir, es muß bei Ihnen zu Hause jemanden geben, der als Vermittler zwischen Ihren Eltern und Ihnen dient.«

»Es wäre mir lieber, wenn es niemand wüßte.«

Ich lachte höhnisch mit der ganzen Bosheit, die ich finden konnte.

»Sie sind wohl nicht sonderlich stolz auf den Kerl, den Sie aufgetrieben haben, wie?«

Ihr Mund begann zu zittern, und ich glaubte, sie würde anfangen zu weinen. Sie stand auf.

»Warum sagen Sie mir solche Bosheiten? Macht es Ihnen Spaß, mir weh zu tun? Ich will deshalb nichts sagen, weil ich Angst habe ...«

»Angst wovor?«

»Angst, daß Sie mich verlassen, bevor wir verheiratet sind.«

Ich zuckte die Achseln.

»Glauben Sie, die Heirat könnte mich davon abhalten, wenn ich Sie verlassen wollte?«

»Wenn wir ein Kind haben, ja.«

»Wenn wir ein Kind haben, könnte ich mich nicht scheiden lassen, das stimmt; aber das genügt doch nicht, mich daran zu hindern, Sie zu verlassen, wenn ich Lust dazu habe ...«

Diesmal begann sie zu weinen. Sie fiel wieder auf ihren Stuhl zurück und beugte ein wenig den Kopf, und Tränen rollten über ihre runden Wangen. Ich merkte, daß ich etwas zu schnell vorging, und trat zu ihr. Ich legte meine Hand auf ihren Hals und streichelte ihren Nacken.

»Oh, Lee!« sagte sie. »Es ist so ganz anders, als ich dachte. Ich glaubte, Sie wären glücklich, mich nun ganz für sich zu haben.«

Ich gab irgend etwas Dummes zur Antwort, und dann begann sie sich zu erbrechen. Ich hatte nichts bei der Hand, kein Handtuch, und ich mußte in den Raum hinter dem Laden laufen und den Lappen nehmen, mit dem die

Putzfrau den Laden saubermachte. Ich nehme an, daß es das Kind war, das sie krank machte. Als sie ihren Schluckauf hinter sich hatte, wischte ich ihr mit meinem Taschentuch das Gesicht ab. Ihre Augen waren glänzend von Tränen, wie gewaschen, und sie atmete laut. Ihre Schuhe waren beschmutzt, und ich wischte sie mit einem Stück Papier ab. Der Geruch störte mich zwar, doch ich beugte mich über sie und küßte sie. Sie preßte mich heftig an sich und flüsterte dabei zusammenhangloses Zeug. Ich hatte kein Glück mit diesem Mädchen. Immer krank, ob sie nun zuviel getrunken oder zuviel gefickt hatte.

»Hauen Sie jetzt schnell ab«, sagte ich zu ihr. »Fahren Sie nach Hause zurück. Pflegen Sie sich, und dann packen Sie am Samstag abend Ihren Koffer und hauen ab. Ich komme am nächsten Montag nach. Ich habe mich schon um die Heiratslizenz gekümmert.«

Sogleich war sie wieder munter und lächelte ungläubig.

»Lee... ist das wahr?«

»Selbstverständlich.«

»Oh! Lee, ich bete Sie an... Sie werden sehen, wir werden sehr glücklich werden.«

Wirklich, sie hegte keinen Groll. Gewöhnlich sind die Mädchen nicht so versöhnlich. Ich zog sie vom Stuhl hoch und streichelte ihre Brüste durch das Kleid hindurch. Sie spannte sich und lehnte sich zurück. Sie wollte, daß ich weitermache. Ich hätte lieber den Raum gelüftet, doch sie klammerte sich an mich und knöpfte mich mit der anderen Hand auf. Ich hob ihren Rock hoch und nahm sie an dem langen Tisch, auf dem die Kunden die Bücher ablegten, die sie durchgeblättert hatten; sie schloß die Augen und schien tot. Als ich spürte, daß sie sich entspannte, machte ich noch so lange weiter, bis sie anfing zu stöhnen, und spritzte ihr dann alles aufs Kleid, darauf stand sie auf und hielt die Hand vor den Mund und erbrach sich von neuem.

Und dann stellte ich sie auf die Füße, ich machte ihr den Mantel zu; ich trug sie fast in ihr Auto, und zwar durch den Hintereingang des Ladens, und setzte sie ans Steuer. Sie sah aus, als sei sie ohnmächtig, aber sie fand noch die Kraft, mir so stark in die Unterlippe zu beißen, daß das Blut kam; ich zuckte nicht mit der Wimper und sah zu, wie sie abfuhr. Ich nehme an, daß der Wagen den Weg kannte, zum Glück für sie.

Dann ging ich nach Hause und nahm ein Bad – wegen dieses Geruchs.

17

Bis zu diesem Augenblick hatte ich nicht an alle Komplikationen gedacht, in die mich die Idee, diese beiden Mädchen zu vernichten, verstricken würde. In diesem Augenblick kam mich die Lust an, meinen Plan aufzugeben und alles fallenzulassen und weiterhin meine Bücher zu verkaufen, ohne mir graue Haare deswegen wachsen zu lassen. Aber ich mußte es tun, für den Jungen, und dann für Tom und auch für mich. Ich kannte Kerle, die in einer ähnlichen Lage waren, die aber das Blut vergaßen, das in ihren Adern floß, und sich in allen Lagen auf die Seite der Weißen schlugen und nicht zögerten, auf die Schwarzen einzuschlagen, wenn die Gelegenheit sich bot. Auch diese Kerle hätte ich gern mit einem gewissen Vergnügen umgebracht, aber ich mußte der Reihe nach vorgehen. Zuerst die Asquith-Töchter. Ich würde noch sechsunddreißig Gelegenheiten haben, andere auszulöschen: die Mädchen, mit denen ich zusammenkam, Judy, Jicky, Bill und Betty, aber das war uninteressant. Nicht repräsentativ genug. Die Asquiths sollten mein erster Versuch sein. Danach würde es mir schon gelingen, denke ich, irgendeinen bedeutenden Kerl zu liquidieren. Keinen Senator, aber so was in der Art. Um zur Ruhe zu kommen, brauchte ich eine ganze Menge. Aber zuerst mußte ich einmal darüber nachdenken, wie ich mich aus der Affäre ziehen würde, wenn ich die beiden toten Weiber auf dem Hals hätte.

Das beste wäre es, die Sache als Autounfall zu kaschieren. Man würde sich fragen, was sie eigentlich in der Nähe der Grenze gewollt hatten, würde sich das nach der Autopsie aber nicht mehr fragen, wenn man feststellen würde, daß Jean schwanger war. Lou hätte ihre Schwester eben begleitet. Und ich. Ich hätte mit der Sache nichts zu tun. Allerdings würde ich es ihren Eltern sagen, sobald ich meine Ruhe hätte und etwas Gras über die Sache gewachsen wäre. Sie würden erfahren, daß ihre Tochter einem Schwarzen zu Willen war. Im Anschluß daran brauchte ich für einige Zeit eine kleine Luftveränderung und könnte dann wieder von vorn anfangen. Ein idiotischer Plan, aber die idiotischsten Pläne gelingen immer am besten. Ich war sicher, daß Lou innerhalb von acht Tagen nach unserer Ankunft da wäre; ich hatte dieses Mädchen fest in der Hand. Eine Spazierfahrt mit ihrer Schwester. Jean würde fahren, und dann überkäme sie ein Brechreiz am Steuer. Die natürlichste Sache von der Welt. Ich hätte gerade noch Zeit abzuspringen. Ich würde dort, wo wir hinfuhren, bestimmt ein Gelände finden, das sich für solche Spiele eignete... Lou würde mit ihrer Schwester vorne sitzen, ich hinten. Lou zuerst, und wenn Jean bei diesem Anblick das Steuer losließe, wäre die Arbeit schon erledigt.

Bloß, die Masche mit dem Auto gefiel mir nur halb. Erstens ist es nicht neu. Außerdem und vor allem ginge es viel zu schnell. Ich mußte genug Zeit haben, um ihnen sagen zu können, warum, sie mußten sich in meinen Klauen sehen, sie mußten deutlich erkennen, was ihnen bevorstand.

Das Auto... aber hinterher. Das Auto zum Schluß. Ich glaube, ich hatte es gefunden. Sie zuerst an einen ruhigen Ort bringen. Und sie dort umlegen. Mit dem Motiv. Sie dann wieder in den Schlitten schaffen und darauf der Unfall. Genauso einfach und zufriedenstellender. Ja? Wirklich?

Ich dachte noch einige Zeit an das alles. Ich wurde nervös. Und dann verwarf ich alle diese Ideen und sagte mir, daß es sich überhaupt nicht so abspielen würde, wie ich es dachte, und ich erinnerte mich an den Jungen. Und ich erinnerte mich auch an mein letztes Gespräch mit Lou.

Ich hatte angefangen, bei diesem Mädchen so etwas wie einen Köder zu legen, und das nahm Gestalt an. Und diese Sache lohnte schon das Risiko. Mit dem Auto, wenn ich konnte. Andernfalls sonstwas. Die Grenze war nicht weit, und in Mexiko gibt es keine Todesstrafe. Ich glaube, daß ich während dieser ganzen Zeit den anderen Plan im Kopf hatte, der in diesem Augenblick Form annahm, und es wurde mir jetzt erst klar, worauf er hinauslief.

Ich trank in diesen Tagen eine Menge Bourbon. Mein Gehirn arbeitete hart. Außer den Patronen besorgte ich mir noch andere Dinge; ich kaufte eine Schaufel und eine Hacke und Schnur. Ich wußte noch nicht, ob meine letzte Idee klappen würde. Wenn ja, brauchte ich auf jeden Fall Patronen. Andernfalls würde ich mich mit dem übrigen behelfen. Und die Schaufel und die Hacke waren eine Sicherheit für eine andere Idee, die mir durch den Kopf gegangen war. Ich glaube, daß die Kerle, die einen Coup vorbereiten, einen Fehler begehen, wenn sie sich einen von Anfang an perfekt ausgearbeiteten Plan zurechtlegen. Meiner Meinung nach ist es besser, man läßt den Zufall ein wenig mitspielen, doch im richtigen Augenblick muß alles Notwendige bei der Hand sein. Ich weiß nicht, ob es ein Fehler war, daß ich nichts Genaues vorbereitete, doch als ich wieder an diese Auto- und Unfallgeschichten dachte, gefiel mir das immer weniger. Ich hatte einen wichtigen Faktor nicht berücksichtigt, nämlich den der Zeit: ich hätte recht viel Zeit vor mir, und ich vermied es, mich auf diese Geschichte zu konzentrieren. Niemand kannte die Stelle, wo wir hinwollten, und ich denke, daß Lou es niemand sagen würde, falls unser letztes Gespräch die gewünschte Wirkung auf sie gehabt hatte. Das würde ich gleich nach meiner Ankunft erfahren.

Und dann, im letzten Augenblick, eine Stunde vor meiner Abreise, überkam mich so etwas wie Entsetzen, und ich fragte mich, ob ich Lou bei meiner Ankunft vorfinden würde. Es war der unangenehmste Augenblick, den ich durchgemacht habe. Ich blieb an meinem Tisch sitzen und trank. Ich weiß nicht, wie viele Gläser, aber mein Gehirn war so klar, als ob Ricardos Bourbon sich in reines, einfaches Leitungswasser verwandelt hätte, und ich sah das, was zu tun war, so deutlich, wie ich Toms Gesicht gesehen hatte, als der Benzinkanister in der Küche explodierte; ich ging in den Drugstore hinunter, um mich in die Telefonkabine einzuschließen. Ich rief die Vermittlung an und verlangte Prixville und bekam sofort Verbindung. Das Zimmermädchen sagte mir, daß Lou kommen würde, und innerhalb von fünf Sekunden war sie da.

»Hallo?« sagte sie.
»Hier ist Lee Anderson. Wie geht es Ihnen?«
»Was ist los?«
»Jean ist weggefahren, nicht wahr?«
»Ja.«
»Wissen Sie, wohin?«
»Ja.«
»Hat sie es Ihnen gesagt?«
Ich hörte sie höhnisch lachen.
»Sie hatte die Anzeige in der Zeitung angekreuzt.«
Dieses Mädchen hatte Augen im Kopf. Wahrscheinlich hatte sie von Anfang an was gemerkt.
»Ich komme Sie abholen«, sagte ich.
»Fahren Sie nicht zu ihr?«
»Doch. Mit Ihnen.«
»Ich will nicht.«
»Sie wissen ganz genau, daß Sie wegfahren werden.«
Sie gab keine Antwort, und ich sprach weiter.
»Es ist doch so viel einfacher, wenn ich Sie mitnehme.«
»Warum fahren wir dann zu ihr?«
»Man muß ihr schließlich sagen ...«
»Ihr was sagen?«
Ich lachte nun ebenfalls.

»Ich werde Sie während der Fahrt wieder daran erinnern. Packen Sie Ihren Koffer und kommen Sie.«
»Wo soll ich auf Sie warten?«
»Ich fahre jetzt ab. Ich werde in zwei Stunden dort sein.«
»Mit Ihrem Wagen?«
»Ja. Warten Sie in Ihrem Zimmer auf mich. Ich werde dreimal hupen.«
»Ich werde sehen.«
»Bis nachher.«
Ich wartete ihre Antwort nicht ab und legte auf. Und ich zog mein Taschentuch heraus, um mir die Stirn abzuwischen. Ich verließ die Kabine. Ich bezahlte und ging wieder in meine Wohnung. Meine Sachen waren schon im Wagen, und mein Geld hatte ich bei mir. Ich hatte meiner Firma einen Brief geschrieben, in dem ich ihnen erklärte, daß ich dringend meinen kranken Bruder aufsuchen müßte; Tom würde mir das verzeihen. Ich weiß nicht, was ich mit diesem Buchhandelsjob zu tun beabsichtigte; er ging mir gar nicht so sehr gegen den Strich. Ich brach keine Brücken hinter mir ab. Bisher hatte ich ohne Schwierigkeiten gelebt und ohne die Ungewißheit kennenzulernen, weder so noch so, aber diese Geschichte fing an, mich zu erregen, und es ging nicht mehr so glatt wie sonst. Ich wäre am liebsten schon dort gewesen, um das alles zu erledigen und mich mit was anderem zu beschäftigen. Ich kann es nicht ertragen, wenn eine Arbeit ihrem Ende zugeht, und bei dieser Sache war es das gleiche. Ich schaute mich um, ob ich nichts vergessen hatte, und nahm meinen Hut. Dann ging ich hinaus und schloß die Tür ab. Ich steckte den Schlüssel ein. Einen Häuserblock weiter wartete der Nash auf mich. Ich drehte den Zündschlüssel um und fuhr ab. Sobald ich aus der Stadt war, trat ich das Gaspedal ganz durch und ließ den Schlitten dahinbrausen.

18

Es war verdammt dunkel auf dieser Straße, doch zum Glück herrschte nicht viel Verkehr. Vor allem Laster auf der Gegenfahrbahn. Fast niemand fuhr Richtung Süden. Ich habe wirklich das Letzte aus der Maschine rausgeholt. Der Motor dröhnte wie der eines Traktors, und das Thermometer zeigte hundertfünfundneunzig, aber ich trat trotzdem das Gaspedal durch, und die Kiste hielt es aus.

Ich wollte nur meine Nerven beruhigen. Nach einer Stunde mit diesem Krach ging es besser, darauf habe ich etwas langsamer gemacht, und von neuem habe ich das Quietschen der Karosserie gehört.

Die Nacht war feucht und kalt. Es begann nach Winter zu riechen, aber mein Mantel war im Koffer. Herr, ich habe nie weniger gefroren! Ich achtete auf die Hochspannungsmasten, aber der Weg war nicht kompliziert. Von Zeit zu Zeit kam eine Tankstelle und dazu drei oder vier Baracken, und von neuem die Autostraße. Ein wildes Tier und Obstgärten oder Felder, oder überhaupt nichts.

Ich dachte, daß ich zwei Stunden für die hundert Meilen brauchen würde. In Wirklichkeit sind es hundertacht oder hundertneun, ohne die Zeit zu rechnen, die ich verloren hatte, als ich aus Buckton herausfuhr, außerdem mußte ich bei der Ankunft noch um den Garten herumfahren. Ich war in eineinhalb Stunden oder kaum mehr bei Lou. Ich hatte alles aus dem Nash herausgeholt, was er bringen konnte. Ich dachte, daß Lou fertig sein müßte, und so fuhr ich langsam durchs Tor, um mich so weit wie möglich dem Haus zu nähern, und ich hupte dreimal. Zuerst hörte ich nichts. Von dort aus, wo ich war, sah ich ihr Fenster nicht, aber ich wagte nicht auszusteigen und wollte auch nicht wieder hupen, aus Angst, jemanden zu wecken.

Ich bin dageblieben und habe gewartet, und als ich mir eine Zigarette angezündet habe, um meine Nerven zu beruhigen, habe ich gesehen, daß meine Hände zitterten. Zwei Minuten später habe ich die Zigarette weggeworfen, und ich habe lange gezögert, bis ich wieder dreimal gehupt habe. Und dann, als ich trotzdem aussteigen wollte, habe ich gespürt, daß sie ankam, und als ich mich umdrehte, habe ich gesehen, wie sie sich dem Wagen näherte.

Sie trug einen hellen Mantel, keinen Hut und hatte eine große kastanienfarbene Lederhandtasche dabei, die zu platzen schien, jedoch sonst kein Gepäck. Sie ist eingestiegen und hat sich neben mich gesetzt, ohne ein Wort zu sagen. Ich habe die Wagentür zugemacht, wobei ich mich über sie beugte, doch ich habe nicht versucht, sie zu küssen. Sie war verschlossen wie die Tür eines Tresors.

Ich bin angefahren und habe gewendet, um wieder auf die Straße zu kommen. Sie starrte auf den Weg vor ihr. Ich betrachtete sie aus den Augenwinkeln, doch ich glaubte, sobald wir einmal aus der Stadt wären, würde es besser gehen. Ich habe wieder tolle hundert Meilen gemacht. Wir merkten allmählich, daß der Süden nicht mehr so weit war. Die Luft war trockener und die Nacht nicht mehr so dunkel. Aber ich hatte noch fünf- oder sechshundert Meilen zu schlucken.

Ich konnte nicht mehr neben Lou sitzen bleiben, ohne etwas zu sagen. Ihr Parfum hatte den Wagen erfüllt; auf eine Weise, die mich furchtbar erregte, denn ich sah sie wieder in ihrem Zimmer stehen mit ihrem zerrissenen Slip und ihren Katzenaugen, und ich seufzte laut genug, daß sie es merken mußte. Sie machte den Anschein, als würde sie erwachen, irgendwie wieder lebendig werden, und ich versuchte, eine herzlichere Atmosphäre zu schaffen, weil dies doch etwas bedrückend war.

»Nicht kalt?«

»Nein«, sagte sie.

Sie fröstelte, und das machte sie noch mißgelaunter. Ich dachte, daß sie so was wie eine Eifersuchtsszene machte, aber ich mußte mich um die Straße kümmern, und nur mit Worten konnte ich das nicht sehr schnell in Ordnung bringen, zumal sie so viel schlechten Willen zeigte. Ich ließ eine Hand vom Steuer los und suchte rechts im Handschuhfach herum. Ich holte eine Flasche Whiskey daraus hervor und legte sie ihr auf die Knie. Ich fand noch einen Bakelitbecher im Handschuhfach. Ich nahm ihn und legte ihn neben die Flasche, dann schloß ich das Handschuhfach wieder und drehte den Knopf am Radio. Ich hätte schon früher daran denken müssen, aber ich fühlte mich wirklich nicht wohl in meiner Haut.

Was mich so quälte, war diese Vorstellung, daß alles noch vor mir lag. Zum Glück nahm sie die Flasche und entkorkte sie, dann goß sie sich ein und trank in einem Zug. Ich streckte die Hand aus. Sie füllte den Becher von neuem und leerte ihn ein zweites Mal. Erst danach goß sie mir ein. Ich merkte gar nicht, was ich trank, und gab ihr den Becher zurück. Sie legte alles wieder ins Handschuhfach, entspannte sich ein wenig auf ihrem Sitz und machte zwei Knöpfe ihres Mantels auf. Sie trug ein ziemlich kurzes Schneiderkostüm mit sehr langen Revers. Sie knöpfte auch die Jacke auf. Darunter hatte sie einen zitronengelben Pullover direkt auf der Haut, und zu meiner Sicherheit zwang ich mich, fest auf die Straße zu sehen.

Jetzt roch es im Wagen nach Parfum und Alkohol, ein wenig nach Zigaretten, ein richtiger Geruch, der einem in den Kopf steigen kann. Aber ich ließ die Scheiben geschlossen. Wir sprachen auch weiterhin kein Wort miteinander; das dauerte noch eine halbe Stunde; dann machte sie das Handschuhfach von neuem auf und trank wieder zwei Becher. Jetzt war ihr warm, und sie zog ihren Mantel aus. Dabei kam sie etwas an mich heran, ich beugte mich zu ihr herüber und küßte sie auf den Hals, direkt unters

Ohr. Sie rückte schroff ab, drehte sich um und sah mich an. Dann brach sie in Gelächter aus. Ich denke, daß der Whiskey zu wirken anfing. Ich fuhr noch fünfzig Meilen, ohne etwas zu sagen, und endlich griff ich an. Sie hatte wieder Whiskey getrunken.

»Nicht in Form?«
»Es geht«, sagte sie langsam.
»Keine Lust, mit dem alten Lee zu verreisen?«
»Oh, schon gut!«
»Keine Lust, das Schwesterchen zu besuchen?«
»Sprechen Sie mir nicht von meiner Schwester.«
»Sie ist ein nettes Mädchen...«
»Ja, und sie fickt auch gut, wie?«

Mir verschlug es glatt den Atem. Jede andere hätte mir das sagen können, ohne daß ich darauf geachtet hätte, Judy, Jicky, B. J., aber nicht Lou. Sie sah, daß ich mich nicht rührte, und lachte, daß sie fast erstickte.

Wenn sie lachte, sah man, daß sie getrunken hatte.

»So sagt man doch, oder nicht?«
»Ja«, gab ich zu. »Genau so.«
»Und hat sie es nicht getan?...«
»Ich weiß nicht.«

Sie lachte wieder.

»Nicht nötig, Lee, wissen Sie. Ich bin nicht mehr in dem Alter, in dem man glaubt, die Kinder kämen, wenn man sich auf den Mund küßt!«
»Wer spricht von Kindern?«
»Jean erwartet ein Baby.«
»Sind Sie krank?«
»Glauben Sie mir, Lee, Sie können das Theater aufgeben. Ich weiß, was ich weiß.«
»Ich habe nicht mit Ihrer Schwester geschlafen.«
»Doch.«
»Ich habe es nicht getan, und selbst wenn ich es getan hätte, erwartet sie kein Kind.«

»Warum ist sie dann die ganze Zeit über krank?«

»Sie war bei Jicky krank, und dabei hatte ich ihr wirklich kein Kind gemacht. Ihre Schwester hat einen empfindlichen Magen.«

»Und das übrige? Ist das nicht zu empfindlich?...«

Und dann stürzte sie sich mit Faustschlägen auf mich. Ich zog den Kopf ein und trat aufs Gaspedal. Sie schlug mit aller Kraft auf mich ein; es war nicht viel, aber ich spürte es trotzdem. Sie hatte zwar keine Muskeln, aber dafür Nerven und ein gutes Training beim Tennis. Als sie aufhörte, schüttelte ich mich.

»Fühlen Sie sich besser?«

»Ich fühle mich sehr wohl. Und Jean, fühlte sie sich wohl danach?«

»Nach was?«

»Nachdem Sie sie gefickt hatten?«

Sie empfand bestimmt ein großes Vergnügen dabei, dieses Wort zu wiederholen. Wenn ich ihr in diesem Augenblick die Hand zwischen die Schenkel gelegt hätte, ich bin sicher, ich hätte mich abputzen müssen.

»Oh!« sagte ich, »sie hatte das nicht zum ersten Mal gemacht!«

Von neuem kam eine Lawine.

»Sie sind ein gemeiner Lügner, Lee Anderson.«

Sie keuchte nach dieser Anstrengung und saß nun der Straße zugewandt.

»Ich glaube, daß ich Sie lieber ficke«, sagte ich. »Ich mag Ihren Geruch lieber, und Sie haben auch mehr Haare am Bauch. Aber Jean fickt gut. Ich werde sie vermissen, wenn wir sie uns vom Hals geschafft haben.«

Sie gab keinen Mucks von sich. Sie steckte diese Sache genauso ein wie das übrige. Meine Kehle war wie zugeschnürt, und im Augenblick hatte mich das wie ein Schwindel überkommen, weil ich anfing, mir klarzuwerden.

»Werden wir es gleich tun«, murmelte Lou, »oder erst danach?«
»Was tun?« murmelte ich.
Ich konnte kaum reden.
»Werden Sie mich ficken?...« sagte sie so leise, dass ich das, was sie sagte, mehr erriet, als daß ich es wirklich hörte.
Ich war jetzt erregt wie ein Stier, und es tat mir fast weh.
»Wir müssen sie vorher kaltmachen«, sagte ich.
Ich sagte es nur, um zu sehen, ob ich sie wirklich fest in der Hand hatte.
»Ich will nicht«, sagte sie.
»Liegt Ihnen so viel an Ihrer Schwester? Bekommen Sie es mit der Angst zu tun?...«
»Ich will nicht warten ...«
Zum Glück für mich erblickte ich eine Tankstelle, und ich hielt den Schlitten an. Ich mußte an etwas anderes denken, sonst würde ich meine Selbstbeherrschung verlieren. Ich blieb sitzen und sagte zu dem Kerl, er solle volltanken. Lou machte die Tür auf und sprang hinaus. Sie murmelte etwas, und der Kerl zeigte auf die Baracke. Sie verschwand und kam nach zehn Minuten wieder zurück. Ich hatte unterdessen einen Reifen aufpumpen lassen und dem Kerl gesagt, er solle mir ein Sandwich bringen, das ich aber nicht essen konnte.
Lou setzte sich wieder neben mich. Ich hatte den Mann bezahlt, und er war wieder hineingegangen, um sich hinzulegen. Ich habe den Wagen wieder gestartet, und ein oder zwei Stunden lang fuhr ich blind drauflos. Lou rührte sich nicht. Sie schien zu schlafen. Ich hatte mich völlig beruhigt, und plötzlich streckte sie sich, machte das Handschuhfach auf, und diesmal trank sie hintereinander drei Becher.
Ich konnte nicht mehr sehen, wie sie sich bewegte, ohne von neuem erregt zu werden. Ich versuchte weiterzufahren, doch nach zehn Meilen hielt ich den Schlitten am

Straßenrand an. Es war noch dunkel; man spürte jedoch, wie das Morgenrot heraufdämmerte, und an dieser Stelle gab es keinen Wind. Baumgruppen und Gebüsch. Wir waren vielleicht eine halbe Stunde zuvor durch eine Stadt gefahren.

Nachdem ich die Bremse angezogen hatte, habe ich die Flasche genommen und einen Schluck getrunken, dann habe ich zu ihr gesagt, sie solle aussteigen. Sie hat die Tür aufgemacht und ihre Handtasche genommen, und ich bin ihr gefolgt; sie ging zu den Bäumen, und als wir dort waren, blieb sie stehen und bat mich um eine Zigarette; ich hatte sie im Auto liegengelassen. Ich sagte, sie solle auf mich warten; sie fing an, in ihrer Handtasche herumzuwühlen, um welche zu finden, aber ich war schon weg und lief bis zum Wagen. Ich nahm auch die Flasche. Sie war fast leer, aber ich hatte noch andere im Kofferraum.

Als ich zurückgegangen bin, konnte ich nur mit Mühe laufen, und ich fing an, mir die Hose aufzuknöpfen, bevor ich zu ihr kam; in diesem Augenblick habe ich den Blitz des Revolverschusses gesehen, und genau im selben Augenblick habe ich den Eindruck gehabt, mein Ellbogen fliege auseinander; mein Arm ist an meinem Brustkorb heruntergefallen; wenn ich nicht gerade im Begriff gewesen wäre, mich aufzuknöpfen, hätte ich die blaue Bohne in die Lunge bekommen.

Das alles habe ich innerhalb von einer Sekunde gedacht; in der Sekunde danach war ich über ihr und drehte ihr den Arm herum, und dann habe ich ihr mit aller Kraft einen Faustschlag gegen die Schläfe versetzt, denn sie versuchte, mich zu beißen; aber es fiel mir nicht leicht, und ich litt wie ein Verdammter. Sie hat den Schlag eingesteckt und ist ohne einen Mucks zu Boden gegangen; doch das reichte mir noch nicht. Ich habe den Revolver aufgehoben und in die Tasche gesteckt. Es war nur ein 6,35, wie meiner, aber das Luder hatte verdammt gut gezielt. Ich bin ans Auto zurückgelaufen. Ich hielt meinen linken Arm mit der rechten Hand fest, und ich muß Grimassen geschnitten haben wie eine chinesische Maske, aber ich hatte eine solche Wut, daß ich gar nicht merkte, wie weh mir der Arm tat.

Ich habe gefunden, was ich suchte, die Schnur, und bin zurückgegangen. Lou fing an, sich zu bewegen. Ich hatte nur eine Hand, um ihr die Arme zusammenzubinden, und es kostete mich Mühe, doch als ich damit fertig war, habe ich angefangen, sie zu ohrfeigen; ich habe ihr den Rock heruntergerissen und ihren Pullover zerfetzt und sie dann weiter geohrfeigt. Ich hatte sie mit dem Knie festhalten müssen, während ich diesen verfluchten Sweater auszog, doch es gelang mir nur, das Vorderteil aufzubekommen. Es war schon ein klein wenig hell; ein Teil ihres Körpers lag im schwärzeren Schatten des Baumes.

In diesem Augenblick hat sie zu reden versucht, und sie hat zu mir gesagt, daß ich sie nicht bekäme und daß sie gerade mit Dexter telefoniert habe, damit der die Bullen benachrichtige, und daß sie mich für einen Schurken halte, seitdem ich davon gesprochen hätte, ihre Schwester kaltzumachen. Ich habe gelacht, und sie hat ebenfalls so was wie ein Lächeln gezeigt, und ich habe ihr meine Faust in die Zähne gewuchtet. Ihre Brust war kalt und hart; ich habe sie gefragt, warum sie auf mich geschossen hat, und habe versucht, mich dabei zu beherrschen; sie hat gesagt, daß ich ein dreckiger Neger sei, daß Dexter es ihr gesagt habe und daß sie nur mit mir gefahren sei, um Jean zu warnen, und daß sie mich hasse, wie sie nie jemanden gehaßt habe.

Ich habe wieder gelacht. In meiner Brust schlug es wie ein Schmiedehammer, und meine Hände zitterten, und mein linker Arm blutete feste; ich spürte, wie mir der Saft am Unterarm herablief.

Darauf habe ich ihr zur Antwort gegeben, daß die Weißen meinen Bruder umgelegt hätten und daß man es mit mir schwerer haben würde, daß sie aber auf jeden Fall dran glauben müsse, und ich habe meine Hand auf einer ihrer Brüste so zugedrückt, daß sie beinahe ohnmächtig geworden ist, aber sie hat nichts gesagt. Ich habe sie halb totgeohrfeigt. Sie hat von neuem die Augen aufgemacht. Es wurde Tag, und ich sah, wie sie von Tränen und Wut glänzten; ich habe mich über sie gebeugt; ich glaube, daß ich wie eine Art Tier schnüffelte, und sie hat zu schreien angefangen. Ich habe sie mitten zwischen die Schenkel gebissen. Ich hatte den Mund voll von ihren schwarzen, harten Haaren; ich habe ein wenig losgelassen und habe dann weiter unten, wo es zarter war, wieder zugebissen. Ich schwamm in ihrem Parfum, sie hatte sich sogar dort unten welches hingemacht, und ich habe die Zähne zusammengebissen. Ich versuchte, ihr eine Hand auf den Mund zu legen, aber sie schrie wie ein Schwein, das abgeschlachtet wird, Schreie, von denen man eine Gänsehaut bekam. Darauf habe ich mit aller Kraft zugebissen, und ich bin eingedrungen. Ich habe gespürt, wie mir das Blut in den Mund schoß, und ihre Hüften bewegten sich trotz der Schnüre. Mein Gesicht war voller Blut, und ich bin auf den Knien ein wenig zurückgewichen. Nie habe ich eine Frau so schreien hören; plötzlich habe ich gemerkt, daß mir alles in die Unterhose ging; es hat mich geschüttelt wie noch nie, aber ich hatte Angst, es könnte jemand kommen. Ich habe ein Streichholz angezündet, ich habe gesehen, daß sie stark blutete. Schließlich fing ich an draufzuhauen, zuerst nur mit meiner rechten Faust, in die Backenknochen, ich habe gespürt, wie ihre Zähne kaputtgingen, und ich habe weitergeschlagen, ich wollte, daß sie aufhört zu schreien. Ich habe noch stärker geschlagen, dann habe ich ihren Rock aufgerafft und ihn ihr auf den Mund gepreßt und mich auf ihren Kopf gesetzt. Sie hat sich geringelt wie ein Wurm. Ich hätte nicht gedacht, daß sie so zäh war; sie hat eine so heftige Bewegung gemacht, daß ich geglaubt habe, mein linker Unterarm würde sich lösen; ich habe gemerkt, daß ich jetzt in einer solchen Wut war, daß ich sie hätte in Stücke zerreißen können; darauf bin ich aufgestanden, um ihr mit Fußtritten den Rest zu geben. Ich habe ihr einen Fuß quer auf die Kehle gesetzt und mich mit meinem ganzen Gewicht draufgestellt. Als sie sich nicht mehr bewegt hat, habe ich gespürt, daß es mir ein zweites Mal kam. Mir zitterten jetzt die Knie, und ich hatte Angst, ebenfalls abzukratzen.

19

Ich hätte Schaufel und Hacke holen müssen, um sie dort zu beerdigen, doch ich hatte jetzt Angst vor der Polizei. Ich wollte nicht, daß man mich bekäme, bevor ich Jean erledigt hatte. Mit Sicherheit war es jetzt der Junge, der mich führte; ich habe mich vor Lou gekniet. Ich habe die Schnur gelöst, mit der ihre Hände festgebunden waren; sie hatte tiefe Gräben an den Handgelenken, und wenn man sie berührte, war sie schlaff wie Tote, gleich nachdem sie gestorben sind; auch ihre Brüste wurden schon ganz weich. Ich habe den Rock nicht von ihrem Gesicht gezogen, aber ich habe ihre Uhr genommen. Ich brauchte etwas, das ihr gehörte.

Ich habe plötzlich wieder an mein Gesicht gedacht, und ich bin zum Auto gelaufen. Als ich mich im Rückspiegel betrachtete, habe ich gesehen, daß es einigermaßen einfach wieder in Ordnung zu bringen war. Ich habe mich mit etwas Whiskey gewaschen; mein Arm blutete nicht mehr; es ist mir gelungen, ihn aus dem Ärmel zu ziehen und ihn mit meinem Halstuch und mit Schnur fest vor den Oberkörper zu binden. Ich habe beinahe geflennt, solche Schmerzen hatte ich, denn ich mußte ihn krumm machen. Schließlich ist es mir gelungen, nachdem ich eine zweite Flasche aus dem Kofferraum geholt hatte. Ich hatte viel Zeit verloren, und die Sonne war nicht mehr weit. Ich habe Lous Mantel im Wagen geholt und habe ihn über sie gelegt, ich wollte das nicht mit mir herumschleppen. Ich spürte meine Beine nicht mehr, doch meine Hände zitterten weniger.

Ich habe mich wieder ans Steuer gesetzt und bin losgefahren. Ich habe mich gefragt, was sie Dex wohl erzählt haben mochte; ihre Geschichte von der Polizei begann mich zu beunruhigen, aber ich dachte nicht wirklich daran. Es war im Hintergrund, wie eine Klangkulisse.

Ich wollte jetzt Jean haben und wieder das spüren, was ich zweimal gespürt hatte, als ich ihre Schwester zerstörte. Ich hatte soeben das gefunden, was ich immer gesucht hatte. Die Polizei kam mir natürlich ungelegen, aber in ganz anderer Hinsicht; das würde mich nicht daran hindern, das zu tun, was ich tun wollte, mein Vorsprung war zu groß. Sie würden sich sputen müssen, wenn sie mich einholen wollten. Ich hatte noch etwas weniger als dreihundert Meilen zurückzulegen. Mein rechter Arm war jetzt fast ganz starr, und ich gab Vollgas.

20

Etwa eine Stunde bevor ich ankam, begann ich mich an Dinge zu erinnern. Ich entsann mich des Tages, an dem ich zum ersten Mal eine Gitarre zur Hand nahm. Es war bei einem Nachbarn, und er gab mir heimlich einige Lektionen; ich übte nur eine einzige Melodie: *When the Saints go marchin'in*, und ich habe gelernt, sie ganz zu spielen, mit dem Break, und gleichzeitig den Text dazu zu singen. Und eines Abends habe ich mir die Gitarre des Nachbarn ausgeliehen, um ihnen zu Hause eine Überraschung zu bereiten; Tom fing an, mit mir zu singen; der Junge war wie verrückt, er ist um den Tisch herumgetanzt, als würde er einer Parade folgen; er hatte sich einen Stock genommen und wirbelte damit in der Luft herum. In diesem Augenblick ist mein Vater hereingekommen, und er hat gelacht und mit uns gesungen. Ich habe die Gitarre dem Nachbarn zurückgebracht, doch am nächsten Tag habe ich eine auf meinem Bett gefunden; eine gebrauchte, die aber noch sehr gut war. Ich übte jeden Tag ein wenig. Die Gitarre ist ein Instrument, das einen faul macht. Man nimmt sie, man spielt eine Melodie darauf, und dann legt man sie wieder weg, man faulenzt, man nimmt sie wieder, um ein oder zwei Akkorde drauf zu klimpern oder sich zu begleiten, während man pfeift. Die Tage vergehen schnell auf diese Weise.

Nach einem Hindernis auf der Straße habe ich mich plötzlich wieder gefangen. Ich glaube, daß ich am Einschlafen war. Ich spürte meinen linken Arm überhaupt nicht mehr, und ich hatte einen furchtbaren Durst. Ich habe versucht, wieder an die alten Zeiten zu denken, um auf andere Gedanken zu kommen, denn ich war so ungeduldig, dort anzukommen, daß mein Herz, sobald ich wieder zu Bewußtsein kam, von neuem zwischen meinen Rippen zu dröhnen begann und meine rechte Hand am Steuer zitterte; eine einzige Hand zum Fahren war nicht zuviel. Ich habe mich gefragt, was Tom in diesem Augenblick wohl tun mochte; wahrscheinlich betete er oder brachte den Kindern irgend etwas bei; durch Tom bin ich an Clem gekommen und in die Stadt Buckton, wo ich drei Monate geblieben war, um eine Buchhandlung zu führen, die mir viel einbrachte; ich habe mich an Jicky erinnert und wie ich sie im Wasser gefickt hatte, und wie durchsichtig das Wasser an diesem Tag war. Jicky, die ganz jung, glatt und nackt war, wie ein Baby, und plötzlich mußte ich wieder an Lou denken und an ihr schwarzes, dichtes, lockiges Vlies, und an den Geschmack, den ich im Munde hatte, als ich sie biß, ein süßer und ein wenig salziger Geschmack, und warm dazu, mit dem Parfumduft ihrer Schenkel, und ich hatte wieder ihre Schreie im Ohr; ich spürte, wie mir der Schweiß von der Stirn herabrann, und ich konnte dieses verfluchte Steuer nicht loslassen, um mich abzuwischen. Ich hatte den Eindruck, als sei mein Magen mit Gas aufgeblasen und drücke auf mein Zwerchfell, um meine Lungen zu zerquetschen, und Lou schrie in meine Ohren; ich erreichte den Knopf für die Hupe, am Steuerrad; die für die Landstraße war der Gummiring, der schwarze Knopf in der Mitte für die Stadt, und ich drückte beide gleichzeitig nieder, um die Schreie zu überdecken.

Ich mußte etwa fünfundachtzig Meilen draufhaben; schneller konnte ich kaum fahren, aber die Straße wurde etwas abschüssig, und ich sah, wie die Nadel um zwei, drei, dann vier Punkte vorrückte. Es war seit langem schon heller Tag. Jetzt kamen mir Autos entgegen, und ich überholte welche. Nach einigen Minuten ließ ich die beiden Knöpfe los, denn ich hätte Bullen auf Motorrädern begegnen können, und ich hatte nicht genügend Reserven, um sie abzuhängen. Wenn ich ankäme, würde ich Jeans Wagen nehmen, aber, mein Gott, wann würde ich wohl ankommen?...

Ich glaube, daß ich zu grunzen anfing, im Auto, zu grunzen wie ein Schwein, zwischen den Zähnen, um schneller zu fahren, und ich habe eine Kurve geschnitten, wobei die Reifen entsetzlich quietschten. Der Nash rutschte glatt weg, aber er hat sich wieder gefangen, nachdem er fast auf der linken Straßenseite war, und ich stand wieder mit dem Fuß auf dem Gashebel, und jetzt lachte ich und war fröhlich wie der Junge, als er um den Tisch tanzte und dazu sang *When the Saints*..., und ich hatte fast keine Angst mehr.

21

Dieses Scheißzittern ist trotzdem wiedergekommen, als ich vor dem Hotel angelangt bin. Es war etwa halb zwölf; Jean mußte mich zum Mittagessen erwarten, wie ich es ihr gesagt hatte. Ich habe die rechte Wagentür aufgemacht und bin auf dieser Seite ausgestiegen, weil ich es mit meinem Arm kaum anders machen konnte.

Das Hotel war eine Art weißes Gebäude, wie sie in dieser Gegend üblich sind. Die Jalousien waren heruntergelassen. Hier schien noch die Sonne, obgleich es schon Ende Oktober war. Ich fand im unteren Gästeraum niemanden. Es war weit entfernt von dem prächtigen Palast, wie die Anzeige ihn versprach, aber wenn man einsam sein wollte, konnte man sich keinen besseren Ort wünschen.

Ich zählte kaum ein Dutzend anderer Buden, darunter eine Tankstelle, die gleichzeitig auch eine Kneipe war, etwas von der Straße zurückgesetzt und sicherlich für die Lastwagenfahrer bestimmt. Ich bin wieder hinausgegangen. Soweit ich mich erinnerte, waren die Pavillons, in denen man schlief, vom Hotel getrennt, und ich dachte, daß sie an jenem Weg endeten, der im rechten Winkel mit der Straße dahinlief, eingesäumt von verkrüppelten Bäumen und einem räudigen Gras. Ich habe den Nash stehenlassen und bin in diese Richtung losgegangen. Der Weg machte sofort eine Biegung, und sofort bin ich auf Jeans Wagen gestoßen, der vor einer ziemlich sauberen Zweizimmer-Baracke stand. Ohne anzuklopfen, bin ich hineingegangen.

Sie saß in einem Sessel und schien zu schlafen, sie sah schlecht aus, war aber nach wie vor gut gekleidet. Ich habe sie aufwecken wollen; doch das Telefon – es gab ein Telefon – begann genau in diesem Augenblick zu läuten. Ich bin erschrocken und habe mich drauf gestürzt. Mein Herz begann wieder zu rasen. Ich habe abgehoben und sofort wieder aufgelegt. Ich wußte, daß nur Dexter anrufen konnte, Dexter oder die Polizei. Jean rieb sich die Augen. Sie ist aufgestanden, und bevor ich etwas anderes tat, habe ich sie so geküßt, daß sie zu schreien anfing. Sie ist etwas wacher geworden; ich habe meinen Arm um sie gelegt, um sie wegzuführen. In diesem Augenblick hat sie den leeren Ärmel gesehen.

»Was ist los, Lee?«

Sie sah verstört aus. Ich habe gelacht. Ich lachte schlecht.

»Es ist nichts. Ich habe einen blödsinnigen Sturz gemacht, als ich aus dem Wagen gestiegen bin, und habe mir dabei den Ellbogen demoliert.«

»Aber Sie haben ja geblutet!«

»Ein Kratzer... Kommen Sie, Jean. Ich habe genug von dieser Reise. Ich möchte allein mit Ihnen sein.«

Darauf begann das Telefon wieder zu klingeln, und das war, als ob der elektrische Strom durch mich statt durch die Leitungen gegangen wäre. Ich habe mich nicht mehr beherrschen können und habe den Apparat gepackt, um ihn auf den Fußboden zu werfen.

Ich trampelte mit dem Absatz drauf herum. Plötzlich war mir, als würde ich Lous Gesicht mit meinen Schuhen zertreten. Ich kam wieder ins Schwitzen und wäre beinahe getürmt. Ich wußte, daß mein Mund zitterte und daß ich wie ein Verrückter aussehen mußte.

Zum Glück fragte Jean nicht weiter. Sie ist hinausgegangen, und ich sagte zu ihr, sie solle sich in ihren Wagen setzen; wir würden etwas wegfahren, um unsere Ruhe zu haben, und kämen anschließend zum Mittagessen zurück. Es war zwar Mittagessenszeit, aber sie schien schlaff und energielos. Immer noch krank, glaube ich, wegen dieses Babys, das sie erwartete. Ich habe aufs Gaspedal getreten.

Der Wagen ist angefahren, wobei er uns gegen die Autositze warf; diesmal war es fast zu Ende; diesen Motor zu hören gab mir meine Ruhe zurück. Ich sagte etwas zu Jean, um mich wegen des Telefons zu entschuldigen; sie merkte allmählich, daß ich phantasierte, und es war an der Zeit, daß ich aufhörte zu phantasieren. Sie lehnte sich fest an mich und legte ihren Kopf an meine Schulter.

Ich habe gewartet, bis wir zwanzig Meilen zurückgelegt hatten, und habe dann einen Ort gesucht, um zu halten. An dieser Stelle war die Straße aufgeschüttet; ich sagte mir, daß es gehen würde, wenn wir den Abhang hinunterliefen. Ich habe haltgemacht. Jean ist als erste ausgestiegen. Ich habe in meiner Tasche nach Lous Revolver getastet. Ich wollte mich seiner nicht sofort bedienen. Auch mit einem Arm konnte ich mit Jean noch fertig werden. Sie hat sich vorgebeugt, um ihren Schuh zuzubinden, und ich habe ihre Schenkel unter ihrem kurzen Rock gesehen, der ihre Hüften eng abzeichnete. Ich habe gespürt, wie mein Mund trocken wurde. Sie blieb an einem Strauch stehen. Es gab dort einen Platz, von dem aus man nicht die Straße sah, wenn man saß.

Sie hat sich auf der Erde ausgestreckt; ich habe sie dort genommen, sofort, doch ohne daß ich mich fertig werden ließ. Ich habe versucht, mich zu beruhigen, trotz ihrer verfluchten Hüftstöße, es ist mir gelungen, sie zum Orgasmus zu bringen, ohne daß ich selber etwas davon gehabt hatte. In diesem Augenblick habe ich gesprochen.

»Hat es Ihnen immer so viel Spaß gemacht, mit Farbigen zu schlafen?«

Sie hat keine Antwort gegeben. Sie war völlig betäubt.

»Ich bin nämlich zu mehr als einem Achtel Schwarzer.«

Sie hat die Augen wieder aufgemacht, und ich habe höhnisch gelacht. Sie begriff nicht. Darauf habe ich ihr alles erzählt; die ganze Geschichte von dem Jungen, wie er sich in ein Mädchen verliebt hatte und wie der Vater und der Bruder des Mädchens sich dann mit ihm beschäftigten; ich habe ihr noch erklärt, was ich mit Lou und ihr vorhatte, daß zwei für einen bezahlen mußten. Ich habe in meiner Tasche gekramt und habe Lous Armbanduhr wiedergefunden, ich habe sie ihr gezeigt und gesagt, daß ich bedauere, ihr nicht ein Auge ihrer Schwester mitgebracht zu haben, daß sie aber zu ramponiert waren nach der kleinen Spezialbehandlung, die ich ihr gerade hatte angedeihen lassen.

Es ist mir schwergefallen, das alles zu sagen. Die Worte kamen nicht von allein. Sie lag mit geschlossenen Augen auf der Erde, ihr Rock war bis zum Bauch hochgeschoben. Ich habe gespürt, wie es mir wieder den Rücken heruntergekommen, und meine Hand hat sich um ihren Hals geschlossen, ohne daß ich mich daran hindern konnte; es ist mir gekommen; es war so stark, daß ich sie losgelassen habe und fast aufgestanden bin. Sie hatte schon ein ganz blaues Gesicht, aber sie rührte sich nicht. Sie hatte sich erwürgen lassen, ohne etwas zu tun. Sie mußte noch atmen. Ich habe Lous Revolver aus der Tasche gezogen und habe ihr zwei Kugeln in den Hals geschossen, aus nächster Nähe; das Blut spritzte heraus, langsam, stoßweise, mit einem nassen Geräusch. Von ihren Augen sah man nur eine weiße Linie durch die Augenlider hindurch; eine Art Krampf durchzuckte sie, und ich glaube, daß sie in diesem Augenblick gestorben ist. Ich habe sie umgedreht, um ihr Gesicht nicht mehr zu sehen, und während sie noch warm war, habe ich das mit ihr gemacht, was ich schon in ihrem Zimmer mit ihr gemacht hatte.

Wahrscheinlich bin ich gleich darauf ohnmächtig geworden; als ich wieder zu mir gekommen bin, war sie vollkommen kalt und ließ sich unmöglich bewegen. Ich habe sie also liegen lassen und bin zum Wagen hinaufgeklettert. Ich konnte mich kaum noch fortschleppen; glänzende Dinge schwammen mir vor den Augen; als ich mich ans

Steuer gesetzt habe, habe ich mich daran erinnert, daß noch Whiskey im Nash war, und meine Hand fing wieder an zu zittern.

22

Sergeant Culloughs legte seine Pfeife auf den Schreibtisch.
»Den kriegen wir nie zu fassen«, sagte er.
Carter schüttelte den Kopf.
»Wir können es ja versuchen.«
»Man kann mit zwei Motorrädern keinen Kerl aufhalten, der in einem achthundert Kilo schweren Schlitten hundert Meilen in der Stunde drauf hat!«
»Wir können es ja versuchen. Wir riskieren zwar unser Leben, aber wir können's ja versuchen.«
Barrow hatte noch nichts gesagt. Er war ein großer, schmaler, dunkelhaariger, schlaksiger Bursche mit einem schleppenden Akzent.
»Ich bin mit von der Partie«, sagte er.
»Gehen wir?« sagte Carter.
Culloughs sah sie an.
»Jungs«, sagte er, »ihr riskiert euer Leben, aber wenn ihr Erfolg habt, werdet ihr befördert werden.«
»Wir können doch nicht zulassen, daß so ein verdammter Nigger die ganze Gegend verheert«, sagte Carter.
Culloughs gab keine Antwort und schaute auf seine Uhr.
»Es ist fünf Uhr«, sagte er. »Sie haben vor zehn Minuten angerufen. Er muß in fünf Minuten vorbeikommen … wenn er vorbeikommt«, fügte er hinzu.
»Er hat zwei Mädchen umgebracht«, sagte Carter.
»Und einen Tankwart«, fügte Barrow hinzu.
Er sah nach, daß sein Colt ihm auch gegen den Schenkel schlug, und begab sich zur Tür.
»Er hat schon einige hinter sich«, sagte Culloughs. »Nach den letzten Nachrichten waren sie ihm immer noch auf den Fersen. Der Wagen vom Super ist jetzt abgefahren, und man erwartet noch einen anderen.«

»Wir würden besser daran tun loszufahren«, sagte Carter. »Setz dich hinter mich«, sagte er zu Barrow. »Wir nehmen nur ein Motorrad.«

»Das ist gegen die Vorschrift«, protestierte der Sergeant.

»Barrow kann schießen«, sagte Carter. »Wenn man allein auf einem Krad sitzt, kann man nicht fahren und schießen.«

»Ach, dann seht doch zu, wie ihr klarkommt!« sagte Culloughs. »Ich wasche meine Hände in Unschuld.«

Die Indian fuhr mit einem Schlag los. Barrow hatte sich an Carter festgebunden, der beinahe in die Luft schoß. Er hatte sich umgekehrt hingesetzt, Rücken an Rücken mit Carter, durch einen Ledergurt aneinandergefesselt.

»Mach langsamer, sobald wir aus der Stadt sind«, sagte Barrow.

»Das ist gegen die Vorschrift«, brummte Culloughs etwa im gleichen Augenblick, und er betrachtete Barrows Motorrad mit melancholischem Gesicht.

Er zuckte mit den Achseln und ging in seine Polizeistation zurück. Er kam fast auf der Stelle wieder heraus und sah das Hinterteil des großen weißen Buicks verschwinden, der in einem Motorengedonner gerade vorbeigefahren war. Und dann hörte er die Sirenen und sah vier Motorräder vorbeibrausen – es waren also vier – und einen Wagen, der ihnen ganz dicht folgte.

»Scheißstraße!« knurrte Culloughs noch einmal.

Diesmal blieb er draußen.

Er hörte, wie der Lärm der Sirenen leiser wurde.

23

Lee biß die Zähne aufeinander. Seine rechte Hand verschob sich nervös am Steuer, während er das Gaspedal mit seinem ganzen Gewicht zermalmte. Seine Augen waren blutunterlaufen, und der Schweiß rann ihm übers Gesicht. Seine blonden Haare klebten ihm durch das Schwitzen und den Staub am Kopf. Er vernahm kaum den Lärm der Sirenen hinter ihm, wenn er genau hinhörte, aber die Straße war zu schlecht, als daß sie auf ihn hätten schießen können. Genau vor ihm erblickte er ein Motorrad und scherte nach links aus, um es zu überholen, doch es behielt den Abstand bei, und plötzlich zersplitterte die Windschutzscheibe, während er die Bruchstücke von in kleine kubische Stücke zerbrochenem Glas mitten ins Gesicht bekam. Das Motorrad schien fast reglos zu sein im Verhältnis zum Buick, und Barrow zielte so sorgsam wie auf dem Schießstand. Lee sah das Feuer des zweiten und des dritten Schusses, doch die Kugeln verfehlten ihr Ziel. Er bemühte sich jetzt, im Zickzack zu fahren, um den Geschossen auszuweichen, aber die Windschutzscheibe zersplitterte von neuem, diesmal näher an seinem Gesicht. Er spürte jetzt den heftigen Luftzug, der durch das vollkommen runde Loch der dicken Kupferkugel, die eine 45er ausspucken kann, hereinkam.

Und dann hatte er das Gefühl, daß der Buick schneller fuhr, denn er näherte sich dem Motorrad, begriff aber plötzlich, daß es umgekehrt war, daß Carter langsamer machte. Sein Mund deutete ein unbestimmtes Lächeln an, während sich sein Fuß leicht vom Gaspedal hob. Es blieben kaum noch zwanzig Meter zwischen den beiden Fahrzeugen, fünfzehn, zehn; Lee gab von neuem Vollgas. Er sah Barrows Gesicht ganz nahe vor sich und zuckte unter dem Schlag der Kugel zusammen, die ihm durch die rechte Schulter drang; er überholte das Motorrad, wobei er die Zähne zusammenbiß, um nicht das Steuer loszulassen; wenn er einmal vorne wäre, hätte er die Gefahr hinter sich.

Die Straße machte plötzlich eine Biegung und wurde wieder eng. Carter und Barrow klebten immer noch an den Hinterrädern. Trotz der Federung spürte er jetzt in seinen zerschlagenen Gliedern die kleinste Unebenheit der Straße. Er schaute in den Rückspiegel. Er hatte nur noch die beiden Männer im Blick, und er sah, wie Carter langsam machte und am Straßenrand hielt, damit Barrow sich wieder richtig hinsetzen konnte, denn sie wollten den Versuch nicht wagen, ihn jetzt zu überholen.

Die Straße bog hundert Meter weiter nach rechts ab; Lee erblickte eine Art Gebäude. Immer noch auf das Gaspedal tretend, sauste er durch die frisch gepflügten Felder, die den Weg säumten. Der Buick machte einen furchtbaren Satz und drehte sich halb um die eigene Achse, doch es gelang ihm, ihn mit einem Gewimmer aller seiner Metallteile wieder zu fangen, und er machte vor der Scheune halt, erreichte die Tür. Seine beiden Arme schmerzten ihn jetzt unablässig. Die Blutzufuhr in seinem linken Arm, der immer noch an seinem Oberkörper festgebunden war, begann wieder zu funktionieren und entriß ihm Schmerzensseufzer. Er ging zu einer Holzleiter, die auf den Speicher führte, und schwang sich auf die Sprossen. Beinahe hätte er das Gleichgewicht verloren und fing sich nur durch eine unwahrscheinliche Verrenkung und dadurch, daß er sich mit den Zähnen an einem der Zapfen aus knorrigem Holz festklammerte. Keuchend machte er auf halbem Weg halt, und ein Holzsplitter riß ihm die Lippen auf. Er merkte erst, wie fest er die Zähne zusammengebissen hatte, als er in seinem Mund von neuem diesen salzigen Geschmack des warmen Blutes hatte, des warmen Blutes, das er zwischen Lous Schenkeln getrunken hatte, die parfümiert waren mit einem französischen Parfum, für das sie noch zu jung war. Er sah wieder Lous entstellten Mund vor sich und den mit Blut besudelten Kostümrock, und von neuem tanzten glänzende Dinge vor seinen Augen.

Langsam, mühsam kletterte er einige Sprossen höher, und draußen ertönte das Heulen der Sirenen. Die Schreie Lous übertönten das Sirenengeheul, und das bewegte sich und lebte von neuem in seinem Kopf, und er begann Lou wieder zu töten, und von neuem überkam ihn das gleiche Gefühl, die gleiche Lust, als er den Fußboden des Speichers erreichte. Draußen war der Lärm verstummt. Mit größter Mühe kroch er, ohne sich seines rechten Armes zu behelfen, der ihn jetzt ebenfalls schon bei der kleinsten Bewegung schmerzte, zur Dachluke hin. Vor ihm erstreckten sich, so weit das Auge reichte, die Felder aus gelber Erde. Die Sonne senkte sich, und ein leichter Wind bewegte die Gräser der Landstraße. Das Blut lief in seinen rechten Ärmel und an seinem Körper herunter; er war allmählich erschöpft, und dann begann er wieder zu zittern, denn von neuem packte ihn die Angst.

Jetzt umzingelten die Polizisten die Scheune. Er hörte sie rufen, und sein Mund öffnete sich ganz weit. Er hatte Durst und schwitzte, und er wollte ihnen Beleidigungen zurufen, doch seine Kehle war trocken. Er sah, wie sein Blut neben ihm eine kleine Lache bildete, sein Knie erreichte. Er zitterte wie Espenlaub und klapperte mit den Zähnen, und als die Schritte auf den Sprossen der Leiter zu hören waren, begann er zu schreien, zuerst ein dumpfes Geschrei, das anschwoll und lauter wurde: er versuchte den Revolver aus seiner Tasche zu holen, und es gelang ihm nur mit einer wahnsinnigen Anstrengung. Sein Körper war dicht an die Mauer gepreßt, so weit wie möglich von der Öffnung entfernt, wo die Männer in Blau auftauchten. Er hielt den Revolver in der Hand, aber er würde nicht schießen können. Der Lärm war verstummt. Darauf hörte er zu schreien auf, und sein Kopf fiel auf seine Brust. Undeutlich hörte er etwas; die Zeit verging, und dann trafen ihn die Kugeln an den Hüften; sein Körper erschlaffte und fiel langsam zusammen. Ein Speichelfaden verband seinen Mund mit dem rauhen Fußboden des Speichers. Die Schnüre, die seinen linken Arm hielten, hatten dort tiefe blaue Zeichen hinterlassen.

Die Leute aus dem Dorf hängten ihn trotzdem auf, weil er ein Neger war. Unter seiner Hose entstand an seinem Unterleib noch ein höhnendes Horn.

ZU DIESER AUSGABE

Die Originalausgabe von »J'irai cracher sur vos tombes« erschien unter dem Pseudonym Vernon Sullivan (traduit de l'américain par Boris Vian) Ende 1946 bei Editions du Scorpion. Den Roman hatte Vian in wenigen Wochen aufgrund einer Wette mit dem Verleger Jean d'Halluin geschrieben, der ihm als Rezept für ein erfolgreiches Buch eine Sex-and-crime-Mischung aus Henry Miller, Faulkner und Hemingway empfohlen hatte. Vian nutzte die Form des Sexthrillers für eine sarkastische Attacke wider den Rassismus der Weißen. Die bald nach Erscheinen gegen den Roman eingereichte Klage bewirkte, daß »Ich werde auf eure Gräber spucken« zum größten Verkaufserfolg des französischen Buchhandels 1947 wurde. Die literarische Kritik fühlte sich zu den kuriosesten Vermutungen über den fiktiven amerikanischen Autor veranlaßt. Allmählich sprach sich Vians Autorschaft herum. Im Juli 1949 wurde das inkriminierte Buch verboten. Der Prozeß gegen Vian zog sich noch bis 1953 hin. Einmal wurde Vian freigesprochen, ein andermal zu einer Geldstrafe, zum Schluß zu zwei Wochen Haft verurteilt, die er aber nicht abzusitzen brauchte. Bis zur Neuauflage von 1973, die der Verlag Christian Bourgois herausbrachte, war »Ich werde auf eure Gräber spucken« nur in einer von Françoise d'Eaubonne unzulänglich bearbeiteten Fassung im Handel, der ein unter Mitwirkung Vians entstandenes Filmskript als Vorlage diente. Der Übersetzung von Eugen Helmlé liegt der Text der am 8. November 1946 imprimierten Erstausgabe zugrunde.

K.V.

VERNON SULLIVAN
Die kapieren nicht
– ELLES SE RENDENT
PAS COMPTE –

Aus dem Amerikanischen von
BORIS VIAN

Deutsch von Hanns Grössel

Thank you for flying from San Francisco International, a world-class Airport dedicated to serving the "City by the Bay".

NOTIFICATION OF INSPECTION (NOI)

To protect you and your fellow passengers, Covenant Aviation Security (CAS) is required by law to inspect all checked baggage. CAS is a private company under contract with the Transportation Security Administration (TSA) to provide baggage and passenger screening at San Francisco International Airport.

As part of this process, your bag was identified for physical inspection. If your bag was locked using non-TSA recognized locks, CAS may have had to break the locks. If prohibited items, including Hazardous Materials, were discovered during an inspection, they were turned over to the appropriate authorities.

Furthermore, to ensure the highest quality of service, CAS employees are continuously monitored by either direct supervision or camera surveillance.

We appreciate your understanding and cooperation. For questions and packing tips that may assist you during your next trip, or to learn how to submit a claim, please visit us at *www.covenantclaims.com*, or call us toll free at 1-800-764-8050.

Screener ID: kite43

Flight: 4910

ERSTES KAPITEL

Also zunächst mal: Kostümbälle müßten verboten werden. Jeder langweilt sich dabei zu Tode, und im zwanzigsten Jahrhundert ist man schließlich nicht mehr in dem Alter, sich als sizilianischen Räuber oder als große Arie aus der Tosca zu verkleiden, bloß um Zutritt zu Leuten zu haben, mit deren Tochter man verkehrt: denn genau das war das Problem. Es war der 29. Juni, und am Tage darauf debütierte Gaya in der Gesellschaft. In Washington bedeutet das eine ganz schöne Strapaze. Und ich, Gayas Spielkamerad, so was wie ein Ziehbruder ... Sie kapieren schon. Ich mußte ganz einfach hingehen; ihre Eltern hätten mir nie verziehen.

Aber hätte Gaya ihr Debüt in der Gesellschaft nicht genauso geben können wie die ganze besagte Gesellschaft? Und in normalem Abendkleid? Die Jungens im Smoking? Mit siebzehn ist man doch zu alt dazu, sich mit lauter Theaterkram zu behängen ... was soll das denn?

Ohne mich mit weiteren Fragen abzuquälen, fuhr ich fort, mich vor meinem Vergrößerungsspiegel zu rasieren; die ersten Fragen reichten mir, hatten mich schon in Wut gebracht. Ich stellte mir Gayas Mund, Gayas Hände und das übrige vor – alles so gut trainiert, daß dieser Mummenschanz überflüssig war.

Also wirklich! Meine Wut wurde immer größer. Schade, daß mein Brüderchen Ritchie nicht da war – den hätte ich bitten können, meinen Blutdruck zu messen. Medizinstudenten sind begeistert, wenn man sie um solche Mätzchen bittet. Sie führen vernickelte Apparate mit Zeigern, Zifferblättern, Schläuchen vor, zählen einem die Herzschläge oder messen einem den Lungenumfang, und keines dieser Kinkerlitzchen ist jemals zu etwas nütze gewesen.

Aber ich schweife ab. Ich begann wieder, an Gaya zu denken.

Also gut, wenn sie das unbedingt wollte. Ich würde mich als Frau herausputzen. Und all ihre Freunde würden um mich herumschwänzeln. Sogar mit meinem Namen, Francis, klappte es. Sie würden Frances verstehen, und die Sache wäre gelaufen. Den ganzen Abend würde Gaya sich in den Bauch beißen, weil sie einen Kostümball gegeben hatte. Als wäre für sie nicht das beste Kostüm eine kleine Blume zwischen den Zähnen und ihre hübsche Haut auf dem Buckel, ohne alle sonstigen Fisimatenten.

Von meinem hochgeschobenen Fenster aus sah ich, an der Kreuzung der Connectitut Avenue und der Columbia, ein Stückchen des McClellan-Standbilds. Wenn ich die Augen weiter aufsperrte, entdeckte ich gerade noch den Zipfel der Fahne auf der Finnischen Gesandtschaft, zwischen der Wyoming Avenue und der California Street. Nicht deutlich genug. Sehe schlecht. Fenster zu. Ich ging wieder zu meinem Spiegel.

Tief ausrasiert, hatte ich eine Haut so glatt wie ein echtes Mausefell, und mit ein wenig Grundschminke wäre es vollkommen. Bloß meine Stimme machte mir Sorgen. Ach was – ein Glas hinter die Binde, und keiner dieser Blödmänner würde sich dabei aufhalten. Am meisten mußte ich bei der Vorstellung grinsen, daß Bill oder Bob mich zum Tanzen auffordern würden... mit den falschen Brüsten meiner Mutter und einem engsitzenden guten Slip lief ich in puncto äußere Merkmale keine Gefahr, aber bestimmt müßte ich mir die Seiten halten vor Lachen...

In Sachen Kostüm hatte ich mir keine grauen Haare wachsen lassen. Ein Kleid aus den fröhlichen neunziger Jahren, Spitzen, Korsett, Unterrock, schwarze Strümpfe mit Stabmuster... und Stiefeletten aus Ziegenleder, Kinder! Das Ganze hatten mir meine Leute beschafft, die beim Theater arbeiten.

Vielleicht sollte ich mich vorstellen. Francis Deacon, Harvard-Abgänger (aber nicht ganz freiwillig), mit einem stinkreichen Papa und einer hochdekorativen Mama versehen. Fünfundzwanzig Jahre alt – wie siebzehn aussehend – schlechter Umgang: Boxer, Säufer, Krawallmacher und hübsche Damen, die man gegen Bezahlung liebt: eine ausgezeichnete Partie.

Kein schlechter Kerl. Abscheu vor Intellektuellen. Eher sportliebend. Feine Sportarten: Judo, Catchen, Segeln, ein bißchen Rudern, Skilaufen usw. Aussehen wie ein Kümmerling: fünfundsiebzig Kilo und sechsundfünfzig Zentimeter Taillenumfang. Meine Mutter schlug mich um einen Zentimeter. Aber das kostete sie viel Geld für Massagen.

Ich setzte mich neben den Spiegel und ergriff den Gegenstand, mit dem ich mich zu martern gedachte. Eine dicke Stange Spezialwachs, das ich beim Chinesen von Mama gekauft hatte und von dem er versicherte, er benutze es regelmäßig zum Enthaaren seiner Kundinnen.

In der einen Hand ein Feuerzeug, in der anderen das Wachs, betätigte ich das Rädchen, und die kleine blaue Flamme beleckte allmählich den durchsichtigen Kegelstumpf.

Es schmolz. Ich streckte mein Bein aus, knallte – peng! – das Ding auf meine Haare und »verteilte schnell«, wie es in der Gebrauchsanweisung hieß.

Als ich fünf Minuten später wieder zur Besinnung gekommen war, überlegte ich: wenn mich das beim ersten Anlauf schon einen Kristalleuchter und einen Spiegel von vier Quadratmetern kostete, dann täte ich wohl besser daran, gleich zu dem Chinesen zu gehen. Ich schaute auf meine Uhr. Ich hatte Zeit genug. Ich nahm den Telefonhörer ab. Zum Teufel mit dem Geiz.

»Hallo! Wu Shang? Hier Francis Deacon. Haben Sie eine Minute Zeit?«

Seine Antwort war natürlich ja.

»Ich komme!« sagte ich. »In fünf Sekunden bin ich bei Ihnen.«

Immerhin, fünf Sekunden für einen Kerl, der humpelt, ist wenig – ich brauchte zehn.

ZWEITES KAPITEL

Als ich Wu Shang machen sah, mußte ich in aller Objektivität zugeben, daß es besser ist, sich den Händen eines Spezialisten anzuvertrauen.

»Wird das auch keine Spuren hinterlassen?« fragte ich Wu Shang und zeigte auf die dunkelrote Stelle, wo ich meinen ersten Versuch unternommen hatte.

»Gar keine«, antwortete Shang. »Alles andere wird in fünf Minuten genauso rot sein, und in einer Stunde ist alles vorbei.«

Er sah mich an, aber was er dachte, war nicht zu erraten. Dazu muß man die Chinamänner kennen.

»Ich gehe zu einem Kostümball«, erzählte ich ihm. »Und ich muß Strümpfe tragen.«

»Das haben wir gleich«, sagte er.

Er verstrich das Wachs, riß mit einer heftigen und gezielten Bewegung die Haare aus, die davon umhüllt waren, und legte die Stange wieder über eine kleine Gasflamme – meine Waden sahen aus wie der Rücken eines gesengten Federviehs.

Innerhalb einer halben Stunde war es ausgestanden. Ich bedankte mich bei Wu Shang, bezahlte und ging hinaus. Es juckte ein bißchen – nicht sehr. In meiner Tasche spürte ich die harte Kugel des Cremetöpfchens, das er mir zum Einreiben der Beine gegeben hatte. Rasch stieg ich meine zwei Stockwerke hoch und begab mich wieder an meine Toilette.

Im Detail beschreibe ich sie Ihnen nicht, aber als ich mich im Badezimmerspiegel betrachtete (Sie erinnern sich, daß ich den im Wohnzimmer kaputtgehauen hatte) – da hatte ich das Gefühl, ich müßte an mich halten, wenn ich mir nicht ein übles Viertelstündchen bereiten wollte. Ich verliebte mich in mich – einfach so ... Kinder, wenn ihr dieses Mädchen gesehen hättet, das mich mit meinen Augen ansah ... alles da, wo etwas hingehört – Hüfte, Brust – (und haltbar: meine Mutter kauft keinen Schund) – und ein Gang, der alle hartgesottenen Burschen von der Bowery verrückt gemacht hätte.

Ich schaue auf meine Uhr. Immerhin dauert das jetzt schon dreieinhalb Stunden. Haar um Haar habe ich ausgezogen – ich verstehe, warum Gaya, dieses Biest, mich immer warten läßt ... Eigentlich macht sie ganz schön schnell, wenn Sie meine Meinung dazu hören wollen.

Ich stehe auf der Straße. Ich hoffe, man wird sich nicht darüber wundern, mich in meinen Wagen steigen zu sehen, denn Scherz beiseite: ich sehe nicht gerade wie Francis Deacon aus ... Jetzt bin ich nicht mehr so sauer auf Gaya – ich weiß aus sicherer Quelle, daß sie sich als Page verkleiden wird –, aber Sie können sich denken, daß es bei der Brust, die sie hat, alle merken werden. Ich hingegen gehe jede Wette ein, daß ich froh sein kann, wenn mich einer erkennt, und ich bin bereit, ihm zweihundert Dollar zu schenken, so als hätte ich die.

Papas alter Cadillac – er ist zwei Jahre alt, Papa hat ihn mir geschenkt, als er den neuen kaufte – bringt mich nach Chevy Chase. Ich biege nach Crafton ein und nehme die Dorset Avenue. Es ist das Viertel der Geldsäcke – auch meine Eltern haben in der Ecke ein Anwesen; aber ich wohne tausendmal lieber in der Stadt. Ich biege in eine der kleinen Privatstraßen zur Rechten ein. Mindestens sechzig Schlitten parken vor Gayas Anwesen, manche im Garten. Ich quetsche mich zwischen den Rolls von Cecil, dem Burschen aus der englischen Botschaft, und einen alten Olds von 1910; sicherlich ist es der von John Payne – komische Idee, sich John Payne zu nennen. Herrschaften, ist das ein Schlitten!

Ich steige aus. Eine Sekunde nach mir kommt ein dicker

weißer Chrysler an, und als der Kerl mich sieht, richtet er seine Scheinwerfer auf mich, so als hätte er einen Verdacht. Nur ruhig, meine Perücke sitzt gut, du kannst mich von allen Seiten beäugen.

Ich raffe zart meine Röcke und steige die drei Stufen zum Eingang hoch. Alles ist voller Licht und Lärm, und die Musik spielt. Übrigens grauenvoll – Gaya hat davon nie was begriffen; Hauptsache, es ist schön schmalzig, dann ist sie schon zufrieden.

Ich betrete das Haus. Drinnen ist eine ganze Horde, und mindestens fünfzehn sizilianische Räuber; das hatte ich schon gewußt. Gelegenheit, ein weit ausgeschnittenes Hemd und enganliegende Hosen zu tragen, damit man den Bienen zeigen kann: erstens, daß man Haare auf der Brust hat (oder keine), und zweitens, daß das Christkind einen bei der Verteilung der natürlichen Vorzüge nicht vergessen hat (oder daß es einen vergessen hat: auch das ist nützlich, denn manchen Mädchen macht das angst).

Ich pumpe den Oberkörper hübsch auf, und meine falschen Brüste spannen die Seide meines Mieders zum Zerreißen. Sie sind gut gemacht, man sieht die Spitzen sich abzeichnen. Es geht nicht daneben; ein großer Tolpatsch von Robin Hood kommt mich auffordern, und seine Hände zittern vor lauter Aufregung. Es ist ganz schön unangenehm, sich von einem anderen Jungen führen zu lassen. Ich mache einen schrecklichen Eindruck auf ihn, das muß an Mamas Soir d'Amour liegen, ich habe mir die Flasche über den Schädel ausgekippt. Der Junge ist auf der Stelle fast hinüber. Zum Glück hört die Platte auf. Gaya steht hinten neben dem Buffet, sie blickt mich scheel an. Sie ist als kleiner Page verkleidet, ich bin also richtig informiert worden. Und neben ihr steht ein dicker Lil'Abner, und auf der anderen Seite ein Superman, der gut fünfunddreißig Kilo wiegt ... aufgeblasene Burschen gibt's. Ich kann Ihnen sagen: Gaya sieht nicht aus, als freute sie sich darüber, mich zu sehen, ich komme nämlich sehr gut an, und sie weiß nicht, wer es ist. Ich gehe auf sie zu. Den Trick mit dem Sprechen habe ich gefunden: eine verschleierte, leicht angerauhte tiefe Stimme. Ich werde so tun, als wäre ich eine alte Freundin:

»He, Gaya! ... wie geht's Ihnen?«

»Gut geht's«, sagt sie; »wer sind Sie? Ich erkenne Sie nicht.«

»Sie dagegen erkennt man sofort«, sage ich. »Unmöglich, Sie für einen Mann zu halten.«

Vielleicht gehe ich ein bißchen zu scharf ran. Wie sprechen die Bienen miteinander? Ich kapier's nicht. Im Grunde müssen sie einander harte Sprüche bieten; im übrigen zuckt sie nicht mit der Wimper.

»Sie, meine liebe Flo, Sie haben nicht mal das Risiko auf sich genommen«, sagt sie zu mir und betrachtet mit verstellt verächtlicher Miene meine Brust.

Ich lache, sehr geschmeichelt. Also »Flo« bin ich.

»Oh«, sage ich, »ich habe alles versucht, aber ich habe sie nicht flach kriegen können ... wissen Sie, ich hätte mich zu gerne als sizilianischen Räuber verkleidet, aber ich glaube, ich habe zuviel da oben.«

»Ich hab's geschafft«, erwidert sie trocken.

Der als Lil' Abner verkleidete große Bursche umfaßt mich.

»Wie denn«, fragt er leise und vergewissert sich, daß Gaya uns nicht hört. »Tatsächlich? Sie sind Florence Harman?«

»Ja«, antworte ich. »Verpfeifen Sie mich nicht.«

»Ach wo ... Ich bin Dick Harman«, sagt er zu mir und drückt mich sehr heftig, »und eher soll mich der Teufel holen, als daß ich mit meiner Schwester tanze. Im übrigen ...«

Er wird rot ...

»Sie ... tanzt weniger gut als Sie. Sie ähneln ihr, müssen Sie wissen.«

»Wo ist Ihre Schwester denn?« frage ich.

Denn eine Biene, die dem ähnelt, was ich in diesem Augenblick bin, das interessiert mich, sicherlich und gewiß.

Der »Harman« Genannte zuckt die Achseln. Jetzt erkenne ich ihn. Es ist einer der Typen aus der Footballmannschaft der Universität, ich bin ihm schon bei Gaya begegnet.

»Florence ist blöde«, sagt er. »Sie hat dieselbe Dummheit gemacht wie Gaya. Sie hat sich als Junge verkleidet. Und ich schwöre Ihnen... Da haben wir's«, und er verschluckt sich heftig.

»Ich meine«, fährt er fort, »man sieht es... ööh... genauso wie Sie...«

Ich lache wieder, belustigt und sehr weiberhaft frech.

»Was wissen denn Sie davon?« frage ich. »Ich bin vielleicht ein Junge.«

Er drückt sich zärtlich an mich. Teufel auch, ist das unangenehm, zärtlich von einem Mann gedrückt zu werden. Das kratzt und riecht nach Rasiercreme. Die Mädchen sollen leben!

»Als was geht Florence?« frage ich.

»Sie wollte sich als Tarzan verkleiden«, sagt er.

Dabei läuft er puterrot an.

»Ich hab's geschafft, sie davon abzubringen. Sie ist als französischer Edelmann verkleidet, Louis XIV. oder Louis XV., ich versteh' nichts von all ihren Zahlen. Mit hohen Hacken. Schauen Sie, da hinten ist sie. Die Rothaarige. Mit einer samtenen Halbmaske.«

Der arme Dick scheint höchst unangenehm berührt.

»Es ist entsetzlich«, sagt er. »Sie fordert alle Mädchen zum Tanzen auf. Sie glaubt, man hält sie für einen Mann.«

»Und Gaya hat sie nicht erkannt?« frage ich. »Sie hat mich für sie gehalten.«

»Sie hat sich die Haare färben lassen«, sagt Dick. »Und mit der Halbmaske ist es schwer. Darf ich Sie um den nächsten Tanz bitten?«

»Stellen Sie mir lieber Ihre Schwester vor«, bitte ich und gurre, so sehr ich kann. Ich habe Mädchen irrsinnig gerne.
Er sieht mich unverhohlen entsetzt und voller Mißbilligung an. Pfui, wie blöd so ein Mann ist. Ich drücke ihm zärtlich die Schulter.
»Bitte, Dick. Ich heiße Frances.«
Unwillig geht er los. Flo sieht entzückt aus darüber, mich in ihrer Falle gefangen zu sehen. Sie muß es Dick eingebleut haben, der sich mir zuwendet und sagt:
»Mein Bruder Johnny. Johnny, das ist Frances. Sie möchte dich kennenlernen.«
»Freut mich, Sie zu sehen...«, sagt Flo-Johnny zu mir und betrachtet mich zärtlich.
Wir drücken einander die Hand. Als ich sie sehe, begreife ich, warum Dick ihre männliche Verkleidung nicht schätzt. Kinder, die falschen Brüste meiner Mutter sind nichts gegen ihre echten. Das Komische ist: sie scheint von meinen Reizen ganz durcheinander zu sein. Noch eine, die meint, sie sei eine neue Sappho. Nicht auszuhalten. Bei näherem Gebrauch wird sie schrecklich enttäuscht sein.
Ich tanze einmal mit ihr und verlasse sie, nachdem ich ihr mein Interesse bekundet habe; dann lasse ich mich von einem guten Dutzend Jungen auffordern, echten diesmal. Gaya ist wütend, für ihren Geschmack bin ich allzusehr umlagert... sie geht so weit, daß sie den armen Dick Harman anbrüllt. Sie glaubt noch immer, ich sei die Schwester Flo, und der Unglückliche wagt nicht, sie eines anderen zu belehren. Die echte Flo-Johnny folgt mir auf die Tanzfläche, und sooft ein Junge mich auffordert, verzieht sie die Nase... Ich amüsiere mich wie ein kleiner Irrer und wackle ab und zu mit dem Becken – eine schamlose Anleihe bei unserer lieben Betty Hutton, die weiß, was es heißt, sich im Stil des Jahres 1890 in den Hüften zu wiegen. Endlich, gegen drei Uhr morgens, gelingt es Flo, mich am Schlafittchen zu packen. Es gibt bereits nicht wenige fest zusam-

mengefügte Paare, und andere stehen kurz davor, sich wegen partieller Trunkenheit aufzulösen. Gaya hat die Hoffnung aufgegeben, als Mann durchzugehen. Sie tanzt mit einem ziemlich miesen Kerl; er ist nicht kostümiert. Ich kenne ihn nicht und frage mich, was sie an ihm findet. Während Flo sich an mich drückt und versucht, mich durch verstohlene Anspielungen auf meine verwirrenden Reize an ihrer Erregung teilnehmen zu lassen, überwache ich unauffällig Gaya. Man sollte meinen, der Kerl habe sie völlig in seiner hohlen Hand; sie schlägt die Augen nieder, wenn er zu ihr spricht, und sagt ja mit dem Schmollmund eines geschlagenen Säuglings. Komisch.

»Na«, fragt Flo, »ist es Ihnen egal, was ich da sage?«

»Verzeihung!« antworte ich – weil ich an etwas ganz anderes dachte.

»Ich habe Sie gefragt, ob Sie möchten, daß ich Sie nach Hause bringe; Sie haben gefragt, warum, und ich habe Ihnen gesagt, warum.«

»Warum?« wiederhole ich.

»Weil Sie mir sehr gefallen ... körperlich«, sagt Flo-Johnny zu mir.

Ich grinse, aber innerlich. Nach außen mache ich ein sehr verwirrtes Gesicht.

»Sagen Sie doch nicht solche Sachen«, antworte ich. »Kapieren Sie nicht, daß ich genau weiß, daß Sie ein Mädchen sind?«

Das erregt sie noch heftiger.

»Aha, Sie wußten es«, sagt sie.

Und ihre Hand liebkost sanft eines meiner üppigen Attribute ... eines der Attribute meiner Mama, müßte ich sagen.

»Ja«, sage ich, senke die Augen und schlage sie sogleich wieder auf.

Ich versuche, wollüstige Gesichtszüge anzunehmen. Das ist Schwerarbeit, kann ich Ihnen versichern. Vor allem, weil ich mir viel lieber auf die Birne schlüge, daß sie platzt.

»Und ... was erwidern Sie auf meine Frage?« fragt sie und atmet rascher.

Ich betrachte sie. Ein wunderbares Mädchen, trotz ihres albernen Kostüms. Sie hat saphirblaue Augen und einen fleischigen Mund mit den schönsten Zähnen der Welt, ein Oval mit Grübchen, einen schön runden Hals ... die Beine sind spitze. Was das übrige betrifft, so verdeckt diese Idiotie von Louis XV.-Kostüm alles. Meine Güte ... sie wird in ihren unreinen Lüsten enttäuscht werden, aber es wird mir schon gelingen, sie zu trösten ...

»Ich möchte, daß Sie mich nach Hause bringen, aber ich kann jetzt nicht aufbrechen. Ich muß noch ein Weilchen bleiben. Wollen wir uns in zwanzig Minuten an der Gartentür wieder treffen?«

»Freilich!« haucht sie mit kraftlosen Beinen.

Die Platte läuft aus.

»Bis gleich«, sage ich und drücke ihr zärtlich die Hand.

Und dann laufe ich in aller Eile auf die Tür zum Vorraum zu, durch die Gaya soeben mit ihrem Tänzer verschwunden ist.

Ein Kerl, der mir nicht gefällt, wie gesagt. Ich will mir das aus der Nähe angucken.

DRITTES KAPITEL

Das Haus von Gayas Eltern ist ein hübscher Kasten, schön möbliert, aber auch ganz schön überkandidelt. Einer von den Schuppen, die so gebaut sind, daß sie das ganze Licht aufnehmen (wenn Tag ist, natürlich), und zwar mit Hilfe einer Menge von Winkeln, Veranden und Glaswänden. Das Ganze ist fest und dick, weil Washington schließlich nicht Kalifornien ist und weil man im Winter ein kleines Minimum an Schutz braucht. Zum Glück kenne ich den Weg, und ich ahne, daß Gaya in ihr Zimmer im ersten Stock gegangen sein muß. Ich setze den Fuß auf die Stufe und sehe den bereits genannten Kerl, der herunterkommt. Die Dienstboten liegen um diese Zeit im Bett, und Gayas Eltern haben sich eine sicherlich wohlverdiente Ruhepause gegönnt, denn der Beginn des Abends muß mit alten Wracks jeglicher Art reichlich durchwachsen gewesen sein. Schon komisch, daß dieser Kerl, den ich nie gesehen habe, mit Gaya so intim ist, daß er sie in ihr Zimmer begleitet. Daß er sie in ihr Zimmer begleitet, ist mir schnuppe, aber ich wundere mich, daß ich ihn nie gesehen habe. Als er vorbeikommt, stolpere ich, und wir verheddern uns ineinander.

»Verzeihung!« sage ich, ganz lieb und sanft.

»Untröstlich!« erwidert er.

Er wirft einen scharfen, durchbohrenden und völlig kalten Blick auf mich.

»Ich bin über die Stufe gestolpert«, sage ich.

»Ich sehe«, sagt er.

»Ich kenne das Haus nicht... Und außerdem hab' ich ein bißchen getrunken...«

»Das war falsch von Ihnen«, sagt er zu mir. »Es gibt so viele schnuckligere Sachen.«

»Ich kenne keine«, sage ich, sehr vornehm. »Ich trinke für mein Leben gern.«

»Wie Sie mögen«, sagt er.

Er schweigt. Offensichtlich will er weggehen. Doch in meinem Kleidchen bin ich ganz schelmisch anzuschauen.

»Also dann ... auf Wiedersehen«, sagt er.

Und er geht ganz einfach weg. Ich rufe ihm nach.

»Ist Gaya oben?«

Er bleibt stehen.

»Nein«, sagt er. »Ich glaube, sie ist in der Küche. Sie hatte Hunger. Dort geht's lang.«

Er zeigt mir den Weg. Keine Frage: wo das ist, weiß er auch. Und das ist schon eine sportliche Leistung. Wenn man bei Gaya die Küche finden will, dann muß man seit mindestens zehn Jahren im Hause gewesen sein. Aber Teufel auch, ist das nicht Schminke, was er da auf den Backen hat? Dabei ist er im Smoking.

»Danke schön«, sage ich.

Ich tue so, als wollte ich hingehen, aber sobald er in den Saal zurückgegangen ist, wo getanzt wird, stürze ich wieder ins Treppenhaus und nehme vier Stufen auf einmal. Ohne zu klopfen, trete ich ein. Es ist fast hell drinnen, im Badezimmer ist die volle Beleuchtung an, und aus der halboffenen Tür kommt so viel Licht, daß man ohne Sonnenbrille ein Buch lesen kann. Ich gehe bis zum Badezimmer. Dort sitzt Gaya auf einem Stuhl, groggy im Gesicht, auf den Lippen ein blödes Lächeln. Sie ist blaß, spitznasig.

»Gaya!« sage ich mit meiner normalen Stimme. »Bist du krank?«

Sie blickt mich durch einen Nebel an.

»Wer ... wer ist da ...?« fragt sie.

»Francis«, sage ich. »Francis Deacon.«

»Flo ist das! ...« seufzt sie. »Flo mit der Stimme von Francis ... Der Streich geschieht mir recht. Wirklich gelungen.«

Sie fängt zu lachen an – lacht, daß man davon krank werden könnte.

»Gaya ... was hast du?« frage ich.

»Geschieht mir ganz recht«, wiederholt sie mit teigiger Stimme.

Ich gehe zu ihr und ohrfeige sie ein paarmal schwungvoll, damit sie zu sich kommt. Ich werfe einen Blick ins Waschbecken. Nein, krank ist sie nicht. Sie hat nicht getrunken. Sie riecht nach nichts. Weder nach Alkohol noch nach Marihuana.

»Laß mich in Ruhe«, sagt sie.

Ich gucke sie mir aus der Nähe an. Ihre Nase ist spitz, und ihre Augen sind wie Nadelspitzen. Die Pupillen völlig zusammengezogen. Das bringt mich auf etwas. Ich blicke mich um. Nichts. Eines ihrer Handgelenke ist aufgeknöpft. Ich schiebe ihren Ärmel hoch.

Alles klar, ich habe begriffen.

Im Augenblick ist da nichts zu machen. Sie in ihr Bett packen. Sie ihren Stoff verdauen lassen. Morphium oder was anderes.

Denn genau das hat sie am Arm: gut zehn kleine Punkte, rot, braun oder schwarz, je nach Alter. Ein ganz frischer ist darunter. Auf der Haut perlt noch ein Tröpfchen Blut.

Bitte sehr. Ein siebzehnjähriges Mädchen. Gebaut wie eine Venus von Milo mit Armen – vielleicht mögen Sie so was nicht, aber dann mögen Sie ganz bestimmt auch keine wohlausgewogene schöne Stute –, ein Mädchen mit Schenkeln, Brüsten und einem Körper, wie man sie nicht zu Dutzenden findet, und einem schönen slawischen Kopf, etwas flach, mit schrägstehenden Augen und ganz krausen blonden Haaren. Und darüber hinaus ein Mädchen, das was an den Hacken hat. Siebzehn ist sie; ist *so* und läßt sich Morphiumspritzen verpassen von einem Burschen, der wie ein fünftrangiger Zuhälter aussieht ... und noch dazu geschminkt ist. Ich kann Ihnen sagen. Die kapieren nicht. Ich packe sie und stelle sie auf die Füße.

»Mach schon, du Dusseltier«, sage ich zu ihr.

Ob jemand reinkommt, ist mir total schnuppe. Ich bin als Weibchen verkleidet, vergessen Sie das nicht... ist doch nichts Schockierendes dran, wenn man sieht, wie eine alte Freundin eine andere alte Freundin aufs Bett legt, weil sie ein bißchen über den Durst gepichelt hat.

Wenn's bloß das wäre. Eines Tages, Gayachen, werd' ich dich besuchen, und dann wirst du was von mir zu hören kriegen, das versprech ich dir. Ich ziehe ihr die seidene Bluse und ihre engsitzende kleine Weste aus – ich weiß nicht mehr, wie man das in Frankreich nennt. Hat sich das Dusselchen doch eine Binde um die Brüste geschlungen, damit das Ganze weniger Platz wegnimmt. Na ja ... im Grunde kann ich da nichts sagen. Ich hab' mir falsche angehängt. Ich ziehe ihr das Samthöschen und die Seidenstrümpfe herunter. Jetzt ist sie im richtigen Aufzug für die Musterungskommission. Sie torkelt, und ich muß sie stützen, damit sie sich nicht die Schnauze aufschlägt. Noch nicht sehr dran gewöhnt.

Ich decke ihr Bett auf und stopfe sie hinein, so wie sie ist.

»'n Abend! ... Flo ...«, sagt sie noch.

Ausgezeichnet. Morgen wird sie schwören, daß Flo sie zu Bett gebracht hat.

Ich küsse sie heftig auf die rechte Brust, damit sie ein schönes Abzeichen aus Lippenstift bekommt. Wenn sie das beim Aufstehen sieht, wird ihr's bestimmt peinlich sein. Weiter gehe ich nicht, denn mag sie noch so bewußtlos sein, ich würde ihr schon noch etliche Höflichkeiten antun. Aber bei Lichte besehen lohnt es nicht. Draußen wartet die echte Flo auf mich, und die ist ganz klar bei Sinnen. Bei Gayas Zustand könnte man's genauso mit einem Stuhl tun. Und außerdem hindert mich mein Kleid, und ich stünde blöde da, wenn jemand hereinkäme.

Und na ja und na ja, auf Süchtige steh ich nicht, ob sie nun Gaya heißen oder anders.

VIERTES KAPITEL

Ich gehe wieder durch den Saal. Noch einige todmüde oder betrunkene Paare, Gayas Freunde. Die anderen, die netten kleinen Mädchen und die braven kleinen Jungen, sind längst mit ihren Eltern oder mit ihrem Chauffeur wieder weggefahren. Ich gehe hinaus. Flo steht hinten am Ende des Gartens.

»Den Chauffeur habe ich weggeschickt«, sagt sie. »Ich fahre Sie selber, meine kleine Frances.«

Ich nehme ihre Hand und drücke sie sanft. Das bringt sie in sämtliche Zustände.

»Steigen Sie rasch ein«, sagt sie.

Ich steige ein. Einen hübschen Wagen hat sie. Sie fährt mit einer Hand, die andere hat sie um meine Schultern. Wenn sie bloß ein bißchen weniger stumpfsinnig wäre, würde sie sich vielleicht sagen, daß meine Schultern für ein Mädchen eine Nummer zu breit sind. Ein Beweis dafür, daß sie's mit Mädchen noch nicht sehr gewohnt ist. Sie muß den Kinsey-Report gelesen, muß sich gesagt haben, daß alle Männer Ferkel sind, und sich dann dazu entschlossen haben, sich den Freuden der unnatürlichen Liebe mit einer Person des eigenen Geschlechts hinzugeben, sanft und zart und als Umgang ungefährlich.

Ihr Schlitten hält vor meinem Haus an. Die Leute, die sehen, wie wir zusammen hinaufgehen, werden sich sagen, daß der kleine Francis auch nichts ausläßt... denken Sie nur... zwei auf einmal... Denn natürlich kommt sie mit mir herauf.

»Ich bringe Sie bis zu Ihrem Zimmer«, sagt sie zu mir. »Ich bin sicher, daß Sie ein wunderschönes Zimmer haben.«

Wenn sie nicht sofort merkt, daß mein Zimmer ein

Männerzimmer ist, dann deshalb, weil sie auch Männerzimmer nicht sonderlich gewohnt ist. Diese widersprüchliche Überlegung mißfällt mir keineswegs. Ich öffne meine Handtasche – sogar eine Handtasche habe ich –, nehme meinen Schlüssel heraus und gehe als erste(r) hinein. Sie folgt mir, und ich mache die Tür wieder zu.

Aber jetzt! Sie hält's nicht mehr aus. Sie umschlingt mich von hinten, und ihre Hände krallen sich um Mamas falsche Brüste. Wirklich schöne Imitationsarbeit, wie gesagt. Wenn's meine eigenen wären, ich würde heulen wie ein Verdammter. Sie küßt mich auf den Hals und zittert von Kopf bis Fuß. Arme Flo. Ist diese gräßlichen Perversionen nicht sehr gewohnt. Ich mache mich los. Wir gehen von Zimmer zu Zimmer, und ich mache jeweils das Licht an und wieder aus. Da ist mein Zimmer: ich biete ihr einen Stuhl an.

»Legen Sie Ihren Mantel irgendwo ab, Flo«, sage ich mit gebrochener Stimme zu ihr. »Ich hole Eis.«

Ich finde Eis und komme zurück. In meinem Zimmer sind Getränke. Als ich an dem Schalter im Wohnzimmer drehe, aus dem ich gerade gekommen bin, merke ich, daß alles dunkel ist, ich sehe nichts mehr.

Ich taste mich in mein Zimmer und stelle das Tablett auf den Tisch. Ich kann mir schon ungefähr denken, was passieren wird, und klammheimlich mache ich ein paar Schnallen an meinem Kleid auf. Es ist leichter aus- als anzuziehen. Schon mal ein Glück. Während ich noch herumhantiere, höre ich Geräusche aus der Gegend meines Bettes. Das stört mich beim Ausziehen meines Hüfthalters. Als ich beim Büstenhalter angelangt bin, grinse ich herzlich, aber in aller Stille. Ich beschließe, ihn anzubehalten, als einziges.

Schüchtern gehe ich auf das Bett zu. Das Licht von der Straße erhellt das Zimmer nur sehr wenig, denn die Vorhänge sind zugezogen. Ich räuspere mich.

»Flo...«, sage ich halblaut. »Sind Sie da? Fühlen Sie sich nicht wohl?«

»Nein...«, sagt sie schwer atmend. »Ich mußte mich langlegen.«

Ich tappe in einem Haufen Klamotten herum, und das bringt mich darauf, für welchen Aufzug sie sich zum Langlegen entschieden hat. Ein echter Turn-Aufzug – für nachher, wenn man duscht.

Los. Nicht so lange gezögert. Diese kleine Flo hat wirklich sehr hübsche blaue Augen.

Saphirblaue, wie ich sie gerne habe.

Sie muß auf dem Bett ausgestreckt liegen, ich sehe das unbestimmte Weiß ihres Körpers. Ich trete näher. Kaum bin ich in Reichweite ihrer Hand, da packt sie mich schon, und zwar so, daß ich auf das Bett falle.

Uff. Noch ein bißchen mehr, und sie hätte mich so erwischt, daß sie den Schwindel kapiert hätte. So, jetzt geht's wieder. Ich lege ihre Handgelenke um meinen Hals. Ich sitze auf dem Bett, die Beine draußen, sie liegt halb aufgerichtet da. Ich drücke mich an sie... immer noch wegen der falschen Brüste, sie soll ruhig was für ihr Geld haben...

»Zieh ihn aus...«, sagt sie fiebrig.

Diesmal kostet's mich Mühe, vor Lachen nicht zu explodieren. Ihre Hände fummeln an der Schlaufe des Büstenhalters. Und dann reißt sie alles herunter.

Jetzt heißt es handeln. Sonst ist es zu spät. Ich schmeiße das Utensil weg, klebe meinen Mund auf ihren und lege mich der Länge nach flach auf sie.

Es klappt. Sie scheint auch Jungens zu mögen.

Und sie scheint auch zu wissen, wie man es macht, damit sie sich wohl fühlen und wie man sie zu den passenden Stellen lenkt.

FÜNFTES KAPITEL

Gut eine Woche liegt all das zurück, und ich erwache an einem schönen Frühlingsmorgen, mitten im Juli, und das ist nicht so unwahrscheinlich, wie es sich anhört, denn Frühling ist auch eine Eigenschaft, und nichts spricht dagegen, daß ein Frühlingstag auf einen x-beliebigen Tag des Jahres fällt. Ich habe ein paar Briefe bekommen. Machen wir sie auf! Der erste bietet mir Lehrgänge in Psychoanalyse zu einem lächerlich günstigen Tarif an. Der zweite erinnert mich daran, daß die Detektivschule von Wichita, Kansas, in der ganzen Welt nicht ihresgleichen hat, und der dritte ist eine Heiratsanzeige. Wer heiratet? Meine gute Freundin Gaya. Und der glückliche Auserwählte ist ein gewisser Richard Walcott.

Na gut. Ich greife zum Telefon. Sie ist zu Hause.

»Hallo, Gaya? Francis Deacon am Apparat.«

»Ach, Francis!« sagt sie.

Nur das sagt sie, und zwar in süßsaurem Ton.

»Du heiratest, Gaya?«

»Ich ... ich erklär's dir, Francis, aber nicht am Telefon«, antwortet sie.

»Gut«, sage ich. »Bist du schon aufgestanden?«

»Ich ... ja ... aber ...«

»Ich komme«, sage ich. »Du wirst mir's erklären.«

Ich sehe nicht, warum ich mich nicht ein bißchen um Gaya und um ihre Hochzeit kümmern sollte, wenn mir das Herz danach steht, oder? Immer habe ich mir vorgestellt, daß ich für Gaya einen Mann finden würde. Deshalb wurmt es mich ein bißchen, daß ich von dem schon erwähnten Richard Walcott nie habe reden hören. Vor allem die Fresse von diesem Richard Walcott möchte ich gerne sehen. Weil: wenn ich es Gayas Eltern überlasse, sich mit der Heirat ihrer Tochter zu befassen, dann gibt das ein wahres Verbrechen; beiden ist das restlos egal, und nie sind sie da. Und jetzt werden Sie die hinterhältige Nützlichkeit dieser Überlegungen feststellen: Sie haben nichts gemerkt, und ich bin angezogen.

So macht man das.

Ich gehe hinunter, Wagen, Straße, Anhalten, Treppe.

»Guten Tag, Gaya.«

»Francis«, sagt sie.

Wir sind in ihrem Zimmer, das mit der verrückten Schlichtheit eingerichtet ist, wie dieses liebe Mädchen sie liebt; alles in Weiß und Gold, und auf dem Boden liegt ein Meter Teppich – ein Meter dicker Teppich, wohlgemerkt.

»Wer ist das, Richard Walcott?« frage ich sie.

»Den kennst du nicht, Francis.«

Sie sitzt vor ihrer Frisierkommode in einem Ding aus Goldfäden und cremefarbenem Satin, das ganz schön lecker ist. Sie poliert sich die Nägel mit einem in Chrom gefaßten Zebuleder. Das kann weder den einen noch dem anderen weh tun.

»Wann stellst du mich vor?« frage ich.

»Francis«, erwidert sie und blickt mich an, »was kann dir das denn ausmachen?«

Ich blicke sie meinerseits an, und sie wendet die Augen ab. Gaya sieht heute nicht ehrlich aus. Das schöne Pferd ist ein lasterhaftes schönes Pferd geworden, scheint mir. Ich trete näher.

»Gib deine Hand, du Schöne«, sage ich. Demonstrativ streife ich ihren Ärmel hoch und umfasse das Handgelenk genau da, wo Einstiche sind. Und dann lasse ich den Ärmel wieder herunter und gebe ihr den Arm zurück.

»Wenn du mich nur liebst, mein Kätzchen, ist es gut«, sage ich und blicke erneut durch ihre Netzhäute hindurch.

»Zieh dich an, wir fahren bei Richard vorbei und holen ihn zum Mittagessen ab.«

»Aber ... ich soll ... ich sollte mit ihm und einem seiner Freunde zu Mittag essen ...«

»Seinem Anstandsknaben, vermute ich«, sage ich.

Sie bejaht.

»Na also, gut«, sage ich nochmals. »Du wirst mich als deinen Anstandsknaben vorstellen, und wir werden zu viert eine schöne kleine Fresserei veranstalten. Los, komm schon!«

Ich packe sie unter den Achseln und stelle sie auf die Füße, und dann schmeiße ich ihr wollüstiges Negligé in alle vier Himmelsrichtungen des Zimmers; sie sieht bekümmert aus, ein bißchen so, als würde sie gleich zu weinen beginnen und mir alles sagen ... aber sie fängt sich wieder.

Dieses Mädchen in *dem* Aufzug, das ist ein Anblick!

»In welchem Schubfach sind die Büstenhalter?« frage ich sie.

»Ich ziehe nie welche an«, antwortet sie verärgert. »Findest du, daß ich das brauche?«

»Keineswegs«, sage ich. »Aber Dinger wie die, die hebt man unter Glastürzen auf. Du solltest welche mit Gitterstäben tragen.«

Sie lacht.

»Ich mag dich, Francis«, sagt sie.

Sie wirkt etwas entspannter. Ich helfe ihr beim Anziehen, nur so, unter Kumpeln. Das war das Tolle an Gaya; manchmal war sie ein echter Kamerad. Ich bin nicht verliebt in sie, aber ich mag nicht, daß man ein Dreckstück – oder Schlimmeres – aus ihr macht.

Ich erzähle ihr einen Haufen Schnurren, und sie lacht die ganze Zeit. Sie bürstet sich die krausen Haare vor einem Spiegel, der den ganzen Raum zwischen den beiden Fenstern einnimmt, sie pappt sich ein bißchen Lippenrot auf, sonst nichts, sie schnappt sich eine Handtasche und Handschuhe, und vor der Zimmertür bleibt sie ruckartig stehen.

»Es ist nicht Mittagessenszeit«, sagt sie.

»Das macht nichts«, sage ich, »komm trotzdem auf eine Runde mit.«

Sie zögert.

»Versprichst du mir, daß du keine Scherze machen wirst, Francis?«

»Was für Scherze?« frage ich unschuldig und ehrlich zurück. »Ich will dich auf eine Runde mitnehmen, und pünktlich werden wir an der Stelle sein, wo du mit deinem Verlobten verabredet bist. Ehrenwort.«

Mit einer Armbewegung schickt sie all ihre Befürchtungen zum Teufel und stürmt ins Treppenhaus. Mit zwei Riesenschritten gehen wir durch den Türvorbau hinunter, und sie sitzt im selben Augenblick im Wagen, als ich anfahre.

»Wir werden in irgendeinem Schuppen an der Straße Austern futtern und Milch trinken«, sage ich.

Unter uns: ich stelle mir vor, daß eine Milchkur ihr nicht schaden könnte. Das entgiftet, scheint's. Und ist voller Vitamine. Und wird von der Regierung überwacht.

»Warum heiratest du, Gaya?«

Sie zuckt die Achseln.

»Sprich von was anderem, Francis. Das verstehst du nicht.«

Ich lege ihr einen Arm um die Schultern.

»Wenn's dich so sehr juckt, mein Gayalein«, sage ich zu ihr, »so abstoßend bin ich doch nicht, oder?«

Sie legt den Kopf auf meine Schulter. Sie hat eine Kleinmädchenstimme. Lieb ist sie, die Gaya. Eine echte Närrin, aber sie ist jung, das wird sich geben.

»Francis«, sagt sie, »ich werd' aus alldem selber nicht mehr schlau. Sprich von was anderem... das ist unwichtig. Das kommt schon in Ordnung.«

Die Straße ist schön, alles voller Blumen und Schlitten, was beweist, daß es wirklich ein Frühlingsmorgen ist;

ein weiteres Argument zur Erhärtung meiner einleitenden Darlegung.

Wir verbringen zwei wirklich sympathische Stunden in einer sehr schlichten Pinte, wo man ein Sechstel von dem zahlt, was man im Jager, in Washington, gezahlt hätte, und trotz einiger neuer Versuche ist es mir noch nicht gelungen, aus Gaya etwas herauszuholen. Sie ist verschlossen wie ein Safe in der Bundesbank; wer sie zum Sprechen bringen will, muß gerissener sein als ich – was mich zu dem Schluß bringt, daß es unmöglich ist. Denn die Vorstellung von jemand, der gerissener ist als ich – mag ich nicht.

Es wird später, und Gaya ist gar so fröhlich denn doch nicht mehr. Sie blickt auf ihre Uhr, sie ist nervös, sie blickt auch mich an, und zwar nicht zärtlich. Ich vermute, der Zeitpunkt ihrer Dosis rückt näher... Ich bin sanft und reizend, wir steigen wieder in den Wagen. Je näher wir der Stadt kommen, desto ruhiger und fieberhafter zugleich wird sie. Sie ist künstlich erregt, ein unschöner Anblick.

»Du mußt mich führen«, sage ich.

»Du weißt, wo es ist«, antwortet sie. »Wir sind im Potomac verabredet.«

»Im Club?«

»Ja«, sagt sie.

Ich begreife. Der Potomac Boat Club liegt, wie der Name besagt, am Potomac, mitten in Washington, in der Nähe der Francis-Scott-Key-Brücke. Es ist ein sehr snobistischer guter kleiner Club, und der Trick mit dem Boot scheint mir in Sachen Drogen durchaus angezeigt.

»Essen wir dort?« frage ich.

»Wir drehen eine Runde auf dem Wasser und essen dann«, antwortet sie.

»Ausgezeichnet«, sage ich.

Ich drücke auf die Tube. Beinahe wäre ich in eine Straßenbahn hineingefahren. Das wäre schade gewesen, denn die Washingtoner Straßenbahnen sind unvergleichlich...

sie sind riesengroß und völlig geräuschlos, und wenn Sie je durch ein Kuhdorf namens Belgien kommen (in Europa, wie's scheint), dann werden Sie verstehen, warum ich Wert darauf lege, Straßenbahnen wie die Washingtoner auf der Welt zu erhalten. Und da sind wir am Potomac. Ich stelle den Wagen ab, wir steigen aus, ich folge Gaya, sie läuft schnell, so als wollte sie mich abhängen – aber den Potomac Club kenne ich.

Sie geht zu zwei Burschen an einem Tisch in der Bar des Clubs. Als ich die sah, hätte ich fast meine Backenzähne verschluckt.

Denn einer der beiden ist der, dem ich begegnet war, als er aus ihrem Zimmer zu Hause kam. Der Geschminkte. Was? Das ist ihr Verlobter? Nein ... Die Vorstellung belehrt mich eines anderen. Der andere ist Richard Walcott. Also ob der sich auch schminkt, weiß ich nicht, aber ich kann Ihnen versichern, das ist auch so eine ... Und zwar eine stattliche. Eine echte Irre erster Größe. Ich habe Mühe, nicht laut herauszulachen. Vorstellung. Ich drücke nicht die Hand, die sie mir reichen, das muß voller Schönheitscreme sein. Und die Stimme, die die haben ... Tanten, echte Tanten. So was wird doch wohl nicht Gaya heiraten! ...

Ganz kurz darauf steht Gaya ungeduldig auf, und wir folgen ihr alle zu dem rotweißen Chriscraft, das an der Anlegebrücke schaukelt. Die Sonne knallt hart herunter, und das Wasser flimmert, daß es einem die Augen zerfetzt. Die Fische tun mir leid. Ist das ein Leben!

Als wir gerade ablegen wollen, dreht sich Gaya zu mir um.

»Francis, Süßer«, sagt sie, »ich habe meine Handtasche in der Bar vergessen. Bist du so lieb und holst sie mir?«

Bitte sehr. So springt man mit einem Mann um. Und der gute Francis holt die Handtasche, während die kleine Gaya sich ihr Morphium einspritzen lassen wird.

»Ich geh' schon, Gaya«, sage ich.

Im Augenblick will ich nichts übers Knie brechen. Ich gehe in die Bar zurück. Nichts auf dem Tisch.

»Meine Freundin hat ihre Handtasche vergessen«, sage ich zu dem Barkeeper. »Haben Sie die nicht gesehen? Sie wissen schon, die große Blondine von eben!«

Er blickt mich an. Er scheint sich über mich lustig zu machen.

»Ihre Freundin hatte ihre Handtasche, als sie hinausging«, sagt er. »Sie hat mich um Streichhölzer gebeten und hat sie hineingetan. Eine schwarzrote Wildledertasche.«

»Ja«, sage ich. »Entschuldigen Sie. Das muß ein Scherz sein.«

Ich laufe hinaus, und als ich ankomme, ist das Chriscraft weit weg.

Sehr gut. Beim nächsten Mal misch' ich wieder mit. Und das nächste Mal ist jetzt. Denn vor mir entdecke ich plötzlich die Silhouette meines Bruders Ritchie. Mit Joan und Ann, die zwei hübsche Bienen sind. Da haben wir den rächerischen Zufall. Was wollen Sie denn, wir sind auch Snobs.

»Hast du dein Boot, Ritchie?«

»Ja«, sagt er. »Frisch ausgestiegen. Ich habe es gerade in den Schuppen zurückgebracht.«

»Gut«, sage ich, »ich werd's mir von dir borgen. Den Schlüssel zu deiner Box.«

Er reicht ihn mir.

»Paß auf deinen Blutdruck auf, Francis«, sagt er zu mir. »Du siehst geschwollen aus. Fall in diesem Zustand nicht ins Wasser.«

»Danke, alter Junge...«, sage ich zu ihm, ohne mich umzudrehen, und flitze zu der Box.

Das rotweiße Chriscraft ist gerade hinter der Drei-Schwestern-Insel verschwunden. Aber Ritchies Boot fährt ein ganz klein wenig schneller... Er hat es einem Verrückten abgekauft, dem es Spaß machte, vom Trampolin zu springen, durch Ziegelmauern zu stoßen und alle sonstigen ähnlichen Scherze zu machen. In zehn Schraubenumdrehungen werde ich Gaya eingeholt haben.

Der Motor ist noch warm und springt bei der ersten Vierteldrehung an. Nebenbei bemerkt: das Boot meines Bruders heißt *Kane junior*, niemand hat mir je sagen können, warum, übrigens habe ich nie irgend jemand danach gefragt. Ich hocke mich hinters Lenkrad und gebe Saft. Und was für einen Saft. Ich hab' das Gefühl, ich drücke den Sitz durch, so hart zisch' ich los ...

Für das, was ich vorhabe, bin ich wirklich nicht gerade richtig angezogen. Aha! ... Im Bugkasten ist eine Öljacke, die wird mir passen wie angegossen. Ohne den Knüppel loszulassen, greife ich sie mir und ziehe sie mir schlecht und recht an. Schon besser. Ich beschleunige noch mehr. Mit einer schönen Kurve komme ich hinter die Insel. Wo ist das Chris? Soso! ... da hinten, gestoppt ... Es fährt wieder los. Es scheint zurückzukommen. Sie müssen angehalten haben, damit Gaya sich ihre Spritze verpassen lassen konnte.

Ich sage mir schlicht, daß eine kräftige Dusche den beiden Tunten nicht schaden wird, und ich ziele. Sorgfältig. Dem Kerl, der Ritchie das Boot verkauft hat, machte es, wie gesagt, Spaß, durch Ziegelmauern zu stoßen. Und ein Chriscraft ist nicht mal aus Ziegeln.

Ich werde es von vorne angehen. Sie werden Zeit haben, sich ans Schwimmen zu machen.

Ein paar Zuschauer werden das Ganze vielleicht komisch finden, aber um Zufälligkeiten soll man sich nicht kümmern ... Es dröhnt, meine Eierschale stellt sich über dem Wasser auf. Zehn Meter von dem Chriscraft entfernt nehme ich das Gas weg.

Rrrrums ... das Blech und der ganze Kasten werden zerfetzt, beinahe wäre ich mit der Birne gegen das Halbdeck geknallt, und ich nehme so viel Suppe an Bord, daß ich fünfzehn Enten ertränken könnte. Das Chriscraft kippt langsam nach vorne. Meine süße Gaya liegt in der Brühe und Walcott auch und der andere Bruder ebenfalls. Los... seien wir galant. Ich lasse wieder an, mache mich im Rückwärtsgang von dem Craft frei und umkreise es, um Gaya herauszuangeln.

Das muß sie um die Hälfte der Wirkung ihrer Spritze gebracht haben... sie wirft mir einen Blick von nicht gerade alltäglicher Wildheit zu... ich kralle mir das, was ich finde, und lasse alles ins Boot fallen. Die beiden Schminklinge, die werden sich schon einen Reim darauf machen. Das Ufer ist nicht weit. Und es gibt dort einen Haufen ekliger Kieselsteine.

Auch ein graues Streifenboot der Flußpolizei ist da. Die muß etwas gehört haben. Jedenfalls werden sie nichts mehr sehen. Das Chriscraft kriecht bereits über den schlammigen Grund unseres nationalen Potomac.

»Na, Gaya«, sage ich. »Läßt man so einen Kumpel sitzen?«

Sie antwortet mir mit etwas Unanständigem und Nichtwiederholbarem.

»Zieh dich aus«, sage ich. »Und zieh diese Jacke an.«

»Bring mich zurück, Francis«, sagt sie mit zusammengebissenen Zähnen. »Bring mich sofort in den Club zurück. Und sprich mich in deinem Leben nie wieder an.«

Ich packe sie bei den Haaren und drehe sie wieder auf meine Seite. Das Boot wackelt ein bißchen. Ein bißchen zu sehr. Ich drücke sie wieder auf den Boden.

»Das sag ich dir, Gaya: ich mache weiter. Es ist falsch von dir, mit dieser Horde von Hirnrissigen zu verkehren. Woher dein Verlobter kommt, weiß ich nicht, aber gemein ist sie. Laß das alles sausen, dann lass' ich dich in Ruhe. Für Rauschgift hast du nicht das richtige Alter, und wenn du Gefühle brauchst, dann solltest du mich lieber anrufen, wenn du nichts zu tun hast.«

Sie feixt, was mich heftig ärgert.

»Laß mich in Frieden«, sagt sie. »Wir sind nicht miteinander verheiratet, und ich bin groß genug, um mich ganz allein zu benehmen. Kümmere dich um deine eigenen Angelegenheiten.«

In diesem Augenblick stoße ich gegen die Bootsbrücke und steuere mit gedrosseltem Motor auf Ritchies Box zu.

»In dem Blechspind dahinten wirst du Klamotten finden«, sage ich zu ihr. »Zieh dich an und komm. Ich fahre dich zurück. Deine beiden Kumpane gründeln gerade, und du wirst sie erst in acht Tagen wiedersehen: so lange brauchen sie dazu, ihre Schnauze zu flicken.«

Sie steht auf und geht hinaus. Sie scheint nicht fest auf den Beinen zu stehen, und ich mache mich bereit, sie zu stützen, aber die elende Eselin hat mich hereingelegt, denn im selben Augenblick, wo ich den Fuß auf den Beton setze, bückt sie sich, packt mein Bein und schmeißt mich in die Brühe, und darin, das kann ich Ihnen versichern, ist genug Öl, die *Queen Elizabeth* von New York nach London fahren zu lassen.

Als ich mich aus dieser Marmelade herausarbeite, bekomme ich eine Beule auf dem Schädel, der man beim Wachsen zusehen kann wie einem kleinen Ballon; ich schließe daraus, daß ich mich beim Fallen geschlagen habe, und fange an, mich auszuziehen, weil ich andere Sachen anhaben will. Zum Glück ist Ritchie etwa genauso groß wie ich, nur daß er Brillen trägt, und das stört in diesem Fall nicht. Auf dem Waschbecken liegt ein alter Seifenrest, nicht gerade luxuriös; ich beseitige das Gröbste von meiner Dieselöl-Schminke, und ich finde eine alte Hose und einen Pullover. Meine Schuhe sind naß, Pech gehabt ... ich ziehe sie aus, entleere sie, ich wringe meine Socken aus und ziehe das Ganze wieder an. Angenehm. Ich gehe hinaus und in die Bar des Clubs zurück. Ich trinke einen schönen schwarzen Kaffee mit viel Zucker, ich bin sehr gut in Form.

Ich gehe hinaus. Da steht mein Wagen. Gaya ist verduftet.

Wie einfach das Leben ist ... Nein, dieses Miststück! Meine vier Reifen sind platt.

SECHSTES KAPITEL

Als ich schön gebadet, schön gecremt, schön gesäubert, schön trocken bin und schön gemütlich auf meinem Sofa liege, überdenke ich alles, und ich sage mir, daß diese Geschichte da mit meinen aufgeschlitzten Reifen doch ziemlich gemein ist. Das hat mich um eine halbe Stunde zurückgeworfen, und man hat immer eine halbe Stunde übrig, vor allem, wenn man nichts tut; alles in allem – wenn es Gaya erleichtert, war ich ihr diese kleine Belohnung wohl schuldig.

Ich lese gerade zum zweitenmal einen Krimi, der sanft ist wie sonstwas, wenn man bedenkt, daß man innerhalb von elf Seiten kaum bis zum fünften Mord kommt, und da klingelt das Telefon. Ich strecke den Arm aus und nehme ab.

»Francis? Hier Gaya.«
»Ach nee«, sage ich. »Willst du mir Autoschläuche verkaufen?«
Sie lacht.
»Nein, Francis. Tut mir leid... Ich war sehr nervös...«
Wenn sie eines Tages wütend ist, dann wird's komisch. Ich kann meine Motorhaube plombieren.
»Francis... ich will heute abend ausgehen... möchtest du mitkommen? Ich hole dich bei dir ab... das würde mir Freude machen... ööh... wir müssen uns ja aussöhnen.«
Ich bin platt – wenn man bedenkt, in welchem Zustand ich sie zurückgelassen habe. Aber schließlich und letztlich... sie stand unter der Einwirkung ihres Dreckzeugs. Wir verabreden uns, und ich lege wieder auf... und möchte gerne wissen, was dahintersteckt. Ich schlage die Zeit mit großen Schlucken Whiskey und Zitrone tot, das schlägt sie gut tot. Ich ziehe mich an... wie oft ich mich

schon anziehe heute! In meinem nachtblauen Smoking sehe ich allerliebst aus, nie würde man das ölverschmierte schreckliche Scheusal von vorhin erkennen.

Ich nehme meinen dazu passenden Filzhut, und schon bin ich draußen. Eine Minute vor der verabredeten Zeit.

Eine Minute später hält Gaya ruckartig in ihrem Kabriolett vor mir an; ich packe die Kante und springe neben sie, ohne die Tür zu öffnen. Ein Trick, den ich Ihnen empfehle; die zehn ersten Male tut es noch an den Waden weh, und beim elftenmal kann man sich am Türgriff die Kutte aufreißen, aber die Wirkung ist garantiert.

»Wo fahren wir hin?« frage ich.

»Ins Fawn's«, antwortet sie.

»Warum nicht?« sage ich.

Sie ist vergnügt wie hundert Zeisige. Ab und zu wirft sie mir einen Blick von der Seite zu, und wir lachen schallend zur gleichen Zeit. Für drei Jahre würde man uns halten. Für drei Jahre jünger.

Sie kurvt durch allerhand Straßen, aber im großen ganzen erkenne ich allmählich die Gegend, vor allem, als wir am Thomas Circle vorbeifahren, an der Ecke der Vermont und der Massachusetts Avenue. Wir fahren noch weiter Richtung Süden, aber wir bleiben in N.W., und in der Nähe des Farragut Square hält sie vor einem Schuppen an, der nach nichts aussieht. Sie führt mich, ich klebe ihr an den Fersen. Wir betreten einen leeren Saal, im Kellergeschoß ist es, wir gehen eine kaum beleuchtete Treppe hinunter, und da sind wir.

Tja, das hätte mich gewundert. Ich gucke mir die Leute an, die da sind, in so einer Art snobistischer Bar, mit Stuck, Schmiedeeisen, Plastik und Scheinwerfern, und jetzt ist mir alles klar. Sonnenklar ist mir alles. Wenn auch nur eine einzige der braven Frauen, die hier herumhängen, mit einem Mann geschlafen hat, dann bin ich eine Qualle; und wenn einer dieser Burschen da mit dem anderen

Geschlecht schäkert, dann war Washington Popcorn-Verkäufer. Das Publikum hier sind Lesben und Tunten... und mir ist unbehaglich zumute. Übrigens muß ich um der Wahrheit willen sagen, daß im ganzen drei Männer auf ein Dutzend Frauen kommen... vielmehr: auf ein Dutzend Was-Sie-wollen, denn diese Schwestern da haben kaum einen Namen...

Da ist wieder Richard Walcott, und da ist wieder sein Helfershelfer – habe ich Ihnen gesagt, daß er Ted Le May heißt? hübscher Name, was?... und genauso sieht er aus. Der dritte »Mann« ist vom schönsten Blond, groß und stämmig. Puha, er muß weich sein wie eine Schnecke!

Und die Mädchen... Sie kennen die Kategorie. Und natürlich sind welche darunter, die zur Krönung des Ganzen Brillen tragen. Was ich nicht recht begreife, ist, wieso die Polizei einen Laden wie den da nicht schließt. In Washington ist das einigermaßen überraschend.

Bah... keine Fragen. Beziehungen.

Der Walcottsche lächelt mir liebenswürdig zu, er sieht nicht aufgebracht aus. Ich vermute, daß sein Chriscraft versichert war. Oder nicht ihm gehörte. Oder daß er Theater spielt. Ich setze mich. Warum, zum Teufel, hat Gaya, diese Eselin, mich hierher mitgenommen? Sie sitzt neben mir. Zwischen uns beiden ihre Handtasche. Ich merke plötzlich, daß die halb offensteht, und ich werfe einen Blick hinein, während ein Weibsstück, über das man vor Entsetzen aufheulen könnte, uns Gläser bringt.

In Gayas Handtasche ist ein kleines Bündel Geldscheine... aber dicke Scheine.

Zweimal braucht man nicht hinzugucken. Sie hat da zehntausend Dollar in Blättern zu einem Meter.

Lässig tue ich das Nötige, und im Handumdrehen ist es in meiner Tasche. Jetzt brauche ich einen Vorwand, fünf Minuten Luft zu schnappen. Ich stehe auf und mime den, der hinausgehen will.

»Wohin gehst du, Francis?« fragt Gaya und hält mich am Arm fest.

»Ich habe meine Brieftasche im Schlitten gelassen«, sage ich.

»Aber du kommst wieder?«

»Klar.«

»Ich begleite Sie ...«, schlägt einer der Jungen vor.

»Ich komme wieder, sage ich doch ...«

In zwei und dann sechs Stufen bin ich draußen. Ich wühle ein bißchen in meinem Werkzeugkasten, dann unter der Motorhaube, und das ist es. Fall erledigt.

Schlagen wir wieder den Weg ins Kellergeschoß ein. Gaya sah ganz schön sauer aus, als sie mich hinausgehen sah. Sie ist immer noch da und sieht mich mit einer gewissen Erleichterung wieder eintreffen.

Wozu dienten diese zehntausend Dollar? Sicherlich dazu, die nächste Lieferung zu bezahlen. Oder welche Erpressung niederzuschlagen?

Wo hat Gaya diese zehntausend Dollar hergenommen?

Alle sind sie da, sie schwatzen. Eine irrsinnig schlichte echte Unterhaltung, worin von allem die Rede ist, nur nicht davon, was normale Leute interessieren kann. Sieh da, der große Blonde hat den Platz gewechselt. Er sitzt jetzt dicht neben mir, etwas zurückgeschoben.

Komisch. Die Atmosphäre ist, sagen wir mal: gespannt.

Jetzt wird über Boote gesprochen und über den Potomac. Und über das Baden im Potomac. Und über ein rot-weißes Chriscraft.

Und Richard Walcott zeigt mir wirklich eine komische Fresse. Ted Le May seinerseits läßt all seine hübschen Manieren fahren. Kein Zweifel. Die beiden sind mir ein bißchen böse.

»Deshalb«, schließt Richard, »haben wir Gaya gebeten, Sie mit herzubringen; und wir sind ihr dankbar, daß sie es getan hat.«

»Verzeihen Sie«, sage ich, »aber ich habe Ihre Beweggründe nicht recht verstanden. Auf ein Chriscraft mehr oder weniger kommt es Ihnen doch nicht an... bei dem ganzen Drogenzeugs, das Sie verkaufen ...«

Diesen Coup scheine ich wie zufällig zu landen, aber er verbreitet eine ganz schöne Kälte.

Keineswegs wie zufällig dagegen ist der Coup, der auf meinem Schädel landet. Der große Blonde, den ich vergessen hatte. Hat er das mit Absicht getan? Ich weiß es nicht, aber er hat genau auf die Beule gezielt, die ich mir nach meinem morgendlichen Husarenstreich im Fallen zugezogen habe.

Ich dachte mir schon, daß dieser Halunke Muskeln aus Spitzengewebe hat. Einen Punkt stecke ich ein, das ist alles. Und um mich ein bißchen zu zerstreuen, hebe ich den Tisch hoch und haue ihn Walcott ins Gesicht. Diesen Kerl da mag ich nun mal nicht. Mit Vergnügen stelle ich fest, daß es ihm mitten in die Visage fährt. Er wird das Schönheitsinstitut aufsuchen müssen.

Die Bar hat sich sofort geleert. Ich bin allein gegen die Bande.

Gaya sitzt links von mir. Der Blonde zu meiner Rechten ist durch einen kräftigen Schuhtritt ins Kinn ein wenig aus der Fassung gebracht worden. Man könnte meinen, ich hätte was gegen ihre Gesichter.

Ich schnappe Gayas Handtasche. Eine hübsche Finte. Und ich stürme zur Treppe. Wenn man mit dem kleinen Francis fertig werden will, braucht es mehr als drei.

Auweia. Leider steht auf der Treppe ein neuer Goliath.

Ein entsetzlicher Kerl. Er ist rothaarig, mit spitzem Schädel; er ist behaart, sieht aus wie ein Bär; er wiegt mindestens zweihundert Kilo, und er ist sehr bösartig: man sieht's an seinen Schweinsäuglein, die tief in ihrem Speck stecken.

Ich kriege etliche Schläge mit dem Barhocker in die

Rippen. Nichts Ernsthaftes. Aber der Dicke, das ist ernsthaft. Es heißt wählen.

Ich entscheide mich. Ich steige wieder die Treppe hinunter. Finte. Jählings drehe ich mich um, schmeiße die Handtasche über den Dicken hinweg, und in dem Augenblick, wo er selber herunterkommt, tauche ich zwischen seine Beine. Gütiger Gott... da komm ich nie durch. Der Bursche hat Schenkel wie Elefantenbeine. Hi! ich stemme... es geht durch, ist schon durchgegangen. Er hampelt weg. Ich höre ein Kreischen: Ted muß seinen Freund auf den Fuß bekommen haben.

Ah, jetzt bin ich wieder im Erdgeschoß! Hier gibt es einen kleinen Ärger. Alles, was nach Tür aussieht, wirkt hermetisch verschlossen.

Ich habe die Handtasche aufgehoben. Schauen wir mal, wie es mit dieser Tür ist. Nein, es gibt Eiligeres zu tun! Ich greife mir ein paar Stühle und befördere sie die Treppe hinunter, weil ich mir vorstellen kann, daß das Pack da hochzukommen versucht. Alles geht ziemlich rasch, da kann man nichts sagen. Für Langeweile bleibt keine Zeit.

Mit einem schweren Eichenhocker in der Hand schlage ich auf das Schloß nach außen ein. Es ist Pfuscharbeit. Es gibt nach.

Mein Schädel auch. Ich falle in Ohnmacht.

SIEBTES KAPITEL

Sie glauben doch nicht etwa, ich bliebe so lange in Ohnmacht, daß sie in Ruhe in der Pinte an der Ecke ein Glas trinken gehen können. Nein. Außerdem haben sie mir eine Flasche Seven-up in den Hals geschüttet, und ich kann Ihnen versichern: das macht wach. Es muß an den Bläschen liegen.

Ich bin unten. Auf dem Boden liegt ein Haufen. Das ist der dicke Rothaarige. Man könnte meinen, daß er sich im Fallen weh getan hat. Er rührt sich kaum.

Auch Ted Le May ist da, der sich den einen Arm hält, Walcott, der aus der Nase blutet, und Gaya, die nichts sagt.

Der andere große Blonde hat Beschwerden mit dem Kiefer und sieht mich mit dreckigem Blick an.

Abgesehen davon ist meine Birne zermust, und ich bin an einen Stuhl gebunden. Veraltetes System.

»Francis«, sagt Gaya, »wo hast du die zehntausend Dollar hingetan?«

»Was für welche?« frage ich.

Sieh da, wenn ich spreche, tut es weh.

»Die in ihrer Handtasche waren, du Sauhund«, sagt der große Blonde zu mir.

Dazu landet er einen Schwinger auf meine Nase.

Seine Schuld, Pech gehabt: ich spucke ihm ins Auge. Etwas anderes kann ich nicht tun. Er ist nicht zufrieden, und ich bekomme einen zweiten Schlag auf den Dez, aber das macht nichts, ich will auch etwas von der Zuteilung haben.

»Was hat denn der Dicke?« frage ich.

»Er ist ein bißchen lädiert«, sagt Walcott, »und bald wirst du's auch sein.«

»Oh«, sage ich. »Nicht möglich. Sie sind doch viel zu lieb, um mir etwas anzutun.«

»Francis«, sagt Gaya, »wo hast du die zehntausend Dollar hingetan?«

Gaya ist ganz durcheinander. Sie wird einen Anfall bekommen.

»Ich habe sie nicht genommen«, sage ich; »und da ich bald sterben werde, stör mich jedenfalls nicht mit solchen läppischen Geldfragen.«

Peng! Mit dem Stuhlbein kriege ich einen Hieb auf die rechte Backe. Lump. Le May ist das. Mir schwant, daß mein Knochen gekracht hat. Ich spucke rot. Es tut weh.

»Eines jedenfalls kann ich dir sagen«, sage ich. »Wenn ich dahingegangen bin, dann sind die zehntausend Dollar, die ich dir als Hochzeitsgeschenk überreichen wollte, weit weg.«

Jetzt hackt's. Das macht das Maß voll. Ein Schuh mitten in die Fresse, mit einem Fuß drin. Walcotts Fuß. Gepriesen sei die Mode mit den dünnen Sohlen. Stellen Sie sich das beim Wintersport vor!

Immerhin blute ich so aus der Nase, daß ein Händler mit koscherem Fleisch seine Freude daran hätte. Bald werde ich so weit sein, daß man mich als Kalbfleisch verkaufen kann.

Gaya geht dazwischen.

»Laßt ihn.«

»Denkste«, sagt Richard. »Das Schwein hat einen soliden Schädel.«

»Meinetwegen könnt ihr draufhauen«, sagt Gaya. »Aber er soll mir mein Geld wiedergeben.«

Armes Ding. Was sie sagt, ist gemein, aber sie ist von diesen dreckigen Brüdern derart abhängig, daß sie mir trotzdem leid tut. Ihre Droge muß sie ganz schön in der Gewalt haben.

»Gaya«, sage ich, »bring mich hier raus, und du hast

morgen zehntausend Dollar zu Hause. Um welches Geld es geht, weiß ich nicht, aber du warst mein Kumpel, und im Grunde bist du nicht für die Existenz einer Horde von Hirnrissigen wie diesen drei Wahnsinnsweibern verantwortlich.«

Zack! Faul sind die nicht. Sie wissen nicht mehr, wohin sie schlagen sollen, und das rettet mich. Gleich werden sie sich gegenseitig zusammenhauen müssen, wenn sie nach einer heilen Stelle suchen.

Jetzt fällt mir das Sprechen schwer, und ich würde am liebsten kotzen. Zum Jubeln ist mir nicht gerade. Ich strenge mich an.

»Gaya«, sage ich, »ich will diese drei Schlampen um nichts bitten. Wenn du etwas tun kannst, dann tu's. Sonst wird mein Brüderchen ausplaudern, was ich ihm über diese Geschichte erzählt habe.«

Ich schäme mich, Ritchie in die Sache hineinzuziehen, weil es nicht sein Bier ist, weil er studiert und weil ich mich selber in diese Zwickmühle hineingeritten habe. Auch weil ich mein Brüderchen liebe und weil ich nicht möchte, daß ihm was passiert. Aber es ist mein einziger Trumpf. Die drei haben eine solche Stinkwut auf mich, daß sie im Begriff sind, aus Rache zehntausend Dollar zu verlieren.

Der Hagel hört auf. Gaya spricht mit ihnen. Ich verstehe nicht mehr viel. Ich werde losgemacht. Ich stehe auf, es geht schlecht. Sie weichen zurück, und das bringt mich zum Lachen, aber nicht lange, denn ich falle in den Sitz zurück, und wenn ich lache, dann ist mir, als öffnete sich mein Mund in drei Richtungen zugleich.

Alles in allem habe ich eine tüchtige Tracht Prügel bezogen. Aber ich möchte gerne, daß der dicke Rothaarige aufwacht. Wie ich auf den eingehämmert habe! ...

»Rühr dich nicht!« sagt Walcott zu mir.

Ich guck ihn mir an. Er hat einen Ballermann in der Hand. Ich könnte das Risiko eingehen, sicherlich schießt er wie ein Nashorn... aber lieber nicht; wenn er schlecht zielte, brächte er es fertig, mich zu erwischen.

»Danke, Gaya«, sage ich, um die anderen zu ärgern.

»Sag mir nicht danke, Francis. Du hast mir mehr angetan, als du glaubst, und ich hätte sie dich schon fertigmachen lassen... aber ich habe dieses Geld allzu nötig.«

»Bist du sicher, daß sie's dir nicht geklaut haben?«

Ich schneide auf, aber das ist falsch von mir. Es waren noch Stuhlbeine da. Nur: ich stehe jetzt schon fünf Minuten auf den Beinen, und es kribbelt nicht mehr in den Gliedern. Die letzte Backpfeife kam von Ted Le May... mit einem Satz halte ich ihn fest und benutze ihn als Schutzschild gegen Walcott. Schieß ruhig, alter Junge.

Ted mag das nicht. Er zappelt mit den Beinen, aber ich halte ihn hübsch fest. Den dritten, den großen Blonden, überwache ich aus dem Augenwinkel, und in dem Augenblick merke ich, daß der Rothaarige sich zu rühren beginnt. Alles klar, er ist nicht tot, mehr wollte ich gar nicht wissen... Aber er darf jetzt auch nicht zu schnell wieder aufstehen. Ich packe Ted an Kragen und Gürtel und ziehe dabei, um ihm weh zu tun, dann befördere ich ihn mit all meiner Kraft auf Richard hinab. Aus dem Ballermann löst sich ein Schuß, und ein Entenschnattern ist zu hören. Der große Blonde hat dran glauben müssen, mitten in die Hinterbacke, wunderbar; Herrschaften, der dicke Rothaarige wird immer munterer... ich flitze zur Treppe. Als ich loslaufe, rufe ich:

»Morgen bekommst du dein Geld, Gaya. Ich versprech's dir.«

Ich komme oben an, zum zweitenmal, und diesmal ist es richtig. Da ist mein Schlitten... Ich klettere schleunigst hinein. Ich hab' tatsächlich nicht gemerkt, daß ich durch die Tür gekommen bin... ich hatte sie eben schon zertrümmert, kein Irrtum möglich. Den Fuß aufs Gaspedal... Ich fahre im dritten Gang an, weil ich's eilig habe... Uff...

ACHTES KAPITEL

Ich fahre fünfzig Meter mit voller Pulle und fühle mich langsam wohler, und dann spüre ich plötzlich etwas im Nacken, über meinem Kragen – es ist kalt, und es ist hart. – Und da wird auch schon gesprochen. Was für eine Stimme! ... noch eine Tunte?

»Rühren Sie sich nicht ... drehen Sie sich nicht um. Fahren Sie da weiter ...«

Ich drehe mich nicht um, weil mir schwant, daß das Ding auf meinem Nacken alles andere als gut für meine Gesundheit ist, aber ich bin kein Schieler und werfe einen kleinen Blick in den Rückspiegel. Ach nee ... ich dachte, es sei ein Mann ... aber es ist eine Frau. Oh, schon gut ... mit einer Stimme, na ja, und einem Aufzug, na ja, das ist mit Sicherheit eine Nichte der Sappho, oder wie sie hieß, die ihre Schweinereien auf griechisch schrieb, damit niemand sie versteht ... immerhin ein Rest Schamgefühl ...

»Was kann ich für Sie tun?« frage ich.

»Ich riskiere nichts«, sagt sie bedächtig. »Aber an Ihrer Stelle würde ich mich um mein eigenes Bier kümmern.«

»Das sagen mir alle«, sage ich, »und dabei bin ich der verschwiegenste Bursche auf der ganzen Erde. Wenn Sie Tom Gollins kennten ...«

»Genug geblödelt«, sagt sie zu mir. »Wir spielen hier keinen Film.«

»Bestimmt nicht«, antworte ich ihr. »In einem Film hätten wir einander schon mindestens dreimal geküßt. Und das täte ich, unter uns gesagt, irrsinnig gerne.«

Und paff! kriege ich mit dem Kolben einen Hieb auf den Deckel. Wenn sie heute abend weitermachen, wird mein Kopf wie ein echter Kürbis aussehen.

»Genug geblödelt, hab' ich gesagt, und das wiederhole

ich. Und wenn ich etwas sage, dann hab' ich es gerne, daß man drauf acht gibt.«

»Sie öden mich an, hübsches Kind«, antworte ich. »Und zunächst mal sind wir einander nicht vorgestellt worden. Wenn Sie mir nicht sagen, wer Sie sind, dann jage ich den Schlitten in den ersten Bullen, dem ich begegne, und dann werden wir ja sehen, wie Sie sich aus der Patsche ziehen.«

Zugleich gebe ich dem Cadillac einen Druck aufs Gaspedal, aber das Dreckstück gibt nicht klein bei, sondern scheuert mir ein paar Watschen hinter die Löffel, daß man glauben könnte, sie wäre Lehrerin bei der Wohlfahrt gewesen.

»Sie sind ein Aas«, sage ich.

»Biegen Sie nach rechts ein.«

Ich weiß nicht, warum ich gehorche. Dort geht es aus der Stadt hinaus.

»Ich werde Ihnen sagen, wie ich heiße. Louise Walcott.«

»Ah!...«

Ich tue so, als erinnerte ich mich.

»Sie sind die Mutter dieser dreckigen Tunte...«

Da brülle ich und gehe in die Luft, weil sie mir eine Nadel ins Kreuz gejagt hat. Der Cadillac wackelt, und ich nutze die Gelegenheit dazu aus, etwas zu versuchen, aber dieses elende Luder hat so was von Augen!

»Machen Sie Ihre Scheinwerfer wieder an«, sagt sie. »Und versuchen Sie nicht, mich hereinzulegen, indem Sie sich von einem Bullen erwischen lassen, denn ich lege Sie knallhart um, und den Bullen dazu.«

Beschreibung des Mädchens: vorteilhaftes Äußeres, brünett, matter Teint, kurze Haare, harter Mund.

Meiner Ansicht nach ist diese Kleine da völlig verdorben. Sie hat zuviel Radio gehört.

»Ich bin Richard Walcotts Schwester«, fährt sie fort. »Und Richard tut, was ich ihm sage. Und daß er sich um die Biene kümmern soll, um die er sich kümmert, das hab' ich ihm gesagt.«

»Kann ich mir denken. So wie der aufgetakelt ist, wären dem kleine Matrosen mit Sicherheit lieber.«

»Jeder nach seinem Geschmack«, sagt sie. »Sie jedenfalls können ruhig auf beiden Ohren schlafen, Ihnen wird nie jemand Anträge machen.«

Aha, sie versucht, mich zu ärgern! Na schön, wir werden ja sehen, ob jemand mir welche macht. Vorausgesetzt, daß ich hier rauskomme.

»Ich hab' Sie heute abend kommen lassen«, sagt sie, »damit Ihnen ein paar Verzierungen abgebrochen werden. Als ich sah, daß es schlecht ausging, bin ich in Ihren Schlitten gestiegen. Denn gewarnt werden mußten Sie immerhin. Meinetwegen können Sie noch so sehr Francis Deacon heißen, eine kleine Lehre wird Ihnen dennoch sehr nützlich sein. Natürlich werden wir Sie nicht gleich umlegen, und mit der Fassadenschändung hat es sich gut angelassen; vielleicht läßt sich das aber noch verbessern.«

Und darauf haut sie mir auf den Schädel, als wollte sie Sturm läuten. Die gemeine Sau hat den richtigen Augenblick gewählt, mitten in einer Kurve. Ich lasse das Lenkrad los und nehme meinen Kopf in beide Hände, und natürlich rast der Schlitten in die Kulisse. Zum Glück habe ich in einer Reflexbewegung gebremst, aber ich fuhr zu schnell. Ich hatte nur gerade Zeit, meinen Ellbogen vor mein Gesicht zu tun, um nicht in die Windschutzscheibe zu fliegen.

Es macht einen grauenvollen Krach, als ich in die Auslage brause, und ich zerdatsche Kilometer von Würsten.

Als ich wieder zu mir komme, stelle ich fest, daß die dreckige Ziege abgehauen ist und daß um meinen Schlitten mindestens vierzig Kerle liegen, und einer davon röchelt lauter als alle anderen. Mit Sicherheit ist das der Inhaber des Fleischerladens. Na schön, ich vermute, daß er versichert ist: ich für mein Teil tue das Gescheiteste und falle für die Galerie in Ohnmacht. Ich werde weggetragen, bequem in einem Krankenwagen untergebracht, und ich sage keinen Piep. Im Kopf dreht sich mir alles, die Sirenen der Bullen, die Rothaarigen, die Tunten, der reinste Cocktail... ich habe tatsächlich nicht die Schläge gezählt, die ich auf den Schädel bekommen habe... das, also das gibt mir den Rest... ich schlaffe wieder echt weg...

NEUNTES KAPITEL

Mit Moos läßt sich natürlich alles in Ordnung bringen, sogar ein Cadillac in einer Auslage mit Schweinernem, und schon tags darauf mache ich mir um die Geschichte keine Sorgen mehr. Sie haben feststellen können, daß ich nicht betrunken war, und ich habe den Unfall mit Schmutz erklärt, der mir in dem Moment ins Auge geraten sei, als ich die Kurve nahm. Ich glaube, mein Vaterherz hat Zaster in der Versicherungsgesellschaft, das klärt die Dinge immer. Was sich nicht klärt, ist das, was mir als Schädel dient, auf dem sind mehr Beulen als was anderes, und als ich meinen Hut aufsetze, ist die Wirkung ergreifend, für mich und für diejenigen, die zuschauen. Kurz, da ich meinen Hut nicht in meinem Zimmer aufzubehalten brauche, tröste ich mich und gucke meinem Brüderchen Ritchie zu, der an meiner Bar Highballs zuzubereiten versucht. Ich habe noch nie einen ungeschickteren Kerl gesehen als Ritchie; wenn ich daran denke, daß er Medizin studiert, zittere ich um die Kranken. Ich hoffe, daß er Psychiater wird; in dieser Branche kommen die trübsten Tassen noch immer zurecht, man braucht sich nur einzurichten, und schon ist man behämmerter als der Behämmertste unter den Kranken, die man zu behandeln hat.

Schließlich kommt Ritchie mit seiner schwierigen Hantierung zu Rande, und er reicht mir ein Glas, von dem ich die Hälfte auf mein Hemd kippe. Ich habe eine Entschuldigung; ich trage ein pfundschweres Schnitzel auf dem rechten Auge, und jeder weiß, daß man den Sinn für Entfernungen verliert, wenn man nur auf einem Auge sieht. Jedenfalls finde ich es unangebracht, daß ein Bruder, der jünger ist als man selber, sich auf diese dreckige Weise über einen lustig macht.

»Ritchie«, sage ich, »wenn du dir die Visage so hast zerdeppern lassen wie dein kleiner Bruder, dann wirst du das weniger komisch finden.«

»Hab' nicht den geringsten Grund dazu«, antwortet er.

»Schön, Ritchie, aber an deiner Stelle wär' ich da nicht so sicher. Tut mir leid, daß ich dich in den Schlamassel hineingezogen habe. Eine vorübergehende Geistesverwirrung.«

Das scheint ihn nicht sonderlich aufzuregen. Im Grunde ist Ritchie ein argloser Bursche. Ich erzähle ihm die ganze Plotte, und er reißt die Gucklöcher so weit auf, daß man den Potomac hineinleiten könnte.

»Alles in allem«, schließe ich, »werden sie mir bis heute abend Ruhe lassen und darauf warten, daß ich Gaya die zehntausend Dollar zurückschicke. Ich denke mir, daß es heiß hergehen wird. Und zwar für uns beide.«

»Und was machen wir mit den zehntausend Dollar?« fragt mein Brüderchen.

Sehr gut, er begreift schnell.

»Die nehmen wir dazu, eine neue Bude zu finden. Und das alles zu kaufen. Denn auf der einen Seite müssen wir gut unterkommen, auf der anderen Seite müssen wir uns tarnen.«

Ich reiche ihm eine Liste, die ich aufgestellt habe, während er den Whiskey und das Wasser verrührte. Diesmal werden ihm die Luken mit metallischem Klirren von der Rübe fallen.

»Was willste denn damit machen?« fragt er; »hast du Schnepfen zu unterhalten?«

»Das ist für uns«, sage ich.

»Was denn? Kleider, Büstenhalter und, oh... Francis, du schnappst über. Niemals werde ich es wagen, das in einem Kaufhaus zu verlangen.«

»Du wirst eine deiner Freundinnen mitnehmen«, sage

ich. »Von morgen an heiße ich Diana und du Griselda. Bitte: du kannst auch einen anderen Namen wählen.«

»Francis«, meint er, »du bist plemplem. Sie haben dir zu sehr auf die Birne gehauen.«

»Quatsch«, sage ich, »du willst wohl, daß man dich in kleinen Stückchen wiederfindet. Hör zu. Diese Burschen da sind alles Tunten oder Lesben. Wenn diese Louise Walcott wirklich die Bande anführt, dann kannst du dein Hemd darauf wetten, daß wir keinerlei Chance haben, irgend etwas zu erfahren, wenn wir gewöhnliche Männer bleiben. Was also wird gemacht? Ich schminke mich lieber zu einer Schote. Vielleicht kriegen wir ab und zu eine schöne Belohnung.«

Er überlegt fünf Minuten.

»Im Grunde hast du vermutlich recht«, sagt er. »Aber du liebe Güte, siehst du mich in einem Laden Gummibrüste verlangen?«

Er wird rot bis hinter die Ohren. Wirklich, nee, sehr abgebrüht sind die Medizinstudenten nicht.

»Jetzt mach aber«, sage ich, »und ein bißchen rasch, denn die da verplempern ihre Zeit nicht, da bin ich ganz ruhig. Ruf Ann an, die wird dir helfen.«

»Darf ich dich fragen, warum du dich in Gayas Angelegenheiten mischen willst?« fragt er, ehe er geht.

»Das ist 'ne gute Freundin«, antworte ich, »und es ärgert mich zu sehen, daß sie so dusselig geworden ist.«

»Aber dein Job ist das doch nicht. Wenn du nun die Polizei verständigtest?«

»Würde dir das Spaß machen?« frage ich.

»Oh, ich mag die nicht«, sagt Ritchie. »Aber es ist komisch, daß du dich so um sie kümmerst.«

Er blickt mich argwöhnisch an und geht achselzuckend hinaus. Der Ritchie ist doch ein prima Bursche. Und es ist auch ein Glück, daß die Mode wieder zu kurzem Haar zurückgekehrt ist. Aber ich finde es komisch, daß das Ganze mit Gayas Kostümball angefangen hat. Ich gucke mir meine Pfoten an. Die Haare sind noch nicht nachgewachsen, gut so ...

Und dann grinse ich ganz allein vor mich hin und denke an die Flappe, die Ritchie beim Chinesen von Mama machen wird, wenn der ihm *seine* Haare entfernen will. Ich richte es so ein, daß ich beim Feixen ungerührt bleibe, denn das sieht mehr nach Sioux aus und ist sicherer für meinen Schädel.

Darüber klingelt das Telefon. So ist es immer, dieser Unglücksapparat verdirbt einem die schönsten Augenblicke. Ich nehme röchelnd ab.

»Hallo«, rufe ich. »Hier ich selber.«

»Francis Deacon?« macht eine Stimme.

Das erkenne ich. Das ist jemand namens Louise Walcott.

»Wer ist am Apparat?« frage ich. »Der Präsident?«

»Keine Blödeleien«, fährt sie fort. »Louise Walcott am Apparat. Und ich telefoniere aus einer Zelle, nichts da mit Bullen, ja? Diese zehntausend Dollar, wann kommen die?«

»Wir kümmern uns drum«, sage ich.

»Wird das vor heute abend fünf Uhr dasein?« fragt sie. »Denn sonst geht's rund.«

»Sie sind ein echtes Miststück«, antworte ich.

Und ich denke wieder an die zehntausend Dollar ... aber beim heiligen Janochmal, sie sind noch immer auf dem Schlitten ... mit Isolierband um die Lenksäule geschnürt.

»Vergeuden Sie Ihre Spucke nicht«, sagt Louise. »Wenn das alles ist, was Sie mir zu sagen haben, dann kann das gekühlt bleiben. Sonst machen wir uns ran. Einen Schlitten hat Sie's schon gekostet, und es kann noch weitergehen.«

»Das macht nie was anderes als einen Schlitten gegen ein Chriscraft«, sage ich. »Noch bin ich der Gewinner, und ich habe die zehn Scheinchen. Nicht vergessen!«

Sieh mal an, man könnte meinen, daß sie jetzt raucht. Ich würde ganz schön losfeixen, aber ich habe Angst, daß mir dabei der Kopf weh tut wie eben.

»Elender kleiner Strolch«, sagt sie, »spiel dich hier bloß nicht auf, oder deine Arschbacken müssen dran glauben.«

»Keine Gefahr«, sage ich. »Ich bin heterosexuell.«

Sie legt kurzerhand auf. Aber du liebe Güte, die zehntausend Dollar hatte ich völlig vergessen. Also ehrlich... ich will gerne versuchen, Gaya aus der Patsche zu helfen, aber nicht mit meinem eigenen Geld. Gut. Ich muß mich ein bißchen schicklicher anziehen und diese Meter-Blätter suchen.

Ich mach dalli. Mir tut's überall weh, kein Irrtum. Nicht allzu weh. Die Form geht noch. Ich kann noch ein oder zwei Paar einstecken. Aber ich kann nicht allzu heftig nachdenken.

Trotzdem, mich ärgert, daß ich Ritchie in die Sache hineingezogen habe. Ich bin ihm eine Belohnung schuldig. Ich nehme das Telefon wieder ab und wähle die Nummer des Chinesen.

»Hallo! Hier Francis Deacon. Können Sie zu mir kommen? Ich hab' Arbeit für Sie.«

Er brummelt irgendwas am Ende der Leitung. Verdammter Wu Shang! Ah, diese Chinesen!

»Ja«, antworte ich, »es geht noch mal um einen Kostümball. Nicht ich, mein Brüderchen. Falls ich nicht da bin, wenn Sie kommen, dann gehen Sie hinein und warten Sie auf mich. Ich lasse Ihnen den Schlüssel unter dem Teppichbelag auf der letzten Stufe. Kommen Sie gegen zwei Uhr.«

Schön. Die Sache wäre geregelt, und ich werd' ganz schön was zu lachen haben, wenn ich Ritchies Kopf sehe. Ich nehme meinen Deckel und gehe hinunter. Ein Taxi fährt vorbei. Ich halte es an. Es ist für mich. Wohin fahre ich eigentlich?

Plötzlich wird mir klar, daß ich überhaupt nicht weiß,

was sie mit meinem Schlitten gemacht haben. Na ja, man wird's schon erfahren.

»Halten Sie bei dem ersten Bullen an, den Sie sehen«, sage ich zu dem Fahrer.

»Das lehn' ich ab«, antwortet er. »Mein Taxi nicht.«

»Aber ich will ihn doch nur eben was fragen«, sage ich. »Doch vielleicht wissen Sie's ja. Gestern habe ich meinen Schlitten in einen Fleischerladen gedonnert; hing mit 'ner fliegenden Untertasse zusammen, die mir ins Auge geraten war. Ich vermute, daß sie ihn dort nicht gelassen haben, weil er den Verkehr ein bißchen störte. Wissen Sie, wo die hingetan werden?«

»Keine Ahnung«, sagt der Fahrer. »Aber vielleicht weiß das ein Bulle.«

»Deshalb hab' ich Sie auch gebeten, mich beim erstbesten Bullen anzuhalten«, antworte ich.

»Ja, aber ich mag die nicht«, sagt der Fahrer.

»Gut«, antworte ich. »Scher dich zum Teufel und halt hier an. Ich steige aus.«

»Aber ich bin noch gar nicht angefahren, falls Ihnen das aufgefallen sein sollte«, sagt der Fahrer.

»Na schön, dann kannst du dir den Fahrpreis an den Hut stecken«, sage ich.

Und ich rufe ein anderes Taxi herbei, das vorbeifährt. Der hält nicht an. Noch besser. Ich gehe zu Fuß hin. In dieser Stadt wird's bestimmt Bullen geben, jedesmal, wenn ich bei Rot über die Straße gehe, habe ich ein halbes Dutzend auf den Fersen.

Aha, da ist schon einer.

»Herr Wachtmeister«, sage ich, »ich wüßte gerne, wo man Unfall-Schlitten hintut.«

»Haben Sie einen Unfall gehabt?« fragt er und zückt sein Notizbuch.

»Ja«, antworte ich. »Gestern. Ich bin in einen Fleischerladen hineingefahren.«

»Wo war das?« fragt er.

»Das ist völlig unwichtig«, sage ich, »der Schlitten ist mit Sicherheit nicht dort. Ich möchte wissen, wo man sie hinterher hintut?«

»Was wollen Sie damit machen?« fragt er. »Ich vermute, daß er nicht mehr fährt.«

»Das ist meine Sache«, sage ich.

»Hat die Versicherung bezahlt?« fragt er.

»Ja«, sage ich.

»Dann ist es nicht mehr Ihr Schlitten«, sagt er. »Hatten Sie getrunken?«

»Nein«, sage ich. »Mir ist Schmutz ins Auge geraten.«

»Ach je ...«, sagt er und steckt sein Notizbuch weg. »Das sagen alle Säufer.«

»Ich öde Sie an«, sage ich höflich und verziehe mich.

Alles, was recht ist: das sind vielleicht Arschlöcher.

Kaum habe ich zwei Meter zurückgelegt, ist mir, als wäre ein Erdbeben eingetreten. Ich halte die Nase hoch. Nein ... nichts rührt sich. Ich wackle. Genauer gesagt: der Bulle schüttelt mich.

»Was sagten Sie im Weggehen?« fragt er mich.

Vielleicht habe ich Sie schon darauf aufmerksam gemacht, aber ich bin geduldig. Wenn ich zu diesem Bullen gesagt habe, »Ich öde Sie an«, dann deshalb, weil ich es dachte, und wo ist daran etwas Böses? Ich finde, es geht nichts über Offenheit.

»Hören Sie«, sage ich, »Sie haben mich ›Säufer‹ geschimpft, und ich habe Ihnen geantwortet, was ich Ihnen geantwortet habe. Sie haben doch angefangen, oder? Dann halten Sie die Klappe und geben Sie's auf, denn Sie könnten sich sonst ins Unrecht setzen. Machen Sie das, wo Sie wollen, aber nicht in Washington. Und außerdem trinke ich nur Perrier-Wasser.«

Diesmal sagt er nichts mehr. Meine Güte, hat der eine dreckige Fresse. Ich sehe den Augenblick voraus, wo er mich ins Kittchen bringen wird. Nein. Er brummelt und läßt mich laufen.

Jetzt ein Telefon.

Ich betrete eine Zelle und rufe meinen Versicherungsvertreter an. Eine Sekretärin antwortet mir.

»Hier Deacon«, sage ich. »Mein Schlitten hat gestern einen Unfall gehabt. Meine Nummer ist die und die.«

»Wo denn?« fragt sie.

»Keine Sorge«, sage ich, »die Versicherungsfrage ist geregelt. Also, ich bin in einen Fleischerladen hineingefahren, um Ihnen nichts zu verbergen.«

»Eine Parfümerie wäre besser gewesen«, sagt sie. »Hätt' ich lieber gehabt.«

»Rufen Sie mich an irgendeinem Tage an«, sage ich zu ihr, »und wir kriegen das beide hin. Aber die Frage ist: ich will wissen, wo der Wagen jetzt ist.«

»Sie meinen, im Fleischerladen ist er nicht geblieben?« fragt sie.

»Mit Sicherheit nicht«, antworte ich. »Er verabscheut Würste. Ich gebe ihm nur Anchovispaste.«

Sie feixt. Sie hat nicht unrecht. Ich bin ganz schön zum Feixen.

»Ich hab' keine Ahnung, wohin die gebracht werden«, sagt sie zu mir. »Vermutlich ist er in eine Garage abgeschleppt und dann auf einen Schrottplatz geschmissen worden.«

»Glauben Sie?« frage ich. »Aber welche Garage?«

»Ah, da fragen Sie mich zuviel«, sagt sie. »Allein hier gibt es dreihundert Garagen, die bei der Gesellschaft versichert sind, also Sie verstehen... Sie müssen Ihren Vertreter wiederfinden, der wird Ihnen Auskunft geben.«

»Aber der ist tagsüber nie da«, antworte ich, »und es ist elend dringend. Ich habe all meine Geschäftspapiere in diesem Schlitten gelassen.«

»Ach, ich weiß nicht«, sagt sie zu mir. »Immerhin,

wegen des Parfums können Sie mich wieder anrufen. Fragen Sie nach Dorothy Shearing.«

»Okay, Dot«, antworte ich. »Danke – bis bald.«

Also mich ödert das immer öder an. (Ich hab' rechtzeitig haltgemacht, oder?) Freilich kann nicht nur mein Vertreter mir Auskunft geben, aber es steht fünfzig zu eins, daß es mir den ganzen Tag über nicht gelingen wird, da ranzukommen. Und es ist schon ein Uhr. Ritchie wird gegen zwei Uhr dasein. Wu Shang auch. Was kann ich tun? Ich lege keinen Wert darauf, mein Brüderchen zu sehen, ehe es sich den Händen des Chinesen überläßt, denn ich könnte nicht anders, ich müßte es ihm sagen, und diesmal wäre es das Ende meines Schädels.

Los, ich versuche es trotzdem. Ich rufe meinen Vertreter an. Eine Sekretärin antwortet mir, das macht nur eine mehr. Ich fange wieder mit meinem Gelaber an.

Sie weiß es auch nicht. Sie findet, daß ich mich allzusehr beeile, daß der Sachverständige sich den Schlitten ansehen wird, wenn es nicht schon geschehen ist, und daß ich mich um das übrige nicht zu scheren habe, da die Sache mit der Versicherung schon geregelt ist; jedenfalls habe ich niemand überfahren, und es ist keine sehr bedeutende Angelegenheit.

Daran erkenne ich die Hand meines Autors. Mit seiner Sucht, alles zu regeln, muß er ihnen gesagt haben, sie sollten es behandeln wie für ihn.

Aber du liebe Güte, ich muß diesen Schlitten wiederfinden.

Ich schlage das Branchenverzeichnis unter dem Stichwort »Pannenhilfe« auf. Mindestens hundertundfünfzig gibt es.

Keine Lösung. Ich sitze in der Klemme.

Und keine Rede davon, mein Vaterherz um zehntausend Dollar zu bitten, um sie Louise Walcott, diesem Dreckstück, zu geben.

Nur wäre es für Ritchie und mich besser, wenn wir von fünf Uhr an untergebracht wären.

Gut. Für heute gebe ich den Wagen auf. Nicht mehr dran denken.

Aber was dringend ist, das ist eine Bude. Und das ist so einfach ...

Also ... los geht's ...

ZEHNTES KAPITEL

Da bin ich nun also um halb fünf Uhr wieder vor meinem Haus. Ich habe nur einen Teilerfolg verbuchen können. Vor der Tür steht Ritchies alter Buick, und ich vermute, daß er oben gerade den Anblick seiner enthaarten Beine beweint.

Ich will schon hinaufgehen, als Ritchie herauskommt, ganz blaß, mit eiligem Gebaren. Er scheint mich nicht zu erkennen und schrickt zusammen, als ich ihn anspreche.

»Steig schnell in meinen Schlitten«, sagt er zu mir.

Ich gehorche. Er setzt sich ans Steuer, und wir fahren los!

»Bist du gerade erst nach Hause gekommen?« frage ich.

»Ja«, antwortet er. »Mitten in deinem Zimmer liegt ein Chinamann mit einem Dolch im Gedärm. Für die Überraschung muß ich mich bei dir bedanken.«

»Wie bist du hineingekommen?« frage ich.

»Die Tür steht offen«, antwortet er, »alles ist durcheinandergeschmissen, das reinste Zigeunerlager.«

»Es ist Wu Shang«, erkläre ich ihm. »Ich hatte ihn angerufen und ihn gebeten, er solle kommen und dir die Beine enthaaren. Meine Erfahrung sollte dir zugute kommen. Aber ich dachte, du wärest um zwei Uhr da. Also hat er sich abmurksen lassen?«

»Ganz schön, ja«, sagt Ritchie. »Aber tot ist er nicht; ich habe sofort die Polizei angerufen, und deswegen muß ich in den vierten gehen.«

»Es gibt nur drei Gänge«, belehre ich ihn.

»Schade«, sagt er. »Schlecht ausgedacht.«

»Die Bienen sind bei mir schnüffeln gekommen. Sie dachten, wenn sie sich selbst bedienen, kämen sie schneller an das Moos. Aber was für Drecksäue; einen guten alten Chinesen wie Wu Shang umzustoßen. Und, verflucht, es ist meine Schuld, ich habe ihn angerufen.«

»Konntest du nicht wissen«, sagt Ritchie. »Ich wiederhole: ich glaube nicht, daß er tot ist.«

Wir hören die Sirenen und sehen die Schlitten und die Motorräder der Polizei vorbeifahren.

»Ein Stich ins Gedärm«, so erklärt er mir, »den kann man ganz gut wieder flicken, falls sich die Infektion bremsen läßt... Du darfst nur nicht durch die Leberarterie stechen und durch die Leber kommen.«

»Du hast gut daran getan, die Polizei zu holen«, sage ich. »Aber wir sitzen ganz schön in der Patsche.«

»Wenn er durchkommt«, sagt Ritchie, »dann wird er ihnen schon sagen, daß du's nicht warst und ich auch nicht.«

»Wenn schon«, antworte ich, »ich kann mir vorstellen, daß er sauer sein wird.«

»Aber du mußt wissen«, fährt Ritchie fort, »sie haben wirklich alles umgekrempelt. Kein Möbelstück ist mehr heil.«

»Gut, gut«, mache ich. »Wir werden uns an den zehntausend Dollar schadlos halten. Übrigens: da muß ich dir sagen, daß ich sie nicht habe.«

Ritchie wundert sich jetzt über gar nichts mehr. Ich erlöse ihn und füge hinzu:

»Dann habe ich eine Bude gefunden. In möblierten Apartments ist es trostlos und voller Flöhe. Dem Besitzer habe ich zu verstehen gegeben, daß ich zwei kleine Freundinnen hätte, für die ich mich interessiere, und daß er hübsch verdienen könne, wenn er freundlich ist. Nur, für dort müssen wir uns in Weiberschale schmeißen.«

»Alles ist im Schlitten«, sagt Ritchie. »Zwei ganze Koffer voll.«

»Gut«, sage ich. »Jetzt brauchen wir nur noch ein Eckchen zum Zurechtmachen zu finden.«

»So kapier doch«, sagt Ritchie. »Wir werden doch wohl nicht die ganze Zeit als Bienen rumlaufen ...!«

»Oh, das kann sich nur um Tage handeln«, antworte ich, um ihn zu beruhigen.

»Und was wirst du um fünf Uhr tun?« fragt er. »Eigentlich mußt du das Moos zu Gaya bringen.«

»Ich gehe nicht hin ...«, antworte ich.

»Bei der Gelegenheit könnte man sich eine vornehmen«, sagt er.

»Und dann was mit ihr tun?«

»Sie ein bißchen zum Plaudern bringen.«

Mein Brüderchen ist voll guter Einfälle.

»Und außerdem könnte man das dazu ausnutzen, sich auch so um sie zu kümmern«, fügt Ritchie hinzu. »Weil: oft sind die Lesben Mädchen, die deshalb auf die andere Seite geschwenkt sind, weil sie ungeliebt waren. Sie sind an brutale Kerle geraten, die sie verletzt oder gekränkt haben. Wenn man's ganz lieb mit ihnen tut ... Dann müssen sie wieder Geschmack daran gewinnen.«

In meinem kleinen Bruder steckt was drin. Der Job nimmt ganz schön Formen an, wie mir scheint.

Und mir eine Lesbierin zu leisten, dafür war ich schon immer zu haben ...

Was wir dabei sind zu tun, ist im Grunde so etwas wie das Zurückführen von Entgleisten auf den rechten Weg.

Wir sind anständige Kerle.

Aber der dicke alte Wu Shang macht mir Kummer.

Ritchie holt mich aus meinen Überlegungen heraus.

»Wir gehen in den Potomac Club«, sagt er. »Wir nehmen *Kane junior* beim Arm, raten ihm, nicht zu gucken, und währenddessen tarnen wir uns.«

Und Ritchie hält vor dem Club an. Der Bursche ist keine halbe Portion. Er hatte sich schon alles im Kopf zurechtgelegt. Daran tut er wirklich gut, denn wenn ich meinen benutzen sollte ... das gäbe komische Ergebnisse, voller Protuberanzen.

Als wir bei dem Boot ankommen, sage ich zu Ritchie: »Wir müssen alle beide zu Gaya gehen. Daß wir jetzt anfangen, uns zu trennen, lohnt nicht.«

»Natürlich gehen wir alle beide hin«, sagt Ritchie. »Als Männer und sogar als Frauen. Guck dir das mal an.«

Er zeigt mir eine hübsche Brille mit rosa Gestell.

»Werd' ich damit nicht hübsch aussehen?« fragt er.

»Also da werd' ich dich gar nicht angucken können«, antworte ich.

Meine allseits bekannte Ruhe ist für einen Augenblick futsch.

»Immerhin«, fährt er fort, »ich weiß nicht, ob das alles für meine Prüfungen besonders günstig sein wird.«

»Die Walcott-Bande ist mit uns nicht lange beschäftigt«, sage ich. »Glaub mir. Die jagen wir in Null Komma nichts in die Luft. Danach hast du reichlich Zeit, dich wieder dranzumachen.«

Liebe Güte, wenn ich wüßte, worauf ich mich einlasse, ich glaube, ich wäre weniger überschwenglich. Jetzt, wo es vorbei ist und ich all das aufschreibe, kapiere ich schlagartig, was ich da für Scherze habe erzählen können!

Ritchie hat seine Box aufgemacht. Wir gehen hinein, schließen die Tür wieder zu. Da liegt die *Kane junior* ganz ruhig auf dem Wasser. Zum Wasser hin ist offen, Ritchie läßt nie den Blechvorhang herunter, aber es ist dunkel, und wir müssen Licht machen, also müssen wir ihn ausnahmsweise herunterlassen. Ich gehe hin und drehe an der Kurbel. Das Ganze ist verrostet, kein Spaß.

Die Einzelheiten unserer Tarnung erzähle ich Ihnen nicht, aber wir amüsieren uns köstlich. Ich bin jetzt an die falschen Brüste gewöhnt, aber für Ritchie ist es das erste Mal, und es bereitet ihm Atembeschwerden.

»Du meine Güte«, sagt er zu mir, »nicht möglich, daß

die mit diesen Apparaten herumscharwenzeln. Das hält irre warm.«

»Hilft nichts«, antworte ich, »das muß durchgestanden werden. Das Ärgerliche ist, daß man immer noch was dazutun kann ... aber *unsere* natürlichen Reize zu unterdrücken, das ist eine ganz schöne Arbeit.«

»Ich habe superenge Slips genommen«, sagt Ritchie zu mir. »Extrastarke Sportslips. Und dann haben wir ja nicht allzu eng anliegende Kleider.«

»Wir müssen uns zweimal täglich rasieren«, sage ich. »Das wird ein bißchen lästig werden.«

»Hab' ich schon dran gedacht«, sagt er. »Ich habe Rasierapparate gekauft, die wir in unseren Handtaschen behalten werden.«

»Mit unseren Schießeisen«, sage ich.

»O nein«, macht Ritchie. »Alles, was du willst, nur keine Waffen dabei. Man riskiert immer, eine Dummheit zu machen.«

»Im Schlitten ist ein Ballermann«, sage ich; »sie werden schnell herausbekommen, daß es deiner ist, wenn sie die Nummer der Schilder lesen.«

»Nein«, sagt Ritchie. »Wir gehen davon aus, daß sie uns nicht sofort aufspüren. Sonst könnten wir genausogut gleich aufgeben.«

Viel mehr haben wir nicht zu bereden, also schweigen wir und putzen sorgfältig unsere hübschen kleinen Gesichtchen heraus. Ritchie ist als Mädchen irrsinnig. Er sieht wahrhaftig so aus, als käme er aus einer jener Schulen für zurückgebliebene Geldsäcke ... Ich dagegen wirke sehr intellektuell. Nicht zuviel Lippenrot, kein Puder oder doch kaum, flache Schuhe – ich bin anbetungswürdig.

Die Box der *Kane junior* riecht nach Reispuder und Nagellack. Mit dem Benzingeruch zusammen ergibt das eine tolle Mischung.

All unsere Männerkleider tun wir in die Koffer, und wir verstauen alles in den Bootskasten.

»Wir gehen«, sage ich zu Ritchie.

Er zögert noch.

»Und wenn wir jemand begegnen, den wir kennen?« fragt er.

»Das ist eine gute Gelegenheit für einen Test«, antworte ich ihm.

Ich habe einen hübschen hellblauen Baumwollpullover an und einen grauen Flanellrock. Ritchie ein sehr schlichtes bedrucktes Kleid. Für Jungen kann man uns wirklich nicht halten ... wir haben spitze Brüste! ...

Wir gehen hinaus, ich als erste(r). Auf dem Bootssteg herrscht reges Leben. Die Sonne brennt, die Boote kommen an und fahren weg, und die Leute schlendern zu zweit umher, angezogen oder im Badeanzug, wirklich ein sympathischer Anblick. Kaum haben wir zehn Meter zurückgelegt, da sehe ich Joan, eine von Ritchies sehr guten Freundinnen.

»Spring nicht los«, befehle ich ihm. »Du kennst sie nicht.« Sie geht vorbei, an uns vorüber, ohne uns zu sehen. Ich gucke mein Brüderchen an. Dem stehen Schweißtropfen auf der Stirn. Ich drücke freundschaftlich seinen Arm. Er lächelt mich an.

»Schon gut, Francis«, sagt er. »Gehen wir los.«

Immerhin, die Geschichte mit dem Chinesen ist schon eine schöne Sauerei. Vor allem: ich muß Ihnen was verraten ... Ritchie hat kein einziges Haar an den Beinen.

ELFTES KAPITEL

Gegen Viertel vor fünf kommen wir vor Gayas Haus an. Ritchies Schlitten ist ein Kabriolett, und wir haben das Verdeck draufgelassen, damit die Leute, die Ausschau halten (falls es welche gibt), keinen Verdacht bekommen, wenn sie uns eintreffen sehen.

Aber auch so brauchen wir einen Vorwand, hier anzuhalten. Nachdem Ritchie und ich über die Frage gesprochen haben, einigen wir uns darauf, einfach anzuhalten, zu plaudern und dabei eine Zeitung zu lesen, so als wären wir uns nicht darüber einig, was wir heute abend im Kino sehen wollen.

Der Straße entlang steht Auto an Auto, diagonal geparkt, und wir kundschaften zwei aus, die diejenigen sein können, die wir suchen.

Es bleibt nichts anderes, als abzuwarten. Mich ärgert das, weil ich an allerlei denken muß, und ich denke an den alten Wu Shang mit seinem guten offenen Schmerbauch, ich habe Sympathie für diesen Chinesen, ich bin sehr sauer über das, was passiert ist.

Ritchie stößt mich an den Ellbogen. Das Gitter, das den Garten abschließt, hat geklickt, und ein Mädchen kommt heraus. Sie blickt nach rechts, nach links, blickt nach der Uhrzeit und steigt in den ersten Wagen, einen ganz neuen blauen Chevrolet. Sie trägt ein helles Kostüm und keinen Hut.

Ich rechne damit, daß sie kehrtmacht, um wieder ins Stadtzentrum zu fahren, aber sie fährt geradeaus. Wohin, weiß ich nicht.

Sie biegt rechts in die Goldsboro Road ein, wir sind jetzt mitten in Bethesda ... und nach links auf die Bundesstraße nach Rockville Pike. Dort gibt sie Gas.

Wir folgen aus der Ferne, ohne uns allzulange aufzuhalten. Bei dem Tempo wird sie schnell in Frederick sein. Nein... sie biegt nach links ab... Grosvenor Lane heißt das. Nach rechts, dann wieder nach links. Diesmal ist die Straße sehr viel mieser, und bald ist sie nicht mehr asphaltiert. Ich achte genauer darauf, wo wir sind. Ich drücke gerade auf die Tube.

Da faßt Ritchie mich am Ellbogen.

»Die darf nicht ankommen«, sagt er zu mir. »Sonst sind wir geliefert. Wir geraten ihr in die Klauen.«

Ich gebe Gas.

Ritchies Buick ist älter, hat aber dreißig PS mehr als der Chevrolet. Wir preschen los. Überholen ihn. Ich drücke mich nach rechts hinüber. Er hupt. Ich drücke ihn in die Enge wie eine Blume. Drei Millimeter voneinander bleiben wir stehen. Ritchie steigt aus seinem Wagen in den des Mädchens um und drückt ihr den Ballermann unter den Arm.

»Folgen Sie dem Buick«, sagt er.

Sie hat nicht piep gemacht und fährt hinter mir wieder an. Ich hoffe, wir haben uns nicht getäuscht und es ist keine Freundin von Gaya... das würde mich wundern, muß ich sagen.

Ich biege in einen abgelegenen kleinen Weg ein. Bäume und schlechte Sicht. Genau das, was wir suchen.

Ich stoppe ziemlich rasch, der Chevrolet stoppt hinter mir. Ich springe auf die Erde – noch immer, ohne die Tür zu öffnen, der alte Trick. Das überrascht unsere Beute ein wenig.

»Was wollen Sie?« fragt sie uns.

Ritchie hat seinen Ballermann wieder in den Schlitten getan und tastet ihn vorsichtshalber ab, aber so geschickt, daß sie etwas ganz anderes glauben kann. Ihre Handtasche ist im Wagen geblieben, von daher also keine Risiken.

Die Auswahl an Methoden ist nicht groß. Ich gehe mit ihr hinter die Wagen und packe sie. Ich gucke sie mir aus der Nähe an. Sie ist jung, Herrenschnitt, die Miene hart, aber nicht häßlich. Fast keine Brüste, ein wenig knabenhaft.

Ich ziehe sie an mich und küsse sie auf den Mund, mit allem, was man mich in diese interessante Betätigung an Gefühl zu legen gelehrt hat.

Das dauert die erforderliche Zeit. Für die kommenden Generationen vermerke ich, daß sie in der zwanzigsten Sekunde die Augen schließt und daß in der fünfundzwanzigsten nichts von dem, was ihre Lippen beschützten, noch Geheimnisse für mich hat.

Mamma mia, küßt die gut... Hätte sie nicht diesen gemeinen Goldreif an der Fessel, würde ich sagen: glücklich ihr Liebhaber... aber sie hat nun mal diesen Reif, und das bringt mich in leichte Wut, wenn ich denke, daß diese ganze kostbare Ware für mich verloren wäre, wäre ich als Junge gekleidet.

Da sie zuzustimmen scheint und begierig, die Unterhaltung fortzuführen, lasse ich sie sich ins Gras setzen und mache mit den Händen weiter.

Ihre Beine sind sehr schmal, aber gut gebaut... und muskulös...

»Was wollen Sie?« wiederholt sie, will mir damit zu verstehen geben, daß ihr all das nicht den Kopf verdreht.

»Vielleicht bin ich nicht eindeutig genug?« frage ich sie.

....[1])

Sie schlägt um sich wie eine Katze, gibt mir eine Ohrfeige und fängt zu kreischen an, weil ich ihr den Arm verrenke. Ritchie hält Ausschau, nicht im geringsten verlegen.

1) Die Punkte stehen für besonders angenehme Betätigungen, für die zu werben jedoch verboten ist, weil man die Leute zwar dazu aufreizen darf, einander umzubringen, in Indochina oder anderswo, sie aber nicht dazu ermuntern darf, miteinander zu schlafen.

....
Große Angst hat sie nicht ... warum soll sie vor einem Mädchen auch Angst haben? Sie muß sich nur fragen, wie es kommt, daß ich so stämmig bin.

»Griselda!«

Ritchie kommt an.

»Halt ihr die Hände fest.«

Ritchie gehorcht. Er hält ihr die beiden Hände über den Kopf, während ich die Beine ausgestreckt halte. Ein reizender Anblick ist der flache Bauch eines hübschen schlanken Mädchens, mit den Strumpfhaltern und dem kuscheligen Nest, in dem mehr als ein Vogel, den ich kenne, nichts lieber täte, als zu nisten.

Also soll sie doch etwas für ihr Geld haben ... und ich auch.

....
Sieh da ... sie mag das ... ich denke mir, daß ich ihre Beine loslassen kann.

Eine gute Sache so, weil es mir eine freie Hand läßt.

....
In dem Augenblick, als ich auf sie rutsche, stößt sie einen Schrei aus ... aber es ist zu spät. Ritchie läßt sie seinerseits los und überwacht wieder die Straße ... diskret, mein Bruder ... Sie öffnet Augen wie Eisenbahnübergänge.

»Lump ...«, sagt sie zwischen den Zähnen.

Ich fühle mich wie in einem kleinen Maßanzug ... ein allzu angepaßter Verdacht, aber das macht der Reiz des fast Neuen ... Zugleich halte ich ihr die Fesseln fest und beuge mich hinab, bis ich ihr wieder die Lippen küssen kann. Sie versucht, mich zu beißen. Ich mag das ganz gerne. Ich beiße auch.

Sie seufzt.

....
....
....

Der Detektivberuf ist elend angenehm.

Aber ich darf denn doch nicht alle guten Seiten der Arbeit an mich reißen. Jetzt ist bald Ritchie dran.

Ich stehe auf und ziehe meinen Panzer wieder an. Schwein gehabt, auf dem verfluchten Weg kommt keiner vorbei.

Das Mädchen liegt in angenehmer Unordnung auf dem Gras.

Vielleicht halten Sie Ritchie und mich für Idioten, daß wir uns drei Stunden lang schminken und uns einen Augenblick später verraten, indem wir einer Biene beweisen, daß wir alles haben, was es dazu braucht, Männer zu sein.

Vielleicht erinnern Sie sich aber auch nicht ganz an unsere Absichten.

Und nicht deshalb, weil ich Ihnen nur einen kleinen Dialogfetzen erzähle, haben wir nichts zueinander gesagt, während wir diesem hübschen Kind folgten. In Wahrheit schien uns beiden, daß es wunderschön sei, in einer möblierten Wohnung zu wohnen und als Bienen durchzugehen, vorausgesetzt, man hat eine echte Biene an der Hand.

Und dann ist es ebensogut, eine zu nehmen, die man im Auge behalten muß; das zwingt uns, Vorsichtsmaßnahmen zu ergreifen.

»Ritchie«, sage ich, »sie muß sich jetzt wohler fühlen; du bist dran.«

Das ist bald gemacht.

Mein Ritchie hebt die gute Frau hoch, stützt sie gegen die Wagentür, so als lehnte sie sich daran, und er bittet mich, sie so festzuhalten.

....

Wenn ein Wagen vorbeifährt, hat ihre Haltung nichts Unkorrektes... ööh... also das heißt: in diesem Augenblick wirft sie ihren Kopf zurück auf Ritchies Schulter, der sie neben das Ohr küßt... sie reckt sich, als wollte sie in Trance fallen... ihre linke Hand löst sich von der Wagentür und krallt sich um Ritchies Hüfte. Ich glaube, unsere Freundin ist gerade zum zweitenmal in den siebten Himmel aufgestiegen... Sie überläßt sich, völlig hingegeben, den Armen Ritchies, der sie hochhebt und sie in den Wagen setzt. Zu viele Aufregungen für sie.

»Nimm den Chevrolet«, sagt er, »wir lassen ihn in einem Parkhaus in der Stadt. Jetzt fahren wir nach Hause und werden dieses Kätzchen ein bißchen anbrutzeln.«

Sie ist auf das Rückpolster gesunken. Aus übertriebener Vorsicht ziehen wir das Verdeck über den Wagen und verschließen die Türen.

Wir fahren los. Eine Reise ohne Geschichten; kurz bevor wir wieder nach Rockville Pike kommen, begegnen wir einem Schlitten, der langsamer fährt und stehenbleibt. Wird er uns verfolgen? Wir halten auf Rockville zu und geben Gas. Wenn es Louise Walcott ist, dann hat sie vielleicht den Chevrolet erkannt. Aber wir sind schnell gefahren, sie kann die Nummernschilder nicht gelesen haben. Und ein Chevrolet ist eher was Gängiges. Sicherheitshalber preschen wir los, und eine halbe Stunde später sind wir in der Wärme unserer kleinen Wohnung am Pickford Place. Wir sind einigermaßen zufrieden mit uns, in puncto Moral, versteht sich, denn diesen armen Mädchen den Geschmack an der normalen Liebe zurückzugeben ist eine gute Tat... Allerdings kapieren sie nicht.

ZWÖLFTES KAPITEL

Die Pickford-Wohnung ist denkbar schlicht: zwei Zimmer, Badezimmer und eine Kochnische, die nach vorne auf einen endlosen Flur, nach hinten auf einen Hof gehen. Sie liegt im sechsten Stockwerk eines Gebäudes aus roten Ziegeln und Beton, ziemlich schäbig. Im Innern gibt es eine Halle mit einem schnarchenden Pförtner, altmodischen roten Sesseln, einer Grünpflanze und einem überkandidelten Aufzugschacht, der immerhin besser ist als die Treppe, deren Teppichbelag bis auf die Fäden abgewetzt ist. Wenn man hineinkommt, sieht man gleich, was für kümmerliche Schlucker hier wohnen. Bei uns sind die Möbel sicher genauso wie die in den anderen Zimmern, Marke billiges altmodisches Hotelmobiliar. Zwei Sofas sind da, schlafen wird man also können, das ist die Hauptsache.

Nachdem wir einmal hineingegangen sind, schließen wir die Tür ab und richten uns ein. Ritchie hat einen Bereitschaftskoffer mit hinaufgenommen; er enthält alle wesentlichen Sachen, die man in einer Wohnung braucht: zu trinken, zu essen, Kaffee, Zigaretten, Seife, Handtücher und all solches Zubehör. Ich nehme den Whiskey und das Sprudelwasser und eile in die Kochnische, um uns ein paar Doppelte und Dreifache zu machen, denn draußen ist es warm, aber drinnen ist es noch wärmer. Ein Kühlschrank ist da, er ist angeschlossen, gut so, wir kriegen also Eis.

Mit drei Gläsern auf einem Tablett komme ich zurück. Ritchie sitzt da und überwacht die Biene, die nichts sagt und anderswohin guckt und an den Nägeln kaut. Psychoanalytisch gesehen ist das sehr schlecht... Ich lasse die Jacke fallen.

»Ihnen muß viel zu heiß sein«, sage ich zu dem Mädchen. »Ziehen Sie Ihr Kostüm aus.«

Sie blickt mich an. Sie hat hübsche Augen, dieses Mädchen. Sie ist stinkwütend...

»Aber ja«, sagt Ritchie, »ziehen Sie doch Ihr Kostüm aus.«

»Könnte man eigentlich Ihren Namen erfahren?«

»Ihr könnt mich mal, ihr Zuhälterbande«, sagt sie zu uns.

»Wir wollen doch nicht die Rollen umkehren«, sagt Ritchie. »Wenn hier jemand ist, dem das passieren wird – wir sind es nicht.«

Sie ist leicht aufgeblasen.

»Sie werden doch nicht wieder anfangen?«

»Das wäre uns unangenehm!« sagt Ritchie.

Ich verschlucke mich, als ich meinen Highball trinke, und gehe in die Küche. Dort höre ich zu husten auf, weil ich mich gar nicht verschluckt habe; das Ganze ist ein Vorwand, und rasch nehme ich ein halbes Dutzend roher Eier zu mir. Falls Ritchie die Absicht hat, die Arbeit weiterzuführen, dann darf ich keinen Schwächeanfall haben. Und rohe Eier sind nicht zu überbieten, wie behauptet wird.

Ich komme zurück. Ritchie spricht.

»Sie müssen sich mal klarmachen, mein Hühnchen, daß unsere Methoden genauso wirksam sind wie die der Polizei. Wenn Sie mit uns durch sind, werden Sie dem dritten Grad nachtrauern. Wie heißen Sie?«

»Werden Sie mich in Ruhe lassen, wenn ich spreche?«

»Klar«, sagt Ritchie.

»Und wenn ich nicht spreche?«

»Dann ziehen wir Sie aus und nehmen Sie uns vor, bis Sie Ihre Meinung ändern.«

»Dann spreche ich«, sagt sie.

Und sie feixt. Immerhin hat sich der Ton geändert. Ich denke: wenn sie uns eben als Zuhälter beschimpft hat, dann war das ein alter Rest von Zorn, und jetzt kapiert sie langsam die Lage.

»Also«, sagt Ritchie, »seien Sie kein Frosch. Wir haben Ihnen nur einen kleinen Teil von dem angetan, was wir Ihnen antun können.«

»Einen kleinen?« fragt sie. »Na, dann sind Sie aber schön bescheiden.«

Ritchie wird rot. Sie trinkt ihren Highball.

»Hören Sie«, sagt sie, »Sie sind beide viel zu niedlich. Zunächst mal: Sie sehen überhaupt nicht wie Mädchen aus, und Sie sollten die greulichen Sachen ausziehen, die Sie sich auf den Rücken geklebt haben. Ein echtes Mädchen hätte nie einen so schlechten Geschmack gehabt.«

»In Ordnung«, sagt Ritchie, »wir werden sie ausziehen. Aber Sie müssen uns sagen, wer Sie sind. Ist Ihnen klar, daß wir noch keine Honneurs gemacht haben.«

»Ich arbeite für Louise Walcott«, sagt sie.

»Das wissen wir«, sage ich.

»Hören Sie«, fährt sie fort, »ich bin kein interessanter Umgang, aber Sie haben mich bekommen, weil es das erste Mal war, daß ... öööh ... daß man's mir so macht ... das hat mich durcheinandergebracht, und ich gebe nach ... aber unter einer Bedingung. Wenn ich Ihnen erzähle, was ich weiß, dann behalten Sie mich hier.«

»Ja«, sage ich, »auf jeden Fall.«

»Und Sie werden mich ... öööh ...«

»Jeden Abend«, sagt Ritchie.

»Alle beide?« fragt sie.

»Ja«, sage ich, »aber einer nach dem anderen, denn Schweine sind wir nicht.«

»Gut«, sagt sie. »Also, wenn wir's uns bequem machten? Ich heiße Sheila Sedric.«

»Hallo, Sheila«, sage ich.

Und Ritchie fügt hinzu:

»Ich bin Richard und er Francisco.«

»Setzen Sie sich doch«, sagt Ritchie.

Sie setzt sich neben ihn, aber nicht ganz nahe. Und ich sitze ihnen gegenüber auf einem Stuhl.

»Reichen Sie mir meine Handtasche«, sagt sie, »ich will mir die Nase nachpudern. Sie haben eine komische Art von Sport mit mir getrieben.«

Wir reichen ihr die Tasche, sie macht sie auf, und bevor wir das geringste tun können, haben wir eine große Kanone unter der Nase, und sie steht auf. Blödmänner, die wir sind.

»Keine Bewegung, ihr Halunken«, sagt sie. »Verrottetes Pack... habt ihr euch vorgestellt, daß das so ausgehen würde?«

Ich krampfe die Hände um meinen Sessel und entdecke etwas... was, das sage ich Ihnen noch nicht.

»Ich schieße nicht auf euch«, sagt sie, »denn mir ist es lieber, daß Louisa sich der Sache selber annimmt... aber wenn ihr durch ihre Pfoten gegangen seid, dann könnt ihr meinetwegen Frauen auf der Straße anhalten... Die werden keine Gefahr mehr laufen... dann könnt ihr euch wirklich als Weiber verkleiden.«

Sicher und gewiß, daß Sie nicht kapieren. Die Vorstellung, so seine Zeit mit Schwatzen zu verlieren, statt abzuhauen, solange es geht. Denn ich werde handeln... den Trick mit meinem Sessel verrate ich Ihnen jetzt, die Armlehne ist nämlich lose... innerhalb des Bruchteils einer Sekunde schwinge ich ihn ihr auf die rechte Hand. Sie brüllt, und der Ballermann fällt zu Boden. Ritchie hat ihn aufgehoben, noch bevor ich uff! gemacht habe. Er entlädt ihn und steckt ihn ein. Das Mädchen hält sich die rechte mit der linken Hand und weint. Ich gehe hin, knalle ihr eine rechts und links und stoße sie auf das Sofa. Sie sinkt zusammen.

»Und halt die Schnauze«, sage ich zu ihr. »Kein Skandal, oder wir schläfern dich ein.«

Ändert nichts dran, daß wir uns wie Anfänger haben

reinlegen lassen. Ohne den kaputten Sessel hätten wir das Ganze sausenlassen können. Während Ritchie das Mädchen überwacht, nehme ich die Handtasche und wühle darin. Natürlich nichts. Ein Führerschein auf den Namen Donna Watson.

»Also los«, sagt Ritchie, »fangen wir wieder an. Wie heißt du?«

»Hab' ich euch schon gesagt«, brummelt sie.

»Sheila Sedric?«

Sie sagt nichts. Ich geh' ran und ziehe ihr ohne großen Schwung einen über die Visage. Darauf war sie nicht gefaßt, und zum erstenmal scheint sie wirklich Angst zu haben.

»Beim nächstenmal blutest du aus der Nase«, sage ich. »Wie heißt du?«

»Donna Watson.«

»Klingt überhaupt nicht nach Sheila Sedric«, sage ich. »Ist das der richtige Name?«

Ich hole mit der Hand aus, sie weicht zurück.

»Das ist der richtige«, sagt sie.

»Wo ist Louisa Walcott?«

Keine Antwort. Ich nehme die andere Hand. Diesmal fängt das Blut zu laufen an. Sie versucht, ein Taschentuch herauszuholen, um sich den Zinken abzutupfen.

»Laß das«, sage ich zu ihr. »Wir waschen das ab; wir sind noch nicht fertig. Wo ist Louisa Walcott?«

»Fünf Meilen von der Stelle, wo ihr mich hopsgenommen habt«, antwortet sie. »Nach der Weaver Road biegt man links in die Falls Road ein, und dann die erste rechts; wie sie heißt, weiß ich nicht. Das Dach von dem Haus sieht man von der Straße aus; es liegt mitten in einem Ulmenwald.«

»Stimmt das auch?« frage ich.

»Ich schwör's euch«, antwortet sie.

Sie spricht durch die Nase, weil das Blut ihr die Stimmwege ein bißchen verstopft.

»Wisch dich jetzt ab.«

Ich werfe ihr ein Tuch hin, das herumliegt, und sie versucht, den Schaden zu beheben. Ihr Kostüm ist voller Blut.

»Was machst du bei Louisa Walcott?«

»Dies und jenes. So ziemlich alles.«

»Einzelheiten«, sage ich, »oder deine Hinterbacken machen mit einem Tau Bekanntschaft.«

»Ich stelle Verbindungen her. Heute war ich bei Gaya Valenko, um ein Päckchen abzuholen, das vor fünf Uhr hinterlegt werden mußte.«

»Wie viele seid ihr bei Louisa?«

»Pustekuchen«, sagt sie. »Und wir kriegen euch, ihr Ludenbande.«

»Das hast du schon mal gesagt«, bemerke ich. »Wie behält Louisa Gaya in ihren Klauen?«

»Weiß ich nicht.«

Ich hebe sie mit der einen Hand hoch und reiße ihr mit der anderen den Rock herunter. Ich bin schon im Normalzustand kräftig, aber wenn ich einmal in Rage bin, geht's noch besser. Sie wagt sich nicht mal zu rühren.

»So bist du richtig«, sage ich. »Ritchie, gib mir deinen Gürtel.«

»Ich werd' meine Hosen verlieren«, sagt Ritchie.

»Das macht nichts«, sage ich. »Nachher kannst du's ihr ein bißchen besorgen ... das wird sie auf andere Gedanken bringen.«

»Dreckskerle! Mörder! Schwei...«

»Schweinehunde« sollte das vermutlich werden, aber es verliert sich in meiner rechten Hand. Sie versucht, mich zu beißen, aber wegen meiner hübschen Pfoten bekommt sie das Maul nicht weit genug auf.

Ich drehe sie um, die Hinterbacken nach oben, und Ritchie haut auf sie los.

»Du kannst dich nicht beklagen«, lass' ich fallen. »Wir

versohlen dich mit einem Kroko-Gürtel: Luxusbehandlung!«

Sie windet sich wie ein Wurm. Auf den Hinterbacken gibt's rote Striemen, sehr originell, finde ich.

»Weiter links, Ritchie. Da ist noch eine ganz weiße Ecke.«

Sie schäumt, aber ihr Gesicht liegt in den Sofakissen, man hört nicht allzuviel. Bei fünfzehn Hieben hört Ritchie auf.

»Das tut's«, sagt er. »Im ganzen liegt schon eine gute Gefäßerweiterung vor, und bis zu lokaler Traumatisierung gehen wir nicht.«

Meiner Meinung nach ist das pures und simples Gewäsch. Ich lass' das Mädchen los. Sie steht auf, sie ist stinkwütend, ihre Augen lodern, sie schwitzt, ihr Haar ist zerzaust. Sehr niedlich, eine Frau in dem Zustand, vor allem, wenn sie gerade bloß ihre Strümpfe und eine ziemlich kurze Kostümjacke anhat. Sie will losbrüllen, aber ich hebe die Hand. Sie brüllt... nicht lange. Ich presse sie wieder aufs Sofa, in dieselbe Stellung wie vorher, bäuchlings.

»Nicht zu ändern«, sage ich, »sie hat's verdient. Geh ran, Ritchie, wie in der Bibel.«

Ritchie zögert. Und dann feixt er. Er geht in die Kochnische hinüber, kommt mit einer leeren Flasche zurück und legt sie ihr behutsam auf die Hinterbacken.

Ich feixe selber derart, und sie strampelt so heftig, daß sie mir entwischt, und ehe ich mich's versehe, verpaßt sie mir eine gehörige Reihe Fausthiebe... Sie dreht sich um und sieht Ritchie, der vor Feixen zusammengesunken ist. Da hört sie auf und flennt wie ein Gör, den Arm vors Gesicht gehoben.

»Laßt mich«, sagt sie. »Ich bin ein mieses Mädchen und ein dreckiges Stück, aber so dürft ihr euch nicht über mich lustig machen. Ich fang nicht wieder an. Die anderen haben mich gezwungen.«

Das ärgert mich. Es war sehr viel bequemer, als sie wütend war. Ich stehe auf und nehme ihren Arm.

»Gut«, sage ich. »Komm, wasch dir das Gesicht dort drüben, und dann plaudern wir in Ruhe.«

Sie folgt mir, und ich schleife sie ins Badezimmer. Ich ziehe ihr die Jacke aus, die voller Blut ist, ich wasche ihr das Gesicht, frisiere ihr das Haar. Sie friert. Ich bitte Ritchie um einen Morgenrock, und er reicht mir einen Bademantel, den er im Koffer findet. Ich weiß nicht, wie sie bei der Temperatur frieren kann – wir beide kommen vor Hitze um. Das muß die Reaktion sein: in ihrem Fall. In unserem ist es die Sonne: was wollen Sie, wir sind normal.

Ich führe sie in das andere Zimmer, das denn doch vorzeigbarer ist. Ritchie kommt zurück, mischt noch drei Highballs, und die führen wir uns zu Gemüte: sie, um sich anzuwärmen, und wir, um uns abzukühlen. So widersprüchlich sind die Auswirkungen des Alkohols auf den menschlichen Organismus, würde Ritchie sagen.

»Also, wie ist es Louisa gelungen, Gaya in ihre Klauen zu bekommen?« frage ich.

»Bei einer Party war das«, sagt sie. »Louisa Walcott hat ihren Bruder in der Bande. Den und zwei oder drei Kumpels von ihm. Ihr wißt ja, ihr Bruder ist nicht besonders...«

»Nicht besonders männlich«, souffliere ich.

»Also er hat's mit den Jungens«, sagt sie. »Und die benutzt sie dazu, die Mädchen heranzukriegen, weil sie gut aussehen und haufenweise andere Jungens in der hiesigen feinen Gesellschaft kennen, und mit dieser Empfehlung kann man überall hingehen. Und dann, eines Tages, haben sie sich zu mehreren zusammengetan und Gaya sturzbetrunken gemacht. Ein Mädchen zum Trinken zu bringen ist nicht schwer; man braucht ihr nur zu sagen, daß sie's nicht schafft, und schon will sie beweisen, *daß* sie's schafft.«

»Die Jungens machen das genauso«, sage ich.

»Weiß ich nicht«, antwortet sie; »ich kenn' nur die Frauen. Also an dem Tag, wo Gaya so schön hinüber war – bei einem von Richards Freunden –, da war ihr übel wie einem Schwein, und die waren dann schrecklich lieb zu ihr, haben sie gepflegt und ihr unter dem Vorwand, sie wieder auf die Beine zu bringen, eine Spritze verpaßt. Ganz klar, daß sie sich wohl gefühlt und an der Sache Geschmack gefunden hat. Und anfangs wollte Louisa vor allem das Mädchen selbst, halt so zum Zeitvertreib, aber als sie dann genauer erfuhr, wer sie ist und daß ihr Vater ein Schweinegeld hat, da ist sie auf den Gedanken gekommen, sie von Richard heiraten zu lassen, damit sie ohne Risiko an das Moos kommen kann.«

»Diese Louisa ist eine ganz Ausgekochte«, sage ich.

»Ja«, antwortet sie, »aber ich schwöre euch, sie bumst unwahrscheinlich gut.«

»Oh«, sage ich, »sie kann mit euch nichts anstellen, was wir nicht auch anstellen können, und darüber hinaus haben wir noch andere Möglichkeiten.«

»Ich weiß«, sagt sie und guckt Ritchie mit einem Gesicht an, das alles mögliche bedeuten kann.

»Und was tut sie außer Bumsen, die Louisa?« fragt Ritchie. »Ich denke doch, sie arbeitet im Drogenfach?«

»So ein bißchen in allem«, sagt Donna. »Alles hat sie mir nicht erzählt. Ich bin Befehlsempfängerin. Ich weiß, daß sie 'ne Menge Kumpels in der Politik hat. Auch Freundinnen. Senatorenfrauen, alte Fotzen, alle möglichen Tucken.«

»Gut«, sage ich. »Bist ein braves Mädchen. Was sollte denn nach Gaya dein nächster Coup werden?«

»Weiß ich nicht«, sagt sie. »Ehrlich. Es sind andere Sachen am Laufen, aber Einzelheiten kenn' ich nicht.«

»Eine kleine Atombomben-Affäre?« schlage ich vor.

»So ein Haufen von Nutten muß doch ein bißchen herum-

spionieren? Daß man bei Männern einen kühlen Kopf behält, muß man doch ausnutzen!«
Sie kriegt den Mund nicht auf.
»Also fürs erste«, fasse ich zusammen, »behalten wir dich. Schließlich liegt nichts Eiliges an. Du wirst bei uns kampieren. Keine Angst, wir rühren dich nicht an. Uns sind die echten Weiber im Grunde lieber.«
Sie erwidert kein Wort.
»Ich werde Essen machen«, sagt sie.
»Prima Idee«, sagt Ritchie.
Er und ich wissen auch ohne Worte, daß es heute abend zu spät dafür ist, etwas Neues anzugehen. Morgen werden wir weitersehen.
Donna geht in die Küche und fängt an, mit den Kochtöpfen herumzuwirtschaften; dabei flucht sie, weil alles ekelerregend ist. Diese Biene hat die Ausdrucksweise eines Dragoners.
Was sie zusammenrührt, weiß ich nicht, aber riechen tut es gut. Nach einer Viertelstunde, als Ritchie und ich schon Däumchen drehen wie die Peruaner, erscheint sie wieder in der Tür.
»Bitte sehr«, sagt sie. »Es gibt Spaghetti und Eier mit Schinken, und das werdet ihr mit dem Löffel wegputzen, denn ich habe keine einzige Gabel gefunden.«
»Alles klar«, sagt Ritchie; »ich hab' solchen Hunger, daß ich auch mit den Fingern auskäme.«
Ich räume den Tisch mit dem Handrücken frei, und sie bringt einen Topfvoll Eier mit Schinken, die köstlich duften.
Wir setzen uns zu Tisch. Ein komisches Trio. Ritchie und ich noch immer als Mädchen verkleidet und sie in einem Bademantel mit rotem Gürtel. Wo ich hingehauen habe, ist ihr Gesicht geschwollen, und sie setzt sich behutsam hin. Ich schäme mich ein bißchen, aber wenn ich das nicht getan hätte, dann wären wir keinen Schritt weiter-

gekommen. Ich bin im Grunde sicher: was ihr gefehlt hat, ist ein Vaterherz, das ihr ab und zu eine Tracht Prügel gibt.

Alle drei schwätzen wir miteinander wie alte Freunde und genehmigen uns weitere Highballs, denn mit Sicherheit sind die das gesündeste Getränk, das sich in ganz Amerika finden läßt.

Und dann ist die Zeit da, in die Falle zu gehen. Sie erinnern sich: in dem Bau sind zwei Sofas. Aber wir können unmöglich unsere kleine Donna aus den Augen lassen ... auch wenn wir einander noch so sehr mögen – die Lust abzuhauen könnte wieder über sie kommen.

Ich ziehe die Fallen aneinander und lege die Matratzen quer darüber: das macht ein großes Bett. Ritchie holt Bettwäsche und fängt an, alles herzurichten.

»Bitte sehr«, sage ich. »Sie in die Mitte und wir beide außen.«

Sie erhebt Einspruch.

»Ach nee, Sie machen doch wieder Ärger? Ich dachte, mit so was sei es vorbei.«

Mir fällt ein, daß ich mir gerade sechs rohe Eier einverleibt habe, weil ich dachte, das könnte mir nützlich sein, und meinen augenblicklichen Absichten nach schwebt mir vor, daß rohe Eier randvoll mit Vitaminen und Hormonen sind.

»Wir werden Sie nicht einmal streifen«, sage ich. »Wie drei liebe Schwesterchen werden wir schlafen. Morgen gibt's bestimmt allerhand Neues, und wir müssen in Form sein.«

Sie tut keinen Mucks und geht ins Badezimmer, um sich fertigzumachen. Wir ziehen uns aus. Wir haben seidene Schlafanzüge: Ritchie einen roten, ich einen gelben – klasse, umwerfend schön. Ich weiß nicht, ob er dieselben Vorlieben hat wie ich, aber auch er zieht nur die Jacke an. Ich spüre gerne die Bettwäsche an den Beinen.

Donna erscheint wieder. Sie hat das Haar hochgesteckt und sieht wie sechzehn aus. Den Bademantel hat sie anbehalten.

»Ich habe keinen Schlafanzug«, sagt sie. »So kann ich nicht schlafen.«

»Ziehen Sie doch den Bademantel aus. Wir wärmen Sie schon.«

»Ich hab' aber nichts drunter«, sagt sie.

»Schon gut«, antworte ich. »Dann machen wir eben die Augen zu. Also los.«

Sie macht das Licht aus und steigt über mich weg. Sie legt sich zwischen uns. Es ist dunkel, nur im Hof ist ein ganz schwacher Lichtschimmer; nichts ist zu sehen außer einem undeutlichen Viereck zum Fenster hin. Ich höre Donnas Atemzüge. Sie rührt sich zwar nicht, aber bestimmt schläft sie nicht. Nach zehn Minuten motzt sie los.

»Mir ist zu heiß«, sagt sie.

Mit einem Fußtritt schleudere ich die Decken in die Luft, Ritchie desgleichen, so daß wir der Länge nach nebeneinanderliegen und nichts mehr uns stört. Fünf Minuten vergehen, dann rührt sie sich ganz sachte. Sie dreht sich zu Ritchie hin; ich gewöhne mich langsam an die Dunkelheit und erkenne sie undeutlich. Ritchie bleibt reglos.

....

So ist jeder auf seine Kosten gekommen. Allerdings... Sie werden mir sagen, ich erzähle Ihnen das alles aus Lasterhaftigkeit und es brächte die Geschichte kein Stück weiter... Aber das sind die Nebenseiten der Arbeit, und ich begreife allmählich, warum es so viele Bullen gibt, private oder nicht.

Und außerdem bringt es Lokalkolorit...

DREIZEHNTES KAPITEL

Also die Nacht verläuft nicht gar zu schlecht, und man kann sagen, daß wir alles ausprobiert haben, als es der Sonne gelingt, einen Strahl zwischen zwei Ecken Mauerwerk hindurchzustecken und ihn uns aufs Gesicht zu richten. Ich bin noch ein bißchen in Donna verheddert, und wir liegen parallel zueinander, aber nicht genau in der gleichen Richtung. Ritchie pennt, das wird ihm guttun; aber sie ist ein Bild des Jammers. Eine Schlagmaschine kommt mir daneben wie eine Luftmatratze neben einem Bett aus Kieselsteinen vor, aber meine wohlbekannte Energie macht es mir möglich, rasch aufzustehen und mich anzuziehen.

Ich gehe aus dem Haus, um was zum Futtern zu besorgen. Morgens ist Washington nicht gefährlich; nur Neger, Männlein und Weiblein, laufen herum und machen Besorgungen für ihre Herrschaft. Auf Freunde zu stoßen, laufe ich keine Gefahr. Aber ich laufe eine größere Gefahr, könnte man sagen ...

»Gib her ...«

Ich nehme die Zeitung, die ein Verkäufer mir hinhält.

Dicke Schlagzeile.

Hat Francis D... den Chinamann erdolcht?

Verdammt. Mich haut's um.

Nur den Anfangsbuchstaben haben sie hingeschrieben; das beweist, daß mein Papa in der Stadt noch ein wenig Ansehen genießt ...

Aber es muß was geschehen.

Ich kehre schleunigst zurück.

Ich schwör's Ihnen, ich klopfe nicht an, sondern gehe gleich ins Zimmer. Das war allerdings falsch, denn mein Brüderchen ist gerade aufgewacht, und da ich Donna nirgends sehe, kombiniere ich, daß sie drunter liegt.

»Ritchie«, sage ich zu ihm, »komm da raus und hör zu.«

»Zuhören kann ich doch auch so«, antwortet er.

Donna ihrerseits sagt nichts. Sie macht: Oh... Oh... Ah..., und das ist alles.

Ich zeige Ritchie die Schlagzeile. Donna sieht sie nicht, sie schwebt im Nebel.

»Ohne meine Brille kann ich nichts sehen«, sagt mein Brüderchen.

Ich drücke ihm das Käseblatt unter die Nase. Diesmal zuckt er zusammen.

»Verdammt«, sagt er.

Er versucht aufzustehen, aber Donna hält sich an ihm fest, und er fällt zurück.

»Oh, Donna«, sagt er, »laß mich! Ich muß mich anziehen. Francis wird mich ablösen.«

»O nein«, antworte ich; »ich bin tot.«

Unterdessen gibt Donna zum Glück auf. Ritchie macht sich los und fährt in seine Klamotten.

»Richte dich gepflegt her«, sage ich zu ihm, »die Sache wird ernst.«

»Was sollen wir tun?« fragt er.

»Ich muß verschwinden.«

»Und wie?«

Ich denke heftig nach.

»Hast du Zutritt zum Leichenschauhaus? Kennst du irgendeinen Arzt gut?«

»Ja, schon«, sagt mein Bruder.

»Gut...«

Ich vermute, er hat begriffen. Ja.

»Wir nehmen eine Leiche«, sagt er, »und die tarnen wir als Francis.«

»Mit der *Kane junior*«, ergänze ich.

»Na schön, alter Junge«, sagt Ritchie, »sehr komisch ist das alles nicht.«

»Och«, sage ich, »dafür gibt's auch mal einen Ausgleich, zum Beispiel einen Coup, bei dem man hübsche Mädchen von der Straße aufliest.«

»Und das findest du erholsam...«, mault Ritchie.

Donna streckt sich. Um ihre Augen liegen Ränder bis zu den Mundwinkeln hinunter, ihre Frisur ist durcheinander, nackt liegt sie da, ganz schnucklig anzuschauen. Ein hübsches Weibsstück.

»Was machen wir?« fragt sie.

»Das laß unsre Sorge sein«, sage ich. »Wir werden Madame Walcott hochgehen lassen. Wir beide ganz allein.«

Sie lacht.

»Da kommt ein hartes Stück Arbeit auf euch zu«, sagt sie.

»Davor haben wir keine Angst.«

Sie setzt sich auf.

»Francis«, sagt sie, »es kommt mir so vor, als hätten wir uns seit Stunden nicht mehr geküßt.«

»Laß den Quatsch!« antworte ich.

Trotzdem küsse ich sie.

»Ich weiß nicht, wer mir lieber ist«, sagt sie. »Ihr habt nicht die gleiche Haut, aber ich mag euch beide...«

»Schämst du dich denn gar nicht?« frage ich. »Eine Vollblutlesbierin, die mit Jungens schläft?«

Sie lacht.

»Oh, ich glaube, ihr habt mich bekehrt.«

»Das ist noch nicht alles«, fahre ich fort. »Wir haben zu tun. Was machen wir mit dir?«

»Wieso denn?« sagt Donna. »Ihr behaltet mich. Wir gehen nicht mehr auseinander.«

»Das dachte ich auch erst«, sage ich, »aber jetzt habe ich meine Meinung geändert; ich hab' was Besseres für dich.«

Ich nehme das Telefon. Gerade ist mir eingefallen, daß ich in der Stadt einen Kumpel habe, der heißt John Payne... Sie erinnern sich: der mit einem Olds 1900, der einem Antiquar das Wasser im Munde zusammenlaufen läßt. Er hat Geld wie Heu, steckt voller Einfälle und ist auf Bienen scharf, daß es eine Schande ist.

»Hallo, John Payne?«
»Am Apparat...«
»Francis hier. Möchtest du gerne, daß ich dir ein Geschenk mache?«
»Ein blondes oder ein brünettes?« fragt er.
»Beides«, sage ich. »Oben blond.«
Ich höre, wie er mit der Zunge schnalzt.
»Her damit.«
»Hebst du sie uns für vier bis fünf Tage auf?«
»Ohne sie anzurühren?«
Er erhebt Einspruch...
»Durchaus nicht«, antworte ich. »Du kannst alles tun, und sie setzt sich zur Wehr.«
Ich höre, wie Donna kreischt:
»Was ist denn das für ein Kuhhandel?«
»Warte...«, sage ich zu John.
Ich verdecke das Mikrophon mit der Hand und sage Donna Bescheid:
»Hör zu... Ritchie und ich zusammen, das ist überhaupt nichts im Vergleich zu John Payne ganz allein. Außerdem sieht er so gut aus wie Bob Hope und hat Moos, daß es eine Schande ist.«
»Schnickschnack!« sagt sie. »Euch beide will ich.«
»Geh für drei, vier Tage hin«, sage ich. »Es muß sein. Und wenn du nicht mitspielst, vertrimm' ich dich.«
Sie blickt mich von unten an.
»Das reizt mich«, sagt sie. »Meistens geht so was gut aus.«
Ich lache, sie auch.
»Sie macht mit«, sage ich am Telefon. »Aber hör zu... In zehn Minuten bist du hier. Pickford Place. Ziegel und Zement. Du hupst, sie kommt runter. Ich werde dabeisein.«

Er hängt ein. Er macht auch mit.

»Donna, mein Schätzchen«, sage ich, »wir werden uns wiedersehen, nichts ist unwiederbringlich dahin.«

Und dann küsse ich sie ein bißchen zum Trost, und die zehn Minuten vergehen sehr rasch. John kommt an, er hupt, sie rennt los, ich folge ihr und sehe, wie sie neben ihn einsteigt. Ich nehme wieder den Fahrstuhl.

Uff, jetzt aber an die Arbeit!

VIERZEHNTES KAPITEL

Die Bullen – und es gibt davon in Washington weiß Gott genug, so daß es schon ein komischer Einfall ist, sich diese Stadt dafür auszusuchen, keine astreinen Dinger zu drehen –, die Bullen, sage ich, wissen nicht, daß ich vorerst noch ein kleines Mädchen bin. Das heißt es ausnutzen. Für Ritchie dagegen ist es, wenn er Ausschau halten und in aller Ruhe einen toten Burschen mitgehen lassen will, besser, sich wieder in ein Mannsbild zu verwandeln. Wir müssen also vor allem wieder zu der alten *Kane junior* der bewußten Familien zurück, in der unsere Koffer lagern.

Ich erkläre das Ritchie, der zustimmt, und wir gehen. Der Buick ist da, der Chevrolet auch. Wir nehmen beide, und ich parke den Chevrolet ein Stückchen weiter weg: dann steige ich wieder zu Ritchie ein.

Während wir fahren, denke ich nach, und ich glaube, mir trippelt da etwas durch die Gehirnzellen, aber ich kann es nicht recht ausdrücken. An einem Rotlicht reiche ich einem Zeitungsverkäufer eine Münze und kaufe noch mal das Käseblatt. Ich lese den Artikel ein zweites Mal.

»Ritchie.«

Er blickt mich an.

»An keiner einzigen Stelle dieses elenden Käseblatts steht, daß der Chinese tot ist.«

Ritchies Augenbrauen gehen hoch.

»Überall steht etwas von ›erdolcht‹«, wiederhole ich, »aber es wird nicht deutlich gesagt, daß er getötet ist.«

»Na und?« fragt Ritchie.

»Och, gar nichts«, sage ich.

Ich komme nicht dahinter, warum mich das so verblüfft und warum ich meine, es sei wichtig.

»Wir müßten im Krankenhaus nachschauen«, sage ich.

Das ist natürlich schon wichtig, weil es für den armen Chinesen besser wäre, wenn er nur eine Verletzung hätte. Und darüber hinaus: angenommen, ich werde hopsgenommen und man hängt mir das an, dann ist es nicht so gefährlich, wenn er durchkommt, weil er ihnen dann sagen kann, daß ich es nicht war... Ich denke mir aber, daß die Zeitung einen Grund dafür haben muß, nicht eindeutiger zu sein. Nur: welchen?

»Ja«, sagt Ritchie, »wir können im Krankenhaus nachschauen, aber es ist damit wie mit allem sonstigen: besser ist es, dich vorher verschwinden zu lassen. Vor allem, wenn du noch immer daran festhältst, die Geschichte mit Louisa Walcott zu erledigen.«

»Das tue ich«, sage ich, »aber ich weiß ums Verrecken nicht, wie ich es anstellen soll, es sei denn, ich ginge hin und brächte die ganze Gesellschaft um.«

»Wir können sie eine nach der anderen auf den rechten Weg zurückbringen, so wie wir es mit Donna getan haben«, schlägt Ritchie vor.

Ich lache und blicke ihn dabei an.

»Wenn sie ein Dutzend sind«, sage ich, »stehen wir schön da. Und außerdem habe ich neulich ein paar von ihnen gesehen; mit allen wird das nicht so komisch. Da gibt's elend mickrige drunter. Und für Louisa Walcott selbst kannst du dir die Methode an den Hut stecken – die läßt nicht mit sich machen.«

Ritchie ist nachdenklich.

»Na, weiß man's...«, sagt er.

»Versuchen kostet nichts«, antworte ich. »Aber ein anderes Verfahren wäre mir lieber.«

»Demnächst müssen wir sowieso die Polizei auf sie hetzen...«, sagt Ritchie.

»Ja«, erwidere ich, »aber nicht, solange sie hinter mir her sind.«

»Na freilich«, sagt Ritchie. »Also wenn wir nicht gleich

einen Einfall haben, dann müssen wir eben später einen suchen.«

Ein Gedanke schießt mir durch den Kopf.

»Und die zehn Mille?« sage ich. »Verflixt ... das dürfen wir nicht fallenlassen.«

»Da müßten wir vielleicht auch auf der Hut sein«, fügt Ritchie hinzu, »weil die alte Walcott sicherlich versucht, sie dir wieder abspenstig zu machen.«

»Auweia, Kinder«, sage ich, »ist das ein Kuddelmuddel ...«

»Nur ruhig«, sagt Ritchie. »Besser, man denkt an gar nichts, so wie ich.«

Unterdessen fahren wir weiter und kommen schließlich beim Club an. Wir steigen aus und versuchen, so wenig wie möglich aufzufallen. Sicher, in diesem Aufzug kennt uns zwar niemand, aber es darf sich keiner, der uns kennt, darüber wundern, wenn er sieht, daß wir die Box der *Kane junior* betreten. Denn so viele Boxen gibt es nicht ...

Wir schleichen uns also an und kommen ungehindert hinein.

Ich sitze auf einem Stuhl. Ritchie zieht sich wieder als Mann an. Gut zwanzig Minuten braucht er dafür.

»In Weiberschale hat man die Beine freier«, bemerkt er. »Das ist angenehm im Sommer.«

»Nichts hindert dich daran, damit wieder anzufangen«, sage ich.

Er lacht.

»Es ist nämlich deshalb bequem«, sagt er, »weil es den Mädchen keine Angst einjagt. Ich denke mir, daß Typen wie Louisa Walcott leicht welche finden.«

»So ist es«, sage ich. »Gleich und gleich gesellt sich gern, das weiß man schon lange.«

Jetzt ist Ritchie soweit.

»Ich muß ganz alleine vorgehen«, sagt er.

»Du willst das doch nicht etwa bei hellichtem Tage

tun? Eine Leiche aus dem Leichenschauhaus mitgehen lassen...«

Jetzt, wo ich ernstlich daran denke, fröstelt's mich im Rücken.

»Du bist völlig behämmert«, sagt Ritchie zu mir. »Denkst du womöglich, daß ich ins städtische Leichenschauhaus hineinspaziere? Ich kenne einen Kumpel, der hat eine Privatklinik, und der wird es schon schaffen, mir da zu helfen. Er wird eine Leiche für eine Augentransplantation oder so was anfordern, und wenn es Kniest gibt, wird er sagen, sie sei ihm geklaut worden. Hältst du mich denn für einen Blödmann?«

»Verdammt«, sage ich; »ein Glück, daß ich dich dazugeholt habe. Ich hätte einfach drauflosgemacht.«

»Trotzdem, zwei Stunden werde ich wohl brauchen«, sagt Ritchie. »Du wirst auf mich warten. Du setzt dich in die Sonne und trinkst etwas, das ist das Beste, was du tun kannst. Und dann, in anderthalb Stunden, nimmst du die *Kane junior* und fährst den Kanal hoch, ich meine: bis oberhalb von Brookmont... hinter das Taylor-Becken.«

Ich weiß, was er meint, nämlich ein Studienzentrum für Schiffsmodelle, am Arsch der Welt, beim Mac Arthur Boulevard.

»Zwischen Carderock und Cropley hältst du an«, fährt Ritchie fort; »da ist eine Stelle, wo der Kanal ganz nahe an der Straße verläuft.«

»Gut gesagt«, gebe ich zurück, »da ist ein Gasthaus.«

»Schon«, antwortet er, »aber halte da an und warte auf mich.«

»Das sind bestimmt fünfundzwanzig Meilen«, sage ich.

»Du schaffst das spielend innerhalb ein und einer Viertelstunde«, sagt Ritchie. »Und ohne Hetze.«

»Gut«, sage ich. »Und wenn nun Leute da sind?«

»Wenn Leute da sind, ändert das nichts.«

»Ob wir morgen zurück sind?« frage ich.

»Hör mal«, sagt Ritchie, »diese Geschichte ist doch ernst gemeint, oder?«

Ich erinnere mich, daß *ich* den Chinesen angerufen habe, und mich fröstelte noch ein bißchen mehr.

»Ich werde dir alles sagen«, erzählt Ritchie. »Ich kenne noch einen Kumpel, der hat ein Haus mit einem Bootsschuppen am Kanal, etwa in der Höhe. Du wartest auf mich, und ich komme in dem Boot mit dem Dingsda drin, und dort kümmern wir uns dann um das Nötige. Du kannst dir ja ausrechnen, daß man nicht am hellichten Tage vorgehen kann, wenn es darum geht, ihn ... nun ja ... ihn zu entstellen.«

Er reibt sich das Kinn.

»Und dann werden wir ihn anziehen ... und zum Bluten bringen müssen.«

»Wieso das, zum Bluten bringen?« frage ich.

Ich blicke nicht mehr recht durch.

»Wenn man tot ist«, sagt Ritchie, »dann blutet man nicht mehr. Na, und weil wir den Typ mit dem Schuß aus einem Ballermann ins Gesicht tarnen müssen, werden wir gleichzeitig Blut draufzun ... Wie Künstler müssen wir arbeiten.«

»Uff ...«, mache ich. »Mir wär's lieber, du machst das, nicht ich.«

»Och«, meint Ritchie; »unsereins sieht genug so was ... Aber jetzt gib mir deine Klamotten.«

»Welche?«

»Deine Männerklamotten. Ich sag dir doch, wir müssen ihn anziehen.«

»Oh, verdammt«, sage ich. »Mein blauer Anzug! ...«

»Wir haben keine andere Wahl«, sagt Ritchie. »Tu Sachen von dir in die Taschen. Und gib mir schnell deine Armbanduhr und deinen Ring.«

»Oh! ... Da«, röchle ich.

»Los, los«, macht Ritchie. »Ein bißchen dalli.«

Er steckt alles in einen Seesack aus Segeltuch, den er aus dem Kasten der *Kane junior* holt, und dann macht er sich aus dem Staub.

»So habe ich keinen Führerschein mehr«, sage ich. »Wie stehe ich da?«

»Dann fährst du eben nicht Auto«, sagt er. »Ciao, und bis gleich.«

»Schön«, sage ich; »für einen Typen, der an nichts denkt... du wirst mir das auf eine bunte Ansichtskarte schreiben...«

»Und die kannst du dir übers Bett pinnen«, sagt Ritchie.

Er geht.

Was werde ich anderthalb Stunden lang tun?

Mein Gott... ich könnte gut pennen... In der *Kane junior*... Auf der Bank liegen Schaumgummikissen. Wenn ich die ins Heck lege, geht das gar nicht schlecht.

Unsere nächtliche kleine Corrida mit Donna Watson ist mir ein bißchen in die Beine gefahren. Aber wenn ich einschlafe, darf ich die Zeit nicht vergessen.

Ach was, anderthalb Stunden werde ich schließlich nicht schlafen.

Los... in die Falle.

FÜNFZEHNTES KAPITEL

Ich schrecke aus dem Schlaf hoch. Was macht dieses Geräusch? Ich merke, daß ich mich – wie ein Anfänger – nicht in die Box eingeschlossen habe.
Ich vermeide die kleinste Bewegung und lausche.
Weil draußen die Sonne scheint, ist es ziemlich hell. Behutsam, allmählich mache ich die Augen auf.
Von da aus, wo ich mich befinde, sehe ich nichts. Das Geräusch ist das Geräusch der Tür, jetzt erinnere ich mich; sie bringt ein schwaches Knarren hervor, und zwar in zwei Tönen, einem hohen und einem tieferen.
Gut. Auf jeden Fall mal nachschauen. Ich stehe unbedacht auf... Ich erinnere mich daran, daß ich als Mädchen gekleidet bin, gerade in dem Augenblick, als ich meine Hose zurechtziehen will, und ich springe auf den Zementfußboden. Ich mache Licht.
In der Box ist ein Typ. Ich brülle los.
»Was machen Sie hier?«
Er blickt mich an und lacht.
»Brauchst nicht solche Angst zu haben, mein Schätzchen«, sagt er.
»Verschwinden Sie da«, sage ich. »Auf der Stelle.«
»Na, na«, sagt er; »so ängstlich?«
Er kommt auf mich zu. Er ist groß und kräftig.
Fünfunddreißig, vierzig Jahre, schwarzes Haar, schmaler Mund. Er trägt einen gestreiften Drillichanzug. Das beweist nichts, in diesem Sommer haben alle so einen. Ein heller Hut. Über den Kerl da gibt es nichts zu sagen.
»Bleiben Sie stehen, wo Sie sind«, sage ich.
»Los, Kleines«, antwortet er, »spiel nicht verrückt und komm mit mir. Wir müssen uns mal nett miteinander unterhalten.«

»Bleiben Sie da stehen«, sage ich.
Er hält inne.
»Was wollen Sie wissen?« frage ich. »Halten Sie mich für eine Auskunftei?«
»Was haben Sie gestern in einem Buick vor dem Hause von Gaya Valenko getan?«
»Sind Sie betrunken?« frage ich.
Ich schiebe mich langsam in eine bequemere Position. Er scheint das nicht zu merken.
»Sie waren zu zweit«, sagt er. »Vor mehr als einer Stunde ist hier ein Kerl herausgekommen. Was hatten Sie bei Valenkos zu suchen?«
»Ich kenne niemand, der so heißt«, sage ich.
Und dann mache ich eine Finte nach rechts und lande meine Linke. Sie kommt voll an, aber er fällt nicht um.
»Verdammt«, sagt er.
Und dann fangen wir eine knallharte Keilerei an. Ich blocke einen Schwinger ab, der gut angelegt war; das Schwein setzt noch einen drauf, und es haut mir aufs Ohr wie ein gußeiserner Briefbeschwerer. Aber den *er* auf die Nase kriegt, ist auch nicht von Pappe. Zugleich lasse ich mich hinfallen und ziehe ihm ein Bein weg. Jetzt sitze ich auf ihm und verdrehe ihm den Fuß auf eine ganz komische Art und Weise, die ihm nicht zu gefallen scheint. Der Dreckskerl ist stark wie ein Bär, und mein Rock hindert mich bei der Schlägerei. Er schafft es, sich umzudrehen und mich in den Zement beißen zu lassen; zum Glück dämpfe ich mit meinem Vorderarm ab, und jetzt muß *mein* Fuß herhalten. Auch ich weiß, wie man sich aus dieser Zange befreit. Heiliger Strohsack, tut das weh! Während der ganzen Keilerei sagen wir kein Wort, um nicht die Leute aus dem Club aufzuscheuchen, und es ist sehr ärgerlich, daß man dieses Riesenkalb nicht anbrüllen kann. Er ist für seinen Griff nicht ganz in der richtigen Stellung; eine Anstrengung, die er unternimmt, um sie zu

berichtigen, nutze ich aus und stecke ihm einen Arm in den Kragen. Jetzt muß er zur gleichen Zeit einen Arm und ein Bein an mir bearbeiten, das tut ihm noch mehr weh... Darauf war er nicht gefaßt, das ist ein Trick von mir, man muß ein geschmeidiges Kreuz haben. Wenn ich einen Film drehte, würde ich Ihnen jetzt eine Großaufnahme vorführen, denn ich habe es geschafft, mich wieder auf die Seite zu legen, und ich habe seinen Schenkel nahe an meinen Kinnbacken ... zwischen meinen Kinnbacken ... und ich beiße zu. Da entfährt ihm ein sanftes Grunzen, und er läßt los. Ich stehe auf, genug gecatcht, ich packe seinen Arm, und er geht hoch... Verdammt, Judo scheint er auch zu kennen, ich schwanke auf seinen Fußspitzen... peng... dieser Zement tut im Rücken ganz schön weh. Diesmal nehmen wir das Boxen wieder auf; wir machen frisch drauflos und sacken beide zusammen; ich blute aus der Nase, sein eines Auge ist zu; wir sitzen auf dem Boden, blicken einander an und beginnen zu lachen. Das entspannt mächtig.

»Scheiße...«, sagt er. »Ich hab' Sie wahrhaftig für ein Mädchen gehalten.«

»Schön, und ich hab' Sie für einen Waschlappen gehalten«, antworte ich, »aber da lag ich, gelinde gesagt, schief.«

Er steht auf.

»Also, was soll's«, sagt er. »Wir schaffen es nicht. Ich bin Jack Carr, Privatdetektiv – von Salomon Valenko zur Überwachung seiner Tochter angeheuert –, und ich möchte wissen, warum Sie gestern nachmittag Jagd auf Donna Watson gemacht haben.«

Der Bursche ist im Grunde nicht unangenehm. Ich stehe auf.

»Stimmt das?« frage ich.

Er hält mir seine Brieftasche hin, hat eine Lizenz und alles. Sogar ehemaliger Polizist ist er.

»Warum zerdeppern Sie mir den Schädel«, sage ich.

»Kein Privatdetektiv kann so gut Catch und Judo. Sie sind ein Bursche vom FBI, oder ich will nicht mehr Francis Deacon heißen.«

Verdammt. Das ist das, was man eine – Dummheit nennen könnte. Aber gesagt ist gesagt.

»Francis Deacon?« fragt er. »Entzückt, Sie kennenzulernen.«

»Nehmen wir mal an, ich hätte nichts gesagt«, antworte ich. »Hier bin ich Diana. Und in zehn Minuten muß ich gehen. Also los, verhaften Sie mich schleunigst.«

Er lacht.

»Alles ist ganz klar«, sagt er. »Ich mache Sie also gleich darauf aufmerksam...«

Gut. Das wird dich lehren, die Hand in die Tasche zu stecken. Er bezieht einen auf die Kinnspitze, der nicht von schlechten Eltern ist. Diesmal kippt er um. Ich fange ihn auf und packe ihn in eine Ecke, und dann lasse ich schleunigst die *Kane junior* an und mache mich aus dem Staube; wenn mich das fünf Minuten kostet, ist es schon viel; und dabei habe ich noch Zeit gehabt, frischen Puder aufzulegen.

SECHZEHNTES KAPITEL

Ich fahre etwa zwanzig Meilen in der Stunde, und auf dem Wasser macht das schon Lärm. Um die Einfahrt zum Kanal wiederzufinden, muß ich erst in die falsche Richtung losfahren; die Einfahrt liegt der Theodore-Roosevelt-Insel gegenüber – und auf dem Kanal, da heißt es auf die Schleppkähne achtgeben; diese Blödmänner blockieren den ganzen Kanal damit; sie werden von Pferden gezogen, für Ausflüge. Ich frage mich, was das eigentlich soll!

Ich denke über meine brenzlige Lage nach. Da habe ich also die Bundespolizei auf den Fersen, was übrigens normal ist, denn es geht ja um eine Drogengeschichte, aber Herrgott noch mal, wenn sie sich bloß nicht einfallen lassen, darin einen Zusammenhang mit dem Chinamann zu sehen ... ich bin wirklich auf einem üblen Dampfer.

Da ist die Einfahrt. Die Pinne scharf backbord! Die *Kane junior* flitzt wie ein echtes Seepferdchen, und der Motor schnurrt, daß man glauben könnte, ihm sei ein ganzer Teller voll Schlagsahne vor die Nase gesetzt worden.

Ich habe die gelbe Segeljacke meines Brüderchens an und sehe darin allerliebst aus.

Aber wie weit das ist. Ich habe das Gefühl, überhaupt nicht voranzukommen. Die Burschen, die diesen Kanal gebaut haben, die müssen sich bis aufs Blut abgerackert haben, bloß um ihn möglichst lang zu machen, sollte man meinen.

Ich überhole etliche Fahrzeuge. Jetzt bin ich wieder in der Höhe des Bootsclubs. Ich gebe noch einen kleinen Zahn drauf, damit man mich nicht allzu sehr erkennt. Aber mit diesem elenden Boot habe ich nicht allzu viele Aussichten, unbemerkt vorbeizukommen.

Eine gute Stunde schon rase ich dahin, halb eingeschlafen, und denke an so allerhand. Ich orientiere mich mehr oder weniger an den Privat-Bootsstegen, die von Ort zu Ort auf beiden Seiten den Kanal säumen.

Lange schon habe ich Little Falls hinter mir gelassen, und vor zehn Minuten Calvin John Creck. Immerhin, ich komme näher.

Meine Güte, bin ich müde. Aus Gewohnheit blicke ich vor mich hin, aber wirklich kapieren tu ich nichts.

Manchmal tauchen kleine Boote auf. Und Pflanzenwuchs, der den Kanal einfaßt. Da, rechts vor mir, ein Baum, der mit seinen Ästen fast ins Wasser reicht... Nein... das sieht nur so aus, er steht hinter dem Treidelpfad. Im Vorbeifahren blicke ich hin, und peng! rausche ich in ein winziges Rennboot hinein.

Heiliger Strohsack! Oder besser: heiliger Rammbug, denn ich bin ja auf einem Boot.

Die *Kane junior* hat offenbar nichts abbekommen... die hat noch ganz andere Sachen hinter sich. Ich werde langsamer. Niemand hat etwas gesehen; wie durch ein Wunder macht der Kanal an dieser Stelle einen Knick... vielleicht bin ich letztlich deshalb in das andere Boot hineingefahren.

Es ist wie ein Stein gesunken... ich kehre zum Ort meines Verbrechens zurück. Etwas treibt umher, ich weiß, was es ist, ich packe das Ganze und hole es ins Boot herein. Ganz schnell.

Es ist eine Biene; zur Abwechslung. Nein, ich verkaufe Sie nicht für dumm... ich will gekreuzigt sein, wenn diese ganze Geschichte nicht die reine und schlichte Wahrheit ist.

Kaum habe ich sie unter einem Stück Segeltuch versteckt und die Kissen aus ihrem Boot aufgelesen, die ins Treiben gekommen sind, da fährt auch schon eine Reihe von Booten mit Außenbordmotor den Kanal hinunter.

Ich komme noch mal gut davon. Alles ist voller Studenten, die mir schmeichelhafte Sachen zurufen. Ich winke ihnen mit der Hand zu und gebe Gas. Los, *Kane*... ein bißchen fix...

Das Wasser stiebt auf beiden Seiten des Vorderstevens hoch, und das Motorengeräusch geht in ein schönes Brummen über.

Ich blicke auf meine Uhr. In zehn Minuten kann ich an dem Treffpunkt sein, und das läßt mir zwanzig Minuten Zeit dazu, mich mit dem Mädchen abzugeben, das ich in die Brühe befördert habe.

Ich hab' schon so viel Ärger am Hals, daß mich das völlig kaltläßt... kaum wach geworden fühle ich mich.

Mit einer Hand decke ich das Gesicht meines Opfers auf... wie soll ich sie sonst bezeichnen?

Aber man könnte meinen, daß sie nicht allzusehr atmet.

Ich bücke mich, und ohne das Lenkrad loszulassen, schüttle ich sie ein bißchen. Los... wach auf, du Gans!

Ein kleiner Seufzer. Das hör ich schon lieber...

Und mögliche Anzeichen von Seekrankheit... los... ich packe sie und drücke ihren Kopf über die Reling. Kanalwasser zu Kanalwasser... das ist logisch und vernünftig. Der Fahrtwind verweht das Ganze.

Gut. Schon besser; jetzt schlägt sie die Augen auf, blickt mich an und flennt los.

Das ist unangenehmer als alles andere.

»Mein... mein Boot...«, sagt sie. »Was ist passiert?«

Sie muß gegen den Motor anschreien.

Riskieren wir's mal.

»Ich weiß nicht genau«, schreie ich meinerseits, »ich weiß nur, daß Sie schon einen ganz schönen Kübelvoll geschluckt hatten.«

»Und Sie haben mich da rausgeholt?« fragt sie.

Sie sieht verwundert aus. Herrgottsakra! Mir fällt wie-

der ein, daß ich als Mädchen gehe ... meine Ausdrucksweise, verflucht!
»Es war schon mühsam, können Sie glauben«, sage ich.
»Ich heiße Diana. Und Sie? Ihr Motor muß explodiert sein.«
Ganz klar, daß sie von Technik nichts versteht, keine Biene begreift davon das geringste; sie verwechseln den Ansaugstutzen mit dem Auspuff und halten die Zündkerzen für eine Notbeleuchtung.
»Oh!« schreit sie. »Dann hab' ich also kein Boot mehr?«
Auf meine verneinende Bewegung flennt sie wieder los. Hübsch ist dieses Mädchen.
»Ich habe eines, mit dem ich nichts mache«, brülle ich ihr zu. »Das schenke ich Ihnen.«
»Warum?« fragt sie. »Sie kennen mich doch nicht.«
»Das macht nichts«, antworte ich im gleichen Ton. »Ich finde Sie nett.«
Und das ist nicht gelogen. Sie ist blond, hat ganz kurzes Haar und blaue Augen, eine kleine Stupsnase und einen umflaumten Mund ... vollkommene Zähne, und außerdem ist sie klatschnaß ... das hebt ihre Figur hervor ... mehr sage ich Ihnen nicht. Ein Tritt aufs Gaspedal.
»Oh!« kreischt sie, »Sie sind ein Schatz. Ich muß Sie küssen. Ich heiße Sally.«
Sie küßt mich. Ein sehr kühler Kuß. Und ganz naß.
»Erkälten Sie sich nicht«, sage ich ihr ins Ohr. »Ziehen Sie Ihr Sweatshirt aus und meine Jacke an.«
Nicht das geringste Zögern, denn unter Mädchen ziert man sich nicht. Eijeijei: kleine Brüste hat sie ... ein Leckerbissen. Und ich gebe ihr auch noch meine Jacke, um diese niedlichen Spielbällchen zu verstecken. Die *Kane junior* macht eine Schlingerbewegung. Man könnte meinen, daß ich wach werde. Und außerdem ist es aufregend, einander so ins Ohr zu sprechen.

»Ich werde Sie ins Cock's Inn bringen«, sage ich. »Sie werden sich trocknen, und dann fahre ich Sie zurück.«

»Stimmt ja, dort wohne ich gar nicht«, antwortet sie. »Wohin fahren Sie, Diana?«

»Ich habe eine Verabredung im Cock's Inn«, sage ich. »Aber erst in einer halben Stunde, und ich bin zu früh dran.«

Übrigens sind wir schon da. Ich stelle den Motor ab und lasse das Boot auslaufen. Die beiden Gischtgarben am Vordersteven sinken allmählich zurück, das Boot geht wieder in die Waagerechte. Ich steuere es auf die private Anlegestelle des Gasthauses zu. Diese plötzliche Stille macht einen taub. Im Kopf hat man eine große Leere.

Ich springe auf den Bootssteg und mache die *Kane* an einem Pfosten fest. Es liegen schon zwei oder drei kleine Außenborder da.

Ich helfe Sally beim Aussteigen. Sie ist wackelig auf den Beinen.

»Wie stark Sie sind«, sagt sie.

»Sie sind so klein«, sage ich.

Wir spurten bis zum Gasthaus, und ich bitte um ein Zimmer mit ganz vielen Handtüchern.

Eines wird Ihnen auffallen. Wenn ich ein Mann wäre, man würde mir niemals eines geben. Oder ich müßte wenigstens Schmiergeld zahlen. So aber gab es nicht die geringste Schwierigkeit.

»Meine Freundin ist ins Wasser gefallen. Sie wird hier bleiben, um sich von ihrer Aufregung zu erholen. Bringen Sie zwei schön trockene Martinis hoch.

»Sehr wohl«, sagt der Angestellte zu mir.

Es ist ein kleines Gasthaus aus roten Ziegelsteinen und Holz, mit Rosenbüschen, Tischen auf der Terrasse zum Kanal, einstöckig. Rustikale Möbel, wie man so sagt. Auf schlicht gemacht: Tapete mit Blumen und Vogelkirschblüten. In den Zimmern immerhin Teppichboden. Schlichtheit schon, aber nicht übertreiben. Unser Zimmer geht auf den Kanal. Ich habe eine Viertelstunde vor mir.

»Ziehen Sie sich schnell aus«, sage ich. »Ich werde Sie abreiben. Oder nein, lieber erst eine Dusche!«

Ich schleife sie ins Badezimmer und reibe sie unter den Wasserstrahlen gehörig mit einem Frottierhandschuh ab. Fest ist das, golden schimmernd, wirklich sehr sehr niedlich.

Schnell, schnell, ich bringe sie ins Zimmer zurück. Ich wickle sie in einen Bademantel und trockne sie in Null Komma nichts ab.

Oh, Teufel! Jetzt werden wir ja sehen... Verdammt, es klopft. Ach so, die Martinis! Ich nehme sie an, schließe die Tür wieder zu.

Wir trinken ex. Das bringt sie zum Husten und zum Lachen.

Wir werden ja sehen, ob sie alle so sind... Ich packe sie und presse sie aufs Bett. Und dann fange ich an, all ihre Herrlichkeiten abzuküssen. Das sind gleich mehrere Stellen.

Na ja, und da kriege ich ein schallendes Paar Ohrfeigen verpaßt!...

Mein Kopf dröhnt davon.

»Sie sind verrückt!« sagt sie zu mir.

»Verzeihen Sie...«

Erbärmlich hab' ich mich angestellt, erbärmlich. Oh... und verflixt, da habe ich endlich mal eine... eine echte, und dann...

»Zu blöde«, sage ich. »Ich heiß' nicht Diana. Ich bin ein Junge.«

»Das glaub' ich Ihnen nicht«, sagt sie.

Jetzt hackt's aber.

Ich ziehe meinen Pullover hoch und zeige ihr meine falschen Brüste.

»Schauen Sie«, sage ich.

Und ich ziehe daran wie an Kaugummi.
Sie blickt hin.
»Na und?« macht sie. »Bloß weil Sie ein Junge sind – falls das stimmt –, haben Sie noch lange nicht das Recht, mich zu küssen.«
»Ich konnte nicht widerstehen«, antworte ich.
Sie wickelt sich in den Bademantel.
»Ein Ferkel sind Sie«, sagt sie. »Warum ziehen Sie sich als Frau an? Und warum haben Sie Richard Deacons Boot genommen? Der hätte so was nicht gemacht ... Ich frage mich, ob ich Sie nicht festnehmen lassen soll.«
Na, so was; falls Sie jemals einen Verdatterten gesehen haben, dann schauen Sie mich jetzt mal an. Und wie üblich lasse ich die Katze aus dem Sack.
»Sie kennen meinen Bru...«
Ich bremse mich. Rechtzeitig? glück...
»Sie sind sein Bruder?«
Die schaltet schnell, die Kleine.
»Nicht direkt«, sage ich.
»Francis Deacon? Sind Sie derjenige, der gesucht wird?...«
»Nein«, sage ich. »Glauben Sie bloß das nicht.«
Sie mustert mich durchdringend.
»Aber ja doch«, sagt sie. »Sie sind's. Ich habe Sie einmal von weitem im Bootsclub gesehen. Also stimmt es? Sie haben den Chinesen umgebracht?«
Auf einmal läßt sie ihren Bademantel fallen. Sie führt die Hände an ihre Brüste, lächelt mich an und streckt dann die Arme nach mir aus...
»Francis ... mein Liebling ...«, sagt sie. »Schnell, schnell ...«
Ach, Seh...
Natürlich lasse ich mich nicht bitten ... aber immerhin! ...
Ich schwöre und versichere Ihnen, die kapieren nicht!

SIEBZEHNTES KAPITEL

Eine Viertelstunde ist nicht viel, wenn man die verschiedenen Reize dieser anbetungswürdigen Sally im einzelnen vornehmen will, und ich habe gerade nur Zeit genug, ihr eine Mustersammlung dessen hinzupfuschen, was ich kann. Ohne Zweifel hat sie gute Anlagen und ist ein Pflänzchen, das man pflegen müßte. Ihre Haut ist köstlich, sie kann küssen; was das übrige betrifft, sieht man, daß es ihr an Praxis fehlt, aber sie macht alles mit... viel mache ich übrigens nicht... ich nippe. Immerhin schaffe ich es trotz meiner Müdigkeit, nach zehn Minuten erschöpft zu sein, aber sie dreht mich auf den Rücken und schiebt sich an mich.

»Mein Totschläger...«, murmelt sie. »Mein geliebter Totschläger... tu mir weh... beiß mich.«

»Ach Quatsch«, sage ich zu ihr. »Ich habe niemanden totgeschlagen.«

Ich bin ein bißchen derb... ich fürchte, das wird den Zauber zerstören, aber ich setze mich auf, lege sie über meine Schenkel und verpasse ihr einen Hinternvoll. Sie zappelt wie ein Aal, schafft es, sich frei zu machen und mich wieder auf den Rücken zu bringen, und dann springt sie wieder auf mich. Ich blicke auf meine Uhr. Nur noch drei Minuten.

Sie rackert sich ab, daß es eine Lust ist. Das kleine Gör ist voller Schwung.

»Würg mich...«, sagt sie. »Tu mir weh.«

Auf die Dauer wirkt das auf mich genau so, wie es nicht sollte... Ich verlasse das Schlachtfeld, sie merkt es und guckt blöde.

»Gefall ich dir nicht?« fragt sie.

»Wenn du den Mund gehalten hättest«, antworte ich,

»dann hätten wir vielleicht was bringen können, aber dein kokosnußöliges Getue macht mich nicht gerade an.«

»Oh!...«, erwidert sie... »Francis... bring mich um... Ich bin so unglücklich... Schlag mich tot, wie du den Chinesen totgeschlagen hast.«

Ich schiebe sie weg und stehe auf.

»Was dir not täte«, sage ich, »ist ein wirklich harter, gemeiner Kerl, der dich vertrimmt und dir eine hübsche Krankheit anhängt. Das war Zucker!«

Unterdessen ziehe ich mich an... als Mädchen immer noch. Ich bin schon fünf Minuten zu spät dran und hoffe, daß Ritchie sich keine Sorgen macht, wenn er die *Kane junior* findet und niemand drinsitzt.

»Francis...«, murmelt sie schüchtern.

Ich gehe ans Fenster und blicke auf den Kanal. Ein Boot kommt heran und hält. Wahrscheinlich Ritchie. Ich muß machen.

»Bleib da«, sage ich zu Sally, »und warte, bis ich zurückkomme. Dann diskutieren wir echt.«

»Werden Sie wiederkommen?« fragt sie.

Sie ist zu süß, diese Närrin. Ich gehe zum Bett zurück und küsse sie auf beide Backen wie ein Bruder. Sie zieht eine Schnute wie ein kleines Mädchen, das eine Dummheit gemacht hat und nicht weinen will, aber sich selbst damit bestraft, daß sie in die Ecke geht.

»Ich hab's wirklich eilig, mein Schätzchen«, sage ich, »und so können wir nichts Ordentliches machen. Warte brav auf mich, in einer Viertelstunde bin ich wieder da.«

»Wirklich?« fragt sie.

»Ich schwör's«, antworte ich.

Und zische ab.

Als ich auf die Terrasse gekommen bin, spurte ich bis zu dem kleinen Bootssteg. Es ist tatsächlich Ritchie. Er hat neben der *Kane junior* angehalten und schaut sich leicht erstaunt die Kissen an.

Ich springe hinein, mache das Tau los und erkläre ihm im Handumdrehen, was mir passiert ist, einschließlich des Burschen in der Box und der Schlägerei, die wir einander geliefert haben.

Ritchie mag das gar nicht.

»Ich versteh fast nur noch Bahnhof«, gesteht er mir. »Die Leiche hab' ich jedenfalls, sie ist angezogen und verkleidet, und ich habe einen halben Liter Blut als Reserve, damit können wir das Boot begießen.«

Oh, all diese Geschichten setzen meinem Magen zu!

»Ritchie«, sage ich, »du hast dir schon einen komischen Beruf ausgesucht.«

Er erhebt heftigen Einspruch.

»Sag mal, wer ist eigentlich in diese dreckige Geschichte hineingeschlittert, du oder ich?« fragt er mich.

Während wir uns streiten, rauschen wir Reling an Reling zum Hause seines Kumpels. Es ist etwa eine Meile entfernt, der Bootsschuppen liegt unmittelbar am Wasser, und die *Kane junior* läßt sich fast ganz hineinbringen. So wird niemand viel sehen.

Ich mache die *Kane* an einem Ring fest, springe auf den Zement. Ich blicke hin, der Schuppen hat eine verglaste Tür, und dahinter steht Ritchies Buick.

»Dadrin hast du ihn... ööh... hergebracht?« frage ich.

»Ja«, sagt Ritchie. »Dadrin ist er. Hol ihn und bring ihn her.«

Ich gehe hin. Nicht der rechte Zeitpunkt zum Schlappmachen. Es ist ein großer Segeltuchsack, steif wie die Wäschesäcke beim Heer.

Schwer ist es, das Vieh. Ich schaffe es gerade, es bis zum Boot zu bugsieren.

»Streif den Sack ab«, sagt Ritchie.

»Schon recht«, sage ich, »aber ich schau lieber nicht so genau hin.«

»Du hast Schwein«, sagt Ritchie. »Er sieht dir ein bißchen ähnlich, und er ist jung.«

»Woran ist er gestorben?« frage ich.

»Gehirnschlag«, sagt Ritchie zu mir. »Aber mit der Bohne, die wir ihm in den Schädel praktizieren werden, wird da niemand etwas sehen.«

Ich schlucke trocken.

»Ööh...«, mache ich. »Du wirst das doch machen, Ritchie, ja?«

Ich sehe, wie Ritchie feixt. Er hat den Sack abgestreift. Ich wende den Kopf ab, und dann sause ich gerade rechtzeitig los, gehe durch die Tür, und an der Wand des Schuppens geht es mir sehr schlecht.

Mit zitternden Beinen komme ich zurück.

»Echte Mistsäcke, die das dem alten Wu Shang angetan haben«, sage ich.

Und das gibt mir wieder Mut. Diese Saubande muß einfach geschnappt werden.

Ich hole das Schießeisen aus dem Bootskasten und lade es.

»Gib mir das«, sagt Ritchie.

»Geht schon«, sage ich, »es ist vorbei. Ich bin wieder angriffslustig.«

Er zeigt mir die Richtung.

»Schieß da hin...«, sagt er. »In die Richtung. Warte!«

Er nimmt ein Stück Bootsplane, das im Kasten herumliegt, und verdeckt das Gesicht des Burschen. Er hält ihn so, daß er auf der Bootsbank sitzt.

»Das darf nicht uns bespritzen«, sagt er. »Jetzt los. Da hinein.«

Er reicht mir ein altes Halstuch, ich begreife und wickle den Revolver hinein, um das Geräusch zu dämpfen. Die Mündung schiebe ich, wie er mir gesagt hat, dem Toten zwischen die Zähne. Dann drücke ich ab.

Es macht ein dumpfes Geräusch und schüttelt meinen

Arm. Ritchie zieht sein Stück Stoff weg. Ich schau nicht hin.

»Verbrenn das Tuch«, sagt er. »Mit ein bißchen Benzin.«

Ich erledige das in einer Ecke und höre das Gluckern einer Flasche, die ausläuft. Offenbar verteilt er mit Sorgfalt die Schminke.

»Jetzt nimm dein Notizbuch«, sagt er, »und schreib, daß du die Schnauze voll hast und lieber so endest.«

Ich gehorche. Ich tue alles ganz mechanisch. Das Halstuch verbrennt schließlich mit einer rußigen Flamme und einem fast unerträglichen Geruch nach versengter Wolle.

Als ich zu Ende geschrieben habe, sage ich zu Ritchie: »Was werden die Eltern denken?«

Das läßt ihn kalt.

»Macht doch nichts«, sagt er, »in zwei Tagen ist alles vorbei.«

»Optimist«, sage ich.

Er schüttelt mich und reicht mir einen Flachmann.

»Hör mal, Francis. Du bist ein Waschlappen. Trink das und komm wieder zu dir. Am Ende demoralisierst du mich auch noch. Ist es dir etwa schnuppe, mit anzusehen, wie Gaya zu dem wird, was sie wird? Und all die anderen armen Drogentypen, die in demselben Zustand sind? Du gefällst mir gar nicht. Gut, man kann mal Eseleien begehen, aber was willst du eigentlich, man kann doch nicht immer bloß Däumchen drehen, während die Sauhunde ungestraft ihre Sauereien machen.«

Ich denke derweil, daß da im Boot der andere Knallkopp liegt und daß es immer ungesünder wird zu bleiben.

»Los jetzt«, sage ich. »Schau mal raus, und wenn nichts ist, ziehen wir die *Kane junior* heraus und stoßen sie in die Strömung.«

Gesagt, getan. Wir steigen wieder in das andere Boot, ziehen die *Kane* mitten in den Kanal hinaus und lassen die

Plane über dem Bug... besser so. Und dann lassen wir alles sausen und kommen schnell zurück. Wir machen das Boot an seinem Platz fest, machen das Tor zum Schuppen wieder zu und verduften. Der Buick steht bereit.

»Weißt du, wohin wir fahren?« frage ich Ritchie.

»Zu Louise?« meint er.

»Zu Louise«, antworte ich. »Mal sehen, was los gewesen ist.«

ACHTZEHNTES KAPITEL

Offen gesagt habe ich Sally völlig vergessen, und das ist vermutlich besser so, denn ich habe jetzt was anderes zu tun. Wir rasen so schnell wie möglich, aber nicht so schnell, daß wir den Bullen auffallen könnten, das wäre ungesund. Immer diese Bullen. Seit ich selber Bulle spiele, muß ich dauernd an sie denken.

Der Buick rast ins Freie.

Mir fällt der Flachmann mit Whiskey ein, den Ritchie mir gerade gereicht hat, und ich bitte ihn darum.

»Oh, Ritchie, gib mir zu trinken.«

»Falsch von dir«, antwortet er.

Und er reicht mir die Flasche.

»Nein«, sage ich.

Ich nehme einen kräftigen Schluck.

»Ich muß innerlich wieder in Form kommen«, füge ich hinzu. »Mir ist nicht gut, und außerdem hab' ich keine Ahnung, wie wir da drüben vorgehen sollen.«

»Wir werden schon sehen«, sagt Ritchie.

»Du weißt, was uns Donna gesagt hat«, erinnere ich ihn. »Wenn Louise Walcott uns erwischt, schneidet sie uns alles ab.«

»Mir egal«, sagt Ritchie. »Sie wird sich alle Zähne an mir ausbeißen.«

»Sag mal«, antworte ich ihm, »angeben ist ja ganz schön, aber ein bißchen übertreibst du, glaube ich.«

»Kein bißchen«, sagt Ritchie.

»Hauch mich mal an.«

Er haucht, und ich merke, daß der Saukerl selber drei Meilen gegen den Wind nach Whiskey stinkt. Ich muß wirklich ganz schön Schiß gehabt haben, daß ich das nicht eben schon gemerkt habe.

»Du hast dir die Nase begossen«, sage ich.

»Überhaupt nicht«, sagt Ritchie. »Schau mal, ich fahre genau geradeaus.«

Ich blicke auf die Straße, gerade kommt eine schöne Kurve.

»Nicht da«, sage ich. »Wart ein bißchen bis später, Ritchie.«

Er beschleunigt.

»Wie in den Gangsterfilmen«, sagt er.

Ein ›Bjjjjuii‹ ist zu hören ... Wenn Sie verstehen, was ich meine ...

»Sind deine Reifen noch gut?« frage ich.

»Weiß ich nicht, darum kümmere ich mich nie.«

»Bieg nach rechts.«

Wir sind gerade an der Potomac Road angekommen, und die fahren wir. Geradeaus bis zur Falls Road. »Geradeaus« ist gut gesagt, denn zur Falls Road hin steigt die Straße an und verläuft in Windungen.

»Jetzt volle Pulle«, sage ich. »Hier gibt's keine Gesetzesvertreter mehr.«

Wir fahren und fahren. Gut zehn Meilen sind es. Bei dem Tempo die Sache einer Viertelstunde.

Nicht mal. Zwölf Minuten. Wir sind schon mal da angekommen ... das erinnert mich an ein Mädchen am Straßenrand ...

Im selben Augenblick fällt die kleine Sally mir wieder ein.

»Ritchie«, frage ich. »Kennst du Sally aus dem Club? Eine kleine Siebzehnjährige?«

»Ja«, sagt er. »Die sieht ganz danach aus.«

»Kennst du sie gut?« frage ich.

»Och, na ja«, sagt er, »ich hab' sie bestiegen wie die anderen Kumpels auch.«

»Ach so«, sage ich, leicht ernüchtert, »also ein Wanderpokal?«

»Das nun auch wieder nicht«, meint Ritchie. »Sie hat so ihre Mucken.«

»Das sagt sich so«, sage ich. »Glaubst du, sie wartet lange auf mich? Ich habe ihr gesagt, ich käme in einer Stunde wieder.«

»Oh, die wird pennen«, antwortet Ritchie. »Es ist schon spät.«

Tatsächlich ist es nach allem halb fünf geworden, aber im Juli kann man nicht sagen, das sei sehr spät.

»Ritchie, wir werden nicht gleich dahin fahren. Wir müssen uns vorher ausruhen«, schlage ich vor.

»Bist du meschugge?« fragt Ritchie. »Du machst wieder schlapp.«

»Ach, schon wieder das alte Lied!«

Ich komme mir wie ein ganz armer kleiner Junge bei seiner Mutti vor.

»Na schön, dann gib Gas, du Schwein«, beende ich den Streit.

Da ist die Falls Road, und wir biegen nach links ab, statt sie einzuschlagen.

Und Ritchie gibt Gas, aber nicht lange, denn man kann allmählich sagen, daß wir dem Ziel nahe kommen. Er stellt sich an den Straßenrand. Dreihundert Meter weiter steht ein großer weißer Bau, von dem man ein Stückchen durch die Bäume sieht. Bestimmt Ulmen.

Ritchie blickt hin und sagt zu mir:

»Nichts zu machen. Zu hell.«

»Du machst schlapp«, sage ich.

»Hast du 'ne Ahnung«, sagt er. »Wir ruhen uns aus, dann gehen wir ran. Das wird uns guttun.«

»Ach, verdammt«, antworte ich. »Das hättest du mir vorher sagen können. Dann wäre ich noch mal zu Sally gefahren.«

»Das wäre nicht gut...«, sagt Ritchie und blickt mich an.

»Warum?« frage ich.

»Willst du dich pflegen lassen?« fragt er.

»Also weißt du! Ein Engel, dem man ohne Beichte den lieben Gott schenken würde.«

Unglaublich, diese Bienen. Echt: die kapieren nicht.

»Verdammt«, sage ich zu Ritchie; »ich bin noch mal gut davongekommen.«

»Schwein hast du immer gehabt«, sagt er. »Außerdem mache ich dich darauf aufmerksam, daß sie nicht siebzehn ist. Sie ist achtundzwanzig. Komm pennen.«

Ich bin am Boden zerstört.

Wir nehmen wieder den Schlitten und fahren los. Wir fahren an dem Haus vorbei: kein Irrtum möglich, es ist das einzige. Und dann biegen wir in den erstbesten Weg ein und stellen den Buick so hin, daß wir sofort in die richtige Richtung abfahren können.

Wir strecken uns auf den Rücken, die Hände hinter dem Nacken verschränkt.

Massenhaft Bäume stehen da, und die ländliche Umgebung ist hübsch. Ich schau mir das ein Weilchen an, und plötzlich sehe ich einen Knülch aus dem Nichts auftauchen. Er hat ein blaues Auge, ist groß und stämmig. Seinen Mund erkenne ich wieder. Der ist leicht geschwollen. Er trägt einen gestreiften Drillichanzug.

»Na, Francis«, sagt er zu mir. »Das schieben wir noch einen Augenblick auf... Ich muß meine Revanche haben.«

Es ist mein Detektiv. Ich blicke Ritchie an. Der rührt sich nicht. Ich entdecke, daß ein anderer Knülch ihn mit einer echten Profi-Kanone in Schach hält, einem Ding, das ein Kaliber von mindestens fünf Zentimeter hat.

Nichts zu machen.

»Sie wollen eine Vorführung?« frage ich.

Und dann mache ich eine Finte, schnappe mir seinen Arm, und er fliegt durch die Luft. Das stelle ich jetzt schon zum zweitenmal mit ihm an.

Unterdessen teilt er mir einen Mordshieb aus... Na ja...

Leiden tut not. Ich mache mich frei. Immerhin gibt es Sachen, mit denen man sich rächen kann, einen gutgezielten Kanthaken zum Beispiel.

Ich schlage nicht voll zu, er auch nicht... Schließlich sind wir keine Wilden.

Fünf Minuten lang treiben wir diese Späße und sind beide naß vor Schweiß.

»Wenn ich nicht diesen Weiberrock anhätte«, sage ich zu ihm, »ginge alles schneller.«

Er hält ein.

»Das genügt«, sagt er. »Nebenbei: hat man Ihnen je gesagt, daß Sie ein Quadratarsch sind?«

Ich krieg das Maul nicht zu. Er nutzt das aus und gibt mir einen Kinnhaken. Ich sacke zusammen, und er hebt mich teilnahmsvoll auf.

»Das war ich Ihnen schuldig, Sie Bürschchen«, sagt er. »Ich bin überhaupt nicht ärgerlich, aber ich war es Ihnen schuldig. Übrigens, um es Ihnen gleich zu sagen: der Chinese ist nicht tot.«

Mein Mund ist leicht teigig, aber das hilft mir, meine blühendste Ausdrucksweise hervorzuholen.

»Ihr Polypen«, sage ich, »ihr seid eine Bande von falschen Fuffzigern. Immer diese Manie, den Knülchen mit dem Radiergummi das Lächeln von der Denkschachtel wegzuwischen; ich kriege Bruststechen auf der linken Seite, wenn ich dran denke.«

»Übrigens«, sagt Ritchie, »wenn Sie uns mal sagten, was wir ausgefressen haben?«

»Das betrifft nur uns beide«, sagt der Bulle.

Ich raffe meine Kräfte zusammen – ich hatte ein bißchen simuliert – und gehe jetzt meinerseits ran. Voll in den Magen. Er knickt zusammen, und ich zerhau ihm die Fresse mit meinem Knie.

»Wie auf dem Jahrmarkt«, sage ich. »Bei jedem Schuß ein Gewinn.«

Der andere Bulle fängt zu lachen an.

Immerhin, die beiden sind mehr als Durchschnitt. Der erste richtet sich wieder auf, ihm ist schlecht.

»Ich geb' auf«, sagt er. »Okay, Francis, wir sind Kumpel.«

Er tupft sich die Schnauze ab, das kann er gebrauchen, meine Knie sind hart. Und wir fangen wie gute Kumpel zu reden an.

»Wie kommt es, daß Sie hier sind?« frage ich.

»Und Sie?« fragt er zurück.

»Hören Sie mal, ich vermute, Sie sind einer vom Bund?«

Er bejaht.

»Gut«, sage ich. »Und Jack Carr heißen Sie auch nicht?«

Er massiert seine Innereien.

»Jack Carruthers«, sagt er.

Verdammt, den Namen kenne ich.

»Teufel auch«, sage ich, »dann ist das ja 'ne heiße Sache.«

Er sieht eher geschmeichelt aus. Jetzt befühlt er sich behutsam die Nase.

»Das Haus ist von Bullen umstellt«, sagt er. »Sie waren über Sprechfunk angekündigt.«

»Verhaften Sie mich nicht?«

Er lächelt.

»Das würde Ihren Vater verärgern ... Ihnen täte es gut ... aber nochmals: Sie brauchen nichts zu befürchten ... der Chinese hat geredet.«

»Die Zeitungen?« frage ich.

»Getürkt«, sagt er. »Eine Falle für die Walcott.«

Ich blicke Ritchie an.

»Siehst du«, sage ich. »Ich hatte es dir gleich gesagt.«

»Kommen Sie jetzt mit zu Louise. Wir sind bereits an Ort und Stelle.«

»Wie denn?« frage ich.

»Tränengas.«

Er geht in Richtung Straße los.
Ich folge ihm.
»Kommen Sie«, sagt er zu Ritchie.
»Mir reicht das jetzt«, antwortet Ritchie. »Ich kenne diese Schnepfe nicht. Ich werde im Schlitten pennen. Ich bin zu spät dran.«
Noch ehe jemand eine Bewegung tun kann, um ihn daran zu hindern, ist er wieder in den Buick gestiegen und hockt sich hinter das Lenkrad.
Er scheint es sich urgemütlich machen zu wollen.
Und plötzlich dröhnt der Motor, und wie ein Wirbelwind zieht er ab.
Peng! Peng! ... Peng! ...
Carruthers und der andere Bulle haben auf den Schlitten geschossen, aber der ist schon um die Ecke gebogen. Ich blicke Carruthers sprachlos an, und dann kriege ich einen auf die Birne.
Bevor ich wegsacke, kann ich mir gerade noch sagen, daß es ein Kolbenhieb ist, daß aber die echten Bullen doch nicht so schwere Kaliber tragen.

NEUNZEHNTES KAPITEL

In einem leeren Zimmer mit geschlossenen Jalousien finde ich mich wieder – wenn man da von Wiederfinden reden kann, denn mir ist, als fehlten ein paar Stücke von mir. Es ist noch hell, und es dringt genügend Helligkeit herein, den Ort zu beleuchten: die Wände sind weiß und kahl.

Fünf Minuten lang kaue ich an einer Zunge herum, die wie ein Schwamm ist, und es gelingt mir, in einem Winkel meines Mundes ein bißchen Spucke wiederzufinden.

Der Klarheit der Erzählung halber füge ich hinzu, daß meine Hände auf dem Rücken verschnürt sind und daß eben das mir das Gefühl gibt, es fehlten ein paar Stücke von mir. Weil ich versuchen will, den Kreislauf wieder in Gang zu bringen, bewege ich die Finger, so gut es geht, und ich versuche, mich aufzurichten. Ich liege am Fuße einer Wand, mit der Nase zum unteren Winkel, und das ist nicht bequem.

Ich bin nicht alleine, könnte man meinen. Ich habe zwei Mitbewohner. Links von mir eine Frau, den Kopf auf der Brust, die mit dem Rücken zur Wand sitzt wie ich, und neben ihr eine hingestreckte Gestalt.

Ich sehe immer klarer.

»Wer sind Sie?« frage ich leise.

»Donna Watson ... die arme Donna Watson ...«, sagt sie.

»Donna ... ich bin Francis.«

Sie bricht in ein rauhes, gräßliches leises Lachen aus, das mir Kälteschauer über den Rücken jagt.

»Und da ...«, sagt sie, »das ist John ... ein gewisser John Payne ... ein Kerl, der John Payne genannt wurde ...«

Ich hab' Schiß. Sie ist beeindruckend.

»Donna ...«, sage ich, »beruhig dich ... Was ist los? Wir schaffen das schon ...«

»So wie John«, sagt sie. »Wie der Bursche, der John Payne hieß, bis Louise Walcott ihn mit dem Rasiermesser zerschlitzt hat.«

Auf einmal schaffe ich es aufzustehen, indem ich mich gegen die Wand stemme.

»Donna«, sage ich, »um Gottes willen, sei still und hör mit solchen Albernheiten auf.«

Ihr Kopf fällt wieder nach unten, und sie schweigt. Mit völlig steifen Gelenken stehe ich da, sie haben mich kräftig hergenommen.

Ich hüpfe zu John hin – falls er's ist. Er liegt neben Donna, die Arme auf dem Rücken gefesselt wie sie und ich, sein Gesicht ist weiß. Er trägt helle Sachen. Seine Hose ist blutbefleckt. Ein riesiger, monströser Fleck. Um ihn herum ist Blut ausgeflossen. Er schwimmt buchstäblich darin.

»Er ist tot«, sagt Donna. »Zwanzig Minuten lang hat er gebrüllt, dann ist er gestorben. Mit Rasiermesserschnitten hat sie ihn zermetzelt...«

»Genug jetzt, Donna«, sage ich.

Ich verspüre in dem Augenblick einen blinden Haß auf diese Louise Walcott, eine Lust, sie zu zerrupfen.

»Donna«, sage ich, »wir müssen hier raus.«

Sie lacht, ein leises und finsteres Lachen.

»Du, Francis«, sagt sie, »wirst auch mit dem Rasiermesser erledigt. Ich mit glühendem Eisen. Einem Eisenbolzen, der mit der Lötlampe zur Rotglut gebracht ist... Und den wird sie mir da hineinstecken...«

»Donna«, sage ich, »wir kommen hier schon raus.«

Ich schaue mir die Schnüre um meine Füße an. Sie sind dick, aber es wird schon gehen.

»Roll dich unters Fenster«, sage ich.

Sie begreift nicht.

»Dreh dich um dich selbst und leg dich unters Fenster«, wiederhole ich.

Sie tut's.

»Um das Geräusch der Fensterscheibe zu dämpfen, die ich einschlagen will«, erkläre ich ihr. »Die Scherben dürfen beim Fallen nicht klirren.«

Ich versuche, leise zu hüpfen, und treffe am Fenster mit ihr zusammen.

Ich lehne mich gegen die Scheibe. Die Außenjalousie ist heruntergelassen, wie ich Ihnen schon gesagt habe... und das ist ein großes Glück.

Langsam drücke ich gegen die Scheibe. Hoffentlich hört man den Krach nicht.

Knack... es zerbricht. Eine große Scherbe fällt auf Donna, die Spitze dringt in ihren Rücken ein. Sie zuckt zusammen, sagt aber nichts.

Es hat geklappt. Eine Scherbe ist drangeblieben, neben dem Loch, das ich gerade gemacht habe.

»Jetzt zur Seite mit dir«, sage ich. »Ohne Lärm.«

Sie gehorcht. Ich nehme ihren Platz ein, ich schaffe es, auf jeder Seite der stehengebliebenen Scherbe einen Schuh durchzuschieben.

Meine Knöchel sind zusammengepreßt, und die Scherbe muß dazwischenpassen, wenn sie die erste Umschnürung durchschnitten hat. Behutsam hebe und senke ich meine Füße.

Es ist soweit. Eine Umschnürung hat nachgegeben. Die anderen rühren sich nicht. Mehrfachknoten. Einer nach dem anderen muß aufgesägt werden.

Wenn ich meine Knöchel an der Scherbe vorbeiziehe, spüre ich, daß mein Fleisch dranbleibt, aber ich beiße die Zähne zusammen; es funktioniert, der vierte, der fünfte Knoten geht auf.

Meine Beine sind frei. Ein paar Kniebeugen.

Bloß nicht einschlafen. Aber was ist da los? Schritte im Flur.

Schnell zwei, drei Kniebeugen.

»Mach dich lang, Donna«, sage ich ganz schnell. »Rühr dich nicht. Stell dich tot.«

Ich kauere mich neben sie. Die Tür geht auf. Eine Frau kommt herein. Ich beobachte sie durch meine halbgeschlossenen Wimpern. Den Kopf kenne ich.

Louise Walcott.

Sie ist allein. Sie macht die Tür wieder zu.

Sie hat ein blitzendes Ding in der Hand. Ein Rasiermesser. Sie trägt ein sehr tief ausgeschnittenes schwarzes Kleid, tadellos. Schöner und kesser denn je.

»Ach nee ...«, sagt sie. »Uns war wohl zu heiß, und da haben wir die Fenster eingeschlagen ... oder vielleicht, um zu rufen?«

Sie lacht.

»Dir wird gleich noch heißer werden, Donna Watson«, sagt sie.

Sie geht auf John Payne zu.

»Tot ist er?« fragt sie. »Zu komisch, diese Männer, sie können ohne das da nicht leben.«

Was diese Megäre für eine Stimme hat! Sie kommt auf mich zu.

»Du wirst auch ein paar Schnitte abkriegen, mein Jungchen«, sagt sie. »Das wird dir Beine machen. Streck dich aus. Das ist nur eine Vorspeise. Es ist nicht sehr gut geschliffen«, sagt sie. »Es ist schon für John benutzt worden.«

»Warum wollen Sie den Anblick ganz allein genießen?« frage ich. »Gibt's im Hause keine Liebhaber?«

Sie weicht einen Schritt zurück.

»Ach nee, deine Zunge tut's wieder«, sagt sie. »Na schön, wenn du schon das übrige verlieren wirst ... aber nicht gleich. Diesmal bin ich nur gekommen, um dir einen Vorgeschmack zu geben. Komm. Schau.«

Sie packt mich am Kragen und zieht mich bis zu John hin.

»Schau da«, sagt sie.
Gütiger Himmel!
Von hier aus sehe ich besser: es ist das, worauf ich gefaßt war. Ich weiß nicht, ob Sie beim Catchen mal von einem Trick gehört haben, der »Flugschere« heißt.
Ich springe in die Höhe, und meine in die Luft geschleuderten Beine schließen sich um Louise Walcotts Taille.
Am liebsten möchte ich vor Freude schreien, denn ich höre einen Aufprall auf dem Fußboden. Sie hat das Rasiermesser losgelassen. Ich strenge mich entsetzlich an und wälze sie mit der ganzen Kraft meiner Schenkel zu Boden. Ihr Kopf schlägt gegen die Wand. Ich drücke, ich drücke aus Leibeskräften. Ich spüre ihre letzten Rippen krachen. Ich bin vor Anstrengung einer Ohnmacht nahe. Sie kann nicht schreien. Sie kann überhaupt nichts mehr tun. Sie stößt ein undeutliches Grunzen aus und sackt zusammen.
Hinter mir rührt sich was. Donna ist zu mir hergekrochen. Wenn ich den Kopf umdrehe, sehe ich, wie sie in den Fußboden beißt.
»Rühr dich nicht, Francis«, sagt sie.
Ich begreife, daß sie es geschafft hat, das Rasiermesser zwischen ihre Zähne zu nehmen.
Ich drücke immer noch die Walcott zusammen. Jetzt spüre ich, wie die Klinge des Rasiermessers mir blöderweise ins Handgelenk schneidet.
»Höher, Donna.«
Die eine Schnur ist angeritzt. Ich strenge mich entsetzlich an, und alles platzt auf. Ich habe die Hände frei. Und meine Handgelenke tun mir weh.
Ich bewege die Finger. Sie sind abgestorben. Los. Ich zwinge mich. Ich hebe die Hände, damit das Blut herauskommt.
Es zirkuliert allmählich. Aber mir fällt ein, daß es jetzt was vorzutäuschen gilt. Ich brülle.
»Ah!... Louise... Gnade... Hilfe... nicht das... Aaah...«

Donna springt auf das Rasiermesser, das sie aus ihren Lippen hat fallen lassen. Als sie es aufhob, hat sie sich geschnitten. Sie blutet. Ich schneide ihr die Schnüre durch, ich reibe sie und küsse sie wie gutes Brot.

»Donna!« sage ich. »Du bist ein tolles Mädchen. Ein Schatz bist du. Ich mag dich.«

»O Francis«, sagt sie, »der arme John ... Bring sie um, bring sie um, dieses Mistvieh.«

»Das geht nicht«, sage ich, »die haben bestimmt Tricks, die die Polizei aus ihr herausholen will. Auf die kannst du zählen, die nimmt sie gründlich vor.«

Ich blöke wieder ein bißchen los, um den Schein zu wahren, und Donna lacht. Und dann bereden wir die Sache schnell und leise.

»Ein bißchen zurichten möchte ich sie schon«, sage ich. »Ohne sie umzubringen.«

Ich packe Louises Körper und lege ihn der Länge nach auf den Boden. Und dann zerbreche ich ihr, in zwei Takten und drei Sätzen, die beiden Handgelenke. Keine Einzelheiten, das ist uninteressant; aber es erleichtert. Sie wacht darüber auf, aber Donna hält ihr den Mund zu. Ich plaziere ihr einen hausgemachten Fausthieb aufs Ohr, und sie geht wieder ins Land der Träume ein.

»Zerbrich ihr auch eine Pfote, Francis«, sagt Donna zu mir. »Auch eine Pfote.«

»Dann wird sie richtig wach«, sage ich, »und außerdem bin ich kein Schlachter. Sie widert mich zu sehr an. So ist sie unschädlich.«

Ich durchsuche sie. Unter der Achsel hat sie eine automatische Pistole, wie ein echter kleiner Gangster. Deshalb trägt sie immer so tief ausgeschnittene Kleider ... damit sie ihn schnell greifen kann.

Donna schlägt mir noch mal vor, ihr dies und das anzutun.

»Hör zu, Schätzchen«, sage ich, »mit einem Känguruh

könnte ich das, aber mit diesem Weibsstück – lieber hänge ich mich auf. Sie verdient es nicht. Armer John!«

Beim Gedanken an John fängt Donna zu weinen an, und eine Sekunde später lacht sie, weil wir unser Theater weiterspielen.

Ich bin bewaffnet, frei... in diesem Zimmer. Ein Ausgang nur: das Fenster.

»Was ist im Garten?« frage ich. »Können wir uns halten?«

»Große Chancen haben wir nicht«, sagt Donna zu mir. »Wir sind hier bestimmt im zweiten Stock. Das ist das Stockwerk mit den Zellen. Im Garten steht nur eine Holzhütte, die wie nichts wegbrennen würde, wenn sie uns daraus vertreiben wollten. Wir können uns nirgends halten.«

Ich gehe zum Fenster und hebe die Jalousie hoch. Stimmt genau. Ich lasse sie wieder herunter.

»Zu hoch«, sage ich. »Wir müssen durch die Tür.«

»Los«, antwortet sie.

Sie ist sehr blaß und fügt hinzu:

»Wenn wir unten ankommen, werden wir abgeknallt.«

»Wer bleibt ständig hier?«

»Der Gärtner, ein rothaariges Riesenvieh; nicht sehr gefährlich: Mac Coy. Und dann Mädchen. Drei oder vier sind vielleicht noch da, die anderen sind sicherlich in der Stadt. Viola Bell muß dasein, das ist die Aufseherin, ein echtes Scheusal. Wir waren Freundinnen...«, fügt Donna hinzu.

Es überläuft sie.

»Wenn ich bedenke, daß ich auf ihrer Seite war!«

»Den Gärtner kenne ich«, sage ich. »Er ist scheußlich anzusehen.«

»Er ist der einzige Mann hier«, sagt Donna.

»Richard Walcott?«

»Der kommt selten. Er bleibt mit seinen Kumpeln in

Washington. Außerdem sind bestimmt Viola, Beryl und Jane da. Totschlägertypen. Und Rosie Lance. Die kocht.«
»Sie hat auch einen Ballermann, vermute ich?«
»Ja«, sagt Donna. »Alle hatten wir einen. Im Keller wurde geübt.«
Es fällt ihr schwer weiterzusprechen.
»Auf Männer?« frage ich.
»Ja«, antwortet sie, »auf Männer. Tote.«
»Deren Louise selber sich angenommen hatte?«
»Ja.«
»Gut«, sage ich. »Wir gehen hinunter.«
»Sei still ...«, flüstert Donna.
Man hört Schritte eine Treppe heraufkommen.
Die Schritte gehen weiter und nähern sich der Tür. Und eine Stimme ertönt:
»Louise ...«
Keine Antwort, aus gutem Grund.
»Louise Walcott.«
Die Türklinke dreht sich. Rasch schiebe ich Donna hinter mich und trete näher.
Viola zögert sichtlich. Sie hält die Klinke fest und kann sich nicht zum Eintreten entschließen.
Da gibt's nur eins. Leise packe ich diese unentschlossene Klinke und ziehe sie gewaltsam an mich. Viola verliert das Gleichgewicht und fällt halb ins Zimmer. Ihr Revolver spuckt.
Einmal, nicht zweimal. Der zweite Knall ist ein Fausthieb auf den Schädel. Mit meiner vollen Kraft. Einen Ochsen hätte der niedergestreckt.
So robust ist Viola augenscheinlich nicht. Ich durchsuche sie. Sie trägt eine Hose. Ein Revolver auf der Hinterbacke, ein zweiter im Mieder. Ich habe einen Einfall. Ich ziehe sie ganz aus.
»Mach dasselbe mit Louise«, sage ich zu Donna. »So wegzurennen, werden sie Mühe haben.«

Kein schöner Anblick. Viola ist schlecht gebaut. Mager, keine Brüste, Knabenhüften.

Sie bewegt sich. Ich packe sie am Nacken und haue ihr aufs Kinn wie auf altbackenes gutes Brot. Und du meine Güte, fröhlich gehe ich ran! Sie vergißt alles.

Bei ihr finde ich noch einen kleinen Dolch, der mit zwei Lederriemen an ihrer rechten Wade befestigt ist, und ein Schlüsselbund.

»Ein ganzes Waffenlager ...«, sage ich.

Wir beeilen uns, weil ohne Zweifel die anderen hereinschneien werden. Ich spitze die Ohren, und plötzlich durchfährt mich ein Gedanke.

»Und Jack?« frage ich Donna. »Wer ist das?«

Ich beschreibe den falschen Carruthers.

Donna überlegt.

»Ich weiß, wen du meinst, aber ich weiß nicht, wie er heißt«, sagt sie zu mir.

»Der hat mich geschafft«, erkläre ich ihr. »Deshalb möchte ich den gerne in einer Ecke festhalten. Bei ihm war noch ein Mann. Ein kleiner Brünetter, mit einem riesigen Revolver. Schmal, der Mund wie ein Strich.«

Sie feixt.

»Das ist kein Mann«, sagt sie. »Das ist Rosie, die Köchin.«

»Gut – das macht nur eine mehr ... dann gehen wir hinunter ... Nimm das.«

Ich reiche Donna einen Ballermann, so daß sie einen hat und ich zwei.

»Führ uns«, sage ich.

»Wir könnten warten, bis jemand kommt«, meint Donna. »Dann würden wir sie eine nach der anderen erwischen.«

»Ich glaube, Angreifen ist besser«, antworte ich. »Stell dir vor, die legen Feuer an und hauen ab.«

Von der Vorstellung eines Feuers bin ich ganz benebelt.

»Oh, dann los«, sagt Donna.
Sie drückt sich an mich.
»Läßt du mich auch nicht fallen, wenn etwas passiert?«
»Was soll denn passieren, Donna?«
Ich küsse sie sanft und gehe als erster.
»Links«, sagt sie zu mir. »Die Treppe.«
Ich bewege mich geräuschlos weiter. Donna hat Louises und Viola Beils Klamotten aufgehoben, und sie verschließt wieder die Tür zu dem Zimmer, wo die beiden ausgestreckt liegen.

Ich bin auf der Treppe. Ich gehe langsam hinunter. Nichts geschieht.

Ich frage mich, wo Ritchie ist.

Da ist der Treppenabsatz vom ersten Stock. Ich gehe an der Wand des Treppenhauses entlang und blicke um mich.

Wie im zweiten Stock gehen vier oder fünf geschlossene Türen auf den Treppenabsatz.

Donna ist ganz dicht neben mir.

»Rechts«, sagt sie zu mir. »Das erste Zimmer. Dadrin müssen sie sein.«

Bevor ich das Geringste tun kann, überholt sie mich und geht hinein.

Ich höre zwei Schüsse und Klagelaute. Und dann Rumoren unten im Erdgeschoß. Doch ich gehe weiter und hole Donna ein.

Sie kniet vor der Tür am Boden. Und im Zimmer ist eine Frau.

Also... *war* eine Frau.

Donna hat recht: sie haben schießen gelernt.

Es ist ein blondes Mädchen, jung, hübsch, aber mit einem wüsten Gesicht. Sie sitzt in einem Sessel hinter dem Tisch. Sie trägt eine weiße Hemdbluse. Ein roter Fleck breitet sich auf der linken Brust aus.

Ich packe Donna.

»Was hast du? ...«

»Achtung«, flüstert sie. »Jemand kommt herauf.«

Ich drehe mich um und lasse sie los. Ich hebe meine Knarren hoch.

Ich schieße als erster. Das erste Mal in meinem Leben, daß ich auf ein Mädchen schieße. Hoffentlich das letzte Mal. Mein Schuß hat gesessen. Ihr Ballermann fliegt ihr aus den Pfoten, sie stößt einen Schrei aus, weil ihr Zeigefinger mitgegangen ist. Ich fasse sie am Kinn, und ich schwöre Ihnen, daß ich nicht versuche, sie aufzufangen, bevor sie hinfällt.

»Pfoten hoch! ...«

Verdammt. Hinter ihr stand der andere. Der angebliche Carruthers. Ich verstehe nicht, wieso er nicht geschossen hat.

Ich lasse meine Werkzeuge fallen. Nichts zu machen. Aber plötzlich schwirrt hinter meinem Ohr eine Kugel, und ich sehe, wie vor mir das Gesicht des Kerls echt zerplatzt. Das Blut bespritzt mich, und ich weiche zurück, kurz davor, mich zu übergeben.

»Danke, Donna«, sage ich, ohne mich umzudrehen.

Ich lese meine Ballermänner auf und gehe zur Tür. Ich habe das Gefühl, daß wir abgeräumt haben. Ich mache die Tür wieder zu und kümmere mich ein bißchen um Donna.

»Bist du ernsthaft verletzt?« frage ich sie.

Sie ist in sich zusammengesunken und atmet mit Mühe. Ich lege sie auf den Tisch.

»An der Lunge«, sagt sie.

»Nicht schlimm«, sage ich, »das schaffen wir. Rühr dich nicht, atme sachte.«

»Lohnt nicht, Francis«, sagt sie zu mir. »Wozu! Gib mir noch einen Schuß ab. So oder so habe ich so viel auf dem Kerbholz, daß sie mir dreißig Jahre geben werden.«

»Unsinn«, antworte ich. »Warum, glaubst du, hat er nicht auf mich geschossen?«

»Weiß nicht«, murmelt sie.

Ich bette ihren Kopf auf Violas Klamotten, die sie nicht losgelassen hat.

»Ich glaube, ich hab's endlich begriffen«, sage ich. »Weil ich ein Stück Geld wert bin. Verstehst du, er glaubt, mein Papa ist Senator. Er wollte mich sicherlich kidnappen.«

Sie lächelt erbärmlich.

»Das haut nicht hin, Francis«, meint sie.

»Er hat wirklich Moos wie fünf oder sechs Senatoren zusammen«, sage ich. »Und mit dir geht das ganz von selbst klar. Erkälte dich bloß nicht.«

Während Donna sich ausruht, durchwühle ich die Taschen des Kerls. Da ist die Brieftasche, die er mir gezeigt hatte. Die Papiere sind wohl da. Aber in der Innentasche sind andere.

Sieh mal an. Der fragliche Herr heißt in Wirklichkeit Sam Driscoll – was keinerlei Zusammenhang ergibt. – Er ist tatsächlich Privatdetektiv in New York. Und nicht weniger tatsächlich ist er von Gaya Valenkos Vater dazu angeheuert worden, dessen Tochter zu überwachen. Vor drei Monaten.

Er hatte so seine eigene Überwachungsmethode ... Dieser Bruder hat scheint's an allen Krippen fressen wollen und Walcott den Dreh verkauft.

Ich glaube, das ist voll nach hinten losgegangen. In der näheren Zukunft wird er nicht mehr in den Angelegenheiten anderer herumschnüffeln.

Ich stecke die Papiere in die Tasche und gehe wieder zu Donna. Die sieht schlecht aus. Ich streiche ihr mit der Hand über die Stirn. Sie hat Fieber.

Und doch schwant mir, daß ich etwas vergesse.

Ich überlege nach Kräften. Ich hab's. Wo ist der Gärtner, der abscheuliche Rotschopf, der eine halbe Tonne wiegt?

»Donna«, frage ich, »sprich nicht mit mir, aber hör zu.

Wenn du mit Ja antworten willst, machst du die Augenlider zu, sonst rührst du dich nicht. Waren hier noch andere Mädchen?«

Sie macht ja.

»Die da, ist das Beryl?«

Keine Antwort.

»Ist es Jane?«

Ja? Gut. Beryl ist im Freien. Oder draußen im Flur. Sie erwartet mich, um mich abzuknallen.

»Waren noch mehr da?«

Ja.

»Aber du kennst sie nicht?«

Sie spricht ganz leise.

»Die anderen lebten nicht hier. Hier war Louises Hauptquartier. Die anderen holten sich die Weisungen in der Bar.«

»Sei still«, sage ich, »ich hab' verstanden.«

Aber du lieber Gott, was macht Ritchie?

Genau in dem Augenblick höre ich einen Schlitten herankommen. Ich stürze zum Fenster. Das Auto fährt ein und biegt vor das Haus. Ich sehe nichts mehr. Ich bereite mich darauf vor hinauszueilen. Bestimmt ist das Ritchie.

»Francis...«

Donna richtet sich halb auf.

»Francis... Vorsicht...«

Sie schluckt und legt die Hand auf ihre Brust.

»Das... das ist Louises Wagen... das ist Jane... Vorsicht.«

Du meine Güte... ich muß nachsehen... Am Ende des Flurs ist ein Fenster, das auf den Garten geht. Ich laufe hin.

Verflixt. Sie sind schon ausgestiegen und hereingekommen. Ich laufe schnell durch den Treppenbereich zurück und ducke mich. Ich halte Ausschau und versuche, dabei nicht entdeckt zu werden.

Jemand kommt herauf. Und jetzt hab' ich Lust zu töten. Es ist mein Brüderchen Ritchie, der da auf mich zugeht. Sein Gesicht ist von Blut bedeckt. Hinter ihm der Rotschopf und ein Mädchen mit kurzen Haaren und einem viehischen Gesicht, in schwarzer Hose und schwarzem Pullover. Sie hält einen Dolch in der Hand und sticht Ritchie in den Rücken, damit er weitergeht. Seine Hände sind gefesselt.

Zum Glück für mich heben sie die Augen nicht. Aber wenn ich schieße, verletze ich Ritchie.

Ich weiche zurück, gehe wieder in das Zimmer und schließe geräuschlos die Tür. Sicherlich werden sie ihn oben einsperren.

Durch die Tür höre ich das schwarzgekleidete Mädchen schnuppern.

»Komisch riecht das hier«, murmelt sie. »Es ist geschossen worden.«

»Bring ihn nach oben, Dan«, sagt sie. »Ich sehe im Büro nach.«

Das Büro ist da, wo ich bin. Ich weiche zurück.

Sie drückt die Klinke nach unten, die Tür geht nicht auf.

»Louise!«

»Beryl! ...«

Keine Antwort. Ich höre, wie sie vor sich hin schimpft. Und dann Stille. Oben Schritte. Das Geräusch eines Falls.

Plötzlich Galoppschritte auf der Treppe.

»Dan! ...«

Der Koloß ist wieder heruntergekommen. Ich höre, wie sie hastig verhandeln.

»Drück die Tür ein ...«

Ich mache mich bereit. Der andere nimmt Anlauf ... ich spüre es ... ich drücke mich gegen die Wand.

Die Tür zersplittert, und das Vieh sackt mitten im Zimmer zusammen.

Ich schieße mit beiden Händen auf diejenige, die hinter ihm steht. Erwischt. Ohne einen Mucks. Ein schwarzer Haufen am Boden.

Der Rotschopf steht wieder auf. Er schnallt nicht.

»Rühr dich nicht mehr!« sage ich.

Er kommt auf mich zu.

»Keinen Schritt mehr!« brülle ich.

Jetzt ist es passiert. Ich bin erledigt. Er hat gesehen, daß ich gar nicht schießen kann. Meine Nerven lassen mich im Stich. Er lacht.

»Schieß doch«, sagt er.

Ich fange mich. Ich schmeiße meine Ballermänner über den Tisch, auf dem Donna starr daliegt.

»Ich mache dich mit den Händen fertig«, sage ich zu ihm.

Weil ich einfach nicht mehr so, kaltblütig, töten kann... ich will nicht mehr. Es ist zu widerlich.

Ich weiche einer Faust aus, die wie eine drei Kilo schwere Hammelkeule ist, und dresche auf seine Leber ein. Mein Gott! Das dringt zwanzig Zentimeter ein, ich habe das Gefühl, in eine Daunendecke zu schlagen. Schnell gehe ich wieder in Deckung.

Er hat einen grauenerregenden Hebel. Ich muß ihn mit Catchen oder Judo kriegen. Ohne das ist nichts zu machen.

Ich umtänzele ihn und suche nach einem Angriffspunkt. Und an dem muß ich dann festhalten...

Er ist in Stellung gegangen. Ich stürze los und bringe ihn mit einer Finte aus dem Gleichgewicht. Mit entsetzlichem Krachen sacken wir um.

Das Telefon klingelt...

Der Dicke liegt am Boden, auf der rechten Seite, und ich habe es geschafft, mich frei zu machen. Ich drücke ihm einen Fuß auf den Hals und schnappe mir die linke Hand. Ich springe in die Luft und verdrehe im Zurückfallen seinen Arm.

Gut. Einer ist gebrochen. Was ich heute so alles zerbreche!

Er gibt auf.

Ich stehe auf und wische mir das Gesicht ab. Ich bin in einem Traum. Das Telefon klingelt immer noch. Ich nehme ab.

»Hallo... Hier Richard...«

»Hier der liebe Gott«, antworte ich.

Gerade habe ich die Stimme von Walcott, diesem Dreckstück, erkannt.

»Hallo?... Louise?«

Er scheint sprachlos zu sein.

»Du kommst nicht ins Paradies«, sage ich zu ihm, »weil du viel zu sehr wie eine Tante aussiehst. Scherz beiseite. Hier Sam, komm trotzdem. Louise will dich sehen. Ciao.«

Ich lege auf und wähle eine andere Nummer.

»Polizei?«

Die habe ich.

»Hier spricht einer, der es gut mit Ihnen meint«, sage ich. »Kommen Sie da und da hin (ich erkläre es ihnen schlecht und recht) und Sie werden interessante Dinge finden. Bringen Sie Särge mit.«

Ich lege abermals auf und springe weg, um zu sehen, was aus Ritchie wird. Ich suche, wo er ist, und mache die Türen mit Violas Schlüsseln auf. Im zweiten Zimmer finde ich ihn. Er liegt in eine Ecke gestreckt, in Lumpen. Er hat keine Jacke mehr, sein Hemd ist zerfetzt, er rührt sich nicht. Ich hab' Schiß. Ich knie mich neben ihn hin und schneide seine Fesseln mit dem kleinen Dolch durch, den ich behalten habe. Ich massiere ihn.

»Ritchie... Ritchie... wirst du wach?«

Er reagiert langsam. Schlapp.

»Ich bin Francis«, sage ich zu ihm. »Francis. Dein Bruder. Ritchie, wach auf, die Bullen kommen gleich, und wir müssen sie reinlegen.«

»Die Bullen?« schimpft er. »Kommt nicht in Frage.«
Endlich finde ich meinen alten Ritchie wieder. Er reißt sich zusammen, und ich helfe ihm aufzustehen.
»Meine Beine...«, sagt er.
Sein Rücken ist ganz blutig von den Messerstichen, die ihm dieses Weibsstück versetzt hat, damit er die Treppe hochgeht. Zum Glück oberflächlich.
Er tut zwei torkelnde Schritte.
»Wie steht die Sache?« fragt er mich.
Ich erkläre ihm alles, während wir die Treppe hinuntergehen, und er erzählt mir dann, wie der Rotschopf und das Mädchen in Schwarz ihn mit ihrem Schlitten gejagt haben. Mit seinem alten Buick konnte er es nicht schaffen und ist in eine Kurve gerast.
»Ich war halb hinüber«, sagt er zu mir, »und sie haben mich gepflückt wie einen reifen Apfel.«
Ich erzähle ihm, daß Donna eine Bohne in den Blasebalg bekommen hat, als sie das Gelände vor mir säuberte.
»Ernst?«
»Du mußt dir's ansehen«, sage ich.
Wir sind ins Büro gekommen. In einer Ecke wimmert der dicke Rotschopf, reglos gegen die Wand gelehnt. Auf dem Fußboden der Pseudo-Carruthers, die Raubtiervisage. Im Sessel Jane und auf dem Tisch Donna. Starr. Ritchie beugt sich über sie.
»Nichts zu machen«, sagt er zu mir. »Die ist hin.«
Sie lächelt verschwommen, ich befühle ihre Stirn. Sie scheint uns anzublicken. Ungewollt überläuft es mich.
»Das war kein übles Mädchen«, sage ich.
»Nicht übel«, antwortet Ritchie wie ein Echo. »Schade, daß die nicht kapieren. In zwei Stunden wird sie tot sein.«
Wir gehen hinunter. Was kann man anderes tun? Auf die Bullen werden wir nicht warten.
Die Schlüssel vom Schlitten stecken. Es ist ein Packard, neuestes Modell. Die Leute mögen sie nicht mehr recht,

weil sie wie Leichenwagen aussehen, aber ich wundere mich, daß Ritchie sich hat schnappen lassen. Wir steigen ein.

Ich bin immer noch als Mädchen angezogen, mir reicht's langsam... Zwei Ballermänner habe ich. Ich schmeiße sie ins Handschuhfach. Wir wenden, um nach Washington zurückzukommen.

»Was machen wir?« fragt Ritchie.

Er hat sich wieder etwas zurechtgemacht, womit, weiß ich nicht, und er hat eine Jacke gefunden.

Aber richtig... ich werde ja noch immer von den Bullen gesucht. O wie mir das alles zum Halse heraushängt... ich glaube, Donna macht mich so trübsinnig.

»John«, sage ich zu Ritchie. »John Payne. Der war da oben.«

»Ich weiß«, sagt Ritchie. »Dan hat ihn mir gezeigt, ehe er mich einsperrte.«

Wir fahren. Wir begegnen einem Schlitten.

»Stopp mal«, sagt Ritchie.

Kein Nachdruck vonnöten, ich habe Walcott gesehen.

Ich mache kehrt, und wir fahren mit Vollgas. Nach dreihundert Metern haben wir ihn eingeholt. Ich gebe nochmals Extragas, und wir werden das Heck seines Wagens rammen. Ritchie streckt seinen Arm aus der Wagentür und macht ein Magazin für ihn leer.

Walcotts Wagen tut einen Satz nach vorne. Es ist ein Lincoln, und ich glaube, wir werden Mühe haben.

»Zisch ab, Francis«, sagt Ritchie zu mir.

Ich fahre munter drauflos. Wir kommen wieder an Louises Haus vorbei. Bei dem Tempo wird es nicht lange dauern, und wir knallen in die Kulisse, aber der Typ mißfällt mir einfach zu sehr.

Ich bin auf Höchstgeschwindigkeit und komme ihm nur so langsam und häppchenweise näher, daß mir klar wird, da ist nichts zu wollen.

»Schieß noch mal, Ritchie!«

Er ist zwanzig Meter vor uns. Als ich das gerade zu Ritchie gesagt habe, zerbirst genau rechts von mir unsere Windschutzscheibe. Sie schießen auch.

Ritchie nimmt sich Zeit. Er zielt und läßt die erste Kugel los. Fünf bleiben uns.

Die Straße verläuft jetzt in Kurven, und sie müssen langsamer werden; ich auch, weil alles leicht ins Tanzen kommt.

»Zisch ab«, sagt Ritchie zu mir.

Ein Aufprall gegen die linke Halterung der Windschutzscheibe. Liebliche Musik ertönt. Mein Brüderchen hat soeben das Radio angestellt.

»Geh ran«, sagt er. »Kümmere dich nicht.«

Ich drücke und drücke. Die Reifen quietschen. Wir gewinnen sechs Meter. Ein gerader Abschnitt. Wir durchqueren ein Dorf wie der Wirbelwind. Abermals Kurven. Ein Brückchen.

Es gelingt mir, Walcott einzuholen ... Ich presche weiter und streife seine linke Seite. Er hat Schiß. Ritchie verpaßt ihm zwei Schüsse aus dem Ballermann, und genau vor der Brücke dränge ich ihn nach rechts weg. Sein Wagen stößt in das Brückengeländer, und in einem Blitzschein sehen wir, wie er hochstiebt und nach allen Seiten herunterfällt.

Eine Explosion ertönt, aus dem Tank schlagen Flammen. Eine reife Leistung.

Das sagt Ritchie zu mir, während ich versuche, den Schlitten aus diesen schweinemäßigen Kurven herauszuholen.

Ich streife einen Pfeiler ... Es schlingert und stampft. Endlich kann ich das Gaspedal beruhigen.

»Fahr da weiter«, sagt Ritchie zu mir. »Da etwas weiter habe ich einen Kumpel wohnen, der uns für ein paar Tage aufnehmen kann.«

Was der Kerl viele Kumpel hat ...

ZWANZIGSTES KAPITEL

Ich habe mich körperlich nie so wohl gefühlt wie in dem Augenblick, als ich mich bei Ritchies Kumpel unter einer schönen Dusche wiederfinde, mit einem Stück Seife und einem Handtuch... und auf der anderen Seite Männerklamotten, die auf mich warten.

Denn auf die Dauer kapiere ich, daß ich als Biene ausstaffiert bin wie ein Goldfisch, und das ist schade, wenn man so niedlich ist wie ich.

Ich bin voller Seifenschaum, als die Tür aufgeht.

»Rühr dich nicht!« sagt Ritchies Stimme zu mir. »Ich bin's.«

Ich wollte mich schon verdünnisieren. Die Macht der Gewohnheit.

»Ich habe Papa angerufen«, erzählt Ritchie mir.

Ööh... das... hätte ich mich nicht getraut.

»Was hast du ihm erzählt?«

»Alles...«, sagt mein Brüderchen.

»Na und?«

»Und er sagt, daß wir ein paar schöne Blödmänner sind.«

»So unrecht hat er nicht.«

Ich blase mich mit Stolz auf. Schick, einen Paps zu haben, der nicht blöde ist.

»Er wird versuchen, uns als Inspektoren bei der Polizei unterzubringen«, fügt Ritchie hinzu. »Oder als Detektive des District Attorney. Das ist einer seiner großen Busenfreunde. Da es eine Drogengeschichte ist, wird das für ihn werbewirksam. Und für das, was wir getan haben, werden wir belohnt.«

»Gut so«, sage ich.

»Mama hat mich beauftragt, dich anzuschnauzen«, fügt er hinzu.

»So unrecht hat die auch nicht.«
Sympathische Eltern haben wir. Vollkommen glücklich wäre ich, wenn Donna durchgekommen wäre ... Nun ja ... Nein, da ist auch noch John Payne ... Armer John. Das ist unsere Schuld. Nun ja. Er hat gute Zeiten gehabt, bevor er dran glauben mußte.
»Hast du ihm gesagt, er soll das so schnell wie möglich in Ordnung bringen?«
»Er ruft uns in zehn Minuten zurück.«
»Sonst nichts?«
»Ach doch!... er hat mich gefragt, wie es kommt, daß du zehntausend Dollar an der Lenksäule deines Schlittens befestigt gelassen hast. Ein Automechaniker hat sie ihm gerade zurückgebracht.«
Das haut mich um.
»Es gibt eben noch anständige Menschen ...«, sage ich.
»Er hat ihm fünfhundert als Finderlohn geschenkt«, antwortet Ritchie. »Er hofft, du bist einverstanden.«
»Aber Wu Shang?« frage ich.
»Den hatte man vorgewarnt, das heißt: Papa hatte das getan«, sagt Ritchie. »Wu hat gar nichts, und unsere Eltern wußten, daß die Zeitungsente Louise Walcott in eine Falle locken sollte.«
»Wunderbar!...«, sage ich. »Dann stimmt also die Geschichte, die Driscoll, dieser Dreckskerl, erfunden hat!...«
Im Grunde hätte ich Sie schon von Anfang an darauf hinweisen sollen, daß mein Papa sein Geld damit verdient hat, daß er während der Prohibition armen durstigen Knülchen zweimal destillierten Alkohol verkaufte – was meiner Meinung nach eine menschenfreundliche Tat ist. Und in der Zwischenzeit ist er Polizeichef von Chicago geworden, was eine gute Stelle ist, wenn man Kies machen will, und jetzt hat er sich in Washington pensionieren lassen. Deshalb fehlt es ihm auch nicht an Mitteln, sich zur Wehr zu setzen.

Nun ja.

»Wir haben gute Arbeit geleistet«, sage ich zu Ritchie.

»Was du nicht sagst! Papa meinte noch, wir hätten um ein Haar die ganze Geschichte versaut. Die Polizei war seit Monaten hinter Louise her, und jetzt wird sie nicht mehr sprechen. Da wir nun aber die Bande fast vollständig abgemurkst haben, sind sie auch wieder nicht so böse, nur: was hätten wir uns da beinahe eingebrockt!...«

Hmm, na, lassen wir das.

»Ist das alles?« frage ich.

»Das ist alles.«

»Bring mir das Telefon.«

Ritchie holt es. Ich wähle Gayas Nummer.

»Hallo?«

»Hallo, Gaya?«

Ich habe ihre Stimme erkannt.

»Hier Francis Deacon. Nimm deinen Schlitten und komm her.«

»Wohin denn?« fragt sie mich.

»Zu Ben Kirby. Kennst du den? Ich habe alles Nötige.«

Ich lege auf und fange an, mir ein bißchen die Muskeln und die Gelenke zu massieren. Ich bin mit blauen Flecken und Verstauchungen gespickt, und mein Gesicht ist so ziemlich überall geschwollen. Gaya muß völlig erledigt sein, weil sie nicht ihr Dreckzeug zum Spritzen hat. Das wird sie schnell aufholen. Zwanzig Minuten braucht sie dazu, nicht mehr.

Ritchie pflegt sich auch gerade, er ist mit Heftpflaster bedeckt.

»Ritchie«, frage ich, »bist du noch dazu aufgelegt, ihr eine Abreibung zu verpassen?«

»Wem?«

»Dieser Mistbiene von Gaya«, antworte ich.

»Ööh...«, macht er; »ich würde sie eher höflich behandeln.«

»Gut. Das eine schließt das andere ja nicht aus«, führe ich die Sache zu Ende.

Wir massieren und pflegen uns, und zwanzig Minuten später kommt ein Schlitten an. Gaya ist rasch zu uns gestoßen; wir sind beide in dem Zimmer, das Ben uns gegeben hat, stehen in Unterwäsche da und paffen eine.

»Tag«, sagt sie. »Hast du Stoff?«

»Komm erst mal und gib Küßchen, mein Schatz«, antworte ich. »Man geht doch nicht einfach mir nichts, dir nichts zu den Leuten ins Haus.«

»Mach die Tür zu, Ritchie.«

Er gehorcht.

»Zieh dich aus, Gaya«, fahre ich fort.

Da sie nicht folgsam ist, packe ich sie bei dem, was herausguckt, und zerfetze alles. Ritchie kommt mir helfen.

»Unter die Dusche«, sage ich zu ihm.

Wir bringen sie unter die Dusche und brausen sie kräftig ab, und Sie können mir glauben: unter der Brühe ist dieses Mädchen noch hübscher als an der Luft.

»Du bist nicht vergifteter als ich«, fahre ich fort. »Du wolltest die große Drogensüchtige spielen. Das zieht nicht. So eine kleine Abkühlung ist genau das, was du brauchst.«

Worauf ich sie mit einem kräftigen Fußtritt in die Hinterbacken aufs Bett befördere. Sie holt sich nicht mehr ein und fängt zu weinen an.

Ich ziehe einen Schleier davor, denn jetzt ist genau der Zeitpunkt gekommen, wo sie getröstet werden muß.

Übrigens ist die Geschichte fast beendet.

EINUNDZWANZIGSTES KAPITEL

Also, wenn ich meine Aufzeichnungen so durchlese, denke ich: kein einziges Mal werden Sie sich sagen, daß ein Studierter das geschrieben hat. Liegt das am Wortschatz? Nein. Nach meiner Meinung vor allem daran, daß keine lateinischen Zitate vorkommen. Anfangs habe ich mich bemüht, aber ich sehe, daß ich mich habe hinreißen lassen, und trotz eines Starts in elend gepflegtem Stil hat das Natürliche sich durchgesetzt.

Pech gehabt. Aber ich will jetzt die innere Seite dieses ganzen Geschäftes betonen.

Sehen Sie, das Wesentliche ist, anständig zu sein. Ich bin nicht gerade das, was man einen jungen Mann aus gutem Hause nennt, aber alles, was ich getan habe, war offen und korrekt.

Und dann muß man auch noch die Familienbande achten. Mit meinem Brüderchen habe ich alles geteilt, Gutes und Schlechtes... aber immer brüderlich. Hand in Hand.

Sie werden zu mir sagen, mit den Bienen seien wir vielleicht ein bißchen hart umgegangen...

Aber was wollen Sie, die kapieren ja auch nicht.

ENDE

ZU DIESER AUSGABE

»Die kapieren nicht« (Elles se rendent pas compte) ist der letzte der vier nach dem Muster amerikanischer Bestseller geschriebenen Romane, die Boris Vian unter dem Pseudonym Vernon Sullivan veröffentlichte. Die Originalausgabe, auf der in diesem Fall der Name von Boris Vian als Übersetzer unerwähnt blieb, erschien 1950 bei Éditions du Scorpion in kleiner Auflage. Bis zur Neuauflage, 1965 im Verlag Le Terrain Vague, schenkte man diesem Sullivan-Roman keinerlei Beachtung. Der Übersetzung von Hanns Grössel liegt der Text der am 12. Juni 1950 imprimierten Erstausgabe zugrunde.

K.V.

VERNON SULLIVAN

Tote haben alle dieselbe Haut

*– LES MORTS ONT TOUS
LA MÊME PEAU –*

Aus dem Amerikanischen von
BORIS VIAN

Deutsch von Asma Semler

VORWORT

Die verschiedenen Reaktionen auf das erste Buch von Vernon Sullivan* bewogen mich, für das zweite Buch dieses jungen Autors auch ein zweites Vorwort zu schreiben. Das hat den Vorteil, daß es vier oder fünf Seiten mehr werden, und dadurch sieht das Buch, wie man in der Branche sagt, nach mehr aus. Außerdem ist es nicht schlecht, mit dem Leser von Zeit zu Zeit das »dicke Ende« zu diskutieren. Man zeigt ihm damit, daß man an ihn denkt.

Verschiedene Reaktionen also; alle führen sie zu einem klaren, einhelligen, unerbittlichen Schluß. Mit Ausnahme von ein paar gutgläubigen Individuen haben sich alle anderen Kritiker wie Ignoranten der schäbigsten Sorte verhalten.

Diese Kritiker schrieben mir unbekümmert dieses Buch zu, wobei sie sich auf eine Stelle des ersten Vorworts bezogen, das Waschzettelcharakter hatte und deshalb bei den Verlegern besonders gut ankam. Das sind Machenschaften von engstirnigen Primitivlingen. Ich bin viel zu unverdorben und keusch, um so etwas zu schreiben.
Ich habe gegen diese Behauptung kaum protestiert, es war schließlich eine gute Werbung, aber sie ist nicht richtig, zumindest nicht ganz. Über Details wurden noch mehr Dummheiten verbreitet. Die einen echauffierten sich darüber, wieviel amerikanische Wagen vorkamen, diese Leute haben Raymond Chandler nie gelesen. Andere Langweiler wiederum störten Lappalien, auf die ich nicht eingehen will, da es unfein ist, auf etwas näher einzugehen. Das ist noch nicht alles. Ein Mensch, der von sich behauptet, ein Schwarzer aus Martinique zu sein, und dessen Name eine

---

* Ich werde auf eure Gräber spucken.

halb arabische, halb konventionelle Beleidigung ist, bestätigte, daß ein Schwarzer niemals dieses Buch geschrieben haben würde, da er die Schwarzen und ihre Art ja kenne. Wir sollten trotzdem auf diesen Schwarzen aus Martinique eingehen und ihm antworten, daß er genauso qualifiziert ist, für seine schwarzen Brüder aus Amerika zu sprechen, wie ein Chinese aus San Francisco in der Lage ist, die Probleme in Schanghai zu lösen, und daß, wenn er schon keine Lust hat, seinen kleinen schwarzen Bruder zu rächen, indem er mit weißen Frauen schläft und sie fertigmacht, es nur recht und billig ist, daß andere es tun. Aber es gibt Schlimmeres.

Es bleibt festzustellen, daß all diese Kritiker, diejenigen, die das erste Buch von Vernon Sullivan mit grünlicher Galle bespuckt, und die, die es in den Himmel gelobt haben, ihm immerhin eine ganze Menge Beachtung geschenkt haben. Sie haben so diesem Buch eine Wichtigkeit gegeben, die es vielleicht hatte, aber nicht in diesem Sinn. Literarisch gesehen verdient es dieses Buch kaum, daß man sich so ausführlich darüber verbreitet.

Halten wir fest: Ich habe es schlecht und recht ins Französische übersetzt, nicht im akademischen Sinn, dafür wenigstens ehrlich. Und ich habe mir die Mühe gemacht, in diesem ersten Vorwort die interessierten Leser auf die widerlichen Verkaufsstrategien aufmerksam zu machen, und ihnen gesagt – was sie weiterhin ignorieren wollen –, daß ein Verleger nur am Umsatz interessiert ist.

Nun zerreißen sie sich alle das Maul darüber nach dem Motto »Wir machen dich fertig«: Schweinekram, obszön, Sauerei und so weiter! Es ist nicht von Sullivan, schließlich hat es Vian übersetzt! Und es ist keine Literatur, es ist gar nichts! Da schlafen Männer mit Frauen und haben dabei auch noch Spaß, es gibt keine Schwulen und keine Lesben! Widerlich! Rückfall in die Barbarei! Eine Katastrophe ohnesgleichen, Auswüchse eines winselnden Scharlatans und so weiter.

Und sie schimpfen und schimpfen und sprechen über alles, nur nicht über das Buch. Und der kleine Vian ist ein Plagiator, ein Mörder, ein Pornograph, eine miese Niete, ein armseliger Impotenter, aber auch der wahnsinnige Priapus, ein Jean Legrand auf großem Fuß, kurz: ein Ausbund von Widerwärtigkeiten: »Gehen Sie heim, Sie Schwein, Sie sind entlarvt!«

Die Geschichte an sich, diese zweihundert bedruckten Seiten, davon sprechen sie überhaupt nicht. Es ist nichts Besonderes an diesem Buch. Eine ganz gewöhnliche Geschichte. So wird literarische Kritik betrieben. Es ist beschämend.

Ich würde viel lieber von etwas anderem sprechen. Aber das Geschwür ist nun einmal da, und man muß es ausdrücken, in der Hoffnung, eines Tages einen Chirurgen zu finden, der den Krebs, der in der Tiefe wuchert, herausschneidet.

Ihr armseligen Gestalten, Ihr Kritikerbande, alle fast genauso dumm wie Claude Morgan, und das will etwas heißen, wann werdet Ihr endlich Euren Beruf lernen? Wann werdet Ihr endlich aufhören, Euch selbst in den Büchern zu suchen, während der Leser das Buch sucht? Wann werdet Ihr aufhören, im voraus danach zu fragen, ob der Autor Peruaner, Ketzer, Mitglied der KP oder mit André Malraux verwandt ist, bevor Ihr das Buch gelesen habt? Wann werdet Ihr es endlich wagen, ein Buch zu besprechen, ohne Euch vorher über seine Absichten und seine Ziele abzusichern? Habt Ihr Angst, Unsinn zu schreiben? Durch Eure Vorsichtsmaßnahmen wird der Unsinn noch viel größer! Wann werdet Ihr endlich begreifen, daß man in »Temps Modernes« schreiben kann und nicht unbedingt Existentialist sein muß, die Pointe lieben kann, ohne sie ständig zu bemühen? Wann werdet Ihr endlich die Freiheit akzeptieren?

Aber nein. Das ist ein Wort, das Ihr aus Eurem Wörterbuch – vielmehr aus Eurem Vokabular – gestrichen habt, das ohnehin so beschränkt ist.

Warum schreibt Ihr über Schriftsteller? Ihr habt ja keine Ahnung, was das ist. Und wenn man nichts weiß, könnte man sich zumindest etwas einfallen lassen. Mit Hilfe der Phantasie. Aber Ihr habt auch keine Phantasie. Deswegen werdet Ihr unehrlich. Ihr schreibt nur über Dinge, von denen Ihr nichts versteht, über »Ich werde auf eure Gräber spucken« zum Beispiel. Dazu gibt es nur einen Punkt anzumerken. Die paar Kritiker, die ich am Anfang erwähnte, die darüber ehrlich geschrieben haben, haben ehrlicherweise auch den Kern der Sache getroffen: ein gutes Thema, das, gut geschrieben, ein guter Roman hätte werden können, mit dem Risiko, sich schlecht zu verkaufen, was wie üblich (durch die Schuld der Kritiker und Verleger) für jeden guten Roman zutrifft. So wie er ist, wurde er verkaufstechnisch gesehen zu einem populären Buch, zu einer leichten Lektüre mit guten Verkaufszahlen. Er ist jedenfalls weniger obszön als die Bibel. Und wie ich schon sagte, ist die Übersetzung oberflächlich genug, um den Absatz nicht zu gefährden, und doch auch tiefsinnig genug, um, wie ich gehofft hatte, von den Kritikern verstanden zu werden. Aus einem ganz einfachen Grund: Ein Beefsteak in Gold aufgewogen, ist seinen Preis wert.

Resultat: die Kritiker haben aus diesem Buch einen literarischen Erfolg gemacht. (Ganz gleich, wie man darüber spricht, wenn jeder darüber spricht, ist es ein literarischer Erfolg.) Und die guten Bücher warten immer noch auf ihre Besprechung. Und nun, Ihr Kritikerbande, sind die Bücher, die Ihr nicht versteht, nicht wenigstens wert, angezeigt zu werden? Das wäre für den Leser die beste Empfehlung. Da Ihr nicht zugeben wollt, daß sie Euch aufrütteln, erstickt Ihr sie einfach. Aber sie rütteln Euch ja gar nicht auf: Ihr gehört nicht mehr dazu, das Leben spielt sich woanders ab. Man könnte zwanzig Beispiele anführen.

Ihr Kritiker seid Hornochsen! Wenn Ihr nur über Euch schreiben wollt, dann beichtet wenigstens öffentlich oder tretet der Heilsarmee bei. Aber laßt die Leute mit Eurem transzendentalen Gefasel in Ruhe und versucht, etwas Nützliches zu tun. Ein wenig mehr objektive Kritik, wenn ich bitten darf. Es ist höchste Zeit. Ihr seid in Gefahr.

BORIS VIAN

I

An diesem Abend waren nicht sehr viele Gäste da, und das Orchester spielte, wie immer an solchen Abenden, ohne Schwung. Mir war das egal. Je weniger kamen, desto besser. Jeden Abend so ein halbes Dutzend Kerle auf mehr oder weniger elegante Weise hinauszubefördern war auf die Dauer langweilig. Am Anfang machte es mir noch Spaß.

Ich mochte das; es gefiel mir, diesen Schweinen eins in die Fresse zu schlagen. Doch fünf Jahre dieselbe Sportart waren genug. Fünf Jahre, ohne daß sie etwas vermuteten, ohne daß sie ahnten, daß ein Mischling, ein Farbiger, ihnen Abend für Abend die Fresse einschlug. Ja, am Anfang geilte es mich noch auf. Und die Frauen, dieses mit Whiskey vollgetankte Pack. In ihren Fummeln und mit ihrem Fusel im Bauch beförderte ich sie in ihre Autos. Abend für Abend, Woche für Woche, fünf Jahre lang.

Nick bezahlte mich anständig für diesen Job, weil ich geschickt auftrat und sie, ohne viel Umstände zu machen und ohne Aufsehen zu erregen, zum Teufel jagte. Ich verdiente hundert Dollar in der Woche.

Sie waren alle still. Nur in der Ecke machten zwei Lärm. Nichts Besonderes. Die oben gaben auch keinen Mucks von sich. Jim döste hinter der Kasse.

Bei Nick oben wurde gespielt. Verbotene Glücksspiele. Es gab auch Mädchen, wenn man wollte, und es wurde getrunken. Aber nicht jeder durfte rauf.

Die zwei in der Ecke, ein magerer Typ und eine müde Blondine, standen auf, um zu tanzen. Solange sie nur zu zweit waren, war das Risiko gering. Das Schlimmste, was passieren konnte, war, daß sie sich an den Tischen die Fresse einschlugen; ich würde sie dann höflich an ihren Platz zurückbegleiten.

Ich streckte mich. Jim schlief endgültig. Und die drei Musiker scherten sich nicht drum. Automatisch strich ich das Revers meines Smokings glatt.

Ehrlich, ich hatte wirklich keine Lust mehr, sie zusammenzuschlagen. Es langweilte mich. Ich war ein Weißer.

Ich erschrak, als mir klar wurde, was mir eben durch den Kopf gegangen war.

»Gib mir ein Glas, Jim.«

»Whiskey?« murmelte Jim, als er aus seinen Träumen aufwachte.

»Whiskey. Nicht zuviel.«

Ich war ein Weißer. Ich hatte eine weiße Frau geheiratet. Ich hatte ein weißes Kind. Und der Vater meiner Mutter hatte als Docker in St. Louis gearbeitet. Ein Docker, der so schwarz war, wie man schwärzer nicht sein kann. Mein ganzes Leben lang hatte ich die Weißen gehaßt. Ich hatte mich versteckt und war vor ihnen geflohen. Ich sah zwar so aus wie sie, aber ich hatte Angst vor ihnen. Und jetzt waren mir diese Gefühle fremd, weil ich die Welt nicht mehr mit den Augen eines Schwarzen betrachtete. Ohne es zu merken, hatte ich mich weiterentwickelt, und an diesem Abend fand ich mich plötzlich verwandelt, verändert, angepaßt wieder.

»Wenn sie doch endlich gehen würden...«, sagte ich zu Jim.

Ich redete nur, weil ich etwas tun mußte. Meine Stimme wollte ich hören.

»Ja...«, antwortete Jim müde.

Er schaute auf die Uhr.

»Es ist noch früh.«

»Das macht nichts«, sagte ich. »Einmal könnten wir doch wirklich früher schließen. Sind noch viele oben?«

»Ich weiß nicht«, sagte Jim. »Manche gehen hier vorbei, andere kommen auch von der anderen Seite.«

Der Mann und die Frau, die bis dahin getanzt hatten,

stolperten über einen Stuhl und fielen der Länge nach hin. Die Frau setzte sich auf und hielt ihre Nase. Sie war zerzaust und völlig weggetreten. Der Kerl blieb, wo er war, und lachte sich tot.

»Schmeiß sie raus«, sagte Jim. »Schaff uns das Pack vom Hals. Setz sie an die Luft.«

»Ah, ja«, murmelte ich, »es sind ja noch andere da.«

Ich ging zu ihnen und half der Frau auf die Beine.

Den Kerl faßte ich unter die Arme und stellte ihn wieder gerade. Er war nicht schwer. Noch einer von diesen Heim-Baseball-Helden.

»Danke, Schätzchen«, sagte er.

Die Frau fing an zu heulen.

»Sag doch nicht Schätzchen zu ihm, das bin doch ich.«

»Aber ja doch, Schätzchen«, sagte der Mann.

»Wollen Sie nicht nach Hause?« schlug ich vor.

»Nein«, antwortete der Mann. »Meinetwegen.«

»Ich bring Sie zum Wagen«, sagte ich. »Welche Farbe hat er?«

»Ach ... eh ... das ist er, dort ...«, sagte der Mann und fegte mit seinem Arm durch die Luft.

»Wunderbar«, sagte ich, »dann werden wir ihn ja finden. Kommt, ihr Süßen.«

Die Frau hängte sich an meinen Arm.

»Sie sind stark, was?« sagte sie.

»Ich bin stärker als er«, konterte der Mann.

Und eh ich mich versah, versetzte er mir einen Schlag in den Magen. Er war nur Haut und Knochen, aber es verschlug mir den Atem.

»Kommt schon«, sagte ich.

Ich packte mir unter jeden Arm einen und drückte den Mann ein bißchen. Er wurde grün.

»Weiter«, sagte ich, »jetzt wird brav nach Hause gegangen.«

»Ich will aber nicht brav sein«, meinte der Mann.

Ich drückte ein wenig fester. Er versuchte loszukommen, ohne Erfolg.

»Kommt schon, kommt schon«, wiederholte ich. »Ihr wißt ja, ich habe einem anderen Gast schon den Arm gebrochen.«

Ich schleifte sie bis zur Tür, die ich mit dem Fuß öffnete.

»Welcher Wagen ist es?« fragte ich.

»Der dritte...«, sagte die Frau, »...dort...«

Sie zeigte mit derselben Präzision wie ihr Mann auf die geparkten Wagen. Irgendwo begann ich abzuzählen und beförderte sie ins Innere des dritten.

»Wer fährt?« fragte ich.

»Sie«, meinte der Mann.

Ich hatte richtig geraten und schlug die Türe hinter ihnen zu.

»Gute Nacht«, sagte ich, »träumt süß.«

»Auf Wiedersehen«, antwortete der Mann und fuchtelte mit seiner Hand herum.

Ich kehrte in die Bar zurück: alles unverändert. Zwei Gäste standen gerade auf und gingen. Ich gähnte. Auch Jim gähnte.

»Was für ein Beruf...«, sagte Jim.

»Wirklich, wenn Nick doch endlich käme...«, sagte ich.

Wenn Nick herunterkam, bedeutete das Feierabend.

»Ja, wirklich...«, sagte Jim.

Ich sprach wie er. Ich war wie er. Beweis: er schaute mich nicht einmal an, wenn er mit mir sprach.

Und dann hörte ich die kleine Klingel unter der Bar, zwei Mal. Ich wurde oben gebraucht.

»Geh schon«, murmelte Jim, »schmeiß sie alle raus.«

Ich schob den Samtvorhang, der die Treppe abschloß, beiseite und kletterte fluchend die Stiegen hinauf. Mein Gott, wann lassen mich diese Hurensöhne endlich friedlich nach Hause gehen.

Meine Frau schlief sicher schon... Das Bett würde warm und weich sein.

II

Die Treppe aus Zement und Eisen dröhnte dumpf unter meinen Schritten. Ich nahm immer zwei Stufen auf einmal. Ich versäumte es nie, diese verdammten Muskeln spielen zu lassen, das war ich ihnen schuldig. Oben am Ende der Treppe war auch ein Samtvorhang. Nick liebte Samt, Samt und fette Frauen. Und das Geld.

Der Saal im ersten Stock war niedrig und die Wände dunkelrot tapeziert. Etwa zwei Dutzend Gäste spielten so, als wollten sie ihren Zaster aus Liebe zu Nick unbedingt verlieren. An der einen Seite hatte Nick getrennte Nischen mit vier Stühlen und einem Tisch einrichten lassen, wo sich die erhitzten Spieler von weiblichen Stammgästen beruhigen lassen konnten.

Ich weiß nicht, ob Nick die Damen beteiligte oder ob die Damen Nick beteiligten. Da sie immer Arbeit hatten, schienen sie sich mit dem Chef arrangiert zu haben.

Wie zufällig wurde ich dieser berühmten Nischen wegen hinaufgebeten. Als ich den Raum betrat, hingen fünf Typen über der Trennwand einer Nische und starrten ins Innere. Als Nick mich sah, gab er mir zu verstehen, daß ich sie aus ihrer stummen Betrachtung herausreißen sollte. Zwei von den Mädchen versuchten sie wegzuzerren, aber ohne Erfolg. Als ich dem ersten die Hand auf die Schulter legte, ging es schief. Maxine, eine kleine, gutgebaute Blondine, kassierte den Schlag, der sicher mir zugedacht war. Ich konnte mir das Grinsen nicht verkneifen, als ich sah, was sie für ein Gesicht machte. Der Kerl hatte bestimmt nicht fest zugeschlagen. Angewidert ließ sie ihn sofort los. Sie war eingeschnappt.

»Dieses Schwein ...«

Ihre Stimme war rauh wie Schmirgelpapier. Und damit

nicht genug, schickte sie dem »Schwein« eine saftige Ohrfeige hinterher, die der Kerl – wie besoffen auch immer – sein Leben lang nie vergessen würde. Ich stand immer noch hinter ihm. Ich fing im richtigen Moment seinen Arm ab, als er sich revanchieren wollte, und drehte ihn auf meine spezielle Art. Das war zwar nicht unfair, aber trotzdem konnte ich ihn verstehen.

Gleichzeitig genoß ich das Schauspiel. Die zwei in der Nische waren nicht gerade schüchtern. Das Mädchen lag mit nacktem Busen da. Man sah sofort, daß ihr Vater Irländer war, voller Sommersprossen, mit schönen blauen Augen. Der Typ lag quer über ihr und sabberte auf ihren Bauch. Er mußte schon ein Stammkunde sein, denn der Zustand der Nische war nicht jedermanns Sache.

Sie schwammen buchstäblich im Whiskey, und der Mann wirkte noch korrekter als das Mädchen, aber nur, weil er oben lag.

Ich beförderte den Kerl, den ich immer noch in der Mangel hatte, gegen die Wand, und er blieb dort kleben. Ich hatte den Eindruck, daß ihn sein Arm etwas störte. Jedenfalls fuchtelte er mit dem anderen herum, konnte sich aber nicht so richtig festhalten. Die anderen vier hatten offenbar nichts gemerkt, und Nick gab Maxine zu verstehen, abzuhauen. Er kannte das Spiel.

»Würde es Ihnen etwas ausmachen, nach Hause zu gehen?«

Das fragte ich den ersten von den vieren, die noch übriggeblieben waren. Er rührte sich nicht. Ich drehte mich um und schaute Nick in die Augen. Gut. Es konnte losgehen.

»Haut ab, alle vier!«

Gleichzeitig packte ich mir einen auf jeder Seite und führte sie zur Treppe. Nick besorgte den Rest. Der eine war trotz des Schlages nicht ungeschickt. Auch halb tot kann man noch gefahrlos eine Treppe hinuntergehen. Ich glaube, die Beine funktionieren automatisch, oder es wird zur Gewohnheit, mit angeschlagener Rübe herumzulaufen.

Die anderen beiden überließ ich Nick. An den Tischen ging das Spiel weiter, als ob nichts geschehen wäre. Die Kundschaft von Nick war gut erzogen. Wirklich sehr diskret. Warum hörten diese beiden Idioten in der Nische nicht auf, verrückt zu spielen?

Gut. Jetzt waren sie an der Reihe.

Ich stieg über sie drüber. Der Mann bewegte sich kaum noch. Ich packte ihn, setzte ihn auf einen Stuhl und knöpfte seine Jacke zu. Mir blieb nichts anderes übrig. Dasselbe wollte ich mit dem Mädchen machen, doch sobald sie meine Hände spürte, wand sie sich wie ein Aal, verhedderte sich in meinen Beinen und zerrte an mir, um mich umzuschmeißen. Sie war nicht übel. Sie war nicht sehr oft bei Nick, aber sie kam regelmäßig. Ich weiß nicht, wie sie hieß.

»Komm, Baby, komm, schön brav sein!«

»Ach, du Flasche...«

Sie lachte sich schief, klammerte sich an mich und schüttelte mich wie einen Apfelbaum. Ein reizvoller Anblick. Es war hart, dem zu widerstehen, dennoch gelang es mir, ihr den Rock über die Schenkel zu ziehen.

»Komm, Süße, jetzt gehen wir mal schön schlafen.«

»Ja, bring mich nach Hause.«

»Dein Kavalier bringt dich heim.«

»Nein, nicht der... Der kann nicht mehr... Der ist voll...«

Ich setzte sie neben den Kerl auf den Stuhl. Und der! Nein, so was! Wie eine Leiche.

Nick kam herüber.

»Die anderen vier sind schon draußen«, sagte er.

»Schmeiß die beiden auch raus.«

»Sie geht ja noch... aber der hier ist nicht mehr sehr gut zu Fuß.«

»Mach schon«, antwortete Nick.

Ich packte den Kerl unter den Achseln, und das Mädchen hängte sich an meine Schulter; sie knetete meinen Bizeps.

»Sein Auto steht draußen. Komm, ich zeige es dir.«

»Geh voraus«, sagte ich.

Die beiden zusammen waren nicht gerade ein Fliegengewicht. Gott sei Dank konnte sie aber noch laufen.

Wir gingen die Treppe hinunter, den Gang entlang hinter der Bar; da war noch ein Ausgang.

»Wo steht nun die Karre?«

Sie mußte erst suchen.

»Dort, die blaue.«

Die hier wußte es wenigstens. Die frische Luft machte auf meinen Kunden keinen Eindruck. Das Mädchen öffnete die vordere Wagentüre.

»Leg ihn hin.«

Ich schob ihn, so gut es ging, hinein, und er fiel rücklings auf die Bank.

»Der wird dich nicht nach Hause bringen können.«

Sie klammerte sich noch fester an meinen Arm.

»Was mach ich nun?«

»Er wird schon aufwachen.«

Ich war optimistisch.

»Bleib bei mir, ich habe Angst. Willst du mich nicht nach Hause bringen?«

»Und wie?«

»In seinem Auto.«

Ich hatte die Nase voll. Ich wollte ins Bett, heim zu meiner Frau. Was für ein Beruf! ... Sie rieb sich an mir wie eine läufige Hündin.

»Laß das«, sagte ich.

»Komm.«

Sie stieg ins Auto, ohne meinen Arm loszulassen. Sie stank nach Whiskey und Parfum, aber allmählich bekam ich Lust, und richtig scharf war ich, als sie sich auf den Sitz legte und mit einem einzigen Ruck das Kleid aufriß. Die brauchte sich nicht auszustopfen und kein Drahtgestell umbinden.

»Bleib so«, sagte ich. »Wir suchen uns ein ruhiges Plätzchen.«

»Komm ... sofort. Ich halt es nicht mehr aus.«

»Die fünf Minuten wirst du wohl noch warten können.«

Ihr Gurren war so aufreizend, daß meine Hände zitterten, als ich vorne einstieg ... Ich gab Gas und fuhr zum Central Park. Das war noch am einfachsten. Wir hatten nicht einmal mehr Zeit, die Türen hinter uns zu schließen. Ich nahm sie am Boden in der erstbesten dunklen Ecke.

Es war nicht besonders warm, aber wir klebten so aneinander, daß ihre Haut in der frischen Luft dampfte. Ihre Nägel krallten sich durch den Stoff der Jacke in meinen Rücken. Sie nahm keinerlei Rücksicht. Ich mochte das.

III

Das war's für diesen Abend. Ich fuhr zu Nick zurück mit dem Karren des Kerls. Der schlief noch und das Mädchen auch. Ich stank nach Whiskey und Frau. Ich ließ die beiden vor der Türe. Mein Pflichtbewußtsein trieb mich nach oben. Es war alles ruhig. Ich ging wieder nach unten. Nun konnte man schlafen gehen.

Jim gähnte, als er die Jacke überzog.
»Noch so 'ne Figur?« fragte ich.
»Nichts Besonderes«, vermutete Jim.
»Nichts«, sagte ich.

Nichts. Nichts, von den fünf Jahren abgesehen, die ich heute auf den Tag genau hier bin. Fünf Jahre, ohne mich erwischen zu lassen. Fünf Jahre, in denen ich sie zusammenschlage und mir ihre Frauen nehme. Ich schlug mit der Faust gegen die Wand, ganz automatisch. Aber ich hatte zu fest zugeschlagen und war sauer. Sie hatten mich reingelegt.

Ich war nun weißer als sie, da es mir ja Spaß machte, jetzt weiß zu sein. Und was nun?

Es war mir egal. Es war mir ganz einfach egal. Schließlich schadete es nicht, weiß zu sein, eine Weiße im Bett zu haben, ein weißes Kind zu haben, das es zu etwas bringen würde.

Warum gähnte Jim immer noch?
»Gute Nacht«, rief ich ihm zu.

Ich machte die Türe auf, streckte mich und ging. Die Haltestelle war nicht weit.

Meine Frau wohnte nicht weit. Leichte Rückenschmerzen ... ihre Fingernägel in meinem Rücken ... nein, ich war noch in Form.

Der Frühling in New York ist einmalig.

U-Bahn. Eine Viertelstunde. Immer noch Leute. Meine Straße. Das Haus. Ruhig und still.

Der Whiskeygeruch war dort mit meinem Smoking hängen geblieben. Der Geruch der Frau klebte jedoch noch an den Fingern. Ein toller Geruch. Der Geruch eines Mädchens mit einem irländischen Vater mit blauen Augen.

Ich stieg die drei Stockwerke leise hinauf. Immer schön durchfedern. Die Figur. Die Schlüssel klapperten in meiner Tasche. Meine drei Schlüssel. Den richtigen erkannte ich an seiner Dicke.

Er öffnete. Natürlich.

Ich zog die dicke Tapetentüre hinter mir zu und ging, ohne das Licht anzumachen, ins Badezimmer.

Im Dunkeln stolperte ich über einen Körper und fiel der Länge nach drauf.

Ich war sofort wieder auf den Beinen und stürzte zum Lichtschalter. Es wurde hell. Wie angewurzelt blieb ich stehen. Er war nicht aufgewacht. Er schnarchte jetzt. Bestimmt besoffen. Dieser Drecksnigger. Richard. Sein Anzug war schmutzig, und er war mager. Er stank bis zu mir. Mein Herz schlug unregelmäßig in meiner Brust, es raste wie ein wildgewordenes Tier, ich traute mich keinen Schritt weiter, ich wagte nicht weiterzugehen. Ich wagte mich nicht zu Sheila, um nachzusehen, ob sie die Wahrheit bereits erfahren hatte. Hinter mir stand ein Schrank, ich öffnete ihn, ohne Richard aus den Augen zu lassen, tastete nach der Whiskeyflasche und nahm vier oder fünf Schlucke. Richard lag immer noch vor mir auf dem Boden, und durch die offene Zimmertür drang kein Laut. Die Welt um mich war wie tot und schlief. Ich sah auf meine Hände, ich fühlte mein Gesicht. Ich schaute Richard an und fing an zu lachen, denn er war mein Bruder, und er hatte mich endlich aufgespürt.

Nun rührte er sich, und ich ging zu ihm hin. Mit einer

Hand hob ich ihn hoch. Er schlief noch halb, ich mußte ihn schütteln.

»Wach auf, du Schwein.«

»Was ist?« murmelte er.

Er machte die Augen auf und sah mich an. Sein Gesicht hatte immer noch denselben Ausdruck.

»Was hast du hier zu suchen?«

»Ich habe dich wiedergefunden, Dan. Siehst du, ich habe dich wiedergefunden. Der Herr wollte es so, daß ich dich wiederfinde.«

»Wo ist Sheila?«

»Wer ist Sheila?« fragte er.

»Wer hat dir aufgemacht?«

»Ich bin einfach rein... es war niemand da.«

Ich ließ ihn los und lief ins Schlafzimmer. Auf dem üblichen Platz auf der Kommode sah ich Sheilas Zettel: »Bin mit dem Baby bei Mutter. Küsse.«

Ich mußte mich an der Kommode festhalten. Mein Kopf schaffte es noch, aber meine Beine nicht mehr. Langsam ging ich zum Eingang zurück.

»Hau ab!«

»Aber Dan...«

»Hau ab, schnell, los, ich kenne dich nicht.«

»Aber Dan, der Herr hat mich zu dir geführt.«

»Hau ab, sag ich!«

»Ich hab' kein Geld.«

»Da, nimm.«

Ich wühlte in meiner Tasche und streckte ihm einen Zehndollarschein hin. Er schaute ihn an, betastete ihn, steckte ihn in die Tasche, und der stumpfsinnige Ausdruck wich aus seinem Gesicht.

»Weißt du nicht, daß es für einen Neger schlecht ist, zu einem Weißen zu kommen?«

»Ich bin dein Bruder, Dan. Ich habe die Papiere.«

Im Bruchteil einer Sekunde stürzte ich mich auf ihn.

Ich packte ihn am Genick, und mit zusammengebissenen Zähnen drohte ich ihm und verfluchte ihn.

»Du hast also Papiere, hm? Was für Papiere, du Schwein!...«

»Zehn Dollar ist nicht viel«, wandte er ein.

Er war mein Bruder, und ich wünschte, er wäre tot. Eine schreckliche Angst schnürte mir die Kehle zu. Ich hatte Angst, er würde wiederkommen. Ich wollte wissen...

»Halt. Wer hat dir meine Adresse gegeben?«

»Ach, niemand...«, sagte er, »Freunde... Ich gehe jetzt. Auf Wiedersehen, Dan. Ich komme dich in deinem Laden besuchen.«

»Du weißt nicht, wo ich arbeite...«, sagte ich.

»Das macht nichts, Dan, das macht nichts.«

»Aber wie hast du die Tür aufbekommen?«

»Ich kann Türen öffnen, der Herr ist mein Zeuge, daß ich Türen öffnen kann. Auf Wiedersehen, Dan, bis bald.«

Wie verblödet sah ich ihm nach. Auf meiner Uhr war es halb sechs Uhr morgens. Es dämmerte bereits. Die Milchmänner waren schon unterwegs. Sheila hatte mit dem Baby bei ihrer Mutter übernachtet.

Richard war ein Schwarzer. Seine Haut war schwarz. Er stank nach Nigger.

Ich schloß die Wohnungstüre und zog mich aus. Ich wußte nicht, was ich tun sollte, und ich schaute mich um. Dann ging ich zum Schlafzimmer, blieb an der Türe stehen. Ich überlegte und ging ins Bad. Vor dem Spiegel blieb ich stehen. Ein kräftiger Mann, fünfunddreißig, breitschultrig und gesund, schaute mich an. Gegen diesen Typ war nichts einzuwenden.

Zweifellos, er war weiß... Aber der Ausdruck in seinen Augen gefiel mir nicht...

Es waren die Augen eines Mannes, der gerade ein Gespenst gesehen hatte.

IV

Von diesem Tag an begann ich eine andere Wohnung zu suchen, es war jedoch schwierig, und die Ablösungssummen waren hoch. Sheila gegenüber erwähnte ich nichts, ich wußte, daß sie unsere Wohnung gerne mochte, und ich hatte Angst, es ihr zu sagen. Welche Ausrede hätte ich finden sollen? Auf der Straße drehte ich mich ständig um, um zu sehen, ob man mir folgte. Ich suchte nach den mageren Umrissen von Richard, nach seinem Mischlingsgesicht, nach seinen krausen Haaren, nach seinem schlechtgebügelten Anzug und seinen langen Armen. Soweit ich mich zurückerinnern kann, war ich Richards wegen immer verlegen und beunruhigt, ohne daß ich sagen könnte, wann dieses Gefühl zum ersten Mal auftrat, denn die Erinnerungen an meine Kindheit unterscheiden sich nicht von denen anderer Kinder. Richard war von uns drei der dunkelste, und zweifellos genügte das, um einen Teil meiner Verlegenheit zu erklären.

Ich ging auf Umwegen zu Nick, indem ich eine Haltestelle zu früh oder zu spät ausstieg, um mir eine komplizierte Route bis zur Bar auszudenken. Ich ersann eine Art Labyrinth, das ich aus den umliegenden Straßen, je nach Laune, zusammenstellte. Aus diesem ermüdenden Spiel – geistig ermüdend, meine ich – gewann ich eine scheinbare Ruhe, eine falsche Sicherheit, deren trügerisches Gitter mich vor den zu erwartenden Angriffen schützte.

Ohne weitere Vorsichtsmaßnahmen mußte ich dann natürlich zu Nick rein, möglichst ohne mich umzudrehen. Das tat ich heute wie an allen anderen Tagen.

Jim las zerstreut hinter dem Tresen in der Spätausgabe und blickte auf, als ich hereinkam.

»Tag ...«, sagte er.
»Tag.«
»Jemand hat nach dir gefragt.«
Ich blieb wie gelähmt stehen. Dann dachte ich an die Gäste, und ich trat für einen Augenblick hinter den Tresen, bevor ich mich in der Garderobe umzog.
»Wer?«
»Ich weiß nicht. Er wollte dich sprechen.«
»Warum?«
»Weiß nicht.«
»Irgendein Kerl?«
»Sicher, irgendein Kerl. Was hast du denn?«
»Nichts.«
»Gut«, sagte Jim.
Er vertiefte sich in seine Zeitung, schaute aber gleich wieder auf.
»Er kommt in einer Stunde wieder.«
»Hierher?«
»Ja, hierher. Ich sagte ihm, du wärst dann da.«
»Gut.«
»Paßt dir das nicht?« fragte Jim.
Es klang unbeteiligt, einfach gewöhnliche Neugierde.
»Warum sollte es mir nicht passen? Ich kenne ihn nicht einmal.«
»Du hast wohl niemanden erwartet.«
»Niemand.«
»Aha ...«, meinte Jim.
Ich ging in die Garderobe und begann mich umzuziehen. In einer Stunde also.
Es war nicht Richard. Jim hätte mir bestimmt gesagt, wenn es ein Schwarzer gewesen wäre.
Wer aber sonst?
Einfach eine Stunde warten. Ich war fertig mit Umziehen und kehrte in die Bar zurück.
»Gib mir einen Whiskey mit Soda, Jim.«

»Wenig Whiskey?« fragte Jim.
»Wenig Soda.«
Er sah mich wortlos an und füllte mein Glas. Ich schüttete das kalte herbe Getränk in einem Zug herunter und verlangte noch eins. Ich mochte keinen Alkohol. Ich spürte, wie er in meinem Magen brannte, aber ich blieb ruhig, völlig ruhig und angespannt.

Ich setzte mich ans Ende der Bar auf einen Hocker, von wo aus ich die Türe genau im Auge hatte.

Ich wartete.

Es kamen zwei Mädchen herein. Stammgäste. Sie lächelten mir zu. Im Vorbeigehen strich ich ihnen über den Hintern und fühlte durch ihre engen Kleider ihre wohlgestalteten Formen. Sie setzten sich nicht weit von der Bar an einen Tisch. Gute Kunden. Mit diesen Mädchen machte Nick am Nachmittag seinen Umsatz.

Ich sah sie gerne an. Sie waren gut geschminkt, sauber, wirklich appetitlich. Hübsche weiße Dinger. Wieder fiel mir Richard ein. Ich dachte heftig an ihn, daß ich unwillkürlich zurückzuckte. Ich versuchte diese plötzliche Bewegung unauffällig aufzufangen.

Jim hantierte an seiner Kasse herum, und da spürte ich, wie er mich mit einem eigenartigen Blick fixierte. Seine Augen wandten sich sofort ab, als er sah, daß ich es bemerkt hatte.

Ich haßte dieses Warten. Ich versuchte, mich abzulenken, indem ich den Boden, die Wände, die Decke, die Neonröhren, die Flaschen in den kleinen verchromten Nischen und dann wieder die Kunden und Kundinnen eingehend betrachtete. Mein Barhocker war zu hoch, um mich in die Schenkel einer Brünetten zu versenken, und so setzte ich mich auf einen Stuhl ihr gegenüber. Sie wußte, auf was ich aus war, und spreizte bereitwillig die Beine, damit ich besser sehen konnte. Es war nicht besonders hell, aber ich glaubte erkennen zu können, daß sich kein störendes Hindernis in mein Blickfeld schob. Es schien angenehm und gemütlich.

Sie gab mir ein Zeichen, stand auf und ging zu den Toiletten. Ich streckte mich.

Das war vielleicht eine Möglichkeit, die Zeit, bis der Kerl kam, totzuschlagen.

Ich folgte ihr nicht auf demselben Weg, sondern ging zur Treppe zu den Spielsälen. Hinter dem Samtvorhang gelangte man auf den Gang, der auf der einen Seite zur Straße, auf der anderen Seite zu den Toiletten führte.

Nick war so geschickt gewesen, die Telefonkabinen in komfortable Aufenthaltsorte zu verwandeln. Gewiß, sie waren eng, aber beklagt hatte sich noch niemand.

Sie erwartete mich in der ersten Kabine. Sie wußte, was ich wollte.

Ich wußte es auch und machte mich sofort an die Arbeit. Sie ließ sich beim Rauchen nicht stören, und das gefiel mir nicht besonders. Schließlich mußte es doch möglich sein, diese Weiber aufzugeilen; sie war ja nicht nur aus reiner Gefälligkeit hergekommen.

Bei diesem Gedanken ließ sie ihre Zigarette fallen, und ihre dicken kühlen Lippen preßten sich auf meinen Mund. Behutsam biß ich in ihr weiches, wohlriechendes Fleisch. Ich war glücklich. Ein weißes, rundes Wohlsein hüllte mich ein, wie Nebel. Ihre seidige schrumpelige Möse streckte sich meiner Hand entgegen, und sie half mir, sie ganz schnell zu nehmen, stehend in der Kabine. Sie schloß die Augen und fröstelte, dann entspannte sie sich allmählich und zündete sich eine Zigarette an, ohne sich von mir zu lösen. Ich hielt sie um die Taille fest, meine Hände glitten über ihren gewölbten Hintern. Ich fühlte mich wohl.

Schweigend lösten wir uns voneinander, und ich strich meinen Anzug glatt, der, ehrlich gesagt, nicht besonders unordentlich war. Sie öffnete ihre Handtasche und nahm einen Lippenstift heraus. Leise zog ich die Türe der Kabine hinter mir zu und ging zur Treppe.

Ich kehrte rasch zurück. Die Angst, die einen Augenblick lang verflogen war, holte mich sofort wieder ein.

Jim war immer noch an seinem Platz. Ich sah mich hastig um. Kein neues Gesicht.

»Gib mir einen Whiskey, Jim.«

Er schob mir das Glas rüber. Ich trank, stellte das Glas wieder ab und erstarrte. Ein Kerl stieß die Tür auf. Ein gewöhnlicher, unauffälliger Mann, ohne Begleitung.

Jim deutete mit dem Kinn auf ihn.

»Das ist dein Kunde«, sagte er.

»Gut«, sagte ich.

Ich blieb sitzen.

Er schien mich nicht zu kennen und ging auf Jim zu.

»Ist Dan jetzt da?« fragte er.

»Das ist er«, sagte Jim und wies mit dem Finger auf mich.

»Guten Tag«, sagte der Mann.

Er schaute mich aufmerksam an.

»Darf ich Sie zu einem Drink einladen?«

»Whiskey«, erwiderte ich.

Er bestellte zwei Whiskey. Er war nicht sehr groß, dafür aber breit.

»Sie wollten mich sprechen.«

»Ja, wegen Ihres Bruders«, antwortete er.

»Sie sind ein Freund von ihm?«

»Nein«, sagte der Mann. »Ich bin mit Negern nicht befreundet.«

Er beobachtete mich genau, während er das sagte. Ich verzog keine Miene.

»Ich auch nicht«, sagte ich.

»Ist Richard wirklich Ihr Bruder?«

»Wir haben nicht denselben Vater.«

»Also ist sein Vater ein Schwarzer.«

Ich antwortete nicht. Er wartete und trank seinen Whisky in kleinen Schlucken. Jim stand am anderen Ende der Theke.

»Kommen Sie«, sagte ich, »wir setzen uns in eine ruhigere Ecke.«

Ich nahm unsere beiden Gläser und ging zu einem Tisch. Die kleine Brünette, mit der ich mich gerade in der Kabine vergnügt hatte, kam in diesem Augenblick von der Toilette zurück. Sie lächelte mich an, als sie sich setzte. Ich zwinkerte automatisch zurück.

Wir setzten uns.

»Na los«, sagte ich. »Lassen Sie die Katze aus dem Sack.«

»Richard kann nicht hierherkommen«, sagte er. »Er versprach mir fünfzig Dollar, deswegen bin ich hier.«

»Fünfzig Dollar? Wo soll er sie denn hernehmen?«

»Von den hundert, die Sie mir für ihn mitgeben werden.«

Ich atmete tief durch. Ich hielt den Tischrand mit beiden Händen fest und sah, wie meine Knöchel weiß wurden.

»Und wenn ich keine hundert Dollar habe?«

»Den Besitzer des Lokals wird vielleicht die Hautfarbe Ihres Bruders interessieren.«

»Nick? Dem ist das egal«, versicherte ich.

Der Mann schien verwirrt. Er sah mich an. Er konnte mich lange ansehen. Andere hatten fünf Jahre lang Zeit gehabt, mich anzusehen.

»Woher kennen Sie Richard?« fragte ich.

»Ich traf ihn in einer Bar.«

»Sie sind ein Mischling«, warf ich ihm an den Kopf. »Zeigen sie Ihre Nägel her.«

Er stand auf.

»Es tut mir leid«, sagte er. »Ich brauche die hundert Dollar unbedingt. Dann muß ich sie mir wohl von jemand anderem beschaffen. Von jemandem, den Sie kennen.«

Ich hatte mich ebenfalls erhoben. Ich stand ungünstig, es war nicht genügend Platz, aber der Schlag juckte schon so, daß mein linker Arm unwillkürlich vorschnellte. Sein Kiefer krachte, und mit der Rechten packte ich ihn am Kragen seiner Weste und fing ihn noch auf, bevor er zu Boden ging.

Zwei-, dreimal machte ich die linke Hand auf und zu; ich fühlte mich wohl. Ein Mädchen und eine Schlägerei, das war das Leben ... Woher sollte ich wissen, daß es noch etwas anderes gab? Allmächtiger! Ich hatte immer nur so viel Zeit gehabt, sie zu zermalmen, sie zu zerstören, bevor sie mein Leben ruinieren konnten, und, das schwöre ich, nie wieder werde ich mir Sorgen machen und deswegen einen Tag lang Trübsal blasen.

Natürlich hatte niemand unsere kleine Auseinandersetzung bemerkt.

Jim sah mich an. Er schaute sofort weg, als sich unsere Augen begegneten. Der Kerl stand, ich wußte nicht, wie er sich aufrecht hielt. Total weggetreten, aber er stand. Ich setzte ihn auf den Stuhl und wartete. Er schien Mühe zu haben, seine Augen zu öffnen, und nahm einen großen Schluck. Seine Hand tastete vorsichtig das Kinn ab, als wäre es sehr kostbar.

»Steh auf«, sagte ich.

»Warum?« flüsterte er.

»Wir gehen zu Richard.«

»Nein.«

Meine Hand krampfte sich zu einer Faust zusammen und hämmerte so ganz nebenbei auf den Rand des Tisches.

»Ich weiß nicht, wo er ist«, fügte er hinzu.

»Wann triffst du ihn?«

»Heute abend.«

»Jetzt ist es Abend. Geh, ich komme mit.«

»Ich habe Durst ...«, sagte er.

»Da steht dein Whiskey. Trink ihn aus.«

Das Trinken machte ihm Mühe. Er sah sehr müde aus.

»Ich weiß nicht, wo Richard ist«, wiederholte er.

Er schien von dem, was er sagte, nicht besonders überzeugt.

»Ich weiß es auch nicht. Deswegen müssen wir ihn suchen. Komm.«

Ich stand auf, hievte ihn hoch und schob ihn bis zum Tresen.

»Jim«, sagte ich, »kannst du mir meinen Mantel geben?«

Jim ging in die Garderobe.

»Also«, sagte ich wieder, »wo ist denn der gute Richard?«

Plötzlich sah ich mein Gesicht im Spiegel hinter dem Tresen, und ich begriff, warum der Typ nicht antwortete. Dennoch war ich ruhig, viel ruhiger als an dem Abend, an dem ich Richard schlafend im Flur gefunden hatte. Und viel ruhiger als an den Tagen, an denen ich eine Wohnung gesucht hatte.

Entweder war heute abend Schluß, oder ich mußte alles aufgeben. Alles. Auch das Mädchen von der Kabine, die Schlägerei, Sheila, das Kind. Das alles war mir plötzlich so wichtig wie noch nie. Das und der Whisky und diesen Idioten in die Fresse schlagen, die sich besaufen, statt zu bumsen, weil sie sich nüchtern nicht trauen.

Jim reichte mir meinen Regenmantel, und ich zog ihn über, um nicht so auf die Straße zu müssen.

»Los«, sagte ich zu dem Kerl.

Nick wird mich schon nicht fragen. So etwas kam ja nicht häufig vor.

Er ging voraus.

»Ist es weit«, fragte ich.

»Nicht sehr«, sagte er. »In der Nähe der 115. Straße.«

Also in Harlem.

»Treibst du dich immer mit diesem Negerpack herum?« sagte ich.

»Da kann was rausspringen«, sagte er.

Eine gesunde Einstellung für normale Leute, sollte man wenigstens meinen. Aber diese Überschätzung scheint sie eher zu verärgern.

Er sah mich besorgt an. Ich war zwar viel größer als er, dafür war er um so schwerer. Er war so breit wie ein Bierfaß.

»Macht dir das Spaß«, fragte ich, »dir die Fresse einschlagen zu lassen?«

»Fünfzig Dollar ist es mir wert«, sagte er.

»Ich würde zu gerne wissen, um welche Dollar es sich handelt«, witzelte ich. »Es sei denn, mein sogenannter Bruder Richard hat in der Zwischenzeit eine andere Melkkuh gefunden...«

»Warum kommen Sie dann mit, wenn er nicht Ihr Bruder ist?« fragte der Mann.

»Es macht mir Spaß, ihre blöden Gesichter zu sehen«, erwiderte ich.

Ich wußte, was mich plagte. Ich war beides, weiß und schwarz, aber ich hatte nicht gewußt, daß ich mich eines Tages entscheiden mußte. Dieser Tag war nun gekommen. Ich dachte an Sheila, an die Telefonkabine und an die Prügel, die die Neger beim Aufstand in Detroit bezogen hatten, und ich grinste höhnisch. Ich hatte mich entschieden, von beiden Möglichkeiten, Prügel zu beziehen oder Prügel auszuteilen, zog ich letztere vor.

Selbst wenn ich sie meinem verehrten Bruderschwein Richard verpassen mußte.

Ich hielt ein vorbeifahrendes Taxi an und nannte die Adresse.

V

Drinnen war es dreckig und stank. Der Kerl sagte etwas zu dem Neger hinter der Bar, und dieser zeigte zur Treppe, die in den Keller führte. Ohne mich umzusehen, ging ich voraus. Ich weiß nicht, ob viele Gäste da waren. Ich glaube nicht, daß ich in der Lage gewesen wäre, das Lokal, das auf den ersten Blick so aussah wie alle anderen, zu beschreiben.

Mir war die Raumaufteilung nicht ganz klar. Am Ende der Treppe war ein Gang, der im rechten Winkel einen Knick machte. Wir gingen diesen Gang entlang, und ich sah am anderen Ende eine zweite Treppe, die nach oben führte. Die beiden Treppen konnte man leicht verwechseln. Es war die dritte Türe rechts.

In der verrauchten und ungesunden Luft entdeckte ich zwei hellbraune Mädchen und einen Mann. Ein Mädchen saß am Tisch und wartete, auf ich weiß nicht, was, während der Mann und das andere Mädchen auf einem schäbigen Sofa ungeniert miteinander schmusten. Das Mädchen hatte das Kleid ausgezogen, und was sie noch anhatte, verdeckte nur spärlich, was es verdecken sollte.

Der Mann war natürlich Richard. Sein mageres Gesicht glänzte vor Schweiß, während er langsam über die Hüften seiner Gefährtin strich. Sie lagen ausgestreckt auf dem Sofa, beide in gleicher Richtung, und ich sah Richards Hände zu den festen Kugeln hinaufwandern, die den speckigen Büstenhalter zum Bersten ausfüllten.

Ich hatte gut daran getan, mir eine kleine Zusammenkunft mit der Brünetten bei Nick zu leisten, da mich dieser Anblick zwar anwiderte, gleichzeitig aber auch erregte. In dem Raum war Unordnung. Es stank nach Schweiß. Ich fröstelte, aber es war mir nicht gerade unangenehm.

Keiner der drei war aufgestanden, als ich hereinkam. Man hörte nur das Hecheln der Frau auf dem Sofa und Richards Bewegungen. Seine Augen blieben geschlossen.

Mein Begleiter unterbrach den Zauber, und ich ertappte mich, wie ich das andere Mädchen musterte. Sie hatte langes, gerades Haar, aufgeworfene Lippen und große knochige Hände.

»Richard«, sagte der Kerl, »hier ist dein Bruder.«

Langsam öffneten sich Richards Augen. Er stützte sich auf einen Ellenbogen, ohne das Mädchen loszulassen. Die eine Hand zog am Büstenhalter, der mit einem Ruck aufsprang. Die runden braunen, sehr großen Brustwarzen hoben sich von der etwas helleren Haut ab, und ich sah, wie sich Richards Finger in dieses elastische, einladende Fleisch eingruben.

»Hallo Dan«, sagte er.

Ich antwortete nicht.

»Ich wußte es, daß du kommen würdest«, fuhr er fort. »Der Bruder läßt doch seinen Bruder nicht im Stich.«

»Ich bin nicht dein Bruder«, sagte ich, »das weißt du genau.«

Nun legte er das Mädchen endgültig flach, und ohne sich zu genieren, stieg er auf sie drauf. Er machte einen leicht abwesenden Eindruck, als stünde er unter Drogen. Wahrscheinlich hatte er Marihuana oder eine ähnliche Schweinerei geraucht.

»Aber sicher doch«, meinte er.

Das Mädchen bewegte sich kaum. Sie neigte ihren Kopf zur Seite, und ihre angewinkelten Arme waren aufgestellt. Ich sah Schweißperlen unter ihren nackten Achseln. Irgendwie war meine Wut verflogen, und ich fühlte mich plötzlich sehr matt. Sehr matt und ein wenig nervös. Das andere Mädchen rührte sich nicht. Ihre knochigen Finger trommelten auf dem Tisch.

Der Typ sah uns an, zuckte mit den Schultern und ging. Ich hörte ihn auf dem Gang auf und ab wandern.

Die auf dem Sofa grunzte leise vor Lust, aber Richard löste sich von ihr und stand auf. Er brachte seine Kleider in Ordnung und setzte sich an den Tisch. Das Mädchen war noch geil, unbefriedigt, und Brust und Becken hoben und senkten sich auf dem speckigen Bezug.

»Was willst du?« fragte ich Richard.

Plötzlich kam er mir so harmlos vor, daß ich Mühe hatte, mich an meine Panik und an meine Erregung an dem Tag, als ich ihn bei mir antraf, zu erinnern. Es fiel mir schwer, daran zu denken, daß ich seit damals eine andere Wohnung suchte. Wozu? Wegen dieses müden, ausgemergelten Mulatten? Der mit mir so wenig zu tun hatte?

»Gib mir hundert Dollar«, sagte Richard. »Ich hab' nichts mehr.«

»Ich habe keine hundert Dollar«, erwiderte ich.

»Du mußt deinem Bruder helfen. Der Herr wollte, daß ich dich wiederfinde und daß ich meine Schwester Sheila wiederfinde.«

Da sah ich ihm plötzlich ins Gesicht und sah seinen Blick: hinterhältig und lauernd, ein leises Lächeln um den Mund. Mit dem Handrücken wischte er sich über die feuchte Stirn, dann wandten sich seine Augen ab und blickten unverwandt in eine Ecke des Zimmers.

Undeutlich spürte ich die dieselbe Gefahr wie neulich, ich konnte aber nicht mehr reagieren. Einen Augenblick zögerte ich noch und überlegte, ob die Blutsbande nicht doch stärker waren als der Verstand, ob mein schwarzes Erbe mich nicht unwiderstehlich zu Richard hinzog, trotz der langen Jahre, die ich mit den Weißen verbracht und in denen ich ihr Wesen angenommen hatte. Aber nein, es war absurd, unmöglich. Ich hing an den Weißen mit allen Fasern meiner Seele, durch Gewohnheiten, ihre Vertraulichkeiten mir gegenüber, durch dieses Gefühl »dazuzugehören«, das ich unter ihnen empfand. Ich hing an ihnen Sheilas wegen, meines Sohnes wegen, der eine gute Erziehung bekommen, ein College besuchen und es zu etwas bringen würde, zu Reichtum und Ansehen, mit schwarzen Domestiken und einem Privatflugzeug.

»Hör zu, Richard, wenn ich dir hundert Dollar gebe, versprichst du mir, nach Chicago zurückzugehen und mich in Ruhe zu lassen?«

»Ich schwöre es vor Gott, der uns hört«, sagte Richard und stand auf. »Die hundert Dollar werden aber nicht lange reichen.«

»Ich werde dir jeden Monat Geld schicken«, brachte ich mit Mühe heraus.

Warum zertrat ich ihn nicht? Warum fiel ich nicht über ihn her, um ihn loszuwerden? Ich wußte selbst nicht mehr, was ich fühlte. Ich glaubte, vor einem Abgrund zu stehen. Die leiseste Erschütterung, und ich würde das Gleichgewicht verlieren.

»Wieviel?« fragte Richard.

Das Mädchen auf dem Sofa bewegte sich nicht mehr. Sie sah uns an, ihre Augen glänzten, und sie gab mir ein Zeichen.

Monotone Schritte im Gang.

»Ich werde dir Geld schicken«, wiederholte ich mühsam.

Ich wollte an etwas anderes denken, ich mußte an etwas anderes denken.

»Ich muß meinem Freund fünfzig Dollar geben«, sagte Richard. »Von den hundert bleibt mir dann nicht viel übrig...«

»Hol ihn.«

Er holte ihn herein.

»Du wirst jetzt gehen«, sagte ich zu ihm.

»Sachte«, antwortete er, »Sie kommen sich wohl sehr clever vor?«

Ich wollte ihm nicht sehr weh tun, aber er flog ein paar Meter durch die Luft.

»Steh auf«, befahl ich.

Die Mädchen schauten wortlos zu, und ich hörte ihren aufgeregten Atem.

»Du wirst mit diesen zwanzig Dollar verschwinden«, sagte ich und zog zwei Scheine aus meiner Tasche, »und wenn ich dein Gesicht jemals wiedersehe, wirst du es hinterher nicht mehr erkennen.«

»Geben Sie her«, sagte er. »Ich will weder Sie noch ihn jemals wiedersehen.«

Er stopfte die Scheine in die Tasche und ging. Ich hörte seine Schritte noch auf der Treppe und dann nichts mehr.

Das Mädchen vom Sofa stand auf, völlig nackt, und machte die Tür zu. Sie ging zu Richard und setzte sich auf den Tisch. Sie roch säuerlich, und ihr Körper dampfte. Sie lächelte ins Leere und sah mich an.

Werde ich es tun? Werde ich Richard umbringen? Ich sah die beiden Mädchen an, den mageren Körper meines Bruders und seine hinterhältigen Augen. Dieser schreckliche Geruch stieg mir zu Kopf, so daß mir Schauer den Rücken runterliefen. Ich stellte mir meine beiden Hände um seinen harten sehnigen Hals vor und hörte schon die Schreie der beiden Mädchen. Keine Frage, ich mußte ihn loswerden, und zwar nicht mit Geld für die Rückkehr nach Chicago. Klar. Aber nichtsdestoweniger mußte ich auch diese Mädchen loswerden, das stand fest. Gut. An die Arbeit.

»Geh Whiskey holen«, sagte ich zu der, die noch angezogen war. »Wie heißt du?«

»Ann«, sagte sie.

»Ich bin Sally«, sagte die andere.

Sie blickte mich von unten an und lachte, den Kopf etwas schräg auf ihrer Schulter, ihr runder, fester Hintern war auf der rauhen Tischfläche platt gedrückt, und Schweißperlen rannen von den Achseln auf ihre Schenkel. Nun setzte sie sich anders hin, und ich konnte ihr Dreieck sehen, das von krausem Flaum, kaum dunkler als ihre Haut, spärlich bedeckt wurde. Ich schloß die Augen und stellte mir meine Hand auf der prallen, gewölbten Möse vor, und ich spürte, daß ich das nicht mehr lange durchhalten würde, und ich war dabei, das Spiel zu verlieren. Mit letzter Anstrengung versuchte ich mir meine Niederlage und Sheila, meinen Sohn, das Ende meiner Träume vorzustellen. Doch Richards magerer Hals und seine kaputten Hände konnten mich nicht ernsthaft gefährden. Das Aroma dieser beiden Frauen, dieser Schwarzen, schien sich auszubreiten, es kam von den schmutzigen Wänden, von denen die verblaßte Farbe abblätterte, es stieg aus dem feuchtkalten Boden, aus dem altmodischen Sofa, es kam vom Tisch herüber, von den Beinen dieses Mädchens, von ihrer gierig atmenden Brust, von ihren Schenkeln und dem harten heißen Dreieck, das ich mit meinem ganzen Gewicht niederdrücken würde...

Richard streckte sich und stützte sich auf den Tisch. Sally sah ihn zärtlich an und fuhr ihm mit der Hand ins Haar. Ihre Finger waren lang und beweglich, und ich stellte mir diese Hände auf meinem Körper vor. Ann war mit den fünf Dollar, die ich ihr gegeben hatte, Whiskey holen gegangen. Ich würde nun Whiskey trinken. Wieder begegnete ich den kalten, harten Augen von Richard. Er wartete nicht auf Whiskey, er wollte Geld.

Ich hatte Angst, dazwischen vergaß ich sie. Die sexuelle Erregung, die mich gepackt hatte, hinderte mich, an die Konsequenzen von Richards Auftauchen zu denken, die mich Tag und Nacht verfolgt hatten. Der Gedanke daran war nur noch wie ein Wetterleuchten, zwei Körper auf dem abgenutzten Sofa hatten alles andere verdrängt: Sally und ich. Richard ließ mich nicht aus den Augen.

Ich ging zum Tisch. Ich brauchte nur die Hand auszustrecken, um Sally zu berühren.

Sie kam mir zuvor. Sie stand auf und klebte sich an mich, nahm meine rechte Hand und legte sie auf ihre spitze Brust. Richard rührte sich nicht. Ich hörte, wie die Türe aufging. Ann kam herein, drehte den Schlüssel um und stellte die Flasche auf den Tisch. Richard packte sie, zögerte, aber er machte sie auf, und ich sah ihn gierig trinken.

Ann wartete auf die Flasche und lächelte, als unsere Augen sich begegneten. Ich spürte, wie Sally sich bewegte und unruhig wurde, und ich wagte nicht, an sie zu denken. Plötzlich machte sie sich los und half mir aus dem Regenmantel. Meinen Hut legte ich neben mich.

Richard hörte auf zu trinken. Er gab die Flasche Ann. Sie nahm, trank, und nun war ich an der Reihe. Währenddessen zogen mich Sally und Ann aus. Richard war in sich zusammengesunken, sein Kopf lag auf seinen Armen. Ich trug Sally auf das Sofa. Mit den Lippen streichelte ich ihre Haut und kostete den salzig-bitteren Geschmack ihres Schweißes, ich hatte Lust, sie zu beißen. Sie zog mich zu sich herunter, nahm meinen Kopf, und ich spürte ihre Bereitschaft, als ich sie küßte, und gleichzeitig schmiegte sich Ann an mich. Ich stürzte mich auf Sally, wie ein Tier, und sie schrie; unsere nackten Körper dampften in der Kälte des Raumes, und ich vergaß meine weiße Haut.

VI

Meine Glieder schmerzten, und mein Schädel brummte, als ich mich schließlich von den beiden ineinander verkeilten Körpern losmachte. Sallys Kopf wackelte reglos hin und her. Sie fiel zurück, als ich versuchte, sie aufzusetzen. Sie öffnete ihre Augen ein wenig, lächelte leicht und schloß sie gleich wieder. Ann schüttelte sich wie ein nasser Hund, und mich schüttelte die Anmut ihrer Mannequinfigur: lang und schmal, die Brüste klein und hoch angesetzt, die Knochen zierlich und zerbrechlich. Sie war geschmeidig wie ein Raubtier. Sheila schüttelte sich auch so.

Sheila. Ich sah auf die Uhr. Was würde Jim nur denken? Nick ... Nick würde nichts sagen. Plötzlich hatte ich Angst und starrte auf den Tisch. Meine Kleider waren da, und Richard schlief, sein Gesicht in der Armbeuge vergraben.

Ich hatte keine hundert Dollar bei mir. Ich müßte wiederkommen. Zuerst müßte ich ... Warum nicht Richards Schlaf ausnutzen?

Ich stand auf, bewegte mich vorsichtig. Alles funktionierte. Ich war schnell wieder nüchtern. Zwei Mädchen, das war das beste Mittel gegen Whiskey. Sally lag mit offenem Mund da. Plötzlich ekelte ich mich, und ich roch an meinen Händen. Mein ganzer Körper war mit ihrem Geruch imprägniert. Ich fröstelte, aber als ich den ockerfarbenen Körper des zweiten Mädchens betrachtete, während sie sich anzog und sorglos ein Lied summte, bekam ich plötzlich wieder Lust. Ich spürte ihre Haut brennend und klebrig. Aber ich konnte Sheilas Gesicht, ihre gewellten blonden Haare, ihre knallroten Lippen, die blaugeäderte Haut ihrer nackten Brüste nicht aus meinen Gedanken verdrängen.

Ich wollte Richard die hundert Dollar nicht geben. Er schlief. Ich brauchte nur zu gehen.

Ich nahm meine Kleider und zog mich schnell an. Ich hätte mich gerne geduscht, aber ich mußte mich beeilen. Ich mußte zurück zu Nick, zu meiner Arbeit. Gut, daß es am Nachmittag passierte. Nachmittags hatte ich meistens nicht viel zu tun.

Wie konnte ich nur diesen Geruch loswerden? Sheila würde bestimmt etwas merken. In dem Maße, wie mir meine Lage bewußt wurde, hatte ich das Gefühl, daß mein Verstand wieder funktionierte, und um so heftiger und genauer begann ich zu registrieren.

Richard rührte sich nicht, er schlief wirklich tief. Ich konnte wieder klar denken. Zu klar. Ich war keinen Schritt weiter gekommen. Ich hatte mich durch sexuelles Verlangen ablenken lassen. Alle Männer haben Lust, mit Schwarzen zu schlafen – alle weißen Männer –, Männer wie ich. Die Rasse spielt keine Rolle in diesem Fall. Es ist ein natürliches Bedürfnis. Man meint, es wäre anders.

In Wahrheit war es auch anders.

Ich ballte die Fäuste, ich hatte mich von meinem Ziel abbringen lassen. Ich drehte mich im Kreis. Ann beobachtete mich schadenfroh und befriedigt.

»Wann kommst du wieder?« flüsterte sie.

»Ich komme nicht mehr«, sagte ich grob.

»Willst du Richard nicht sehen?«

Sie ging zu ihm hin und wollte ihn wecken. Ich hielt sie davon ab.

»Faß ihn nicht an«, befahl ich.

Sie blieb artig stehen.

»Warum kommst du nicht wieder?« fragte sie.

»Ich bin nicht sein Bruder. Ich mag seine Hautfarbe nicht. Ich will ihn nicht sehen.«

»Magst du meine Farbe?« fragte sie lächelnd.

Es gab nichts an ihrem Körper, das meiner nicht gekostet hatte, an das er sich nicht deutlich erinnern konnte.

»Ich bin ein Weißer«, sagte ich. »Ich darf euch nicht kennen.«

Sie zuckte mit den Schultern.

»Es gibt viele Weiße, die mit Schwarzen zusammenleben. Wir sind hier nicht im Süden. Wir sind in New York.«

»Ich brauche euch nicht«, erwiderte ich. »Ich bin auch so glücklich. Mir liegt nichts daran, mich von einer Niggerbande ausnehmen zu lassen.«

Sie lächelte immer noch, und die Wut stieg in mir hoch.

»Ich kann sehr gut auf euch drei verzichten«, sagte ich. »Ich will nichts von euch. Ihr aber wollt mich erpressen.«

Mir wurde klar, daß ich mich verteidigte, ohne angegriffen worden zu sein. Diese drei harmlosen Gestalten mich angreifen?

»Wir gehören in zwei verschiedene Welten«, sagte ich. »Zwei Welten, die miteinander leben, sich aber nicht nahe kommen dürfen. Und wenn sie sich nahe kommen, endet es nur in Unglück und Chaos; für beide.«

»Richard hat nichts zu verlieren«, sagte sie.

War das eine Drohung, oder stellte Ann das nur einfach fest? Ich fragte mich, was die drei – Ann, Richard und Sally – miteinander verband. Sie wiederholte ihre Frage.

»Wann kommst du wieder?«

Sie schob den Rock bis übers Knie hoch, um den Strumpfhalter zu befestigen. Sie schob ihn weiter hoch als nötig, und als ich die Schatten auf ihrer Haut sah, spürte ich, daß es besser war zu gehen. Meine Wut verwandelte sich in etwas anderes. Lautlos ging ich am Tisch vorbei und achtete auf Richards Atem.

»Gib mir Geld«, verlangte Ann leise. »Richard braucht was zu essen.«

»Und du?« fragte ich. »Ißt du nichts?«

Sie schüttelte den Kopf.
»Ich brauche kein Geld. Ich bekomme, was nötig ist.«
Beschämt blieb ich stehen. Warum beschämt? Ich kramte in meiner Tasche und zog einen Schein heraus. Ich schaute ihn an, es waren zehn Dollar.
»Da«, sagte ich.
»Danke, Dan. Richard wird zufrieden sein.«
»Nenn mich nicht Dan.«
»Warum?« fragte sie behutsam.

Warum? Natürlich konnte sie nicht wissen, daß Sheila mich genauso schleppend »Dan« nannte. Egal, sie hätte es wissen sollen.

Ohne mich weiter aufzuhalten, verließ ich den Raum. Ann versuchte nicht, mich zurückzuhalten.

Ich ging den feuchten Gang entlang, hin- und hergerissen von den Erlebnissen, die sich zu einem fast körperlichen Unbehagen verdichteten. Und dann überkam mich ein so starkes Bedürfnis, alles zu verändern, meine Wohnung aufzugeben und eine neue zu nehmen, mich zu verstecken, daß es mir den Schweiß ins Gesicht trieb. Eine gewaltige Angst schnürte mir die Kehle zu, die Angst eines Verfolgten – schlimmer noch, die Angst eines Opfers, das sich, wie gebannt, seinem Henker zum Spiel überläßt. Haben Sie je eine Maus beobachtet, wenn die Katze ihre Pfote von dem winzigen Rücken nimmt? Sie rührt sich nicht, sie versucht nicht einmal zu fliehen, und der nächste Pfotenhieb ist zarter als ein Streicheln – ein Streicheln aus Liebe, die Liebe des Opfers zu seinem Henker, der es ihm in gewisser Weise lohnt.

Sicher mochte mich Richard ganz gerne. Nur, wann war der nächste Angriff?

Gewöhnliche Mäuse können sich nicht verteidigen. Ich hatte meine Fäuste und konnte mit einer Pistole umgehen.

Man weiß nie, es könnte nützlich sein...

VII

An diesem Abend blieb ich nicht lange bei Nick. Ich war müde, mehr seelisch als körperlich, und diese Idioten, die jeden Abend spielten und sich besoffen, widerten mich mehr an als je zuvor.

Tief in meinem Inneren war ich beunruhigt, alles war so verschwommen wie ein Schatten, und das Leben hatte zweifellos Mitleid mit mir, denn der Abend endete schnell und ohne Zwischenfall – und ich befand mich alleine auf der Straße, im gelben Licht. Ich lief neben meinem Schatten her, der sich wie ein Sekundenzeiger jedesmal drehte, wenn ich an einer Straßenlampe vorbeikam. In der Schwärze der Nacht verharrte die Stadt in dem dumpfen Tosen, das niemals aufhört, und ich lief noch schneller. Eine seltsame Unruhe trieb mich zu Sheila.

Ich ging nicht sofort ins Zimmer, sondern schlich mich zuerst ins Bad, wo das Fenster offenstand. Ich zog mich aus und duschte, doch das seltsame Gefühl widerstand dem kalten Wasser. Dessen wurde ich mir bewußt, als ich meinen kalten Körper mit dem Badetuch abtrocknete.

Ich ließ meine Kleider im Bad und ging zu Sheila. Sie schlief völlig unbedeckt. Ihre Pyjamajacke gab ihre makellose Brust frei, und das offene Haar verdeckte ihr Gesicht teilweise. Ich legte mich neben sie, nahm sie in die Arme, um sie zu küssen, so wie ich es jeden Abend tat. Im Halbschlaf, mit geschlossenen Augen erwiderte sie meine Küsse, überließ sich meinen ungeduldigen Händen, und ich zog sie ganz aus. Hartnäckig hielt sie die Augen geschlossen, aber ich wußte, daß sie sie aufmachte, sobald ich sie mit meinem Gewicht erdrücken würde. Ich streichelte ihre kühlen Arme und ihre leicht gewölbten Hüften.

Sie kam meinen Liebkosungen entgegen und flüsterte mir Zärtlichkeiten ins Ohr.

Ich fuhr fort, sie zu küssen und ihren warmen, festen Körper zu streicheln – und dabei vergingen einige Minuten. Sie wartete sichtlich auf mich – ich rührte mich nicht. Ich konnte nicht. Ich blieb schlaff. Es war nicht zu ändern. Noch merkte Sheila es nicht, und plötzlich war ich mir bewußt, daß mich ihre Küsse kaltließen, und daß ihr Körper meinen Körper nicht erregte. Alles, was ich tat, tat ich automatisch, aus Gewohnheit. Ich mochte ihre Figur, ich mochte die Festigkeit ihrer Beine und das goldfarbene Dreieck auf ihrem Bauch, und ich mochte die fleischigen Spitzen ihrer runden Brüste, aber es war eine leblose Liebe – wie die Liebe zu einem Foto.

»Was hast du, Dan?« fragte sie.

Sie sprach, ohne die Augen aufzumachen. Ihre Hand glitt von meiner Schulter auf meinen Arm.

»Nichts«, erwiderte ich. »Viel Arbeit heute.«

»Das hast du jeden Tag«, sagte sie. »Magst du mich heute nicht?«

Sie rückte enger an mich heran, und ihre Hand suchte nach mir. Sanft machte ich mich los.

»Ich denke an etwas anderes«, sagte ich. »Ich habe Schwierigkeiten. Verzeih.«

»Schwierigkeiten mit Nick?«

Ihre Stimme verriet nicht das geringste Interesse für meine Sorgen. Sie wollte nur das eine, und nun war sie frustriert, weil sie es nicht bekam. Und ich konnte sie verstehen. Ich versuchte, an etwas Aufregendes zu denken, ich versuchte, mir ihren Körper vorzustellen, während wir uns liebten, ihren halboffenen Mund, ihre leuchtenden Zähne und das heisere Röcheln, das sie ausstieß, während sie ihren Kopf nach links und nach rechts warf und ihre Finger sich in meinen Rücken und in meine Hüften krallten. Sheila wartete, halb wach, aber doch wach genug, um zu merken, daß etwas mit mir nicht stimmte.

»Ja«, sagte ich, »Schwierigkeiten mit Nick. Er findet mich zu teuer.«

»Dann hat er nicht genügend Gäste«, sagte Sheila.

»Das kann ich ihm nicht sagen.«

»Du ziehst es vor, dich um die weiblichen Gäste zu kümmern, die ihm nichts einbringen.«

Sie rückte von mir ab, und ich versuchte nicht, mich ihr zu nähern. Ich fühlte mich nicht gut und war besorgt. Ich grübelte weiter, ich kramte verzweifelt in meinem Gedächtnis, um Erinnerungen wachzurufen. Mir kamen die Abende bei Nick in den Sinn, die Mädchen, mit denen ich in den Telefonkabinen gevögelt hatte, die Brünetten und die Blonden, deren Berührungen mir Kraft zu verleihen schienen.

Diese flüchtigen Begegnungen mit Frauen, die mich nicht liebten und die bei mir nur das suchten, was ich bei ihnen suchte: einen bequemen Partner, der bumsen will, erschöpften mich nicht, im Gegenteil, der Wunsch nach Sheila wurde um so brennender, als führte mich das Wissen um diese Art Objektlust dazu, mich noch enger an diese Frau, die ich über alles liebte, zu klammern.

Was für eine empfindsame Seele! Die Seele des Rausschmeißers von Nick! ...

Mein Körper war schlaff und kalt, die angespannten Muskeln sprangen wie unruhige Tiere unter der Haut hin und her.

»Sheila«, murmelte ich.

Sie antwortete nicht.

»Sheila, du tust mir unrecht.«

»Du bist betrunken, laß mich.«

»Ich habe nicht getrunken, Sheila, wirklich nicht.«

»Das wäre mir aber lieber.«

Ihre Stimme war unnatürlich tief, sie war den Tränen nahe. Sheila, ich liebte sie so sehr.

»Es ist nicht der Rede wert«, sagte ich. »Bitte glaub mir doch. Es ist wahrscheinlich nicht richtig, daß ich mich davon so beeinflussen lasse...«

»Selbst wenn Nick dir dein ganzes Geld genommen hätte, ist das noch lange kein Grund, mich so zu verachten.«

Ich unternahm noch einen verzweifelten Versuch, mich aufzugeilen. Ich stellte mir erotische Szenen vor, um diese ungesunde Starre, die mich untätig an die Laken unseres Bettes fesselte, loszuwerden. Zwanzigmal hatte ich mit Maxine und ihresgleichen Liebe gemacht. Zwanzigmal war ich ruhig nach Hause gekommen, glücklich, meine Frau zu sehen, und glücklich, sie befriedigen zu können, da ich aus der Begegnung mit ihrem makellosen Körper jedesmal wieder neue Kräfte schöpfte. Ich konnte nicht. Nichts.

»Sheila«, sagte ich, »verzeih mir. Ich weiß nicht, was du glaubst, ich weiß auch nicht, was du dir vorstellst, aber es ist bestimmt nicht wegen einer oder mehrerer Frauen.«

Sie weinte jetzt und stieß kurze Schluchzer aus.

»Ach, Dan, du liebst mich nicht mehr. Dan... du...«

Ich beugte mich über sie. Ich küßte sie. Ich tat mein möglichstes. Es gibt Frauen, die man so beruhigen kann, und von ganzem Herzen wünschte ich mir Sheila glücklich. Mit aller Gewalt schob sie meinen Kopf weg und rollte sich in ihr Laken, um sich meinen Berührungen zu entziehen.

Ich sagte nichts. Im Zimmer war es dunkel. Ich horchte. Ihr Schluchzen ließ nach, und ihr regelmäßiger Atem verriet mir, daß sie eingeschlafen war.

Ich stand leise auf und ging wieder ins Bad. Mein Hemd hing an einem Haken an der Wand. Ich nahm es und roch daran.

Der Geruch von Sally, der Geruch von Ann, er war noch da. Und ich spürte, wie ich steif wurde.

Ich ließ das Hemd fallen und fuhr mir übers Gesicht. Der Geruch war nur noch schwach, dennoch haftete er, undeutlich und stark, und ich sah Ann und Sally wieder, unsre ineinander verschlungenen Körper im feuchten Keller dieser Kneipe in Harlem.

Nebenan schlief Sheila. Ich hatte mich noch nie gefragt, ob ich sie betrog, wenn ich meine Lust mit den Mädchen von Nick befriedigte und die Nutten im Auto ihrer Kunden hinter deren Rücken flachlegte. Plötzlich wußte ich, daß ich mich nicht richtig verhielt und daß ich etwas Unverzeihliches tat, da ich sie im Geist betrog und mein Körper ihr gegenüber gleichgültig blieb.

Ich versuchte, mich zu beruhigen. Nun gut. Es war ja möglich, daß mit zwei Schwarzen zu schlafen anstrengender ist als mit zwei Weißen und daß ich nur Erholung brauchte. Aber mein angespannter Körper bewies mir das Gegenteil, und die Bilder, die in mir vorbeizogen, hatten nichts mit dem blauen Wasser eines Bergsees zu tun.

Wieder stieg ich in die Badewanne und griff zur Dusche, wieder kaltes Wasser – diesmal, um mich abzuregen.

Ich wagte nicht einmal, meine Geilheit auszunutzen und Sheila zu wecken, um ihre Zweifel zu beseitigen.

Ich hatte Angst. Ich hatte Angst, daß diesmal der Vergleich nicht zu ihrem Vorteil ausfiel.

Seelisch gebrochen und zerschlagen verließ ich das Bad.

Ich ging ins Bett zurück und verzog mich in die Ecke, von etwas verwundet, dessen wahre Ursache ich nur allzugut zu kennen glaubte. Schließlich übermannte mich der Schlaf.

VIII

Ich schlief unruhig, von Alpträumen gequält, und trotz meiner Müdigkeit wachte ich lange vor Sheila auf, da ich das vage Gefühl hatte, weggehen zu müssen, bevor sie mir neue Fragen stellte, bevor das Gespräch eine schlechte Wende nahm. Das Kind schlief im anderen Zimmer, und ich mußte mich beeilen, da es vom Straßenlärm um sieben Uhr bestimmt aufwachen würde.

Ich rasierte mich schnell, wechselte die Wäsche und schmiß die vom Vortag in einen Lackkoffer. Ich zog einen leichten Anzug an und ging.

Ich frühstückte in einem Café. Ich ließ mir Zeit. Schließlich hatte ich viel Zeit totzuschlagen, bevor ich mit der Arbeit bei Nick beginnen konnte.

Ich betrat eine Telefonzelle und rief Sheila an.

»Hallo?«

Ihre Stimme klang beunruhigt.

»Hallo, hier ist Dan«, sagte ich. »Guten Morgen.«

»Hast du nicht gefrühstückt?«

»Ich mußte weg«, erklärte ich. »Wegen dieser Sache, von der ich dir gestern erzählt habe.«

Sie antwortete nicht, und bei dem Gedanken, sie würde einhängen, stand mir der kalte Schweiß auf der Stirn.

»Ach ja«, sagte sie endlich, »jetzt erinnere ich mich.«

Dieser eisige Ton, mit dem sie das sagte!

»Ich komme nicht heim«, sagte ich, »ich gehe direkt zu Nick. Ich muß heute vormittag ein paar Leute sehen.«

»Paß auf, daß sie nicht zuviel Lippenstift haben«, entgegnete sie schlagfertig.

Diesmal hängte sie ein. Auch gut. Ich legte den Hörer wieder auf die Gabel und ging aus der Zelle.

Bis fünf Uhr abends, das ist ganz schön lang.

Spazierengehen. Und dann Kino.

Eine Wohnung suchen.

Ich lächelte bei dem Gedanken. Es war kein fröhliches Lächeln. Es war wieder so eine lächerliche Warnung, der stechende Schmerz einer noch offenen Wunde, so oberflächlich, daß man sich schämt, ihn zu beachten.

Ich versuchte, nicht an die Probleme zu denken, die mich derartig in Beschlag nahmen. Sie wurden so übermächtig, daß es mir gelang, mich, wie bei großen Katastrophen, davon auszunehmen, mich loszulösen und fast gelassen zu bleiben.

Am Anfang hatte ich vor Richard Angst gehabt. Ich lief Gefahr, alles zu verlieren, meine Stellung, meine Frau, meinen Sohn – mein Leben. Ich hatte angstvolle Tage verbracht und alles aufs Spiel gesetzt. Dann hatte ich mich entschlossen, meinem Bruder entgegenzutreten und ihn zu stellen.

Ich war ihm begegnet. Zu meinem Unglück war er nicht allein gewesen. Dabei lernte ich meine wirklichen Gefühle kennen. Wirklich. Und jetzt hatte ich vor mir selbst Angst. Die Gefahr drohte von meinem Körper. Von meinem Körper, der sich gegen seinen Meister stellte und von einem Instinkt getrieben wurde, den ich mich weigerte anzuerkennen.

Daß Richard mich verriet und ich meine Stellung, meine Frau und meinen Sohn verlor, mochte noch angehen. Blieb ich mir jedoch treu, hatte ich noch eine Chance, alles wieder ins Lot zu bringen.

Würde mein Körper aber zum Verräter an mir, war es aus.

Ich drehte mich nach einem Mädchen um, das für diese Tageszeit und diese Gegend etwas zu gut angezogen war. Die Sonne schien. Ich lebte.

Ich dachte an Sheila.

Ich lebte und war machtlos.

Ich betrat eine Bar. Der hemdsärmelige Barmann trug eine weiße Schürze. Er putzte seinen Tresen mit einem schmutzigen Lappen. Sägespäne auf dem Fußboden.

»Whiskey!« verlangte ich.

Er bediente mich wortlos.

»Schöner Tag heute«, versuchte ich ein Gespräch in Gang zu bringen. »Keinen Tip für den Nachmittag?«

»Keinen besonderen«, sagte er, »die üblichen.«

»Kein Risiko mit Bob Whitney.«

»Er wird sie alle kriegen«, sagte der Barmann.

Der Mann schien nicht sehr gesprächig.

»Was kann man in dieser Stadt um acht Uhr morgens tun?« fragte ich.

»Nichts«, antwortete der Mann, »ich meine, arbeiten.«

»Ich habe bis um fünf Uhr nichts zu tun«, sagte ich und schluckte den Whiskey runter.

Es fiel mir wirklich schwer, mich an den Alkohol zu gewöhnen.

Vor dem Tresen führte eine Treppe in den Saal im ersten Stock. Man hörte das geschäftige Treiben von Eimern und Besen; jemand war gerade am Saubermachen. Ich schaute auf und sah die schwarzweiße Baumwollbluse einer dicken Negerin, die auf der letzten Stufe kniete und deren breiter Hintern hin und her schaukelte.

»Noch einen Whiskey«, sagte ich zum Barmann.

Was konnte ich um acht Uhr morgens anderes tun? Ich steuerte auf eine Musikbox zu.

»Was habt ihr da drin?« fragte ich.

»Weiß nicht.«

Ich gab auf, entmutigt.

»Was bekommen Sie?«

»Einen Dollar«, sagte er.

Ich zahlte und ging. Ich gelangte an die nächstgelegene U-Bahn-Station. Ich kaufte mir eine Zeitung und wartete auf den Zug. Er war überfüllt. Ich fühlte mich weniger allein. Und dennoch: Alle hatten ein Ziel, alle hatten ihren Platz. Ich hatte kein Ziel und stand zwischen zwei Rassen, und beide würden mich nur zu gerne ausstoßen. Nichts in der Zeitung. Ich ließ sie im Abteil liegen, als ich ausstieg.

Als ich in der Nähe von Harlem ausstieg, wie zufällig. Ich ging in die erstbeste chemische Reinigung.

»Guten Tag«, sagte ich.

»Guten Tag, Sir.«

Es waren zwei, ein Jude und sein Angestellter. Ich zog mich in der Kabine aus und wartete, bis meine Hose gereinigt war. Ich war gezwungen, hier zu warten. Es würde bestimmt eine halbe Stunde dauern. Was konnte ich noch tun? Meine Schuhe putzen lassen? Fünf Minuten. Essen gehen? Auch das machte den Kohl nicht fett.

Ein Mädchen. Ein weißes Mädchen. Um es herauszufinden, um es zu versuchen.

Ich wurde ungeduldig.

»Beeilen Sie sich«, rief ich dem Mann zu. »Ich habe eine Verabredung mit Betty Hutton.«

»Ich bringe Ihnen etwas Eis zum Abkühlen«, antwortete der Mann im selben scherzhaften Ton. »Gleich ist es soweit. Tun Sie ihr bloß nicht weh. Die Bügelfalte der Hose ist so scharf wie ein Rasiermesser.«

»Ich werde mich auf ihre Knie setzen«, erwiderte ich.

»Hinten wird sie auch schneiden«, sagte der Reinigungsfritze.

Ich drängte nicht weiter. Dieser hier war das Gegenteil vom Barmann. Er schwatzte zu viel. Ich wartete und dachte an nichts. An nichts, nur an ein weißes Mädchen.

Ich wußte, wo sie waren. Eine von Nicks Animierdamen wohnte in der Nähe. Ich begleitete sie ungefähr einmal in der Woche nach Hause. Sie brachte wirklich was ein, dieses Mädchen. Nick hatte Glück. Trotzdem ging ich noch für fünf Minuten beim Schuhputzer vorbei.

IX

Sie machte mir die Tür auf und rieb sich die Augen.
»Hallo«, sagte ich, »alleine?«
»Für wen hältst du mich?«
»Für meine Freundin«, sagte ich. »Kann ich hereinkommen?«
»Klar.«
»Störe ich dich?«
»Ich kann mich ja vor dir anziehen«, sagte sie, »oder nicht?«
»Ach«, sagte ich, »du brauchst dich nicht so zu beeilen.«
Ihre Augen wurden zu Schlitzen, und sie strich eine Haarsträhne, die ihr den Blick verstellte, zurück.
»Was willst du?« fragte sie. »Es ist das erste Mal, daß du um diese Zeit hier bist.«
»Ich wollte dich sehen.«
Ich legte meinen Hut auf den Tisch und setzte mich daneben.
»Du bist nicht übel«, sagte ich.
»Du weißt, wie ich aussehe, das ist nichts Neues.«
»Es geht«, erwiderte ich.
»Du bist seltsam heute morgen, Dan.«
»Stört es dich?« fragte ich.
»Was soll mich stören?«
»Daß ich gekommen bin...«
»Ich möchte wissen, warum du gekommen bist.«
»Stell dich nicht so dumm«, sagte ich.
Sie stand in meiner Reichweite, und ich zog sie an mich. Sie versuchte nicht einmal, ihren Bademantel zu schließen, und ließ es ohne Widerstand geschehen.
»Du bist ein komischer Kerl, Dan«, sagte sie.
»Warum?«

»Bei Nick weiß man nichts über dich...«
»Was sollte man denn wissen?«
Sie brauchte eine Weile, um zu antworten, und ich beschäftigte sie, indem ich ihren Büstenhalter aufmachte. Sie war neunzehn, nicht älter. Frischfleisch bei Nick.
»Wo kommst du her?« fragte sie.
»Von dort...«, antwortete ich mit einer vagen Geste.
»Chicago?«
»Ja, genau.«
»Das ist komisch«, murmelte sie. »Die besaufen sich alle, bevor sie uns anfassen. Man könnte meinen, sie trauen sich sonst nicht.«
»Ihr nehmt sie ganz schön aus«, sagte ich.
»Nicht, wenn sie uns gefallen«, antwortete sie herausfordernd und rückte näher an mich heran.

Ich saß immer noch auf dem Tisch, in der richtigen Höhe, um ihre Brüste zu küssen. Das dauerte gute fünf Minuten. Sie schloß die Augen und preßte ihre wohlriechende Haut an meine Lippen. Ich wollte sie gerade ausziehen, aber sie kam mir zuvor. Ich hatte ihr bereits den unter ihrem Bademantel durchschimmernden Büstenhalter ausgezogen; und ihr Hügel war enthaart, nackt und goldfarben.

»Du bist komisch...«, sagte sie noch einmal und löste sich von mir. »Du wirst doch nicht hier auf dem Tisch sitzen bleiben.«
»Wo kommst du her?« fragte ich sie nun.
»Brooklyn.«
Sie lachte, packte mich an den Handgelenken, um mich hochzuziehen.
»Das brauch ich dir nicht zu sagen, daß ich im schönsten Haus von Central Park South geboren bin.«
»Das brauchst du mir wirklich nicht zu sagen. Sag mir eher, ob du in Form bist.«
Sie streckte sich.

»Nicht schlecht.«

Ich zog meine Weste aus, und sie legte sich aufs Bett. Nun waren die Schuhe an der Reihe und der Rest. Sie hatte sich eine Zigarette angezündet und paffte gelassen vor sich hin, dabei beobachtete sie mich aus den Augenwinkeln. Ich wollte zu ihr, aber sie hielt mich auf.

»Whiskey steht in der Küche.«

»Ich trinke nicht«, antwortete ich. »Jedenfalls nicht oft.«

Ich hatte den Alkoholgeschmack von vorhin noch im Mund.

»Du scheinst aber welchen zu brauchen«, meinte sie spöttisch.

Ich wußte wohl, auf was sie gerade schielte.

»Mach dir keine Sorgen, es funktioniert, wenn es sein muß.«

»Ich dachte, du hättest Sprit nötig«, sagte sie.

»Der Tank ist voll.«

»Dann komm...«

Sie ließ ihren Arm aus dem Bett hängen und drückte die Zigarette in einem Aschenbecher auf dem Teppich aus. Ich ging zu ihr und legte mich neben sie. Eine Weile streichelte ich sie. Sie schwieg und sah mich nicht an.

Ich begann mich zu wundern, was mit mir los war. Ich küßte ihren ganzen Körper. Normalerweise brachte mich das in Stimmung, selbst wenn ich müde war.

Nichts.

Ich strengte mich weiter an, da ich wußte, daß sie meine Küsse erregten. Ihr nackter Bauch war warm und fest, wie eine reife Pflaume in der Sonne.

Plötzlich rückte ich von ihr ab. Sie roch ganz eindeutig nach Seife.

Zum Teufel, ebensogut konnte ich mit einer Waschmaschine schlafen!

Ich stand wieder auf. Sie stützte sich auf ihre Ellbogen. Ein kleines Lächeln gab den Blick auf ihre weißen Zähne frei, und ihre Finger mit den ochsenblutfarbenen Nägeln krallten sich in die Handflächen. Ihre Brust hob und senkte sich schnell.

Sie merkte, daß ich ging, und mit einem Ruck setzte sie sich auf.

»Dan, was ist?«
»Nichts.«
»Bleib bei mir.«
»Nein.«
»Warum? Dan ... bitte ...«
»Du hattest recht«, sagte ich. »Ich kann nicht. Es ist nicht deine Schuld. Ich wollte nur sichergehen, und jetzt bin ich sicher, leider.«
»Dan! ... Bitte ... Du hast mich in einen solchen Zustand versetzt ...«
»Mach dir keine Sorgen«, sagte ich. »Leg dich wieder hin. Ich werde das in Ordnung bringen.«

Sie legte sich wieder hin, ich setzte mich neben sie und tat mein Bestes. Es war zwar nicht besonders erfreulich, aber es gibt Unangenehmeres ... Jedenfalls war sie sauber. Nach kurzer Zeit entspannte sich ihr Körper und gab sich hin, ihre Hände öffneten und schlossen sich noch einmal, und nun lag sie ruhig auf dem Rücken.

»Dan«, murmelte sie. »Mein Schatz.«
»Geht's?«
»Dan ... ich mag das sehr.«
»Freut mich für dich«, sagte ich.
»War es nicht zu unangenehm für dich, Dan?«
»Ach, weißt du«, murmelte ich, »das oder Wetten ...«
»Du bist brutal, Dan ... aber ... machst du es wieder?«
»Ich sehe keinen Grund«, sagte ich. »Das Ergebnis ist meiner Meinung nach eher enttäuschend.«
»Aber meiner Meinung nach nicht«, konterte sie. »Du bist mir egal.«
»Genauso geht es mir mit dir«, sagte ich. »Ich bin nur

zu dir gekommen, um zu sehen, ob ich noch kann. Nun ist es heraus: ich kann nicht.«

»Du widerst mich an.«

»Danke. Hast du schon einmal versucht, mit einem Mädchen zu schlafen? Ich glaube, das wäre deine Richtung.«

»Ich hätte gute Lust dazu«, sagte sie. »Meinst du, es ist dasselbe?«

»Für mich sicher.«

»Reg dich nicht auf, Dan. Es gibt Medikamente.«

»Mach dich nicht lächerlich«, sagte ich. »Ist dir das klar ... in meinem Alter?«

Mir wurde bewußt, daß wir sehr viel freundschaftlicher miteinander sprachen, als ich gedacht hatte. Seltsam. Frauen mögen vielleicht die Impotenten. Ein Mann, ein echter Mann, flößt ihnen immer etwas Angst ein. Sie haben Angst, verletzt zu werden. Ein Impotenter ist wie eine gute Freundin.

»Das passiert jedem einmal«, sagte sie. »Ich werde ja bezahlt dafür und muß es wissen.«

»Erinnere dich daran, daß neun von zehn deiner Kunden blau sind«, wandte ich ein. »Es gibt nichts Besseres als ein ordentlicher Rausch, um abzukühlen.«

»Das gibt es auch«, gab sie zu. »Aber du trinkst ja nicht. Du bist vielleicht abgestumpft. Hast du schon daran gedacht, es mit einem Mann zu versuchen?«

Sie lachte, als sie mein mürrisches Gesicht sah.

»Geh zum Teufel«, sagte ich. »Dann ist mir ein Pferd noch lieber!«

»Du würdest ihm wenigstens nicht weh tun«, unkte sie.

Auch diese Bemerkung hätte von einer Freundin kommen können. Ich antwortete nicht.

»Du kannst ja etwas anderes versuchen. Zwei Frauen, drei Frauen ...«

»Ein ganzes Internat, dich inbegriffen«, sagte ich.

»Oder eine Schwarze. Es heißt, sie seien...«
»Schnauze!...«
Diesmal war ich wütend. Echt wütend. Eine Stinkwut. Sie schaute mich verständnislos an. Glücklicherweise hielt sie nun den Mund. Ich hätte zugeschlagen.

Ich wandte mich ab und zog mich schweigend an. Ich hörte, wie sie sich leise auf ihrem Bett bewegte. Meine Wut kühlte wieder ab.

»Dan«, sagte sie flüsternd, »es tut mir leid...«
Eigentlich war dieses Mädchen nicht schlecht.
»Schon gut«, sagte ich. »Es ist nichts.«
»Mach dir nichts draus, Dan... ich... wirklich... Dan, ich danke dir.«

Lieber Himmel! Sie rührte mich fast! Diese Huren! Was geht bloß in ihnen vor? Wie kommen sie nur auf solche Sachen?

Sie stand auf und trippelte zum Sessel, wo ihr Bademantel lag.
»Möchtest du Kaffee, Dan?«
Ich knöpfte meine Hose zu.
»Gerne.«

Ich packte sie, als sie an mir vorbeiwollte. Sie zuckte erschrocken zusammen, und ihre Augen sahen mich besorgt an. Ich legte meinen Arm um ihre Schultern und gab ihr einen flüchtigen Kuß.
»Danke, Schwesterchen.«

Beruhigt gab sie mir ebenfalls einen Kuß und verschwand in der Küche, wo ich sie mit dem Geschirr klappern und sie das Gas anzünden hörte. Sie trällerte einen Schlager.

Ich ließ meine Jacke liegen und machte es mir in dem Sessel bequem. Keine Kraft mehr in den Beinen. Total erledigt. Man hätte mich in einer Schubkarre wegfahren können.

X

Nach kurzer Zeit brachte sie das Frühstück auf einem Tablett herein. Während sie Teller und Tassen auf ihrem kleinen Klapptisch abstellte, fragte ich sie:

»Hat dir das wirklich genausogut gefallen wie die anderen Male?«

»Welche anderen Male?« protestierte sie. »Du bist ja nicht oft hier gewesen...«

»Jedenfalls hat dich das nicht sonderlich beeindruckt«, sagte ich.

»Lieber Himmel«, antwortete sie. »Es ist ja einiges seitdem hier durchgegangen. Aber was du mir vorhin gemacht hast...«

Sie wurde rot.

»Ich mag nicht davon reden, Dan. Ich mag eine Nutte sein und alles, aber ich mag nicht davon reden. Wenn ich es für Geld tue, ist es etwas anderes.«

»Hast du keinen Freund, der sich so um dich kümmern könnte?« fragte ich.

»Nein«, sagte sie. »Ich hatte einen Freund. Er hat mich zu diesem Job gebracht, aber es war ein mieser Typ. Er wollte nur mein Geld. Ich dachte, er liebt mich, deshalb war ich bereit, es für ihn zu tun, aber er lachte mich aus. Ich sah ihn nie wieder. Er hatte noch andere Mädchen, und er ging aus New York weg nach einer Geschichte mit den Leuten von Luciano.«

»Warum hast du weitergemacht?« fragte ich.

»Man kann nicht ewig vor Hunger sterben, Dan. So schlecht ist die Arbeit auch wieder nicht. Warum machst du denn weiter?«

»Ich habe eine Frau und ein Kind«, sagte ich. »Und ich mag sie. Und wie du richtig bemerkt hast, die Arbeit ist nicht so schlecht.«

»Du hast Glück«, meinte sie. »Aber nein, im Grunde bin ich lieber alleine.«

»Viele deiner Freundinnen leben zusammen«, sagte ich. »Das ist sicher angenehmer.«

»Ich weiß nicht, Dan. Mir wäre lieber ...«

Sie zögerte.

»Sprich weiter«, sagte ich und schenkte mir eine Tasse Kaffee ein.

»Ich möchte einen Kerl wie dich, Dan. Einen starken und doch sanften Kerl. Und dann würdest du es mir wie vorhin machen.«

Sie setzte sich auf meine Knie und kümmerte sich nicht um die Tasse, die ich in der Hand hielt und die gefährlich wackelte.

»Willst du nicht, Dan?«

Das war ein Ding! Ich komme her, sag diesem Mädchen, daß ich mit ihr schlafen will, kann aber nicht, besorg's ihr anders, und sie klebt an mir wie Heftpflaster. Die sind wirklich verrückt.

»Ich sag dir doch, ich habe Frau und Kind.«

Ich schämte mich plötzlich, als ich an Sheila dachte. Sheila, die ich in der letzten Nacht so grausam enttäuscht hatte. Sheila. Und einen Augenblick lang sah ich mich mit dieser Nutte und Sheila mit einem anderen Mann, und mein Herz krampfte sich vor Zorn zusammen. Es ist immer dasselbe. Man ist verheiratet, schläft mit anderen Frauen, ohne Skrupel zu haben. Und die Vorstellung, die eigene Frau könnte mit einem anderen – läßt einen die ganze Welt umbringen. Nichts zu machen, das ist nicht das gleiche. Ein Mann betrügt seine Frau niemals.

»Du bist nett«, sagte ich, »aber ich will nicht. Du verdienst etwas Besseres als einen Impotenten.«

Ich spielte mit dem einen Busen, und die rosa Spitze spannte das durchsichtige Nylon ihres Negligés. Sie machte eine hilflose Bewegung, und die Hälfte meines Kaffees landete in der Untertasse.

»Genug«, sagte ich. »Das ist Quatsch. Steh auf und zieh dich an. Wir gehen ins Kino.«

»Klasse«, rief sie. »Als ob wir verlobt wären.«

»Genau so«, stimmte ich zu.

Ich würde ihr bestimmt nicht erzählen, warum ich sie ins Kino mitnahm. Weder ihr noch jemand anderem. Nicht einmal mir selbst; ich vermied es, daran zu denken.

XI

Es war bereits zwei Uhr nachmittags, als sie fertig angezogen war. Es dauert eben immer etwas länger, als man denkt. Es paßte mir jedoch ganz gut, wahrscheinlich waren mehr Leute im Kino.

Zudem hatte ich mich schon für das Kino entschieden, in das ich sie ausführen wollte. Es war ein kleines Kino neben einer Mädchenschule und immer schön voll. Natürlich bestand noch die Möglichkeit, daß ich mit meinem Vorhaben jämmerlich versagte, für diesen Fall hatte ich immer noch eine Lösung in Reserve.

Wir verließen die Wohnung, und der Lift setzte uns im Parterre ab. Ich beobachtete sie verstohlen. Trotz ihrer Jugend lag etwas in ihrem Gang und in ihrer Art, sich zu kleiden – man konnte nicht umhin zu merken, was sie war. Mir kam plötzlich ein Gedanke. Der Gedanke, daß es mir gelungen war, etwas zu verheimlichen, etwas, das man noch weniger zugeben konnte. Mir war es gelungen, und mir würde es weiter gelingen.

Und mit welchem Ziel? dachte ich voller Spott. All das, meine Mühe, meine Arbeit bei Nick? Und nun bin ich impotent. Ach was...! Ich war ziemlich ruhig. Es wird schon wieder.

Komisch, gestern mit Sheila war ich niedergeschlagen. Vorhin mit diesem Mädchen war ich wütend. Was sie sagte, war auch ungeschickt, und nun war ich so ruhig wie noch nie.

Ich wußte, was ich zu tun hatte.

Sie ging neben mir. Hübsches Mädchen. Die Beine, die Brüste, der Kopf. Wie es sein sollte.

Man muß sich seine Alibis verschaffen können.

Wir kamen zu dem Kino, und ich kaufte zwei Karten.

Ich folgte ihr entlang der vernickelten Treppe mit dem dicken Teppich, und der Strahl der Taschenlampe des Platzanweisers bohrte sich in die Dunkelheit. Er kontrollierte meine Karten.

»Leider getrennte Plätze«, sagte er. »Sie wechseln dann.«

Das waren fünfzehn für Dan.

Sie setzte sich hin, und ich setzte mich zwei Reihen hinter sie.

Zehn Minuten später stand ich leise auf und machte mich unauffällig davon; ich erreichte den Notausgang, von dort war ich sofort auf der Straße. Ein leeres Taxi fuhr vorbei. Ich verkniff mir die Handbewegung.

Nein, kein Taxi. Die Untergrundbahn.

Ich sah auf die Uhr. Noch viel Zeit.

Ich lief zur Bahn.

XII

Bevor ich in die schmierige Kneipe trat, wo ich Richard am Vortag getroffen hatte, schaute ich beiläufig nach rechts und nach links. Wenig Leute. Schwarze, Mischlinge und auch Weiße. Es war das Niemandsland.

Fest entschlossen trat ich ein, schob meinen Filzhut tiefer ins Gesicht und ging geradewegs zur Treppe.

Der Mann hinter dem Tresen hob kaum die Augen, als ich vorbeikam. Die beißende Feuchtigkeit des Ganges schlug mir entgegen, und ich holte tief Atem, um mich wieder daran zu gewöhnen.

Ich sah die Türe und ging hinein, ohne anzuklopfen, ich machte sowenig Lärm wie möglich. Richard schlief ausgestreckt auf dem schmutzigen Sofa. Eine leere Flasche stand auf dem Tisch. Keine Ann, keine Sally. Ich hatte Glück. Aber ihr Geruch hing im Raum. Ich spürte, wie mein Körper sich unwillkürlich erregte, so wie er sich weder bei Sheila noch bei dieser Gans von Nick erregt hatte.

Richard. Das wird er mir büßen.

Mit einem Satz war ich auf ihm und drückte ihm die Gurgel zu.

Er hatte keine Zeit zu schreien. Ich drückte mit aller Gewalt und spürte, wie der Halswirbel allmählich nachgab.

Keine Faxen, keine Spuren. Ich ließ ihn fast sofort los, und ohne ihm Zeit zu lassen, Atem zu holen, preßte ich ihm eins der zerlöcherten Sofakissen aufs Gesicht.

Und dann drückte ich drauf. Sein gichtiger Körper schlug nach allen Seiten aus, und er wäre mir beinahe entwischt. Ich legte mich halb auf ihn und versuchte, ihn in den Griff zu bekommen, indem ich seine Beine zwischen meine klemmte. Ich drückte wie ein Verzweifelter, aber sein Knie erwischte meinen Unterleib, und es schmerzte. Mir wurde schwindelig, und ich wollte mich übergeben, aber das Kissen ließ ich nicht los, und es gelang mir, Richard auf dem vergilbten Stoff festzunageln. Seine Hände krampften sich um mein rechtes Handgelenk und versuchten, das Kissen wegzuschieben, ich hatte meinen rechten Arm jedoch unter seinen Nacken geschoben; Richard würde es nicht schaffen, diesem Griff zu entkommen.

Er wehrte sich noch gute fünf Minuten. Meine Kräfte ließen allmählich nach, und mir war, als ob meine Augen in ihren Höhlen tanzten. Ich spürte, wie mir der Schweiß aus den Poren trat und in Bächen an mir herunterlief und das Hemd auf meinen angespannten Muskeln festklebte.

Richards Hand klammerte sich weiter an mein Handgelenk, aber seine Finger packten nicht mehr zu. Es kostete Kraft, mich loszumachen.

Jede weitere Anstrengung lohnte nicht mehr.

Ohne ihm das Kissen vom Gesicht zu nehmen, durchsuchte ich schnell seine Taschen. Ein schmutziges Notizbuch. Ein paar Groschen. Lauter Mist. Scheine vom Pferdelotto. Nur das Notizbuch. Der Rest war nicht gefährlich.

Ich mußte mich beeilen.

Ich hob das Kissen hoch. Kein schöner Anblick. Ich ging zum Tisch, nahm die Flasche vorsichtig mit dem Taschentuch und stellte sie neben ihn, nachdem ich den Rest über sein Gesicht und seine Kleider gekippt hatte.

Dieser Trick war nicht besonders verfänglich. Aber wen würde es schon interessieren, ob diesen Mischling im Keller einer miesen Pinte in Harlem tatsächlich der Schlag getroffen hatte?

Die Polypen auf keinen Fall.

Ich sah mich im Raum um. Nichts verändert. Ich strich Richards Anzug wieder glatt. Ich hatte darauf geachtet, nicht zuviel zu verändern, während ich ihn durchsuchte.

Und es war gut so. Nun war er steif und kalt wie ein Betonklotz. Das ist nun mal so, wenn man in voller Aktion krepiert.

Ich ging schnell hinaus. Ich hatte den Eindruck, als öffnete sich eine Türe hinter mir. Ich drehte mich um. Nichts. Ich zuckte mit den Schultern und ging hoch. Ich durchquerte die Bar und war auf der Straße.

Wie spät war es? Eine Stunde hatte es gedauert. Gut. Ich kehrte um und stieg in die Bahn.

Ich beeilte mich, ins Kino zu kommen. Niemand bewachte den Notausgang. Ich öffnete die Tür, auf der »Zutritt verboten« stand. Noch ein feuchter Gang; mir fiel der andere Gang ein.

Ich hatte keine Gewissensbisse.

Ich schaute durch die dunkle Glasscheibe der Tür, die in den Zuschauerraum führte. Niemand stand davor.

Die stieß ich ebenfalls auf. Die Stimmen der Schauspieler schlugen mir entgegen, ich zuckte zusammen.

Die Taschenlampe des Platzanweisers hatte mich erfaßt. Er kam rasch auf mich zu.

Zu dumm. Egal. Ich hatte meine Ausrede.

»Was machen Sie hier?«

Ich zeigte ihm meine Karte.

»Toilette?«

»Nicht da, Mister«, sagte er und sah sich meine abgerissene Karte an, die er mir gleich wieder zurückgab. »Dorthin.«

»Danke«, sagte ich.

Zwei Minuten später war ich wieder an meinem Platz. Er war besetzt. Aber der davor war frei. Ich setzte mich hin und klopfte meiner Begleiterin auf die Schulter.

»Hallo«, sagte ich.

Sie nahm meine Hand, als wäre ich ein Gespenst, und stieß einen leisen Schrei aus.

»Dan«, flüsterte sie, »du hast mich erschreckt ...«

Sie ließ mich sofort wieder los und vertiefte sich in den Film.

Um so besser.

Ich mochte es nicht, daß sie mein Handgelenk genau dort anfaßte, wo Richard sich vor einer Stunde festgekrallt hatte.

Ach, was soll's!

Besser gar nicht an diese Dinge denken.

XIII

Es kam so, wie ich es vorausgesehen hatte.

Am nächsten Tag stand in den Zeitungen nur eine kurze Notiz – und dann nichts mehr.

Wieder lag ich neben Sheila. Sie war gerade eingeschlafen. Und ich mußte feststellen, daß sich mein Zustand nicht gebessert hatte.

Bei Nick war auch nichts zu machen. Ich hatte es nicht einmal probiert.

Ich versuchte, mich zusammenzureißen, eine Erklärung zu finden.

Aber das schien über meinen Verstand zu gehen.

Warum schaffte ich es mit diesen Mädchen nicht? Warum mit meiner Frau nicht? Der Satz vom Abend davor hallte in meinen Ohren nach.

»Oder eine Schwarze, angeblich sind sie ...«

War es, weil das Zusammensein mit diesen beiden Schwarzen, ganz tief in meinem Inneren, das Gefühl, daß auch ich schwarz war, wiederbelebt hatte? Ein Gefühl, das alle Generationen mit sich herumschleppen – die Angst des Negers vor der weißen Frau ...

Das nannten sie Komplexe. Das war es wahrscheinlich. Trotzdem fühlte ich mich nicht mehr oder weniger schwarz als am Tag davor. Ich fühlte mich so weiß wie immer.

Na also! Gibt es keine instinktiven Komplexe? Oder vielleicht gibt es sie doch?

Ich suchte. Ich suchte – und meine Hände glitten an meinem Körper entlang und begegneten dem Beweis für meine Impotenz.

Aber ich suchte absichtlich in der falschen Richtung. Im Grunde wußte ich, was ich wollte, schließlich gestand ich es mir ein. Ich hatte es mit Sheila versucht: erfolglos; mit einer anderen Weißen: erfolglos.

Ich brauchte eine Schwarze. Das war es. Ich mußte ins kalte Wasser springen. Ich mußte es versuchen.

Wie am Tag zuvor stand ich heimlich auf, ohne Lärm zu machen.

Es war vielleicht drei Uhr morgens. Ich würde so viele Nachtlokale finden, wie ich nur wollte.

Mischlinge würde ich auch finden.

Ich wollte eine richtig Dunkle. Eine, die schwitzt. Und ordentlich fett sollte sie sein.

Ich zog mich rasch an und schloß die Türe hinter mir. Ich wollte wieder zurück sein, bevor Sheila aufwachte.

Ich mußte drei Blocks weit gehen, bevor ich ein Taxi fand. Dem Taxifahrer gab ich irgendeine Adresse in Harlem an. Für einen Weißen ist es dort gar nicht so einfach, sich das, was ich suchte, zu verschaffen. Aber nicht umsonst war ich fünf Jahre lang Rausschmeißer gewesen. Ich wußte, wo ich zu suchen hatte.

Es ist nicht selten, daß Weiße auch mal die Hautfarbe wechseln wollen.

XIV

Das Lokal war runtergekommen. Eine armselige Bar wie viele andere. Ich ging hinein. Drinnen war wenig los. Drei oder vier Frauen, fünf oder sechs Männer und der Barmann mit dreckiger Jacke.

Ich bestellte einen Highball. Der Barmann bediente mich. Als er sich zu mir hinbeugte, um mir das Wechselgeld zurückzugeben, flüsterte ich:

»Keine Mädchen frei?«

Er sah mich mißtrauisch an.

»Ikey der Löwe schickt mich«, sagte ich.

»Gut«, sagte er beruhigt.

Das schwarze Gesicht entspannte sich. Er bückte sich, wühlte in den Flaschen und stand wieder auf. Er schob mir eine zerknitterte Visitenkarte zu.

»Zwei Blocks weiter«, sagte er. »Sagen Sie, Sie kommen von Jack.«

»Danke«, sagte ich.

Ich ließ ihm ein üppiges Trinkgeld und ging. Zwei Blocks weiter. Fünf Minuten. Ich ging rein. Das Haus sah recht anständig aus. Die Halle war nur schwach beleuchtet, und der Hausmeister schlief hinter dem Tresen. Ich stieg die sechs Stockwerke hinauf, klingelte zweimal, wie es auf der Visitenkarte mit Bleistift geschrieben stand, die mir der Barmann gegeben hatte. Eine gutangezogene Frau mit zuviel Schmuck, ungefähr dreißig Jahre alt, öffnete mir die Türe. Ganz schön schlau, wer hätte sagen können, ob sie Mulattin oder einfach nur Mexikanerin war. Ich konnte das unterscheiden.

»Kommen Sie rein«, sagte sie, als ich ihr die Karte reichte und von Jack grüßte.

Sie schloß die Tür und ließ den Vorhang fallen. Ich folgte ihr. Sie öffnete eine andere Tür und schob einen anderen

Vorhang zur Seite. Der Raum, in dem ich mich jetzt befand, war nicht schlecht möbliert.

Ich setzte mich in einen Ledersessel.

»Möchten Sie eine sehr Dunkle?« fragte sie mich.

»Ziemlich dunkel«, antwortete ich.

Ihr Blick störte mich.

»Nicht zu dünn?« fügte sie hinzu.

Sie lächelte flüchtig.

»Kann man auswählen?« fragte ich.

»Natürlich«, antwortete sie. »Ich schicke Ihnen zwei.«

Sie verschwand durch eine Tür, und ich wartete. Mein Herz schlug höher.

Sie war gleich wieder da und schob ein kräftiges, tiefschwarzes Mädchen vor sich her und eine junge Mestizin, die etwas heller, schmal und groß war. Die erste war vielleicht fünfundzwanzig, die zweite nicht älter als sechzehn.

»Das ist Rosie«, sagte die Alte, »und das ist Jo«, fügte sie hinzu und legte ihre rechte Hand auf die Schulter der Jüngeren.

Rosies Kleid war weit ausgeschnitten, und ihre schwarze Haut leuchtete im halbdunklen Raum. Ihr fleischiger Mund mit den geschminkten Lippen lächelte. Die andere beobachtete mich und rührte sich nicht.

Die Puffmutter bemerkte mein Zögern.

»Sie können beide haben...«, sagte sie.

Ich zog meine Brieftasche heraus. Sie kam zu mir. Ich bezahlte.

»Rosie, führen Sie den Herrn.«

Ich folgte ihnen in einen dritten, fast leeren Raum. Außer einem Bett in einer Ecke und einem Waschbecken in einer Nische, die mit einem Vorhang getrennt war, stand nichts in dem Raum.

Ein dunkler Teppich bedeckte den Boden.

Es war sehr dunkel in dem Raum, der nur von einer kleinen rosa Lampe erleuchtet wurde.

Rosie hatte sich ausgezogen und legte sich aufs Bett. Plötzlich kam mir ein Verdacht, und ich sah Jo genauer an. Ich mußte lachen.

»Du kannst gehen«, sagte ich ihm. »Ich mag keine Knaben.«

Er lächelte ungeniert. Auch Rosie lachte.

»Deine Chefin hat mich übers Ohr gehauen«, sagte ich.

»Lassen Sie ihn bleiben«, sagte Rosie.

Ich zog die Jacke aus. Jo öffnete sein Kleid und ließ es fallen. So stand er da, splitternackt und unanständig.

»Lassen Sie ihn bleiben«, wiederholte Rosie kichernd. »Sie werden es nicht bereuen.«

»Ich mag diese Tour nicht«, sagte ich.

»Haben Sie es schon probiert?« fragte Jo kalt.

Ich war sprachlos.

»Kommt gar nicht in Frage, ich versuch es nicht«, sagte ich.

»Kommen Sie«, sagte Rosie. »Kümmern Sie sich nicht darum. Ich kann Liebe auf französisch machen ...«

»Ich auch«, antwortete ich.

Ich zog mich nun ganz aus. Ich hatte keinen Grund mehr, mich um meine Potenz zu sorgen. Doch ich wollte wirklich nicht, daß dieser Knabe im Zimmer blieb. Oder aber ...

Ich sah jetzt, daß ich mir zu Unrecht Sorgen gemacht hatte. Im Grunde hatte ich es geahnt, daß ich eine Schwarze brauchte, um wieder ein Mann zu werden. Gut. Aber ich wollte nun ehrlich mit mir sein.

Ich wußte, was herauskommen würde, wenn ich nicht mit Rosie schlief.

Wenn ich mich damit begnügte, ihr zuzusehen, vielmehr beiden zuzusehen, wäre ich zweifellos in der Lage, mich mit Sheila zu arrangieren. Und Sheila war für mich unentbehrlich. Jede Ausrede war überflüssig.

Rosie wartete schon auf mich. Ich ging zum Bett und setzte mich auf die Kante.

»Komm«, sagte ich zu Jo.
Er kam schnell herüber. Ich sah Rosie an. Sie wartete ungeduldig.
»Los, Jo«, sagte ich. »Ich schaue euch zu.«
»Sie auch«, sagte Rosie erregt.
»Ich sehe euch zu«, wiederholte ich.
Ohne sich zu genieren, ging der Junge auf das Mädchen zu, deren gespreizte Schenkel sich darboten. Behutsam und doch bestimmt fickte er sie vor meinen Augen. Er schien einen unerbittlichen Ritus zu vollziehen. Rosies Beine streckten sich. Ich war mehr oder weniger gebannt. Ich spürte den Geruch der Frau, und ich verfolgte mit den Augen das Muskelspiel des Knaben. Nach einer Weile wies Rosie den Jungen zurück. Er blieb neben ihr liegen. Er sah mich an.
»Komm«, sagte Rosie. »Alle zusammen.«
»Nein«, sagte ich.
Sie streichelte Jo, ohne die geringste Scham.
»Warum nicht«, fragte sie. »Ich bin nicht krank, und Jo auch nicht.«
»Das ist es nicht«, sagte ich. »Ich wollte etwas nachprüfen, das habe ich getan. Das reicht.«
Mit einem Satz kniete sie über mir und wollte mich nehmen. Ihren heißen, gierigen Mund spürte ich wie ein Blitz, doch ich packte ihr Kraushaar und riß mich los. Ich stand auf, ich hatte Mühe zu widerstehen. Ich begehrte dieses Mädchen so sehr, daß mein ganzer Körper schmerzte. Und Rosie brauchte mich offensichtlich genauso wie ich sie.
Sie schmiß sich auf Jo, und ich hörte nur noch ihren schnellen Atem und das schmatzende Geräusch ihrer umschlungenen Körper.
Ich trat in die Nische, wo das Waschbecken stand. Ich beugte mich darüber und drehte den Wasserhahn über meinem Kopf auf. So blieb ich einige Minuten unter dem

Wasserstrahl, keuchend und verzweifelt. Etwas ruhiger ging ich in den Raum zurück und zog mich langsam an.

Jo und Rosie beachteten mich nicht mehr. Ich öffnete die Tür und ging hinaus.

Auf der Straße atmete ich wieder. Ich sah auf die Uhr. Es war kurz nach fünf Uhr morgens.

Ich kehrte nach Hause zurück.

XV

Sheila lag noch genauso da. Sie hatte sich in meiner Abwesenheit nicht gerührt.

Ich schlich mich an sie heran und nahm sie, bevor sie Zeit hatte aufzuwachen. Sie öffnete nicht einmal die Augen. Sie schlang ihre Hände um meinen Nacken und gab sich meinen Zärtlichkeiten hin, sie erwartete sie mit Ungeduld.

Dann machte sie sich von mir los, beruhigt und entspannt, mit einem Lächeln um den Mund. Ich schmiegte mich an sie und genierte mich, denn ich hätte es nicht wieder tun können.

»Dan...«, flüsterte sie verschlafen.

»Ja«, antwortete ich. »Verzeih mir wegen gestern und heute abend.«

»Dan, dachtest du wirklich an deine Schwierigkeiten?«

»Ich schwöre es dir«, sagte ich. »Ich glaube, ich habe eine Lösung.«

»Merkwürdig...«, murmelte sie. »Merkwürdig, daß es dir in dieser Hinsicht etwas ausmacht.«

In der Tat, es war merkwürdig... Ich hätte es selbst nicht für möglich gehalten.

»Ich habe mich etwas übernommen«, sagte ich. »Das ist jetzt vorbei.«

Ich dachte wieder an Rosie und Jo, dort auf dem großen Bett, und hatte wieder etwas Kraft. Aber Sheila war schon fast wieder eingeschlafen.

»Nein... Dan... bitte... Ich kann nicht mehr.«

»Warum?« wunderte ich mich. »Schon nach so wenig?«

Sie vergrub ihr Gesicht in ihren Armen.

»Dan... wirst du mir verzeihen?«

»Was?« fragte ich.

»Ich bin so müde ... Dan. Ich ... Ich weiß nicht, wie ich es dir sagen soll ...«

»Hast du einen anderen Mann?« fragte ich kurz und schroff.

Nun waren ihre Augen endgültig offen.

»Das denkst du doch nicht im Ernst, Dan? O nein, das ist es nicht. Ich ... Ich wage es dir aber trotzdem nicht zu sagen, Dan.«

»Ich kann mir aber nicht vorstellen, was es sein könnte, wenn nicht ein anderer Mann«, erwiderte ich.

»Es ist kein anderer Mann. Da ... es war ... oh ... Dan, es war ich ... ich allein ...«

Ich lachte irritiert.

»Wenn das alles ist ...«, sagte ich.

»Bist du mir böse, Dan?«

»Aber nein«, versicherte ich. »Es war ja schließlich meine Schuld.«

»Du bist doch böse. Das verzeihst du mir nicht ...«

Sie versteckte ihren Kopf in meiner Achsel.

»Oh, Dan, du darfst mich nicht so lassen. Ich brauche dich, Dan. Ich brauche das.«

»Du scheinst es doch nicht so zu brauchen«, meinte ich etwas verärgert.

»Doch, Dan. Ganz alleine, weißt du, macht es gar keinen Spaß. Es macht müde und ist nicht angenehm. Dan, ich glaube, wenn du mich eine Woche so lassen würdest, müßte ich Beruhigungsmittel nehmen oder mit einem anderen schlafen.«

»Das ist ja reizend«, meinte ich.

Ich fing an zu lachen. Wirklich, eine schöne Bescherung. Ich hatte Richard getötet, dieses Abends wegen. Fast wäre ich krank geworden, fast hätte ich New York verlassen müssen, und Sheila würde mich auch verlassen. Fast wird man erwischt – wahrscheinlich wird man aber nicht erwischt –, und dann noch der Typ, der mich zu Richard gebracht hatte. Und Ann und Sally. Und der Besitzer des Lokals...

Merkwürdig, die Mentalität eines Mörders, dachte ich plötzlich. Man stellt sich vor, daß die Gewissensbisse einen verfolgen, daß man von schrecklichen Visionen geplagt wird.

Von wegen. Man muß sich alle Mühe geben, an die Konsequenzen für das, was man getan hat, zu denken.

Mich ließ das wirklich alles kalt, jetzt. Das einzige, was zählte, war das, was mir Sheila eben gesagt hatte.

Sobald ich zwei Tage ausfalle, schon... Aber was veranlaßte mich noch, bei ihr zu bleiben? Warum konnte ich nicht von ihr weg? Warum fühlte ich mich dann so leer? Dieses Bedürfnis, sie wiederzufinden, zu wissen, daß sie mir gehört. – Selbst wenn ich nicht bei ihr war, zu wissen, daß ich sie sehen konnte, wann ich wollte.

War das Liebe?

Nicht gerade komisch.

Aber was will man machen!

So weit also war es mit mir gekommen! Eine Frau, die mich körperlich nicht erregte ... Das wurde mir, weiß Gott, klar, daß ich mir darüber keine Illusionen machen durfte. Eine Frau, die einen Mann so nötig brauchte, daß sie mich nach zwei Tagen ersetzen würde, wenn ich so unvorsichtig wäre auszufallen.

Und ich begriff, daß es das war. Deswegen litt ich.

Ich stellte mir Sheila mit einem anderen vor. Oder alleine. Gut. Um so schlimmer.

Es gibt ja noch Schwarze. Doch es gibt keinen Richard mehr.

Der Herr hat es erlaubt, daß ich dich, Richard, los bin. Ich behalte Sheila, um dich zu ärgern.

Gute Nacht, Dan.

XVI

Ich verließ Nicks Laden, um schnell eine Besorgung zu machen. Zeitungsjungen verkauften eine Extraausgabe.

Ich las die Überschriften auf der ersten Seite, ohne sie zu begreifen: »Ein Neger überschreitet die Linie, um seinen Bruder zu töten – Die Geliebte des Opfers klagt an – Die Polizei sucht Dan«.

XVII

Ann schlug die Tür der Telefonzelle hinter sich zu und war wieder auf der Straße. Sie spürte, wie ihre Beine wegsackten, und sie mußte das Zittern ihrer Hände verbergen, wollte sie die Aufmerksamkeit nicht auf sich lenken.

Sie hastete die Straße hinunter und bog nach links in eine andere Straße ab. Noch einen Block, dann sah sie das Café, wo sie sich mit Sheila verabredet hatte.

Sie trat ein und setzte sich. Es war ein Lokal, wo sie nicht besonders auffiel.

Sie hörte, wie die Zeitungsverkäufer die Extraausgabe ausriefen. Die Journalisten hatten keine Zeit verloren. Die Polizei auch nicht.

Die Tür ging auf, und eine blonde, hübsche Frau kam herein. Sie trug den blauen Filzhut, den sie am Telefon erwähnt hatte. Sie schaute sich rasch um und ging zu Ann.

»Sind Sie Frau Parker?« fragte Ann.

»Ja«, antwortete Sheila.

»Ich muß Ihnen verschiedenes mitteilen. Können wir hierbleiben?«

»Warum nicht«, antwortete Sheila schroff.

»Es ist schwierig, Ihnen das zu sagen.«

Sheila sah sie nur an und griff nach ihrer Tasche.

Das Gesicht der jungen Mulattin wurde eine Schattierung dunkler.

»Ich will kein Geld. Es ist nur wegen Richard.«

»Richard, ach ja. Diese dumme Geschichte. Dans angeblicher Bruder.«

»Es ist keine Lappalie«, sagte Ann. »Ziehen Sie aus, bevor es zu spät ist, und lassen Sie sich nicht blicken. Dan wird auch Sie töten.«

»Das ist doch Unsinn«, murmelte Sheila.

»Ich sah, wie Dan seinen Bruder getötet hat«, sagte Ann.
»Dan hat schwarzes Blut. Er ist ein Schwarzer. Er hatte Angst, daß Richard Ihnen das sagen würde. Er hängt sehr an Ihnen. Er hat Richard umgebracht, um keine Angst mehr zu haben. Aber ich sah ihn aus dem Zimmer gehen. Richard war mein Mann.«

Ihre Stimme klang abgehackt und tonlos, und Sheilas Augen waren vor Entsetzen geweitet; sie konnte es nicht glauben.

»Das ist doch absurd«, sagte sie. »Es muß jemand anderes sein. Dan ist nicht schwarz.«

»Doch«, sagte Ann. »Er hat schwarzes Blut, er ist mindestens ein Viertelschwarzer.«

»Das ist Unsinn«, wiederholte Sheila. »Das würde man doch sehen.«

»Sie wissen sehr gut, daß man es nicht sehen kann«, sagte Ann.

»Aber Dan kann keinen Menschen getötet haben, und noch weniger seinen Bruder ...«, beharrte Sheila.

»Sein Beruf ist es, die Leute zusammenzuschlagen«, sagte Ann bitter. »Das hat ihm sicher nichts ausgemacht. Und mein Mann ist tot. Ich werde ihn rächen.«

Sie stand auf. Sie war aufs äußerste erregt.

»Sie erzählen mir doch nur Geschichten«, sagte Sheila. »Das stimmt doch alles nicht.«

»Kaufen Sie doch eine Zeitung«, sagte Ann, »da steht es drin. Die Polizei hat es schon überprüft.«

»Ist Dan schon verhaftet?« fragte Sheila, plötzlich bleich.

»Wahrscheinlich sind sie gerade dabei.«

»Warum haben sie ihn nicht verhaftet, bevor sie es in die Zeitungen gebracht haben?«

»Der Besitzer des Lokals, wo er arbeitet, muß die Bullen geschmiert haben«, sagte Ann. »Sie mögen solche Skandale nicht. Sie müssen warten, bis er herauskommt.«

XVIII

Hastig gab Dan dem Zeitungsverkäufer fünf Cent und riß ihm die Zeitung aus der Hand. Da stand es: ein Foto von Ann und die Geschichte. Kein Foto von ihm. Zum Glück.

Er schaute nach rechts, nach links. Gleichgültige Passanten. Ein Taxi fuhr langsam vorbei. Er ließ es bis auf seine Höhe heranfahren, winkte dann, und in Sekunden war er darin verschwunden. Durch die Rückscheibe sah er zwei Männer, die auf die Straße traten und in seine Richtung blickten. Er trieb den Taxifahrer an.

»Schneller.«

»Wohin?« fragte der Taxifahrer.

»Bieg hier ab.«

Der Mann gehorchte, und der Motor heulte auf.

»Die nächste rechts«, befahl Dan.

Er wühlte in seiner Tasche und zog zwei Eindollarscheine heraus.

»Weiter noch. Bei der Kurve fährst du langsamer.«

Der Mann gehorchte. Dan öffnete den Wagenschlag.

»Fahr geradeaus weiter und schnell.«

Er sprang auf den Gehsteig, überquerte die Straße und verschwand in der U-Bahn-Haltestelle gegenüber.

Ein Polizeiauto kam mit quietschenden Bremsen um die Ecke.

Dan zuckte mit den Schultern. Ohne sich zu beeilen, kam er wieder heraus und ging in die entgegengesetzte Richtung weiter.

Die Kunst war es, sich nicht zu gut zu verstecken.

Und man durfte sich von Sheila nicht zu weit entfernen.

Im Gehen dachte er nach.

Das Mädchen, bei dem er gestern war. Sie hatte ihm

Kaffee gekocht, sie hatte seine Anwesenheit hingenommen, ohne zu fragen, sie würde ihn nicht fallenlassen.

Gewöhnlich kam sie gegen zehn Uhr abends zu Nick.

Er änderte die Richtung. Das einfachste war, sofort dorthin zu gehen. Vielleicht war sie da.

Er ging schnell, an gleichgültigen Gesichtern vorbei. In der Menge verloren, versuchte er seine Gedanken auf das Hauptproblem zu konzentrieren.

Den Bullen entkommen.

Und der beste Weg, ihnen zu entkommen, war zweifellos, sich nicht um sie zu kümmern, so zu tun, als gäbe es sie nicht.

XIX

Muriel zog ihre Handschuhe im Eingang aus. Sie fuhr zusammen, als sie das kurze Klingeln hörte. Sie drehte sich auf ihren Absätzen um und ging zurück zur Tür. Sie löste die Sicherheitskette und drehte den Knopf herum.

Dan zwängte sich herein und machte die lackierte Tür wieder zu.

»Guten Tag«, sagte er. »Du bist aber lange weg gewesen.«

»Hast du auf mich gewartet?« fragte sie erstaunt.

»Ich bin seit halb sechs unten«, murmelte Dan.

»Sag mal, glaubst du, daß ich meine Tage mit Nichtstun zu Hause verbringe?«

Sie war wütend.

»Ich muß bei dir bleiben«, sagte Dan ungerührt.

»Aber du bist verrückt, Dan ... Es ... Zu mir kommt ein Haufen Leute. Ich kann dich nicht hierbehalten.«

»Gestern hättest du mich hierbehalten.«

Sie antwortete grob:

»Für das, was du davon gehabt hast ...«

»Dafür hast du um so mehr davon gehabt«, sagte er und packte sie am Arm.

Sie wurde blaß.

»Drück mich nicht, du brutales Ekel! Bist du dir im Klaren ...«

Sie wand sich wie eine Schlange, und es gelang ihr, sich aus dem Griff zu befreien. Tränen standen in ihren Augen.

»Oh, Dan ... Du weißt gar nicht, wieviel Kraft du hast ...«

Er ließ die Arme fallen und senkte den Kopf.

»Hör zu, Muriel. Die Polizei sucht mich.«

»Was hast du getan?«

»*Einen Kerl umgebracht. Meinen Bruder. Lies die Zeitung.*«

Muriel fiel die Kinnlade runter.

»*Das warst du?*«

Er senkte schweigend den Kopf.

»*Hör zu, Muriel*«, fuhr er gleich fort, »*das ist nicht wichtig. Ich muß bei dir bleiben. Ich kann aus dieser Gegend nicht weg.*«

»*Warum?*«

»*Wegen meiner Frau. Ich muß hierbleiben.*«

Sie zuckte mit den Schultern.

»*Du ziehst mir hier die Bullen auf den Hals. Hör zu, Dan, du bist ja ganz nett, aber du wirst von hier verschwinden, und du sagst mir, wenn ich dich ...*«

Sie unterbrach sich, um dann weiterzusprechen:

»*Verschwinde. Komm. Mach schon. Ich will keine Bullen hier. Ich weiß, wie es im Knast ist.*«

Er sah sie verständnislos an.

»*Muriel, ich muß bleiben ... Meine Frau wird gehen ...*«

»*Laß deine Frau in Ruhe. Hast du ihr schon gesagt, daß du schwarz bist?*«

Dan versteinerte. Er atmete nur noch mit Mühe.

»*Sag das nicht noch einmal. Ich rate es dir nicht ...*«

Muriel wich zurück. Dan rührte sich nicht, er war angespannt.

Mit einem Satz war sie an der Zimmertür und schlug sie zu. Er sprang hinterher, aber der Schlüssel drehte sich schon im Schloß.

Die Tür krachte. Er hörte, wie das Mädchen Möbel rückte. Etwas schlug gegen die Tür, dann ein Knall, und im Furnier erschien ein winziges Loch, von dem sich ein Holzsplitter löste.

Dan hörte auf. Er sah sich das kaputte Holz an. Muriels Stimme war von der anderen Seite zu hören.

»*Verschwinde. Verschwinde, oder ich rufe die Polizei.*«

Er hörte, wie sie den Hörer abnahm.
Langsam wich er zurück, ohne sich umzudrehen. Seine Hände bekamen den Türknopf zu fassen, und schon war er im Treppenhaus. Seine Lippen bewegten sich, und er murmelte wirre, undeutliche Worte. »Sheila...«, sagte er endlich.
Fast hätte er den Fahrstuhl gerufen; er besann sich jedoch und ging die Treppe zu Fuß hinunter. Weiterhin sprach er mit sich selbst.
»Ich muß sie sehen. Ich muß es wissen.«
Er ging die Treppe hinunter. Je näher er an die Straße kam, desto entschiedener und sicherer wurde sein Schritt. Mit einem raschen Blick stellte er fest, daß niemand auf ihn wartete, und unbemerkt schlüpfte er hinaus.
Nach ein paar Schritten wühlte er in seinen Taschen und zählte das Geld. Er hatte noch ungefähr zweiunddreißig Dollar. Besser als gar nichts.
Fest entschlossen kehrte er um und ging wieder in das Haus, das er gerade verlassen hatte. Das Treppengeländer bog sich unter dem Druck seiner verkrampften Finger. Die Tür stand noch offen. Muriel hatte sich nicht hinausgewagt.
Er ging lautlos hinein und schlug die Wohnungstür zu. Er schlich sich an die Zimmertür und hielt den Atem an.
Er wartete.

XX

Sheila lief wie eine Schlafwandlerin herum. Sie sah einen Zeitungsverkäufer und merkte, als sie in ihrer Tasche nach einem Fünfcentstück suchte, daß sie sie nicht zugemacht hatte.

Sie sah mit Entsetzen auf das Blatt, das von der frischen Druckerschwärze noch klebte. Da war das Foto des Mädchens, das sie gerade getroffen hatte, und hier stand der Bericht über den Mord in allen Einzelheiten, die Reporter nur ausgraben können, wenn sie sich mal Mühe geben.

Sie beschloß, nicht nach Hause zu gehen. Man wartete bestimmt schon auf sie.

Sie drehte sich um. Der Typ, der im Gehen die Zeitung las, blieb stehen.

Sie trat auf ihn zu.

»Sind Sie von der Polizei?« fragte sie.

Der Mann sagte nicht nein. Er lächelte, fuhr mit seiner Hand in die Tasche und zeigte ihr die Marke.

»Leutnant Cooper«, stellte er sich vor. »Ich habe mir keine Mühe gegeben«, sagte er, als wollte er sich entschuldigen.

Es schien ihn zu verwirren, daß man ihn so schnell erkannt hatte. Er war jung, nicht unsympathisch.

»Sie machten nicht den Eindruck, als wollten Sie weglaufen«, fuhr er fort. »Es ist die übliche Routine. Wir haben die Negerin verfolgt.«

»Ist Polizei bei mir?« fragte Sheila. »Hören Sie, sagen Sie nicht nein. Das will ich nicht. Ich will nicht nach Hause. Ich habe auch nicht die Absicht abzuhauen und ich ...«

Sie zögerte.

»... und es ist mir egal, was mit Dan passiert«, sagte sie entschlossen. »Kann ich zu Hause anrufen? Kann ich?«

Er lächelte sie an. Sie war hübsch, aber ziemlich ordinär. Die Hüften zu breit, und blond natürlich.

»Selbstverständlich«, sagte der Mann. »Ich begleite Sie.« Es wird nicht schwierig sein, ihn herumzukriegen.

Er begleitete sie bis zur nächsten Telefonzelle und blieb draußen stehen, weit genug, um nicht zu hören, was sie sagte. Sie lächelte, zuckte mit den Schultern und öffnete die Tür einen Spalt.

»Kommen Sie schon, ich habe nichts zu verbergen. Verstanden? Wenn jemand in dieser Geschichte beschissen worden ist, dann bestimmt nicht Sie, sondern ich.«

Er blieb verlegen neben der Tür stehen.

»Ich sage dem Babysitter nur, daß er das Kind zu meiner Mutter bringen soll«, sagte sie. »Ich gehe dann mit Ihnen zur Polizei, das ist es doch, oder? Und ich möchte einen Anwalt. Ich bin nicht erpicht, mit einem Kriminellen verheiratet zu sein.«

Cooper nickte.

»Lassen Sie mich telefonieren«, sagte er. »Die sind bei Ihnen. Sonst lassen sie den Babysitter nicht heraus. Ich sage ihnen auch, daß sie nichts zerstören und nichts mitnehmen sollen«, fügte er hinzu. »Das wird sicherer sein.«

Sie überließ ihm den Hörer und gab ihm die Nummer.

»Ich danke Ihnen«, sagte sie und bemühte sich dabei, betont höflich zu sein.

Er wurde rot, weil sie ihm voll in die Augen sah. Sie war gut angezogen und nicht wie diese Huren, die er sonst immer einsammelte. Und ihr Mann, ein Mörder, war ein Schwarzer. Komische Frau. War es ihretwegen? Er bekam eine Verbindung und hatte in wenigen Worten die Sache geregelt.

»Hat...«, fragte er schüchtern.

»Hat was?«

»Hat Ihr Mann eine kriminelle Vergangenheit? Wissen

Sie, ob er etwas Illegales getan hat, bevor er seinen Bruder umbrachte?«

»Nein«, sagte Sheila. »Warum?«

»Er kann sich wahrscheinlich mit einem guten Anwalt aus der Affäre ziehen. Es gibt ja nur die Aussage der Frau und des Barmanns. An sich würde das ausreichen, um ihn auf den Stuhl zu bringen ... aber wenn das Opfer versucht hat, ihn zu erpressen ... Wissen Sie, da ist etwas, was uns stört, Ihr Mann sieht nämlich ganz wie ein Weißer aus.«

»Na und?« *fragte Sheila.*

»In diesem Fall ist das ziemlich unangenehm«, sagte Cooper. »Und man weiß ja nie, was ein guter Anwalt finden kann, was weiß ich, daß seine Mutter seinen Vater betrogen hat und daß er wirklich weiß ist. Die Leute glauben immer, daß die Schwarzen die Linie überschreiten müssen. Man muß sie beruhigen. Na ja, hier in New York ist die Diskriminierung nicht so schlimm, aber im Süden würde es einen unangenehmen Aufstand geben.«

»Ich verstehe«, sagte Sheila.

»Also, wenn Sie etwas wissen, wodurch man ihn verurteilen kann, etwas anderes als ...«

»Sind Sie sich im Klaren, was Sie von mir verlangen?« sagte Sheila.

»Vorhin sagten Sie, es sei Ihnen egal, was mit ihm passiert«, entgegnete Cooper.

»Natürlich«, murmelte Sheila, »aber immerhin habe ich fünf Jahre mit ihm gelebt. Wir haben ein Kind.«

Plötzlich wurde ihr bewußt, was gespielt wurde, und sie schaute Cooper erschrocken an.

»Sagen Sie ...«, fragte sie. »Wird man ihn verhaften, verurteilen und umbringen?«

»Ich weiß es nicht«, antwortete Cooper verlegen.

»O Gott!« sagte Sheila. »O allmächtiger Gott!«

XXI

Muriel lauschte ängstlich. Sie hatte die Polizei nicht angerufen, sondern nur den Hörer abgehoben und wieder hingelegt. Voller Sorge schaute sie sich den kleinen Revolver an, den sie gerade benutzt hatte. Selbst damit fühlte sie sich nicht sicher.

Sie hörte, wie die Tür mit einem lauten Knall zuschlug, und dann nichts mehr. Dan mußte wohl abgehauen sein. Er hatte hier nichts mehr zu suchen. Seltsam der Gedanke, sich von ihm streicheln zu lassen, während er den Mord an seinem Bruder plante. Sie schob die Erinnerung an das, was er gestern mit ihr getan hatte, beiseite. Sie konnte nicht sagen, ob es angenehm oder unangenehm gewesen war.

Dan mußte weg sein. Sie hätte gern nachgesehen.

Sie nahm den Hörer auf, hängte ihn leise wieder ein und wählte die Nummer der Polizei. Dann sprach sie so, als würde ihr jemand antworten. Sie gab die Adresse und Einzelheiten durch. Sie sagte danke und hantierte wieder mit dem Telefon.

Die Tür krachte und sprang auf. Der Tisch und die zwei Stühle, die sie davorgestellt hatte, brachen zusammen, es war lächerlich. Muriel hatte keine Zeit mehr, den Revolver auf Dan zu richten. Schon hatte er sie mit seinem Gewicht niedergedrückt und hielt ihr den Mund mit seiner harten, kalten Hand zu. Sie schloß die Augen und leistete keinen Widerstand.

»Sei still«, flüsterte er tonlos. »Sei still, oder ich erwürge dich. Ich werde die Hand von deinem Mund nehmen, und bei der geringsten Bewegung erwürge ich dich. Das wird nicht lange dauern, das schwöre ich dir.«

Sie spürte, wie sich die Umklammerung allmählich lockerte. Lippen und Zähne schmerzten, und die andere

Hand muß wohl einen blauen Strich auf ihrem Hals hinterlassen haben. Sie hatte nicht mehr so viel Angst. Vielleicht wollte er sie umbringen.
»Wo ist dein Geld?« *flüsterte er.*
»Ich habe keins da...«, *sagte Muriel vorsichtig.* »Fast nichts ...«, *fügte sie rasch hinzu, als sie den veränderten Gesichtsausdruck des Mannes bemerkte.*
»Wo ist das Geld?« *wiederholte er.*
»Ich habe nur fünfzig Dollar«, *sagte sie.*
»Das sind doch Märchen«, *erwiderte Dan.*
Seine Stimme war immer noch tonlos und unpersönlich.
»Ich schwöre dir, Dan ...«
»Wo ist deine Tasche?«
»Es ist nicht in meiner Tasche, Dan. Ich habe nur zehn oder zwölf Dollar in meiner Tasche.«
Sie weinte.
»Dan, ich habe fast kein Geld. Was kann ich bloß tun?«
»Gib mir das Geld, beeil dich.«
Sie stand auf, schwankte und machte eine Bewegung, um den Revolver zu erwischen. Dans Hand ballte sich zu einer Faust und landete auf ihrem rechten Busen. Fast hätte sie geschrien, aber er war schon über ihr, und seine Hand drückte ihr die Lippen zusammen. Er lockerte wieder den Griff. Sie spürte das Blut in ihrem Mund. Tränen standen in ihren stark geschminkten Augen.
»Beeil dich«, *wiederholte Dan.*
Sie rührte sich nicht. Irgend etwas hinderte sie daran zu gehorchen. Etwas, das ihre Muskeln lähmte und sie weich und kraftlos machte, sie konnte nicht reagieren, sich nicht wehren.
Mit einem Ruck riß Dan das Oberteil von ihrem Kleid herunter und begann, sie auszuziehen. Sie versuchte, seine Hände daran zu hindern.
»Weißt du, wie eine brennende Zigarette guttut?« *fragte er.*

»Dan, ich flehe dich an! ...«
Er ließ sie los.
»Gib mir dieses Geld. Ich sage es noch einmal, es ist das letzte Mal.«
Geschlagen ging sie zur Kommode und zog die erste Schublade heraus. Dan folgte ihr mit den Augen. Sie schob Dinge aus feiner Seide weg und hielt Dan ein Bündel Scheine hin. Er steckte es wortlos ein.
»Du hast die Polizei nicht angerufen«, sagte er plötzlich. »Sonst wäre sie schon da.«
»Nein.«
»Ich wußte es«, sagte er. »Ich habe gelauscht, und du bist keine gute Schauspielerin.«
Sie fing wieder an zu weinen.
»Dan ... Ich ... Gestern war es so viel schöner. Mir tut alles weh. Du hast mir weh getan. Ich werde bestimmt krank werden ...«
»Wieviel ist das«, fragte Dan, ohne sich zu rühren.
»Zweihundert Dollar. Das ist alles, was ich habe. Bestimmt, Dan!«
Sie hielt sich den Busen und schluchzte.
»Laß mich, Dan. Geh weg! Ich kann nichts mehr für dich tun. Du hast mein ganzes Geld.«
»Gestern hättest du lieber«, sagte Dan.
Sie nickte mit dem Kopf.
»Ich auch«, sagte er. »Wenn ich dich gestern gefragt hätte, ob ich bei dir bleiben kann, hättest du zugestimmt.«

»Wenn ich ehrlich wäre«, sagte er, »würde ich heute dasselbe tun wie gestern. Ich würde dir für deine zweihundert Dollar was bieten. Aber ich habe keine Lust. Gestern wollte ich mir über etwas klarwerden. Nichts anderes. Gestern hat es mir nichts eingebracht.«
»Sei still, Dan. Du bist ein brutales Schwein.«
Er schüttelte den Kopf. Er schien leicht erstaunt.

»*Das sagt ihr alle. Du, die Gäste von Nick, die Zeitungen. Ich arbeite für mein Geld. Es ist nicht meine Schuld, wenn mein Bruder es nicht getan hat. Und es ist nicht meine Schuld, wenn du es nicht getan hast. Gestern hättest du Geld nehmen sollen. Du hättest mich nicht glauben lassen dürfen, daß ich dich um etwas bitten kann. Ich brauche dieses Geld. Hätte ich bei dir bleiben können, um zu erfahren, was Sheila treibt ... Du hast es nicht gewollt. Ich war also gezwungen, das zu tun, was ich getan habe. Und ich würde dasselbe wieder tun, wenn dasselbe zweimal passieren würde.*«

Muriel sah ihn an, erschrocken über den monotonen Klang seiner tiefen Stimme.

»*Sie werden mich fragen, wie es kommt, daß ich weiß bin*«, *fuhr er fort.* »*Sie werden mich ausfragen, mich zusammenschlagen, mich vernichten. Und was wird Sheila in der Zeit treiben? Du verstehst doch, daß ich sie nicht ohne Aufsicht lassen kann ...*«

Er blickte auf.

»*Du darfst die Polizei nicht anrufen, wenn ich gehe. Du wirst mindestens zwei Stunden warten.*«

Sie versuchte, seinem Blick standzuhalten, doch sie mußte wegsehen.

Muriel keuchte. Er hob die Hand, um sie zu schlagen, und sie stieß einen schrillen Schrei aus. Die knochige Faust von Dan erwischte sie am Kinn, und sie wurde in die Luft geschleudert. Ihr Körper fiel mit einem leisen Klagen aufs Bett.

Dan besah seine Faust. Ein Gelenk schwoll rasch an. Erstaunt schaute er auf Muriel hinunter. Sie rührte sich nicht mehr, und ihr Hals bildete einen so unnatürlichen Winkel, daß man hoffte, sie würde sich endlich bewegen.

Er horchte. Nichts. Muriels Schrei hatte keine Aufmerksamkeit erregt.

Er beugte sich über sie und legte seine schwere Hand auf

den dünnen glänzenden Stoff ihres Büstenhalters. Sie war tot.

»Das wollte ich nicht ...«, flüsterte Dan. »Ich wollte nur, daß du still bist, während ich gehe.«

Er schaute den leblosen Körper an. Sie war sehr schön gewesen. Sehr schön für eine Nutte.

Er wandte sich ab und steuerte auf die Handtasche auf der Kommode zu. Zwölf Dollar und etwas Kleingeld. Er nahm es, ging und machte beide Türen sorgfältig hinter sich zu. Er drehte den Schlüssel im Schloß herum und steckte ihn ein.

XXII

»Es steht nicht sehr gut für ihn«, sagte Cooper. »Das sind die letzten Informationen, die wir haben. Er hat eine Frau umgebracht, eine dieser Prostituierten, die in dem Lokal verkehrten, in dem er arbeitete. Er hat ihr Geld eingesteckt, wahrscheinlich hat er sie vergewaltigt und dann umgebracht, dafür sprechen die Körperstellung und andere Spuren, die man an der Leiche entdeckt hat. Die Ärzte müssen ihr Gutachten noch abgeben. Anschließend hat er ein Taxi nach Brooklyn genommen, und seitdem keine Spur. Seit drei Tagen fahnden wir nach ihm, und wir wissen nicht, wo er ist.«

»Ich kann nicht ewig im Hotel bleiben«, sagte Sheila. »Und mir ist der Gedanke, nach Hause zu gehen, unerträglich, nach dem, was vorgefallen ist. Trinken Sie noch einen Whiskey?«

Er schenkte sich ein, und Sheila zündete sich eine Zigarette an.

»Ich will leben«, sagte sie. »Ich hatte Dan sehr gerne. Aber das ist nicht mehr der Dan, den ich liebte. Ich frage mich, wie er es fertiggebracht hat, diese schrecklichen Sachen zu tun.«

»Er hat schwarzes Blut«, entgegnete Cooper. »Das erklärt manches.«

»Ich kann es immer noch nicht glauben«, sagte Sheila. »Am Anfang, als ich es erfuhr, war ich so schockiert, daß ich es glaubte, und meine Wut hat mir dabei geholfen. Aber jetzt, wenn ich es mir überlege, kann ich es nicht glauben.«

»Immerhin«, sagte Cooper, »es steht in seinen Akten, und die sind nicht zu widerlegen.«

»Ich bin völlig ratlos«, sagte Sheila. »Ich weiß nicht, was

ich tun soll, wem ich mich anvertrauen soll. Und trotz allem denke ich noch an Dan, wie er war, bevor das alles passierte.«

Cooper machte eine wegwerfende Bewegung.

»Lassen Sie das. Beginnen Sie ein neues Kapitel. Das ist Vergangenheit. Sie können sich nicht daran klammern.«

»Das weiß ich«, entgegnete Sheila. »Verstehen Sie, es ist so, als handelten wir zu zweit.«

Sie hielt einen Augenblick inne.

»Es ist mir sehr peinlich«, schloß sie. »Moralisch und physisch.«

»Die Zeit wird die Wunden heilen«, sagte Cooper.

»Ich weiß nicht«, meinte Sheila. »Hoffentlich.«

Er stand auf.

»Es war grauenhaft gestern«, sagte sie. »Ich wollte, die Sache wäre vorbei. Müssen wirklich Journalisten dabeisein?«

»Das ist unvermeidlich«, sagte Cooper.

Es gab ein langes Schweigen, als zögerte er, etwas hinzuzufügen.

»Darf ich Sie einmal ausführen?« fragte er und wurde rot.

»Das ist sehr nett von Ihnen«, meinte sie und lächelte unsicher.

»Nein, im Ernst«, sagte er. »Es wäre mir ein Vergnügen.«

Sie seufzte.

»Es ist komisch ... ich habe mir Polizisten nicht so vorgestellt.«

»Ich verstehe das als Kompliment«, sagte Cooper und wurde noch einmal rot. »Entschuldigen Sie, ich muß gehen. Ich bin im Dienst.«

»Rufen Sie mich an«, sagte sie.

XXIII

Dan wartete. Seit drei Tagen hatte er das kleine schmutzige Zimmer, das ihm der Hotelbesitzer, ein Mulatte, für dreißig Dollar vermietet hatte, nicht verlassen.

Das war ebenfalls eine von diesen Adressen, die er bei Nick erfahren hatte – die vertrauliche Mitteilung eines Säufers. Das Bett quietschte und war hart, und in dem Loch, das der Besitzer Toilette getauft hatte, waren Kakerlaken.

Zeitungen stapelten sich auf dem Bett, auf dem Stuhl, sie waren überall verstreut.

Dan wartete auf den Besitzer. Er lauerte auf die Geräusche im Haus, während er aus dem einzigen Fenster des Zimmers sah, von dem aus er die Straße kontrollieren konnte.

Der Schweiß rann ihm übers Gesicht. Sein Kragen war schmutzig, und sein Gesicht schlecht rasiert und seine Wangen hohl.

XXIV

Er kam erst um fünf. Vom Fenster aus sah ich, daß er alleine war. Ich hatte nicht die Absicht, mich von diesem Wurm in die Enge treiben zu lassen. Ich hörte seinen Schritt im Treppenhaus, und dann verschwand er in seinem Zimmer im ersten Stock.

Ich dachte an Sheila. Ich brauchte Sheila.

An was sollte ich sonst denken? Ich grinste bei dem Gedanken an die Nacht, in der ich neben ihr lag und nicht konnte, und an diese zweite Nacht, in der es sich fast wiederholt hätte.

An allem war Richard schuld. Mein ganzes Leben wurde durch ihn in Unordnung gebracht.

Ich hörte, wie der Besitzer und seine Frau unter mir diskutierten. Meistens redete er, und von Zeit zu Zeit unterbrach sie ihn mehr oder weniger heftig. Sie hatte eine volle, tiefe Stimme. Sie war Mulattin wie er, jedoch viel dunkler. Wenn ich an sie dachte, sehnte ich mich noch mehr nach Sheila.

Trotz meiner Befriedigung, Richard getötet zu haben, mußte ich vorsichtig bleiben und warten, bis alles vorbei war. Ich mußte mich um jeden Preis so lange verstecken, bis sich die Sache beruhigt hatte, und dann konnte ich zu Sheila und mit ihr in ein anderes Land gehen. Ich hätte auch zuerst abhauen und ihr schreiben können, sie solle nachkommen, aber so lange konnte ich nicht warten. Ich hatte noch ungefähr fünfundneunzig Dollar, morgen mußte ich das Hotel verlassen. Irgendwie mußte ich Geld auftreiben.

Die Tür im ersten Stock knarrte, und die Frau sagte etwas. Ihre Stimme hallte durchs Treppenhaus. Schwerfällig ging sie die Stufen hoch.

Sie kam zu mir. Sie öffnete die Tür, ohne anzuklopfen. »In der Zeitung steht etwas anderes«, sagte sie und hielt sie mir von weitem hin. »Sie müssen gehen.«

»Warum haben Sie die Polizei nicht gerufen?« fragte ich.

Sie sah mich an, in ihrem Blick war so etwas wie Besorgnis.

»Sie müssen gehen«, wiederholte sie. »Wir haben nichts gesagt, weil sie sich alle wie Hunde auf Sie gestürzt haben. Selbst wenn Sie ein schlechter Mensch sind, sind wir es einem unserer Brüder schuldig, aber jetzt ist es nicht mehr möglich.«

»Warum?« fragte ich. »Haben Sie Angst, daß ich weitermache?«

»Wir haben keine Angst«, sagte sie, »aber Sie müssen gehen.«

»Ich habe bis morgen bezahlt.«

»Das ist nicht mehr dasselbe«, erwiderte sie. »Einige behaupten, daß Ihr Bruder Sie bedroht hat, aber die Frau, die Sie umgebracht haben, hat Sie nicht bedroht, und Sie haben ihr Geld genommen, nachdem Sie sie getötet und vergewaltigt haben.«

Ich lachte. Getötet und vergewaltigt. Natürlich, ich war ja ein Nigger.

»Hören Sie«, sagte ich. »Sie wissen genau, was man in diesem Land über die Schwarzen schreibt. Ich habe sie nicht umgebracht. Ich habe ihr nur einen Schlag versetzt, um sie zum Schweigen zu bringen.«

Sie sah mich ängstlich an.

»Seit drei Tagen bin ich hier«, sagte ich. »Gäbe es das geringste Risiko, hätte die Polizei mich längst gefunden.«

»Sie fangen an, ernsthaft zu suchen«, sagte sie.

Ich regte mich auf. Ihr Ton war so gleichgültig, als würde ich vom Wetter reden.

»Gut, gut«, sagte ich. »Morgen abend gehe ich, wie ausgemacht. Natürlich rate ich euch, nichts zu unternehmen.«

Ich muß wohl etwas zu laut gesprochen haben, denn ihr Mann kam nun ebenfalls herauf.

»Wahrscheinlich finden Sie auch, daß dreißig Dollar pro Tag für dieses Drecksloch nicht genug sind«, fuhr ich fort.

»Es geht nicht um das Zimmer«, murmelte sie. »Es ist Ihr Leben und unsere Freiheit, die wir riskieren. Mein Mann wollte nicht, daß Sie hierbleiben.«

In diesem Augenblick kam er herein. Ich konnte seine Augen nicht sehen, er blieb einen Schritt hinter seiner Frau stehen.

»Zeigen Sie mir die Zeitung«, verlangte ich.

»Hören Sie«, sagte er, »wir haben getan, was wir konnten, mein Lieber, aber sie fangen an, in der ganzen Stadt nach Ihnen zu suchen, und es ist nicht mehr sicher hier, nein, überhaupt nicht mehr sicher. Hören Sie, mein Lieber, Sie müssen aus dem Hotel verschwinden.«

Ich ging auf sie zu. Sie rührte sich nicht, aber er wich zurück.

»Ich will diese Zeitung sehen«, sagte ich.

Sofort. Ich mußte sie sofort haben. Wahrscheinlich stand in der Zeitung etwas über meine Frau. Der Mann trat einen Schritt vor, riß seiner Frau die Zeitung aus der Hand und warf sich gegen die Tür.

»Gehen Sie und Sie können alle Zeitungen haben. Hören Sie, mein Lieber, ich bin bereit, Ihnen das Geld für morgen zurückzugeben.«

Ich berechnete den Abstand. Er hatte meine Reflexe noch nicht kennengelernt. Er versuchte nach hinten zu springen, aber schon hielt ich ihn fest. Ich zog ihn wieder in das Zimmer zurück, und der Tür gab ich einen Fußtritt.

»Her mit der Zeitung.«

Seine Frau rührte sich nicht. Sie schaute mich mit vor Entsetzen geweiteten Augen an und hielt ihre beiden Fäuste auf ihre keuchende Brust gepreßt.

»Gib her ...«, wiederholte ich und sah ihr in die Augen.
Sie hob die Zeitung auf und hielt sie mir hin. Ich stopfte sie in die Tasche.
»Gib mir die Vorhangschnur.«
Sie gehorchte wortlos und riß die dünne geflochtene Schnur herunter. Der Mann bewegte sich nicht. Er hatte Todesangst. Ich ballte die linke Faust vor seinem Gesicht zusammen.
»Schau genau hin«, sagte ich. »Damit bringt man angeblich eine Frau um.«
Sein Kinn krachte ein bißchen, und er brach in meinen Armen zusammen. Ich hatte nicht fest zugeschlagen. Diesmal war ich sicher. Sein Herz schlug regelmäßig.
»Hab keine Angst«, sagte ich zu der Frau.
»Ich habe keine Angst«, antwortete sie. »Ich habe getan, was ich tun mußte.«
Ich band die Hände des Mannes zusammen und schob ihn unter das Bett.
»Ich werde gehen«, sagte ich, »wenn ich die Zeitung gelesen habe.«
Ich war jetzt ruhig und in Gedanken weit weg. Ohne zu zittern, faltete ich die Zeitung auseinander. Es war eine Zusammenfassung der Verhöre abgedruckt. Sie beschrieben mich alle als einen gefährlichen Irren und verschwiegen, daß ich schwarz war.
Und da stand auch etwas über Sheila. Sie ließ sich durch einen Anwalt vertreten und hatte die Scheidung eingereicht.
Ich las diesen Abschnitt zweimal. Sonst stand fast nichts über sie drin. Nicht einmal ihr Foto war abgebildet. Irgend jemand zensierte die Artikel.
Ich dachte eine ganze Weile nach. Die Frau bewegte sich nicht. Ihr Mann unter dem Bett blieb ebenfalls ruhig.
Sie kam zu mir.
»Wollen Sie etwas essen, bevor Sie gehen?«

Sheila. Die zwei Nächte. Ann, Sally, Rosie. Seit vier Tagen hatte ich keine Frau mehr berührt. Ich erinnerte mich an Muriels Körper, an den Nylonunterrock, den sie trug.

»Nein«, sagte ich, »ich kann nicht.«

Sie bemerkte meinen Blick und sagte nichts. Sie blieb stehen. Ihre Brust hob und senkte sich rasch.

Ich nahm sie auf dem Eisenbett, ohne mich auszuziehen. Sie machte keine Anstalten, mich daran zu hindern. Mich trieb eine seltsame Lust, und ich hatte den Eindruck, als verging eine Ewigkeit, bevor sie aus ihrer Erstarrung aufwachte. Ihre Möse war weich und heiß, wie eine warme Quelle, und ihr Körper bewegte sich langsam, während ihre Hände über meinen bebenden und angespannten Körper glitten. Und nun drückte sie mich an sich, als wollte sie unsere Körper zusammenschweißen, und sie wimmerte wie ein Tier, fast lautlos, ohne etwas zu verstehen.

XXV

Ich blieb lange neben ihr liegen, und sie versuchte nicht, sich loszumachen. Ich hatte ihr Kleid hochgeschoben und streichelte ihren nackten harten Bauch ganz automatisch. Und dann hörte ich den Kerl unter dem Bett; er jammerte und wurde unruhig. Ich stand auf. Nachdem ich meinen Anzug in Ordnung gebracht hatte, kontrollierte ich, ob die Fesseln noch hielten, sie schienen in Ordnung. Die Frau stand ebenfalls auf.

»Sie müssen jetzt gehen«, sagte sie. »Sie müssen gehen.«

»Und wohin soll ich gehen?« antwortete ich.

»Wenn Sie dieses Loch hier gefunden haben«, flüsterte sie, »können Sie auch etwas anderes finden...«

»Sie suchen mich«, sagte ich. »Sie suchen mich in der ganzen Stadt. Ich kann keinen Schritt machen, ohne erkannt zu werden.«

»Ich kann Sie nicht hierbehalten«, sagte sie leise.

Der Mann unter dem Bett wurde immer unruhiger. Ich ging zu ihm hin und zerrte ihn aus seinem Unterschlupf.

»Wo kann man ihn hintun?« fragte ich.

Sie sah mich schweigend an, aber mein Gesichtsausdruck genügte ihr zweifellos, denn sie drehte sich langsam um, schloß die Tür auf und ging im Treppenhaus voran. Wir stiegen in den ersten Stock hinunter. Wir begegneten niemandem. Das Haus war sehr still.

Sie ließ mich in einen kleinen Raum und wies auf eine zweite Tür, die sie öffnete. Es war eine ziemlich schaurige Küche mit einem großen Spülbecken und einem Schrank. Er war mit irgendwelchem Plunder vollgestopft, alte Bürsten, Konservendosen, Lumpen.

Aus einem Lappen fabrizierte ich einen Knebel, den ich ihm nicht zu fest in den Mund stopfte, und dann legte ich ihn unsanft auf das ganze Zeug. Nachdem ich mich versichert hatte, daß durch die Ritzen genügend Luft hereinkam, schloß ich den Schrank wieder zu.

Ich hörte, wie er sich im Schrank bewegte. Er versuchte, eine bequemere Stellung zu finden.

Die Frau stand in der Küche und war in ihre Starrheit zurückgefallen.

»Hör zu«, sagte ich. »Hörst du mich?«

Sie nickte.

»Ich sage dir jetzt, wo du hingehen sollst. Du fragst, ob Mrs. Parker immer noch da wohnt. Sheila Parker. Das ist meine Frau.«

Sie nickte wieder, um zu zeigen, daß sie verstanden hatte.

»Und du wirst versuchen herauszufinden, wo sie sich aufhält, wenn sie nicht mehr da ist, und auch, wo das Kind ist.«

»Ist das Ihr Sohn?« fragte sie.

Jetzt nickte ich, ohne etwas zu sagen, und spürte, wie sich mein Hals zusammenschnürte.

Es herrschte Schweigen.

»Danach werde ich gehen«, sagte ich. »Aber ... ich muß es wissen.«

Ich gab ihr die Adresse und einige Anweisungen. Sie verließ den Raum, ohne Lärm zu machen, und ich hörte, wie sie die andere Tür schloß. Ich sah mich um und fand ein Stück Seife und einen Rasierapparat. Ich rasierte mich nicht besonders gründlich vor einem zu kleinen Spiegel. Im Eisschrank fand ich etwas zu essen.

Ich hatte es verdammt nötig.

XXVI

Als die Frau zurückkam, war es bereits dunkel. Ich hatte mich in ihr Zimmer gesetzt, und von Zeit zu Zeit ging ich nachsehen, ob sich mein Kunde in seinem Schrank auch nicht zu sehr langweilte.

Ich war fast glücklich, als ich sie kommen sah, und trotzdem packte mich eine furchtbare Angst vor dem, was sie mir vielleicht sagen würde.

Sie kam herein. Ich hörte sie im anderen Zimmer, und sie warf einen Blick in die Küche, dann kam sie ins Schlafzimmer und schien nicht erstaunt, mich da zu sehen.

»Sie ist gegangen...«, sagte sie. »Sie wohnt im Hotel Welcome... Nicht weit von hier. Und das Kind ist bei seiner Großmutter. Es geht ihr gut. Sie denkt daran, bald wieder nach Hause zu gehen, in zwei, drei Tagen wahrscheinlich. Vielleicht auch schon vorher.«

»Hast du sie gesprochen?« fragte ich.

»Die Leute im Hotel haben es mir gesagt.«

»Woher wissen sie es?«

Sie lächelte, es war kein fröhliches Lächeln.

»Sie haben Ohren. Sie hat mit einem der Polizisten darüber gesprochen. Cooper heißt er. Er bemüht sich eifrig um sie. Im Hotel lachen sie über ihn. Er wird rot wie ein Mädchen. Es ist ein kleines Hotel.«

»Wird sie denn streng bewacht?« fragte ich.

»Es laufen ein paar Polizisten rum, aber nicht viele. Nur die Zeitungen bauschen das Ganze so auf. In Wirklichkeit ist ja nur ein Nigger und eine Hure umgebracht worden, das regt weder die Polizei noch die Leute besonders auf. Diese Geschichte, daß sie umgebracht und vergewaltigt wurde, macht sich in den Zeitungen gut. Und vor Gericht wird es sich auch gut machen. Aber echt interessieren tut das niemanden.«

»Warum sprichst du vom Gericht?« fragte ich brutal.

»Wegen dieser Frau werden Sie Ärger haben«, erwiderte sie. »Sie hatten Zeit, abzuhauen und sich zu verstecken, aber Sie haben der Polizei alle Möglichkeiten zugespielt, und die warten nun drauf, daß Sie ihnen ins Netz gehen.«

Ich grinste.

»Laß sie nur hoffen, mich vor den Richter zu bringen«, sagte ich. »Das schadet nichts.«

Ohne Hast begann sie sich auszuziehen.

»Was machst du?« fragte ich.

»Ich lege mich hin«, sagte sie und hielt inne. »Ich glaube nicht, daß Sie ruhig sind, wenn ich woanders schlafe. Ich habe nicht die Absicht, Sie zu verraten. Ich glaube nicht, daß Sie gefährlich sind.«

Sie ging an mir vorbei und legte sich hin.

»Du kannst dich zudecken«, sagte ich. »Ich habe keine Lust.«

Sie antwortete nicht und schlupfte unter das Laken. Ich zog die Vorhänge zu und knipste das Licht an. Ich mußte mich zusammennehmen, um mich nicht zu übergeben. Ich brauchte Brandy.

Ich ging in das zweite Zimmer, das als Büro diente, und fand etwas im Schrank. Billigen Rum.

Die Flasche war noch halb voll, es reichte, um mich einzuschläfern.

Ich schloß die Tür zum Treppenhaus ab und steckte den Schlüssel in die Tasche.

Was hätte ich für eine gute Pistole gegeben!

Ich ging mit der Flasche ins Zimmer zurück, setzte mich auf einen Stuhl neben dem Tisch und trank. Es schmeckte scheußlich.

Ich hatte nur eine Möglichkeit, Sheila zu sehen: in ihrem Hotel. Bevor sie es verließ. Ich stand auf. Ich ging zum Schrank, um nachzusehen. Als ich zurückkam, ging ich zum Fenster und hob den Vorhang. Ein Auto bog um die Ecke, für einen kurzen Augenblick konnte ich es sehen. Ein Polizeiauto.

Ich versuchte herauszufinden, ob jemand ausgestiegen war. Sie würden vor dem Hotel stehen. Ich preßte mein Gesicht an die Scheibe.

Ich hörte, wie unten an der Tür geklopft wurde und wie es klingelte.

Im Nu war ich an der Treppe. Hinter mir schloß ich die Tür zweimal ab und steckte den Schlüssel ein. Ich raste nach oben und war innerhalb einer Minute im obersten Stock... Auf dem Dachboden fand ich eine Luke und stieg aufs Dach. Ich durfte keine Zeit verlieren. Sie hofften wahrscheinlich, mich in meinem Zimmer zu erwischen.

Wenn ich mich beeilte, könnte ich noch einmal davonkommen, dann hätte ich auch Zeit, bei Sheila vorbeizuschauen.

Auf dem Dach kroch ich bis zum nächsten Gebäude, das mindestens vier Stockwerke höher war. Ich bewegte mich, so schnell ich konnte, doch das Dach war ziemlich steil.

Plötzlich merkte ich, daß sich unter mir etwas rührte, ich biß die Zähne zusammen, um Ruhe zu bewahren. Ich hatte den Innenhof des Hotels erreicht und befand mich nun am Rand des Nachbargebäudes.

Nichts, um sich festzuhalten.

Ich kroch zur Straße, ganz langsam, ohne jedes Geräusch streckte ich den Kopf vor.

Unten warteten vier Männer. Polizisten. Ich konnte ihre Mützen erkennen. Sie schauten nicht nach oben.

Ich hatte die Wahl zwischen einem Abwasserrohr und einer Feuerleiter, die aber in so schlechtem Zustand war, daß ich es nicht wagte, sie zu benutzen.

Und am Rohr hinaufklettern war auch unmöglich. Also

packte ich die erste Sprosse der U-förmigen Leiter. Sie war von Rost zerfressen und löste sich unter dem Gewicht meiner Hand.

Mir blieb nur eine Chance. Ich nutzte den gewonnenen Zwischenraum und zwängte mich ins U, hinter die Sprossen. So konnte ich, mit dem Rücken zur Wand, die Leiter hinaufklettern. Nun war ich wie in einem Käfig zwischen den Sprossen gefangen. Ich stieg hinauf, so schnell ich konnte.

Sie müssen Zeit verloren haben, als sie versuchten, die zwei Türen im Hotel einzuschlagen.

Die elfte Sprosse löste sich auch, ich stützte mich gerade noch mit den Ellbogen und den Knien ab.

Eine letzte Anstrengung, und ich hatte den Mauervorsprung des Nachbargebäudes erreicht. Ich drehte mich um die eigene Achse und wollte noch einen letzten Anlauf nehmen. Plötzlich gab es einen heftigen Knall neben mir, und Steinsplitter übersäten meine Hand.

Ich hielt mich aber nicht auf und versuchte, so schnell wie möglich auf dem Dach vorwärts zu kommen, das auch ziemlich steil war. Trotzdem konnte ich stehen. Und ich rannte – ja ich rannte – auf dem grauen Blech. Ich blickte nicht links und nicht rechts. Meine Augen waren stur auf das nächste Dach gerichtet. Ich mußte sie abhängen, so schnell wie möglich abhängen.

Das dritte Gebäude war auf derselben Höhe wie das, auf dem ich mich befand. Ich rannte weiter – ein linkisches, unbeholfenes Rennen, wobei mein Körper sich in angstvollen Windungen erschöpfte, um das Gleichgewicht zu halten.

Das vierte Haus lag zwei Meter tiefer, aber die Dachschräge war noch steiler, und abrupt hielt ich vor dem Abgrund. Ich drehte mich um, klammerte mich mit den Händen fest, wobei meine Füße an der Mauer entlangschleiften, und landete schwerfällig auf dem Giebel. Auf allen vieren kroch ich bis zu einem Kamin, dort fand ich eine verglaste Öffnung, die groß genug war.

Ich klebte am Dach fest wie ein Blutegel und erreichte so das Fenster. Gierig schaute ich hinein.

Niemand.

Ich zog meinen rechten Ärmel über die Hand und schlug die Glasscheibe ein. Ich vergrößerte die Öffnung, so schnell ich konnte, und zwängte mich durch.

In einem Schrank waren Kleider. Schnell zog ich eine graue Jacke an und ließ meine blaue zurück, nicht ohne die Taschen geleert zu haben. Die graue paßte mir einigermaßen. Ich tauschte auch meinen Hut gegen einen andern und ging zur Tür. Sie war von außen abgeschlossen. Ich schob den Riegel zurück, und sie öffnete sich. Ich trat hinaus.

Niemand auf dem Treppenabsatz. Von unten hörte man Lärm. Ich horchte und merkte, daß die meisten Leute draußen standen, um die Menschenjagd zu verfolgen, die Jagd auf mich.

Leise stieg ich die Treppe hinunter. Niemand beachtete mich, als ich mich zwischen die Leute stellte und mich dann unauffällig entfernte.

Ich bog in die nächste Straße ein.

In der grauen Jacke waren Zigaretten. Vorsichtshalber zündete ich eine an.

Sie waren die ganze Nacht damit beschäftigt, die Häuser durchzukämmen.

Ich hatte genügend Zeit, Sheila einen kleinen Besuch abzustatten.

Mein Rücken und jeder Muskel schmerzten, aber ich fühlte mich frei, so frei wie nie zuvor.

Ich dachte an den dumpfen Einschlag der Kugel neben meiner Hand. Ich schaute sie an. Sie hatte einen kleinen Kratzer mit etwas getrocknetem Blut. Ich lutschte an der winzigen Wunde und dachte plötzlich daran, daß ich eine Pistole brauchte.

Ich hatte gerade noch so viel Geld, um eine zu kaufen. Einen Gelegenheitskauf bei einem Pfandleiher.

Ich kannte einen in der Nähe meiner Wohnung, es war auch nicht weit von dem Hotel, wo Sheila jetzt lebte. Ein alter Kerl mit viel Geld.

Trotzdem hatte ich Bedenken, mit der U-Bahn zu fahren. Ein Taxi war weniger riskant.

Ich hielt das erste Taxi an und gab dem Fahrer die Adresse. Die genaue Adresse. Jetzt mußte ich mich nicht vorsehen. Man muß sich nur dann vorsehen, wenn wirklich Gefahr droht. Große Gefahr. Ein Taxifahrer ist nicht gefährlich.

Ich stieg aus, zahlte und sah, daß der Laden geschlossen war. Daran sollte es nicht scheitern. Der Alte wohnte hinter dem Laden. Man brauchte nur von hinten hineinzugehen.

Ich betrat das Gebäude und klingelte an seiner Tür. Nach einer Weile kam er, öffnete die Tür einen Spaltbreit, um zu sehen, wer draußen stand. Die Kette war lang genug, so daß ich einen Fuß in die Tür stellen konnte. Gleichzeitig packte ich ihn am Kragen seines abgewetzten Anzugs und drohte ihm.

»Mach auf, oder ich verbrenn dir das Fell. Mach schnell, ich tu dir nichts.«

Seine Hände tasteten nach der Kette. Ich hörte seinen keuchenden Atem.

Ich trat ein.

»Guten Tag«, sagte ich und ließ ihn los. »Erkennen Sie mich?«

»Aber ... äh ...«, murmelte er noch ganz entgeistert.

»Ja, es ist Dan«, sagte ich. »Ich wollte Ihnen eine Pistole abkaufen. Mit Patronen.«

»Sie ... Sie haben doch schon eine«, stammelte er.

»Stimmt nicht«, antwortete ich.

Ich gab ihm den Schlüssel, den ich auf ihn gerichtet hatte.

»Nehmen Sie den«, sagte ich. »Als Andenken. Und beeilen Sie sich.«

Er schien nicht besonders beruhigt, und ich folgte ihm in den Laden.

»Aber... äh...«, wandte er ein, »sie werden mich einlochen, wenn ich Ihnen eine Pistole verkaufe...«

»Das geht in Ordnung«, sagte ich. »Wir werden das Kind schon schaukeln. Los. Schnell.«

Er öffnete eine Schublade unter dem Ladentisch. Er hatte Waffen verschiedensten Kalibers. Ich nahm eine große Pistole heraus und schaute ins Magazin. Es war leer.

»Patronen«, verlangte ich.

Er hielt mir eine kleine Patronenschachtel hin, und ich füllte das Magazin auf. Den Rest der Kugeln steckte ich ein. Die Pistole war zu schwer, um bei mir Platz zu finden. Ich klemmte sie in den Gürtel. Doch dann überlegte ich es mir anders. Ich richtete sie nachlässig auf den Alten.

»Hast du etwas Bargeld?« fragte ich.

Er antwortete nicht und hob die Hände in die Luft. Seine Lippen bewegten sich rauf und runter, wie die eines mummelnden Hasens.

»Aber nein, nicht doch«, beruhigte ich ihn. »Tu die Flossen runter. Du kannst mir vertrauen. Du weißt doch, ich töte mit den Händen.«

Er gehorchte und wühlte in seiner Tasche. Er zog eine pralle Geldbörse heraus und hielt sie mir hin.

»Nur das Geld«, sagte ich. »Nicht die Papiere.«

Er fing an zu weinen. Es war viel Geld.

»Ist das die Tageseinnahme?« fragte ich. »Das Geschäft scheint wohl gut zu gehen. Es wird gekauft, was versetzt wird, und du verdienst an beiden Seiten.«

Ich raffte die Scheine zusammen und stopfte sie in meine Tasche.

»Hast du vielleicht auch einen Anzug in meiner Größe? Etwas, was einer Dame gefallen würde?«

Wortlos ging er nach hinten und zeigte auf Anzüge, die an Haken hingen. Ich nahm einen braunen mit weißen Streifen, nicht zu auffällig, aber doch anders als das, was ich anhatte.

Ich stand hinter ihm und schlug ihm mit dem Knauf der 38er leicht auf den Hinterkopf. Er blieb liegen. Ich zog mich in aller Gemütsruhe um, ging in seine Wohnung und machte mich zurecht. Nun fühlte ich mich viel wohler.

Ich ging in den Laden zurück und seufzte, als ich das Telefon sah. Es wäre doch viel einfacher, Sheila zum Bahnhof zu bestellen und mit ihr wegzufahren.

Ich dachte an den Artikel in der Zeitung: Scheidungsklage. Das war das eine. Und außerdem wurde das Telefon im Hotel überwacht.

Ich seufzte. Der Alte war bewußtlos. Das machte mir immer weniger aus. Seit zwei Tagen brachte ich sie um, seit fünf Jahren schlug ich sie zusammen, und der Unterschied war gering.

Außerdem war er ja nicht tot. Um sicherzugehen, müßte ich den Laden in Brand stecken. Das hätte den Vorteil, die Aufmerksamkeit vom Hotel, wo ich hinwollte, abzulenken. Und es würde die Feuerwehr und die Polizei beschäftigen.

Ich fand Benzin. Warum auch nicht. Es gab hier wirklich alles. Ich trug möglichst viel brennbares Gerümpel in der Mitte des Raumes zusammen. Ich stapelte Möbel, Kleider, Papier, Holz, Reifen und alles mögliche und übergoß es mit Benzin.

Dann warf ich ein Streichholz in den Haufen. Fast wäre es ausgegangen, dann machte es plötzlich »Ploff«, und die Flammen schlugen mir entgegen. Ich lief schnell in die Wohnung zurück und verließ das Haus leise durch die Hintertür. Das Feuer schnaubte und krachte wütend. Ich entfernte mich von dem Gebäude und ging die Straße hinauf, ohne mich umzudrehen.

Ich hatte das Hotel in dem Augenblick erreicht, als die Feuerwehr mit höllischem Lärm durch die Straße raste. Plötzlich fühlte ich mich sehr müde. Aber das verging schnell. Die Leute tauchten in den Türen und Fenstern auf, und die ersten Schaulustigen hatten sich schon eingefunden. Die Feuerwehr war schnell alarmiert worden.

Es war eher eine Pension als ein Hotel. Nicht besonders groß. Gemütlich. Zwei Kellner tauchten an der Tür auf, beachteten mich aber nicht. Im Erdgeschoß war ein Restaurant, und ich schob mich durch die gläserne Drehtür. Ich spürte die harte Berührung der Trennscheibe auf meinem Bauch und auf meinen Hüften.

Ich ging rasch auf die Toilette, und als ich die Treppen wieder heraufkam, schielte ich in den Gang, der zweifellos in die Halle führte.

Ich war mit der üblichen Einteilung von Bars, Restaurants und anderen öffentlichen Lokalitäten so vertraut, daß ich mich nicht irrte.

Der Liftboy gähnte vor seinem Fahrstuhl. Ich hielt ihm zehn Dollar hin.

»Bring mich schnell zu Mrs. Parker und hol mir dann Blumen«, befahl ich. »Beeil dich.«

Er ließ den Schein verschwinden und setzte den Lift in Gang. Er hatte mich kaum angesehen.

»Die blonde Dame?« fragte er, um sicherzugehen.

»Ja«, sagte ich. »Die blonde Dame. Ich bin ihr Cousin.«

Er grinste.

XXVII

Der Alte atmete noch. Die rechte Hälfte seines Körpers war schrecklich verbrannt, und die verkohlten Kleider klebten an seinem rohen Fleisch. Seine rechte Hand fuchtelte wirr herum, und aus seinem Mund kam unzusammenhängendes Gestammel.

Die zwei Männer hoben ihn behutsam hoch, stiegen schwitzend und dampfend über die verkohlten Reste und bahnten sich einen Weg durch die Trümmer.

Das Feuer wütete schon in den oberen Stockwerken, und der Lärm der Motoren konkurrierte mit dem des Feuers.

Behutsam schoben sie ihn in den Krankenwagen. Der Alte klammerte sich an den Ärmel des einen Sanitäters.

»Polizei ...«, murmelte er, »Polizei ...«

»Aber ja doch«, sagte der Sanitäter. »Nur Ruhe. Sie kommt gleich.«

Die Augen mit den verrußten Augenbrauen öffneten sich plötzlich und fixierten den Sanitäter. Dieser wandte sich ab, um nicht die geröteten, aufgeplatzten, blutenden Augenlider und die schmerzverzerrte Grimasse des Alten sehen zu müssen.

»Dan ...«, sagte er, »Dan Parker ... Er war es ... das Feuer ...«

Der Sanitäter sprang auf.

»Bleib stehen«, rief er dem Fahrer zu, der gerade losfahren wollte.

Er lief zu einem Polizisten. Die Menge, die sich hinter der Absperrung drängelte, schaute gierig zu.

»Hören Sie! ...« rief der Sanitäter, »es gibt Arbeit für Sie! Kommen Sie schnell.«

Der Polizist folgte ihm.

»*Dan Parker hat damit zu tun*«, keuchte der Sanitäter außer Atem. »*Der Alte sagt das. Alle Leute im Viertel meinen, daß er nicht ganz dicht ist ... aber immerhin ...*«

Der Polizist trat an den Verletzten heran; wenige Meter entfernt stürzte ein Stück Mauer ein.

»*Sie behaupten, es sei Dan Parker?*« fragte der Polizist.

Die Augen des Alten waren wieder geschlossen. Er nickte schwach.

»*Hat eine Achtunddreißiger genommen ...*«, murmelte er. »*Und einen Anzug ... braungestreift ... Frau besuchen ... und mein Geld. Man wird es mir doch zurückgeben ... Es ist Dan Parker ... mein ganzes Geld ...*«

Der Polizist hatte aufmerksam mitgeschrieben.

»*Wohin ist er gegangen?*« fragte er. »*Wissen Sie das nicht? ...*«

»*Er hat mich geschlagen...*«, sagte der Alte. »*Mein Kopf ... mein Geld ... Einen braunen Anzug ... Um eine Frau zu besuchen.*«

»*Was für eine Frau?*« wiederholte der Polizist hartnäckig.

Der Kopf des Alten rollte von rechts nach links.

»*Hören Sie*«, sagte der Sanitäter, »*wir müssen ihn wegbringen, sonst krepiert er noch hier.*«

»*Ich besuche Sie im Krankenhaus*«, sagte der Polizist.

Der schwere Krankenwagen raste davon.

XXVIII

Crane schlug mit der Faust auf den Tisch.

»Er ist ihnen durch die Lappen gegangen. Nichts zu machen. Wir sind in der Klemme. Sie haben die ersten drei Gebäude auf den Kopf gestellt. Mit dem vierten sind sie fast durch, und natürlich werden sie ihn nicht finden.«

Er unterbrach sich. Das Telefon klingelte. Er hörte zu, antwortete einsilbig und hängte wieder ein.

»Sie sind fertig«, sagte er. »Nichts. Seine Jacke und sein Hut waren in einem Zimmer, oben im vierten Gebäude. Er brauchte nur die Treppe herunterzugehen. Das ist wirklich allerhand! ...«

Er schlug mit der Faust auf den Schreibtisch, und die Akten fielen zu Boden.

»Und was wollen Sie mir weismachen? Daß dieser Kerl nicht viel schwärzer ist als Sie und ich?«

Cooper schüttelte den Kopf, er fühlte sich nicht besonders wohl.

»Ich ... Es sind Beweise, gegen die wir nichts tun können. Es hat ein Mißverständnis gegeben.«

»Was geht mich das an! Wer hat das versaut? Wie stehen wir nun da? Nicht einmal sauber recherchieren könnt ihr! Das wird ein Zirkus, noch schlimmer als vorher, und der nächste Schlag geht wieder daneben. Wie sieht denn das aus? Die Zeitungen reiten seit drei Tagen auf dieser Sache herum und walzen sie aus. Sie sind auf diese Geschichte mit Ehe und Scheidung zwischen Weißen und Schwarzen fixiert, und jetzt kommt ihr damit! Daß der Kerl ein Weißer ist! Mein Gott, warum ist er denn plötzlich ein Weißer?«

»Das ist nicht meine Schuld«, sagte Cooper. »Ich bin der erste, der es bedauert. Er ist durchgedreht. Man hätte den

zweiten Mord und diese ganze Geschichte vermeiden können. Er versuchte eben, seinen Kopf um jeden Preis zu retten. Obwohl, ein guter Anwalt hätte ihn freibekommen. Dieser Typ, Richard, war ein Erpresser. Aber Dan selbst bildet sich ein, daß er schwarz ist, und ohne den Zufall, den ich Ihnen gerade geschildert habe, hätte niemand erfahren, daß er ein Weißer ist.«

»*Verdammte Scheiße!*« *brüllte Crane.*

Plötzlich war Schweigen. Das Telefon klingelte wieder.

»*Ja?*« *brüllte Crane in den Hörer.*

Er hörte ein paar Sekunden zu.

»*Wo?*« *bellte er.* »*Dort? Wo das Weib ist?*«

Cooper wurde rot und schaute weg. Crane legte den Hörer zurück und stand auf.

»*Verschwinden Sie!*« *sagte er.* »*Dan hat den Laden eines Pfandleihers angezündet, fünf Minuten von dem Hotel, wo seine Frau ist. Er hat den Alten erschlagen und ist mit einem braunen Anzug mit weißen Nadelstreifen rausgegangen. Gehen Sie! Auf was warten Sie denn noch? Nehmen Sie so viele Leute, wie Sie wollen.*«

Cooper stand auf und ging. Crane folgte ihm bis an die Tür.

»*Schauen Sie, daß er nicht noch jemanden umbringt*«, *sagte Crane.* »*Lieber zu früh als zu spät schießen.*«

Cooper starrte ihn an und blickte dann schnell weg. Crane grinste.

»*Sie werden bestimmt Ruhe bewahren.*«

Der andere unterdrückte eine Bewegung und ging. Crane schloß die Tür mit einem Fußtritt und setzte sich brummend an den Schreibtisch.

XXIX

Dan blieb vor dem Lift stehen, und hinter ihm schloß sich die Fahrstuhltür. Er blickte nach rechts und nach links, und mit einer automatischen Handbewegung versuchte er die Beule glattzustreichen, die von der Pistole unter der Jacke herrührte.

Sheilas Zimmernummer hatte ihm die Frau von seiner Absteige gegeben. Es war die dritte Tür. Während er sich verstohlen umsah, drehte er langsam und mit unendlicher Vorsicht am Griff und versuchte die Tür aufzuziehen. Sie leistete Widerstand. Er zog fester und hätte beinahe die Nerven verloren, als ihm plötzlich einfiel, daß die Tür nach innen aufging. Er trat ein.

Die üblichen Hotelmöbel. An den Fenstern hingen lange Vorhänge. Seine Augen registrierten automatisch dieses mögliche Versteck. Das Fenster stand offen, und in der Stadt flammten die Lichter auf.

Ein Bett, zwei Sessel, ein Tisch und ein Schrank. Eine kleine Tür, wahrscheinlich das Badezimmer.

Dan lauschte. Kein Laut. Niemand da. Niemand im Bad. Er trat noch weiter in den Raum und hörte Schritte im Gang. Keine Zeit mehr. Mit einem Satz war er am Fenster und versteckte sich hinter dem Vorhang.

Sheila kam herein. Sie mußte irgendwo auf der Etage gewesen sein. Er konnte sie sehen. Durch die offene Tür hörte er den Aufzug und die Stimme des Liftboys, der Sheila rief. Er gab ihr die Blumen, und sie dankte ihm. Der Junge antwortete auf ihre Frage, es sei ein großer, starker Mann in einem braunen Anzug gewesen, und Sheila schien keine Ahnung zu haben, wer das sein könnte. Der Liftboy ging vertraulich mit ihr um, und sie schien nichts dagegen zu haben.

Sie machte sich im Zimmer zu schaffen und öffnete die Tür zum Bad. Er hörte, wie das Wasser in die Vase floß und den leisen Knall, als sie sie auf den Tisch stellte. Sie hatte ihre Schuhe gegen Slippers gewechselt.

Es war still, und Dan wagte es nicht, sich zu zeigen. Jetzt hatte er Angst, sie zu erschrecken. Das Warten schien ihm endlos.

In der Ferne heulte die Sirene eines Polizeiautos auf und kam rasch näher. Dan drehte sich vorsichtig um. Durch das offene Fenster sah er das Auto und Polizisten auf Motorrädern.

Das Auto hielt vor dem Hotel. Dans Herz schlug lauter, aber nicht schneller. Er hatte keine Angst.

Sheilas Anwesenheit beruhigte ihn. Er wäre gerne lange stehengeblieben. Es war nichts geschehen. Es würde vorbeigehen, dann würde er aus seinem Versteck hervorkommen, und sie würde sich umarmen lassen.

Im Gang hörte man die Stimme des Liftboys und die von Cooper.

Cooper kam herein und schloß die Tür.

»Ihr Mann ist im Hotel«, verkündete er ohne Umschweife. »Er hat einen Mann in einem Laden, nicht weit von hier, umgebracht. Er muß mit einem gestohlenen braunen Anzug hier sein, und der Liftboy hat ihn auf einem Foto wiedererkannt. Ist er nicht hier?«

»Nein! ... Nicht hier! ... Das ist ja schrecklich ... Mr. Cooper, ich bitte Sie, nehmen Sie mich mit ... Es ist schrecklich ... Ich war ... Ich war im Badezimmer. Ich ahnte ja nicht, daß er hier sein könnte.«

Cooper ging schnell ins Bad und schob den Duschvorhang aus Plastik zur Seite.

»Sie hätten ihn bestimmt gesehen«, sagte er. »Er hätte sich gezeigt. Er muß sich irgendwo im Hotel versteckt halten. Bleiben Sie hier und rühren Sie sich nicht weg.

Ich werde mit meinen Leuten das Gebäude durchsuchen.«

»Ich werde ... Ich werde vor Angst sterben«, stammelte Sheila.

»Ich glaube nicht, daß ein Risiko besteht«, sagte Cooper. »Geduld ... Es wird bald alles zu Ende sein.«

»Dann bleiben Sie doch bei mir«, seufzte Sheila.

»Ich kann nicht«, antwortete Cooper. »Jede weitere Minute, und er kann uns entkommen.«

Er stand neben ihr, und Dan begriff, daß er sie an den Schultern hielt.

»Kommen Sie, kommen Sie«, beschwichtigte sie Cooper. »Ich sage Ihnen etwas, was Sie beruhigen wird. Ihr Mann war kein Schwarzer. Ich habe Dokumente gefunden, die das beweisen. Er hat zwar dreimal getötet, aber ein guter Anwalt kann eine leichtere Strafe für ihn herausholen. Er kann um den elektrischen Stuhl noch herumkommen. Beruhigt Sie das?«

»Nicht schwarz? ...« stammelte Sheila. »Aber ... aber dann ... hat er nicht seinen Bruder umgebracht?«

»Das war nicht sein Bruder«, sagte Cooper. »Er hat einen Erpresser umgebracht. Und dann hat er den Kopf verloren. Man kann ihn da rausholen, indem man argumentiert, daß ihn die Umstände dazu trieben.«

Er schwieg einen Augenblick.

»Das soll Sie nicht von der Scheidung abhalten«, sagte er, »... aber es wird die Dinge erleichtern ...«

Plötzlich drehte er sich um. Am Fenster war ein Geräusch. Er zog seine Pistole und hörte Schreie auf der Straße. Mit einem Satz war er am Fenster.

XXX

Ich konnte mich nicht rühren. Der Bulle kam herein, und ich blieb hinter meinem Vorhang stehen. Hätte er einen Schritt gemacht, hätte ich auf ihn schießen müssen, aber ich hatte keine Lust, auf ihn zu schießen. Abwarten.

Vielleicht würde er gehen, ohne mich zu entdecken. Sheila schien verschreckt. Sie muß sich an den Arm des Bullen gehängt haben, so wie sie sich am Anfang bei mir einhängte. Ich wollte sie sehen. Ich hätte alles drum gegeben, sie zu sehen. Jetzt, wo er hier und sie nicht mehr alleine war, hätte ich es gewagt, den Vorhang beiseite zu schieben, aber er war ein Bulle und er suchte mich. Wahrscheinlich umzingelten sie das Haus – es ging wieder los. Überall würden sie mich einkreisen und mir auflauern wie einem Raubtier.

Ich hörte nicht, was sie sagten, ich hörte nur die Stimmen und die Worte des Bullen, die sich in meinen Kopf bohrten wie glühende Eisenspitzen. Er sagte auch, ich sei ein Weißer. Dann sah ich nichts mehr, mir ging auf, was ich getan hatte. Ich hatte so lange Angst gehabt, ich dachte, sie verfolgten mich. Ich habe sie jahrelang zusammengeschlagen – bis mir davon übel wurde. Ich war erstaunt, dass ich mich mit ihnen vertrug, dass ich mich ihnen gleichgestellt fühlte. Ich erinnerte mich an die Antwort eines Schulfreundes. Ich war stolz darauf, weiß zu sein. Ich fragte ihn: »Was ist das für ein Gefühl, schwarz zu sein?« Ich weiß noch, er sah erstaunt aus, er schien sich auch zu schämen und verletzt zu sein. Fast hätte er geweint, und er sagte: »Das ist nichts Besonderes, Dan, das weißt du doch.« Und ich schlug ihn, seine Lippe blutete, und er riß die Augen verständnislos auf. Am Anfang schwitzte ich Blut und Wasser, als sie mich wie einen

Weißen behandelten. Es war ganz schön kühn, als ich zu denen arbeiten ging – und sie haben mich nicht gefragt – und allmählich spielte es sich ein – und ich wollte mich an ihnen rächen – sie riechen, sagen die Weißen – und ich war stolz, weil ich nicht roch. Man kann sich selber nicht riechen. Und sie respektierten mich, weil ich stark war – und ich war stolz darauf, stark zu sein und weiß zu sein. Aber dann kam Richard – ich habe meine Kindheit mit ihm verbracht – er war wirklich mein Bruder – zumindest glaubte ich das damals – und ich habe ihn getötet. Und ich glaubte, er sei mein Bruder, als ich ihn tötete. Sheila glaubte es wahrscheinlich auch. Ich war so überheblich, als ich Sheila heiratete, es war eine Genugtuung, und als ich sie besaß, war es auch eine Genugtuung, und allmählich wurde ich weiß – es hat Jahre gedauert, bis das »Mal« verschwunden war. Richard brauchte nur aufzutauchen, und schon war ich wieder schwarz. Diese zwei Mädchen, Ann und Sally – ich wäre nicht impotent geworden, hätte ich nicht geglaubt, daß ich schwarzes Blut habe und daß Richard deswegen aus dem Weg geräumt werden mußte. Hätte ich die Polizei eingeschaltet, hätte sie Dokumente gefunden, und die hätten bewiesen, daß ich weiß bin, und Richard wäre wieder gegangen.

Ich habe Richard umsonst umgebracht. Seine Knochen knackten umsonst in meinen Händen. Und ich habe das Mädchen mit einem einzigen Fausthieb getötet. Und der Pfandleiher starb auch – umsonst –, er ist wahrscheinlich verbrannt. Ich habe sie alle umsonst umgebracht. Und ich habe Sheila verloren. Sie umstellen das Hotel.

Er sagte, das würde die Sache erleichtern. Es gibt andere Möglichkeiten, die Sache zu erleichtern.

XXXI

Dan schien aus einem Traum zu erwachen. Langsam, unaufhaltsam kletterte er auf die Fensterbank und bückte sich, um durch das Fenster zu schlüpfen. Unten, weit weg auf dem Gehsteig, sah er eine geschlossene Menge, und er zog sich instinktiv zusammen, um ihr auszuweichen. Sein Körper drehte sich in der Luft wie ein hilfloser Frosch und schlug auf dem harten Asphalt auf.

Der Hilfsfotograf Max Klein hatte Gelegenheit, das Foto seines Lebens zu schießen, bevor die Polizei die Leiche abtransportierte. Es erschien ein paar Tage später im »Life«. Es war ein ausgezeichnetes Foto.

HUNDE, LUST UND TOD

Sie haben mich. Morgen komme ich auf den Stuhl. Ich werde es trotzdem aufschreiben, ich möchte es erklären. Die Geschworenen haben nichts begriffen. Und Slacks ist ja auch tot, und es fiel mir schwer zu reden, weil ich wußte, daß man mir nicht glauben würde. Wenn Slacks nur aus der Karre rausgekommen wäre. Wenn sie nur hätte kommen können, um es zu erzählen. Reden wir nicht mehr davon, es ist nichts mehr zu machen. In diesem Leben nicht mehr.

Gewohnheiten sind fatal, wenn man Taxifahrer ist. Den ganzen Tag fährt man und fährt und kennt am Ende alle Stadtteile. Es gibt welche, die man bevorzugt. Zum Beispiel kenne ich Typen, die sich eher in Stücke reißen lassen, bevor sie einen Kunden nach Brooklyn fahren. Ich fahre gerne, vielmehr ich fuhr gerne, weil ich jetzt nicht mehr fahren werde. Es war so eine Gewohnheit von mir. Fast jeden Abend schaute ich gegen ein Uhr im »Three Deuces« vorbei. Einmal hatte ich einen betrunkenen Kunden hingebracht, er wollte, daß ich mit ihm hineingehe. Als ich wieder rauskam, wußte ich, welche Sorte Mädchen man dort fand. Seitdem, es ist zu blöde, urteilen sie selbst ...

Jeden Abend kam ich dort zwischen fünf vor und fünf nach eins vorbei. Da kam sie gerade heraus. Im »Deuces« waren oft Sängerinnen, und diese da kannte ich. Sie nannten sie Slacks, weil sie meistens Hosen trug. In den Zeitungen hieß es, sie sei lesbisch. Sie kam fast immer mit denselben Typen heraus, ihrem Pianisten und ihrem Baßspieler, und sie fuhren im Auto des Pianisten davon. Sie hatten noch anderswo einen Auftritt und kamen zurück, um im »Deuces« den Abend zu beenden. Das erfuhr ich erst später.

Ich blieb nicht lange. Ich konnte mein Taxi weder ständig freihalten noch zu lange stehenbleiben, denn in dieser Gegend gab es mehr Kunden als anderswo.

An jenem Abend aber stritten sie sich, es schien ernst. Sie verpaßte dem Pianisten einen Kinnhaken. Dieses Mädchen schlug verdammt fest zu. Sie brachte ihn zu Boden, so sauber wie ein Bulle. Er war zwar voll, doch nüchtern wäre er auch umgefallen, glaube ich. Und so besoffen, wie er war, blieb er am Boden liegen, und der andere versuchte ihn mit Ohrfeigen hochzukriegen, daß ihm die Luft wegblieb. Das Ende habe ich nicht mitbekommen, da sie in dem Moment erschien. Sie machte die Wagentür auf und setzte sich neben mich auf den Klappsitz. Dann zündete sie ein Feuerzeug an und hielt es mir unter die Nase.

»Wollen Sie, daß ich die Wagenbeleuchtung anmache?«

Sie verneinte, machte das Feuerzeug aus, und ich fuhr los. Nach der Adresse fragte ich sie erst später, nachdem wir in die York Avenue abgebogen waren, da es mir plötzlich einfiel, daß sie nichts gesagt hatte.

»Immer geradeaus.«

Mir konnte es gleich sein, der Zähler lief. Also schoß ich davon. Um diese Zeit ist in den Vergnügungsvierteln eine Menge los, doch sobald man aus der Innenstadt herauskommt, ist nichts los. Die Straßen sind leer. Man glaubt es nicht, doch es gibt nichts Schlimmeres als die Vorstadt nach ein Uhr morgens. Ein paar Autos, von Zeit zu Zeit ein Fußgänger.

Da sie sich neben mich gesetzt hatte, konnte ich nicht erwarten, daß sich dieses Mädchen normal verhalten würde. Ich betrachtete ihr Profil. Sie hatte schulterlanges schwarzes Haar und eine so helle Haut, daß sie fast krank aussah. Sie hatte ihre Lippen dunkelrot, fast schwarz bemalt, und ihr Mund wirkte wie ein dunkles Loch... Das Auto fuhr immer noch. Sie fing an zu reden.

»Lassen Sie mich fahren.«

Ich hielt den Wagen an. Ich war fest entschlossen, nicht zu protestieren ... Ich hatte mit angesehen, wie sie ihren Partner fertiggemacht hatte, und ich hatte keine Lust, mich mit einem Weib dieses Kalibers zu streiten. Ich wollte aussteigen, doch sie hielt mich am Arm zurück.

»Nur keine Umstände. Ich werde über Sie wegsteigen. Machen Sie Platz.«

Sie setzte sich zuerst auf meine Knie und rutschte dann links auf den Sitz. Sie war so hart wie eine Eisenstange, aber nicht so kalt.

Sie bemerkte, daß es mir etwas ausmachte, und lachte, nicht bösartig. Sie wirkte beinahe zufrieden. Als sie losfuhr, glaubte ich, das Getriebe meiner alten Kiste würde gleich explodieren. Sie fuhr so an, daß wir gute zwanzig Zentimeter in die Sitze zurückgedrückt wurden.

Wir kamen in die Nähe von Bronx, nachdem wir Harlem River überquert hatten, und sie drückte aufs Gaspedal, als wollte sie das Auto um jeden Preis demolieren. Als ich beim Militär war, erlebte ich den Fahrstil der Franzosen, die wußten, wie man ein Auto ramponiert, aber sie massakrierten es längst nicht so wie dieses Weibsbild in Hosen. Franzosen sind nur gefährlich, diese hier ist eine Katastrophe. Ich sagte immer noch nichts.

So, das findet Ihr komisch! Weil Ihr glaubt, daß ich bei der Größe und den Muskeln mit so einem Weib fertig werden müßte. Ihr hättet es auch nicht gewagt, wenn Ihr den Mund und den Gesichtsausdruck dieses Mädchens hinter dem Steuer gesehen hättet.

Bleich wie eine Leiche, und dieses finstere Loch ... Ich blickte sie von der Seite an und sagte nichts, ich paßte nur auf. Ich hätte nichts dagegen gehabt, wenn uns ein Bulle geschnappt hätte.

Man wird es nicht für möglich halten, wie wenig Leute in einer Stadt wie New York nach einer bestimmten Zeit unterwegs sind. Sie drehte weiter ihre Runden durch irgendwelche Straßen. Wir fuhren um ganze Blocks, ohne auch nur einen Schwanz zu sehen, dann und wann tauchten ein oder zwei Passanten auf. Ein Clochard, mal eine Frau, Leute, die von der Arbeit heimkamen; es gibt Geschäfte, die nicht vor ein oder zwei Uhr morgens schließen, manchmal sind sie durchgehend geöffnet. Jedesmal, wenn sie so eine Gestalt auf dem Gehsteig rechts sah, fummelte sie am Lenkrad herum, fuhr ganz nahe an den Gehsteig heran, so nahe wie möglich, nahm den Fuß vom Gas und raste wieder los, wenn sie auf seiner Höhe war. Ich sagte immer noch nichts, doch beim vierten Mal fragte ich sie:

»Warum machen Sie das?«

»Ich glaube, es macht mir Spaß«, sagte sie.

Ich antwortete nicht. Sie sah mich an. Ich mochte es nicht, wenn sie mich beim Fahren ansah, und unwillkürlich hielt meine Hand das Lenkrad fest. Ohne die Miene zu verziehen, versetzte mir ihre rechte Faust einen Schlag auf die Hand. Wie ein Pferd schlug sie aus. Ich fluchte, sie lachte.

»Sie sind komisch, wenn Sie den Motor hören und in die Luft springen ...«

Sie hatte den Hund auf der Straße bestimmt gesehen, ich war schon vorbereitet, mich festzuhalten, um die Bremswirkung aufzufangen, aber statt den Fuß vom Gas zu nehmen, beschleunigte sie, und ich hörte den dumpfen Schlag und spürte den Aufprall auf dem Kühler.

»Verdammt!« rief ich. »Sie gehen aber ran! Dieser Hund hat der Karre nicht gerade gutgetan ...«

»Schnauze! ...«

Sie war wie weggetreten. Ihre Augen waren glasig, und das Auto fuhr nicht mehr besonders gerade. Zwei Blocks weiter hielt sie am Straßenrand.

Ich wollte aussteigen und nachsehen, ob sie den Kühler nicht zerbeult hatte, doch sie krallte sich an meinem Arm fest. Sie schnaubte wie ein Roß.

Ihr Gesicht in diesem Augenblick... Ich kann dieses Gesicht nicht vergessen. Eine Frau in diesem Zustand zu sehen ist in Ordnung, ist gut; wenn man es selbst war... Aber meilenweit davon entfernt, an so etwas zu denken und sie plötzlich so zu sehen... Sie rührte sich nicht und preßte mein Handgelenk mit aller Kraft, sie sabberte ein wenig. Ihre Mundwinkel waren feucht.

Ich schaute aus dem Fenster. Ich wußte nicht, wo wir uns befanden. Es war niemand da. Ein Ruck am Reißverschluß, und ihre Hose war offen. Im Auto ist es meist nur eine halbe Sache. Aber trotz allem werde ich dieses eine Mal nie vergessen. Selbst wenn die Jungs mir morgen früh den Schädel kahlrasieren...

....

Nach einer Weile schob ich sie nach rechts und übernahm das Steuer, doch ich mußte fast sofort wieder anhalten. Sie hatte sich, fluchend wie ein Türke, so gut wie möglich zurechtgemacht, stieg aus und setzte sich nach hinten. Dann gab sie mir die Adresse eines Nachtclubs, wo sie singen mußte, und ich versuchte herauszufinden, wo wir waren. Ich war so schlapp wie nach einem Monat Krankenhaus. Doch ich schaffte es, beim Aussteigen auf den Beinen zu bleiben. Ich wollte den Kühler inspizieren. Nichts. Nur ein Blutfleck, der sich durch den Fahrtwind auf dem rechten Kotflügel verbreitert hatte. Es konnte irgendein Fleck sein.

Das beste war wohl, umzukehren und denselben Weg zurückzufahren.

Ich sah sie im Rückspiegel, sie spähte durchs Fenster, und als ich den schwarzen Aashaufen auf dem Gehsteig sah, hörte ich sie. Wieder atmete sie heftig. Der Hund bewegte sich noch ein wenig, das Auto mußte ihm das Rückgrat gebrochen haben, und er hatte sich mit letzter Kraft an den Straßenrand geschleppt. Ich fühlte mich zum Erbrechen elend, sie lachte nur. Als sie sah, daß ich wirklich krank war, fing sie an, mich leise zu verfluchen; sie sagte mir schreckliche Dinge, und ich hätte sie packen und es da, auf der Straße, mit ihr wieder treiben können.

Ich weiß nicht, Jungs, wie Ihr gebaut seid, aber als ich sie in dem Lokal abgesetzt hatte, wo sie ihre Nummer abziehen mußte, konnte ich draußen nicht auf sie warten. Ernüchtert fuhr ich davon. Ich mußte nach Hause, mich hinlegen. Alleine leben ist nicht immer komisch, doch verdammt, es war ein Glück, daß ich an diesem Abend alleine war. Ich zog mich nicht aus, kippte irgend etwas in mich hinein und haute mich in die Falle. Ich war ausgepumpt. Verdammt, völlig ausgepumpt ...

Und dann, am nächsten Abend, war ich schon wieder da, und ich wartete direkt davor. Ich schaltete auf »Besetzt«, stieg aus und ging ein paar Schritte auf und ab. In dieser Ecke wimmelt es nur so von Leuten. Eigentlich konnte ich nicht stehenbleiben. Trotzdem wartete ich. Sie kam heraus, immer zur selben Zeit, pünktlich wie die Uhr, dieses Mädchen. Sie erblickte mich sofort. Sie erkannte mich. Ihre zwei Männer folgten ihr, wie üblich. Ich weiß nicht, wie ich Euch das beschreiben soll: ich, wie ich sie da sah ... ich war nicht mehr ganz bei mir. Sie öffnete den Wagenschlag, und alle drei stiegen ein. Ich war sprachlos. Darauf war ich nicht gefaßt. Idiot, sagte ich zu mir. Hast du denn nichts begriffen? So ein Mädchen, die ist nur launisch. Für einen Abend bist du gut genug, am nächsten bist du nur noch Taxifahrer. Irgend jemand.

Leicht gesagt! ... Irgend jemand! ... Ich fuhr wie bescheuert, und beinahe hätte ich das große Auto vor uns gerammt; ich brüllte. Ich war wütend. Die drei hinter mir lachten sich schief. Sie erzählte Geschichten mit ihrer Männerstimme, Himmel, diese Stimme, man hätte meinen können, sie kommt verkehrt rum aus ihrem Hals. Sie hörte sich völlig besoffen an.

Sobald ich angelangt war, stieg sie als erste aus. Die beiden Männer bestanden nicht darauf zu zahlen ... Auch sie wußten, wie sie war ... Sie gingen schon vor, und sie lehnte sich ans Wagenfenster und streichelte mir die Wange wie einem Baby; und ich nahm ihr Geld. Ich wollte keinen Ärger. Ich wollte etwas sagen. Ich suchte noch. Aber sie kam mir zuvor:

»Wartest du auf mich?« fragte sie.

»Wo?«

»Hier. In einer Viertelstunde bin ich da.«

»Alleine?«

Verdammt, ich war ganz schön frech! Am liebsten hätte ich das »Alleine« verschluckt; nichts konnte ich mehr verschlucken; ihre Nägel krallten sich in meine Backe.

»Hat man so was schon gehört?« höhnte sie.

Sie lachte immer noch. Ich begriff nichts. Sie hatte ihre Krallen wieder eingezogen. Ich fühlte meine Backe. Sie blutete.

»Nicht der Rede wert!« sagte sie. »Es wird nicht mehr bluten, wenn ich rauskomme. Du wartest auf mich. Ja? Hier.«

Sie verschwand im Lokal. Ich schaute in den Rückspiegel. Drei halbrunde Abdrücke nebeneinander auf meiner Backe und ein vierter, etwas größerer, gegenüber. Ihr Daumen. Es blutete nicht stark. Ich spürte nichts.

So wartete ich nun. An diesem Abend haben wir nichts erlegt. Ich habe auch nichts gehabt.

....

Sie machte das noch nicht lange, glaube ich. Sie redete nicht viel, und ich wußte nichts von ihr. Tagsüber lebte ich auf Sparflamme. Am Abend brauste ich mit der alten Kiste los, um sie zu holen. Sie setzte sich nicht mehr neben mich, es wäre zu dumm, sich deswegen erwischen zu lassen. Ich stieg aus, und sie übernahm das Steuer. Mindestens zwei- bis dreimal in der Woche erwischten wir einen Hund oder eine Katze.

Nach zwei Monaten wollte sie etwas anderes, glaube ich. Es hatte nicht mehr dieselbe Wirkung wie das erste Mal, und ich glaube, sie begann nach einer gewichtigeren Beute Ausschau zu halten. Ich weiß nicht, wie ich es Euch erklären soll. Ich, ich fand das natürlich ... Sie reagierte nicht mehr so wie früher, und ich wollte, daß sie wieder so wird wie früher. Ich weiß, für Euch bin ich ein Monster, aber Ihr habt dieses Mädchen nicht gekannt. Ob Hund oder Kind, für diese Frau hätte ich alles getötet. Und so töteten wir ein fünfzehnjähriges Mädchen. Es ging mit seinem Freund, einem Seemann, spazieren. Sie kamen vom Rummelplatz. Ich werde es Euch erzählen.

Slacks war an diesem Abend furchtbar. Sobald sie eingestiegen war, wußte ich, was sie wollte. Ich wußte, daß wir notfalls die ganze Nacht unterwegs sein würden, um etwas Passendes zu finden.

Verdammt! Es ließ sich nicht gut an. Ich fuhr geradewegs zur Queensborough Bridge und von da aus auf den Schnellstraßenring. Nie hatte ich so viele Autos und so wenig Fußgänger gesehen. Das ist nun mal so auf den Schnellstraßen, werdet Ihr einwenden. Aber an diesem Abend war mir das nicht klar. Ich war nicht zurechnungsfähig, wir fuhren und fuhren, kilometerweit. Wir machten die Runde und befanden uns plötzlich in Coney Island. Slacks hatte seit einer Weile das Steuer übernommen. Ich saß hinten und hielt mich in den Kurven fest. Sie war übergeschnappt. Ich wartete, wie üblich ... Sie war wie weggetreten, sag ich Euch. Ich wachte erst auf, als sie zu mir nach hinten kam. Verdammt! Ich will nicht daran denken.

Es war ganz einfach. Sie fuhr im Zickzack von der westlichen Vierundzwanzigsten zur Dreiundzwanzigsten, und da sah ich ihre Beute. Sie amüsierten sich. Er lief auf dem Gehsteig, sie neben ihm auf der Straße, sie wollte kleiner sein, als sie es ohnehin war. Er war ein stattlicher, schöner

Junge. Von hinten wirkte sie mädchenhaft jung mit ihren blonden Haaren und ihrem kurzen Kleidchen. Es war nicht sehr hell. Ich sah Slacks' Hände am Steuer. Die Schlampe! Fahren konnte sie! Sie schoß auf die beiden los und erwischte das Mädchen an der Hüfte. Ich dachte, ich müßte sterben. Ich fing mich wieder. Es lag am Boden, ein regloser Haufen, und der Typ lief hinter uns her und brüllte. Und dann sah ich plötzlich ein grünes Auto auftauchen, ein altes Polizeiauto.

»Schneller!« rief ich.

Sie schaute mich einen Augenblick an, und wir wären beinahe auf den Gehsteig gefahren.

»Los doch!... Fahr!...«

Ich weiß, was ich in diesem Augenblick vermasselt habe. Ich weiß es genau. Ich sah nur noch ihren Rücken, aber ich weiß, wie es gewesen wäre. Deswegen ist mir das egal, versteht Ihr? Deswegen können mir die Jungs morgen auch den Schädel kahlrasieren. Und sie können mir Stirnfransen schneiden, wenn es ihnen Spaß macht, oder mich grün anmalen, wie das Polizeiauto, es ist mir egal, versteht Ihr?

Slacks fuhr drauflos. Sie schaffte es irgendwie, und wir kamen auf die Surf Avenue. Die alte Kiste schepperte, es war zum Heulen. Hinter uns nahm das Polizeiauto die Jagd auf.

Dann kamen wir zu einer Schnellstraßenauffahrt. Keine roten Ampeln mehr. Verdammt, hätte ich nur einen anderen Wagen! Alles geriet durcheinander. Und der andere, der hinter uns herkroch. Ein Schneckenrennen. Zum Haareausraufen!

Slacks holte das Letzte aus der Kiste raus. Und ich starrte immer nur auf ihren Rücken und wußte, wozu sie Lust hatte, es beschäftigte mich genauso wie sie. Ich schrie noch einmal: »Fahr!...«, und sie fuhr weiter, und dann drehte sie sich einen Moment um, und ein anderer Schlitten kam die Auffahrt herauf. Sie sah ihn nicht. Er kam von rechts. Er fuhr mindestens fünfundsiebzig. Ich sah den Baum und rollte mich zusammen, aber sie rührte sich nicht. Und als sie mich rausholten, schrie ich wie ein Tier, aber Slacks rührte sich immer noch nicht. Das Lenkrad hatte sich in ihre Brust gebohrt. Mühselig klaubten sie sie heraus, dabei zerrten sie an ihren weißen Händen, sie waren so weiß wie ihr Gesicht. Sie sabberte noch ein wenig. Ihre Augen waren offen. Ich konnte mich auch nicht rühren, da sich mein Bein in die falsche Richtung gedreht hatte, aber ich bat sie, sie neben mich zu legen. Ich blickte in ihre Augen, und dann sah ich sie. Überall Blut. Das Blut lief in Bächen an ihr herunter, außer an ihrem Gesicht.

Sie knöpften den Pelzmantel auf und sahen, daß sie nichts darunter anhatte, außer ihren Slacks. Die weiße Haut ihrer Schenkel wirkte im Schein der Karbidstraßenlampe geschlechtslos und tot. Der Reißverschluß war schon offen, als wir in den Baum rasten.

ZU DIESER AUSGABE

Die Originalausgabe von »Tote haben alle dieselbe Haut« (Les morts ont tous la même peau) erschien im Herbst 1947 bei Éditions du Scorpion. Es war der zweite der nach dem Rezept amerikanischer Bestseller geschriebenen Romane, die Vian unter dem Pseudonym Vernon Sullivan veröffentlichte. Der Übersetzung von Asma Semler liegt der unveränderte Text einer am 31. März 1949 imprimierten Nachauflage der Erstausgabe zugrunde. Die Kapitelabfolge wurde korrigiert (in der Erstausgabe gibt es zwei Kapitel XV), das Vorwort wurde, wie vom Autor ursprünglich vorgesehen, an den Anfang des Buches gestellt. Die im Anhang gedruckte Erzählung »Hunde, Lust und Tod« (Les chiens, le désir et la mort) ist ebenfalls in der Originalausgabe enthalten, erst in späteren Neudrucken des Romans wurde sie weggelassen und in den Novellenband »Le Loup-garou« aufgenommen.

»Tote haben alle dieselbe Haut« erreichte mehrere Auflagen, wurde von der Kritik aber nur im Zusammenhang mit »Ich werde auf eure Gräber spucken« abgehandelt, so daß dieser Roman ebenfalls gerichtlich verfolgt und am 13. Mai 1950 verboten wurde. Für die Hauptfigur, den weißen Rausschmeißer eines Lokals, der für einen Schwarzen gehalten wird, wählte Vian den Namen Dan Parker. So hieß der Präsident des »Cartel d'Action Morale et Sociale«, der vor Gericht Klage gegen »Ich werde auf eure Gräber spucken« erhoben hatte.

K.V.

BORIS VIAN

Aufruhr in den Andennen
– TROUBLE DANS LES ANDAINS –

Deutsch von
Wolfgang Sebastian Baur

I
Adelphin in seinen Schuhen

Der Graf Adelphin de Beaumashin stand vor seinem Luxus-Allyberth, der in gebündelter Leuchtstoffröhrenstrahlung funkelte, und legte ein weißes Oberhemd an. An diesem Abend gab es einen großen Festempfang bei der Baronin von Pyssnelck, und Adelphin hatte sich, im Bestreben, vorteilhaft zu erscheinen, von Dunoeud, dem mustergültigen Kammerdiener, seinen Frack Numero eins bereitlegen lassen, den er sonst nur zu außerordentlichen Anlässen trug. Das gute Stück lag nachtblau auf dem Fußende des breiten Diwans, der mit einem Berberbärenfell bezogen war, das Adelphin während einer Entdeckungsreise in die Republik Andorra erstanden hatte. Die mattseidenen Rockaufschläge schimmerten in mildem Glanz, und die Tressen der tadellos gebügelten Hose durchteilten der Länge nach die futteraleng geschneiderten Röhren des Beinkleides, das nur darauf wartete, übergestreift zu werden. Dunoeud hatte auch nicht die duftleichte und vollkommen jungfräuliche Kragenschleife vergessen, deren bevorstehende Anbringung die abrundende Perfektion einer Toilette bewirken sollte, die klugerweise vom Gesichtspunkt der Erlesenheit aus gehandhabt wurde, was auch keineswegs im Widerspruch zu jener Beinahe-Schlichtheit stand, wie sie einzig an Individuen von einnehmendem Äußeren oder bei Mißgestalten mit entsprechend dicker Brieftasche erträglich ist.

So kam es, daß Adelphin seine gelben Schuhe anzog.

II
Gelb ist eine Farbe

Plato umreißt in einem berühmt gewordenen, erst um 1792 aufgetauchten Pamphlet mit einigen wohlgedachten Sätzen seine Sicht vom Universum. Dieses stellt sich ihm als eine Art Kinoleinwand dar, auf welcher sich lebende Schattenbilder abzeichnen, die manch einer für die Wirklichkeit hält, wobei sich die Wirklichkeit in Wirklichkeit jedoch dahinter befindet. Von einer analogen Überlegung ausgehend, hatte sich Adelphin gesagt: warum nicht gelbe Schuhe, wenn ich mich ohnehin nur gegen das Licht zeige. Er hatte also beschlossen, sich nur im Gegenlicht zu zeigen, ein relativ einfaches Vorhaben, wenn man in Betracht zieht, daß es in unseren Breiten die Hälfte der Zeit über durch die Abwesenheit des Tages begünstigt wird, die man gemeinhin auch Nacht nennt, ein Phänomen, in dessen Verlauf Hell und Dunkel in regelmäßiger Folge aufeinandertreffen. Zudem war das Schuhwerk, wiewohl gelb, durchaus zum Gesamtaufzug des Grafen passend, welcher sich auf sein rötliches Haupthaar nun eine graue Schirmmütze mit malvenfarbenen Tupfen stülpte und sich in einen weiten und (innen!) mit karmesinrotem Samt ausgeschlagenen Umhang hüllte, der mit einem Besatz aus Hermelin versehen war und dafür gleichsam außen gefüttert mit unscheinbarem schwarzen Tuch, das sich durch nichts von den abertausend schwarzen Tuchen unterschied, die den Grund-Stoff für die abertausend schwarzen Umhänge abgeben, die allabendlich ein paar Zollbreit über den Schulterblättern der abertausend Männer von Welt flattern. Unter seinem Umhang aus schwarzem Tuch (und innen aus karmesinrotem Samt) stak Adelphin in feinster Schale. So bückte er sich denn, indem er einen Rohrstock mit elektrisch vorgerauchtem Bruyèrepfeifenknauf ergriff, mit schnellem Schwung und harkte aus dem geheimsten hintersten unterbettstattlichen Winkel jenen Kragenknopf hervor, der ihm zwei Tage zuvor beim Auskleiden entwischt war.

III
Psychologie

In vorliegendem Falle hätte es durchaus auch sein können, daß Adelphin ganz einfach auf normalem Wege an diesen seit zwei Tagen verschollenen Kragenknopf gedacht hätte. Nun ist jedoch der Sache leider so nicht beizukommen. Das komplexe innere Phänomen, das zum Tragen gekommen war und die geheime Triebfeder seiner nicht vorsätzlichen Handlung beruhten auf jenem irreführenden Vorgang, den die großen Philosophen Gedankenassoziation getauft haben, und der just im nämlichen Augenblick ablief, da Adelphin – drauf und dran, seinen Kragen zuzuknöpfen – mit bemerkenswerter Geistesgegenwart die Abwesenheit seines Kragenknopfes konstatierte. Recht viel mehr tut nicht not, um den Ursprung einer Handlung in grelles Licht zu tauchen, deren Sinn – einmal abgesehen von der brillanten Analyse, die den Gegenstand dieses Kapitels bildet und deren Anwendung einzig der Erkenntnis der Philosophen zu verdanken ist – ganz ohne Zweifel im dunkeln geblieben wäre und all jenen Schwankungen unterworfen, die ihm die Manien eines uneingeweihten Hirns auch immer auferlegen mögen.

IV
Porträt Adelphins

Adelphin, seit dreißig Jahren geboren, war zu Recht stolz auf ein Äußeres, um das ihn so mancher Joinviller Turnlehrer von stinknormalem Aussehen beneidet hätte, allerdings erst nachdem er drei aufeinanderfolgende Autounfälle sowie etliche anständige Explosionsunglücke hinter sich gehabt hätte. Ein feinhaariger, grau durchwachsener Schnurrbart sproß in schräger Schlangenkrümmung unter einer Nase, die von reinstem Barockstil und in ihren Maßen außerdem eine wahre Herausforderung für jede Parzenschere war, und überdachte solcherart des Grafen fleischige Unterlippe, die einer wohlriechenden, aber hochgiftigen Blume, etwa einem Gewächs aus der Gattung der Ranunkeln, ähnelte. Das Hervortreten der Backenknochen ging unterhalb der karminroten Augen mit der Bildung zarthautiger Auffangbecken einher, deren Anblick einem die Vorstellung aufdrängte, als müsse dort unablässig ein kleiner Tränenbach versickern, so sehr schien der Ort geschaffen für die Ergießung schädlicher Körperfremdstoffe. Die weit ausladende, von bewegten Querfalten gefurchte Stirn verwehrte brüsk den Zugang zur üppigen fahlroten Haartolle, die Adelphins edlem Kopf etwas Löwenhaftes verlieh. In solch dreißigjähriger Stattlichkeit prangte das Haupt des Grafen. Sein Körper indes stand jenem in nichts nach. Ein äußerst anmutiger Hals, der seinen bläulichen Ursprung zwischen den bergartigen Buckelungen der Schulterblätter fand; ein stark behaarter Brustkorb von zylindrischer Form und umfangen von hervortretenden Rippenbögen, was aussah wie jene Rillen, die die Flut in ihrem langsamen Wellenschlag im Ufersande hinterläßt, wenn sie sich wieder auf ihre vorgegebene Ebbenlinie zurückzieht; ein stämmiges, wohlgesichertes Becken sowie vier Gliedmaßen, von elegantem Feinbau und an Grazie einzig dem Schilfröhricht der grünen Sümpfe vergleichbar, ergaben ein harmonisches, wenn nicht gar surrealistisches Ganzes, welchem ihre hüllenlose Huldigung entgegenzubringen sich manche Dame aus der Vorstadt des öfteren gefiel.

Also besah sich der Graf in seinem Luxus-Allyberth.

V
Ankunft auf dem Fest

Nach Beendigung seiner Toilette öffnete Adelphin langsam seine Zimmertür, warf noch einen letzten Blick in das metallisch glänzende Spiegelkristall und bewegte sich sodann in gleitendem Libellengang auf die Marmortreppe zu, deren mit blaugrauem Wollstoff überkleidete Schneckenwindung einem die unmittelbare Sicht auf das Schimmern ihres vernickelten Geländers verwehrte.

Beinahe widerstrebend stieg er die wenigen Stufen hinab, die ihn vom gewöhnlichen Allerweltsniveau trennten, und verfügte sich in sein leichtgebautes elektrisches Auto, das von Dunoeud einige Minuten zuvor am Gehsteigrand vor seinem herrschaftlichen Stadthaus abgestellt worden war.

Beaumashin lenkte – aus purer Koketterie – sein Fahrzeug eigenhändig: das macht sich sportlich. Die gelben Schuhe zuckten nervös auf den Pedalen, und mit dem Geräusch eines entschwirrenden Kuckucks setzte sich das Gefährt in Bewegung. Fast hätte man meinen mögen, den Schlag der Kuckucksuhrgewichte gegen die Hausmauern zu hören.

Adelphin fuhr einen sauberen Stil; es war herrlich anzusehen, wie er in den Kurven den Bordstein streifte oder wie er – wäre man versucht gewesen zu sagen – ein paar Millimeter über der Fahrbahn dahinfegte. Er hatte eine schrullige, durchaus ihm eigene Art, mit seinem spachtelförmigen Zeigefinger die Autohupe neckisch zu bearbeiten und dadurch ihrem metallenen Schalltrichter einen höchst eigenwilligen und persönlichen Klang zu entlocken, der den Grundton zu seiner fesselnden Individualität angab.

Auf der Place de la Concorde hielt Adelphin messerscharf vor dem Hotel Crillon. Ein Mann löste sich aus dem Schatten und trat an den Roadster.

»Bist du's?« sagte Adelphin.

»Ich bin's!« antwortete der andere und stieg ein, indes der Wagen schon anfuhr.

Wenige Minuten später läuteten die beiden Männer bei der Baronin von Pyssnelck.

VI
Porträt Sérafinios

Adelphins Gefährte hieß – wozu noch länger es verheimlichen – Sérafinio Alvaraide. Von hohem Wuchs, mit Schultern, die den gutgeschneiderten Anzug ausbeulten, sah er aus, als sei er aus lauter Fußtritten in den Arsch zusammengeschustert. Eine gequälte Physiognomie, die ein wilder Blick belebte, verlieh ihm ein Merkmal von Originalität, die entsprechend temperamentvolle Damen ermunterte, seine Gesellschaft zu suchen. Eine monströse Sexualität strahlte aus allen Poren dieses Mannes mit dem wundersam feinen Lachen, der durch geschicktes Training seine Widerstandsfähigkeit bis zu jenem Punkte hatte stärken können, daß er eine Percherin von einem Meter 75 bis zum Widerrist bespringen konnte, ohne dadurch im mindesten Schaden zu nehmen. Sein Benehmen, das einem ungezähmten Kentauren angestanden hätte, gestattete ihm, die konzentrischen Blicke einer ganzen Versammlung mit einer Leichtigkeit zu ertragen, die ihresgleichen sucht. Vibrierend ging er durch sein Leben, wie eine Zweiton-Trillerpfeife, brutal und kosmetisch. Wenn er vorüberging, nahmen Ordnungshüter ihre Helme ab, und die kleinen Kinder hörten zu weinen auf.

Sérafinio und Adelphin hatten sich einige Jahre zuvor an einem schönen Nachmittag am Strand von Jusant-les-Pins kennengelernt. Sérafinio lag – aus Gründen der Sittlichkeit – bäuchlings im blaßgoldenen Sand. Adelphin ging verträumt einher, den Blick verloren im fernen Blau des Himmels, wo die Hoffnung auf Wiederkehr geboren wird und stirbt. Adelphin war über den ausgestreckten Körper Sérafinios gestolpert. Vom Augenblick dieser ersten Fühlungnahme an hatte sich eine lange Freundschaft entsponnen, die auch nie in Abrede gestellt worden war (wodurch auch?), trotz der grundlegenden Verschiedenheiten dieser beiden Vanadiumnaturen.

Fügen wir dem noch hinzu, daß Alvaraide und Beaumashin einander nur selten sahen, und wir haben eine ziemlich exakte Vorstellung von ihrer Freundschaftsbeziehung.

VII
Die Festgesellschaft

Der elektrische Roadster war kaum zum Stehen gekommen, als auch schon ein betreßter Diener in einer nüchternen schwarzen Livree, welche keinerlei Phantasie beflügelte, den beiden Freunden den Wagenschlag öffnete, die daraufhin auf der anderen Seite ausstiegen, da sie es nicht schätzten, wenn man sich in ihre Angelegenheiten mischte. Sie stiegen eine nobel proportionierte Treppe hoch, der große Töpfe mit blühender Beriberi zur Ähnlichkeit mit dem Aufgang zu einem tropischen Palast verhalfen. Adelphin pflückte im Vorbeigehen eine Beriberischote, deren starker Moschusgeruch ihm sogleich zu Kopfe stieg, und rote Wollustbilder flammten vor seinen so blauen, so ruhigen Augen auf, während er die von aphrodisischen Dünsten überwaberten Stufen hochging. Die Beriberi tut in unseren Breiten wahre Wunder, indem sie unserer Existenz jenen würzigen Geschmack verleiht, den die Forscher ihr in den fernen Regionen abgewinnen, wo die Weisen der indischen Waldlingas erklingen.

Am Ende des Treppenaufganges erschien ein wohlstilisiertes Dienstmädchen, um die beiden Freunde ihrer Oberbekleidung zu entledigen. Blond, von zierlichem Wuchs, mit bemalten Augen und perversen Hüften trug sie de Beaumashins Umhang und Mütze davon, während Sérafinio ihr seinen Regenmantel überlassen hatte. Sie entschwand in einen violettrosa erleuchteten Flur, und die beiden Männer hielten Einzug in das Vorzimmer der Baronin von Pyssnelck.

Es war fürwahr eine große Festgesellschaft. Mehr als elf Personen drängelten sich um den üppigen Körper der von Pyssnelck, die mit einem enganliegenden Schlauchkleid aus echtem Latex korsettiert sowie äußerst schamlos dekolletiert war und zaum- und zügellos vor Lachen prustete. Kastanienbraunes Haar, eine Lorgnette in der Hand, musterte sie mit hochmütiger Insolenz die Neuankömmlinge. Arroganz war es aber nicht, sondern bloß Kurzsichtigkeit. Sie lächelte Adelphin, den sie wiedererkannt hatte, huldvoll zu, nahm Sérafinio hingegen nicht zur Kenntnis. Und das war der Ausgangspunkt zu jenem seltsamen Abenteuer, das diesen Männern ohne Tadel, deren Geschichte zu erzählen wir uns vorgenommen haben, noch bevorstand...

Sérafinio wurde ob dieser Schmach leichenblaß. Mit einer kleinen Handbewegung jedoch gab ihm Adelphin seine natürliche Farbe wieder. Das Orchester begann mit einem Vorspiel. Ein schmachtender Foxtrott, auf dem chromatischen Akkordeon gespielt, haspelte seine Melodie herunter. Im Vorbeigehen eine verminderte Septime heraushörend, umklammerte Sérafinio eine vollschlanke Rothaarige und zog sie, ohne auf Gegenwehr zu stoßen, mit sich in jenen Kreiselkrampf, der seine Art zu tanzen war. Adelphin packte die Baronin, und beide Paare fingen an, mit wollüstig zuckenden Hüftverrenkungen den anstößigen Rhythmus zu skandieren, der glasklare Tropfen in den Achselhöhlen der Damen perlen ließ.

VIII
Quo non ascendam...?

Adelphin nutzte eine Pause zwischen den harmonischen Tobsuchtsanfällen des Orchesters, welches aus zwei Musikern bestand, von denen einer laut die Partitur vorlas, die sein blinder Kamerad zum Vortrag brachte, und zog seinen Freund zum Buffet.

»Nun?« sagte er zu ihm.

»Du kannst gar nicht begreifen...«, antwortete Sérafinio.

»Ach!?« stimmte Adelphin bei, ohne zu begreifen.

»Dieses Frauenzimmer ... die Baronin ...«

»Na und?«

»Ah!« brüllte Sérafinio, »es gibt Augenblicke, da möchte man am liebsten sagen...!«

»Beruhige dich, mein Freund«, sagte Adelphin. »Komm lieber mit in eine stille Ecke, wo wir ungestört miteinander plaudern können.«

»Gute Idee!« brummte der andere dumpf.

Diskret nahm Adelphin fünf Flaschen Champagner und mehrere Teller mit Backwerk an sich und zog seinen Helfershelfer in die höheren Regionen hinauf.

Sie erklommen etwa hundert Stufen und hielten im ersten Stock auf einem Treppenabsatz inne, der im milden Lichte einer Kristallschale lag, die bis ins kleinste Detail Penthesileens linker Brust nachgebildet war, jener, die sie sich bekanntlich hatte abnehmen lassen, um besser mit Pfeil und Bogen schießen zu können.

Nach einem kurzen Blick auf dieses Kunstwerk packte Sérafinio Adelphin beim Arm, worauf dieser siebzehn Makronen und vier Rumtörtchen fallen ließ, und führte ihn zu einer harmlos aussehenden Tür, unter der ein Lichtstrahl nicht durchsickerte, solcherart mit an Sicherheit grenzender Wahrscheinlichkeit anzeigend, daß das betreffende Zimmer leer war.

Adelphin betätigte mit seinem freien linken Zeigefinger den Schnappriegel, und die Tür öffnete sich geräuschlos. Er peilte einen vom Treppenhauslicht erhellten Bridgetisch an und stellte seine Beute darauf ab, sammelte die wenige Augenblicke zuvor fallen gelassenen Kuchenstücke wieder auf und schmiß sie das Treppenhaus hinunter auf den polierten Schädel eines alten ehemaligen Gardepioniers, welcher sich daraufhin seinen Hinterkopf säuberlichst mit einem Bogen Löschpapier abwischte.

Dann ging er wieder zu Sérafinio in das Zimmer zurück, das zu annektieren sie beschlossen hatten, und verschloß hinter ihnen beiden die Tür mit einer doppelten Schlüsselumdrehung.

Der Gardepionier hatte schon ein zweites Löschblatt zur Hand genommen.

IX
Darlegung

»Diese Frau«, sagte Sérafinio, der gewohnheitsmäßig immer pfeilgerade auf sein Ziel losging, »hat mir das Herz gebrochen. Sie ist keine Frau, sondern ein Dudelsack, den irgendein verliebter Sukkubus von einem anderen Stern auf unserer Erde vergessen hat. Sie hat mich blamiert. Ich werde mich rächen...!«

»Aber...«, sagte Adelphin, »kannst du mir vielleicht erklären...?«

»Ha!« schrie da Sérafinio. »Das ist ganz und gar unmöglich!... Sind wir doch nicht vom selben Geblüt, Ihr und ich!... Aber was ist jetzt los?«

Die Lichter gingen eins nach dem anderen aus. Der hintere Teil des Raumes lag schon im Dunkeln.

»Nichts...«, sagte Adelphin, »sprich weiter.«

»Ich habe nichts davon gespürt, daß ihr Fleisch vor Sinnenlust gebebt hätte, als ich vorüberging. Kannst du so etwas überhaupt fassen?«

»Es ist schon schlimm«, pflichtete Adelphin bei, indem er sich mit dem Handrücken die Spuren von Schlagsahne abwischte, die seinen Schnurrbart bekleckerten, und dabei einen volltönenden Rülpser fahrenließ.

Nur zwei kleine elektrische Birnen brannten noch... das Dunkel verdichtete sich.

»Ich bin zutiefst verletzt...«, sagte Sérafinio schließlich in endgültigem Ton.

»Das bist du wirklich!...«, stimmte der Graf bei, worauf auch die beiden letzten Lichter erloschen.

X
Im Dunkeln

Leichte Besorgnis beschlich das Gemüt des Grafen, als er an die offensichtlichen Nachteile der Situation dachte. Sérafinio trällerte eine alte spanische Melodie, die er noch von seiner Mutter her kannte und deren Bedeutung er schon seit langem vergessen hatte. Sie kam ihm immer in Augenblicken lebhafter Gemütsbewegung in den Sinn. Adelphin war diese Eigenheit nicht unbekannt. So strich er mit seiner Hand mehrfach über den Rücken seines Helfershelfers, um ihm Vertrauen einzuflößen. Sérafinio schwieg. Indes seine haarigen Beine unter ihm zitterten. Er hatte noch nie den Anblick des Nichts ertragen können.

Adelphin kramte in seiner Westentasche und förderte daraus das goldene Dunhill-Feuerzeug mit Echtheitssiegel zutage, das ihm die Fürstin Adémahye de Cornembouc an dem Tag geschenkt hatte, da er beim Grand Prix der Sportsfreunde von Saint-Germain als erster durchs Ziel gekommen war. Er fluchte innerlich beim Gedanken daran, daß das Feuerzeug wieder nicht brennen würde; er schnippte am Rädchen, und das Feuerzeug brannte nicht. Da fiel ihm ein, daß vielleicht kein Benzin drin sei.

»Sérafinio!« sagte er halblaut.
»Ja, Adelphin?«
»Hast du Benzin?«
»Ja, Adelphin!«
»Gib mir ein bißchen.«
»Ja, Adelphin.«

Und Sérafinio hielt Adelphin den halbvollen Benzinkanister hinüber, über den er gerade gestolpert war.

Wenige Augenblicke später umrahmte ein vager Schimmer wie ein Heiligenschein den grotesken Schlagschatten der beiden Männer, der an den Wänden zitterte.

»Jetzt geht's wieder«, atmete der Graf auf. »Wo sind wir?«

»Da muß man schon ein verdammt kluges Köpfchen sein, um das herauszufinden«, knurrte Sérafinio, »ich würde sagen, wir sitzen in der Patsche. Aber das ist ein Standpunkt, den ich dir nicht aufzwingen will.«

Plötzlich fuhr Adelphin mit der Hand in die rechte Tasche seiner schwarzen Hose. Er erbleichte, biß die Zähne aufeinander, und sein Gesicht nahm eine Färbung an, die zwischen der von Fensterkitt und der eines schönen blauen Mittelmeerhimmels lag.

»Sérafinio!« brüllte er leise. »Man hat mir mein SPALTEUMEL gestohlen!...«

»Jetzt ist mir alles sonnenklar!« stöhnte Sérafinio auf... und das Licht war auch schon mit einem Schlag wieder angegangen.

XI
Mutmaßungen

»Das Problem ist recht simpel«, sagte Adelphin, »es war dunkel, und jetzt ist es hell; vorher hatte ich mein Eumel, und jetzt hab ich es nicht mehr. Nun gilt es, den Zusammenhang zwischen diesen beiden Phänomenen herauszufinden, die ja eigentlich durchaus gemeinsam auftreten können, ohne deshalb gleich in einem ursächlichen Zusammenhang stehen zu müssen (was uns vor ein weiteres Problem stellen würde). Zusammenfassend also muß ich mich fragen: wer hat mir mein Eumel gestohlen?«

»Ich war's nicht«, sagte Sérafinio unruhig, da das Gesicht des Grafen in diesem Augenblick gar schrecklich anzusehen war und undeutliches Grummeln sich aus seiner Luftröhre vernehmen ließ.

»Rindvieh!« sagte Adelphin, der sich schlagartig wieder beruhigt hatte. »Du bist mir vielleicht ein Witzbold!«

Und er brach in das Lachen eines gefällten Riesen aus. Doch seine Heiterkeitskrise war nur von kurzer Dauer; er packte Sérafinio am Arm und zog ihn in den hintersten Teil des Raumes.

Eine niedrige Tür tat sich in der Wand rechts von einem monumentalen Kamin auf, den ein Renaissance-Frontgiebel von reinstem gotischen Stil zierte. Adelphin kümmerte sich nicht darum; er trat ein paar Schritte unter die geräumige Rauchabzugshaube. Die mit Lilienornament verzierte Gußplatte, die dazu dient, die Hitze der ohnehin so selten im rußschwarzen Becken entfachten Kohlenglut zu speichern, kam ihm etwas sonderbar aufgehängt vor.

Er nahm einen Anlauf und feuerte einen fürchterlichen Fußtritt auf diese Platte ab. Sie zersprang in Stücke und gab eine Öffnung frei, gerade groß genug, um ein Pferd ohne Reiter durchzulassen.

Adelphin hielt inne, wie von einer plötzlichen Eingebung befallen.

»Paß auf«, sagte er zu Sérafinio, »da kommt jemand.«

»Ich habe es schon gerochen«, sagte Sérafinio und sog die Luft in kleinen geilen Schnaufern ein.

Lautlos ging er zur Tür, und als er ganz dicht dran war, riß er sie unvermittelt auf.

Die kleine Blonde mit den beweglichen Hüften stand auf der Schwelle, das Ohr gegen die Türfüllung gepreßt. Bei Sérafinios Öffnungsruck fiel sie ins Zimmer. Im Augenblick darauf war die Tür auch schon wieder verschlossen, diesmal mit Schlüssel, und Sérafinio beging auf dem Körper der jungen Frau die bedauerlichsten Exzesse. Nach fünf Minuten fiel sie in Ohnmacht. Sérafinio brachte seine Kleidung wieder in Ordnung und gesellte sich hierauf zu Adelphin.

»Jetzt ist mir wohler«, sagte er zu ihm. Sie waren nun schon ein gutes Stück in dem vom Grafen entdeckten engen Stollen vorangekommen.

XII
Die Fauna der finsteren Schlünde

In seinen so oft verunglimpften und dabei kaum jemals richtig verstandenen Werken schildert uns Fabre den Kakerlak wie folgt: »Es ist ein ekles Viehzeug, das im Frühjahr seine Eier legt und sich in den Abwässerkanälen fortpflanzte«. Damit hat er so unrecht nicht. Als Beweis dafür mag gelten, daß die langen dunklen Stollen voll von Kakerlaken sind. Übrigens war der Stollen, durch welchen in diesem Augenblick Adelphin und sein Helfershelfer krochen, sehr gut beleuchtet, was die beiden Männer daran hinderte, sich von der bemerkenswerten Genauigkeit der Fabreschen Beobachtung zu überzeugen. Man soll sich aber dadurch nicht kopfscheu machen lassen: Fabre nämlich irrt niemals. Alle Biologen sind sich in der Anerkennung der Zuverlässigkeit seiner Beobachtungen einig, mit Ausnahme derer, die nicht mit ihm einverstanden sind, und das sind ganze Heerscharen.

Der Stollen führte zu einem tiefen Brunnenschacht, aus dem, vermischt mit feuchtlauem Dunst, ein brechreizerregend übler Gestank aufstieg. Klebrige und verrostete, in die Wand eingelassene Gitterstäbe aus Eisen ließen einen Durchschlupf offen für jenen Wagemutigen, der, mit Minzlikör von Ricqlès versehen, das geologische Kartenwerk von Schrader und Vivien de Saint-Martin auf seine Übereinstimmung mit der tatsächlichen Beschaffenheit des durch diesen Brunnenschacht durchbohrten Erdreichs überprüfen wollte.

Die beiden Männer arbeiteten sich wacker nach oben, da sie es langsam mit der Angst zu tun kriegten. Sowie sie die gußeiserne Platte hoben, die die Öffnung des Brunnenschachts bedeckte – dieses Kanalschachts vielmehr, denn nichts anderes als ein solcher war es –, wurden sie sich eines verschwommen lärmenden Durcheinanders rings um sie her bewußt. In der Tat fuhr ein Autobus eben über ihre Köpfe hinweg. Adelphin klammerte sich an der hinteren Plattform fest und entschwand den Blicken Sérafinios, der auf den nächsten Autobus wartete. Zur selben Minute, als seine X-Beine sich in die beiden Haltestangen an der Plattform einhakten, erscholl eine dumpfe Detonation, und ein unwiderstehlicher Luftstrom jagte eine Abwasserfontäne gen Himmel, zweifellos durch den Rückstoß einer Gasexplosion verursacht. Das Stadthaus der von Pyssnelck war soeben in die Luft geflogen. Da war der Autobus aber schon vorbei.

XIII
Geheimtreffen der Weisen

Als der Autobus am Hause Adelphins vorbeikam, hielt sich Sérafinio an einem Pflasterstein, der etwas vorstand, fest und ließ sein Reittier fahren. Er bückte sich etwas, um den Zusammenprall mit einem Gemüsetransporter zu vermeiden, der dem Autobus in wenigen Dezimetern Abstand hinterdreinfuhr, erhob sich sodann und läutete mit der natürlichsten Miene der Welt am Gittertor des gräflichen Domizils.

Dunoeud höchstpersönlich kam öffnen und führte ihn in die Bibliothek, wo sein Meister, in einem Morgenrock von delikatem Lachsrot mit flaschengrünen Zierborten, eine Pfeife Navy-Cut rauchte, der mit Rapsöl sauciert war.

Eine kleine Karaffe, zu drei Vierteln voll mit Whisky, zwei Gläser und ein Eiskübel zogen Sérafinios Blicke auf sich.

»Kannst du mir ein Glas Wasser bringen lassen?« fragte er, indem er sich diskret die Nase am Rockärmel abwischte.

»Setz dich«, sagte der Graf, »und fühl dich ganz wie zu Hause!«

Sérafinio setzte sich, masturbierte sich kurz und erhob sich hierauf wieder, um mit einem Zug das Glas Eiswasser auszutrinken, das Dunoeud ihm reichte.

»Schieß los!« sagte er schließlich, zu Adelphin gewandt.

Adelphin sagte kein Wort. Er wühlte in seiner rechten Anzugtasche und hielt Sérafinio einen kleinen Gegenstand hin.

»Allmächtiger!« japste Sérafinio, »hast du es also endlich gefunden? Was ist es denn?«

»Du dummes Arschloch«, sagte Adelphin, »es ist das...«

Ein Schuß peitschte auf, und die dazugehörige Kugel schnitt ihm das Wort an den Lippen ab.

»Schnell!« schrie er, »das Fenster...«

Eine undurchdringliche Finsternis senkte sich lastend über alles. Über den Fensterrand hinausgelehnt sahen sie undeutlich, wie ein Schatten sich davonmachte, die Mauer überkletterte und sich auf der Straße verlor...

»Es ist das Eumel...«, sprach Adelphin zu Ende und setzte sich wieder, während Tageshelle neuerlich den Raum erleuchtete.

»Wo war es?«

»In der Tasche von meinem Werktagsanzug.«

»Was ich einfach nicht verstehe...«, sagte Sérafinio, »ist, wie der Dieb Zeit gehabt hat, es dir unten zu klauen und doch noch vor uns hier oben zu sein, um es wieder in die Tasche deines Werktagsanzugs zu stecken...«

»Ich auch nicht«, sagte Adelphin.

»Dann hast du es vielleicht gar schon hier in deiner Tasche vergessen gehabt?«

»Ist das denn so wichtig?« seufzte Adelphin. »Immerhin bleibt die Tatsache bestehen: man hat mir mein Eumel gestohlen.«

»Aber du hast es doch...!«

»Ich habe gesagt: man hat mir gestohlen. Das ist ein Konjunktiv«, grinste Adelphin hämisch.

»Dann bitte ich vielmals um Entschuldigung«, sagte Sérafinio errötend.

»Gib mir mein Eumel wieder«, sagte Adelphin.

»Hier!« sagte Sérafinio, reichte es ihm hinüber... und siehe da! – seine Hand war leer...

»Da kannst du sehen, daß man es gestohlen hat, du Schwachkopf!« sagte der Graf kalt und entleerte einen Revolver auf Sérafinio. Da er ein schlechter Schütze war, merkte der andere nichts davon, und der Graf beruhigte sich wieder.

»Man hat es mir gestohlen...«, seufzte Sérafinio und fiel in Ohnmacht.

»Du wirst mir zu nervös«, murrte der Graf, indem er das Eumel vom Fauteuil seines Freundes aufhob, wo es hingeglitten war, während der Unbekannte schoß.

XIV
Verstärkung

»Im übrigen«, schloß Adelphin wenige Minuten später, während Sérafinio diesmal ein volles Glas Whisky austrank, um sich wiederherzustellen, »ist das Eumel eine Fälschung. Aber wie du siehst, hat das keinerlei Bedeutung...«

Er klingelte, da er sah, daß der andere nicht zuhörte.

»Dunoeud! Begleiten Sie meinen Freund hier für einige Minuten ins Nebenzimmer.«

Als Sérafinio wieder zurückkam, sah er sehr bedrückt aus.

»Was für ein Grobian, dein Dunoeud«, sagte er verstimmt. »Aber einen Slip zu sechsundsiebzig Franc!«

Er konnte es nicht verwinden, die Wildheit seiner Natur dem kalten Positivismus eines gewöhnlichen Butlers weichen gesehen zu haben.

»Das ist noch nicht alles«, sagte jählings Adelphin. »Wir müssen uns diese Bande vom Hals schaffen!«

Er nahm den lilienverzierten Hörer von der Gabel, der am Ende seiner rotseiden umflochtenen Schnur hing, und wählte auf der Wählscheibe eine Nummer, die aus nicht weniger als elf Ziffern bestand.

»Hallo!« sagte er, »ist dort die Polizei? Geben Sie mir den Major.«

Und während sich in Sérafinio Alvaraides Gesichtszügen alle Anzeichen einer plusquamperfekten Seligkeit spiegelten, begann der Graf eine zungenfertige Konversation mit seinem unsichtbaren Gesprächspartner.

XV
Der Major

Am 7. Januar 1464 wurde das kleine Dorf Saint-Martin-de-Saignant von einem Haufen aufständischer Söldner angegriffen. Der Trupp, der sich aus einem bankerotten Baron, einem ehemaligen Ritter des Hosenbandordens, sieben Schweizerteutschen Reuttern und elf gottverdammten Engelländern mit dem traditionellen Barbierbecken als Kopfbedeckung zusammensetzte, überschritt den Brückenbogen, der den schmucken kleinen Bach überspannte, welcher talaufwärts weiß und talabwärts rot floß und dadurch dem Ort seinen Namen gegeben hat – saignant, blutig.

Da brach unversehens eine Art Freibeuter, in Lederkleidung und alles in allem bewaffnet mit einem frisch abgehackten Ochsenschwanz, aus dem Gebüsch hervor und fing an, euch die Soldaten so wacker zusammenzuschlagen, daß ein allgemeines Rennen, Retten und Flüchten anhub.

Er lief ihnen nach und warf die in Unordnung Zurückweichenden einen nach dem anderen in den Bach – außer den Leichen –, bis sie sämtlich darin umgekommen waren.

»Il a j'té l'ost à l'eau! Er hat den Feind ins Wasser geschmissen!« riefen die Bauern, die sich eilig zusammengerottet hatten, um die Leichen zu fleddern, als alles vorbei war.

Der Name blieb ihm. Deformiert durch die singende Aussprache dieser Kinder der Region Landes wurde es zu Loustaleau, sodann zu Loustalot. Ein ferner Vorfahre des Majors nahm den Namen mit nach Amerika, dort wurde er zu Loostal O'Connor – was natürlich noch besser klang. Der Großvater des Majors war denn auch der Urenkel von Loostal O'Connor.

Und ein für allemal vereinfacht, schrieb er sich Loostalo.

Kurz, der Major hieß Jacques. Jacques Loostalo, versteht sich. Zwar benutzte er Visitenkarten, die auf den Namen Jean Dupont lauteten, doch die hatte er gestohlen; vielmehr beschlagnahmt, da er ja der Polizei angehörte: abgestellt für besondere Aufgaben, wie nicht anders zu erwarten; eine Art Privatdetektiv, aber ausgestattet mit den Amtsbefugnissen eines multiplikationärrischen Kommissars der Kripo.

Was seine physische Erscheinung betraf, so war er ein ziemlicher Kretin, mit niedriger Stirn, behaarter Haut, einem scheelen Auge und einem aus Glas, einer verkniffenen Visage mit einem diabolischen Grinsen, das seine schmalen Lippen verzerrte. Er trug lange Sakkos, besaß noch alle seine ersten Zähne und frönte in ungezügelter Leidenschaft dem gewöhnlichen roten Landwein.

Was seine geistige Verfassung anging, möchten wir das Wagnis eingehen zu behaupten, daß die Lava des Zentralfeuers kalt schiene, verglichen mit der brodelnden Glut seiner genialischen Gedankenwindungen. Doch sagte er nur selten, was er dachte.

Um es kurz zu machen, er war Jungfrau und praktizierte Jiu-Jitsu – oder Judo, wie man heutzutage wohl dazu sagt.

XVI
Résumé

Schlapp hineingegossen in einen tiefen Clubsessel aus Leder, ein großes Glas Whisky in der Hand, paffte der Major eine Gold Flake, während er mit gespitzten Ohren der Erzählung des Grafen Adelphin lauschte. Sein geübter Blick musterte aufmerksam das leidenschaftslose und wie in Stein gemeißelte Gesicht Adelphins, wobei er versuchte, in den Mäandern seiner Physiognomie die wahren Gedanken zu entziffern, die dumpf hinter der Stirn des Edelmannes brüteten.

Hingefläzt auf einen Diwan verhielt Sérafinio sich ruhig und wies die Annäherungsversuche einer schön gewachsenen Windhündin zurück, die durch den supermännlichen Geruch, der aus allen Poren dieses Männerkörpers dünstete, in äußerste Erregung versetzt wurde.

Der Butler Dunoeud erschien von Zeit zu Zeit, ein lautloser, auf Kreppapier aufgezogener Schatten: er füllte die Gläser nach und verschwand sogleich wieder.

Als der Graf mit seiner Erzählung geendigt hatte, hustete der Major aus tiefster Brust ein Wort aus, ein einziges, einen Kommentar, ein Résumé, das Schlüsselwort eben; er sagte:

»Gut.«

Und hielt inne.

Setzte dann wieder an:

»Übrigens ist es durchaus möglich, daß ich mich irre.«

Hierauf erhob er sich und verließ den Raum.

Er durchquerte die Vorhalle.

»Wo bitte geht's hier zur Toilette?« fragte er Dunoeud, der gerade vorbeikam.

XVII
Plan

Wieder im Zimmer, zündete sich der Major eine zweite Zigarette an.

Er trug an diesem Tag ein in den Schultern sehr weit geschnittenes, ziemlich langes Jackett mit rosa und gelbem Karomuster. Ein hübsches Stück übrigens. Die Hand des schicken Modeschneiders hatte ihre Spur auf dem Stoff hinterlassen, was einen recht originellen Effekt abgab. Man hätte glauben mögen, er sei schmutzig.

»Sie, Alvaraide«, sagte plötzlich der Major, »gehen hinter diesen Vorhang. Sie, Graf, unter diese Anrichte. Sie, Dunoeud, gehen raus. Und ich«, schloß er, »bin dort ganz gut aufgehoben!«

Und er schlüpfte durch den Türspalt eines geräumigen Schranks, der als Aufbewahrungsort für die Ausziehplatten des Tisches diente, wenn genügend Platz vorhanden war, sie abzustellen. Die Atmosphäre war zum Zerreißen gespannt.

Die Tür aus Glas und Eisen in der Vorhalle knarrte dumpf, und die drei Männer in ihren Verstecken wurden steif vor Angst, was zur Folge hatte, daß der Vorhang zitterte und die Anrichte knackte. Was den Schrank betraf, so war dieser massiv und bewegte sich nicht mehr als ein Baumstumpf. Dabei handelte es sich um einen Baumstumpf, der ordentlich weit entfernt war von jenen südamerikanischen Gegenden, wo es häufig zu Bewegung unter Baumstümpfen kommt, was eine Folgeerscheinung von Erdstößen ist, die manche »seismische« nennen, weil man sie mittels Seismographen aufzeichnet.

Kurz gesagt, der Schrank bewegte sich nicht.

Dunoeud schob die Tür auf und führte die FREMDE herein.

Die FREMDE hieß Amélie Kerb-Holz. Da ihr Vater Tischler war, antwortete sie gewitzt auf die Frage:
»Was macht Ihr Herr Vater, Fräulein Kerb-Holz?«
»Mein Vater sägt.«
Und alle konnten sich nicht lassen ob einer so charmanten und schlagfertigen Antwort.
So kam es, daß der Major beim Verlassen des Verstekkes feststellte, daß er sich in Gesellschaft einer Unbekannten befand.
»Wer sind Sie?« murmelte er. »Was haben Sie mit Amélie gemacht?...«

XVIII
Fallen?

»Amélie?« sagte die FREMDE. »Kenne ich nicht.«

Dabei klopfte sich der Major leicht auf die Vorderseite der Handfläche und setzte wieder an:

»Fahren Sie fort, mein Fräulein, ich bin ganz Ohr.«

»Ich heiße«, sprach das junge Mädchen, »Arielle Cornovant. Ich bin Boulevard Sébastopol am 16. Mai 1926 um elf Uhr vormittags geboren. Ich habe schon beim Finanzier Pompasoult, beim Baron Sauglöckl und beim päpstlichen Nuntius gedient. Ich besitze hervorragende Empfehlungsschreiben. Glauben Sie, daß ich eine Chance habe?«

Der Major läutete.

»Dunoeud«, sagte er, »kümmern Sie sich um das Fräulein, es geht um die Dienstmädchenstelle.«

»Gott sei Dank ist mir diese Ausrede eingefallen, um sie loszuwerden«, sagte er sich noch, nachdem sie den Raum verlassen hatte. »Sérafinio und Adelphin, kommt aus euren Verstecken«, fuhr der Major fort.

Der Graf kroch mühsam ins Zimmer und rieb sich kräftig das Kreuz, um seine gewohnte Gelenkigkeit wiederzuerlangen. Sérafinio war verschwunden.

»Verfickt und zugenäht!« rief der Graf.

»Letzteres wohl kaum!« kommentierte der Major ironisch.

»In der Tat ...«, knurrte Adelphin.

Und er pfiff auf seinen Fingern; wischte sich daraufhin die Finger auf der Rückseite eines Fauteuils ab, weil sein Speichel malvenfarben war. Die Windhündin erschien, und Sérafinio folgte ihr auf dem Fuß.

»Du hast mich gerettet!« sagte Alvaraide. »Also diese Hundsviecher können den Kanal auch nicht voll genug kriegen!«

»Schluß jetzt!« donnerte der Major, »wir sind schließlich hier, um zu arbeiten. Zeigt mir das Eumel!«

Als er das kostbare Ding in seinen Händen hielt, erhellten sich seine Züge mit einem Schlage.

»Da haben wir's!« sagte er, »es ist eine Fälschung. Und man braucht auch nicht besonders gehässig zu sein, um zu erraten, wer...«

Er hob den Telefonhörer ab.

»Hallo? Antioche Tambrétambre? Guten Tag, verehrter Freund. Schnapp dir deinen Cadillac und unsere beiden MPs und komm zu mir her. – Wohin? Na hierher natürlich, stell dich nicht so saudumm an.«

Er legte wieder auf.

»In ein paar Stunden«, schloß er, »werden wir Gewißheit haben. Sie, Graf, und Sie, Seraph, werft euch in eure Reiseanzüge!«

XIX
Antioche

Mit dreizehn Jahren ging Antioche Tambrétambre aufs Gymnasium. Seine – grifflose – Schulmappe trug er unter dem linken Arm. Unter dem linken Arm und nicht etwa in der linken Hand, denn letztere muß frei bleiben, um den rechten Handschuh entgegenzunehmen, den man auszieht, wenn es gilt, die Hand von irgend jemand aus der Bekanntschaft zu schütteln. Desgleichen, um die Kopfbedeckung zu halten, die man gerade abgenommen hat, wenn es sich um eine Dame oder einen Greis handelt.

In der kleinen Außentasche, die links oben am Jackett sitzt, brachte Antioche immer seine Bahnkarte unter: von dort nämlich holt man sie jederzeit bequem mit der rechten Hand heraus, die – sogar in behandschuhtem Zustand noch – geschickt genug ist, in den klaffenden Schlitz des rechtsgeknöpften (Antioche war männlichen Geschlechts) Überziehers zu greifen.

In der größeren, ebenfalls linken Innentasche des besagten Jacketts konnte er gleichwohl mit Leichtigkeit seinen Füllfederhalter finden, jenen Gegenstand, der am häufigsten zur Hand genommen und wieder beiseite gelegt werden muß von Pennälern, wie Außenstehende gern sagen; aus der dito rechten Innentasche des oben erwähnten Jacketts, folglich auch weniger leicht zugänglich – (denn um dorthinein zu langen, mußte man

1) die Schulmappe unter den anderen Arm klemmen,

2) die linke Hand des Handschuhs entledigen, welcher weniger häufig an- und ausgezogen wird und daher den Fingergliedern besonders hartnäckig anhaftet) –

aus der rechten Innentasche also war es ihm ein leichtes, seine Brieftasche herauszufischen.

Außerdem hat ein Schüler nur selten Gelegenheit, sich

dieses Gegenstandes zu bedienen, und wenn er es tut, so höchstens, um seinen Schulkameraden das Foto seiner Schnepfe zu zeigen: bei dieser Gelegenheit befindet er sich gewöhnlich auf dem Schulhof oder im Klassenzimmer und hat weder Handschuhe noch Mantel an, was der Logik der Auswahl des Aufbewahrungsortes nach einen erhöhten Sicherheitsfaktor bedeutet, da die Bedeckung durch Jackett und Mantel einen jederzeit möglichen Diebeszugriff abhält.

Antioche, der, dies sei am Rande vermerkt, keine Weste trug, brachte aufs Geratewohl allerlei Kleinkram zu weniger häufigem Gebrauch in den anderen Jackett-Taschen unter.

Die rechte Hosentasche behielt er dem Taschentuch vor, das schnell zur Hand genommen werden muß und auch gewandt gehandhabt werden will und wovon eine Doublette sich in der linken Außentasche des Mantels befand; selbige ist zur Not auch mit der rechten Hand zu erreichen; die rechte Hand, häufig unbehandschuht aus den oben geschilderten Gründen der Begegnung (vergessen wir nicht, daß Antioche die Bahn benutzte), muß nicht weniger oft vorübergehend in der rechten Manteltasche wohnen, der für diesen Zweck angenehmsten: die Koexistenz eines Taschentuchs und einer Hand hätte in dieser Tasche durch die ungebührliche Unterbringung zweier empfindlich kugelförmig gebauschter Körpervolumina eine mißliche und entstellende Schwellung nach sich gezogen; kurz gesagt: Antioche handelte mit Vorbedacht.

Als er erwachsen wurde, änderte er geringfügig seine Gewohnheiten:

1) Das Taschentuch der Hose übersiedelte von der rechten auf die linke Seite und überließ das Feld einem Schlüsselbund, der noch viel schwieriger handzuhaben ist als ein Taschentuch und dessen Zusammenwohnen mit jenem letzteren bei jedem Türöffnen aus Gründen des Ver-

hedderns an den gezackten Schlüsselbärten die Zerreißung des Taschentuchs unweigerlich zur Folge gehabt hätte.

2) Die Brieftasche im Jackett teilte sich sozusagen in zwei Hälften; die eine beinhaltete das Hartgeld und nahm jetzt bei der Hose die Gesäßtasche ein, die es zur Zeit, als Antioche noch aufs Gymnasium ging, noch gar nicht gegeben hatte.

Die zweite Hälfte verblieb auf dem rechten Lungenflügel und bestand hauptsächlich aus einem Ringbuch, das mit verschiedenem periodisch erneuertem Zettelkram vollgeheftet war.

3) Die Bahnkarte, unnütz geworden, da Antioche nun nicht mehr am Stadtrand wohnte, wurde je nach Erfordernis ersetzt durch:

– einen Kamm im Lederetui, der die unangenehme Eigenschaft hatte, bei jeder heftigeren Vorwärtsbeugung von Antioches Oberkörper aus der Brusttasche zu fallen;

– eine Art Notizbüchlein oder Taschenkalender, mit Januar beginnend. Er verschwand irgendwann Anfang März, da er sich als unnütz erwiesen hatte;

– einem Ziertüchlein von mehr oder weniger lieblicher Farbtönung; oder alle diese Gegenstände, gewöhnlich noch ergänzt durch irgendwelche von diversen Stellen der Kleidung vorsorglich abgenommenen Knöpfe, die von selbst abzufallen drohten und dort vorübergehend untergebracht wurden.

Wenn er den Zug nahm, verstaute Antioche seine Fahrkarten nunmehr in der rechten Tasche seines fettig-abgewetzten Regenmantels, mit dem er sich freiwillig zierte und wo seine geschickte Hand sie beim Aussteigen von besagter Bahn finden konnte.

Zur selben Zeit tauschte Antioche seine Schulmappe unter dem Arm gegen eine vorzugsweise blonde und nicht zu schlanke Frau ein.

Dieses Kapitel, so lehrreich in bezug auf die natürliche

Fruchtbarkeit von Antioches Gehirn und die Klarheit seiner Gedankengänge, zieht seine Tiefsinnigkeit aus dem unleugbaren Tatbestand, daß Antioche Rechtshänder war und folglich im Gebrauch der Rechten bei weitem geschickter als im Gebrauch der Linken.

XX
Antioche unterwegs

Antioche und der Major bewohnten ein kleines herrschaftliches Palais, im Stadtteil Auteuil gelegen, wo man noch Bäume antrifft. Erbaut aus sorgfältig gemeißelten Quadersteinen, deren Fugen gewissenhaft mit eingedicktem Kaugummi verstrichen waren, mit einem Dach aus gelborange lackierten Schiefertafeln, war das Gebäude von besonders schmuckem Aussehen. Durch ein monumentales Portal von zwei Metern Höhe führte der Weg in die Vorhalle des Hauses. Allem Anschein nach nichts Absonderliches in diesem Raum (jedenfalls nicht mehr als in den übrigen Räumen). In Wirklichkeit war dies das Speisezimmer. Wie überhaupt der ganze Bau von oben bis unten purer Kulissenzauber war.

Der Cadillac fand seinen Platz in einer unterirdischen Garage. Diese war mit einer Falltüre verschlossen, die unter einem Beet verborgen lag, wo sich Herbstzeitlosen und Nockenwellen gute Nacht sagten. Die Falltüre öffnete sich nicht klappenartig, damit die Nocken nicht herunterfielen, sondern ging waagrecht in die Höhe und gab so die Schräge frei, über die das große Automobil seinen unterirdischen Schlupfwinkel erreichen konnte.

Die Garage war mit einem tief in den Untergrund der Hauptstadt gegrabenen Netz von Tunnels mit mehreren Örtlichkeiten der Seine-et-Oise verbunden, wo Antioche und der Major Absteigequartiere besaßen.

Sie beschäftigten keinerlei Hauspersonal, da ihnen an Störenfrieden nicht gelegen war. Bei ihnen zu Hause wurde alles von der Elektrizität besorgt.

Der Motor des weißen Cadillacs schnurrte leise. Antioche blinkte dreimal mit den Scheinwerfern; die Fotozellen, die den Öffnungsmechanismus der Falltüre steuerten, leuchteten sogleich rot auf, und der Wagen verschlang die Auffahrtsrampe in kürzerer Zeit, als ein Spatz braucht, um sich fortzupflanzen.

Die Falltüre schloß sich wieder mit einem dumpfen Rumpeln und ließ die Köpfchen der Herbstzeitlosen leicht erzittern.

Antioche öffnete das Gittertor des Hauses mit demselben Verfahren, und sein Fahrzeug schnellte auf die Fahrbahn, aus jeder Profilnoppe seiner Reifen gierend.

Wenig später hielt Antioche vor Adelphins Haus. Dunoeud, der seinem Posten treu war, war nicht da. Er war in der Zubereitung von Feingebäck als Wegzehrung für die Reise begriffen.

Antioche läutete. Das Gittertor ging auf. Er setzte sich wieder in den Wagen und beschrieb eine graziöse Kurve dritten Grades, ehe er vor der wackligen Freitreppe aus Marmor zum Stehen kam.* Er stieg abermals aus, schloß sorgfältig alle Wagentüren und verfügte sich sodann zu den drei anderen in die Bibliothek.

---

* Es handelt sich hierbei um jene Kalksteinsorte mit kleinen Löchern, die einen ganz typischen Namen hat, an den ich mich aber ums Verrecken nicht erinnern kann.

XXI
Expertise

»Have a drink!« said the Major, while Antioche was bursting into the room.

»Sorta seems to suit me like a Persian rug«, said Antioche.

Then came Dunoeud with a tray, on which a big glass was standin' half full with rye.*

Antioche ergriff das Glas und leerte es in einem Zug.

»Noch ein bißchen«, sagte er zu Dunoeud, »ich bin durstig.«

Er wandte sich zum Major.

»Nun, altes Haus, bist du soweit?«

»Es kann losgehen«, sagte der Major.

Der Graf und Alvaraide stiegen vom ersten Stock wieder die Treppe hinunter, beide trugen elegante Anzüge aus violettem Tweed mit gelbem Karomuster. Adelphin trug überdies eine weiße Baskenmütze, die er sich bis zu den Ohren heruntergezogen hatte. Sérafinio – etwas männlicher – hatte einen grauen Filzhut, kokett geschmückt mit einer in einem Neigungswinkel von 60° aufgepflanzten Feder aus einem roten Staubwedel, in der Horizontalen ruhend, auf dem Kopf sitzen.

»Habt ihr eure Revolver dabei?« fragte der Major.

»Jawohl!« antwortete Sérafinio.

»Her damit!« befahl der Major.

Er zog die Magazine heraus, vergewisserte sich, daß sich in den Läufen der Waffen ebenfalls keine Patronen mehr befanden, und gab dann die Revolver wieder ihren Besitzern zurück.

---

* Für diesen Absatz haben wir Lord Byron um seine Mitarbeit gebeten.

»So ist es weniger gefährlich«, war Antioches Kommentar.

Und die beiden anderen nickten beifällig.

Die vier Männer nahmen in dem geräumigen Wagen Platz, und mit siebzig Sachen im Rückwärtsgang preschte Antioche durch das Gittertor. Eine kurze Kehrtwendung, und die Maschine schoß auf den Boulevard.

»Wo fahren wir eigentlich hin?« fragte Antioche nach fünf Minuten.

»Dorthin«, sagte der Major, »wir sind schon da.«

Das Auto stoppte vor einem achtstöckigen Gebäude, dessen wimmelnde Bewohnermassen man schon erahnen konnte.

Im selben Augenblick, da der Major, der als einziger ausgestiegen war, das Eingangstor durchschritt, kam eine uniformierte Sozialamtshelferin die Stahlbetontreppe herunter. Er würdigte sie keines Blickes und stieg in den fünften Stock hoch.

An der Eingangstüre aus Wellblech hing ein beschrifteter Hutschachteldeckel, auf dem die Worte zu lesen standen:

```
ISAAC LAQUEDEM
amtl. geprüfter Verschätzmeister
und vereid. Dreihänder
```

Der Major versetzte der Blechtür einen gewaltigen Fußtritt, so daß sie ihrer Funktion nicht mehr gerecht werden konnte, und drang in Isaacs Behausung ein.

Dieser las gerade den Talmud in grünwelscher Übersetzung, da er rot sah und an Daltonismus litt.

»Guten Tag«, sagte der Major.

»Wie geht's, wie steht's?« sagte Isaac.

»Wieviel ist dieses Eumel wert?« fragte der Major.

»Werd ich dir gleich sagen«, brummte der andere.

»Etwas dalli, ich hab's eilig!«

»Es ist gefälscht«, seufzte Isaac nach einer Viertelstunde. »Alles in allem darf es höchstens elf Millionen wert sein.«

»Dollar?« vervollständigte Jacques.

»Nein, Pfund Sterling. Ich nehm es dir aber gern für fünfzig Franc ab, falls du es verkaufen willst.«

»Zu liebenswürdig«, knurrte nun seinerseits der Major. »Kein Sterbenswörtchen zu niemand!« fügte er noch hinzu.

»Versteht sich«, sagte Isaac.

»Du gestattest?« sagte der Major, indem er seine MP hervorzog. »So kann ich mich ruhiger fühlen.«

Er entleerte seine Waffe auf Isaac, der ein paar Sekunden lang ein gurgelndes Geräusch von sich gab und hierauf verstummte.

»Auf Wiedersehen, Alterchen!« sagte der Major im Gehen.

XXII
Auf der Strecke

»Jetzt aber los!« sagte der Major, indem er in den Cadillac stieg.

Antioche ließ die Kupplung los, und der Wagen machte einen fürchterlichen Satz nach vorn.

»Wir müssen heute abend noch in Bayonne sein!« sagte der Major. »Es ist jetzt elf Uhr vormittags. Also gib Gas.«

»Wir werden dort sein«, war Antioches knappe Antwort.

Sechs Stunden später fuhren sie in Chartres ein, kaum hinter dem festgesetzten Zeitplan zurück, da sie exakt fünf Stunden und zweiundvierzig Minuten irgendwo angehalten hatten, um sich zu erholen.

Der Cadillac bog gerade in die Straße nach Orleans ein, als ein Flugzeug am Horizont auftauchte. Es war ein Jagdflugzeug neuesten Typs, das den Wagen in wenigen Sekunden einholte.

Antioche drückte auf die Tube, wie man in der niederen Unterwelt zu sagen pflegt, und der Wagen verlor sogleich an Fahrt, da nämlich die Pedale verkehrt herum angebracht waren, um etwaige Diebe, vor denen man sich ohnehin auf Schritt und Tritt in acht nehmen muß, zu verwirren und von der Fahrbahn abzubringen.

Das Flugzeug fegte knapp über die Straße hinweg, und eine Maschinenpistolengarbe ließ die Borke einer großen knorrigen Eiche zersplittern, indem sie tief ins Holz die Buchstaben PA gravierte. Daraufhin fing das Flugzeug an, in Spiralen um das Auto herumzufliegen.

Der Major griff zur Hupe und sendete einige Morsesignale, die Adelphin unverständlich vorkamen. Kein Wunder, wo er doch kein Morsealphabet verstand. Die Hupe des Cadillacs war eine Vorrichtung von erstaunlicher

Schallkraft und übertönte mit Leichtigkeit das Gurgelgeräusch von Sérafinios Pfeife, die ein wenig naß geworden war; er übrigens auch.

Nach ein paar Sekunden hörte das Flugzeug auf zu kreisen, gewann an Höhe und verlor sich rasch in den Wolken.

Das Wetter war herrlich. Der Himmel war gänzlich klar und von einem unerträglichen Blaugrün. Deshalb fiel es nur Sérafinio auf, der kurzsichtig war. Für die anderen drei war es ein stinknormales Wetter, und das war auch schon alles. Man sah elf Lerchen über Furchen segeln und hörte Wachteln laut mit Lurchen vögeln, oder vielleicht auch umgekehrt.

Antioche Tambrétambre ergriff schließlich das Wort.

»Das war Popotepec! ...«, murmelte er, indem er den Fuß vom Gaspedal nahm, worauf der Motor zu heulen aufhörte, so daß seine Gefährten sein Murmeln überhaupt erst hören konnten.

»Kleine Geschichtsstunde!« kündigte der Major an, indem er sich zu seinen Komplizen wandte.

XXIII
Südamerika

»Wie ihr ganz richtig bezweifelt habt«, fing der Major wieder an, »handelt es sich um den berühmten Popotepec Atlazotl.«

Er hielt kurz inne und rief sich unvergeßliche Erinnerungen ins Gedächtnis zurück. Vor seinem geistigen Auge sah er die kleine Stadt in den Anden vor sich liegen, wo Popotepec, auf einem Maultier sitzend, seine unzähligen Truppen um sich scharte, wobei er die Hymne der alten Azteken sang.

Es war ein INKAsus, wie er nicht alle Tage vorkommt. Schon am Morgen war Popotepec ausgezogen und brachte am Abend siegreich die Köpfe von elfhundert Staatsfeinden nach Hause. Antioche und der Major, die auch an der Expedition teilgenommen hatten, waren kurz darauf gezwungen, das Land zu verlassen, doch Popotepec ließ ihnen regelmäßig seine Botschaften zukommen.

Die Ruhmträchtigkeit dieser Erinnerungen mit den armseligen Mitteln der Sprache wachzurufen, erschien ihm ein Ding der Unmöglichkeit. Also schloß der Major mit den Worten: »Das wär's.«

Adelphin und Sérafinio hatten begriffen. Es gibt Augenblicke im Leben, wo sich ein Kommentar erübrigt.

XXIV
Flug einer Katze

Um neun Uhr abends streckte das kleine Dienstmädchen von Herrn Grinchepédosque, dem großen Juwelier von der Rue Daranatz, den Kopf aus dem Fenster, um nachzusehen, ob Jaccopo Bédarritz, ihr Freund, wohl auch beim vierten Kilometerstein auf sie wartete. Sie hatte nur die Zeit gehabt, den Arm vorzustrecken, um auch schon im Fluge und am Halsfell eine gewöhnliche Straßenkatze von undefinierbarer Farbe zu erwischen, die die Stoßstange eines stattlichen weißen Straßenkreuzers gerade in die Luft geschleudert hatte, ohne ihr weiteren Schaden zuzufügen als eine leichte Zerzausung des Schwanzgefieders.

Diese Katze war aus einer Kreuzung von Mirus dem Ersten mit einem entfernten Abkömmling der Frucht der Liebe jener Henne zu jenem Karnickel hervorgegangen, von denen uns Réaumur in seinen Schriften (erschienen in einer von Jean Rostand herausgegebenen Reihe) berichtet. Alle Katzen aus dieser Familie hatten Federn am Schwanz. Joyce behauptet (im Ulysses, Seite 985), daß diese Mißbildung nicht ohne einen heimlichen Lustgewinn an der Wirbelsäulenbasis, wo bekanntlich die Darmentleerung stattfindet, abgeht. Doch bis zum heutigen Tage haben wir keinerlei Anhaltspunkte für die Richtigkeit dieser Behauptung, die äußerst typisch für das Genie des Irländers zu sein scheint.

Die kleine Hausgehilfin (sie hieß Maria) bot der Katze eine Tasse Kamillentee an, die diese dankbar annahm, und ging hinunter, um ihren Freund zu treffen, was jener dankbar annahm.

Der Major und seine Gefährten – denn das waren sie – preschten kreuz und quer durch die gewundenen und schlecht gepflasterten Straßen der Stadt. Nachdem sie die

Kirche umrundet hatten, verloren sie sich in einer nahezu menschenleeren, gottverlassenen Gasse, wo der Wagen vor einer niedrigen, sorgfältig mit öffentlichen Anschlägen überklebten Türe bremste.

XXV
Keller

Die vier Männer stiegen schweigend aus und schlüpften rasch durch den Rahmen der Tür, welche sich auf die Beschwörungen des Barons hin geräuschlos geöffnet hatte. Der Cadillac folgte nach. Er konnte sich selbst chauffieren und roch schon den Stall. Sie hatten kaum ein paar Meter hinter sich gebracht, da fiel auch schon die Tür mit dumpfem Knall ins Schloß, und Antioche drehte an einem Schalter, der sich in Griffweite befand. Süße Musik erklang. Es war der Hoerphunck. Antioche tappte ein paar Augenblicke weiter und fand schließlich einen anderen Schalter. Diesmal den richtigen. Es gab ein diskretes Knacken, worauf der Fußboden unter den Füßen der vier Freunde nachgab und alle zusammen damit in die Tiefe stürzten.

Ihr Fall war nur von kurzer Dauer, die Berührung mit dem gepflasterten Boden eines dunklen Kellers jedoch erwies sich als folgenschwer. Adelphin verlor seine weiße Mütze, obwohl sie ihm wie gewöhnlich bis an die Ohren auf dem Kopf saß. Der Major indes reagierte heftig: das tat er aus Prinzip. Er zog eine Handgranate aus der Tasche und warf sie in den Hintergrund des Kellergewölbes. Eine gedämpfte Detonation erscholl und ... ein Verputzregen ging auf Sérafinio nieder. Dieser hatte nicht die Geistesgegenwart besessen, am Boden liegenzubleiben.

Adelphin entfernte tastend die größten Gesteinsbrocken aus dem linken Auge seines Freundes, und Antioche schickte sich an, die Situation zusammenzufassen. Er entnahm seiner Tasche eine starke elektrische Stablampe und ließ einen blendenden Lichtkegel über die umliegende Finsternis wandern, worauf diese schlagartig verschwand.

Es war ein höchst sinistrer Ort. Die nachtblaue, mit Salpeterausblühungen überwucherte Jakonettbespannung hatte sich von dem durch die Explosion der Granate eingestürzten Gewölbe abgelöst und lag am Boden verstreut in einem Haufen von Abfällen aller Art: Teekannenwärmer, Steinbrech, nicht mehr gebrauchten Bauchnabeln... in einer Ecke fand sich sogar ein falsches Saxophon, in welches die Kakerlaken ihr Nest hineingebaut hatten. Der Keller hatte einen rechteckigen Grundriß und war aus Bruchstein erbaut.

Die vom Major geworfene Granate hatte einen Teil des Gewölbes und die obere Partie einer Seitenwand in die Luft gejagt. Durch die entstandene Öffnung hindurch gewahrte man nichts als die modrigdunkle Düsternis der Grüfte. Bläulicher Pulverdampf hielt sich im Gemäuer der Ruine.

Sowie der Lampenschein die unregelmäßigen Ränder des Loches sichtbar werden ließ, fuhr eine weißliche schemenhafte Gestalt aus dem Dunkel hoch und verschwand sogleich wieder hinter der Mauer.

Antioche löschte unverzüglich die Lampe und ließ einen Furz in G-Dur fahren, um seine Helfershelfer von der drohenden Gefahr zu unterrichten.

Sérafinio, der gerade gedankenverloren den Grafen sodomisierte, erhob sich und ging klugerweise hinter der hohen Gestalt des Majors in Deckung. Dieser wandte sich mit mißtrauischer Miene um, protestierte aber nicht, weil er nichts sah.

Antioche warf auf gut Glück eine weitere Granate durchs Loch. Ein übernatürliches Gebrüll erscholl, und ein Schwall warmer Flüssigkeit überspritzte die vier Männer, die entsetzt zurückwichen, da sie den Geruch von Krötenblut erkannt hatten.

XXVI
Das Tier

Auf der anderen Seite der Mauer vernahm man nun ein dumpfes Geräusch, begleitet von einem schauderlichen Platschen, das sich wie Gibbonfüße in zu flüssig geratenem Kartoffelbrei anhörte. Beherzt richtete Antioche abermals den Lichtkegel seiner Stablampe auf die Öffnung, die neuerlich leicht vergrößert erschien und deren Ränder sich lachsrot verfärbt hatten. Eine Hand fuchtelte einige Zeit herum, krallte sich dann am Lochrand fest, und der Kopf eines unglaublich bärtigen Sechzigjährigen schlüpfte als erstes hindurch, knapp gefolgt vom ausgemergelten Körper eines Greises von riesenhaftem Wuchs, der unter dem rechten Arm eine Rolle von Papieren trug, die mit der Zeit gelb geworden waren.

»Ich bin mit dem Boot hierher gekommen...«, keuchte er, »auf dem Blut von Jules ... armer Jules ... ihr habt ihn erwischt ... dabei war er ein so lebenslustiger Kerl ...«

»Wer ist das, Jules?« fragte Sérafinio, der eine lange Leitung hatte.

»Jules?... na wer schon!« antwortete der Greis. »Rhizostomus gigantea azurea ozeanensis ... ausgewachsenes Exemplar ... vor langer Zeit gefangen ... Malikopi ... ah! ... ich krepier vor Durst!«

Er schluckte sehr sonderbar und schien plötzlich zu schrumpfen.

»Das Manuskript ... ihr werdet es ohnehin lesen...«, brabbelte er, »ich hau jetzt ab!«

Da erlitt er einen Schwächeanfall.

»Na, na, Großpapa«, sagte der Major, »immer mit der Ruhe! Sie werden uns doch nicht einfach hier stehenlassen ... Sie brauchen keine Angst zu haben.«

»Doch...«, seufzte der Alte, »ich gehe jetzt ... ich hab nämlich einen fürchterlichen Dünnschiß!«

Er ließ sein Manuskript zurück, vollführte einen großartigen Salto mortale und landete auf der anderen Seite des Lochs. Darauf vernahm man den Gesang der Wolgaschiffer, aus Leibeskräften von einer heiseren Stimme gegrölt ... dann nichts mehr ... nur noch das sinistre Plätschern von Jules' Blut, das schon am Fuß der Mauer durchzusickern begann.

»Ans Werk, Kinder!« rief der Major. »Wir werden uns doch nicht wie die Austern in diesem Keller ersäufen lassen!«

Er riß die noch in Fetzen von den Wänden hängende Jakonettbespannung ganz herunter und begann die Überreste von Leinen und Holz entlang der Gewölbemauer aufzuhäufen.

Seine Gefährten halfen ihm fieberhaft, ohne ihm irgendwelche Fragen zu stellen. Nach einer Viertelstunde reichte der Materialstapel bei einer Dicke von zwei Metern beinahe an das Loch heran. Der Major zückte sein Feuerzeug und steckte den Haufen bunt zusammengewürfelter Gegenstände in Brand.

»Das gibt Blutwurst«, schloß er, »und wird bald aufhören zu rinnen.«

Antioche hatte längst begriffen, und die anderen beiden tauschten bewundernde Blicke.

»Wird wohl mächtig qualmen«, entgegnete Adelphin.

»Nein! Durchzug...«, schloß der Major, indem er ohne Vorwarnung eine dritte Handgranate auf die dem Grab von Jules entgegengesetzte Seite warf.

Der Rest des Gewölbes stürzte geräuschvoll ein, so daß sie nur noch den Bruchsteinhaufen besteigen mußten, um sich im Hausflur wiederzufinden, von wo sie heruntergefallen waren.

»Aber das Feuer müßte man doch löschen«, gab Antioche zu bedenken und befühlte gleichzeitig seine Tasche, um zu sehen, ob das Manuskript noch da war.

»Das wird uns die göttliche Vorsehung abnehmen«, antwortete der Major, der, die anderen drei hinter sich herziehend, die höheren Stockwerke erklomm, wobei er Sérafinio von einem Regenschirmständer losreißen mußte, der seine Aufmerksamkeit auf sich gezogen hatte.

XXVII
Das Manuskript

»Ich wüßte doch gar zu gern«, sagte der Major, »wer sich erlaubt hat, mein Haus so zu verunstalten und mir nichts, dir nichts einen Rhizostomus in den Nachbarkeller hineinzusetzen.«

... denn dieser Keller war einer der zahlreichen Rückzugsorte des Majors und trefflich in Schuß gehalten von irgendeinem mysteriösen Hauswart.

»Er hat mir meinen Keller versaut, er hat mich meine Jakonett-Tapeten anzünden und uns durch eine Falltür runtersausen lassen. Ein ganz gemeiner Schuft also! Antioche, was hast du zu seiner Verteidigung vorzubringen?«

»Er ist sicher aus meiner Familie«, sagte Antioche. »Aber laßt uns das Manuskript lesen.«

»Und was ist mit dem Feuer?« warf Sérafinio ein.

»Das geht von selbst aus«, sagte der Major. »Die Jakonettbespannung ist ganz und gar unbrennbar, und die Holzteile sind nichts anderes als bemalter Stuck.«

Beruhigt machten es sich seine Freunde auf wackligen und unkomfortablen Stühlen bequem und rüsteten sich, der Lesung des Manuskripts zu lauschen.

»Ach, wenn Dunoeud jetzt bloß da wäre!« seufzte Adelphin. »Dann könnte er hier ein bißchen aufräumen...!«

»Geduld!« sagte der Major, »er wird schon kommen. Er ist verständigt. Jetzt aber aufgepaßt.«

Das Manuskript bestand aus ungefähr dreißig vergilbten Blättern, die von einem Butterschneidedraht zusammengehalten und von Sommersprossen übersät waren. Die erste Seite fehlte, doch der Text begann ohnehin erst auf der zweiten.

Es begann wie ein Roman...

XXVIII
Lesung des Manuskripts

...*Jef Dubois stieß mit entschlossenem Schwung die Tür des Lifts Marke Poekel-Käfigk auf, der ihn bis in die sechste Etage gehievt hatte, und bog in den langen, mit Linoleum ausgelegten Flur ein, der zu den Büroräumen führte.*

Ein Schild an der ersten Tür rechter Hand trug die Aufschrift »Auskunft«. Jef stieß die Tür mit entschlossenem Schwung auf, einem ebensolchen wie ersterem, mit welchem er erstere aufgestoßen hatte.

»Der Baron Visi?« fragte er.

Antioche hielt in seiner Lektüre inne.

»Das ist typisch für ihn«, bemerkte er.

»Für den Baron Visi?« fragte der Major.

»Ja«, sagte Antioche, »er war mein Vater.«

...*»Die zweite Tür linker Hand«, antwortete die Sekretärin, die den Auskunftsdienst mit dem der Telefonistin verband.*

Jef bedankte sich mit einem Lächeln und blieb vor der zweiten Tür linker Hand stehen. Diese trug überhaupt keine Aufschrift. Nur die Ziffer neunzehn nagelte den Blick in zirka einem Meter fünfundsechzig über dem Boden fest.

Er zögerte drei Sekunden und klopfte dann.

»Herrrrrein!« antwortete eine energische, wohlklingende Stimme. Die Stimme eines Mannes, dem im Alter von dreiundzwanzig Jahren die Mandeln restlos entfernt worden waren.

»Der Baron Visi?« fragte Jef im Eintreten.

»Das bin ich«, sagte der Mann, indem er sich anmutig erhob, um seinen Besucher zu empfangen, und sich dabei grauenhaft die Kniescheibe an der Unterkante der mittleren Schublade seines Schreibtischs anschlug.

Der Baron Visi maß einen Meter siebenundachtzig. Er

war blond und blaß, und seine Augen mit den ewig halbgeschlossenen Lidern vermittelten einem den Eindruck intensiver Gehirntätigkeit. War er intelligent? Oder total bescheuert? Nur wenige konnten sich rühmen, über diesen Punkt genau Bescheid zu wissen. Eine hohe, gewölbte, fast geniale Stirn vervollständigte diese mehr als zu Recht urbildliche Erscheinung.

Der Baron rieb sich dumpf ächzend die Kniescheibe und wies dem Besucher einen Sessel an.

»Jef Dubois?« fragte er.

»Sie haben's erraten«, antwortete der andere und schielte zu dem blauen Briefumschlag hinüber, den er am Vortag aufgegeben hatte, um dem Baron sein Kommen anzukündigen.

Dieser ließ den Briefumschlag mit eleganter Geste verschwinden, legte behutsam die seitliche äußere Partie seiner rechten Wade auf sein linkes Knie und forderte in harschem Ton:

»Zwei Millionen und keinen Sou darunter!...«

Verlegen kratzte sich der andere am Kopf mit einer Hand, deren Nägel, offensichtlich vollkommen sauber, jene kleinen gelblichen Schwellungen aufwiesen, ein typisches Anzeichen für den maßlosen Konsum der Verdauungspastillen Rennie.

»Ich wollte nicht mehr haben als eine Million neunhundertsiebenundachtzigtausend ... das brächte ich nicht über mich.«

»Sie scheinen ziemlich genaue Vorstellungen vom Wert des Gegenstandes zu haben«, sagte der Baron grinsend, »... sagen wir, noch siebenhundert Eier mehr, dann stimmt's.«

»Wenn es schon nicht anders geht ...«, sagte Jef und seufzte. »Sie zahlen mit Scheck?«

»Gewiß«, sagte der Baron, zog ein Scheckheft aus der Tasche und leistete der Aufforderung Folge.

Die beiden Männer schüttelten einander die Hände, und Jef verließ mit seinem Scheck in der Hand den Raum.

Allein, wischte sich der Baron die Stirn mit einer schülerhaften Geste ab und klingelte nach seiner Sekretärin.

Es war eine hübsche Blonde mit einer Stupsnase.

»Azor«, sagte der Baron zu ihr, »heften Sie diesen Brief ab« – er hielt ihr den blauen Umschlag hin – »und bringen Sie mir die Akte 7509.«

Um seinem Unternehmen jenen großzügigen Stil zu verleihen, der ihm zukam, numerierte der Baron seine Akten bei 7508 beginnend, und seit über einem Jahr gereichte ihm diese Methode zu vollster Zufriedenheit.

Der Baron Visi übte den künstlerischen Beruf eines Erpressers aus; Jef Dubois war sein jüngstes Opfer. Begabt mit einem liebenswerten Naturell voll biederer Herzlichkeit, trug er eine Krawattennadel aus gewelltem Quecksilber und ließ sich nicht im geringsten anmerken, wie sehr er sich hatte übers Ohr hauen lassen. Zumal der Gegenstand, dessen er sich hier entäußert hatte, seiner Natur nach geeignet war, eine Karriere, die sich immerhin brillant anließ, fatal zum Stillstand zu bringen.

Als am Morgen darauf Jefs Kammerdiener wie gewöhnlich kam, um mit seinem Herrn den morgendlichen Pernod zu schlürfen, fand er ihn tot in seinem Fauteuil, die Finger starr um das Weinglas gekrampft, das zu leeren er sich eben angeschickt hatte, als der Tod ihn jählings ereilte. Er hatte mittels eines gutgezielten Keulenschlages Selbstmord verübt.

Der Baron in seiner Höhle lächelte ein Raubtierlächeln, das seinen linken Eckzahn an der oberen Partie entblößte, wo eine raffinierte Füllung saß, die seinerzeit von einer Dentistin aus Sèvres namens Henriette eingelegt worden war.

Danach verschwand er für sieben Jahre in der Unterwelt.

XXIX
Fortsetzung des Manuskripts

An diesem Punkt der Lektüre angekommen, hob Antioche den Kopf. Ein engelhaftes Lächeln spielte um seine gutgeschnittenen Gesichtszüge.

»Dieser Schweinehund!« murmelte er, und zwischen seinen granatapfelroten Lippen nahm sich die Beschimpfung wie eine Liebkosung aus.

Dann fuhr er fort:

... Es hatte den ganzen Tag über geregnet; ein schmutziger Regen mit einem Geschmack von Schwefel und Ozon, ein klebriger Nieselregen, der sich nur widerwillig von den grünlichen Fensterscheiben abzulösen schien, von wo die meergrünen Perlen behäbig abtropften, um in einer Steinsimsvertiefung zusammenzurinnen, Ergebnis geduldiger Abnützung durch Wind und Steinbeißerchen, jenes kleine Insekt, dessen Muschelschale man im Kalksinter von Paris antrifft. Die Geranie am Fenster, seit Monaten verwelkt, raschelte zuweilen ausgiebig mit ihren vergilbten Blättern, um hierauf wieder in einen quasi vegetabilischen Schlummer zu sinken.

Der Abend dämmerte herauf, schon ballten sich die Nachtwolken am westlichen Himmelstor, bereit, die Stadt in ihre scheinheilige malvenfarbene Sanftheit zu tauchen.

Ein versprengtes Taxi, mitleidswürdig in diesem fahlen Wasser, das die Rostigkeit seiner Nickelteile und den Zustand hochgradigen Verfalls seiner verbeulten Karosserie noch unterstrich, fuhr in geringem Tempo vorüber, die Hausmauern, das Fenster und den alten Steinpfosten bespritzend, neben welchem ein halbkreisförmiger Fußabkratzer, der durch allzu langen Gebrauch und gewissen-

hafte Erziehungsmethoden abgewetzt und glattgescheuert war, unter dem ihn gerade anstrahlenden Scheinwerfer matt aufleuchtete.

Frauen in Pelzmänteln, deren beginnende Altersschwäche an Knopfleisten und Ärmelrändern abzulesen war, stöckelten da und dort einher, ihre Physiognomonika unter einer Miene falscher Heiterkeit und einer dicken Schicht feuerfester Keramik verbergend; man ging ins sechsundvierzigste Kriegsjahr, und das Reismehl begann schon knapp zu werden.

Unterdessen war es endgültig Nacht geworden. Rechts vom Torpfosten öffnete sich geräuschlos eine Tür. Ein langschmales, unruhiges und verschlagen dreinblickendes Gesicht, dessen Züge einen Anflug kosmischer Bösartigkeit trugen, schob sich langsam aus dem Türspalt. Eine schmale weiße Hand mit knochigen Fingern tippte leicht an den Klingelknopf, ihn gerade nur streifend, zögerte kurz und drückte dann plötzlich kräftig darauf.

Nichts war zu hören. Es floß wohl kein Strom.

Mit einem Wutschrei richtete sich der Mann auf der Schwelle in seiner ganzen Größe auf und sprang mit beiden Füßen zugleich auf den Fußabstreifer. Eine dumpfe Detonation erklang, und die Behausung stürzte im Getöse splitternden Glases und berstender, weil fehlberechneter, Trägerbalken in sich zusammen. Ein dunkler Krater rauchte nunmehr an der Stelle, wo noch wenige Sekunden vorher ein dreckiger Saustall gestanden hatte.

Der Vorfall schien niemand wunderzunehmen. Zumal niemand anwesend war. Und fast alle Häuser der Nachbarschaft hatten einen Fußabstreifer.

Dann hörte man in der rußig durchschimmerten Nacht eine Säuferstimme eine alte Jazzmelodie gurgeln, während schwere und unsicher torkelnde Schritte das feuchte Pflaster erzittern ließen. Ein Saufbruder kam gerade alkoholsaturiert nach Hause. Seit die Aperitifs wieder 1,5 Prozent hatten, war die Zahl der Trunkenheitsfälle auf nachgerade alarmierende Weise angestiegen.

Der Mann röhrte jetzt:
»Heut steh ich noch im Rampenlicht,
verführ die Frauen allemal.
Dereinst ... tadam ... das Auge bricht,
sterb ich ... tadam ... als Original ...«

Es war kein Zweifel möglich: Der Baron Visi kam gerade von einer nächtlichen Sauftour nach Hause und hatte den Text vergessen.

XXX
Fortsetzung der Fortsetzung des Manuskripts

Sowie er sich der Nummer sieben näherte, die wenige Augenblicke zuvor von einem Hause in bester Verfassung getragen worden war, schien seine Trunkenheit urplötzlich zu verfliegen. Seine Gestalt richtete sich auf und nahm die schleichende und geschmeidige Gangart des Caraco aus dem birmanischen Dschungel an.

Er blieb im Dunkeln stehen, streckte die Hand nach dem Klingelknopf aus und – drückte mit dem Finger ins Leere, das sich wenig darum scherte.

»Ah!!!« knirschte er, »... Caruso hat wieder eins seiner üblichen Späßchen getrieben.«

Der tanzende Schein seiner starken elektrischen Taschenlampe enthüllte ihm das Chaos der rauchenden Trümmer.

»Soll einer da drin einen Ordner wiederfinden!« seufzte der Baron. »Einen Ordner ... oder sonstwas ...«, murmelte er zwischen den Zähnen.

Er löschte die Lampe und trat an die Nachbartür.

Auf seinen energischen Fußtritt gegen die Tür hin öffnete ein äußerst offenherzig dekolletiertes Mädchen, die fuchsroten Haarsträhnen unordentlich um das rundliche Gesicht drapiert. Ein Hauch von Sünde ging von diesem verlorenen Geschöpf aus ... nicht für jedermann verloren, wohlgemerkt.

»Hast du ein Plätzchen zum Schlafen?« fragte der Baron.

»Das da!« antwortete sie und öffnete den Morgenmantel.

»Ich folge dir«, sagte der Baron und sog den Weibchengeruch ein, der aus den Tiefen hochstieg, während sich geile Traumbilder in sein mönchisches Hirn einfraßen.

XXXI
Immer noch das Manuskript

Erschöpft starb das Mädchen im Morgengrauen. Der Baron machte erst geruhsam seine Morgentoilette und warf dann den Leichnam in die Glut, die noch vom Vortag in der Ruine des Nachbarhauses glomm. Dann läutete er.

Eine Xanthippe in Lumpen erschien auf sein Zeichen.

»Tag, Jacob«, *sagte der Baron freundlich,* »wo ist Caruso?«

»Tot«, *sagte die Alte.*

»Dieser Trottel! Ich hab's ja gewußt...!« *sagte der Baron.* »Wo ist Lambourde?«

»Tot.«

»Totor?!«

»Er nimmt gerade ein Gläschen zur Brust beim Zenobiten.«

»Hol ihn...«

Die Alte schlurfte in ihren Schlappen davon, von denen einer einen praktisch unsichtbaren Flicken hatte.

Zehn Sekunden später trat Totor ein. Der Baron drückte ihm wortlos die Hand.

Totor war ein junger Mann von fünfundzwanzig Jahren, trug einen tadellos gebügelten marineblauen Anzug, eine himmelblaue Köper-Krawatte und einen Schlapphut. Dazu rotlederne Handschuhe. Nichts Dubioses war in seinem Gebaren, er schien geradewegs aus Janson-de-Sailly zu kommen. Chanson de saillie, der Beschälersong, wie die Pferdezüchter gern dazu sagen, wenn die starken Hengste wiehernd ihre Stuten decken, damit sie sich so allein im unheimlichen Stall nicht fürchten in der Nacht...

In Wirklichkeit war er dreiundsechzig und verbarg sorgfältig sein wahres Alter. Der Baron zog ihn zu allen Geschäften bei, die Takt und Fingerspitzengefühl erforderten:

in solchen Fällen schickte er Totor in die Provinz und konnte so seinerseits unangefochten agieren, ohne Gefahr zu laufen, durch die Dummheit dieses kläglichen Helfershelfers ins Hintertreffen zu geraten.

»Totor«, sagte der Baron, »hol mir die Akte 7510.«

Totor streckte den Arm nach einem mit Einlegearbeit verzierten Louis-Quinze-Möbel aus, das den hinteren Teil der Bettnische ausfüllte, wo der Baron sich während der Nacht sexuell ausgetobt hatte. Er ließ das Drehfach in seinen Halterungen herumwirbeln und entnahm ihm ein dünnes Heft aus Toilettenpapier von exzellenter Qualität.

»Kommen Sie damit aus?« fragte er.

»Ja...«, sagte der Baron und schob es in die rechte Hosentasche. »Jetzt gib mir die Juwelen!«

»Es ist alles glattgegangen«, sagte Totor und streckte dem Baron eine Handvoll Rubine hin, deren kleinster bei vorsichtiger Schätzung zweiundsechzig Karat wog.

»Ich behalte diesen hier«, sagte der Baron, indem er den betreffenden Rubin zu sich steckte.

Totor trat ans Fenster und warf in weitem Bogen die hundertneunundvierzig Rubine hinaus, die übriggeblieben waren.

»Du wolltest mich doch wohl nicht etwa aufs Kreuz legen?« sagte der Baron und heftete seinen durchdringenden Blick auf Totors pausbäckiges ferkelrosiges Gesicht.

»Werden Sie nicht kindisch«, sagte Totor, »wieviel springt dabei für mich raus?«

Mit einem Pumasprung warf sich der Baron auf Totor, und mit einem wohlplacierten Faustschlag streckte er ihn kampfunfähig zu seinen Füßen nieder.

»Dich werd ich Mores lehren!« schloß er ruhig.

Totor klappte nach ein paar Sekunden mühsam die Augen wieder auf...

»Ich hab vorhin vergessen, Ihnen zu sagen, Chef...«, murmelte er, »daß der Zenobit Sie sprechen möchte...«

Er fiel wieder in Ohnmacht, und der Baron lächelte, sah er doch mit Freude, wie seine bloße Anwesenheit genügte, seine Untergebenen in seinen Bann zu schlagen. Er nahm ein schwarzseidenes Halstuch aus der zweiten Schublade des kleinen Möbels, ergriff seinen Hut und legte, noch den Regenmantel vom Haken nehmend, den Weg durchs Treppenhaus rittlings auf dem Geländer abwärts rutschend zurück. Die Kugel aus künstlichem Kupfer, die das untere Ende des Geländers zierte, gab nach und brach bei der Ankunft des Barons herunter. Behend durchmaß dieser mit ein paar leichtfüßigen Sprüngen die Entfernung, die ihn noch von der verrufenen Schenke trennte, wo die niederträchtige Persönlichkeit, die man den Zenobiten nannte, hinter einem Tresen aus Dudelsackpfeifenholz seine namenlosen Cocktails braute.

Beim Eintritt des Barons verstummten schlagartig das Gelächter und die unflätigen Scherze, die sich bis dahin dröhnend an den Wänden des engen Kellers gebrochen hatten. Bewunderndes Raunen erhob sich hier und dort, da die riesenhafte Gestalt dieses seltsamen Individuums auch die von Sensibilität unbelecktesten Wesen zu beeindrucken vermochte.

»Hast du mir was zu sagen, Baron?« fragte der Zenobit, um etwaige Verdächtigungen abzuwenden.

»Ja, komm nach drüben!« antwortete der Baron, auf das Spielchen eingehend.

Sie ließen sich in einer Ecke des Baumes an einer Wand nieder, auf welcher eine ungeschickte Hand, mit einem Stück Holzkohle als Zeichenstift, die Hinrichtung des Herzogs von Guise durch den Strang bei der Ständeversammlung von 1789 dargestellt hatte.

Und während rings um sie herum die Konversation wieder lebhaft aufflackerte, unterbreitete der Zenobit ihm seinen Plan...

Just in dem Augenblick, da dem Baron die entschei-

dende Information zuteil werden sollte, ohne welche das Unternehmen zu sicherem Scheitern verurteilt war, gab es einen trockenen Knall unter dem Gewölbe, und der Zenobit gab seine garstige Seele wieder dem Teufel zurück, indes seine sterbliche Hülle zu Boden rollte.

Der Baron zog seinen Revolver und zerschoß die Tausend-Watt-Birne, die diese Schreckensszene beleuchtete. Dann bahnte er sich in Sprüngen einen Weg durch das verschwommene Gewirr der Gestalten, die unter Gebrüll und Gezeter im Dunkeln durcheinanderwimmelten, erreichte schließlich den Ausgang und verschwand in der Finsternis, denn nicht weniger als sieben Stunden waren vergangen, seit er den Fuß über die Schwelle jener Kneipe gesetzt hatte ...

XXXII
Immer noch das Manuskript

Brisavion, der berühmte Detektiv, rauchte gerade die hundertsiebente seiner täglichen Pfeifen hinter einem Schreibtisch, der mit Palisanderfurnier imitierender Klebefolie überzogen war, als sich ein gebieterisches Klingelzeichen vernehmen ließ. Ohne die Pfeife aus dem Mund zu nehmen, hob er behutsam den Deckel eines Ablagekastens, der zu seiner Rechten thronte.

Eine Instrumentenschalttafel wurde sichtbar, und ein grünes Lämpchen blinkte dreimal auf. Die Zeiger der Meßgeräte kamen auf ihren Skalen zum Stillstand, Brisavion machte sich flüchtig ein paar Notizen und drückte dann auf einen kleinen weißen Knopf, den er unter dem Zeigefinger hatte. Auf seinen Aufschrei hin, denn er hatte einen schlimmen Finger, erschien ein Domestik.

»Gehen Sie öffnen, Sarkopt!« sagte Brisavion.

»Sehr wohl, Chef«, sagte Sarkopt und salutierte vorschriftsmäßig.

Von seiner Dienstzeit als Gemeindestraßenkehrer her hatte er paramilitärische Sitten und eine ausgeprägte Abneigung gegen Pferde und Hunde bewahrt.

Es vergingen nur wenige Sekunden, und der Baron Visi trat ein.

»Wenn ich mich nicht irre, sind Sie der berühmte Brisavion?...«, sagte er mit einer Stimme, so schneidend wie ein Sattlermesser.

»Der nämliche ... äh ... Baron Visi«, antwortete der Detektiv.

Der Baron deutete ein Lächeln an.

»Zweifellos werden Sie mir jetzt meine Körpergröße auf den Millimeter genau sagen können ...«, fragte er mit Spott in der Stimme.

»1 Meter 87«, antwortete Brisavion leicht errötend.

»Ihre hübschen kleinen Apparate hier sind gut justiert«, schloß der Baron. »Überflüssig also, mir weiszumachen, daß ich fünfundachtzig Kilo wiege, daß mein Brustumfang 1 Meter 22 beträgt und ich Schuhgröße dreiundvierzig habe. Das weiß ich alles selbst. Sagen Sie mir lieber, wer den Zenobiten umgebracht hat.«

Und sein Blick schweifte nach draußen, in die Baumkronen, die sattgrün in der Morgensonne glänzten. Brisavion nämlich hatte sein Fenster immer offenstehen.

»Ich hab mich vertan«, murmelte Brisavion. »Eine bedauerliche Panne... Eigentlich hätte Sarkopt Sie umlegen sollen...«

Mit einer flinken Bewegung zog er einen kleinen Hebel, der kaum über die polierte Fläche seines Schreibtisches ragte. Der dreihundert Kilo schwere Bronzelüster, der eine Sekunde vorher noch über dem Haupt des Barons gebaumelt hatte, zerschellte auf dem Fußboden, da der Baron einen Schritt zur Seite gewichen war.

»Sie werden sich schwertun mit mir«, bemerkte dieser schlicht und wischte sich den rötlichen Schweiß ab, den die Wut auf seinen Schläfen perlen ließ.

Einige Augenblicke war es totenstill. Die beiden Männer beäugten einander, ohne ein Wort zu sagen.

»Sie scheinen einiges Stehvermögen zu haben«, sagte Brisavion schließlich, »wollen wir uns zusammentun?«

Er streckte dem Baron ein Bündel Geldscheine hin, die bei vorsichtiger Schätzung die Kleinigkeit von zwanzig Millionen Rupien ausmachten. Dies war die offizielle Währung, seit jedermann aus Angst vor Raton Ghandi zum Buddhismus konvertiert war.

»Einverstanden!« sagte der Baron. »Wollen wir Sarkopt rufen?« Er steckte die Geldscheine zu sich.

»Gern!« erwiderte der Detektiv. »Ich muß ohnehin den Domestiken wechseln.«

Er läutete. Sarkopt erschien und ging in Habtachtstellung.

»Sarkopt!« sagte Brisavion. »Häng den Lüster wieder auf!«

Der andere kam dem Befehl mühsam nach.

»Und jetzt mach das Kreuzzeichen!«

Der Arm des Dieners war kaum wieder an der Seite herabgesunken, da traf ihn auch schon die Kugel mitten ins Herz. Mit einem bizarren Schrei, der an den Ruf des Waldkäuzchens erinnerte, schlug er mit dem Gesicht auf dem Boden auf.

»Lassen Sie das wegschaffen«, sagte der Baron. »Aber jetzt zur Sache. Wo befindet es sich?«

»Sie kennen doch den Archipel von Touamotou?« sagte Brisavion.

»Wie meine Westentasche! Da finde ich mit geschlossenen Augen hin!«

»Nun, dort ist es nicht. Leider. Es ist in Borneo, zweihundert Meter südwestlich vom Gipfel des Malikopi.«

»Das ist ja mitten auf der Insel«, bemerkte der Baron.

»Ja«, sagte Brisavion, »aber Sie kriegen Zigaretten mit und ein Motorboot.«

»Großartig!« schloß der Baron. »Morgen geht's los.«

»Das dürfte etwas spät sein ...!«

»Weshalb?«

»Vandenbouic hat auch Wind von der Sache«, gestand Brisavion.

XXXIII
Das Manuskript ist noch nicht zu Ende

»*Ach so!*« *murmelte der Baron.*
»*Nicht wahr, die Lage ist ernst...?*«
»*Aber wer ist denn dieser Vandenbouic?*«
»*Mein früherer Teilhaber.*«
»*Sie hatten einen Teilhaber?*«
»*Bis vor zehn Minuten*«, *seufzte Brisavion.* »*Aber Sie gefallen mir besser.*«
»*Das verstehe ich*«, *sagte der Baron, indem er eine selbstgefällige Miene aufsetzte.*
»*Jaja, er ist ein ungehobelter Kerl. Einen Lüster hat er mir auch kaputtgemacht. Der hat aber auch einen harten Schädel...*«
»*Donnerwetter ja!*« *pflichtete der Baron bei.* »*Es war wohl der Lüster in der Halle, nehme ich an?!*«
»*Zugegeben*«, *sagte Brisavion,* »*aber auch der wiegt immer noch gut und gern seine fünfzig Kilo.*«
»*Ich würde ihn gern kennenlernen, diesen Vandenbuic...*«, *murmelte der Baron versonnen,* »*...ich hätte größte Lust, diesen pseudoholländischen Quartalssäufer aufzuschlitzen und ihm die Gedärme aus seinem abgefuckten Leib zu reißen...*«
»*Sie werden ihn ohnehin morgen zu Gesicht bekommen, er nimmt dasselbe Wasserflugzeug wie Sie.*«
»*Das kommt mir sehr gelegen*«, *gab der Baron zu.* »*Aber Sie werden mich jetzt entschuldigen; ich muß an meine Abreise denken.*«
Er drückte die Hand des Detektivs und verließ den Raum.

XXXIV
Zwischenspiel

Der Major, der aufmerksam lauschte, erhob sich in diesem Augenblick, um nach Sérafinio zu sehen, der einige Minuten zuvor nach draußen verschwunden war. Ohne zu zögern, ging er auf ein Zimmer zu, von dem er wußte, daß die Ratten es sich als Domizil auserkoren hatten, und fand dort Sérafinio flach auf dem Bauche liegend, von konvulsivischen Zuckungen gebeutelt.

»Klemmt wohl ein bißchen, das Loch, was?« bemerkte der Major.

»Das ist es nicht«, sagte Sérafinio, »aber es sitzt noch eine Ratte drin. Sie will mich nicht mehr loslassen. Noch eine Minute, und ich ersäufe sie ...«

Als er sich losgemacht hatte, kehrten beide zurück, um die Fortsetzung zu hören, und Antioche, der auf sie gewartet hatte, nahm seine Lektüre wieder auf,

... der Baron Visi stieg die Stufen zum Landungssteg hinunter. Er sprang in das kleine orangerote Boot, das dazu da war, die Fahrgäste zum versteckt liegenden Wasserflugzeug zu bringen. Dieses ruhte weich auf seinen langen Schwimmern. Ein leichte Brise harfte durch die Verspannungskabel des Stabilisierungsgestänges. Das graugrüne Blattwerk der Trauerweiden verlieh der Landschaft eine melancholische Note. Der breite Fluß rann träge dahin, und das Wasser des großen Hafenbeckens kräuselte sich, leicht gekitzelt von einem fröhlichen Windhauch. Die Sonne strahlte schon recht lebhaft.

Als das Boot näher an das Wasserflugzeug herankam, machte der Baron einen Kopfsprung ins klare Wasser und verschwand. Das Boot flog fast im selben Augenblick in Stücke und sank auf der Stelle.

Der Mann, der die Handgranate geworfen hatte, lag

nun mit gebrochenem Genick auf dem Schwimmer, wo die unerbittliche Kraft des Barons, der unversehens aufgetaucht war, ihn festgenagelt hatte.

»Dreckiges Aas!« knirschte Visi prustend.

Er zog seinen automatischen Revolver und schoß bedächtig, wie auf dem Jahrmarkt, den Piloten ab, dann den Copiloten und schließlich den Funker, die alle nacheinander den Kopf durch die Kabinentür herausgesteckt hatten.

Im selben Augenblick streifte eine Kugel seine linke Backe und plattete sich mit mattem Aufschlag am Flugzeugrumpf ab.

»Aha«, murmelte der Baron und ging hinter dem Verstrebungsbein, das den Schwimmer abstützte, in Deckung. Vandenbouic eröffnete die Feindseligkeiten.

Es war nichts zu sehen. Nur aus einem Weidenbaum stieg eine dünne Rauchschwade in die Luft.

»Armer Vandenbouic!« grinste der Baron. »Schon wieder ein Wasserflugzeug, das du nicht kapern wirst.«

Mit unglaublicher Behendigkeit schwang er sich auf den zweiten Schwimmer und erreichte im Schutz des Rumpfes die Luke, die den Einstieg ins Innere der Maschine gestattete.

Die Leichen der Besatzung plumpsten mit drei sinistren »Pluff!s« ins Wasser des Hafenbeckens, wo die Zitteraale und die Carcharias sie augenblicklich aufzufressen begannen.

Das »flying girl«, das für die Unterhaltung der Reisenden zuständig war, lag in einem der Sitze, den Blondkopf zurückgeneigt. Der Baron küßte sie auf die Lippen, ohne sie zu wecken, stellte dabei fest, daß ihr Rouge nach Streptokokken schmeckte, und begab sich dann zum Pilotensitz hinüber.

Mit kaum hörbarem Schnurren hob die Maschine ab.

»Vandenbouic war heut wohl nicht recht in Form!« sagte sich der Baron, der zum mindesten mit einem kleinen

Feuerstoß aus einer Maschinenpistole gerechnet hatte und nun nichts dergleichen kommen sah.

In zweitausend Meter Höhe bemerkte der Baron plötzlich ein grausilbernes Jagdflugzeug, das rasch herannahte. Er drückte auf den Klingelknopf zu seiner Rechten.

»Florence, meine Liebe«, sagte er zu dem blonden Kind, das mittlerweile erwacht war, »bringen Sie mir einen Cocktail.«

Sie kam mit einem Tomatensaft zurück. Der Baron trank die Hälfte in einem Zug und hielt dann verstimmt inne.

»Das ist aber ein verdammt scharfes Zeug!« bemerkte er.

»Es stammt noch aus der Zeit vor der Eroberung Alésias durch Judas Makkabäus«, erklärte Florence, die gerade ihren Rock hob, um einem Strumpf den rechten Sitz zu geben.

Der Baron steuerknüppelte mit einer Hand und knüppelsteuerte mit der anderen.

»Bleiben Sie standhaft, Chérie«, sagte er. »Ich werfe jetzt etwas Ballast ab, um diesen lästigen Kerl loszuwerden.«

Sowie sich das Wasserflugzeug um zwanzig Sandsäcke erleichtert hatte, erreichte es mit einem gewaltigen Sprung die hohe Atmosphäre, wo die wilden Elytren und die Alizeen mit dem glänzenden Gefieder schweben.

Das kleine Jagdflugzeug schien einen Moment lang etwas ferner gerückt zu sein, tauchte aber recht bald wieder im Gesichtsfeld des Barons auf.

»Wir werden ihn wohl angreifen müssen«, sagte dieser schließlich, »dieser Vandenbouic geht mir langsam auf die Nerven...«

»Er nennt sich Vandenbouic?« fragte Florence.

»Nein! Bald wird einer seiner Leute das Kommando übernehmen. Er wird sich gleich eine Leiche nennen müssen...«, sagte der Baron mit einem derart scheußlichen Hohngelächter, daß die blonde Stewardeß vor Schreck einen Schluckauf bekam, den der Baron alsogleich mit

sachkundiger Massage der betroffenen Nervenzentren zum Stillstand brachte.

Mit unerhörter Geschwindigkeit vollführte das Wasserflugzeug eine komplette Kehrschleife und befand sich plötzlich genau frontal zum angreifenden Jagdflugzeug. Die Schwimmer hakten sich unter die Tragflächen des Flugzeugs ein, worauf dieses wie eine besoffene Raupe in die schwindelerregende Tiefe stürzte, indes die Tragflächen, von einer seltsamen Längsdrehung belebt, gemächlich in Spiralen abwärts wirbelten. Der silberne, spindelförmige Flugzeugrumpf verschwand lautlos in den Wolken.

»Gut gezielt!« sagte Florence und brachte dem Baron einen zweiten Cocktail, den er zum Zeichen seiner Freude aus dem Cockpit kippte.

Das Wasserflugzeug, ein betagtes Modell, fegte mit ungefähr 800 Sachen in der Stunde dahin. Die Innentemperatur, von Polochongasöfen aufrechterhalten, war mild. Der Baron flog mit großer Meisterschaft.

Der Tag verging ohne besondere Vorfälle. Der Bordfunk hielt den Baron über die letzten Kriegsgeschehnisse auf dem laufenden. Seit langem hatte der Empfänger einen Spezialknopf, den man nur zu drehen brauchte, um die neuesten Meldungen zu hören. Diese wurden stündlich erneuert. Für herzleidende Personen sendeten einige zugelassene Stationen erfundene und optimistische Nachrichten und verkündeten jeden Tag zur Mittagszeit den Frieden. So kamen alle Hörer auf ihre Kosten.

»Ich schiebe jetzt einen Mordskohldampf!« sagte der Baron gegen sieben Uhr abends, nicht ohne eine gewisse Vulgarität.

Er verschlang auch sogleich die üppige, von Florence zubereitete Mahlzeit, rollte sich auf seinem Sitz zu einer Kugel zusammen und fiel in einen ruhigen Schlummer, nachdem er alle Instrumente so eingestellt hatte, daß er sich nicht mehr darum zu kümmern brauchte.

XXXV
Noch ein paar Seiten

Als Borneo in vollem Tageslicht vor den Augen des Barons auftauchte, richtete er die Nase des Flugzeugs auf den Gipfel des Malikopi, dessen hoher Felszinken sich scharf durch das üppige Blattwerk eines wüst wuchernden Dschungels in die Höhe reckte.

Über dem Gipfel fing er an, weite Kreise zu ziehen. Wenig später öffneten sich zwei Fallschirme, dann ein dritter, an welchem die schweren Koffer des Barons hingen, die er am Vortag heimlich an Bord des Wasserflugzeuges geschafft hatte. Dieses geriet auch sogleich ins Trudeln und zerschellte auf dem Boden inmitten vegetabilischer Abfälle und Champignons, die mit Karbidgas aufgeblasen waren.

Der Baron und Florence landeten und befreiten sich aus den Falten der leichten Fallschirmseide. Worauf der Baron zur Auskundschaftung der Umgebung auf ein dichtes Gestrüpp zusteuerte, seine Begleiterin entkleidete und es ihr nach Strich und Faden genügend oft besorgte. Dann zog er den Revolver, gab ihr den Fangschuß und entfernte sich, um seine Koffer zu holen, die an den niederen Ästen eines Zwergmarmeladenbaums hängengeblieben waren.

XXXVI
Noch acht Seiten

Das rötliche Erdreich häufte sich in kleinen Bergen zu beiden Seiten der Grube. Der Baron hatte ohne Unterlaß seit zwei Tagen gegraben und eine Tiefe von neunundvierzig Metern erreicht, ohne indes zu finden, wonach er suchte...

Der Schweiß rann ihm in kleinen Bächen von der durch die unerbittliche Tropensonne gebräunten Stirn. Seine muskulösen Arme waren bis zu den Ellbogen mit roter Lehmerde beschmiert. Die Schweißtropfen liefen ihm von den Schläfen auf die Wangen und fielen von dort auf den Boden, wo sie bereits eine kleine Schlammpfütze bildeten. Aus einem Wrackteil des Wasserflugzeugs hatte sich der Baron einen Spaten gebastelt, weil er vergessen hatte, einen solchen in seinem Gepäck mitzuführen. Das improvisierte Werkzeug vollbrachte wahre Wunder unter der Schubkraft seiner ungewöhnlichen Oberarmmuskeln.

In einer Tiefe von 45 Metern klang das Metall hart auf Felsen. Der Baron legte eilig die Oberfläche der Steinplatte frei und förderte dabei einen rostgelben Eisenring zutage. Er packte ihn mit beiden Händen, zog mit gewaltigem Ruck daran, und – der Ring blieb ihm in Händen. Durch das im Stein entstandene Loch steckte er seinen Zeigefinger, hob so den schweren Steinklotz hoch und legte einen gähnenden Schlund frei, in dem eine Trittleiter aus lackiertem Mangrovenholz sichtbar wurde, die in weiß Gott welche Tiefen führte.

»Das ist eine Idiotenfalle«, dachte der Baron. »So billig sollen die mich aber nicht kriegen.«

Er nahm einen Gesteinsbrocken und ließ ihn in den Schacht fallen. Nach einer Viertelstunde drang das Geräusch gedämpften Platschens an sein Ohr.

»Ich habe mich geirrt«, korrigierte sich der Baron gedanklich. *»Nichts wie hinunter!«*

Er warf seine zwei Koffer in die schmale Öffnung und steckte, ehe er sich auf den Weg in die Tiefe machte, eine Zündschnur in Brand, die er einige Augenblicke zuvor auf dem Grund der Grabungsstelle verlegt hatte. Rasch verschloß er über seinem Kopf die Schachtöffnung mit dem Stein, und mit ohrenbetäubendem Getöse brachen fünfzehn bis zwanzig Tonnen lockeren Erdreichs auf den Schachtdeckel herunter, in dessen Schutz der Baron schon in die Tiefe vorzudringen begann.

Der Baron hatte sich an seinen Gürtel eine starke Holzgaslampe geschnallt, die bei ihrem geringen Gewicht – sie wog nicht mehr als siebzehn Kilo – eine Rauchentwicklung zuwege brachte, die geeignet war, einen Konvoi von elf Frachtschiffen der Sicht eines blinden und ungeübten U-Boot-Beobachtungspostens zu entziehen. Der Baron schnallte sie sich denn auch bald wieder ab und schleuderte sie in die Luft, von wo sie ihm wenige Augenblicke später wieder auf den Kopf fiel.

In weniger als einer Stunde befand sich der Baron am anderen Ende der Trittleiter, an den Händen über dem Abgrund hängend. Ohne zu zögern, kletterte er, aus eigener Kraft einen kompletten Aufschwung vollführend, wieder hoch und schlüpfte mit den Füßen voraus in einen engen Stollen, der zwei Meter unterhalb der letzten Leitersprosse mündete.

Ein befriedigtes Gekicher ausstoßend, landete er auf den Füßen, stürzte sogleich vorwärts und schlug heftig mit dem Schädel gegen eine Trennwand aus Vollziegeln, da der Stollen jählings eine rechtwinklige Krümmung nahm.

Der Baron rieb sich seine Beule mit einem in Sloan-Balsam getunkten Stück Leinenstoff ein, bestäubte sich die Prellung dann mit Senfmehl und nahm seinen Kriechgang wieder auf. War er doch nicht neunzehn geworden, ohne *seine natürlichen Anlagen weiter auszubilden. Deshalb, und auch weil er älter als neunzehn war, konnte er im Dunkeln sehen wie eine Katze in einer Baßgeige, was ihm gestattete, mit großer Geschwindigkeit voranzukommen.*

Nach neun Kilometern hielt er inne. Als er seine Hand hinter sich streckte, um das Terrain zu erkunden, traf diese auf einen hölzernen Gegenstand, den er alsobald als eine aus dem harzigen Holz des Mata-Hari gefertigte Fackel erkannte. Er steckte sie mit Hilfe seines Konsulsfeuerzeugs in Brand und nahm seinen Weg wieder auf; lebhaft flackernder Lichtschein ging ihm voraus.

»Bald bin ich da...«, murmelte er, denn ein siebter Sinn kündigte ihm das nahe Ziel an.

XXXVII
Das wär's

Hier brach das Manuskript ab. Der unleserliche Schluß, von roten Flecken bedeckt, die von den vier Komplizen unschwer als Wanzenpisse identifiziert wurden, ließ lediglich ein paar abgehackte Satzfetzen erkennen ... und ein paar Zentimeter vor dem unteren Ende der letzten Seite las Antioche zusammenzuckend: ... *das Eumel als ...rlobungsgeschen ... an die ..... élaïde de Beaumashin ... Verlobung gelöst .... durchgebrannt mit ... infamen Rivalen ... Rache geschwo... Sohn wird seinen Vater rä..........................*

Schweigen trat ein. Adelphin war bleich, noch weißer als seine Mütze, deren Zipfelschwänzchen sich zur Seite neigte, wie um seine Richter um Verzeihung anzuflehen.

»Die Sache ist klar!« sagte der Major. »Sie, Adelphin, tragen doch den Namen Ihrer Mutter?«

»Ja«, sagte Adelphin, »mein Vater, dieser Held mit dem schweineschmalzigen Lächeln, hat sie mit siebenundsechzig Jahren sitzenlassen ...«

»Er?«

»Nein, sie!...«

»Das ist einigermaßen einzusehen«, sagte der Major, »vor allem wenn sie Ihnen ähnlich gesehen hat. Ihre Mutter hat Ihnen also auch nach ihrem Ableben das Eumel vermacht?«

»Ja ...«, murmelte Adelphin.

»Und Sie sind nie darauf gekommen, sie nach seiner Herkunft zu fragen?«

»Ich habe ja alles gewußt!« sagte Adelphin, dessen aufgerissene Augen schwindelerregend in den Augenhöhlen rotierten und dabei das gleiche Geräusch wie ein rotierender Teller erzeugten.

»Und Sie wußten auch, daß Antioche Tambrétambre

der Sohn des Baron Visi war? Des früheren Verlobten Ihrer Mutter?«

»Nein!« brüllte Adelphin. »Das kann ich beschwören! Sonst hätte ich ihn augenblicklich umgelegt!...«

»Warum hat Ihre Mutter das Eumel nicht an den Baron Visi zurückgegeben?« fuhr der Major fort, der das Gebrüll Adelphins zu überhören schien, indes seine Hand sich in die rechte Jackettasche schob.

»Weil es ein schönes Eumel war, und weil sie es lieber selbst behalten wollte«, kicherte Adelphin. »Sie hat sogar versucht, den Baron zu vergiften ... ich übrigens auch, als ich etwas größer war ... mit sechs Jahren ... ich wollte ihm zyankaligefüllte Bonbons zu essen geben.«

»Sie haben ihn also gesehen?«

»Ich wußte, wo er zu finden war ...«, murmelte Adelphin. »Eine Suchanzeige im *Ami du Peuple* genügte.«

»Ich verstehe«, sagte Antioche, »er hat die Spur meines unglücklichen Vaters verloren, seit der *Ami du Peuple* sein Erscheinen eingestellt hat.«

In diesem Augenblick schoß eine Kugel aus den Tiefen des Fauteuils hervor, wo der Major seit einigen Minuten eingenickt zu sein schien. Sie trat durch Adelphins linkes Auge ein und kam in der seitlichen Nische der Keilbeinhöhle zu liegen, wobei die Kroko-Arytenoiden komplett paralysiert wurden und der Graf de Beaumashin das Sprechvermögen einbüßte. Da er ohnehin tot war, hatte das keinerlei Bedeutung.

»Gerechtigkeit ist geübt worden!« sagte Sérafinio.

»Eine solche Kanaille«, schloß der Major, »hat es nicht verdient weiterzuleben. Doch jetzt, Antioche, gilt es, deinen Vater zu finden.«

»Übrigens«, sagte Sérafinio, »können Sie mir vielleicht sagen, wer die von Pyssnelck war?«

»Eine Verflossene vom Baron, natürlich«, sagte der Major.

»Und«, forschte Sérafinio weiter, »der Rhizostomus?«

»Von Borneo mitgebracht«, murmelte Antioche, »in einem Eisbeutel. War noch ganz klein damals. Drolliges Tierchen. Dachte, es war schon längst eingegangen. Hat ein verdammt zähes Leben, so ein Rhizostomus. Aber was zum Teufel hatte mein Vater in der Region Bayonne zu suchen?«

»Wie bitte?« fragte Sérafinio, der schon immer schwer von Begriff gewesen war, »du meinst also den Alten, den Salto-mortale-Springer?«

»Das ist der Baron Visi!« schloß der Major. »Und jetzt machen wir uns auf die Suche nach ihm.«

Sérafinio jedoch zog die Stirn in besorgte Falten.

»Juckt Ihnen der Sack?« fragte Antioche höflich.

»Nein«, sagte Alvaraide, »aber ich muß Ihnen sagen, daß meine Mutter Katrina Van den Bouic hieß ... sie war seine Schwester...«

»Der Sohn der Schwester des Widersachers meines Vaters!« schrie Antioche auf. »Ich bring ihn auf der Stelle um!«

»Ohhh!« seufzte Sérafinio. »Von wegen Widersacher... er hat ihm nie etwas getan ... das in dem putzigen Fluchzeug war also er ... mein armes Nonkelchen...«

Der Schrecken machte ihn schwachsinnig.

Die unschuldigen Augen von Antioche Tambrétambre sandten nun einen grünlichen Schimmer aus, und die Dämonen balgten sich unter seiner Schädelkappe. Er ließ seine Hände mit gekrümmten Fingern vorschießen und packte Sérafinio Alvaraide an der Gurgel. Dann stippte er ihm seinen linken Zeigefinger ins Auge, und dieser Zeigefinger – o Schreck! – kam zur anderen Augenhöhle wieder heraus. Den Unglücklichen solcherart an der Nasenwurzel haltend, zerfetzte er ihm mit der rechten Hand den Bauch und die Oberschenkel mit mächtigen Krallenschlägen.

Schließlich riß er mit einem einzigen Ruck Alvaraides ganze Männlichkeit aus, stopfte sie diesem in den Mund und warf den leblosen Körper weit von sich.

Die eigene Pfeife rauchend, blieb der Körper liegen. Das Geheul des Gemarterten hallte noch im Schädel des Majors nach, der säuberlich in eine japanische Porzellanvase kotzte.

»Reiß dich zusammen«, sagte Antioche, »er war eben ein Lump!«

»Ich weiß«, erwiderte der Major, »aber ich habe eben an die Aperitifs bei diesem Schlappschwanz von Adelphin denken müssen.«

»Jetzt aber«, sagte Antioche, »heißt es Papa wiederfinden!«

XXXVIII
Auf der Suche nach dem verlorenen Baron

Die beiden Freunde wuschen sich die Hände in einer Kanne aus geschliffenem Karamel, die auf einer hellrot bemalten Empire-Anrichte thronte, und trockneten sich dann an Alvaraides Hemd ab, dessen Fetzen in alle Ecken des Raumes verstreut umherlagen. Darauf nahmen sie jeder eine Leiche und gingen nach der Küche, die mit einem hochgezüchteten elektrischen Fleischwolf ausgestattet war. Nachdem die Körper zu kleinen Schnipseln zerhäckselt waren, wurden sie ins Klobecken geworfen und die Wasserspülung betätigt.

Diese Praktik war üblich und dem veralteten Verfahren mit Kalkgrube und Heizungskessel haushoch überlegen. Die Kloschale hatte eine Gucköffnung aus Sicherheitsglas, durch die man überprüfen konnte, ob das Fleisch auch ordnungsgemäß hinunterwanderte.

Nach Verrichtung dieser guten Sache stiegen der Major und Antioche wieder in den Keller hinunter.

XXXIX
Siehe vorige Kapitelüberschrift

Oder besser gesagt: sie hatten die Absicht, in den Keller hinunterzusteigen. Denn das Blut des Rhizostomus hatte den Ort mittlerweile mit seiner flüssigen, etwas klumpenden und fürchterlich stinkenden Masse angefüllt. Der trostlose Anblick der halb in diesen schwärzlichen Saft eingetauchten Jakonettbespannung wirkte nachhaltig auf die Sinne des Majors ein, der eine empfindsame Seele unter einer metallischen Außenhaut verbarg. Er wich zurück, taumelte, doch Antioche konnte ihn gerade noch an einem Arm erwischen. Da der Arm standhielt, konnte die Katastrophe abgewendet werden. In Rhizostomusblut nämlich konnte der Major nicht schwimmen.

»Laß uns wieder nach oben gehen«, schlug Antioche vor, »wir holen eine Pumpe und pumpen den Keller leer, holen einen Maurer, damit er die Wände wieder aufmauert, und dann holen wir noch ein Motorboot, um Papa zu suchen...«

»Wenn wir schon den Keller auspumpen«, protestierte der Major, »wozu brauchen wir dann ein Motorboot?!«

»Und was machen wir dann, um in den anderen Keller zu kommen?« fragte Antioche. »Du kannst dir wohl vorstellen, daß dort auch Wasser ist, wie sonst hätte der Rhizostomus dort drinnen ohne Wasser überleben können?«

»Die Nichtigkeit deiner Überlegungen ist hinlänglich dadurch erwiesen, daß dieser Rhizodingsbums tot ist«, gab der Major mit bemerkenswerter Bösartigkeit zurück.

Nichtsdestoweniger stieg er wieder nach oben, und beide gingen auf die niedere Tür zu, die sie einige Minuten zuvor mit dem Cadillac durchfahren hatten. Letzterer wartete immer noch im Hausflur.

Das Wetter war prächtig. Es regnete in Strömen in Sceaux, nicht aber in Bayonne, das sich eines milderen Klimas erfreute. Die Klematis akklimatisiert sich ebenso wie die Klementine in diesen tropisch-mediterranen Breiten, unablässig von ozeanischen Luftströmen umfächelt, die von den Kanarischen Inseln einen heimelig-warmen Nestgeruch mitbringen. Die Sonne hieb heftig auf das Steinpflaster des Hafens, das dadurch immer tiefer in den Boden versank ... es konnte aber natürlich auch sein, daß bloß die Flut stieg.

Ganz weiße Boote mit ganz braunen Segeln und ganz verknorzten Matrosen schaukelten behend auf dem grünen Wasser, wo japanische Krabben ihren kleinen runden Büchsen, die ihre gewohnte Behausung darstellen (und mit einer roten Etikette versehen sind) entstiegen, um mit den einheimischen Krabben zu schäkern. Es muß schon sehr schönes Wetter sein, damit die japanischen Krabben aus ihren Büchsen kommen, und schon daran kann man ablesen, daß das Wetter wirklich herrlich war.

Am Hafen war wenig Leben, dafür aber beträchtliches Treiben, denn neunzehn Dampfer der Peninsular & Occidental Line Steamship Co., die durch ein Gewitter vom Golf von Gascogne verscheucht worden waren, hatten Zuflucht in den ruhigeren Gewässern des Docks gesucht. Die Passagiere gingen an Land und kehrten, da es keinen Tee gab, unverzüglich wieder an Bord zurück, was eben besagtes Treiben verursachte.

Antioche und der Major, an Menschenaufläufe gewöhnt, teilten die kompakte Masse der Spaziergänger mit großen Ellbogenpüffen auseinander. Sie hatten beschlossen, noch ein wenig zu rasten, bevor sie sich an die Nachforschungen machen würden, und hielten nun nach einem ruhigen Plätzchen Ausschau, nach einer Thebaide, einer Insel des Friedens, wie die Thebaner sagen, die sich hierin auskennen.

Ein wassergrün bemaltes Boot zog ihre Aufmerksamkeit auf sich. Es sah komfortabel aus, und seine Sitzpolstergarnitur aus kuschelflauschigem Baumwollstoff, aus dem das Füllmaterial entfernt worden war, schien um die Gunst zu buhlen, ihr Sitzfleisch in Empfang nehmen zu dürfen. Eine Kette ging von der Bugspitze aus und war an einem im bröckeligen Granit der Kaimauern eingelassenen Ring befestigt.

Ein alter belgischer Seemann mit struppiger Behaarung, dessen wie in Erz gegossener Oberkörper in einem feinsilberbestickten Kartoffelsack steckte, döste in der Nähe. Ein gewaltiger Fußtritt auf die Oberlippe brachte ihn dazu, sich lächelnd zu erheben.

»Verkaufst du uns dein Boot hier?« sagte der Major.

»Carajo!« grunzte der Belgier, »hasta la vista de mujer con corazón! Muy bien, señor, dos pesetas...«

Der Major, der Belgisch sprach, begriff sofort, daß der Mann lange Zeit in den Vereinigten Staaten gelebt hatte, und antwortete ihm sogleich in derselben Sprache.

Es dauerte gute sechs Minuten, bis der Handel perfekt war, und der Major mußte die ungeheure Summe lockermachen. Da der Geldbeutel Adelphin gehörte, verzog er keine Miene, bis er gesehen hatte, daß er leer war, was sich eben erst etwas später herausstellte.

Auf die Polstersitze des Bootes hingefläzt, wechselten sich Antioche und der Major an der Ruderpinne ab, während eine Brise etwas Hoffnung aufkommen ließ. Aus Sicherheitsgründen waren sie am Ring an der Kaimauer angebunden geblieben.

Gegen sechs Uhr abends ging Antioche an Land, um Vaterkuchen zu holen, der eine gesunde und kräftige Nahrung darstellt, wenn genug davon da ist. Er mußte auch einen kleinen Hilfsmotor von vierzig bis fünfzig PS mitbringen, da der Major eine Flaute befürchtete.

Bei Salomon Kohn, Shipchandler, fand Antioche, was

er suchte. Er kam mit sieben Kilo Vaterkuchen und zwölf Kanistern Benzin wieder zurück.

Salomon persönlich trug ihm den elektrischen Außenbordmotor hinterher, den Antioche zu einem ausgesprochenen Spottpreis erstanden hatte.

Die drei Männer montierten den Apparat auf das Boot, wobei sie Sorge trugen, ihn hoch genug zu befestigen, damit die empfindliche bronzene Schiffsschraube unter keinen Umständen mit Wasser in Berührung kommen konnte, weil sie sonst gerostet wäre. Daraufhin warfen Antioche und der Major, die sich mit einem Augenzwinkern verständigt hatten, Salomon in den Hafenschlamm, denn sie wollten sich für die Beleidigungen rächen, die sich Napoleon während seines Exils im Turm von Nesle von Seiten der Engländer hat gefallen lassen müssen. Der Wasserstand war niedrig, und sie ließen ihn im Schlamm zappeln, denn man hätte einen Flaschenzug herunterlassen müssen, um ihn da herauszuziehen; und wäre dieser Flaschenzug tatsächlich heruntergekommen, hätte das auch nicht allzuviel genützt, denn auch eine Flasche läßt sich nur ungern von einem heruntergekommenen Flaschenzug aufziehen.

Als er es endlich geschafft hatte, aus dem Wasser zu krabbeln, schleuderten Antioche und der Major ihm üble Schmähungen nach und brachten ihm den Grund ihrer Handlungsweise zur Kenntnis.

»Aber ich bin doch kein Engländer!« jammerte der andere, wobei er aus seiner rechten Tasche eine Handvoll jener zweischaligen Weichtiere zog, die man gemeinhin Boxermuscheln nennt.

»Und wie kommen Sie dann dazu«, fragte der Major und steckte sich mit naiver Miene den Finger in die Nase, »sich Shipchandler zu nennen?«

»Aber das steht ja gar nicht an meinem Laden!« sagte der unglückliche Kohn. »Da heißt es doch: Schiffsbedarf.«

»Dann soll es wohl ein Zufall gewesen sein, daß ausgerechnet heute ein Tag ist, an dem neunzehn Steamers – schon wieder so ein englisches Wort! – von der P. & O. im Hafen liegen?! Und wohl auch ein Zufall, daß es an genau demselben Tag heißt: Schiffsbedarf!? Wohl für englische Schiffe? Oder?... Schweinehund! ... Verräter!...«

»Sind Sie Bonapartist?« fragte Salomon mit lebhaftem Interesse.

»Wie kommen Sie darauf? Ich hab kein Wort von Bonaparte gesagt. Und außerdem langweile ich Sie!« schloß der Major mit einem wilden Hohngelächter, das eine Gewohnheit bei ihm war.

Salomon drang nicht weiter in ihn, dankte überschwenglich und trollte sich wieder in seinen Laden zurück. Antioche und sein Spießgeselle räumten alles wieder auf und schliefen dann, ohne noch länger zu warten, unter den Ruderbänken des Bootes ein, nachdem sie es mit dem geflickten Segel zugedeckt hatten, um Neugierige fernzuhalten, die es durchaus für ein simples Campingzelt hätten halten können.

XL
Bummelei

Im Morgengrauen des darauffolgenden Tages wurde der Major durch den schrillen Gesang der Lattenroste geweckt, die, in der Brise schreiend, mit ausgebreiteten Schwingen die Korken beobachteten, wie sie lustig auf der geriffelten Wasseroberfläche des Hafenbeckens tanzten. Von Zeit zu Zeit sah man einen Lattenrost wie einen Pfeil ins Wasser tauchen und gleich darauf wieder hochflattern, im Schnabel einen unglückseligen Korken, der allerdings schon tot war, so sehr hatte ihn der Kontakt mit der frischen Seeluft angegriffen. Der Major zerrte Antioche an den Füßen und warf ihn ins Wasser, um ihn besser wach zu kriegen. Dann entzündete er im Bauch des Bootes ein kleines Feuer, damit sein Freund sich daran trocknen konnte, wenn er erst wieder an Bord sein würde, was auch nicht allzulange auf sich warten ließ, zumal Antioches spezifisches Gewicht geringer als 1 war.

»Was gibt's heut zum Frühstück?« fragte Antioche trokken.

»Diesen großen Lattenrost«, gab der Major zur Antwort, indem er mit einem Revolverschuß ein überaus fettes Exemplar dieser Gattung herunterholte, das knapp sechzig Meter über ihren Köpfen dahinsegelte.

Der Vogel fiel, mit dem Schnabel voraus, ins Boot und auf eine kleine Holzstange, die der Major in einem Anfall von Übereifrigkeit vorher angespitzt hatte und die zweifellos noch vom vorigen Bootsbesitzer aufgelesen worden war. Der Kopf des Lattenrosts ist viel schwerer als sein Bürzel, in dem sich nur etwas Wind befindet, und just diese Besonderheit hatte der Major zu seinem Vorteil genutzt, da er ein intimer Kenner der Gewohnheiten von Säugetieren war.

Der Spieß wurde über das Feuer gelegt, das der Major mit Hilfe einer Zuflußrinne, die er am Benzinkanister angeschlossen hatte, in Gang hielt. Aus Sicherheitsgründen befand jener sich weit genug von der Feuerstelle entfernt.

Nach drei Stunden flog das Tier gargebraten davon, und der Major mußte mit den Schalentieren vorliebnehmen, mit welchen der Bootskörper zum Glück in ausreichender Menge garniert war. Antioche holte den Vaterkuchen hervor und verleibte sich vier ordentliche Schnitten davon ein, was zur Folge hatte, daß ihm viehisch schlecht wurde.

Nach beendigtem Mahl machten die beiden die Kette, die das Boot an die Kaimauer fesselte, vom Ring los, lockerten die Taue und hopp! wurde gedreht, der Anker gelichtet, und alsbald zeigte das Log gute Fahrt an. An diesem Morgen blies eine Brise aus nordost-südwestlicher Richtung, was sich als wenig zweckdienlich erwies. Daher richtete der Major die Schraube des Außenbordmotors auf das Segel, um so für Windersatz zu sorgen. Dann faßte er mit bloßen Händen beide Pole des Elektromotors, und Antioche fing an, ihm heftig auf die Ellbogenknochen zu schlagen. Der dabei entstehende Strom ließ den Motor blitzartig anspringen. Es war das oberste Gebot, sparsam mit dem Treibstoff umzugehen, der mit seinem Gewicht als Ballast dafür sorgte, daß das Boot nicht kenterte.

Nach ein paar Stunden waren der Major und Antioche zweihundert Meter vom Ufer entfernt und genossen eine schöne Aussicht auf die Stadt und die Eisenbahnbrücke, ein Prunkstück feinster Goldschmiedekunst. Dann drehten sie bei und landeten fünf Minuten später in einer kleinen sandigen Bucht, um die sich ein Korallenriff wie eine schützende Barriere legte. Bevor sie anlegten, sondierten sie die Wassertiefe mit Rudern und erlangten, nachdem sie deren zwei abgebrochen hatten, die Gewißheit, daß sie festen Grund unter den Füßen hatten. Der Major stieg also aus und wäre beinah jämmerlich ertrunken, da er unglücklicherweise in einen Unterwassergraben gefallen war, der sich über die gesamte Strandbreite hinzog.

Schließlich hatten sie das Landemanöver zum Abschluß gebracht. Die beiden Freunde entkleideten sich nun bis auf die grünseidenen Slips und die Sonnenbrillen. Die Sonne brannte heftig, und man versprach sich, an ihrem Feuer tüchtig geröstet zu werden. Der Major brach zu einem Erkundungsgang auf, von dem er nach zwei Stunden immer noch nicht zurück war. Es war schon fünf Uhr nachmittags, und Tambrétambre wurde langsam unruhig. Er zog sich wieder an und machte sich auf die Suche nach seinem Freund.

XLI
Auf der Suche nach dem verlorenen Major

Der feinsandige Strand stieg zum Landesinneren hin sanft an, doch da die Erde nicht durchsichtig ist, wurde man sich dessen nur recht verschwommen bewußt. Dann plötzlich eine wildzerklüftete, mit scharfen und spitzen Zacken gezähnte Felsküste, ein erkerartiger Vorsprung, eine echte Pechnase, mit Seevogelmist überkleckert und von Gischt überschäumt, in der da und dort Spuren von Walfischsperma zu finden waren, ein Anzeichen für die unheimlichen Kämpfe, die sich die Pottwale des Abends in der Bucht lieferten. Etwas Strandgut, darunter ein schon abgefärbter, noch vom Untergang der *Pinostroff* aus Odessa herstammender Samowar, sowie Ziegelsteine, die zu nicht mehr faßbarem Staub zerrieben und derart innig mit dem Sand vermengt waren, daß man ihre Anwesenheit nicht vermutet hätte. Antioches Tritte bildeten im lockeren Boden kleine symmetrische Vertiefungen. Er steuerte auf die Felsküste zu.

Fast im selben Augenblick entdeckte er die Grotte und betrat sie, ohne zu zögern.

XLII
Die Fährte des Barons und die des Majors treffen aufeinander

Nachdem er tappend drei Kilometer hinter sich gebracht hatte, machte Antioche halt und setzte sich auf einen glatten Schieferblock, der sich in Reichweite befand. Er wollte die Lage etwas überdenken.

Er zog sein Feuerzeug heraus, entzündete es, indem er es kräftig an einem Feuerstein rieb, und erkannte schließlich beim qualmenden Glimmen des Zunders die Örtlichkeit.

Er befand sich genau vor dem Eingang zu einer weitläufigen unterirdischen Kaverne, in der sein Atmen undeutliche Echos auslöste. Der Boden war mit Stalagmiten bedeckt, die so eng standen wie die Haare eines dichten Wollteppichs und unter den Füßen ein höchst eigenartiges Gefühl ergaben, so als ob man über den Stoppelbart eines Bewohners der Region Landes ginge, der sich zwei Tage lang nicht rasiert hat. Das Gewölbe war eine Mischung aus dem klassischen Kavernenstil und dem neopaläolithischen, kreiert von Duzob, dem berühmten und zu seiner Zeit leider unverstandenen Troglodyten, dessen äußerst dekorativen Werke die Höhlenwände der Cromagnon-Zeit verschönten. Auch der Name Duzob sagt uns heute nichts mehr, und das ist ein Glück, denn er ist kaum geeignet, von unschuldigen Wesen, wie zum Beispiel Künstlerinnen, in den Mund genommen zu werden.

Zu Füßen von Antioche funkelte ein schwarzer See, dessen stehendes Gewässer wie eine träge Tinte Gott weiß welche Schrecknisse zu verbergen schien.

Die Luft roch nach Moschus und indischen Huren. Da fiel Antioches Blick auf einen Baumstamm, der vergessen in einem dunklen Winkel lag. Er warf ihn ins Wasser des Sees und schwang sich rittlings darauf. Indem er sich seiner Hände als Paddel bediente, kam er schnell voran. Das Wasser unter seinen Fingern war warm wie der Busen einer Toten und leichtflüssig wie Äther. Sein Herz pochte ihm mit großen Schlägen in der unverwundbaren Brust, und ein Kriegsgesang entwich seinen Nüstern, während er mit geschlossenem Mund summte.*

Der See dehnte sich, so weit das Auge reichte. Tatsächlich reichte Antioches Auge kaum mehr als einen Meter, denn die Dunkelheit war erheblich und sein Feuerzeug erloschen.

Plötzlich stieß die Spitze des Baumstamms gegen etwas im Wasser Treibendes. Antioche hielt sofort an und hörte, wie eine Stimme, und zwar die des Majors, ein paar unverständliche Worte hauchte. Er stellte sein Singen ein, worauf er den Sinn der Worte des Majors begriff ...

»Vorsicht! ... da ist jemand! ...«

Antioche streckte den Arm aus, tastete ein paar Augenblicke um sich und erwischte den Major an den Haaren, die ihm immer noch am Schädel festgewachsen waren. Er half seinem Freund auf den Baumstamm und reichte ihm ein Taschentuch, damit er sich abtrocknen konnte. Doch dieses ungewöhnliche Wasser war schlagartig getrocknet.

»Bist du bis hierher geschwommen?« fragte Antioche im Flüsterton.

»Ja!« flüsterte der Major zurück. »Und deinen Vater hab ich auch gesehen ...«

»Wirklich?« ... schrie Antioche gedämpft.

* Hier der Text: Ah!
                Ah!
                Ah! Ah! Ah!
                Ah!
                Ah!
                Ah! Ah! Ah!
                Ah!
                Ah!
                Oh!

»Diese Grotte steht mit meinem Keller in Verbindung. Verrückt, was?«

Schon konnte man den starken Geruch von Rhizostomusblut erkennen.

»Die beiden Flüssigkeiten vermischen sich nicht«, sagte der Major. »Aber ich bring's einfach nicht über mich, im Blut dieses Rhizo...... zu schwimmen ...

Deshalb hab ich auf dich gewartet ...«

»Laß uns Papa suchen!« schloß Antioche.

XLIII
Dunoeud kommt zurück

Nun waren es zwei Paar Hände, die den improvisierten Kahn vorantrieben. Nach und nach bemerkten der Major und Antioche, daß sich die Flüssigkeit verdickte und ihnen klebrige Blutklümpchen durch die Finger rieselten. Der Rhizostomus war fürwahr ein großes Exemplar seiner Gattung. War ... das heißt: war gewesen.

Der Major schilderte Antioche, wie ihm beim Schwimmen in den dunkeln Wassern des Sees von weitem das kleine Boot des Barons aufgefallen war, den er an seinem Wolgaschiffergesang wiedererkannt hatte. Im Scheine seiner Laterne vollführte der Baron alle elf Meter einen Salto mortale.

»Das scheint ein Wesenszug von ihm zu sein«, sagte der Major.

»Armer Paps!« seufzte Antioche. »Der Tod von Jules hat ihn um den Verstand gebracht.«

Sie ruderten noch eine Weile, bis die Spitze des Baumstamms gegen eine Bruchsteinmauer prallte, wie Antioche gleich erkannt hatte, als er mit seiner Hand im Dunkeln darüberstrich.

»Wir sind gleich da!« flüsterte der Major. »Mach dein Feuerzeug an!«

Eine riesige Toröffnung wurde sichtbar. Sie maß gut elf Meter in der Breite bei einer Höhe von zwei Metern. Sie war aus sterilisiertem Bardamu-Holz, mit Blei beschlagen und gelb gestrichen. Sie war nicht durch Drehung in den Angeln zu öffnen, sondern brach urplötzlich aus ihren Halterungen, sowie man auf eine bestimmte Art auf die Zarge klopfte, wie der Major auch bald herausgefunden hatte.

Nachdem das Hindernis überwunden war, befanden sie

sich im Keller neben dem des Majors, wo der Kadaver des Rhizostomus lag. Das arme Tier lag auf seiner rechten Körperseite und bot einen beklagenswerten Anblick: seinem durch die Handgranate des Majors zerfetzten Schwanz entströmte immer noch ein dünnes Rinnsal, das sich beim Schein von Antioches Feuerzeug langsam dunkelgrün verfärbte. Die Augen halb geschlossen, die langen weißen Wimpern über die Wangen gesenkt, die Schnauze hochgereckt, wie um ein letztes Maulvoll Badener Wasser zu trinken, hob der Rhizostomus die Pfoten mit flehender Geste gen Himmel, seine hundertvierzehn Rippen zeichneten sich unter seiner genarbten Lederhaut durch wie bei einem Carbonaro, und die Würmer begannen ihm schon aus den Mundwinkeln zu wimmeln.

Der Major und Antioche wandten den Blick von diesem grausigen Spektakel ab und gelangten bis zur Mauerbresche, aus welcher der Baron Visi das erste Mal aufgetaucht war. Sie überkletterten die Mauer, die an dieser Stelle nur elf Zentimeter hoch war, wobei sie den Kadaver von Jules zu Hilfe nahmen, und befanden sich auf dem Schutthaufen, der unter schon bekannten Umständen aufgeschüttet worden war. Ein zusätzlicher Klimmzug ermöglichte ihnen den Zugang zu jenem Flur, wo der dahindösende Cadillac noch immer ihrer Rückkehr harrte. Sie umgingen das zackig ausgebrochene Loch, dem sie gerade entstiegen waren, und kletterten auf leisen Sohlen die Treppe hoch. Sie hatten den Treppenabsatz kaum erreicht, als ein Fischernetz über sie herabfiel und ihnen jegliche Bewegungsfreiheit nahm. Ein gutgezielter Knüppelschlag beförderte sie einen nach dem anderen auf den Teppich, wo sie den Motten beim Eierausbrüten zuhören konnten, und so dämmerten sie in der finstersten Bewußtlosigkeit dahin.

XLIV
Ohne Titel

Der Major, dessen durch äußere Witterungseinwirkung und innere Maßlosigkeitsauswirkung braungegerbter Körper solide war wie ein alter Ford, kam als erster wieder zur Besinnung und stellte fest, daß er kein Glied rühren konnte.

Dies nutzte er aus, um aus Leibeskräften zu schimpfen, und weckte dadurch Antioche aus seinem Tiefschlaf. Antioche war ebenso wie der Major mittels Pianosaiten aus Japanbast gefesselt. Sie nahmen die Gelegenheit wahr, einige geistreiche Aphorismen über die Frauen und die Liebe auszutauschen.

»Die Liebe«, meinte Antioche, »ist schon etwas Seltsames...«

»Ja«, sagte der Major, »da hast du schon recht. Darüber habe ich noch nie nachgedacht.«

»Die Frauen«, sagte Antioche, »sind wie die Katzen.«

»Ja«, sagte der Major, »die schreien auch beim Vögeln.«

»Nein«, sagte Antioche, »so habe ich das nicht gemeint. Ich wollte vielmehr sagen, daß sie sich an ihrer Oberfläche zart und kuschlig anfühlen...«

»Genausogut könnte man dann ja sagen, daß sie außen ein Fell haben«, stimmte der Major bei.

»Ganz recht«, antwortete Antioche, erfreut, die schnelle Aufnahme seiner Theorien feststellen zu können.

Diese interessante Unterhaltung wurde jedoch jählings durch das Erscheinen einer heiteren Gestalt unterbrochen, in der die beiden Freunde Dunoeud erkannten. In der Hand hielt er ein langes Seil, das auf dem Boden nachschleifte und dessen Ende im Türspalt verschwand.

»Tralala!« trällerte er vor sich hin, und ein Anflug von Wahnsinn flackerte in seinen mit Antitollwutserum aus dem Institut Pasteur behandelten Augen. »Kennen Sie den Baron Visi?«

Er zerrte brutal am Seil, und ein Greis erschien, auf antike Manier in ein Peplum gehüllt.

»Papa!« schrie Antioche händeringend, was angesichts der Fesseln ein schwieriges Unterfangen war.

»Jawohl!« brüllte Dunoeud. »Er wollte mir nicht verraten, wo das Eumel ist! Das echte ...! Drum werde ich ihn jetzt vor euren Augen foltern ... oder er willigt ein, es mir zu geben ...«

»Elender Wicht!« schnaubte der Major. »Daß sich deine Eingeweide elfmal verknoten und die Schakale dein faules Aas fressen! Einen Dreck kriegst du! Laß diesen armen alten Mann in Ruhe!«

Der Baron Visi kratzte sich mit abwesender Miene den Bart und schien der Situation gänzlich fremd.

»Klar«, willigte Dunoeud ein, »ihn lass' ich schon in Ruhe. Aber dafür werde ich euch foltern ...«

Er band das Seil, das den Baron festhielt, am Drehriegel des Fensters fest, wobei er dem wertvollen Abfall nicht mehr als fünfzig Zentimeter Spielraum gewährte. Der Baron sah zu Antioche hinüber, und große Tränen kollerten aus seinen tiefliegenden Augen.

Dunoeud verließ den Raum, man hörte, wie sich seine Schritte zum Ende des Flurs hin entfernten.

»Er geht in die Werkstatt!« wisperte der Major. »Ich hab mir immer schon gedacht, daß eine Handbohrmaschine ein recht brauchbares Folterinstrument abgeben könnte. Hoffentlich probiert er es zuerst an dir aus«, schloß er mit einem unbändigen Lachen.

»Ich auch«, sagte Antioche, der ein weites Herz hatte.

Der Major brach angesichts solcher Selbstverleugnung in heiße Tränen aus, und Antioche, davon angesteckt, besprengte gewissenhaft den Boden mit dem Produkt seiner Schluchzer.

Der Baron wurde nun an seinem Seilende unruhig und stieß herzzereißende Klagelaute aus, als ob er ahnte, was nun kommen würde.

Zudem hatte er – es sei denn, er wäre taub gewesen – sicherlich die unheimlichen Drohungen des tückischen Dunoeud vernommen.

Dunoeud jedoch kam nicht wieder.

Plötzlich hörte man ein furchterregendes Geräusch. Ein Jagdflugzeug schoß todesmutig im Sturzflug auf das Haus des Majors herunter.

In hundert Meter Höhe fing sich das Flugzeug wieder, und mit einem Ruck öffnete sich ein Fallschirm. Wenige Sekunden später hatte der Fallschirmspringer das Dach erreicht, das er ob der erworbenen bemerkenswerten Geschwindigkeit ohne sonderliche Mühe durchdrang.

Der Major und Antioche waren sich nicht genau bewußt, was da daherkam. Sie horchten ängstlich auf das Geräusch der Schritte über ihren Köpfen, das sich an den Lärm der Blechlawine anschloß, die von der unvermuteten Sturzlandung des Fliegers ausgelöst worden war.

Die Tritte kamen die Treppe vom zweiten Stock herunter ... dann entfernten sie sich in Richtung Werkstatt ...

Stille sank wieder nieder ... zerhackt durch die Schluchzer der drei Männer, die gleichzeitig über ihre wechselseitigen Schicksale weinten ...

Dann kam Dunoeud zurück. In seinem mordgierigen Wahnwitz hatte er nichts von alledem bemerkt. In der Hand hielt er einen Hobel, dessen sorgfältig geschärfte Klinge einen guten Zentimeter aus dem Holz ragte.

»Da, was sagst du dazu, mein Major?« schrie er und fuchtelte dem Major damit unter der Nase herum.

»Erstklassiges Eschenholz ...«, gab der Major frostig zurück. »Was hast du dir gedacht, niederträchtiges Arschloch? Daß ich mir vielleicht irgendeinen Schund kaufe?«

Dunoeud war durch die Antwort des Majors wie vom

Donner gerührt einen Schritt zurückgewichen ... indes der Baron Visi mit meckernder Stimme zu reden anhob.

»Tu ihnen nichts... ich sag dir auch, wo das Eumel ist ... in der Zierkugel auf dem Geländer im Treppenhaus.«

In genau diesem Augenblick ertönte eine scharfe Detonation, und Popotepec Atlazotl erschien auf dem Plan, einen rauchenden Colt zwischen den Zähnen. Das Projektil hatte das Apophtegma Dunoeuds durchquert, der jetzt mausetot auf dem Parkett lag ... so hatte es zumindest den Anschein.

Popotepec beugte sich mit einem Lächeln an die Adresse seiner Freunde über den Körper ... In einem letzten Aufflackern von Energie schwang Dunoeud den Hobel über seinem Kopf. Die Klinge fiel herab und drang dem Azteken ins Gehirn, das so umfangreich war, daß es bei diesem sonderbaren Individuum sogar bis an die Schädeldecke reichte.

Dunoeud sank wieder zu Boden, diesmal wirklich tot, während ihm Popotepecs Hirnsubstanz in einem orangeroten Strahl über das Gesicht rann.

»Alle beide tot!« murmelte der Major.

Da entdeckte er, daß die Kugel, der Dunoeud erlegen war, die Schnur durchtrennt hatte, mit denen seine Hände gefesselt waren.

»Der brave Popotepec...«, sagte er, »ohne ihn wären wir geliefert gewesen.«

Er befreite sich sogleich, durchschnitt Antioches Fesseln mit einem Taschenmesser, worauf die beiden eine Viertelstunde lang Gelenkigkeitsübungen machten.

Dann stürzten sie, den Baron Visi vergessend, ins Treppenhaus. Unter der abgeschraubten Kugel kam das kostbare Eumel zum Vorschein ... diesmal das echte ...

Sich seines Vaters entsinnend, schrak Antioche plötzlich aus der Betrachtung des Eumels hoch und stürmte in den ersten Stock. Als der Baron ihn eingeholt hatte, war jener soeben mit dem Erhängen des Barons zu Ende, dessen ausgemergelten Körper er einfach aus dem Fenster gekippt hatte. Das von Anfang an um den Hals des Barons geschlungene Seil war gespannt und von schwachen Zuckungen geschüttelt.

»Auf diese Weise«, sagte Antioche, »bleibt uns das Eumel erhalten ... und wir sind keinem etwas schuldig ...«

Der Cadillac rollte die Küstenstraße entlang ... sowie sie zur Stelle kamen, die den Ozean überragt ... hielt Antioche an ... die Sonne stand hoch ... das Meer schwappte schaumweiß--- die Lattenroste glucksten traulich ... der Major öffnete den Wagenschlag und stieg aus ... mit langsamen Schritten näherte er sich der Steilküste, und mit einemmal warf er das Eumel ... ganz weit hinaus ... und es verschwand mit einem freudigen Pataplumps in den Wellen ... dann stieg der Major wieder in den Wagen ... Antioche ließ die Kupplung kommen, und mit verhaltenem Brummen verschwanden sie hinter der nächsten Kurve. Das Auge Gottes aber sah weiterhin auf sie herab ...

Paris
Mai 1943

ZU DIESER AUSGABE

»Aufruhr in den Andennen« (Trouble dans les Andains) ist der erste Roman von Boris Vian, den er im Winter 1942/43 schrieb. Spätestens im Mai 1943 lag ein vollständiges maschinenschriftliches Manuskript vor. Der Titel ist, wie oft bei Vian, rätselhaft und er steht in keinerlei Beziehung zur Story, deren Inhalt eine bunte Mischung aus Abenteuern und Situationen ist, wie sie in französischen Trivialromanen der Jahrhundertwende oder den Kriminalromanen eines James Hadley Chase geschildert sind. In formaler Hinsicht ist zudem der Einfluß des von Vian hochgeschätzten Romans »Heldentaten und Ansichten des Doktor Faustroll, Pataphysiker« von Alfred Jarry unübersehbar.

Die bloße wörtliche Übersetzung des Titels, »Aufruhr in den Heuschwaden«, ergibt nur einen Sinn, der zu eindeutig wäre und der keinen phonetischen Reiz hätte. »Aufruhr in den Andennen« wirkt weniger ausgefallen, ist viel spielerischer und läßt mehrere Interpretationen zu. Die Übersetzung der Namen, bei denen im Französischen meistens mehrere Bedeutungen mitschwingen, kann man hier nicht immer nach einem einheitlichen Prinzip handhaben. In der Regel wird die reizvollere, sprechendere französische Version beibehalten, in Fällen, wo sich eine assoziationsreiche deutsche Version anbietet, ist dieser der Vorzug gegeben.

Baron Visi und Brisavion sind Anagramme von Boris Vian. Antioche Tambrétambre und der Major, unschwer zu erkennen als das Freundespaar Boris Vian und Jacques Loustalot, treten ein weiteres Mal in dem Roman »Drehwurm und Plankton« in Erscheinung. Der Major war eine fast legendäre Persönlichkeit in den Kellerlokalen des

Quartiers Saint-Germain-des-Prés. Ein Glasauge unterstützte dort sein exzentrisches Aussehen. Sein Geburtsort war Saint-Martin-de-Seignanx in der Nähe von Capbreton, wo die Familie Vian während der Sommermonate lebte. Boris Vian lernte dort 1940 den fünf Jahre jüngeren »Major« kennen. Sie wurden unzertrennliche Freunde. Bei einem seiner verspielten Abenteuer, die immer eine Tendenz zum Selbstmord hatten, stürzte Jacques Loustalot Anfang 1948 auf mysteriöse Weise aus einem Fenster.

»Aufruhr in den Andennen« sollte ursprünglich bei Éditions Toutain herauskommen. Dieser Verlag, der »Das rote Gras« und »Abdeckerei für alle« veröffentlicht hatte, war jedoch bereits vor der Drucklegung eines dritten Buchs von Vian wieder von der Bildfläche verschwunden. Der Übersetzung von W. S. Baur liegt die am 20. Juni 1966 imprimierte Erstausgabe zugrunde, die im Verlag La Jeune Parque erschien.

K.V.

NACHBEMERKUNG DES ÜBERSETZERS

Vians Witz fährt auf dem Vehikel der Sprache; indem er mit ihr spielt, sie gewissermaßen gegen sich selbst ausspielt, entlockt er ihr mehr, als sie von sich aus preisgibt. Diese zusätzliche Information dient nicht der Beförderung der Handlung, noch hindert sie ihren Fortlauf, sondern führt ein kauziges Eigenleben am Rande.

Nichtsdestoweniger hat das Verwirrspiel Methode: Boris Vian schöpft die Komik aus einem Charakteristikum des Französischen, nämlich der großen Diskrepanz zwischen schriftlicher und gesprochener Erscheinungsform, sowie aus dem Umstand, daß Wörter unterschiedlicher Bedeutung und Schreibung bisweilen gleich ausgesprochen werden. Indem er also die Schreibweise eines Wortes doppel- oder mehrsinnig variiert, bedient er die oberflächig-erzählende Bedeutungsebene und verpackt gleichzeitig den verstörenden, erheiternden, entlarvenden Hintersinn in eine andere graphische Darstellungsform, wo er sozusagen unter Deck als blinder Passagier mitreist.

Was sich dem stumm Lesenden oft nicht erhellt, teilt sich dem laut Lesenden und sich dabei Zuhörenden auf dem Wege klanglicher Assoziation mit. So verbirgt sich hinter Isaac Laquedems Berufsbezeichnung, die *Antique Hère* geschrieben und wie *antiquaire*, Antiquitätenhändler, gelesen wird, einerseits ein alter Hirsch, andererseits ein armer Teufel (Seite 470).

Vorzugsweise verwendet Vian bizarr klingende Fachbezeichnungen aus dem Bereich der Technik, der Naturwissenschaften, vornehmlich aber aus Botanik und Zoologie. In ihr wissenschaftliches Mäntelchen gehüllt, lassen sich diese Wörter meist nicht auf den ersten Blick anmerken, daß sie zum Teil nur an tatsächlich existierende Fachtermini angelehnte Wortgebilde oder schlichtweg Ausgeburten dichterischer Phantasie sind. Um die Verwirrung perfekt zu machen, streut Boris Vian gelegentlich echte Fachwörter ein. Durch den scheinheiligen Gebrauch dieses sich fachmäßig gerierenden Jargons erzielt er beim Leser heitere Verunsicherung und heilsame Erschütterung seines Bildungsdenkens und schleudert fragwürdiger Gelehrsamkeit und wissenschaftlichem Erkenntnisdünkel seinen anarchischen Sprachwitz entgegen.

So wird man die medizinische Fachliteratur vergeblich nach Kroko-Arytenoiden durchstöbern.

Wie der schurkische *Dunoed* ins *Apophthegma* getroffen zu werden, muß daher für einen Mann vom Schlage eines Boris Vian ein wahrhaft beklemmender Gedanke sein, denn die Zerstörung dieses vitalen Zentrums würde unweigerlich das Versiegen dessen zur Folge haben, was es in Wirklichkeit bedeutet: »zündender Witz«.

Mata Hari ist offenbar das Holz, aus dem Kurtisanen geschnitzt sind, während hinter den blühenden Beriberisträuchern ein tückischer Tropenbazillus lauert. Und die an fabelhafte kosmische Flugwesen gemahnenden *Elytren* und *Alizeen* sind nichts anderes als die Vorderflügel von Insekten bzw. Passatwinde.

Adelphin (= griech. adelphos, Bruder) *de Beaumashin* (*beau* plus *machin*) deutet auf die brüderliche Männerfreundschaft mit seinem Alter ego Sérafinio hin und weist den mit einem verballhornten, an Beaumarchais erinnernden Adelsprädikat versehenen Grafen als Träger eines »hübschen Dingsbums« aus, was immer damit gemeint sein mag.

Der Zuname seines seraphischen Begleiters *Alvaraide* (*raide* = steif) läßt auf den Dauerzustand von Sérafinios nimmermüder Männlichkeit schließen.

Die Baronin von *Pyssnelck* heißt im Original *Pyssenlied* (lies: *pisse en lit*, pißt ins Bett, auch Löwenzahn = Pißblume, daher Pißnelke). Unter der versnobt-germanisierenden Oberfläche wird eine menschliche Schwäche sichtbar, die uns der Baronin näherbringt.

Auch andere Figuren tragen sprechende, ja ausplaudernde Namen. So wird der reiche Finanzmann *Pompasoult* (lies: *pompe à sous*) mit einer Geldpumpe verglichen, während *Monsieur Grinchepédosque*, der Juwelier, den Hang zu krummen Geschäften mit dem zu hübschen Knaben verbindet.

Herr *Duzob*, der namhafte Höhlenforscher, ist ein Paradebeispiel für personifizierte, überlebensgroße Organabbildung, wenn man weiß, daß *zob* ein aus dem Arabischen entlehntes Synonym für das männliche Glied ist.

Die Unbeliebtheit des Domestiken *Sarkopt* schließlich erklärt sich aus seiner wahren Natur. Sein Name ist Krätzmilbe.

VERNON SULLIVAN

Wir werden alle Fiesen killen

*– ET ON TUERA TOUS
LES AFFREUX –*

Aus dem Amerikanischen von
BORIS VIAN

Deutsch von Eugen Helmlé

I
Es fängt ganz gemütlich an

Eins über den Schädel kriegen, ist nichts. Am gleichen Abend zweimal hintereinander mit Drogen vollgepumpt werden, ist so furchtbar auch nicht... Aber vor die Tür gehen, um Luft zu schnappen und sich dann mit einer Frau in einem fremden Zimmer wiederfinden, beide wie Adam und Eva vor der Apfelgeschichte, das ist ein dicker Hund. Was ich dann hinterher erlebt habe...

Aber ich glaube, ich fange am besten gleich wieder mit dem Anfang des ersten Abends an. Ein Sommerabend, um das klarzustellen. Das genaue Datum spielt keine Rolle.

Nun, ich weiß nicht, warum ich an diesem Abend Lust hatte, auszugehen. In der Regel ziehe ich es vor, früh zu Bett zu gehen und früh aufzustehen, aber an manchen Tagen verspürt man das Bedürfnis nach etwas Alkohol, nach etwas menschlicher Wärme, nach Gesellschaft. Wahrscheinlich bin ich ein sentimentaler Mensch. Wenn man mich so sieht, würde man das gar nicht für möglich halten, aber die Ausbeulungen, die meine Muskeln machen, sind der trügerische Schein, hinter dem ich mein kleines Aschenbrödelherz verberge. Ich mag meine Freunde. Ich mag meine Freundinnen. Es hat mir nie weder an den einen noch an den andern gefehlt, und von Zeit zu Zeit danke ich innerlich meinen Eltern für das Äußere, das sie mir mitgegeben haben; es gibt andere, die Gott danken, ich weiß..., aber unter uns, ich finde, sie ziehen da Gott in Geschichten hinein, mit denen er in Wirklichkeit nichts zu tun hat. Wie dem auch sei, ich bin meiner Mutter nicht danebengeraten... und meinem Vater auch nicht... denn genau besehen, hat auch er seinen Teil dazu beigetragen.

Ich hatte Lust auszugehen und ich bin ausgegangen. Es ist ein unleugbarer Vorteil, wenn man sich wohlhabende

Eltern aussuchen kann. Ich bin ausgegangen; die ganze Bande erwartete mich im Zooty Slammer. Gary Kilian, der Reporter des *Call*, Clark Lacy, ein Kumpel von der Universität, der wie ich in der Nähe von Los Angeles lebte, und unsere üblichen Begleiterinnen; keine von diesen Mädchen, mit denen alle Macker herumziehen zu müssen glauben, sobald sie etwas Geld haben, keine von diesen talentlosen Sängerinnen, keine von diesen allzu erfahrenen Tänzerinnen. Ich mag das nicht... nichts im Kopf, als sich ständig an einem zu reiben. Diese Mädchen nicht. Nein. Richtige Freundinnen... weder Statistinnen auf der Suche nach einem Vertrag noch Naive, die schon ein bißchen ramponiert sind, sondern einfach nette, sympathische Mädchen. Es ist entsetzlich, was für eine Mühe ich habe, welche zu finden. Lacy treibt so viele auf, wie er nur will, und er kann zehn Abende hintereinander mit ihnen ausgehen, ohne daß sie versuchen, ihn zu küssen; ich wirke völlig anders auf sie, und es ist zum Auswachsen, wenn man einem hübschen Mädchen, das sich einem in die Arme stürzt, eine Abfuhr erteilen muß. Trotzdem möchte ich nicht Lacys Visage haben. Aber das ist eine andere Geschichte. Schließlich wußte ich, daß ich im Slammer Beryl Reeves und Mona Thaw treffen würde, und bei ihnen lief ich keine Gefahr... Um auf die andern zurückzukommen, sie sehen alle so aus, als stellten sie sich vor, die Liebe sei der Zweck des Lebens, vor allem, wenn man 90 Kilo wiegt und sechs Fuß zwei Zoll mißt... Ich gebe ihnen immer zur Antwort, daß ich nur deshalb so in Form bin, weil ich mich eben schone. Und daß, wenn sie meine Tonnage an Netto-Fleisch mit sich herumzuschleppen hätten, sie das so müde machen würde, daß sie mich in Ruhe ließen... auf jeden Fall, Beryl und Mona sind nicht so, und sie wissen, daß ein gesundes Leben all diesen nicht mehr ganz neuen Späßen, die auf dem Sofa eingeübt werden, vorzuziehen ist.

Ich bin ins Zooty Slammer reingegangen. Es ist eine

sympathische Bar, die von Lem Hamilton, einem dicken, schwarzen Pianisten betrieben wird, der früher im Orchester von Leatherbird gespielt hat. Er kennt alle Musiker von der Küste, und Gott weiß, daß es in Kalifornien eine Menge gibt. Im Slammer kann man richtige Musik hören. Ich mag das, das entspannt... und da ich von Natur aus schon entspannt bin, ist das wahnsinnig erholsam. Gary erwartete mich, Lacy tanzte mit Beryl, und Mona fiel mir um den Hals...

»Guten Abend, Mona«, sagte ich. »Nichts Neues? Grüß dich, Gary.«

»Grüß dich«, sagte Kilian.

Er war tadellos gekleidet, wie immer. Ein hübscher, dunkelhaariger Junge mit bläulich schimmernder Haut. Seine hellrote Schleife sah aus wie gestärkt, so gerade stand sie. Was ich bei Gary mag, ist sein Geschmack in Kleiderfragen. Nun ja, er hat den gleichen Geschmack wie ich, das muß man schließlich verstehen.

Mona sah mich an.

»Rocky«, sagte sie zu mir, »es ist unanständig. Sie werden jeden Tag schöner.«

Bei ihr war das nicht peinlich. Ihr Ton war... wie soll ich sagen? erträglich.

»Sie sind wunderbar, Rocky. Ihr blondes Haar... Ihre orangenfarbene Haut... mmm... man möchte glatt hineinbeißen.«

Ich bin trotzdem rot geworden. Ich bin nun mal so. Gary machte sich über mich lustig.

»Du protestierst ja nicht einmal mehr, Rocky«, sagte er zu mir. »Früher wärst du weggegangen...«

»Sie hat mir Beweise ihrer Intelligenz geliefert«, gab ich zur Antwort, »aber wenn sie so weitermacht, werde ich mit Sicherheit abzischen.«

Sie lachte, Gary ebenfalls. Ich auch. Es sind eben Kumpels.

Trotzdem war es mir lieber, daß Lacy nicht da war...
Ich mag es nicht, wenn mir die Mädchen Komplimente über mein Äußeres machen, noch dazu in Clark Lacys Gegenwart; er ist der beste Kerl von der Welt, aber wenn mir jemand sagen würde, sein Vater sei eine Ratte und seine Mutter eine Kröte, so würde mich das nicht sonderlich wundern; so sieht er nämlich aus. Und das ist etwas hinderlich, um den Mädchen den Hof zu machen.

Mona hat wieder die gleiche Platte aufgelegt.

»Rocky, wann wollen Sie sich endlich dazu entschließen, mir zu gestehen, daß Sie mich lieben?«

»Nie, Mona... Ich will nicht Tausende unglücklich machen.«

Sie hatte sicherlich etwas getrunken, denn sie war nicht oft so hartnäckig. Zum Glück sind Clark und Beryl zurückgekommen und wir haben das Thema gewechselt. Hamilton, der Besitzer des Nachtclubs, hatte sich gerade ans Klavier gesetzt. Wie alle diese Dicken hat er einen Anschlag von außerordentlicher Leichtigkeit, und ich lachte vor Freude, als ich ihm zuhörte. Gary begann mit Beryl zu tanzen, und ich wollte gerade Mona auffordern, als Lacy sich ihrer bemächtigte. Ich hätte jedes x-beliebige Mädchen genommen; wenn Hamilton zu spielen anfängt, so wirkt das wie eine elektrische Entladung. Ich schaute mich so ziemlich überall um und schon kam mein Retter herein. Dieser große Kretin Douglas Thruck. Ich werde Ihnen nachher sagen, wer er ist, im Augenblick jedenfalls stürze ich mich auf das Mädchen in seiner Begleitung und führe sie auf die Tanzfläche. Sie ist nicht schlecht gebaut und sie tanzt gut... Keine Faxen... Schon fängt sie nämlich an, sich etwas zu stark ranzuschmeißen...

»Sachte!« sage ich. »Ich bin auf meinen Ruf bedacht.«

Das ist zwar etwas flegelhaft, was ich da gerade losgelassen habe, aber wissen Sie, bei meiner Visage geht mir alles durch. Sie lächelt leise und tut was sie will. Und wenn man sieht, wie sie mit ihrem Fahrgestell rumscharwenzelt, ist es nicht schwer, herauszufinden, was sie im Schädel hat.

»Schade, daß es kein Samba ist«, antwortet sie, ohne es tragisch zu nehmen.

»Warum«, sage ich, »ich finde, es geht auch so.«

»Das hat mehr Atmosphäre«, antwortet sie. »Diese Musik hier ist doch ein wenig kalt.«

Kinder, wenn sie das kalte Musik nennt, dann tanze ich lieber keinen Samba mit ihr. Mann! Ich muß unbedingt etwas tun. Ich bin immerhin etwas kräftiger als sie, und es gelingt mir, sie ein wenig von mir wegzuschieben. Ich tanze weiter mit ihr, wobei ich sie mir vom Leib halte. Man kann sein Leben nicht dem Sport widmen und mit solchen Bienen tanzen. Das läßt sich nicht miteinander vereinbaren. Und ich stehe nun mal auf Sport. Mehr als auf allem andern.

Sie beißt sich ein wenig in die Unterlippe, aber sie lächelt trotzdem. Unmöglich, sie zu ärgern. Demnächst werde ich mir einen falschen Schnurrbart ankleben, dann werde ich in Ruhe tanzen können.

Hamilton hört auf zu spielen. Ich bringe das Mädchen zu ihrem legitimen Eigentümer, Douglas Thruck, zurück. Douglas lohnt schon die Mühe, daß man ihn etwas ausführlicher vorstellt. Es ist ein langer, blondgelockter Junge mit einem Mund, als hätte man ihn einmal gefaltet, und immer heiter. Er ist sehr jung, er säuft wie ein Loch, und er ist so ein bißchen Journalist. Er schreibt eine Kolumne in einer Filmzeitung und in seinen Mußestunden arbeitet er an dem großen Werk seines Lebens, einer *Ästhetik des Films*, für die er zehn Bände und zehn Jahre Arbeit veranschlagt. Er raucht Zigarren. Abgesehen davon ist er ein regelrechter Schwamm, wie ich noch einmal sagen muß.

»Grüß dich!« sagt er zu mir. »Soll ich dich vorstellen?«

»Selbstverständlich!«

»Das ist Rock Bailey«, erklärt er der hübschen Dunkelhaarigen, die es auf meine Gefühle abgesehen hatte. »Sunday Love«, sagt er zu mir und zeigt auf sie. »Eine Hoffnung der ›Metro‹.«

»Entzückt, Sie kennenzulernen.«

Ich verbeuge mich höflich und drücke ihr die Hand. Sie lacht. Sie ist eigentlich nett. Eine Hoffnung der »Metro«. Mein Gott, wenn ich die »Metro« wäre, würde ich nicht zögern, einige Hoffnungen an dieses Kind zu hängen; das Ganze macht den Eindruck, als hielte es sich ausgezeichnet.

»Sie ist in dich verknallt«, sagt Douglas Thruck mit seinem üblichen Takt zu mir.

Es stimmt zwar, daß ich, was die Flegelhaftigkeit angeht, nicht neidisch auf ihn zu sein brauche, aber trotzdem... ich erteile ihm eine Abfuhr.

»Das hat sie dir nur gesagt, um dich loszuwerden.«

»Sie haben es erraten«, sagt Sunday Love.

Sie rückt mir näher auf den Leib. Verflixt und zugenäht, sind diese Weiber doch lästig. Wo hat sie sich nur diesen stupiden Namen aufgegabelt. Sunday Love... Komischer Einfall. Das klingt ein wenig ländlich. Vor allem paßt er überhaupt nicht zu ihr. Ich bin überzeugt, daß dieses Mädchen sich nicht damit zufriedengibt, nur sonntags Liebe zu machen.

»Tanzen wir wieder«, schlägt sie vor, als Hamilton einen anderen Dings zu spielen anfängt.

»Nein«, sage ich. »Sie bringen es schließlich noch fertig und pervertieren mich, aber mein Training erlaubt mir diese Art von Grillen nicht. Ich stehe zu Ihrer Verfügung, um Ihnen einen auszugeben.«

»Erlaubt Ihnen Ihr Training das Trinken?« fragt sie schlagfertig.

»Aber ja«, versichert Douglas, dem kein Wort unserer Unterhaltung entgeht. »Hören Sie, Sunday, versuchen Sie nicht, den alten Rocky zu verführen. Er ist unerschütterlich, und alle Mädchen haben sich an ihm die Finger verbrannt. Außerdem müssen Sie wissen, die Sportler haben mit der Transzendenz nichts am Hut. Für Ihre Interessen eignet sich nichts so gut wie die Intellektuellen.«

Der Intellektuelle ist er. Natürlich. Na ja ... ich bezahle eine Runde ... Douglas bezahlt ebenfalls eine. Ich geb' noch eine aus. Zwischendrin tanze ich mit Beryl, mit Mona ... Wieder mit Sunday Love ... Ich amüsiere mich, denn trotz ihrer Bemühungen bleibe ich vollkommen kalt. Sie hat begriffen und sie spielt das Spiel ganz offen. Ich bin groß in Form an diesem Abend ... und ich weiß, daß eine Menge Frauen, die da sind, sich ein X für ein U vormachen ließen. Es ist halt angenehm, wenn man eine schöne Visage hat.

»Hören Sie«, sagte Sunday Love plötzlich zu mir ...

»Ich höre.«

Sie preßt ihre Wange an die meine. Sie riecht sehr gut. Der Duft ihres Haares und der ihres Rouges passen bemerkenswert gut zueinander. Ich sage es ihr.

»Bitte keine Dummheiten, Rocky. Sie glauben doch kein Wort davon.«

»Aber ja, meine Süße«, sage ich. »Ich meine es so ernst, wie man es ernster gar nicht meinen kann.«

»Wie wär's, wenn Sie woanders mit mir hingingen?«

»Warum wollen Sie woanders hingehen? Mögen Sie die Musik des alten Lem nicht?«

»Doch ... aber Sie mögen sie zu sehr. Wie soll man Vergnügen daran finden, mit einem Kerl zu tanzen, der der Musik lauscht?«

»Ich weiß, daß es so Brüder gibt, die wegen der Mädchen tanzen und nicht wegen der Musik«, sage ich zu ihr. »Aber ich mag nun mal diese Musik, und ich sage Ihnen noch einmal, daß die Frauen mich nicht interessieren.«

»Aber aber?« sagt sie mit einem vorwurfsvollen Blick zu mir und befühlt meine Bizepse. »So einer sind Sie doch nicht...«

Ich merke, daß sie mich für eine Riesenzicke hält, und ich muß laut lachen.

»Natürlich nicht!...« sage ich zu ihr, »Sie brauchen keine Angst zu haben, ich mag die Männer auch nicht, wenn Sie das gemeint haben... aber was ich ganz besonders schätze, das ist der gute Zustand meiner Figur... und dazu verhilft nur eins, Sport.«

»Oh!« antwortet sie und schneidet ein Gesicht... »ich würde Ihnen nicht weh tun.«

Sie ist verdammt hübsch, wenn man sie näher anschaut, und ich würde fast gegen meine persönliche Regel verstoßen. Aber verdammt und zugenäht, ich habe beschlossen... verflixt... jetzt lasse ich die Katze aus dem Sack... ich habe beschlossen, daß ich bis zum zwanzigsten Lebensjahr jungfräulich bleibe. Das ist vielleicht völlig idiotisch, aber man nimmt sich solche Sachen vor, wenn man jung ist. So wie man auf dem Bürgersteig nur auf der Kante geht oder wie man in die Spülsteine spuckt, ohne den Rand zu treffen... aber das kann ich ihr natürlich nicht sagen, immerhin... was soll ich tun?...

»Ich verlasse mich auf Sie«, sage ich zu ihr und drücke ein wenig ihren Arm... »aber aus einem Grund, den ich Ihnen nicht erzählen kann, bin ich gezwungen, sehr seriös zu sein.«

»Haben Sie Dummheiten gemacht?«

Verflixt noch mal. Sie kann ja alles mögliche meinen, aber doch nicht das.

»Ich weiß nicht, wie ich Ihnen das erklären soll«, sage ich, »aber wenn Sie wollen, daß ich Ihnen an meinem zwanzigsten Geburtstag ein Stelldichein gebe, dann sind Sie das Geschenk für den Kleinen.«

Nun, wenn ich gehofft hatte, sie abzukühlen, dann ist

das völlig schiefgelaufen. Sie schaut mich mit den Augen einer Männerverzehrerin an und atmet schneller...

»Oh... Rocky... Das ist doch ein Witz, mein kleiner Rocky...«

Da ist nun ein Mädchen von gut siebzehn Jahren, das ich mit ausgestrecktem Arm auf einer einzigen Hand tragen könnte und das mich ihren Kleinen nennt. Glauben Sie mir, das ist schon ein recht ungewöhnliches Geschlecht.

»Mein Wort als Mann...«, sage ich zu ihr. »Ich nehme nichts zurück von dem, was ich gesagt habe.«

»Ich kann Ihnen das gleiche anbieten«, sagt sie und sieht mir dabei in die Augen.

Also wenn Sie meine Meinung wissen wollen, ein verdammt unangenehmer Augenblick. Zum Glück kommt mir der alte Gary zu Hilfe. Er klopft mir auf die Schulter.

»Ich bin dran!« sagt er.

Ich verbeuge mich und lasse ihn die Kleine umschlingen. Sie verzieht noch leicht das Gesicht, aber sie ist nicht verärgert, weil Kilian trotz allem ein schöner Bursche ist. Sie lächelt mich an und schlägt dabei ein wenig die Augenlider nieder. Sie sieht aus wie eine Treibhausblume für Kameras, so in der Art Linda Darnell...

Ich gehe an die Bar zurück. Clark Lacy steht dort und schwatzt mit Beryl, während Mona mit Douglas tanzt. Es sind nur sympathische Leute im Zooty Slammer. Ich kenne so ziemlich alle Gesichter. Ich strecke mich. Es ist doch etwas Schönes, zu leben, Moneten in der Tasche zu haben und so gute Freunde. Ich lache beglückt. Douglas' Zigarre liegt auf dem Aschenbecher und stinkt, daß es eine wahre Pracht ist. Es ist eine von diesen furchtbaren italienischen Dingern, knotig wie ein alter Knochen eines Rheumakranken und schlechter riechend als alle Kloaken der Hölle. Plötzlich muß ich etwas frische Luft atmen und ich sage es Lacy.

»Ich komme gleich zurück ... Ich gehe für eine Sekunde hinaus.«

»O. K. ...«, sagt er.

Ich gehe auf die Tür zu. Ich mache Lem ein Zeichen, als ich vorbeigehe, und er lacht über sein ganzes gutes, schwarzes Gesicht.

Es herrscht ein prachtvolles Wetter. Die Nacht ist blau und wohlriechend, und alle Lichter der Stadt bilden einen unbestimmten Lichthof über meinem Kopf. Ich mache ein paar Schritte und stütze mich mit den Ellbogen auf meinen Schlitten, der unweit vom Slammer brav auf mich wartet. Ein Kerl ist hinter mir aus dem Lokal gekommen. Er tritt näher. Er ist kräftig, stämmig, ein wenig nach einem groben Klotz aussehend, aber korrekt.

»Haben Sie Feuer?« sagt er zu mir.

Ich halte ihm mein Feuerzeug hin und ich erinnere mich, daß dies der klassische Verhandlungsbeginn des Gangsters ist, der einen Coup landen will. Das bringt mich zum Lachen. Ich lache.

»Danke«, sagt er.

Er beginnt ebenfalls zu lachen und zündet sich seine Zigarette an. Schade. Es ist kein Gangster. Ich atme den Rauch seiner Zigarette ein. Ein seltsamer Geruch. Er merkt, was ich tue und hält mir sein Etui hin.

»Wollen Sie eine?«

Das stinkt fast genauso wie die Zigarre von Douglas, aber in der frischen Luft ist das nicht so schlimm. Ich stecke mir eine an und sage Danke schön, weil ich nämlich ebenfalls in der Sonntagsschule war.

Das schmeckt auch fast genauso schlecht wie die Zigarre von Douglas, aber ich habe gar keine Zeit mehr, das zu merken, weil ich so sicher in Ohnmacht falle, als ob ich gerade einen vierfachen Zombie getrunken hätte. Der Kerl ist bezaubernd und mir bleibt gerade noch die Zeit mitzukriegen, daß er meinen Kopf hält, damit er nicht auf den Bürgersteig aufschlägt, und dann verziehe ich mich ins Land der fliegenden Läuse.

II
Etwas amüsante Physik

Ich werde in einem ganz stinknormalen Zimmer wach. Ich nehme an, es ist noch Nacht, denn die Vorhänge sind zugezogen und das Licht brennt; ich schaue auf die Uhr. Es muß ungefähr halb zwei gewesen sein, als ich diese Zigarette genommen habe... Ich erinnere mich an alles ganz genau, außer an die Zeit zwischen der Zigarette und diesem Bett, auf dem ich liege... völlig nackt.

Ich drehe mich um und suche meine Kleider, Bettlaken, irgend etwas. Es ist nicht angenehm, sich nackt in einem Zimmer zu befinden, das man nicht kennt. Ein hübsches Zimmer. Beigeorangenfarbene Wände, indirekte Beleuchtung. Sonderbar. Keine Möbel. Das Bett ist niedrig, sehr weich. Nichts ragt irgendwo vor. Eine Tür dort.

Ich stehe auf. Ich gehe ans Fenster. Ich schiebe die Vorhänge beiseite. So wenig Vorhänge wie Kleider. Die Vorhänge sind ein Trompe-l'oeil und die Wand ist voll und hart.

Die Tür. Ich muß alles versuchen. Wenn auch die Tür ein Jux ist, dann frage ich mich, wie sie mich eigentlich hier hereingebracht haben.

Die Tür gibt nicht nach. Das scheint mir alles recht solide. Aber es ist eine richtige Tür.

Man darf sich nicht unterkriegen lassen. Ich werfe mich aufs Bett und denke ein bißchen nach. Nicht lange... nachdenken ist mir lästig. Daß ich ausgezogen bin, ist mir noch etwas unangenehm, aber im Grunde kann ich nichts dran ändern, man muß sich eben dran gewöhnen, denn es heißt ja, daß manche Typen ihr ganzes Leben lang so leben... In Afrika oder in Australien, glaube ich. Wenn sie sich nur wohl dabei fühlen. Ich jedenfalls kann mir nicht vorstellen, daß ich in dieser Aufmachung mit Sunday Love einen Samba tanze.

Ja. Aber hol's der Teufel, man läßt dich nicht in Ruhe. Die Tür geht auf und dann geht sie wieder zu... und zwischen diesen beiden Vorgängen findet eine leichte Veränderung meines Geisteszustandes statt.

Denn jetzt ist eine Frau im Raum, und zwar in der gleichen Aufmachung wie ich.

Mensch, Kinder, was für ein Prachtexemplar! Ich richte schnell ein kleines Gebet an den Herrn, denn wenn ich genauso auf sie wirke, wie sie auf mich wirkt, sind meine guten Vorsätze im Eimer.

Sie ist sehr schön, von ziemlich überraschender Schönheit. Ein wenig zu perfektioniert, wenn ich mich damit verständlich machen kann. Man könnte meinen, man habe sie mit den Brüsten von Jane Russel, den Beinen von Betty Grable, den Augen der Bacall und so fort fabriziert. Sie sieht mich an, ich sehe sie an, und ich glaube, daß wir gleichzeitig rot geworden sind. Sie kommt auf mich zu. Ich verrichte ein kleines Gebet. Verflixt, dabei sind Gebete ganz und gar nicht meine Art. Vielleicht will sie einfach nur mit mir reden. Ich bemühe mich, schicklich zu bleiben, und es gelingt mir auch, aber Herrgott, es fällt mir verdammt schwer... Ich denke an meinen Vater und an seine goldene Brille, an meine Mutter in ihrem malvenfarbenen Kleid, an die kleine Schwester, die ich haben könnte, an ein Base-Ball-Spiel und an eine anständige kalte Dusche, aber schon setzt sie sich zu mir aufs Bett. Sie sieht mir mitten ins Gesicht und sie zwinkert sanft mit den Augen. Sie hat fünfzig Zentimeter lange Wimpern und eine Haut, die so glatt ist...

Was wollen Sie da tun? Da bin ich, völlig nackt, mit einem Mädchen von neunzehn Donnerwettern zusammen, das im gleichen Aufzug ist wie ich, und das mitten in einem Zimmer, in dem nur ein Bett steht und sonst nichts. Das ist mit Sicherheit ein Problem, das zu lösen man mich an der Universität nicht gelehrt hat. Die Französisch-

Übungen mochte ich lieber... obgleich diese Schweinehunde ein paar unregelmäßige Verben haben...

Den unregelmäßigen Verben gelang es schließlich, mich wieder ins Gleichgewicht zu bringen. Heiliges Kanonenrohr, ich habe schließlich nicht beschlossen, bis zwanzig keusch zu bleiben, um dann bei der erstbesten Frau, die in mein Zimmer kommt, mein ganzes Programm hinzuschmeißen. Denn es ist mein Zimmer, ich war schließlich vor ihr da. Und die Kleidung hat nichts mit dieser Frage zu tun. Ich werde ihr zeigen, daß man auch ohne Hosen achtbar sein und Würde zeigen kann.

Ich stehe auf, kreuze die Arme und frage sie:

»Was wollen Sie?«

Oh, sie redet nicht um den heißen Brei herum. Sie antwortet:

»Sie.«

Ich verschlucke mich erst mal mächtig und huste wie ein alter Auspuff.

»Wir sind da nicht einer Meinung«, sage ich. »Mein Training verlangt absolute Keuschheit.«

Sie zieht die Augenbrauen hoch, lächelt und steht auf. Sie kommt näher. Sie wird mir die Arme um den Hals werfen. Ich packe sie an den Handgelenken und versuche, sie auf Distanz zu halten... Ich erinnere mich an Sunday Love. In einem Tanzlokal ist das jedenfalls sehr viel leichter, wenn man im Abendanzug ist.

Ich weiß nicht mehr, was ich tun soll... sie ist stark wie ein Pferd... und sie riecht auch verdammt gut. Einfach irre, die Geschichte, immerhin... ich möchte gern begreifen.

»Wer hat mich hierhergebracht?« sage ich. »Wo sind wir? Was soll eigentlich diese ganze Geschichte, was soll das darstellen? Was würden Sie sagen, wenn man Sie mit Drogen vollpumpen und in ein Zimmer bringen würde, das Sie noch nie im Leben gesehen haben, und wenn man dann einen Mann hineinließe, dessen Absichten eindeutig sind?«

»Ich würde nichts sagen«, sagt sie und hört auf, sich zu bewegen. »Unter so sonderbaren Umständen sind Worte völlig unnötig... Sind Sie nicht auch dieser Meinung?«

Sie lächelt. Sie hat alles, dieses Mädchen. Sie hat sogar Zähne, die man glatt für Ringe einfassen könnte.

»Das mag vielleicht die Ihre sein, weil Sie wissen, was das heißt, aber bei mir ist das nicht der Fall.«

Irgendwie wird mir die Sinnlosigkeit dieser Unterhaltung in dieser Aufmachung bewußt, und ihr auch; sie lacht und fängt wieder an, sich an mich ranzuschmeißen, und beim heiligen Kilian, sie ist schon nicht mehr weit, denn ihre Brust berührt die meine, während ich mich immer heftiger sträube... ich komme ins Wanken, ich komme ins Wanken... sie macht den Eindruck, als sehe sie einen armen Idioten in mir... einen Kerl, der Grundsätze hat, und das bringt mich in Wut. Jawohl, ich habe Grundsätze und ich halte an meinem Standpunkt fest. Ich fange an zu brüllen wie am Spieß...

»Lassen Sie mich los! Sie Vampir! Lassen Sie mich in Ruhe... ich will nicht... Sie gehen mir auf die Eier... Mama!...«

Diesmal ist sie völlig aus der Fassung geraten. Sie läßt mich los, entfernt sich von mir, lehnt sich an die Wand und schaut mich an. Kinder, wenn ihr je etwas in einem Blick gelesen habt, dann könnt ihr gleich sagen, daß ich der vollkommenste Kretin bin, der je auf der Erde herumgelaufen ist. Ich habe so geschrien, daß mir der Hals weh getan hat, und ich wäre am liebsten anderswo gewesen.

Und dann geht die Tür auf und herein kommen zwei Kerle, die überhaupt nicht sympathisch sind. Sie sind weiß gekleidet, wie Krankenpfleger, und sie sind ungefähr genauso leicht gebaut wie die Brücke von San Francisco. Das ist mir egal, ich protestiere trotzdem.

»Nehmt dieses übergeschnappte Weib mit und gebt mir meine Kleider zurück«, sage ich. »Bei mir habt ihr jedenfalls kein Glück mit euren voyeuristischen Schweinereien.«

»Was ist los?« fragt der erste.

Er ist fett und dumm und hat einen kleinen Schnurrbart.

»Zieht er Männer vor?« fragt der zweite.

Das wirst du bedauern, Alter. Ich nehme einen Anlauf und wuchte ihm mit aller Kraft meine Faust in den Magen. Offensichtlich ist ihm das unangenehm, denn er krümmt sich zusammen, wobei er eine nur halb zufriedene Grimasse schneidet.

Der Dicke mit Schnurrbart sieht mich vorwurfsvoll an.

»Er hätte das natürlich nicht sagen dürfen«, sagt er zu mir, »aber du solltest nicht so brutal sein. Was bringt dir das schon ein?«

Der andere hat sich wieder aufgerichtet. Um den Mund herum ist er ganz grün, und mit seiner Gurgel macht er ziemlich originelle Geräusche.

»Ich wollte Sie nicht ärgern«, gelingt es ihm schließlich zu sagen. »Seien Sie nicht so jähzornig.«

Ich nehme mich nicht vor ihm in acht, und das ist ein Fehler, denn er zieht mir den Gummiknüppel über den Kopf, daß ich das ganze Sonnensystem zu sehen kriege. Der Dicke ist einen Schritt vorgetreten und fängt mich in seinen Armen auf. Ich kämpfe verzweifelt, um nicht das Bewußtsein zu verlieren, und es gelingt mir, wieder auf die Beine zu kommen. Ich muß auf dem Hinterkopf so was wie das Embryo eines Straußeneis haben, und ich spüre, daß sich das Ding zusehends entwickelt. In fünf Minuten wird es aufplatzen. Und es wird hartgekocht sein, denn es brennt auch noch.

»Wir sind quitt«, sage ich. »Und mehr als das«, stammele ich.

»Schon gut«, sagt der Schnurrbärtige, »ich habe mir gleich gedacht, daß du vernünftig wirst. Hör zu, du kannst uns nicht beide zusammenschlagen. Deshalb sei brav. Du weigerst dich also, mit Madame allein zu bleiben?«

»Sie ist zwar bezaubernd«, sage ich, »aber ich habe meine Gründe.«

»Gut«, brummt der zweite. »Schließlich ist das Ihre Sache. Kommen Sie mit.«

Mein Kopf dröhnt wie eine alte Glocke, aber er ist leichenblaß und geht ganz gekrümmt. In gewisser Hinsicht tröstet mich das.

Ich spüre etwas auf meinem Fuß. Es ist der genagelte Schuh des Dicken mit Schnurrbart. Er tritt nicht fest auf.

»Hör zu, mein Täubchen«, sagt er zu mir, »komm mit. Es dauert fünf Minuten, dann lassen wir dich laufen, Ehrenwort.«

Man fühlt sich furchtbar wehrlos mit nackten Füßen, während die andern Schuhe tragen. Vor allem genagelte. Und mein Schädel erlaubt mir nicht, mit ausreichendem Erfolg nachzudenken.

Das Mädchen hat sich gleichgültig aufs Bett geworfen. Fast überkommt mich ein Gefühl des Bedauerns, aber was soll's. Vielleicht sind es Vorurteile, daß ich mich so verhalten habe, aber schließlich muß man sich an etwas halten, selbst wenn es Vorurteile sind. Ich werde in sechs Monaten zwanzig Jahre alt, und wenn ich es nicht fertigbringe, wenigstens noch sechs Monate lang durchzuhalten, werde ich nie wieder Respekt vor mir haben. Ich folge den beiden Kerlen durch einen kahlen, sauberen Flur, wie man sie in Krankenhäusern hat. Sie beobachten mich aus den Augenwinkeln, und der zweite hat immer noch die Hand in der Tasche. Ich weiß, daß er dort einen kleinen Gummiknüppel stecken hat... Ich hoffe, daß das alles ist, was er für mich hat. Mir wird richtig übel, als ich plötzlich ans

Zooty Slammer denke und an meine Kumpels, die dort auf mich warten. Wenn sie mich sehen würden ...

Ich werde wieder rot, als ich an meinen Aufzug denke. Ich weiß nicht, was ich dafür geben würde, um nicht bei jeder Gelegenheit so rot zu werden. Es ist einfach dumm.

Wir betreten einen Raum, der wie ein Operationssaal aussieht. Es gibt einige Apparate. Ein schulterhoher, verchromter Barren, der wie ein Reck an der Decke befestigt ist, beunruhigt mich. Sie stellen mich davor.

»Heben Sie die Arme hoch«, sagt der zweite.

Ich hebe sie. In Nullkommanichts binden sie mir die Handgelenke an den beiden äußeren Enden des Recks fest. Ich stürze ins Leere.

»Laßt mich los, ihr fliegenden Flaschen!...«

Ich sage ihnen noch ganz andere Dinge, aber mein Gedächtnis läßt mich im Stich, um es Ihnen zu erzählen. Es ist auch besser so. Sie packen mich an den Füßen und binden sie mir am Boden fest. Was wollen die eigentlich? Mich auspeitschen? Ich brülle immer lauter. Ich muß wohl in die Hände einer dieser Banden gefallen sein, die Spezialfotos machen und die alten Herren und die vom Leben etwas enttäuschten alten Schachteln mit erlesenen Schauspielen versorgen.

»Laßt mich in Frieden ... Ihr Saubande ... Ihr Säcke ... Glaubt mir, ich werde euch an der nächsten Straßenecke kriegen ...«

Jaaa ... ich könnte genausogut mit Türen reden. Sie machen sich im Zimmer zu schaffen. Der erste hat eine Art Porzellanschale vor mich gestellt, die auf einem Fuß aufgeschraubt ist, wie ein Aschenbecher, und der zweite fummelt mit einer elektrischen Maschine herum.

»Wir«, sagt der Schnurrbärtige zu mir, »hätten ja die erste Lösung vorgezogen ... aber du scheinst da nicht drauf abzufahren, du mußt also schon entschuldigen ...«

Er knallt mir ein Ding auf den Bauch. Es ist mit biegsamem Kabel mit der Maschine verbunden, und der zweite geht mit der zweiten Elektrode hinter mich. Mein Gott! Das Schwein! Ich fühle mich noch gedemütigter, als wenn es ein Thermometer wäre. Die behandeln mich doch tatsächlich genau wie ein Experimentierkaninchen. Ich bedenke sie mit allen ausgesuchten Namen, die mir noch einfallen.

»Mach dir keine Gedanken«, sagt der Dicke. »Es tut nicht weh, und außerdem haben wir dir die Wahl gelassen. Beweg dich nicht, ich schalte ein.«

Er schaltet ein, einmal ... zweimal ... dreimal, und ich gehe jedesmal in die Luft und begreife jetzt, wozu das Porzellanding dient. Ich schäme mich viel zu sehr, um irgend etwas zu sagen und diese beiden Dummköpfe brechen in Gelächter aus.

»Machen Sie sich nichts draus«, sagt der zweite zu mir. »Es wird unter uns bleiben.«

Ich lüge, um das Gesicht zu wahren.

»Das ist mir völlig schnuppe«, sage ich brummend. »Ihr seid ein schönes Paar Mistfinken, aber wir werden uns noch sprechen.«

»Wann du willst, Söhnchen«, sagt der erste und lacht noch lauter.

Ich erinnere mich noch, daß sie mir etwas zu trinken gaben ...

III
Andy Sigman greift ein

Ich kam unterhalb der Landstraße, an deren Rand ich völlig angekleidet lag, wieder zu Bewußtsein, um dem Gesang der blauen Finken aus Gabun in einer Orangenplantage zu lauschen. Ich hatte den Geruch von Douglas' Zigarre in der Nase und fragte mich, wie dieser Idiot mich gefunden hatte.

Der eingeholten Auskunft zufolge war es nicht die Zigarre von Douglas. Vor mir stand ein schwarz-orangefarbenes Taxi, und auf dem Trittbrett saß ein alter, sympathischer Bursche, der seine Pfeife rauchte und mich dabei betrachtete.

»Was tue ich hier?« fragte ich.

»Diese Frage wollte ich gerade Ihnen stellen«, sagte der Kerl zu mir.

»Ich bin angezogen ...«, stellte ich fest.

»Das will ich hoffen!« sagte er. »Hatten Sie was anderes an?«

Ich tastete meine Taschen ab. Allem Anschein nach fehlte mir nichts.

»Wie spät ist es?«

»Gegen sechs Uhr«, sagte er.

Ich bin aufgestanden. Mein Kopf bewies mir, daß das alles kein Traum war. Ich muß wohl gebrummt haben, denn er hat mich besorgt angesehen.

»Sie haben eine prachtvolle Beule, Mann ...«

»Ja.«

Ich fühlte mich ganz matt in der Lendengegend. Diese Bande von Flegeln mit ihren elektrischen Dingern. Na ja ... wenn das alles war, dann war ich ja noch billig davon gekommen. Ich zögerte einen Augenblick.

»Können Sie mich in die Stadt zurückbringen?«

»Ich habe mir gedacht, daß Sie mich darum bitten würden«, sagte er. »Deshalb habe ich gewartet. Ich heiße Andy Sigman.«

»Ich bin Rock Bailey«, sagte ich. »Nun, ich bin froh, daß ich Sie getroffen habe.«

»Oh, schon gut«, sagte er. »Ich fuhr leer zuruck. Für mich ist das genausogut.«

Ich dachte eine Minute lang nach, und mein Schädel ließ mich spüren, daß das das Äußerste war.

»Fahren wir«, sagte ich. »Bringen Sie mich ins Zooty Slammer. Fahren Sie bis zur Ecke Pico Boulevard und San Pedro Street, dort sage ich Ihnen, wie es weitergeht.«

»Ich weiß, wo es ist«, sagte er. »Bei Hamilton?«

»Richtig.«

Ich setzte mich neben ihn, wenn es auch gegen die Bestimmung war, es ist bequemer, um sich zu unterhalten, und alle Taxifahrer der Stadt sind geschwätzig wie alte Negerweiber. Ich versuchte, eine Geschichte zu erfinden, die plausibel klang. Mit Sicherheit würde ich ihm nicht alles erzählen, was mir passiert war, zumal die Einzelheiten nicht.

»Nehmen Sie sich vor den Frauen in acht«, sagte ich zur Einleitung.

»Eine ganz üble Sippschaft«, pflichtete er mir bei.

»Vor allem, wenn sie einen aus dem Auto schmeißen, nachdem sie sich zwanzig Meilen lang haben tätscheln lassen.«

»Sie fuhr nicht sonderlich schnell...«, sagte er und sah meine Kleider an.

»Ein Glück«, sagte ich. »Anschließend startete sie wieder durch.«

»Das wundert mich ein bißchen, daß sich ein Mädchen geweigert hat, Sie zu küssen«, sagte er, etwas argwöhnisch. »Ich kann das nicht beurteilen, mit dieser Beule, die Sie da am Schädel haben, aber Sie werden von den Frauen sicherlich nicht an der Nase herumgeführt... meiner Meinung nach sind Sie eher von der Art, vor der sie umfallen wie die Fliegen.«

Keine Spur von Schmeichelei in seiner Stimme. Er dachte sicherlich, was er sagte.

»Gewöhnlich«, sagte ich, »ist es so... aber man kann immer mal auf einen Knochen stoßen. Auf jeden Fall hat mich diese hier ganz übel drangekriegt, und ich wäre nicht in der Lage, Ihnen zu sagen, was ich von dem Augenblick an getan habe, in dem ich in Ohnmacht gefallen bin.«

»Sie haben wohl dort geschlafen, wo Sie hingefallen sind«, sagte er.

»Wahrscheinlich«, gab ich zur Antwort.

»Es war ein Glück, daß ich diesen Kunden bis nach San Pinto gefahren habe.«

»Ein Glück für mich«, sagte ich.

»Als ich in Schanghai war«, fing er an, »da fand man jeden Tag an den Straßenecken Leute, die auf dem Boden lagen.«

»Sind Sie in Schanghai gewesen?«

»Ich war Direktor der französischen Lizenzgesellschaft für Straßenbahnen. Eine lustige Geschichte.«

Ich begann zu lachen.

»Das ist doch ein Witz.«

»Keineswegs. Ich habe das tatsächlich unter mir gehabt. Um Ihnen alles zu sagen, ich habe mich mit neunzehn Jahren am Institut für orientalische Sprachen, wie sie dort sagen, immatrikuliert, für türkisch. Und am ersten Tag bin ich in die falsche Klasse geraten.«

Er begann nun ebenfalls zu lachen.

»Sie haben recht«, fuhr er fort, »es sieht nach einem Witz aus, aber es ist wahr. Es waren alles in allem zwei Schüler. Mit mir waren es drei. Es war das erste Mal seit elf Jahren, daß der Professor drei Studenten hatte... und ich hatte einfach nicht den Mut, ihn zu enttäuschen.«

»Also?«

»Als ich dann chinesisch konnte, mußte ich halt nach China gehen. Ich bin zwanzig Jahre dort geblieben und während dieser Zeit habe ich englisch gelernt.«
»Und jetzt sind Sie hier...«
»Und jetzt bin ich hier. Kalifornien ist eine hübsche Gegend.«
»Ja«, sagte ich, »eine hübsche Gegend.«
Eine hübsche Gegend, wo man einem mit Rauschgift versetzte Zigaretten anbietet, um einen dann an unbekannten Orten schändlichster, schmachvollster Behandlung zu unterwerfen. Wenn ich ihm das erzählen würde, bräche ihm der kalte Schweiß aus. Schlimmer, als wenn alle Straßenbahnen Schanghais morgens um vier Uhr vor seinem Fenster klingelten. Nein, eher um vier Uhr nachmittags... denn er schläft bestimmt tagsüber.

Wir waren nicht sehr weit weg. Sie hatten mich auf der Straße nach San Pinto abgesetzt. Das wollte nichts heißen. Sie hätten mich in einem Umkreis von vierzig Meilen irgendwohin bringen können...

Andy Sigman bog um die Ecke. Mein Buik stand immer noch da und ich erkannte den alten Klapperkasten von Douglas.

»Hier ist's«, sagte ich zu Andy. »Setzen Sie mich da ab und nochmals vielen Dank.«

»Falls Sie mich je brauchen sollten...«, sagte er zu mir und sah mich seltsam an.

Er schrieb seine Telefonnummer in mein Notizbuch.

»Haben Sie Telefon?« wunderte ich mich.

»Ja«, sagte er, »ich wohne gar nicht schlecht. Taxifahrer bin ich eigentlich nur, weil's mir Spaß macht. Nötig hätte ich's nicht.«

So daß ich ihm kein Trinkgeld anzubieten traute.

»Ich rufe Sie an einem der nächsten Tage an, dann trinken wir zusammen einen«, sagte ich zu ihm und drückte seine harte, magere Hand.

»Einverstanden«, gab er zur Antwort. »Auf Wiedersehen.«

Ich sah ihm nach, bis das hintere Nummernschild verschwand.

Es war genau halb sieben. Und als ich zum zweiten Mal Lems Kneipe betrat, sah ich, von hinten, Sunday Love, die schreiend zurückwich und ihr Gesicht in den Händen versteckte.

»Da, in der Telefonkabine, da liegt ein toter Mann.«

IV
Gary kommt auf Touren

Damit bleibt mein Hereinkommen natürlich völlig unbemerkt, und ich spüre, wie sich ein umfangreicher Frustrationskomplex in mir entwickelt. Der alte Lem macht ein komisches Gesicht, denn wenn das stimmt, ist das schlecht für seinen Laden. Gary und Douglas sind zur Telefonkabine gegangen, hinten rechts im Lokal, und ich sehe, wie sie etwas am Boden betrachten. Ich muß noch sagen, daß fast niemand mehr im Zooty Slammer ist. Selbst Mona und Beryl sind nicht mehr da, und auch von Clark Lacy ist keine Spur mehr zu sehen. Gary und Douglas kommen zurück, sie haben nichts angerührt.

»Rufen Sie die Polizei an, Lem«, sagt Gary. »Er ist tot. Es ist besser, wenn Sie sie sofort benachrichtigen. Sie haben nichts zu befürchten. Verlangen Sie Leutnant Defato. Nick Defato. Er ist ein Freund von mir.«

Und dann bemerkt er mich.

»Wo hast du denn gesteckt, du Drückeberger?... Du kommst gerade zur rechten Zeit zurück! Du hast den richtigen Augenblick gewählt.«

»Ich war rausgegangen, um frische Luft zu schnappen«, sage ich. »Das hatte ich dir doch gesagt.«

»Und dabei hast du Schwierigkeiten bekommen...«, fügt Douglas heiter wie immer hinzu.

Denn um dem seine Fröhlichkeit zu nehmen, braucht es was anderes als eine Leiche. Er spielt auf die Beule an meinem Kopf an. Es ist besser, das Thema zu wechseln.

»Tröste lieber die arme Sunday, anstatt hier Witze zu reißen«, sage ich zu ihm.

Unterdessen ist Gary zu Lem ans Telefon gegangen, und ich höre, wie er persönlich darauf besteht, Nick Defato an die Strippe zu bekommen.

»Im Ernst«, bohrt Douglas weiter, »was hast du denn gemacht?«

»Ich bin von einer Frau entführt worden, die mich heimlich liebte«, sage ich. »Und ich habe einen Kerl getroffen, der noch schlimmere Schweinereien raucht als du.«

»Komm«, sagt Douglas ..., »sag's uns schon ... Wo bist du gewesen?«

»Es ist ekelhaft ...«, sagt Sunday Love. »Glaubt ihr, daß er tot ist?«

Sie ist noch ganz aufgeregt. Gary und Lem haben ihr Telefongespräch beendet und sie kommen zurück. Die zwei oder drei Gäste, die noch da sind, sind aufgestanden, sind sich die Leiche ansehen gegangen und sind an die Bar zurückgekommen, so daß jetzt alle um die Theke herumstehen und darauf warten, daß uns Lem ein höllisches Stärkungsmittel mixt; denn sein Barkeeper ist seit einer Weile schlafen gegangen. Ich frage Kilian:

»Wer ist denn dieser Kerl? War er heute abend hier?«

»Ja«, sagt Kilian. »Ich habe den Eindruck, daß ich ihn vor zwei Stunden oder vielleicht noch länger kurz bemerkt habe. Kurz nach deinem Weggang, ja, ich glaube ... Ich war rausgegangen, um nachzusehen, was du treibst, und er war draußen ... Er sprach mit einem andern und sie sind hereingekommen ... Sie sind mir vor allem deshalb aufgefallen, weil du nicht da warst, und ich darauf gefaßt war, dich zu sehen.«

Mir kommt ein Gedanke ... Ich gehe schnell in den hinteren Teil des Lokals. Wenn es der gleiche wäre ... Ich sehe mir den Kerl an. Er ist mausetot, er muß etwas getrunken haben, das nicht sehr gut war, denn sein Gesicht hat eine ziemlich originelle Farbe. Aber es ist nicht der, der mir eine Zigarette angeboten hat. Vielleicht ist es sein Kumpel ... Vielleicht sind es diese beiden, die Gary hereinkommen sah. Ich gehe zurück, um ihn nach anderen Einzelheiten zu fragen, aber ich sehe den roten Lichtschein der

Scheinwerfer der Polizei und ich höre eine Sirene. Nur einmal kurz und leise. Sie verschonen uns. Sie kommen herein. Zwei Bullen in Uniform und einer in Zivil, der aussieht, als sei er nicht richtig wach. Er drückt Kilian die Hand. Das muß der besagte Defato sein. Gleich darauf kommen noch zwei andere. Einer von ihnen hat eine schwarze Verbandstasche und ein verwundertes Pferdegesicht, der andere muß Fotograf sein. Sie gehen an der Bar vorbei, folgen den beiden aufgetakelten Bullen. Das läßt sich gut an, das geht wenigstens schnell.

Es geht noch schneller, als ich dachte. In einer halben Stunde ist alles vorbei, sie haben unsere Namen aufgeschrieben, unsere Adressen und unsere Aussagen und sind unter Mitnahme des Geflügels wieder nach Hause gefahren.

»Beziehungen haben, ist was Schönes«, sage ich zu Kilian.

Er lächelt. Der gute, dicke Lem sieht ganz aufgemöbelt aus und er spendiert uns eine Runde. Douglas kann sich nicht mehr auf den Beinen halten, und es bleibt ihm gerade noch genügend Klarheit, um hinauszugehen. Was er mit seinem Schlitten machen wird, geht niemanden was an, und das ist auch besser so. Wir gehen ebenfalls hinaus.

»Soll ich Sie bei Ihnen zu Hause absetzen?« sage ich zu Sunday Love. Sie sieht mich an und ganz sicher will sie mir mit den Augen etwas zu verstehen geben, aber ich bin überhaupt nicht intelligent und begreife nichts und so setze ich sie als erste ab. Denn ich muß mit Gary reden.

Wir sagen ihr beide auf Wiedersehen und sehen ihr nach, wie sie ins Haus geht. Sie lächelt uns trotzdem lieb zu und verschwindet hinter der glanzlosen Tür des Wohnhauses. Es ist heller Tag und ich fühle mich etwas schläfrig. Gary hingegen scheint frisch zu sein wie eine Rose. Doch sobald wir allein sind, dreht er sich mir ängstlich zu, gespannt wie eine Gitarrensaite.

»Rock ... Wo hast du dir denn das da geholt?«

Auch er hat meine Beule gesehen, man hätte wirklich kurzsichtig sein müssen, um sie nicht zu sehen. Ich lenke den Schlitten dem Stadtausgang zu, ein Gang über den Strand von Santa-Maria wird uns gut tun, und außerdem werden wir um diese Zeit ruhig miteinander reden können.

»Es ist ein Geschenk«, sage ich. »Von jemandem, den ich nicht kenne.«

»Wo? Wann?«

»Zuerst eine Frage«, sage ich. »Kommen wir zu den beiden Burschen zurück, die du ins Zooty gehen sahst. Der eine von ihnen war der Tote. War der andere kräftig, mit unangenehmer Visage, beigem Anzug und weißen Schuhen?«

»Ja«, sagte Gary nach einer Weile.

»Und eine Krawatte ein wenig wie deine?«

Mechanisch rückte er seinen Knoten zurecht.

»Ja«, sagte er.

»Gut, dann erzähle ich dir jetzt, was mir passiert ist.«

Ich berichte ihm, wie mich der Kerl, den ich durch diese Beschreibung erkannt habe, mit Drogen betäubt hat. Wie sie mich in einen Raum gebracht haben, in dem ich mich völlig nackt wiederfand. Ich erzähle ihm von dem schönen Mädchen und von der Behandlung, der ich dann unterzogen wurde, von dem Schlag mit dem Gummiknüppel und schließlich von Andy Sigman.

Gary hört zu, ohne mich zu unterbrechen, und als ich fertig bin, sagt er eine Weile gar nichts. Und dann schaut er plötzlich aus dem Wagenfenster und fährt hoch.

»Wo fährst du denn auf diesem Weg hin?«

»Glaubst du nicht, daß uns ein anständiges Bad guttun wird?«

»Ein anständiges Bad, aber du bist ja bescheuert, Rock«, sagt er zu mir. »Es ist nicht der richtige Augenblick, herumzualbern. Laß mich ans Steuer.«

Wir haben also die Plätze getauscht, und ich bitte mir zu glauben, daß Gary ganz schön aufs Gaspedal trat. Das hinderte ihn allerdings nicht am Reden.

»Weißt du, wer der Tote bei Lem ist?«

»Woher soll ich das wissen?«

Ich weiß nur, daß es ein großer, blonder Bursche war, mit wahrscheinlich blauen Augen; aber so, wie er sich präsentierte, war es besser, wenn man anderswohin schaute.

»Es war Wolf Petrossian«, sagt Kilian. »Deshalb ist auch alles so schnell gegangen. Defato suchte ihn schon seit einer ganzen Weile, und sogar so war er froh, daß er ihn gekriegt hat.«

»Wer ist Wolf Petrossian?« sage ich. »Ich habe nie etwas von diesem Burschen gehört.«

»Ein komischer Heiliger«, murmelt Kilian. »Er hat schon alle Berufe ausgeübt ... Er ist einer der wenigen Burschen, die ich kenne, der ein ganzes Kloster ausgenutzt hat.«

»Einfach so, Herrgott?« sage ich.

»Unter dem Vorwand, einen Trickfilm über das Leben des heiligen Martin zu machen«, sagt Gary Kilian. »Er hatte seinen ganzen Zwischenhandel von Nonnen abwickeln lassen. *Gratis pro deo* natürlich ... Aber ansonsten war er einer der größten Drogenhändler der Küste ...«

»Und?«

»Und ich frage mich, wer ihn umgelegt hat ... und da es nur eine ganz beschränkte Anzahl von Möglichkeiten gibt ... wird sofort nachgeprüft ... Hast du heute morgen was vor?«

»Nein ...«

»Na schön, Rockylein, dann werden wir mal ein bißchen Detektiv spielen ...«

»Aha ...«, sage ich ohne Begeisterung.

Die Filme Bogarts haben mich gelehrt, daß man in diesem Beruf häufiger eins auf die Birne kriegt, als man selber austeilt, aber ich will bei Gary natürlich nicht den Anschein erwecken, daß ich Schiß habe.

»Wir werden uns schön amüsieren«, sage ich.

Ich zwinge mich zu einem entzückten Lächeln. Aber offensichtlich scheint er das nicht zu erwarten.

»Weißt du«, sagt er, »das kann vielleicht riskant für uns werden. Die Sache ist nicht immer ungefährlich.«

Diesmal prahle ich ganz offen und ich schnalze mit den Fingern.

»Ach was. Die kriegen wir doch so.«

»Wen kriegen wir denn?« fragt er arglistig.

»Na ja ... Ich weiß auch nicht ... du hast doch eine Vorstellung, oder nicht?«

»Ja«, sagt Gary zu mir... »Eine Vorstellung habe ich schon, und nicht nur eine.«

Und dann sind wir vor dem Polizeigebäude angekommen, und ich erteile Gary das Wort, der Ihnen die Fortsetzung lieber auf seine Weise erzählt. Eigentlich nicht genau die Fortsetzung, denn er wird Ihnen sagen, was passierte, als Defato und der Krankenwagen mit Petrossians Leiche das Zooty Slammer verließen... Er hat das alles von Defato.

V
Der Überfall auf den Leichenwagen

Das Leichenauto fuhr als erstes an, eingerahmt von den beiden motorisierten Bullen. Der Wagen von Leutnant Defato folgte. Defato, der jetzt hellwach war, dachte gerührt an das schöne, warme Bett, das er gerade verlassen hatte und das er wieder aufsuchen würde und warf sich zufrieden in die Polster zurück. Perry fuhr, und Lynn saß vorne neben ihm. Die Büros der Polizei lagen ziemlich weit vom Zooty Slammer entfernt, und Perry fuhr so schnell er nur konnte. Der Verkehr war noch nicht allzu dicht.

Als sie hinter Flower Street abbiegen wollten, um in Richtung Norden weiterzufahren, gab es einen heftigen Knall und den unpersönlichen Krach einer Maschinenpistole. Der Wagen machte einen Satz auf seinen Rädern, und Defato ließ sich augenblicklich zwischen Hintersitz und Vordersitz fallen. Er hörte Perrys Wimmern und gleichzeitig das matte Klirren der zersplitterten Wagenfenster. Lynn war schon draußen und schoß. Die beiden Bullen hatten ganz übel eins auf den Deckel gekriegt, und der Fahrer des Leichenautos knallte mit der Nase aufs Steuer. Er stellte ein seliges Lächeln zur Schau, denn der Feuerstoß hatte ihm den größten Teil des Unterkiefers weggerissen. Defato rührte sich nicht und er hörte das armselige Klicken von Lynns Colt. Dieser schien die Angreifer des Leichenwagens zu stören, denn es gab einen neuen Kugelhagel, und Defato vernahm das Scheppern des zerfetzten Blechs und den dumpfen Einschlag des Bleis in Perrys Körper. Er merkte, daß Lynn verwundet war, denn ein gedämpftes Röcheln ertönte in der Nähe seines Kopfes, nur schwach vernehmbar wegen der Dicke der Wagentür und des Wagenbodens. Dann heulte draußen ein Motor auf, Wagentüren schlugen zu, und man hörte das Durcheinander beunruhigter Stimmen. Defato richtete sich wieder auf. Er wischte sich seine schweißgebadete Stirn ab. Er merkte jetzt auch, daß die Sirene des Wagens während des ganzen Angriffs geheult hatte. Andere Sirenen ertönten: die Verstärkung kam zu spät. Er richtete sich wieder auf, öffnete die Tür und stürzte zum Leichenwagen. Die Tür stand offen und Wolf Petrossians Leiche lag nackt und übel zugerichtet auf der Fahrbahn. Einige Teile seiner Kleidung lagen verstreut auf dem Boden neben ihm. Defato zog erstaunt die Augenbrauen hoch und wandte sich an die Männer der zweiten Patrouille, die die Stücke ihrer beschädigten Kollegen auflasen. Lynn bewegte sich noch ein wenig. Seine Hand wühlte im Innern seines blauen Dolmans mit den goldenen Knöpfen und fiel rot bis zum Handgelenk herab. Defato preßte die Zähne aufeinander.

Ohne eine Minute zu verlieren, winkte er einen der Polizeiwagen heran und stieg ein. Einige Augenblicke später saß er an seinem Schreibtisch und gab mit harter Stimme Befehle. Das Haustelefon klingelte. Man meldete ihm Gary Kilian und Rock Bailey. »Schicken Sie sie herauf«, sagte er.

VI
Die Kabine hat damit zu tun

Etwas entmutigt von dem, was wir gerade erfahren hatten, kamen wir aus Nick Defatos Buro. Gary schien nachdenklich.

»Wie Nick sagt, war nichts ins Petrossians Taschen. Auf jeden Fall nichts Interessantes.«

»Das habe ich auch mitgekriegt«, sage ich.

»Ein Glück, daß er ihn im Zooty Slammer gründlich gefilzt hat«, sagt Gary.

»Das kommt drauf an«, sage ich. »Wenn sie nämlich nicht gefunden haben, was sie suchten, wird's vielleicht zu einem andern Zeitpunkt Krawall geben.«

»Was meinst du?«

»Wolf ist in einer Telefonkabine gestorben«, sage ich. »Ich meine, wenn er etwas Kompromittierendes zu verstecken hatte, dann ist das ein idealer Ort.«

»Ich kann dir nicht folgen«, sagt Gary.

»Er muß was geahnt haben«, sage ich. »Nach der Schnelligkeit zu urteilen, mit der diese Bande handelt, hat er bestimmt, falls er Dokumente oder Drogen oder was auch immer an Kompromittierendem bei sich trug, versucht, es so schnell wie möglich loszuwerden. Und hinterher ist er umgelegt worden, aber ich glaube nicht, daß der Mörder zu der Bande gehört.«

»Warum nicht?« sagt Gary.

»Es ist ein anderer Stil«, sage ich.

Er sah mich argwöhnisch an.

»Mein lieber Rock, wenn du mit solchen Vorstellungen in dieses Metier einsteigst, dann stehen dir möglicherweise Enttäuschungen bevor: wir wissen nicht, ob die Leute, die Petrossian getötet haben, nicht zur gleichen Organisation gehörten, wie die, die dich entführt haben, und wir wissen nicht, ob sie nicht das gefunden haben, was sie suchten.«

»Das hat doch weder Hand noch Fuß«, sage ich. »Petrossian wurde mit einer Droge umgebracht. Zwei Stunden danach raubt man seine Kleider, und zwar ganz eindeutig, um sie zu filzen. Dann sagt uns Defato, daß nichts mehr drin war. Ich mache mir darüber so ein paar Gedanken. Ich werde sie dir ganz langsam vorkauen, weil du etwas schwer von Begriff bist.«

Wir waren im Flur vor Nicks Büro stehengeblieben, und Gary zog mich mit.

»Komm«, sagt er, »wir gehen zur Vermißtenabteilung. Mir ist auch ein Gedanke gekommen. Aber sprich weiter.«

»Zunächst einmal«, sage ich, »war der Mörder bereits weg, als Wolf gestorben ist. Er ist nämlich vergiftet worden. Und Wolf hat in der Kabine nichts getrunken. Also muß er an der Bar oder an einem Tisch getrunken haben. Er ist telefonieren gegangen und dort ist er dann ganz allein gestorben. Folglich hat der Mörder ihn nicht durchsucht.«

»Nicht dumm«, sagt Gary.

»Dann gesteht uns Defato, daß er nichts bei sich hatte. Und ein Bulle kennt sich im Filzen aus.«

»Zugegeben«, sagt Gary.

»Drittens, die Leute, die den Leichenwagen angegriffen haben, haben das nicht wegen nichts getan. Also wußten sie, daß immerhin was zu suchen war. Viertens wette ich zehn gegen eins, daß Petrossian telefonierte und daß er ihnen die Sache geben wollte. Er ist während des Telefonierens gestorben. War der Hörer in der Kabine, in der er gestorben ist, abgenommen?«

»Ja«, sagt Gary.

»Gut. Das beweist, daß er keine Zeit mehr hatte, ihnen zu sagen, daß er die Sache versteckt hatte und wo er sie versteckt hatte. Kannst du mir folgen? Ist dir klar, warum?«

»Ja«, sagt Gary. »Wenn er es ihnen gesagt hätte, hätten

sie nicht die Leiche geraubt. Dann wären sie direkt ins Slammer gegangen.«

»Du hast es erraten«, sage ich.

Gary sah mich an. Ich war von diesem Blick geschmeichelt.

»Junge«, sagt er, »ich bin wirklich erstaunt. Mit der Beule, die du am Schädel hast, zu einem solchen Ergebnis zu kommen... Das nenne ich Sport.«

»Es ist genau das, was mich wach gemacht hat«, sage ich. »Wir würden gut daran tun, schleunigst ins Slammer zu fahren, bevor sie die gleiche Schlußfolgerung ziehen wie wir.«

»Verdammt noch mal«, sagt Gary... »Ich wollte in der Vermißtenabteilung jemanden aufsuchen... Wir sind gerade hier... das ist dumm.«

»Es ist eine Frage von Minuten«, sage ich. »Sollen wir Defato Bescheid sagen?«

»Versuchen wir herauszufinden, was es ist«, sagt Gary. »Wir werden eben später wieder herkommen. Laß uns abzischen.«

Der Aufzug steht da. Wir stürzen hinein...

»Mit Volldampf«, sagt Gary zum Liftboy...

Er hält ihm einen Dollar hin, und in Nullkommanichts sind wir unten. Ich laufe, und Gary folgt mir. Ich starte wie im Sturm. Es gelingt mir, die grüne Welle zu erwischen, und auf dem ganzen Weg sehen wir nur grün. Ich halte direkt hinter dem Zooty. Es ist geschlossen, und ich gehe durch das Haus hinein, in dem sich die Bar befindet und dessen Eingang direkt vor dem Wagenschlag ist. Ich habe ein Mordsschwein: Lem ist da und schwatzt mit dem Pförtner.

»Lem«, sage ich zu ihm, »kann ich durch die Seitentür rein? Es ist sehr wichtig.«

Er sieht mich an, rollt mit den Augen, ein wenig bestürzt, und hält mir den Schlüssel hin.

»Sie können beruhigt sein«, sage ich, »es dauert nur eine Minute.«

Ich brauche keine zehn Sekunden, bis ich die Kabine erreicht habe. Es herrscht ein unheimliches Halbdunkel und es riecht so nach kaltem Tabakrauch, daß man krank davon werden könnte. Ich vermeide es, mich umzusehen. Der Hauptschalter ist unterbrochen, und ich zünde ein Streichholz an, um etwas klar zu sehen. Ich schaue hinter den Apparat und verdrehe mir dabei den Kopf wie ein Hungerleider. Ich glaube, es ist nichts dahinter. Verflixt. Kein anderer Platz. Ich denke nach, ich bücke mich.

Unter dem Brett, an den vier Ecken mit Kaugummikügelchen festgeklebt, ist ein Umschlag.

Im gleichen Augenblick, in dem ich ihn abmache, höre ich, wie vor der Tür mit lautem Reifenquietschen ein Auto hält. Ich flitze los wie ein Wiesel und es gelingt mir, eine noch bessere Zeit herauszuholen als auf dem Hinweg. Die Außentür zersplittert genau in dem Moment, in dem ich die andere wieder zumache. Ich werfe Lem, der dort auf mich wartet, den Schlüssel zu.

»Verdrücken Sie sich«, sage ich zu ihm.

Ich flitze los und erreiche spornstreichs den Ausgang. Gary hat mich gesehen, und zum Glück ist der Wagenschlag offen geblieben. Ich renne los, und er braust genau in dem Augenblick ab, in dem mein Hintern mit dem Polster Kontakt aufnimmt. Das macht etwas Lärm auf der Straße, aber ich glaube, daß sie uns nur für zwei Kerle halten, die Angst bekommen haben, denn es passiert nichts. Sie schießen nicht auf uns.

»Ich habe es«, sage ich zu Gary. »Es ist ein Umschlag.«
»Wirklich?...«

Seine Miene verfinstert sich und er schaut in den Rückspiegel. Er tritt stärker aufs Gaspedal und wir werden gegen die Sitzlehne geschleudert. Der Wagen nimmt im Affenzahn eine Kurve, und fast sofort darauf hält Gary.

»Steig aus«, sagt er, »beeil dich.«

Er selber tut das gleiche und er ruft ein Taxi, noch bevor ich Zeit gehabt habe, zu ihm zu laufen. Wir steigen beide ein, und er gibt dem Fahrer seine Adresse.

»Warum nicht die meine?« sage ich.

»Es gibt nur zwei Möglichkeiten«, sagt er. »Entweder sie haben dich gesehen und, na ja, oder aber es sind Freunde von Petrossian, und sie wissen, wer du bist, weil sie dich nicht zufällig entführt haben.«

»Einverstanden«, sage ich mit einem Blick des Bedauerns auf meinen Wagen.

»Unter diesen Umständen ist es wohl besser, wenn wir nicht zu dir gehen, weil sie uns dort aufspüren könnten. Oder aber sie kennen keinen von uns beiden. Und dann ist es doch wohl gleichgültig, ob wir zu dir oder zu mir gehen.«

Ich nicke zum Zeichen des Einverständnisses und ziehe den Umschlag aus der Tasche. Gary reißt ihn am Rand auf. Kinder, wenn ihr sehen würdet, was in diesem Umschlag ist.

VII
Künstlerische Fotos

Gary holt die Fotos eins nach dem andern heraus und hält sie mir hin. Er ist etwas blaß und preßt die Zähne zusammen. Er schluckt mühsam.

Beim vierten hört er auf und gibt mir den ganzen Packen zurück.

»Behalt das«, sagt er. »Ich kann nicht.«

Ich mache weiter. Ich muß gestehen, daß man ein gesundes Herz haben muß. Unter uns, ich war auf die üblichen obszönen Fotos gefaßt. Aber es sind keine obszönen Fotos. Herr! nein! ... Daß man solche Fotos überhaupt kaltblütig machen kann!

Die beiden ersten sind Operationsfotos. Ovarektomie dürfte wohl der wissenschaftliche Ausdruck sein. Aber keine Rede von weißen Laken, um das Operationsfeld einzugrenzen. Alle Einzelheiten werden gezeigt.

Was die andern angeht, so sind sie noch schlimmer. Ich kann sie euch nicht beschreiben, ich hätte mir nie träumen lassen, daß man menschliches Fleisch so verschnippeln kann.

Einen Augenblick lang schweigen wir still. Gary brummt ein wenig, dann räuspert er sich und sagt zu mir:

»Grund genug, den Täter auf den elektrischen Stuhl zu bringen und eine schöne Anzahl von Zwischenhändlern in den Knast.«

»Glaubst du nicht, daß es sich um gewöhnliche chirurgische Operationen handelt?« sage ich...

Er lacht, aber es ist ein Lachen ohne Fröhlichkeit.

»Ich habe einige von ihnen gesehen«, sagt er. »Das hat einen Namen. Das ist schlicht und einfach Vivisektion. In den Laboratorien tut man das mit Affen und Meerschweinchen, aber ich glaube nicht, daß ich welche kenne, mit denen man solche Sachen tut, wie auf den beiden letzten, die ich dir zurückgegeben habe.«

»Du solltest dir die andern ansehen«, sage ich.

»Danke«, murmelt Gary. »Das ist überhaupt nichts für mich.«

Er überlegt.

»Das kommt von dort, wo man dich heute nacht hingebracht hat«, versichert er. »Du hast mir erzählt, es sei so was wie ein Operationssaal?«

»Ja.«

»So viele heimliche Operationssäle gibt es bestimmt nicht...«, versichert er.

»Es gibt eine ganze Menge mehr oder weniger anerkannter Privatkliniken«, sage ich. »Die Entziehungskliniken, die Klappsmühlen voller... na ja, du weißt schon, was ich meine.«

»Rock«, sagt er zu mir, »wir müssen unbedingt wissen, wo du heute nacht hingebracht worden bist. Ich habe dir vorhin gesagt, ich hätte eine Idee, und wir werden später nachprüfen, ob es eine gute Idee ist, aber wir haben noch eine Chance.«

»Welche?« sage ich.

»Hast du nicht die Männer gesehen, die vorhin zu Lem gekommen sind?«

»Dazu habe ich keine Zeit gehabt.«

»Wenn sie nichts gefunden haben, und wir wissen, daß sie nichts gefunden haben, weil wir ja den Briefumschlag haben, werden sie bei dir vorsprechen.«

»Dann gute Nacht für die Möbel«, sage ich.

»Wir werden zu dir nach Hause fahren, und du wirst versuchen, sie zu sehen. Wenn wir weiterhin Glück haben, kannst du vielleicht sehen, ob einer von ihnen der Bursche ist, der dir heute nacht das Rauschgift verabreicht hat.«

»Das hieße, zu großes Schwein haben...«, sage ich.

»Nein...«, sagt Gary. »Wenn es die gleiche Bande ist,

schicken sie wahrscheinlich lieber einen Kerl hin, der dich kennt.«

Gary beugt sich vor und gibt dem Fahrer neue Anweisungen.

»Und wenn sie schon da sind und er hinaufgegangen ist?« sage ich.

Er lächelt.

»Hab keine Angst, ich werde nicht von dir verlangen, daß du hinaufgehen sollst.«

VIII
Wir treffen Kumpels

Wir haben vor dem Gebäude haltgemacht, in dem ich ein Appartement bewohne und warten. Sie sind noch nicht gekommen, denn kein Wagen parkt hier. Seit einer Minute sieht Gary mich ganz merkwürdig an.

»Sag mal«, sagt er zu mir, »erinnerst du dich noch an deine Überlegung von vorhin?«

»Ja«, sage ich, noch ganz stolz, aber ein wenig beunruhigt wegen seiner Augen.

»Was beweist dir denn, daß die, die Defato überfallen haben und die, die ins Slammer gekommen sind, zur gleichen Bande gehörten?«

Ich denke ein wenig darüber nach. Und mir wird klar, was er meint. Petrossians Mörder gehört zwangsläufig zu einer rivalisierenden Gruppe ... Wenn es Petrossians Freunde sind, die versucht haben, in den Besitz seiner Leiche zu kommen, dann sind es vielleicht die Freunde seines Mörders, die das Zooty Slammer überfallen haben. So ist es wohl, oder umgekehrt, aber es ist sehr gut möglich, daß zwei verschiedene Gangs die beiden Coups gelandet haben. Ich kratze mich am Kopf.

»Mir ist schon klar, was du meinst«, sage ich zu Gary.

Und das klingt noch weniger lustig. Er nickt und öffnet fast gleich darauf die Wagentür und steigt aus. Im Rückspiegel ist ein Wagen aufgetaucht. Er verlangsamt das Tempo und fährt wieder weg. Falscher Alarm. Gary streckt den Kopf durch die Wagentür zu mir herein.

»Ich bleibe dort im Hauseingang stehen«, sagt er zu mir und zeigt auf das Haus, vor dem wir stehen. »Wenn wir zu zweit im Taxi warten, sieht das verdächtig aus. Und du mußt dableiben, um zu sehen, ob du den Kerl erkennst, der dir das Rauschgift gegeben hat. Denn wenn jemand kommt, dann können es nur diese Burschen sein, die einzigen, die dich kennen. Die Frage ist nur die, sind sie *für* oder *gegen* Petrossian.«

»Geh schon«, sage ich. »Dort kommt ein anderer.«

Er geht ins Gebäude und aus den Augenwinkeln beobachte ich die Burschen, die herankommen. Diesmal fahren sie an uns vorbei und halten abrupt vor meiner Wohnung. Sie gehen ins Haus.

Ich erkenne keinen von beiden. Doch als ich mich etwas vorbeuge, stelle ich fest, daß im Auto außer dem Fahrer noch einer im Fond sitzt. Es sind also insgesamt vier.

Was soll ich tun, damit ich das Gesicht dieses Kerls sehe? Nie habe ich mir so den Kopf zerbrochen. Da kommt mir eine Idee.

»Sagen Sie mal«, sage ich zu dem Taxifahrer, »wollen Sie sich zusätzlich fünf Dollar verdienen?«

»Das kommt drauf an...«, sagt er.

Er hat unsere Unterhaltung nicht hören können. Vielleicht hat er gehört, was wir gesagt haben, seitdem das Taxi steht, aber da hat er wohl nicht viel mitgekriegt.

»Hören Sie zu, alter Junge«, sage ich zu ihm, »ich möchte das Gesicht von dem Herrn sehen, der in diesem Wagen sitzt. Sie steigen also aus, öffnen höflich seine Wagentür und sagen ihm, daß er einen Platten hat. Einverstanden mit fünf Dollar?«

»Aber seine Reifen sind doch in bester Ordnung...«, sagt der Mann.

»Gut... Das mag zwar stimmen, aber er weiß es ja nicht.«

»Und wenn der Fahrer aussteigt?«

»Dann haben wir eben Pech gehabt«, sage ich, »aber das gilt nicht für Sie. Doch es ist kaum anzunehmen, daß der Fahrer seinen Platz verläßt.«

Er kratzte sich am Kopf.

»Also gut, ich gehe«, sagt er.

Er steigt aus, öffnet den Wagenschlag des andern. Es ist ein grauer Chrysler, eine Limousine. Er sagt etwas zu ihm. Zum Glück für ihn ist ein Reifen tatsächlich ein wenig schwach. Er kommt zurück, ich halte den Atem an. In diesem Augenblick kommt Gary die wenigen Stufen der Freitreppe herunter und steigt wieder ins Taxi, während der andere Bursche aus dem Auto steigt.

Mein Gott... er ist es. Ich verkrieche mich im Taxi, aus Angst, er könne mich erkennen, und ich sage zum Fahrer: »Los, fahren Sie uns nach ...« Mir fällt nichts ein und ich sage das erstbeste, was mir in den Sinn kommt.

»Hollywood Boulevard. Ins Mexico.«

Das ist nicht hier. Aber der Fahrer sagt keinen Ton und fährt an.

»Merk dir ihre Nummer ...«, sage ich zu Gary und verpasse ihm einen kräftigen Rippenstoß mit dem Ellbogen.

Er dreht sich um, sieht durch die Rückscheibe und schreibt etwas in ein Notizbuch.

»Er war es«, sage ich zu Gary.

»Gut«, sagt er nur. Dann, sich an den Fahrer wendend: »Sagen Sie mal, mein Freund, wissen Sie, wo die Vermißtenabteilung ist? Dann fahren Sie uns schnellstens hin.«

Der Mann drückt aufs Gaspedal, schlängelt sich wie eine Ratte überall durch, und schon sind wir zum zweiten Mal an diesem Morgen dort. Allmählich erinnere ich mich, daß ich in der Nacht nicht geschlafen habe. Aber Gary ist frisch wie ein Ei vom selben Tag, und sein Querbinder ist bewegter denn je.

Wir steigen aus und ich gebe dem Fahrer zwanzig Dollar. Er nimmt sie mit dem größten Vergnügen, aber im Grunde braucht er nicht zu wissen, daß er sein Leben aufs Spiel gesetzt hat.

»Weißt du«, sagt Gary zu mir, während wir zum zehnten Stockwerk hinauffahren, »diese Burschen haben keinen Schiß. Die ganze Polizei von Los Angeles ist hinter ihnen her, und sie fahren weiterhin in der Gegend herum, ohne sich auch nur den geringsten Zwang anzutun.«

»Das bringt mich auch auf den Gedanken, daß es zwei Banden gibt«, sagt Gary. »Dieselben hätten bestimmt nicht den Schneid gehabt, sich alle diese Geschichten an einem einzigen Morgen zu leisten.«

»Auf jeden Fall frage ich mich, in welchem Zustand ich meine Siebensachen finden werde«, sage ich mürrisch.

»Wahrscheinlich etwas durcheinandergeraten«, grinst Gary, dieser Schuft.

Ich folge ihm ins Büro, in dem ein alter Knabe in Uniform Akten durchsieht.

»Guten Morgen, Mac«, sagt Gary zu ihm.

»Guten Morgen, Kilian«, sagt der Mann. »Kann ich etwas für Sie tun?«

»Ich möchte die Fotos der letzten zwanzig Mädchen, die in Los Angeles und Umgebung verschwunden sind«, sagt Gary.

IX
Die Frauen verschwinden

Mac steht auf und zieht die obere Schublade einer der Metallaktenschränke auf, die sein Büro schmücken.

»Bis zur letzten Woche sind sie auf dem letzten Stand«, sagt er. »Aber seitdem gibts nichts Interessantes mehr. Seht selbst nach. Sie sind in chronologischer Reihenfolge eingeordnet. Es gibt noch ein alphabetisches Register, falls euch das lieber ist.«

»Nein, die reichen«, sagt Gary. »Komm, Rocky, ich brauche dich.«

Wir betrachten aufmerksam die sechs ersten Fotos. Und beim siebten packe ich Gary am Arm.

»Hör zu«, sage ich zu ihm, »das geht alles viel zu schnell. Du würdest besser daran tun, mich zu schonen, denn bei diesem Tempo bin ich übergeschnappt, noch bevor ich meine Weisheitszähne bekomme.«

Denn das Mädchen, das uns auf dem Foto so schön anlächelt, ist unbestreitbar die hübsche Puppe, die mir gerade erst in dieser Nacht unanständige Dinge vorgeschlagen hat.

Sie ist es wirklich, daran gibt es nicht den Schatten eines Zweifels. Ich erkenne ihre blonden Haare, ihre schön geschwungenen Lippen, ihre gerade und feine Nase und ihre großen, blauen Augen. Ich weiß, dass sie blau sind, denn ich habe sie so nahe vor mir gesehen wie die von Gary in diesem Augenblick. Und die von Gary sehen mich fragend an.

»Die hier«, sage ich nur zu ihm.

»Na ja, Alter, du bist ganz schön anspruchsvoll«, gibt er mir zur Antwort, ohne sich zu wundern, wobei er das hübsche Gesicht dieser erstklassigen Puppe bewundert.

»Wer ist es?« sage ich.

Er dreht das Foto um und liest das maschinengeschriebene Karteiblatt.

»Bérénice Haven, neunzehn Jahre alt. Sie ist seit zehn Tagen verschwunden.«

»Ihre Eltern glauben an eine Flucht«, erklärt uns der Alte, der zu uns herübergekommen ist. »Sie war tanzen gegangen und ist nicht mehr heimgekommen. Wir haben diese Woche noch eine andere, die genau unter den gleichen Umständen verschwunden ist.«

Er zeigt auf das vierte Foto des Stapels.

»Cynthia Spotlight, die Tochter des Commodore W. Spotlight. Ebenfalls ein bildhübsches Mädchen. Auch sie hatte sich mit Freunden in einer Nachtbar getroffen.«

»Aber in den Zeitungen stand weder von der einen noch von der andern etwas«, sage ich, »während ich hier die Fotos von Phyllis Barney und Leslie Daniel sehe, deren Personenbeschreibungen in allen Zeitungen der Gegend zu finden waren. Wie ist das möglich?«

»Das ist auf ausdrücklichen Wunsch der Eltern«, sagt Gary. »Du kannst sicher sein, daß Mister Haven und Commodore Spotlight sehr wohlhabende Leute sind und daß sie eine ganz schöne Stange Geld hingelegt haben, um einen Skandal zu vermeiden.«

»Aber das ist doch idiotisch«, sage ich. »Und wenn sie entführt worden sind?«

»Die Polizei sucht sie sowieso«, sagt der Mann zu mir.

Ich lasse Gary noch einige Auskünfte aufschreiben, dann verlassen wir das Büro.

»Verstehst du«, sagt Gary zu mir, »für die Eltern ist das sehr gefährlich, wenn sie überall ausposaunen, daß ihre Kinder abgehauen sind, falls sie die Absicht haben, sie mit Leuten der guten Gesellschaft zu verheiraten.«

»Gut«, sage ich. »Was tun wir jetzt? Meinst du nicht, es wäre besser gewesen, wenn wir diesem widerlichen

Schwein, das mir sein vergiftetes Kraut zu rauchen gegeben hat, auf der Spur geblieben wären?«

»Denkste!« sagt Gary zu mir. »Wenn du Lust hast, dich im Straßengraben wiederzufinden, die Nasenlöcher voller Gänseblümchen, dann ist es genau das, was du tun mußt. Weißt du, Junge, ich habe nicht die Absicht, auf diese Weise Detektiv zu spielen. Hör zu. Du hast bestimmt Hunger. Geh jetzt was essen, und dann treffen wir uns um zwei Uhr in meinem Büro im *Call* wieder. Ich versuche inzwischen an Hand des Nummernschildes herauszufinden, wo er herkommt.«

»Es ist bestimmt falsch«, sage ich.

»Glaube ich nicht...«, gibt er mir zur Antwort. »Dazu machen sie zu viele Dummheiten, als daß sie sich erlauben könnten, an allen ihren Autos falsche Nummernschilder zu haben. Es gibt ein viel sichereres Mittel, die Polizei reinzulegen.«

»Welches?«

»Ganz einfach, man muß echte Nummernschilder haben und ein wichtiger Herr sein«, sagt er. »Du kannst beruhigt sein. Die Hinweise, die wir so ziemlich überall an Land ziehen dürften, werden uns vielleicht zu einem Senator oder sogar zu einem Gouverneur führen, aber ganz sicher nicht zu Mister Smith oder zu Mister Brown.«

»Lassen wir's drauf ankommen«, sage ich. »Ich habe jedenfalls den Eindruck, daß wir besser daran getan hätten, ihnen zu folgen.«

»Hab keine Angst«, sagt Gary. »Selbst wenn ich mich irre, werden wir sie öfter sehen, als uns lieb ist ... Vergiß nicht diese schlichte kleine Tatsache.«

»Welche?« sage ich.

»Wir haben die Fotos.«

Mein Gott!... er hat recht, dieses Rindvieh. Mir läuft's kalt den Rücken runter.

»Was soll ich damit machen?« sage ich.

»Steck sie in einen doppelten Umschlag und schick sie an die Adresse, die ich dir angebe.«

Er kritzelt etwas in sein Notizbuch und reißt das Blatt heraus, das er mir hinhält.

»Und vor allem...«, fährt er fort, »geh jetzt nicht nach Hause. Geh essen, wohin du willst... Bis nachher, Rocky.«

»Auf dein Wohl«, sage ich.

Ich weiß, was ich zu tun habe. Ich nehme ein Taxi. Ich hole mir meinen Schlitten zurück, der unbeschädigt ist. Ich steige ein und flitze zu Douglas Thruck. Unterwegs halte ich an der Post, gebe den Brief auf und präsentiere mich um Punkt ein Uhr bei Douglas.

Er pennt.

X
Ich flirte auf Teufel komm raus

Wenn ihr Douglas noch nie einen Besuch gemacht habt, dann habt ihr auch noch nie ein unaufgeräumtes Zimmer gesehen. Er wohnt in einem Hotel am Poinsettia Place, ungefähr in gleicher Entfernung von allen Hollywood-Studios, wodurch er sich erlauben kann, spät aufzustehen und keine Zeit zu verlieren, um seine idiotischen Artikel zu schreiben. Poinsettia liegt zwischen Wilshire Country Club und dem Stade Gilmore, es ist eine Gegend, in der es nicht lauter ist als in der übrigen verdammten Stadt. Wenn ihr von dort kommt, wo ich herkomme, nehmt ihr die 2. Straße und den Beverly Boulevard, und das geht ziemlich schnell. Um auf Douglas zurückzukommen, ich finde ihn also in seinen Laken. Er ist völlig zusammengekrümmt und ein Arm ist eingeklemmt zwischen dem rechten Knöchel und dem linken Knie, wovon er bestimmt eindrucksvolle Träume bekommt. Es ist furchtbar heiß, ich habe das festgestellt, als ich ins Zimmer kam, und trotz des geöffneten Fensters würde man nicht meinen, daß man so nahe am Ozean ist. Er hat jetzt genug geschlafen. Ich gehe hinüber ins Badezimmer und lasse ein Glas voll Wasser laufen. Ich bin nicht bösartig, ich begnüge mich damit, Wasser aus der Leitung zu nehmen statt das aus dem Kühlschrank, und ich komme zurück, um es ihm über den Kopf zu schütten, ohne auch nur im mindesten zu zögern. Er schneidet eine furchtbare Grimasse und wird wach, wobei er mit den Lippen einen Mordskrach macht.

»Zuviel Wasser im Whisky«, brummt er in den Bart, dann sieht er mich.

»Ach du bist's, du gemeiner Hund!« sagt er.

»Du bist mir doch nicht böse, Douglas?« sage ich.

»Eigentlich hätte ich dir's ja auch tiefer überschütten können.«

»Da kann man nichts machen«, murmelt er. »Du darfst mir glauben, ich habe alles versucht, sogar kaltes Wasser. Wie spät ist es?«

»Ich lade dich zum Mittagessen ein«, sage ich.

»Gut, gut...«, murmelt er. »Ich bekomme ein gegrilltes Steak mit Zwiebeln und Apfelkuchen.«

Ich will euch gestehen, warum ich Douglas aufgesucht habe. Vielleicht habt ihr's schon erraten.

»Sag mal«, mach ich ihm klar, »wir zwei allein, das wird ein bißchen triste sein... Wie wärs, wenn du Sunday Love mal kurz anrufen würdest.«

Er sieht mich an.

»Für wen hältst du mich?« sagt er. »Für einen Menschenfleischhändler? Ich werde diese Unschuld nicht mehr oft deinen perversen Instinkten überlassen.«

Er greift trotzdem zum Hörer und ruft kurz an, und eine Viertelstunde später sitzen wir alle drei in einer großen Kneipe von Hollywood. Douglas bekommt sein gegrilltes Steak mit Zwiebeln und ich fange mit ein paar Eiern mit Chesterkäse an, weil ich den Eindruck habe, daß ich seit eineinhalb Jahren nicht mehr zu Mittag gegessen habe.

Sunday Love ist äußerst bezaubernd, und das Leben ist schön.

Sie macht mich sofort an.

»Warum haben Sie sich gestern abend einfach so aus dem Staub gemacht?«

»Das war nicht gestern abend«, sage ich. »Das war heute morgen. Ich hatte eine dringende Verabredung.«

Sie betrachtet ungläubig meinen Kopf. Ich hatte vergessen, daß man das noch sieht.

»Ich an Ihrer Stelle«, sagt sie, »hätte es nicht so eilig. Das ist gefährlich.«

»Er ist ein Ruhestörer«, versichert Douglas. »Rock ist schon immer ein Ruhestörer gewesen und er wird immer ein Ruhestörer bleiben. Glauben Sie mir, Liebes ...«

Er neigt sich zärtlich zu Sunday Love herüber, den Mund voller gebratener Zwiebeln. Sie stößt ihn zurück.

»Bilden Sie sich ja nicht ein, Sie könnten mich mit diesem Zwiebelgeruch verführen«, sagt sie. »Erzählen Sie mir lieber von Chanel.«

Douglas ärgert sich so gut wie nie. Er verschlingt sein Steak mit einer ansteckenden Lust, und es gelingt mir ganz knapp, ihn mit meinen Eiern in der Geschwindigkeit zu schlagen.

Ich sehe Sunday Love an, und sie sieht mich an, und mit Sicherheit finden atmosphärische Veränderungen statt, denn der Zusammenprall unserer Blicke ruft eine ganz deutliche Temperaturerhöhung hervor. Ich lasse meine Papierserviette fallen, und als ich mich bücke, um sie aufzuheben, stelle ich fest, daß es unter einem Tisch einen Haufen Dinge zu sehen gibt, vor allem, wenn man sie einem zeigen will, und daß Sunday Love nichts hat, was sie stört, um den großen Spagat zu machen oder Himmel und Hölle zu spielen.

»Ich bin kein Ruhestörer«, sage ich. »Ich weiß zwar, daß ich Sie im Stich gelassen habe, aber das geschah wirklich gegen meinen Willen. Ich bitte demütigst um Entschuldigung. Wie Sie sehen (ich zeige auf meinen Kopf), bin ich mich nicht amüsieren gegangen.«

Sie lächelt, und ich sehe, daß sie mir nicht böse ist, und das veranlaßt mich, mir ein doppeltes Steak mit Spinat zu bestellen. Ich werfe einen Blick um mich, während der Kellner meine Bestellung entgegennimmt, und während ich meinen Kopf nach rechts gedreht habe, klopft mir jemand auf die linke Schulter. Ich drehe mich um wie von der Tarantel gestochen. Es ist ein anderer Kellner.

»Sie werden von einer Dame verlangt«, sagt er zu mir ...

»Wo ist sie?« frage ich, ohne mich stören zu lassen.
»Sie ist dort.«
Er zeigt auf ein großes, schlankes Mädchen, das an der Tür steht und wartet.
»Was will sie von mir?«
»Es ist offensichtlich persönlich«, antwortet mir der Kellner.
Er entfernt sich.
»Da haben wir's«, sagt Douglas zu mir. »Wohl wieder so eine Unglückliche, wie? Mein armes Kind«, fährt er fort und wendet sich an Sunday Love, »ich glaube, Sie werden sich mit meiner Gesellschaft begnügen müssen. Einmal mehr.«
Ich stehe auf. Ich nehme meine Hand von Sunday Loves Schenkel weg, und sie macht eine Bewegung, um mich zurückzuhalten, denn die Massage, die ich ihr verpaßt habe, ist sicherlich eine von der Art, die der Arzt ihr empfohlen hat.
»Haben Sie keine Angst«, sage ich, »ich komme wieder.«
Sobald ich bei der Unbekannten ankomme, beginnt sie ziemlich schnell zu sprechen. Sie ist nicht sehr hübsch, aber sie hat einen großen Mund und große, nicht unangenehme Augen.
»Haben Sie die Fotos?« sagt sie.
»Welche Fotos?«
»Sie wissen genau Bescheid. Ich wollte Ihnen nur dies sagen: entweder Sie geben uns die Fotos zurück oder aber wir sehen zu, daß wir sie uns selber holen. Sie wissen, wohin das Petrossian gebracht hat.«
»Auf jeden Fall hat Sie das nicht sehr weit gebracht«, sage ich, »denn Sie suchen sie ja noch immer.«
Darüber muß sie überhaupt nicht lachen. Sie schaut mir mitten ins Gesicht. Sie sieht ein wenig enttäuscht aus.
»Es tut mir leid für Sie«, sagt sie. »Sie waren ein schöner Junge.«

Glauben Sie mir, wenn es eine Zeitform gibt, von der ich auf den Tod nicht leiden kann, daß man sie gebraucht, um von mir zu reden, dann ist es die Vergangenheitsform.

»Ich habe die Absicht, das, was ich bin, noch für eine Weile zu bleiben«, sage ich selbstsicher.

Sie hat dafür nur ein kurzes, eisiges Lächeln übrig. Als sei ich ein kleiner Junge, der gerade eine Dummheit gesagt hat. Ich packe sie bei den Armen. Ich sehe sehr sanft aus, aber wenn ich will, kann ich sehr stark zudrücken.

»Kommen Sie und trinken Sie was mit uns«, sage ich. »Ich habe bezaubernde Freunde, denen ich Sie vorstellen will.«

Sie sträubt sich und versucht zu protestieren, aber meine Kraft und die ihre sind wirklich zweierlei. Ich sage das, ohne sie ärgern zu wollen. Ich schleppe sie zu unserem Tisch und sie setzt sich wohl oder übel zwischen Douglas und mich.

»Darf ich vorstellen«, sage ich. »Douglas Thruck, Sunday Love.«

Ich sehe sie fragend an.

»Cynthia Spotlight...«, sagt sie.

Ich schlucke zweimal, und es fehlt nicht viel, daß ich mich an meinem eigenen Speichel verschlucke. Das hat gerade noch gefehlt... Wirklich, ein starkes Stück!...

»Wie geht es Ihnen?« fragt Douglas mechanisch.

»Was trinken Sie, Cynthia?... sage ich mühsam.

»Hören Sie, Rock, ich hab's wirklich sehr, sehr eilig«, sagt sie, »man wartet auf mich.«

Wenn ich hartnäckig bleibe, macht sie möglicherweise einen Skandal, und ich darf es nicht drauf ankommen lassen, daß sie einfach so abzieht.

»Gut... ich will natürlich nicht, daß Sie wegen mir zu spät kommen«, sage ich (so natürlich wie nur irgend möglich). »Ich werde Sie dort absetzen. Kommen Sie.«

Ich setze alles auf eine Karte. Ich stehe auf, sie steht auf, ich schnappe sie zum zweiten Mal am Arm und schleppe sie bis zum Schlitten. Ich bin wütend bei dem Gedanken an mein Steak mit Spinat, aber noch viel wütender, als ich mich an das erinnere, was diese Schwachsinnige, die versucht, sich als Cynthia Spotlight auszugeben, vorhin zu mir gesagt hat.

Ein Wagen steht vor dem meinen und ein großer, dunkelhaariger Kerl sitzt drin, der mich für meinen Geschmack etwas zu aufdringlich anstarrt; er hat sich halb umgedreht und raucht, ohne sich im mindesten von der Stelle zu rühren. Ein anderer Wagen steht hinter meinem und ein anderer Kerl, schwarzhaarig und rot, der am Steuer sitzt, starrt mich noch aufdringlicher an als der erste. Warum sehen mich alle diese Kerle so scharf an? Ich spüre, wie mich das langsam nervös macht. Ich stoße die falsche Cynthia in den Wagen, schlage die Wagentür hinter ihr zu und setze mich im Eiltempo auf meinen Platz. Wenn man mir folgt, habe ich Pech gehabt. Ich weiß, was ich tun werde. Ich werde immer wütender, denn außer meinem Steak mit Spinat und dem, was sie zu mir gesagt hat, denke ich an Sunday Love, die ich wegen dieser dummen Kuh nicht lange genug sehen kann, um mich bei ihr zu rechtfertigen.

»Macht es Ihnen soviel Spaß, eine Ladung Blei in den Bauch zu be...?«

Ich schneide ihr das Wort ab, indem ich wie ein Wilder anfahre, und ich schere mich einen Dreck darum, ob man mir folgt oder nicht. Ich bin ganz schön sauer und fahre mit Volldampf zum erstbesten Polizeirevier. Ich halte direkt davor.

»Falls Ihre Freunde Lust haben, mich auf die Palme zu bringen«, sage ich, »sollen sie doch kommen. Inzwischen werden wir jedenfalls eine schöne kleine Unterhaltung miteinander haben. Wo kommen Sie her und wie ist Ihr richtiger Name?«

»Das geht Sie nichts an«, sagt sie. »Geben Sie mir die Fotos und es wird Ihnen nichts passieren. Andernfalls kommen Sie zu Petrossian ins Leichenschauhaus von Los Angeles. Das ist alles, was ich Ihnen zu sagen habe, und erwarten Sie ja nicht, irgend etwas Interessantes zu erfahren. Ich bin dumm und schlecht erzogen, und ich habe falsche Brüste.«

Ich sehe sie von der Seite an, und ich komme nicht umhin, mir klarzuwerden, daß sich dieses Mädchen nicht einfach so einschüchtern läßt. Ich lege meinen Arm um ihre Schultern. Sie ist aufregend mit ihrem großen, frischen Mund und ihren hellgelben Augen.

»Was habe ich Ihnen denn getan, Schwesterchen?« sage ich. »Würde es Ihnen solchen Spaß machen, wenn mir ein Unglück zustieße? Sind Sie wirklich so boshaft?«

Sie lacht. Sie hat ein vulgäres Lachen. Was soll's. Aber ihre Brüste sind echt.

»Versuchen Sie nicht, mir Lügenmärchen aufzutischen«, sagt sie.

»Wie wär's, wenn wir zusammen ins Kino gingen?« sage ich.

»Kommt nicht in Frage...«, murmelt sie.

»Ich bin Ihnen sehr böse«, sage ich..., »aber ich bin schon fast dabei, Ihnen zu verzeihen... macht Ihnen Ihre Arbeit eigentlich Spaß?«

»Ich werde dafür bezahlt.«

»Einverstanden... aber man bezahlt Ihnen sicherlich nicht genug und Urlaub steht Ihnen auch zu... Wollen Sie den nicht mit mir nehmen? Ein kleiner Vorschuß.«

»Oh!« sagt sie. »Sind Sie aber mal aufdringlich, Sie!...«

Jetzt, wo mein Charme einmal wirken sollte, läßt er mich völlig im Stich. Ich würde viel drum geben, wenn ich die Visage Mickey Rooneys hätte. Bei meinem sprichwörtlichen Glück ist sie auch noch ein Mädchen, das auf Idioten steht. Ich nehme meine Hände von ihren Schultern und fahre wieder an, denn es ist nicht nötig, daß ich vor einem Polizeirevier stehe, um das zu tun, was ich tun werde.

Ohne sie anzusehen, frage ich sie nach einer Viertelstunde:

»Wo haben Sie Cynthia hingebracht?«

Sie gibt mir keine Antwort. Ich mache mich bereit. Ich bin ungefähr am richtigen Ort angekommen: Gärten, wenig Leute. Ich biege in eine kleine, ansteigende Straße ein und halte an. Ohne Vorsicht zu rufen, packe ich sie und halte ihr mit einer Hand den Mund zu, während ich ihr mit der andern ein wenig den Hals zudrücke. Sie tritt mir ans Schienbein und ihr spitzer Absatz läßt mich vor Schmerz aufschreien, aber ich halte durch und sie beruhigt sich ein wenig, weil sie am Ersticken ist. In diesem Augenblick lockere ich meine Umklammerung und versetze ihr einen ganz kleinen Schlag auf den Kopf.

Sie läßt ihre Handtasche fallen und bleibt reglos. Ich nehme ihre Handtasche. Ich durchsuche sie. Es geht nicht anders. Es ist nicht lustig, aber es muß sein.

Sie hat nichts bei sich. Nichts in der vollsten Bedeutung des Wortes. Mir wird davon etwas warm hinter den Ohren und das macht mir Mut für Experimente; ich habe schließlich das Recht zu wissen, wie eine Frau beschaffen ist; und die Gelegenheit ist günstig, da sie sich so wenig rührt wie ein Bleilachs. Meine linke Hand fährt an ihren Beinen hoch, und über ihrem Strumpf spüre ich ihre warme, sanfte Haut und instinktiv suche ich die Stelle, wo es am wärmsten und am zartesten ist und dort gibt es nicht das kleinste Beweisstück. Um mein Gewissen zu beruhigen, forsche ich sorgfältig weiter, und in ihrem Schlaf seufzt sie sanft und zufrieden. Wenn man mir einen Schlag auf den Schädel gibt, macht mir das keinen Spaß, aber die Frauen sind komische Viecher. Trotzdem mache ich Schluß, weil ich andernfalls auch bald einen Seufzer der

Erleichterung ausstoßen werde, und ich ziehe meine Hand zurück, um sie etwas weiter nach oben zu schieben. Kein Versteck in ihrem Büstenhalter. Dazu ist er viel zu prall gefüllt, und das hat nichts mit dem Gummi zu tun, das sie sich alle drunter stopfen, um Paulette Goddard zu gleichen. Verflixt! ich bin zu stark für solche zarten Vorrichtungen und mache den betreffenden Büstenhalter kaputt... diesmal wird sie mir sicherlich böse sein. Ich höre auf und rutsche schnell runter... wenn ich noch fünf Minuten länger in diesem Wagen bleibe, kann ich nicht mehr für das einstehen, was ich tun werde...

Ich mache die Wagentür auf und lege das Mädchen an der Mauer des nächsten Anwesens ab, sitzend, bewußtlos. Ich steige wieder ein und ziehe Leine.

Sobald ich da raus bin, trete ich aufs Gaspedal. Treffpunkt: das *California Call*.

Wie kommt es eigentlich, daß mir niemand gefolgt ist?

Ich hoffe, daß Gary wieder zurück ist.

Ich schiele nach der Handtasche der angeblichen Cynthia, die neben mir liegengeblieben ist. Eine ganz neue Handtasche. Ziemlich dick. Sieht ganz voll aus. Ich habe große Lust, hineinzuschauen... Abgesehen davon, daß ich sie nicht im Wagen behalten sollte. Das kann gefährlich sein.

Aber jetzt, im nachhinein, habe ich derart Schiß, daß ich mit Karacho ins *Call* flitze, wo ich halb tot vor Angst halte. Ich bin ein miserabler Detektiv. Beinahe hätte ich meine Unschuld verloren.

XI
Wir ziehen Bilanz

Ich renne zum ersten Aufzug. Er saust mir vor der Nase davon. Ich wetze zum zweiten, und der Liftboy begreift, daß ich's eilig habe.

»Sechzehnter Stock«, sage ich. »Zum *Call*.«

»O. K.«, sagt er und lächelt mich an.

Um nichts schuldig zu bleiben, halte ich ihm einen Dollar hin und eine Zigarette, die er sich in die Seitentasche steckt. Wir fahren mit Volldampf nach oben, und er verpaßt beinahe die Etage. Ich bin schon draußen, bevor er die Lifttür richtig aufgemacht hat, und ich schicke mich an, durch den Flur zu rennen, als eine Faust mich zurückhält. Ich mache kehrt und erkenne Gary. Er war es, der mir vor der Nase davongewitscht ist.

»Ich habe dich abgehängt«, sagt er. »In mein Büro, schnell.«

Die Handtasche der angeblichen Cynthia bildet eine verdammte Beule unter meiner Jacke und ich möchte sie gern loswerden.

»Was hast du?« sagt Gary. »Was Neues?«

Er sieht genauso aufgeregt aus wie ich. Es ist genauso lustig wie früher, als ich mit den Kumpels hinter den Gasometern Versteck spielte. Das sind schon gut zwölf Jahre her.

Wir gehen hinein. Er hat ein eigenes Büro, wir haben Schwein. Ich weiß zwar nicht genau, was er bei seiner Zeitung ist, aber er scheint die Funktionen eines Verlagsteilhabers einer gewissen Anzahl von Käseblättern auszuüben, was ihm das Privileg des Alleinseins verleiht.

»Ich habe das hier«, sage ich, sobald die Tür zu ist.

Und ich lege die Handtasche auf den Tisch. Gary sieht

mich mit runden Augen an. Sein sonnengebranntes Gesicht drückt totale Verständnislosigkeit aus.

»Was ist das?« sagt er. »Überfällst du jetzt Frauen auf der Straße?«

Ich trumpfe mächtig auf.

»Das ist die echte, originale Handtasche einer Person, die behauptet, Cynthia Spotlight zu heißen.«

Darauf blinzelt er erst mal mit den Augen.

»Gut«, sagt er. »Gefressen. Erzähl.«

Ich erzähle ihm alles, was ich getan habe, und er sieht gar nicht so verärgert aus.

»Bist du sicher, daß man dir nicht gefolgt ist?«

»Ich bin mir des Gegenteils sicher«, sage ich. »Es waren sogar zwei. Mindestens zwei.«

»Gut ...«, folgert er. »Darüber werden wir noch reden. Was ist drin?«

»Das weiß ich nicht«, sage ich. »Ich habe sie nicht aufgemacht.«

Diesmal betrachtet er mich mit einem Ausdruck, der stark der Bewunderung gleicht. Ich fühle mich angenehm geschmeichelt.

»Ich frage mich, wie du das aushalten konntest!« ruft er und bemächtigt sich der Handtasche. »Ich hab' gedacht, du hättest nichts gesagt, weil nichts drin war.«

Er macht sie auf und dreht sie über seinem Schreibtisch um. Es fallen verschiedene weibliche Gegenstände heraus: Puderdose, Lippenstift, Feuerzeug und dann Zigaretten, Fotos, zwei Umschläge.

Gary beachtet das Zeug nicht und stürzt sich auf die Papiere. Der erste Umschlag trägt einen Namen: Cora Leatherford, und eine Adresse beim Teufel, in der Gegend von South Pasadena. Er ist leer. Der zweite Umschlag ist unbeschrieben und enthält offensichtlich Fotos im Format 9×12. Einen Augenblick lang glaube ich, daß es die gleichen sind wie die aus der Telefonkabine, und Gary muß wohl denselben Eindruck haben, denn er hält mir den Umschlag hin. Ich sehe mir das übrige und die andern Fotos an, bevor ich ihn aufmache. Amateurschnappschüsse, auf denen ich das Mädchen mit dem großen Mund erkenne, zuerst allein... und auf dem zweiten neben einem großen Muskelprotz, in dem ich mühelos unseren guten Freund Wolf Petrossian... den verstorbenen Wolf Petrossian erkennen kann.

Ich drehe das Foto um. Drei Wörter: Wolf für Cora. Das ist sie. Ich erkläre das Gary.

»Wunderbar«, sagt er. »Deshalb hat dein Charme nicht gewirkt. Sie steht noch unter dem Eindruck dieses grausamen Verlustes.«

»Verflixt«, sage ich selbstgefällig. »Zwei Tage später, und sie hätte mir alles gesagt.«

»Worauf wartest du, um in den Umschlag zu schauen«, sagt er zu mir.

»Es sind sicherlich nicht die gleichen«, sage ich, »weil sie die andern zurückhaben wollte.«

»Sie wollte sie zurückhaben, um sie zu vernichten«, antwortet Gary, »aber es sind vielleicht die gleichen.«

»Am besten, wir sehen nach«, sage ich.

Ich mache den Umschlag mit unsicherer Hand auf.

Erleichtert atme ich auf. Nicht lange. Das erste Foto ist Bérénice Haven.

Das zweite ist ohne Spur eines Zögerns Cynthia Spotlight. Die richtige!... Die, die verschwunden ist. Die dritte ist uns nicht bekannt. Gary nimmt mir die Fotos weg und dreht sie um. Die Namen stehen hinten drauf. Sie sind es wirklich. Die dritte ist eine gewisse Mary Jackson.

Ich fasse zusammen, sowohl für Gary als auch für mich.

»So sieht es also aus«, sage ich.

»Erstens wurde ich von einem Individuum X mit Rauschgift vollgepumpt, von Unbekannten entführt, die wollen, daß ich mit einer gewissen Bérénice Haven, die vermißt ist, schlafe, und die, als ihnen das nicht gelingt, sich durch elektrische Mittel das besorgen, was meinem Versagen abhilft.

Zweitens wird ein Freund des Individuums X, ein gewisser Wolf Petrossian, tot in einer Telefonkabine aufgefunden, zwei Schritte von der Stelle entfernt, wo ich entführt worden bin, nachdem er in der Kabine so entsetzliche Fotos versteckt hat, daß sich mir der Magen umgedreht hat und dir auch.

Drittens versucht eine Bande A diese Fotos an sich zu bringen und legt einige Bullen um, weil ihr das nicht gelingt. Die gleiche Bande oder eine Bande B versucht dann zum zweitenmal die Fotos erst in der Kabine, dann bei mir, einzutreiben, eine Tat, die zu beweisen scheint, daß es tatsächlich zwei verschiedene Banden gibt, von denen die eine mich kennt: die des Individuums X.

Viertens wissen wir jetzt, daß eine andere Frau verschwunden ist: Cynthia Spotlight. Und daß eine dritte noch verschwinden wird, falls das nicht schon geschehen ist.

Gary unterbricht mich.

»Dein Resümee ist sehr hübsch«, sagt er, »aber wir wissen auch noch etwas anderes: nämlich, daß die Leute, die diese Mädchen entführen, sich nicht darauf beschränken, sie mit Jungens schlafen zu lassen. Es gibt da die Fotos. Und es gibt auch die Tatsache, daß der Wagen, der bei dir heute morgen parkte, eine falsche Zulassungsnummer hatte.

»Hast du das rausgekriegt?« sage ich.

»Ja«, schließt er.

»Ich hatte es dir gesagt...«

XII
Mary Jackson, wo bist du?

»Hör mal, mein Lieber«, sagt Gary, »wir haben immerhin noch viel zu tun. Es wäre zu schön, wenn wir alles zur gleichen Zeit finden würden. Wir haben heute morgen mächtig Schwein gehabt: jetzt müssen wir uns ranhalten ... Glaub mir, wir können schon gute Arbeit leisten.«

Ich denke wieder an Sunday Love und auf Grund einer Ideenassoziation an mein doppeltes Steak mit Spinat.

»Wegen dieser ganzen Geschichte«, sage ich, »habe ich nicht fertig essen können und mußte dazu noch meinen Flirt sitzenlassen.«

»Verdammt noch mal«, sagt Gary zu mir, »willst du nun keusch bleiben oder nicht?«

»Jetzt, wo ich Detektiv bin, und von einem Augenblick auf den andern sterben kann«, sage ich, »glaube ich allmählich, daß es verdammt blöd wäre, wenn ich nicht die Zeit nutzte, die mir noch bleibt.«

»Nun, du altes Schwein, du wirst warten«, sagt Gary. »Um dich zu zerstreuen, werden wir jetzt erst mal mit Defato telefonieren.«

Ich wähle die Nummer, und er wartet. Ich nehme den Hörer und höre gleichzeitig mit.

Meinungsaustausch mit dem Kerl von der Telefonzentrale, und dann ist Defato am andern Ende der Leitung.

»Was gibts Neues?« sagt Gary. »Ich mache Sie gleich drauf aufmerksam, daß wir ganz ernsthaft an der Sache arbeiten.«

»Machen Sie keine Witze«, sagt er, halb süß, halb sauer. »Lassen Sie das Sache der Polizei sein.«

Er ist sicherlich ein guter Freund von Gary, denn er fährt sogleich fort.

»Neuigkeiten für Sie, Kilian. Vorhin sind zwei Kerle hier angekommen, durchlöchert wie Schaumlöffel, aber noch lebendig. Der eine von ihnen ist ein gewisser Derek Petrossian, der Bruder von Wolf. Der andere hat seinen Namen nicht gesagt und er hat nichts bei sich, durch das wir ihn identifizieren könnten, höchstens einen schwarzen Nash mit einer falschen Zulassungsnummer. Petrossian hat mir gesagt, daß er hinter einem riesigen blonden Typ herfuhr, der mit einem Mädchen und einem Kumpel mit häßlicher Visage im El Gato war, und daß er dafür bezahlt wurde. Anscheinend sind sie beide gleichzeitig bei Rot über die Kreuzung und sie folgten anscheinend auch beide dem gleichen Typ; natürlich ist der zweite in den ersten reingefahren, und da sie nervös sind, haben sie ein bißchen aufeinander geschossen. Ich nehme an, daß sie davonkommen werden. Auf jeden Fall sind ihre Wunden beim Berühren ziemlich empfindlich, und wenn man sich geschickt anstellt, glaube ich schon, daß sie eine Menge Dinge erzählen werden. Aber ich weiß gar nicht, warum ich Ihnen das alles erzähle.«

Gary begann zu witzeln.

»Ich auch nicht«, sagt er. »Vielen Dank, Nick, ich werde mich dafür erkenntlich zeigen.«

»Tschüs!« sagt Nick und legt auf.

»Ein unheimlich prima Typ!« sagt Gary. »Verstehst du jetzt, warum man dir diesmal nicht gefolgt ist? Die beiden Knaben, die hinter dir her waren, haben sich selber ausgeschaltet.«

»Diese Sitten mag ich gar nicht«, sage ich. »Sie haben den Finger viel zu schnell am Abzug. Was hast du denn für Defato getan, daß er dir alle seine Geheimnisse ausplaudert?«

»Das ist ein anderes Geheimnis«, sagt Gary. »Jetzt...«

»Jetzt gehe ich essen.«

»Du hast schon genug gegessen«, sagt Gary. »Jetzt werden wir Mary Jackson anrufen. Gib mir mal das Telefonbuch rüber.«

Ich schlage das Telefonbuch auf. Herr des Himmels. Allein für Los Angeles gibt es eine ganze Seite mit Jacksons.

»Sag mal«, sage ich zu ihm, »wenn wir die alle durchprobieren, geht ein halber Tag drauf.«

»Aber nein«, sagt er. »Zunächst einmal werden wir alle die ausschalten, die ganz offensichtlich Büros sind.«

Was er sogleich tut, indem er alle Namen ankreuzt, die er anrufen will. Dann greift er sich das Telefon, haut sich bequem in seinen Sessel und beginnt mit der Operation. Er variiert die Formeln wie ein Künstler. Mal ist er der Vertreter der Versicherungsgesellschaft, mal ein Kamerad von Mary, der gern mit ihr reden möchte, usw. ...

Ich setze mich unterdessen, warte und träume ein wenig vor mich hin. Ich sehe Cora Leatherford im Wagen wieder, neben mir sitzend, und ich denke mich wieder neben sie ... und wieder denke ich, daß ich anders handeln würde, wenn ich sie jetzt in der Hand hätte. Es ist doch ärgerlich. Jedesmal, wenn ich bei einem Mädchen an der richtigen Stelle bin, krieg ich's mit der Angst zu tun ... und meine Vorstellungen von Unschuld und Jungfräulichkeit fallen mir wieder brühwarm ein und verbieten mir jegliche nützliche Handlung. Die kleine Straße, in der ich Cora zurückgelassen habe, war sehr ruhig ... es gab dort kleine Häuser mit kleinen Zimmern und dicken Teppichen ... auf einem Teppich liegt sich's bestimmt gut ... Verflixt ... Ich habe den Eindruck, daß ich im Begriff bin, mir ein neues Weltbild zu schaffen, das völlig verschieden ist von dem, das ich noch am Vortag hatte. Allein folgendes Detail: ich habe heute keine Leibesübungen gemacht und es ist mir unheimlich Wurscht, viel lieber würde ich mit diesem Mädchen mit den gelben Augen ein paar Lockerungsübungen machen. Mit der oder mit Sunday Love ... oder mit Bérénice Haven... aber es ist besser, wenn ich nicht mehr an die dritte denke, denn ich kenne sie von einer Seite, die für meinen Blutdruck überhaupt nicht gut ist.

Gary scheint sich an etwas festgehakt zu haben... Ich habe nicht zugehört, was er gesagt hat, aber als ich wieder hinhöre, finde ich ihn in eine große Diskussion verwickelt über eine gewisse Cora Leatherford, deren Freund zu sein er behauptet. Er gerät immer mehr in Wallung, legt aber plötzlich heftig auf, und mir wird klar, daß er an jemanden geraten ist, der ihn zum Narren gehalten hatte.

»Es ist zum Davonlaufen, diese Geschichte«, sagt er. »Wir brauchen einen ganzen Tag. Du hattest recht.«

»Und wenn wir sie aufsuchen würden«, sage ich, »glaubst du nicht, daß wir dann einen ganzen Monat brauchten?«

Er zuckte die Achseln.

»Die letzte hat zu mir gesagt, sie sei die Schwägerin von Präsident Truwoman, das mußt du dir mal vorstellen.«

»Vielleicht stimmt es«, sage ich.

»Denkste... jedenfalls nicht nach dem, was sie dann noch gesagt hat. Truwomans Schwägerin ist sicherlich besser erzogen. Willst du mich nicht ein wenig ablösen?«

»Das ganz bestimmt nicht«, sage ich. »Du wolltest ja den Bullen spielen, nun spiel ihn auch schön allein. Ich will gern meine Verführungskünste spielen lassen, das ist aber auch alles.«

»Bei dem Erfolg, den du dabei hast...«, brummt Gary in seinen Bart.

Er nimmt sich wieder den Apparat vor und dreht von neuem die Wählscheibe. Zwischen zwei Versuchen telefoniert er in die Kantine der Zeitung, um was zum Essen und zum Trinken heraufkommen zu lassen, worauf meine Stimmung um zwei Meter fünfzig, gelinde ausgedrückt, steigt. Und dieses höllische Spiel geht weiter.

XIII
Andy und Mike schalten sich ein

Sicher ist jedenfalls, daß Gary zwei Stunden später vor einer Liste mit Mary Jacksons sitzt, die nur noch fünf Namen enthält. Unterdessen habe ich mit den Eßwaren neue Gesundheit getankt und fühle mich viel besser. Ich nehme also die Liste und fange an, Pläne zu schmieden, weil die fünf Mädchen, die übrigbleiben, eigentlich nicht zwei Schritte voneinander entfernt wohnen.

Und zwanzig Minuten später brausen wir von neuem durch die Straßen der Stadt, auf der Suche nach der richtigen. Ich habe nicht viel Hoffnung. Aber man kann nie wissen... im Grunde hat die unsere wahrscheinlich Telefon, und Gary ist nicht so dumm, wie er aussieht.

Wir bringen die beiden ersten hinter uns. Wir kommen vor dem Haus an, in dem die dritte wohnen soll, und Gary steigt aus. Ich folge ihm, denn wir gehen beide hin, damit es nicht ganz so traurig ist.

Er klingelt. Eine Minute, und die Tür geht auf. Ich sehe Gary an und wende schnell die Augen ab.

»Miss Mary Jacksons?« fragt er mit seinem anmutigsten Lächeln.

Die Frau, die vor uns steht, hat feuerrotes Haar und eine schöne Hasenscharte, so daß sie uns beim Lächeln ihr ganzes Gebiß zeigt.

»Das bin ich...«, sagt sie.

Ich weiß nicht, was in Gary gefahren ist.

»Schön! wir sind es nicht...«, antwortet er höflich.

Ich bin etwa sieben Stufen vor ihm unten, aber wir hören immer noch, wie sie uns beide beschimpft. Ich steige etwas mutlos wieder in den Wagen. Nur noch die Mary Jacksons von Figueroa Terrace und von Maplewood Avenue, und ich fahre zuerst zur zweiten Adresse, weil

Figueroa, das ich nur mit großer Mühe auf einer Karte entdecken kann, beim ausgekochten Teufel liegt.

Auf nach Maplewood. Es ist ein schönes Wohnhaus, das an der angegebenen Adresse steht. Die Operation beginnt wieder von vorne, und ich habe kaum die Wagentür zugeschlagen, als ich stehenbleibe, eine Hand auf Garys Arm. Zehn Meter von mir entfernt sehe ich Cora Leatherford das Gebäude betreten. Vor meinem Wagen steht ein hellblaues Dodge-Coupé.

»Bleib hier ...«, sage ich zu Gary. »Das ist sie ...«

»Wo gehst du hin?« sagt er.

»Wir werden ihr so nicht folgen ...«

»Wieso ihr folgen?«

»Hör zu«, sage ich. »Sie wird wieder herauskommen. Sie ist gekommen, um Mary Jackson abzuholen ...«

»Aber wer denn?« sagt er.

»Aber Cora«, sage ich. »Die Frau, der ich die Handtasche abgenommen habe. Sie ist gerade da hineingegangen. Wir sind mit Sicherheit bei Mary Jackson, und sie kommt bestimmt mit ihr wieder heraus. Ich werde also Andy Sigman anrufen.«

»Bitte, Rock, erklär mir das«, sagt er zu mir. »Bei dem Schlag, den man dir verpaßt hat, habe ich den Eindruck, daß da etwas nicht mehr so richtig klappt.«

»Aber aber, Gary«, sage ich ... »Du erinnerst dich doch, daß ich auf der Landstraße von San Pinto von einem gewissen Andy Sigman aufgelesen worden bin. Er hat sich mir zur Verfügung gestellt, für den Fall, daß es mal hart auf hart kommt. Ich habe Vertrauen zu diesem Burschen. Ich werde ihn anrufen ... denn die Geschichte von heute morgen flößt mir kein Vertrauen ein ... Es ist besser, wenn wir etwas Verstärkung haben. Ich weiß zwar nicht, wo wir hinfahren, aber die kleinen Schlingel, die solche Operationen ausführen, wie wir sie auf den Fotos gesehen haben, mit denen ist bestimmt nicht gut Kirschen essen, glaub mir.«

»Glaubst du, daß man dieses Mädchen dort hinbringen wird, wo man dich hingebracht hat?« sagt Gary.

»Das scheint mir klar«, sage ich. »Und es ist mir lieber, wenn wir ihr zu mehreren folgen.«

»Merkwürdiger Detektiv...«, sagt Gary und schüttelt den Kopf. »Andere ins Spiel bringen, finde ich nicht sehr schlau.«

»Ist mir egal«, sage ich. »Ich habe keine Lust, schlau zu sein. Ich möchte vor allem vermeiden, daß ich mit den Mädchen allein bin. Davon bekomme ich nämlich Komplexe.«

»Dann mach«, sagt Gary, »im Grunde ist es deine Angelegenheit.«

Dieses ganze Gespräch ist sehr schnell abgelaufen, und noch viel schneller finde ich mich in einer Telefonkabine wieder, um Sigmans Nummer zu wählen.

Er ist zu Hause... und er scheint sehr erfreut zu sein... Er erkennt mich sofort.

»Ich brauche Sie«, sage ich. »Mit Ihrem Taxi. Aber Sie müßten einen sicheren Fahrgast haben. Verstehen Sie, was ich meine?«

»Ich glaube, daß ich verstehe«, sagt er. »Ich kann Ihnen jemanden vorschlagen. Meinen Neffen. Ein sehr ordentlicher Junge, nicht geschwätzig und stark wie ein Pferd. Er hat in der Marine gedient.«

»Wie heißt er?«

»Mike Bokanski. Ich stehe für ihn ein wie für mich selbst.«

»O. K.«, sage ich. »Kommen Sie ganz schnell her. Wissen Sie, wo die Maplewood Avenue ist? Halten Sie bei Hausnummer 230.«

»In zehn Minuten bin ich da«, antwortete er. Seine Stimme zittert vor Aufregung.

»Kommen Sie auf zwei Rädern«, sage ich, »denn ich weiß nicht, wie lange es dauern wird. Sie kann jeden Augenblick wieder weiterfahren.«

Er verlangt keine Erklärung und legt auf.

Acht Minuten später ist er da, und zum Glück ist noch niemand aus dem Haus gekommen. Ich gehe zu ihm und drücke ihm die Hand. Auf dem Rücksitz im Wagen sitzt ein sympathischer Bursche, kräftig, braungebrannt, mit energischen Zügen und ziemlich scharfen Augen, die in seinem ruhigen Gesicht ein wenig überraschen.

»Mike«, sagt Andy zu mir... »Mein Neffe.«

»Guten Tag«, sagt Mike.

»Na«, sage ich... »dann wollen Sie mit uns arbeiten? Die Sache ist ganz einfach: ihr braucht uns nur zu folgen, sobald ich anfahre. Nicht zu dicht, aber dicht genug, damit ihr mich nicht verliert.«

»Schon gut«, sagt Andy. »Geht in Ordnung.«

Mike Bokanski gibt jemandem, den ich zuerst gar nicht bemerkt hatte, einen kräftigen Schlag auf den Rücken. Es ist ein großer Hund, der ebenso friedlich und gelassen aussieht wie er selber, ein prächtiger, fahlroter Boxer.

»Noonoo...«, sagt Mike Bokanski zu mir und zeigt auf das Tier, das mir ein breites Lächeln schenkt.

»Ich glaube, das läuft von allein«, sage ich. »Selbst wenn ihr uns verliert, wird er uns in Nullkommanichts aufstöbern.«

»Ganz sicher!« sagt Mike Bokanski.

Von neuem verpaßt er seinem Hund einen liebevollen Puff, der einen Ochsen umhauen würde, worüber der andere wirklich entzückt zu sein scheint. Ich verlasse sie und gehe zum Wagen zurück, wo Gary mich erwartet. Sieh an, er schläft. Ich hüte mich wohlweislich, ihn zu wecken und setze mich neben ihn.

XIV
Eine Orgie nach meinem Geschmack

Ich warte. Er wartet. Sie warten. Alle warten. Ich weiß nicht, ob ich nicht gerade im Begriff bin, einzuschlafen, denn ich fahre hoch, als ich sehe, wie die Wagentür des blauen Coupés aufgeht. Ich erkenne Coras Kleid. Sie steigt ein, gefolgt von einer jungen Frau im hellen Kostüm, groß und schlank, mit einer Masse blonder Haare, die unter einem bezaubernden Hut hervorquellen. (Ist er eigentlich bezaubernd? Vielleicht habe ich von Hüten überhaupt keine Ahnung?) Ich fahre ganz sachte an. Das Dodge-Coupé flitzt schon hundert Meter vor uns her, und im Rückspiegel sehe ich, wie sich Andy Sigmans Taxi in Bewegung setzt. Ob zu Recht oder nicht, gibt mir das ein Gefühl der Sicherheit.

Ich glaube, daß Gary wach wird.

»Was ist los«, sagt er. »Sind wir auf dem Meer?«

»Noch nicht«, sage ich. »Wir machen einen Ausflug aufs Land. Du hast doch nichts dagegen?«

»Wenn du weißt, wo du hinfährst«, murmelt er.

Er schläft wieder ein. Ich wecke ihn mit einem kräftigen Rippenstoß.

»Sag mal, Gary, wie wär's, wenn du deinen Grips ein bißchen anstrengen würdest, anstatt zu pennen.«

»Puh...«, murmelt er, »das ist furchtbar einfach. Derek Petrossian arbeitete mit seinem Bruder zusammen, und der andere mit den andern, und beide suchen immer noch die Fotos.«

»Diese Geschichte mit den Fotos macht mich nervös«, sage ich.

Wir brausen jetzt flott dahin, und der Dodge ist ziemlich weit vor mir. Wenn eine Ampel jetzt auf Rot springt, verliere ich sie mit Sicherheit, falls sie auf die Idee kommen sollte, abzubiegen.

Sie biegt ab, aber ich habe sie rechtzeitig eingeholt, und ich halte mich solange hinter ihr, bis wir Foothill Boulevard erreicht haben. Diesmal geht es noch schneller, in den von der liebenswürdigen Polizei dieser Stadt geduldeten Grenzen, und es geht geradewegs in Richtung San Pinto.

Ich teile Gary diese Feststellung mit. Die Hitze bekommt ihm wirklich nicht gut: denn ich habe versäumt, Ihnen von der Hitze zu erzählen, eine etwas abstumpfende Hitze, die an diesem fröhlichen Nachmittag herrscht.

»Weißt du, was wir gerade tun?« frage ich ihn, um ihn in die Wirklichkeit zurückzurufen.

»Ja«, sagt er. »Wir folgen Mary Jackson, die sich gerade von dem Mädchen entführen läßt, dem du die Handtasche geklaut hast.«

»He«, sage ich. »Du bist gar nicht so blöd, wie ich geglaubt habe. Und unter uns, für ein Mädchen, das entführt wird, macht sie eher den Eindruck, als sei sie einverstanden. Ich frage mich nur, was sie ihr erzählt haben mag.«

»Das ist doch nicht schwer zu erraten«, knurrt Gary ... »Sie hat ihr sicherlich eine schöne, kleine römische Orgie letzter Schrei vorgeschlagen. Wenn ich nach dem urteilen darf, was du mir von Bérénice Haven erzählt hast, so sind diese Mädchen wohl eher einverstanden.«

»Du hast sicherlich recht ...«, sage ich. »Ich hätte wirklich alles mit mir machen lassen sollen. Aber reden wir lieber von was anderem, weil das eine unangenehme Erinnerung ist.«

»Es lag ja nur an dir«, höhnt Gary.

Und der Teufel hol's, ich weiß genau, daß er recht hat. Je weiter es geht, um so verblüffter bin ich über die Arbeit, die sich in meinem Kopf vollzieht. Ich, der immer brav bleiben wollte, entdecke bei mir die Mentalität eines verkommenen Subjekts. Ich glaube, daß es eine großartige Idee wäre, die beiden Frauen einzuholen und ihnen ein

Abendessen in einem dieser Gasthöfe im mexikanischen Stil zu bezahlen, die man längs der Landstraße antrifft.
Ich teile Gary diese Inspiration mit. Er lächelt.
»Ich würde gut daran tun, dich langsam zu überwachen«, sagt er.
Unterdessen trete ich aufs Gaspedal, denn der blaue Dodge bohrt sich in den Nebel, wenn man so sagen kann... Ein schöner Nebel, bitteschön, um unsere Gedanken aufzufrischen! Der Wagen fährt auf dieser schnurgeraden Landstraße ganz allein dahin, und ich habe tatsächlich immer größere Lust, sie zu überholen, um mal ein gemütliches Plauderstündchen mit ihnen abzuhalten.
»Na, na«, sagt Gary, der mich aus den Augenwinkeln beobachtet. »So 'nen tollen Erfolg hast du bei dem Mädchen ja auch nicht gehabt. Versuch dich ein wenig zu beruhigen... Die Polizeiarbeit scheint dir nicht gut zu bekommen.«
»Verflixt«, sage ich. »Es ist eigentlich gar keine so dumme Idee. Überleg doch mal, sie sind nicht in der Lage, sich gegen uns beide zu wehren, und es wird ihnen sicherlich Spaß machen, den Abend mit zwei so hübschen Burschen wie uns zu verbringen. Und wir werden allerhand erfahren.«
Sunday Love wird eben das Nachsehen haben. Gary wird schwach, und ich gebe Gas. Ich bin jetzt auf gleicher Höhe mit dem kleinen blauen Coupé und ich überhole sie, indem ich sie zum Straßenrand hin abdränge. Es ist Cora, die fährt. Sie läßt sich nicht ins Bockshorn jagen. Ich nehme an, daß sie mich gleich erkannt hat, und anstatt seitlich ranzufahren, tritt sie kurz auf die Bremse, läßt sich überholen und fährt mir dann vor der Nase davon, wobei sie schamlos an mir vorbeirauscht. Doch ihr Motor kann gegen den meinen nichts ausrichten... Ich wiederhole das Manöver. Diesmal legt sie es nicht mehr drauf an, und schon stehen wir beide hintereinander. Ich strecke die

Nase aus dem Fenster und spiele ein zweites Mal den alten Kumpel.

»Hallo, Cora«, sage ich. »Wie geht's denn seit heute morgen?«

»Es geht, Rock«, gibt sie mir zur Antwort. »Darf ich Ihnen Miss Jackson vorstellen? Mary Jackson. Sie wissen doch. Die, deren Foto Sie in meiner Handtasche gefunden haben.«

Ich nehme mich ein wenig vor ihr in acht, nach der Behandlung, die ich ihr hatte angedeihen lassen. Aber es scheint alles in Ordnung zu sein. Ganz offensichtlich hat sie keinen Revolver in ihrem Büstenhalter versteckt, der immer noch so prall gefüllt zu sein scheint wie heute morgen.

Andy Sigman und Mike haben uns überholt, und ich sehe, wie sie zweihundert Meter weiter haltmachen und einen Reifen wechseln, der das nicht im mindesten nötig hat.

Ich setze meine Annäherungsarbeit fort.

»Na, Cora«, sage ich, »wie ist es denn mit diesem tollen Essen, das wir uns gemeinsam einverleiben wollten?... Die Gelegenheit ist günstig, jetzt oder nie... Zum Glück ist mein Kumpel Gary Kilian dabei, wir könnten also ein schönes kleines Abendessen zu viert veranstalten. Ist's Ihnen recht? Miss Jackson hat bestimmt nichts dagegen.«

»Mit dem größten Vergnügen«, sagt Mary Jackson.

Es sieht so aus, als hätte sie für Coras Geschmack etwas zu schnell gesprochen, denn diese wirft ihr einen Blick zu, der nicht sehr freundlich ist, aber ich lasse nicht locker.

»Wunderbar«, sage ich, »Gary ist natürlich einverstanden, denn er drängt mich schon seit zwei Kilometern, Sie einzuholen. Er hat Sie nämlich als erster wiedererkannt. Na Cora, Sie fahren mit mir, und Gary nimmt Ihren Platz ein.«

Ich gebe Gary ein Zeichen. Er kommt herbei, und ich stelle ihn vor. Fünf Minuten danach sind wir endlich abgefahren. Ich trällere ein kleines Liedchen und ich folge dem Dodge, und etwas weiter hinter uns sind Andy und Mike, die uns nach der falschen Reparatur ihrer falschen Reifenpanne wieder folgen.

»Was haben Sie denn heute morgen gesucht?« fragt mich Cora unschuldig. »Sie haben mich vollständig ausgezogen.«

Ich habe noch nie ein so hartschlägiges Mädchen gesehen. So wenig Groll, das ist fast genauso unheimlich, als ob sie mit aller Kraft über mich hergefallen wäre.

»Ich wollte Ihre Bewußtlosigkeit ausnützen«, sage ich. »Ich bin so schüchtern bei Mädchen, daß ich immer ihren Schlaf ausnütze, um mal zu sehen, wie sie beschaffen sind.«

Und das stimmt nicht nur teilweise. Sicherlich gehört sie zu jenen Mädchen, denen man erst mal eins verpassen muß, um sie ein wenig liebenswürdig zu machen.

»Ich habe jedenfalls nichts davon gehabt«, antwortete sie. »Sie könnten mir vielleicht erklären, was Sie mit mir gemacht haben, während ... ich träumte?«

»Das sind Dinge, über die man nicht spricht«, gebe ich ihr zur Antwort, »aber wenn wir eine Minute Ruhe haben, hoffe ich, daß ich Sie weiterbilden kann. Abgesehen davon, schwebt Ihnen ein Ort vor, wo Sie besonders gern den Abend verbringen würden?«

»Es gibt eine ganze Menge ... kurz vor San Pinto«, sagt sie.

Ich unterdrücke eine unfreiwillige Bewegung und sage: »Einverstanden.«

»Versuchen Sie etwas auf die Tube zu drücken«, fährt sie fort. »Ich habe einen anstrengenden Tag gehabt und der Magen hängt mir auf den Fersen.«

Sie ist wirklich ein korrekter Gegner. Nach einer Stunde Landstraße mache ich vor einem bezaubernden, in den Farben Weiß und Rot gehaltenen, kleinen Restaurant voller Blumen, das an der Straße liegt, halt. In dem mit Kies bedeckten Hof ist ein dicker Wagen geparkt.

Das ist so ziemlich alles, was ich bemerke. Gary hat mich eingeholt, und in dem Augenblick, in dem wir das Lokal betreten, fallen vier Typen über uns her. Eigentlich müßte ich sagen vier Gorillas.

Ich rolle über den Boden wie ein Kegel, denn einer der vier ist mir gegen die Beine gesprungen... Und es ist die schönste Schlägerei, die ich je in meinem Leben gesehen habe.

Wenn ich mich nur damit begnügt hätte, sie zu sehen!

XV
Ich pflege mein Äußeres

Diese Cora Leatherford hat mir natürlich diesen abgelegenen Ort angegeben, weil sie hier mit Männern ihrer Bande eine Verabredung hatte; die Männer, denen sie (ohne jeden Zweifel) Mary Jackson anvertrauen sollte, das junge Mädchen, das sie gerade entführt hatte. Was ich aber einfach nicht verstehe, ist, wieso sie über unsere Ankunft Bescheid gewußt haben, wieso sie über uns hergefallen sind, kaum daß wir das Lokal betreten haben. Dieser Gedanke schießt mir in einem Nebel durch den Kopf und rasend schnell, weil ich den Kopf eines der vier Typen zwischen meinen Schenkeln eingeklemmt habe, während ich den zweiten mit beiden Händen drücke... Es muß sein Hals sein, den ich so drücke, denn es kracht unter meinen Fingern. Gary, den ich blitzweise wahrnehme, scheint sich ebenfalls seiner Haut zu wehren. Ich nehme alle meine Kräfte zusammen und drücke noch stärker, mit den Händen und mit den Beinen. Der Kerl, den ich an der Gurgel habe, hört ganz plötzlich auf, mir in die Rippen zu boxen und hängt ganz weich da. Gewissenhaft stoße ich ihn beiseite, packe den andern beim Schopf und ziehe dran. Er beginnt zu schreien wie eine Wildkatze, zappelt wie ein Aal, und es gelingt ihm, sich freizumachen; er weicht zurück und nimmt einen Anlauf, um sich auf mich zu stürzen. Ich schicke mich an, ihn »in Empfang« zu nehmen, als ich eine zehn Kilo schwere Vase auf den Schädel bekomme. Einige Sekunden lang schwimme ich. Mein zweiter Angreifer nutzt die Gelegenheit, um mir eine Faust ins Gesicht zu schmettern, die, nach der Sanftheit der Berührung zu urteilen, aus einem Steinblock herausgehauen worden sein muß. Mit meinem rechten Auge stecke ich den Schlag ein und wuchte ihm meinen linken Fuß in den

Unterleib. Er krümmt sich zusammen, und ich fange wieder an, das Leben rosarot zu sehen. Wer mag wohl die Vase auf mich geworfen haben? Ich drehe mich um und erblicke Cora.

»Oh!« sage ich, »das ist aber ganz böse, daß Sie Ihren Bräutigam hinterrücks angreifen.«

Sie lacht höhnisch. In diesem Augenblick werde ich von einem der beiden Angreifer Garys von hinten gepackt. Gary scheint gesundheitlich nicht ganz auf der Höhe zu sein. Auf dem Rücken liegend, lacht er albern vor sich hin und schaut die Decke an. Ich lasse mich nach hinten fallen, mache eine Brücke und mich mit einem Schlag aufrichtend, gelingt es mir, den Knaben über meinen Kopf zu schleudern. Er schlägt mit einem schlaffen Geräusch auf den Fußboden auf. Ich breche in Gelächter aus, doch eine zweite Vase von mindestens fünfzig Kilo fliegt mir an den Schädel, und ich falle auf die Knie, neben den Kerl, den ich gerade in die Luft geschleudert habe. Er ist nicht schön anzuschauen. Sein Gesicht ist nur noch Mus und sein linker Arm ganz verdreht. Gary stöhnt in seiner Ecke, und sein erster Angreifer, ein dicker Kerl mit einem hellen Gabardineanzug und einem grauen Hut beugt sich über ihn; Gary hat sich anscheinend leichter »kriegen« lassen, als ich dachte... Ich bin auf einen neuen Angriff Cora Leatherfords gefaßt und ärgere mich wie ein toller Teufel, denn ich habe solche Kopfschmerzen, daß ich kein Bein und keinen Arm mehr bewegen kann. Ich habe einen letzten Augenblick der Zufriedenheit, als ich sehe, wie sich die beiden Füße Garys entspannen und geradewegs in der Kinnlade des Herrn im Gabardineanzug landen, der drei Dutzend Zähne ausspuckt und wie ein Fuhrmann fluchend zusammenbricht. Gary steht auf. Seine Ohnmacht muß eine Finte gewesen sein. Aber alles das geht sehr schnell vor sich, und ich begreife nicht so recht, was geschieht. Ich habe mich (halb k.o.) vor mein letztes Opfer gekniet, und ich spüre, wie mir Cora rittlings auf den Rücken springt und mir mit einem chinesischen Briefbeschwerer aus Bronze auf den Hinterkopf hämmert. 1, 2, 3, 4 ... verflixt! Mit einem schönen musikalischen Brummen falle ich in Ohnmacht.

XVI
In die Falle gegangen wie Ratten

Als ich wieder zu Bewußtsein komme – eine Viertelstunde später –, ist der Dekor (den zu beschreiben ich keine Zeit gehabt habe) immer noch derselbe. Auf dem Boden liegt ein schöner indischer Teppich, mit einigen Flecken von dunklem Rot, denn wir haben alle so ziemlich überall geblutet. Die Möbel sind mit Kupfer verziert, sie sind wahrscheinlich aus Mahagoni, aber ich kann für nichts garantieren. Es gibt auch komische kleine Fenster mit großen Vorhängen. Und ich lehne an einer Wand, geschnürt wie eine Wurst. Ich kann kaum den Kopf drehen und alles tut mir weh. Ich erblicke Gary neben mir. Seine Nase neigt dazu, auf seine Brust herabzuhängen, er sieht eher müde aus. Uns gegenüber behandeln sich die andern vier Akteure dieser hübschen kleinen Schlägerei gegenseitig mit etwas kraftlosen Gebärden. Einen von ihnen scheint das Leben ganz und gar anzuwidern. Es ist der, dem ich den Hals zugedrückt habe. Zu zweit verpassen sie ihm Klapse und schütteln ihn an den Armen, doch er bewegt sich so wenig wie eine Schlummerrolle. Auch der Herr im Gabardineanzug sieht nicht gut aus: er betupft sich das Gesicht mit einem ganz roten Taschentuch, und wenn er den Mund zumacht, sieht man, was ihm noch an Zähnen bleibt; oder besser, man sieht, daß ihm keine mehr bleiben. Was die Farbe seiner Augen angeht, die sich bis zur Hälfte der Wangen hinab vergrößert haben, so erinnert sie an Auberginen, nur noch etwas lebhafter. Die beiden andern, der Dicke im blauen Anzug, der sich um mich kümmerte (und den ich über meinen Kopf segeln ließ) sowie ein untersetzter, dunkelhaariger Typ mit Schultern wie ein gotischer Kamin, befühlen sich, um festzustellen, was sie alles gebrochen haben, und das entlockt ihnen hin und wieder ein ziemlich froh stimmendes Stöhnen und Ächzen. Ich bin mit dem Ergebnis der Operation nicht unzufrieden, obgleich ich mich gerädert fühle, als ob ich unter einem Mähdrescher gelegen hätte. Gary gibt immer noch nichts von seinen Eindrücken preis. Dann gibt es noch Cora Leatherford, frisch wie eine Rose, die rittlings auf einem Stuhl sitzt, und Mary Jackson, die ein wenig erstaunt zu sein scheint. Ich weiß, daß die Frauen es gern sehen, wenn die Männer sich schlagen, selbst wenn es nicht ihretwegen ist. Mary Jackson legt wieder Puder auf: als ob sie gerade eine Schlägerei gehabt habe.

»Sie haben eine merkwürdige Art, den Leuten zu danken, die Sie zum Abendessen einladen«, sage ich.

»Und Sie, wie behandeln Sie die Leute, die Sie im Auto mitnehmen?« antwortet sie schlagfertig.

Sie lacht!

»Sie sind überhaupt nicht mein Typ...«, sagt sie.

Ich versuche sie wütend zu machen, weil ihr Lächeln mir allmählich auf den Sympathikus geht.

»Ihren Typ kenne ich«, sage ich. »Er liegt auf den Steinfliesen des Leichenschauhauses, mit blauen Flecken auf seiner widerlichen Visage, und genau das gleiche erwartet auch die Früchtchen von gegenüber.«

Mit dem Kinn zeige ich auf die vier fußkranken Affen, die sich, tot oder lebendig, im Raum zu schaffen machen, und meine Bemerkung scheint sie nicht in gute Laune zu versetzen. Cora hingegen verzieht's Maul über die Anspielung, die ich gerade über ihren Liebling gemacht habe und wirft mir einen dunkelschwarzen Blick zu.

»Wolf Petrossian war nicht so dumm wie Sie, Rock Bailey«, sagt sie. »Man hat ihn überrumpelt, ihn ganz überraschend getötet, indem man ihm etwas zu schlucken gab; aber er wäre nie so blöd gewesen, sich in den Rachen des Wolfs zu stürzen, wie Sie das gerade getan haben.«

»Trotzdem war er blöde genug, sein hinterhältiges Gift zu schlucken und dann in einer Telefonkabine zu krepieren«, sage ich.

»Apropos Telefonkabinen«, sagt sie, »da gibt es noch so eine kleine Geschichte mit Fotos, die Sie uns nachher ein bißchen erklären müssen.«

»Wem?« sage ich. »Ihnen? Diesen Herren? (Ich zeige auf die vier.) Oder jemand anderem?«

Die betreffenden »Herren« scheinen den feinen Witz unserer Unterhaltung nicht zu goutieren, und der kleine Untersetzte kommt auf mich zu. Bevor ich überhaupt Zeit gehabt habe, mich in acht zu nehmen, zerquetscht er mir die Nase mit einem Faustschlag, und mein Kopf dröhnt hart gegen die Wand...

Cora ist sich wohl klar darüber, daß das einen schlechten Eindruck macht. Ich frage mich, wie sie Mary Jackson die Sache erklären wird. Wirklich, die Mädchen, die sie für die Experimente von Monsieur X... anwirbt, sind ganz schön abgebrüht. Sie müssen sogar ein bißchen wutzig sein. Das würde auch erklären, warum die Eltern von Bérénice Haven und Cynthia Spotlight (die beiden ersten Vermißten) keine Strafanzeige erstattet haben und warum die Familie von Mary Jackson ebenfalls keine Strafanzeige erstatten wird. Aber die Eltern haben die Fotos nicht gesehen und stellen sich wohl vor, daß sie einfach nur ausgerissen sind.

Während ich diese Betrachtungen anstelle, schnauzt Cora den Untersetzten an, der brummt und wieder an seinen Platz zurückgeht. Und dann gibt es einen Krach, und zwei Männer kommen ins Lokal gestürmt. Sie werfen einen Blick auf uns, lachen, sehen die andern an, lachen nicht mehr. Woran ich erkenne, daß es sich um Verstärkung handelt – aber für das gegnerische Lager.

Cora steht auf.

»Nehmt die beiden Kerle«, sagt sie und zeigt auf Gary

und mich, »und bringt sie dorthin, wo ihr sie hinzubringen habt. Kommen Sie, Mary«, sagt sie noch.

Die beiden Männer kommen auf uns zu. Der eine von ihnen ist mittelgroß, gut gekleidet, mit einem offenen, treuherzigen Gesicht. Der andere ... Ich erkenne ihn wieder. Es ist der dicke Krankenpfleger, der mir die Behandlung hat angedeihen lassen (an die ich nicht mehr denken kann, ohne mich nach Bérénice Haven zu sehnen), die mir am ersten Abend dieses Abenteuers verpaßt wurde.

Der Dicke schneidet die Stricke durch, mit denen die Beine zusammengebunden sind.

»Auf«, sagt er. »Sieh da? aber das ist ja unser alter Kumpel! Na, suchen wir mal wieder unsere Freunde auf?«

»Ganz richtig«, sage ich. »Ein sentimentaler Ausflug an den Ort unserer ersten Begegnung.«

Er lacht und sein Lachen ist gut zweihundert Gramm schwer. Sein jovialer Charakter war mir schon aufgefallen.

»Immer noch so schwul?« sagt er zu mir. »Hat Cora Sie in diesen Zustand versetzt, weil Sie sich ihr verweigert haben?«

»Wo denken Sie hin ...«, sage ich. »Wenn Sie eine Viertelstunde früher gekommen wären, hätten Sie uns aufeinander gefunden.«

Das stimmt zwar ganz genau, doch was ich zu sagen vergesse, ist die Tatsache, daß ich unten war und daß sie mit einem Briefbeschwerer Liebe mit mir machte. Unterdessen ist es mir gelungen, aufzustehen, aber ich habe Ameisen in den Beinen, und ich muß mich an ihn klammern, um nicht zu fallen. Sein Gehilfe versucht, Gary beim Aufstehen zu helfen. Aber der arme Bursche kann sich nicht rühren. Er hat zu nichts mehr Lust. Er stößt einen Klagelaut aus und bleibt reglos sitzen. Mary Jackson sieht ihn interessiert an, und Cora tritt zu ihm. Bevor ich überhaupt Zeit gehabt habe, Atem zu holen, hebt sie den Fuß und hämmert mit ihrem spitzen Absatz auf einem seiner Schienbeine herum. Gary zuckt zusammen und brüllt. Mary Jackson scheint sich immer stärker für die Szene zu interessieren, und ich sehe, wie sie sich mit rosiger Zunge über die glänzenden Lippen fährt. Dieses Mädchen liebt es bestimmt, den Leuten mit Rasierklingen die Finger zu spitzen. Gary ist aus seiner Benommenheit erwacht und immer noch schreiend, wälzt er sich zur Seite, um Cora zu entkommen. Er klammert sich an die Wand. Seine Fingernägel knirschen. Mit letzter Anstrengung gelingt es ihm, sich auf die Beine zu stellen. Cora Leatherford amüsiert sich, sie amüsiert sich allerdings nicht mehr so, als Garys Faust sie hart an der rechten Brust trifft. Jetzt brüllt sie los und tanzt auf der Stelle, wobei sie sich mit beiden Händen die Brust hält.

Die beiden Männer bringen uns weg. Wir überqueren den mit Kies bestreuten Hof. Der dicke Wagen, der dort geparkt war, steht immer noch da, während der meine draußen wartet, hinter dem Dodge Coras. Wir steigen in den dicken ein. Unsere beiden Bewacher haben sicherlich die Absicht, Cora sich selbst aus der Affäre ziehen zu lassen, denn kaum, daß wir sitzen, geht der Joviale wieder ins Restaurant und kommt nur mit Mary Jackson allein zurück. Ich versuche, Gary so bequem wie möglich unterzubringen, indem ich ihn stoße. Mary Jackson setzt sich neben mich, und wir fahren ab. Der Kleine fährt. Der Dicke beobachtet uns im Rückspiegel.

»Wo fahren wir hin?« sage ich.

»Sie haben es vorhin schon erraten«, sagt er. »Zu einem sehr netten Herrn, der Damen Zimmer zur Verfügung stellt und Herren andere Zimmer, und der ihnen das Mobiliar stellt und alles Notwendige!«

Er unterbricht sich, um an einem Knopf seines Armaturenbretts zu drehen und gibt ein Funkrufzeichen durch. Wahrscheinlich haben sie im Wagen ein Funkgerät installiert, vom Typ Walkie-Talkie, wie man sie in der Armee hatte. Ich verstehe jetzt, warum die vier Typen uns im Restaurant erwarteten.

Cora muß wohl auf ihre Wellenlänge angeschlossen gewesen sein, so daß sie unsere Unterhaltung von dem Augenblick an mithörten, in dem ich in ihren Wagen gestiegen war.

Ich spüre an meinem Körper Mary Jackson, die sich zu rühren anfängt. Meine Hände sind immer noch zusammengebunden und ich kann mich nicht bewegen, aber ich errate ihre Hand, die meinen Schenkel betastet, und ich mag das nicht. Alle meine Lüste und alle meine Begierden haben sich seltsamerweise zurückgebildet, seit mir Cora den Schädel mit Kunstgegenständen gestreichelt hat.

»Sie sind gar nicht schlecht«, sagt mir Mary Jackson geradeheraus ins Gesicht. »Wenn Ihr Gesicht wieder etwas in Ordnung gekommen ist, sind Sie sogar ausgesprochen vorzeigbar. Warum haben Sie sich von diesen vier brutalen Typen einseifen lassen?«

»Wenn Ihre Freundin Cora mir nicht heimtückisch in den Rücken gefallen wäre«, sage ich, »wäre die Sache nicht so ausgegangen.«

Mary Jackson lacht sanft. Sie hat sehr hübsche blonde Haare und ein leichtes, aber einschmeichelndes Parfum.

»Ich verstehe überhaupt nicht, was da vor sich geht«, sagt sie zu mir. »Cora hatte mir versprochen, sie wolle mich mitnehmen, um das Wochenende auf dem Besitz eines ihrer Freunde zu verbringen.«

»Wer ist das?« sage ich.

»Markus Schutz... Dr. Markus Schutz. Er gibt viele Empfänge, wie es scheint. Und dann sind wir aufgebrochen, und haben Sie und Ihren Freund getroffen. Wie heißt Ihr Freund eigentlich?«

Ich bemühe mich, ruhig zu antworten. Ihre Hand streichelt weiterhin meine Schenkel, ohne daß sie sich dessen bewußt zu sein scheint.

»Er heißt Kilian«, sage ich. »Gary Kilian.«
Kein Grund, ihr Dummheiten zu erzählen.
Diese Mary Jackson ist eine Nymphomanin. Das ist alles. Sie läßt endlich meine Beine in Ruhe und lehnt sich im Wagen zurück, wobei sie mir ihren Arm um den Hals legt. Verflucht und zugenäht! Es wird gesagt, daß ich mich immer in dem Augenblick packen lasse, in dem ich mich nicht wehren kann!
Mein Kopf ist gespickt, ich bin am ganzen Körper voller blauer Male, ich sehe bestimmt furchtbar aus, meine Hände sind gefesselt – und dieser Tollwütigen ist das völlig schnuppe, sie vergnügt sich damit, mir um den wunden Punkt herum merowingische Tatscherl zu verpassen – in einem Wagen, der uns zu Markus Schutz, zu Dr. Schutz bringt. Ein Herr, der Leute entführt, um sie miteinander schlafen zu lassen! Und der in seinem Haus Operationssäle hat, in denen wohl Fotos gemacht werden... Fotos, wie ich sie vor gar nicht langer Zeit gesehen habe, Fotos, für deren Wiedererlangung sich ein halbes Dutzend Typen gegenseitig umgebracht haben.
Mary wendet sich mir zu, zieht mich an sich – was mir wahnsinnig weh tut – und küßt mich. Ihr Mund ist frisch und sanft und sicherlich hat sie bei jemandem Unterricht genommen, der sehr viel davon versteht. Ich bin ganz betäubt und ich wünsche mir sehr, daß es dauert. Übrigens dauert es auch ziemlich lange. Ich schließe die Augen und lasse alles mit mir geschehen... Die Frauen sind doch eine schöne Erfindung... Ich bin sicher, daß der dicke Knabe uns im Rückspiegel beobachtet, aber es ist mir egal. Mary Jackson macht sich frei und seufzt leise.
»Ich möchte mich zwischen Sie beide setzen«, sagt sie. »Ich sitze schlecht in dieser Wagenecke.«
»Wie Sie wünschen«, sage ich.
Ich bin nicht sonderlich froh darüber, daß mir die Hände gebunden sind, denn in diesem präzisen Augenblick wüßte

ich ganz genau, wohin damit. Sie erhebt sich und steigt über mich, während ich mich nach rechts schiebe. Sie hat nur ein leichtes Kleid an und ich spüre ihren festen Körper an dem meinen... Ich beschließe, wieder Kontakt aufzunehmen. Aber dieses verdammte Mädchen wendet sich Gary zu, nimmt den Kopf meines Freundes in ihre Hände und verpaßt ihm das gleiche wie mir. Mir ist das egal, weil es mein alter Gary ist, aber es setzt mich ihr gegenüber herab, im eigentlichen und im übertragenen Sinn. Ich nutze die Gelegenheit, um die Landschaft etwas zu betrachten. Der dicke Kerl vor mir vergnügt sich sehr. Er hat sich halb nach uns umgedreht. Er wirft mir einen sarkastischen Blick zu und fängt wieder an, an seinen Radioknöpfen herumzufummeln und sich halblaut mit seinen unsichtbaren Gesprächspartnern zu unterhalten. Diese sind sicherlich nicht sehr weit von hier entfernt, denn ich weiß, daß die Reichweite dieser kleinen Sender ziemlich gering ist. Die Landschaft ist immer noch die gleiche, verbrannt von der Sonne, die anfängt, sich über den Horizont zu senken. Stellenweise finden sich verkümmerte Pflanzen und schöne Blumen. Hier und da liegt das Skelett eines Kamels herum, Erinnerung an eine Karawane. Mary Jackson läßt Gary los und unternimmt bei mir einen neuen Vorstoß.

»Was?« sage ich mit einem Knurren, »haben Sie denn immer noch nicht genug?«

»Lassen Sie mich wählen«, sagt sie ohne die geringste Verlegenheit... »genau genommen glaube ich doch, daß ich Sie vorziehe.«

Verdammtes Weibsbild... sie kennt sich da aus! Ich weiß natürlich, daß es eine ganz gewöhnliche Schmeichelei ist... Aber es schmeichelt mir trotzdem. Diesmal legt sie noch mehr Glut hinein... und sie hat welche!

»Wenn Sie mir die Schnur durchschneiden würden...«, gelingt es mir zu sagen, »dann hätte ich wenigstens nicht mehr den Eindruck, unnütz zu sein.«

»Ich möchte ja gern«, sagt sie, »aber ich habe nichts, womit ich es tun könnte ... Verlieren wir nicht unsere Zeit, es geht auch so sehr gut.«

Gary, der wieder zu sich gekommen war, ist in eine völlige Benommenheit zurückgefallen. Ich nehme an, daß Marys Küsse ihm den Rest gegeben haben. Ganz dicht an meiner Wange sehe ich eine Welle ondulierter, glänzender Haare und ihr zartes Ohr; meine Augen verlieren sich in den Schattenwinkeln ihres runden, schlanken Halses. Eine sanfte Wärme beginnt mich zu durchströmen, und ich bin den beiden Burschen, die mich zu Dr. Markus Schutz bringen, überhaupt nicht mehr böse ... Werde ich endlich wissen, wer dieser Dr. Schutz ist?

Ich stelle mir diese Frage, aber ganz vage, denn ich fühle mich ganz und gar nicht imstande, über Polizeiprobleme nachzudenken. Der Wagen macht langsam, biegt nach rechts auf einen Seitenweg ab und fährt wieder mit Volldampf weiter. Die Bewegung hat mich an Mary gepreßt. Ich empfinde so etwas wie Gewissensbisse, als ich an Sunday Love denke ... Der feste Oberkörper Marys drängt sich an den meinen und ich spüre, daß sie schneller atmet. Der Wagen hüpft über die Unebenheiten des Weges. Jetzt macht er von neuem langsam, wendet ein zweites Mal, diesmal nach rechts, fährt zweihundert Meter und macht plötzlich halt.

Durch die blonden Haare Marys hindurch sehe ich eine hohe Backsteinmauer.

Die beiden Männer steigen aus. Ich höre einen Fluch, das Knirschen der Bremsen eines anderen Wagens, und ich sehe, wie der dicke Kerl unter dem Aufprall einer fahlroten Masse, die als Feuerkugel durch die Luft fliegt, zusammenbricht, während der andere dafür auf die Matte geht ... Ich erkenne darin die Arbeit Mike Bokanskis und seines großen Hundes Noonoo ... und das gute Gesicht Andy Sigmans, der mich verschmitzt anlächelt.

XVII
Es läuft wieder alles gut

Es sind Andy und Mike, die uns gefolgt sind und uns nun zu Hilfe kommen. Andy Sigman macht die Wagentür auf, zieht ein Messer aus der Tasche und schneidet meine Fesseln durch. Mary Jackson, die immer noch neben mir sitzt, hat sich nicht gerührt. Ihr scheint alles, was da vor sich geht, völlig schnuppe zu sein. Ich steige stöhnend aus. In meinen Adern beginnt wieder das Blut zu zirkulieren, und das tut mir saumäßig weh. Mit dem Gummiknüppel legt Mike meine beiden Entführer säuberlich nebeneinander; für eine ganze Weile sind sie nun eingeschlafen, denn er hat die Arbeit des Boxers mit einigen kräftigen Schlägen seines Kopfnußwerkzeugs vollendet. Ich danke Andy aus tiefstem Herzen; er hat mir wirklich ganz schön aus der Patsche geholfen. Er versucht jetzt, Gary Kilian wiederzubeleben, den er von seinen Fesseln befreit hat. Mike Bokanski begrüßt mich, sein Hund ebenfalls. Mike hat ihm gerade einen jener liebevollen Klapse auf den Hintern versetzt, die ihnen beiden so viel Spaß machen.

»Wir sollten trotzdem nicht allzu lange hierbleiben«, sagt Mike zu mir und zeigt auf die große Backsteinmauer, vor der unser »Taxi« haltgemacht hat. »Die Burschen hier sind sicherlich von unserer Ankunft unterrichtet, und wenn wir warten, werden wir sie alle auf dem Hals haben.«

»Sie haben recht«, sage ich, »aber was sollen wir machen? Jetzt, wo wir den Schlupfwinkel dieser Herren entdeckt haben, werden wir doch nicht weggehen, ohne in Erfahrung gebracht zu haben, was hier vorgeht!«

Ich spüre den Arm Mary Jacksons um meinen Hals. Sie ist ebenfalls ausgestiegen, und ich habe den Eindruck, daß sie nichts anderes im Kopf hat, als das fortzusetzen, was wir im Wagen begonnen haben.

»Die Schlitten müssen weggebracht und versteckt werden«, sagt Mike. »Anschließend werden wir eine Hausdurchsuchung machen.«

»Gary ist kaum zu was zu gebrauchen«, sage ich, »aber man muß schon zu zweit sein, um sich da hineinzuwagen.«

Mike Bokanski wird mit mir zu Markus Schutz gehen. Wahrhaftig, ein Gefährte, der nicht zu verachten ist. Vor allem, wenn sein Hund mit von der Partie ist.

Aber was werden wir mit Mary Jackson tun? Sie preßt sich weiterhin an mich und küßt mich ab, aber jetzt, wo wir stehen, ist es viel weniger kompromittierend, denn sie reicht mir kaum bis zur Schulter. Meine Arme sind wieder völlig gelenkig, und da ich viel zu viele Beulen so ziemlich überall am Körper habe, um darauf zu achten, fühle ich mich fast in Form. Der arme alte Gary hingegen sieht aus, als hätte ihn ein Dutzend Boxer beim Training für einen Sandsack gehalten. Er hat zwei Augen von schönstem Tiefschwarz und ist mit Blut bedeckt (mit seinem eigenen oder fremdem). Er hinkt, schnüffelt verächtlich und murmelt erst mal vor sich hin, bevor er spricht. Ich nehme an, er zählt mit der Zunge seine Zähne.

»Na?« sagt er zu mir. »Bist du zufrieden mit deiner Idee? Ein hübsches kleines Abendessen haben wir da gehabt! ... Wo sind denn unsere Partner hingekommen?«

»Sie werden sich sicherlich bald einstellen.«

Andy lacht, Mike lächelt.

»Wir haben mal ein bißchen nachgesehen, was sich in diesem Hotel getan hat«, sagt Mike... »Sie waren schon ganz schön zugerichtet, aber jetzt wird in den ersten zwei Monaten niemand mehr davon reden... War auch ein Weib dabei?«

»Ja«, sage ich, »ein bezauberndes junges Mädchen... Sie kennen Sie doch, Mary? Ihre Freundin Cora...«

»Der«, sagt Mike, »hat Noonoo ein wenig das Kleid zerrissen, und falls sie sich kein anderes aus den Vorhängen macht, weiß ich nicht, ob sie heute draußen herumlaufen kann, ohne eingebuchtet zu werden.«

»Aber sie wird Alarm schlagen«, sage ich. »Sie werden mir doch nicht erzählen wollen, daß Sie sich damit zufriedengegeben haben, sie auszuziehen (oder sie von Noonoo ausziehen zu lassen).«

Mike Bokanski wird rot.

»Wir laufen keine Gefahr«, sagt er, »sie ist an einem sicheren Ort.«

Und er fügt hinzu, wobei er sich einen Ast lacht wie ein Astlacher:

»Sie liegt im Kofferraum des Taxis!«

Ich bin beruhigt. Während dieser ganzen Zeit hat Andy Sigman die Arme und den Oberkörper Garys massiert, der sich schüttelt und (leise) brüllt:

»Zum Angriff!«

»Ganz richtig«, sage ich. »Du wirst in diesen Wagen steigen (ich zeige auf den, der uns, Gary, Mary Jackson und mich hierhergebracht hat) und Andy folgen! Wir müssen sie verstecken, wenn wir nicht entdeckt werden wollen. Währenddessen werden Mike und ich einen kleinen Ausflug in die Baracke machen. Du wirst Nick Defato anrufen. Du wirst an der Landstraße schon eine Kneipe finden.«

»Ich komme gerade aus einer«, sagt er ... »Vielen Dank für die friedlichen Kneipen ...«

»Gut«, sage ich. »Aber wir werden nicht überall ›erwartet‹. Sagt Nick Defato Bescheid, wo wir sind, und kommt wieder her, sobald ihr die Wagen abgestellt habt. Vergeßt Cora Leatherford nicht in ihrem Kofferraum!«

»Wenn es nur auf mich ankommt«, knurrt Gary, »bleibt sie dort drin bis ans Ende ihrer Tage – und ich hoffe, das wird schon bald sein.«

»O. K.«, sage ich. »Du wirst auch unsere Freundin Mary Jackson mitnehmen und versuchen, dich um sie zu kümmern.«

»Oh!« sagt Mary, die uns seit einem Augenblick zuhört, »ich fahre mit ihm? Das ist prima! ... Werden Sie mich zum Abendessen einladen?«

»Beeilen Sie sich«, sage ich ...

Sie setzen sich ins Auto und Andy startet.

»Wir kommen in einer halben Stunde zurück«, sagt er.

»Schon gut! Laßt euch Zeit.«

Gary hat sich mühselig hinters Steuer geklemmt, und Mary Jackson preßt sich an ihn ... Hoffen wir nur, daß er wegen ihr nicht von der Fahrbahn abkommt ... Was für ein Mädchen!

Ich drehe mich nach Mike Bokanski um.

»Und nun zu uns beiden ...«, sage ich. »Wir müssen uns jetzt Zutritt zur Festung verschaffen.«

Wir stehen beide vor einer Mauer, die gut zwei Meter fünfzig hoch ist. Wir erblicken die Wipfel schöner Bäume. Der Abend bricht herein, und es beginnt kühl zu werden, denn San Pinto liegt in 800 Meter Höhe (und wir sind nicht weit von San Pinto entfernt). Als erstes müssen wir uns einmal von der Landstraße entfernen. Die beiden Männer, die uns hierhergebracht haben, haben vor dieser Mauer haltgemacht. Aber es muß doch schließlich ein Gitter zu diesem Park geben. Und eine Tür zu diesem Gitter. Je mehr ich darüber nachdenke, um so ungewöhnlicher finde ich es, daß diese Straße vor dieser Mauer endet. Ich teile Mike meine Überlegungen mit.

»Gut möglich, daß es einen Eingang gibt«, sagt er. »Aber er ist sicherlich getarnt.«

»Gehen wir mal um das Besitztum herum«, sage ich. »Nach rechts oder nach links?«

Wir gehen nach rechts, und plötzlich knurrt Noonoo und beginnt auf eine Baracke zuzulaufen, die wir hinter den Bäumen nicht bemerkt haben. Als ich nach unten schaue, erblicke ich Reifenspuren, die hierher führen, doch der Boden ist hart und steinig, und sie sind kaum sichtbar.

Wir kommen bei dem Gebäude an: eine Art Schuppen. Er sieht armselig aus. Er ist alt und baufällig, ziemlich groß.

»Aufgepaßt«, sage ich ... »vielleicht ist da jemand.«

»Noonoo ist da«, sagt Mike.

Die Baracke ist dreißig Meter von der Backsteinmauer entfernt. Ich rüttele an der Tür. Natürlich geschlossen. Ein letzter Blick in die Runde. Nichts. Mike schaut durchs Schlüsselloch, lacht und prüft mit der Schulter die beiden Türflügel. Dann wirft er sich mit aller Kraft gegen die Tür und stößt einen lauten, sehr unflätigen Fluch aus. Er muß sich sehr wehgetan haben, und die Tür hat sich um keinen Deut bewegt.

»Die ist gar nicht so alt, wie sie aussieht«, knurrt er und reibt sich dabei die Schulter.

»Versuchen wir es mit dem Schloß«, sage ich.

»Ich habe einige Werkzeuge mitgebracht«, antwortet er.

Er zieht einen flachen, gebogenen Eisenschaft aus der Tasche. Kaum hat er ihn ins Schloß gesteckt, macht er einen Satz von fünfzehn Metern, fällt auf den Hintern und reibt sich wütend die Hand.

»Diese Säue! Diese Waschlappen! Diese Flaschen! Diese Schweine! Diese Säcke!« sagt er.

Er deklamiert unaufhörlich und ich biege mich. Es ist immer sehr komisch, wenn man sieht, wie ein Kerl einen elektrischen Schlag versetzt bekommt. Es ist zwar harmlos, aber es schüttelt durcheinander.

»Interessant«, sage ich. »Wenn das Schloß elektrisch geladen ist, dann ist da etwas hinter der Tür.«

»Gut, gut ...«, sagt er. »Das ist sehr interessant. Aufregend sogar ... Aber damit sind wir immer noch nicht weiter.«

Ich packe ihn am Handgelenk ... Ich höre etwas.

»Bewegen Sie sich nicht mehr! Verstecken wir uns ...«

Die Baracke ist von ziemlich hohen Sträuchern umgeben. Mike hat seinen Hund am Halsband geschnappt und drückt ihn hinter sich auf den Boden.

Vom Innern des Schuppens kommt ein Motorengeräusch (wie der Motor eines Aufzugs). Dann höre ich ein dumpfes Knacken, das an das Knacken eines Tresorschlosses erinnert. Die Tür geht knarrend auf. Von meinem Platz aus kann ich nicht gut sehen. Ich renke mir den Hals aus, um einen Blick in die dunkle Öffnung zu werfen. In diesem Augenblick kommt mit vollem Karacho ein Schlitten herausgebraust, biegt nach rechts ab und saust durch die Bäume über einen kaum angedeuteten Pfad dahin, der wohl zur Landstraße führt.

Die Tür geht langsam wieder zu. Ohne uns abzustimmen, stürzen wir nach vorn, Mike und ich. Wir treten ein. Der Boden ist ziemlich abschüssig. Die Tür schlägt hinter uns zu. Wir machen in einer schwach beleuchteten unterirdischen Passage einige Schritte, und ich bleibe stehen. Über uns laufen schwere Paneelen geräuschvoll auf Rollen und schließen den Eingang der Passage. Ich bücke mich, um nicht von der ersten getroffen zu werden, und ich gehe schnell den Abhang hinunter, um mich aufrecht halten zu können, ohne den Kopf einziehen zu müssen.

Mike drückt sich flach an eine der Wände. Geräuschlos trete ich neben ihn.

»So kommen sie durch die Mauer«, sagt er zu mir.

»Das sehe ich auch...«, sage ich. »Aber wie werden Gary und Andy uns wiederfinden?«

»Es wird schon klappen...«

»Seltsam, daß es keine Wächter gibt!«

»Das«, sagt Mike, der sich wieder verfinstert, »verstehe ich nicht. Es sieht ganz so aus, als sei alles automatisch.«

»Trotzdem...«, sage ich. »Es muß doch Wächter geben.«

»Nein... Noonoo hätte sie ausfindig gemacht.«

Wir gehen wieder weiter. Der Korridor ist immer noch

abschüssig. Endlich erreichen wir eine horizontale Ebene. Der Hund macht sich steif, knurrt und weicht zurück.

»Pst«, haucht Mike.

Ich brauche euch nicht zu sagen, daß wir keinen Lärm gemacht haben und daß wir an der Wand entlangschleichen, indem wir uns flachmachen wie Eidechsen. Ich hatte alle die Schläge, die ich in der Gaststätte bekommen hatte, ein wenig vergessen, aber plötzlich erinnere ich mich wieder daran. Es tut mir so ziemlich überall weh, und ich fühle mich nicht sehr in Form für einen neuen, harten Schlag. Zum Glück beruhigt mich Mikes Gegenwart ein wenig.

Der Hund ist verstummt. Mike flüstert mir zu:

»Bleiben Sie hier, ich werde mal nachsehen gehen, was da los ist.«

»Ich komme mit.«

»Nein.«

Etwas in seiner Stimme bewirkt, daß ich gehorche.

Es ist leicht, sich in dieser Passage zu verstecken. Die Wände sind abgestützt wie die eines Grubenstollens, mit dicken, vorspringenden Pfosten hier und da, hinter denen man sich vorwärtsbewegen kann, ohne dabei Gefahr zu laufen, daß man bemerkt wird. Mike hält mir etwas hin und entfernt sich, gefolgt von Noonoo, der ihm an den Fersen klebt. Ich sehe nach, was er mir gegeben hat. Ein kleiner Gummiknüppel, wie der, den er vorhin benutzt hat. Ein sympathisches Werkzeug, das einem ein Gefühl der Unabhängigkeit und der Bequemlichkeit gibt. Meine Augen gewöhnen sich allmählich an das Halbdunkel, das in diesem unterirdischen Gang herrscht, aber Mike bewegt sich so schnell vorwärts, daß ich Mühe habe, seine Gestalt nicht aus den Augen zu verlieren. Und plötzlich zucke ich zusammen und meine Finger krallen sich in das Holz der Pfosten. Man hört den Knall einer Explosion, dann einer anderen. Und es ertönt ein Gebrüll, das in einem Gurgeln endet. Ich vergesse alle Ratschläge Mikes und renne nach vorn. Kein Geräusch mehr. Ich komme bei Mike an. Er kniet vor einem Kerl, der auf dem Rücken liegt. Neben der Hand des Kerls ist ein Revolver und ein wenig Blut auf dem Ärmel Mikes.

Er hebt den Kopf und lächelt.

»Der hat sein Fett!«

»Hat er auf Sie geschossen?«

»Eine Schramme. Noonoo hat ihm das Handgelenk gebrochen.«

»Tot?«

»Nein«, sagt Mike, »ich habe ihn nur etwas eingeschläfert.«

In der Mauer bemerke ich eine Tür. Sie geht auf eine kleine, enge, in die Erde gegrabene und ausbetonierte Zelle. Auf einem Tisch ein Funkgerät, das aussieht wie ein Fernsprecher. Wenn das Ding angeschlossen ist, haben die Leute von »drüben« sicherlich die Schüsse gehört, und wir werden sie von einer Minute zur andern auf dem Hals haben. Mike ist wieder aufgestanden und schleift den Haufen Fleisch in die Kabine. Ich lege einen Finger auf die Lippen und zeige dabei auf den Apparat. Er nickt.

Wir legen den Mann unter den Tisch, und ich schneide die Leitung des Fernsprechers durch. Das ist zwar auch nicht sehr klug ... aber egal.

Ohne die geringsten Vorsichtsmaßregeln laufen wir bis ans Ende der Unterführung und tauchen im Freien wieder auf. Die Landstraße liegt da, von Bäumen eingesäumt. Der Besitz muß riesig sein. Wir gehen am Rande des Weges entlang und bewegen uns im Schutze der mächtigen Stämme. Noonoo läuft vor uns her. Es ist fast Nacht, und undeutlich sieht man, wie sich sein helles Fell abzeichnet. Plötzlich bleibt der Hund stehen, alle seine Muskeln sind angespannt, und ich pralle auf Mike, der unvermittelt haltgemacht hat.

Eine Lichtung erstreckt sich vor uns. Rechts und links erblicke ich zwei auf Pfählen stehende Bauten: sicherlich Wachttürme.

Alles ist menschenleer und still, aber bestimmt wird gut aufgepaßt. Der Boxerhund hat sicherlich die Gegenwart von jemandem gewittert.

Was tun?

Mike zieht mich grob nach hinten, ruft seinen Hund mit einem diskreten Pfiff und wirft sich auf den Boden. Ich tue das gleiche. Er kramt in seiner Tasche herum. Sein Arm beschreibt einen Bogen. Und er stopft sich zwei Finger in die Ohren.

Die Granate explodiert mitten unter dem rechten Wachtturm. Es gibt einen ungeheuren Knall, und das kleine Gebäude stürzt zu Boden. Wir hören Schreie, Flüche. Der Scheinwerfer des andern Wachtturms leuchtet auf und sucht die Dunkelheit ab. Schnell rennen wir zu diesem Gebäude hin und verstecken uns darunter. Dort kann uns sein Scheinwerfer nicht mehr erreichen. Das Prasseln eines Maschinengewehrs ertönt, und die Kugeln zerhacken die Blätter.

»Aufgepaßt!« flüstert Mike. »Es wird gleich rundgehen.«

Der Kerl, der in dem ersten Wachtturm war, ist dabei, sich aus den Trümmern zu befreien. Wenn man dem Glauben schenken darf, was man hört, hat er sich ein bißchen wehgetan, als er herunterfiel. Doch wir sind gemeine Egoisten, und es läßt uns völlig kalt.

Mike steckt die Hand ein zweites Mal in seinen Regenmantel, und da ich weiß, was er daraus hervorholen wird, fühle ich mich leicht belästigt und stopfe mir nun ebenfalls die Ohren zu.

»Ich werd's riskieren...«, murmelt er.

Er wischt sich die Stirn ab. Plötzlich bricht über uns ein Höllenspektakel los, und der ganze Raum wird hell erleuchtet. In allen Bäumen gehen elektrische Lampen an.

Mike verliert keine Sekunde mehr. Er geht einen Meter vor und wirft die Granate geradewegs über sich. Dann reißt er mich im Eiltempo mit. Ich habe gerade noch die Zeit, das Geräusch der Granate zu hören, die auf den Fußboden des Wachtturms aufschlägt und die Stimme des Wächters, der brüllt:
»Da sind sie... Feuert in den Haufen!«
Armer Alter... er müßte noch sehr viel lauter schreien, um den Krach der zweiten Explosion zu übertönen.

Ich frage mich allmählich, ob sich Mike Bokanski damit nicht ein wenig über seinen Status als Amateurpolizist erhebt.

Natürlich kümmern sich die Brüder auf den Wachttürmen nicht mehr um uns, und wir könnten genauso gut wieder mitten über die Allee schlendern. Aber wir ziehen es vor, in der Deckung der Bäume zu bleiben.

»Ich hoffe, daß der Krach sie alle herbeieilen läßt«, flüstert mir Mike zwischen zwei Sprüngen zu. »In der Zeit können wir dann nachsehen, was da eigentlich los ist.«

»Hoffen wir es«, sage ich.

Ich möchte gern das Ende dieses verdammten Wegs erleben, weil es nicht gerade erfreulich ist, in der Dunkelheit alle zwei Meter mit den Füßen in Dornengestrüpp, Erdlöchern und Wurzelwerk hängenzubleiben, ohne zu wissen, wo man hingeht. Mike Bokanski ist das völlig schnuppe und er schiebt sich wie ein Tank durch das ganze Zeug. Ich sage mir, daß er bestimmt ein gutes Dutzend Handgranaten bei sich hat, und das macht mir ein wenig Angst, doch wenn ich mir's recht überlege, glaube ich schon, daß er sich ihrer zu bedienen weiß und daß er die Verantwortung dafür übernimmt. Trotzdem befällt mich eine gewisse Unruhe, als ich mich wieder daran erinnere, daß Gary bei der Polizei anrufen sollte... Wir haben uns da in eine ganz üble Lage gebracht...

Aber im Grunde soll man die gute Seite der Dinge

sehen, und seit einigen Monaten habe ich mich sportlich nicht genügend betätigt. Innerhalb von zwei oder drei Tagen habe ich diese Untätigkeit wettgemacht. Meine Muskeln gehorchen mir unterwürfig und ich bin in Schlägen auf den Kopf so geübt, daß die Wirkung der letzten fast verschwunden ist. Nur die Anschwellung bleibt. Ich höre plötzlich, wie Mikes Hund knurrend stehenbleibt und ich stoße auf seinen Besitzer, der offensichtlich in der gleichen Sekunde stehengeblieben ist. Dieser Hund ist tatsächlich ein vollkommen zuverlässiger Melder.

»Wir sind da«, murmelt Mike.

Vor uns ein großes, weißes Gebäude mit einem Flachdach, ein Bauwürfel, in den einige wenige Fenster eingelassen sind.

Wir spähen einige Augenblicke umher. Es ist völlig unwahrscheinlich, daß die Leute, die hier wohnen, die Explosionen nicht gehört haben. Aber alles bleibt ruhig und unbeweglich.

»Gehen wir«, sage ich zu Mike.

»Warten Sie«, sagt Mike.

Ich schaue. Ein Fenster ist gerade hell geworden. Ein Schatten huscht vorbei und es wird von neuem dunkel. Gut. Wir wissen jetzt Bescheid. Es sind Leute im Haus. Nun ja, vielleicht sind sie ganz besonders schwerhörig.

»Wie sollen wir da hineinkommen?«

Ich stelle Mike diese Frage und er nickt zweifelnd mit dem Kopf.

»Wir könnten klingeln«, schlägt er allen Ernstes vor.

Wir haben gut zehn Meter auf offenem Weg zu durchlaufen. Das beste in einem solchen Fall ist, sich ganz natürlich zu verhalten. Mike geht entschlossen weiter, die Hände in den Taschen. Ich lächle, als ich an diese Taschen denke.

Nichts. Das macht mich immer nervöser.

Er erreicht die Mauer des Gebäudes, und ich bemerke,

daß das, was ich für eine Grundmauer gehalten habe, eine Einfassung vollkommen geschnittener Sträucher ist, schottischer Kugelsträucher, etwa in Mannshöhe. Ich will nicht wie ein Feigling aussehen und gehe hinter ihm her.

Vor mir läuft der Hund, und ich bin etwas beruhigter, als ich feststelle, daß er keinerlei Zeichen von Beunruhigung von sich gibt. Ich schiebe mich hinter die Sträucher.

Kein Mike mehr.

Ich taste die Mauer ab. Nichts. Sie ist voll, durchgehend und hart. Ich gehe einen Schritt vor. Es herrscht ein leichter Geruch nach Desinfektionsmittel, der mir vom Fuße der Mauer zu kommen scheint. Es muß dort ein Kellerloch geben. Ich bücke mich, es gibt dort tatsächlich ein Kellerloch, und man kann den Kopf, den Körper und die Füße hindurchschieben: ich ziehe es vor, die umgekehrte Reihenfolge zu wählen und lande neben Mike.

»Das gibts doch nicht, es ist niemand drin.«

»Es waren Wächter am Tor und auf den Wachttürmen«, antwortet er mir voller Logik. »Die sind doch hier, um irgend etwas zu bewachen, oder nicht?«

»Falls sie nicht da sind, um glauben zu machen, daß es etwas zu bewachen gibt«, sage ich mit gleichwertiger Logik, wobei ich mein Kreuzbein mit dem Fingernagel reize, denn es sticht mich.

»Wir werden ja sehen...«, sagt Mike. »Wir wissen, daß mindestens ein Kerl sich an diesem Ort aufhält: der, dessen Schatten wir am Fenster gesehen haben.«

»Ich warte, bis ich ihn sehe, bevor ich daran glaube...«, sage ich.

In der gleichen Sekunde werden wir vom Licht einer mächtigen Taschenlampe geblendet. Mike bleibt auf der Stelle stehen und hebt die Hände. Ich mache das gleiche, wir sind in der Falle. Mike pfeift seinem Hund, der sich zu seinen Füßen legt; das ist sicherer für ihn.

XVIII
C. 16 plaudert aus der Schule

Wir hören nichts. Kein Wort. Über unseren Köpfen geht jetzt eine Lampe an, und wir sehen endlich, wo wir sind, denn jetzt sind wir aus der absolutesten Dunkelheit in die vollkommenste Blendung gestürzt worden.

Vor uns steht ein Kerl in Wächteruniform, der eine Taschenlampe auf uns richtet. Er schaltet sie aus.

»Was wollen Sie«, sagt er. »Warum sind Sie hier hereingekommen?«

»Wir wollten einen Besuch machen«, sagt Mike voller Schneid.

Der andere kratzt sich am Kopf. Er sieht nicht aggressiv aus. Noonoo erhebt sich und schnuppert an ihm, dann kommt er zu uns zurück. Er sieht ganz bestürzt aus und versteckt sich zwischen den Beinen seines Herrn.

Das ist wirklich seltsam.

»Weil ...«, sagt der (mutmaßliche) Wächter, »jetzt ist nämlich keine Besuchszeit in der Klinik ... und außerdem empfangen wir keine Besucher ...«

Ich informiere mich höflich:

»Ist das eine Klinik?«

»Selbstverständlich«, antwortet der Mann. »Die beste im Umkreis von Kilometern. Günstige Preise, auf Anfrage Pauschalpreise, gesunde Luft, in unmittelbarer Nähe der Berge, reichliches Essen ...«

Er spricht weiter, als ob er aufgezogen wäre.

»Stop«, sagt Mike, »es reicht. Und hol die Hand aus deinem Hosenlatz.«

Er hört abrupt auf, als ob man den Hahn abgedreht hätte. Ich bin ein wenig verwundert. Mike und ich sehen uns an. Mike gewöhnt sich allmählich wieder an das Licht, und ich auch, und dieser Kerl legt ein seltsames

Benehmen an den Tag. Er spricht mit einer Kopfstimme und schaut starr vor sich hin. Er sieht etwas verstört aus, er scheint nicht bewaffnet zu sein.

Mike nimmt entschlossen die Arme herunter und geht auf den Kerl zu. Der rührt sich nicht.

»Wie heißen Sie?« fragt Mike.

»Ganz nach Belieben«, sagt er, »in der Regel nennt man mich bei meiner Seriennummer.«

»Wie bitte?« sagt Mike ...

Ich erlebe zum ersten Mal, daß Bokanski wirklich aus der Fassung gerät. Außerdem kann er sich nicht mehr dadurch aus der Patsche helfen, daß er in alle Ecken Handgranaten wirft.

»Was für eine Seriennummer?« sage ich.

Der andere zieht seine Mütze aus und kratzt sich am Kopf. Er hat kein einziges Haar auf der Birne. Er ist merkwürdig. Ich gehe nun ebenfalls an ihn heran. Er sieht etwas nach Ausschuß aus.

»Meine Seriennummer«, sagt er. »Nummer sechzehn, Serie C. Sie können mich C. 16 nennen.«

»Ich nenne Sie lieber Jef Devay«, sage ich.

»Warum?« fragt Mike.

»Ich hatte an der Uni einen Kumpel, der so hieß«, sage ich. »Der ist auf die schiefe Bahn geraten. Jetzt ist er Journalist. Außerdem gleichen Sie ihm überhaupt nicht.«

»Es ist ein hübscher Name«, sagt C. 16. »Ich nehme ihn gern an. Dr. Schutz hat vergessen, mir einen Namen zu geben. Ich interessierte ihn nicht. Außerdem war die ganze Serie mißlungen. Nur ich und C. 9 haben überlebt. Aber C. 9 ist verrückt. Er onaniert.«

»Hören Sie«, sagte Mike Bokanski. »Es wäre mir sehr lieb, wenn Sie jetzt aufhören wollten, uns den Kopf mit Geschichten vollzuquasseln, bei denen man auf einer Wasserpfütze im Stehen einschläft. Was treiben Sie hier?

Wollen Sie uns aus diesem Raum herauslassen, damit wir sehen können, was in diesem Haus vorgeht?«

»Gern«, sagt Jef Devay (ich ziehe es vor, ihn so zu nennen). »Aber ich muß Sie begleiten. Theoretisch müßte ich sogar Alarm geben. Aber ich bin ein Fehlprodukt und manchmal folge ich nicht den Anweisungen. Andernfalls wären Sie schon mehr oder weniger tot.«

Dieser Bursche ist völlig behämmert. Ich sehe Mike an und stelle fest, daß er die gleiche Überlegung anstellt wie ich. Übrigens würde ich jetzt gern in meinem Bett liegen (mit Sunday Love, aber das wage ich aus Keuschheit nicht dazuzudenken).

»Der Doktor ist heute nachmittag abgereist«, sagt Jef. »Er hat Experimente in der Mache, deshalb sind einige seiner Gehilfen geblieben. Wollen Sie die Experimente mal sehen? Wirklich hübsche Experimente. In Saal acht arbeiten sie gerade an einem wahrhaft schönen Mädchen. Sie scheint Bérénice zu heißen.«

Ich packe ihn am Handgelenk.

»Sind Sie etwa im Begriff, sich über uns lustig zu machen, mein Lieber?« sage ich.

Ich drücke wahrscheinlich etwas fest. Ich vergesse immer, daß ich eine Kokosnuß in meinen Fäusten knacken kann. Er wird blaß und spricht schneller.

»Lassen Sie mich los«, sagt er. »Bitte. Bitte, lassen Sie mich los. Kapieren Sie denn nicht, daß ich voller Fabrikationsfehler bin? Ich habe nur eine, und sie ist das Duplikat der andern.«

»Genug mit dem Unsinn, Alter«, sagt Mike. »Wie wär's, wenn Sie uns jetzt mal in diesen Saal acht führten? Über alles andere werden wir uns nachher verständigen.«

»Gut, gut«, sagt er. »Ich führe Sie hin. Aber ich will Ihnen noch was sagen: gemacht hat mich Dr. Schutz, künstlich, und er hat mich ein bißchen verpfuscht. Deshalb erzähle ich Ihnen alles, was ich nicht darf.

Dr. Schutz macht Experimente mit Männern und mit Frauen, und er stellt in sehr kurzer Zeit neue aus ihnen her. Er ist ein großer Doktor. Ich bin ihm mißlungen, aber ich bin ihm deswegen nicht böse, seine Gehilfen hatten einen Schnitzer gemacht... Sie hatten mich im Schwitzkasten vergessen. Alle andern waren im Eimer, alle aus der Serie, außer C. 9 und mir...«

Er lacht scheppernd.

»Diese Geschichte imponiert Ihnen wohl... Ich bin daran gewöhnt. Alle Gehilfen von Doktor Schutz sind wie ich künstlich gemacht. Das geht anscheinend ganz leicht... Anfangs nahm er Leute von draußen, aber das war zu gefährlich, weil sie reden konnten. Wir reden nicht.«

Er lacht wieder unangenehm:

»Außer mir natürlich, denn ich bin verpfuscht!«

»Gut, gut«, sagt Mike. »Wir haben begriffen. Dann macht Dr. Markus Schutz also Experimente mit Männern und mit Frauen und mit der Fortpflanzung?«

»Ja«, sagt Jef Devay. »Er verbessert die Rasse. Er wählt schöne Jungen und schöne Mädchen aus und läßt sie sich fortpflanzen; das ist übrigens sehr lustig anzusehen, und ich bin sicher, daß Sie gern hundertfünfzig oder zweihundert Paare sehen würden, die dabei sind, Kinder zu machen. Er hat einen Haufen Dinge erfunden: Möglichkeiten, die Entwicklung der Embryos zu beschleunigen und auf diese Weise in einem einzigen Monat drei oder vier Generationen zu machen, indem er den Embryos Keimdrüsen entnimmt und damit die Eierstöcke der weiblichen Embryos von neuem befruchtet... ich kann Ihnen das alles nur sehr schlecht erklären. Ich kenne das alles nur vom Hörensagen, und ich erzähle es weiter, weil ich aus der Serie bin, die zu lange gekocht hat und weil ich böse, schlecht gesinnt und von einem sehr großen Haß auf Dr. Schutz erfüllt bin, obgleich der nichts dafür kann.«

Mike und ich sind für einen Augenblick völlig sprachlos über das, was er uns gerade erzählt hat. Mikes Hund knurrt und drückt sich ganz hinten in den Raum, so weit wie nur möglich von dem Knaben entfernt.

»Er ist unsicher wegen mir«, fährt dieser fort und zeigt auf Noonoo, »weil ich keinen menschlichen Geruch habe. Unter anderem. Das verwirrt ihn.«

Und dann sehe ich, wie die Tür, an die er sich lehnt, auf einen Schlag aufgeht und die Schnauze eines Revolvers lächelt mich hübsch und rund an – etwas schmollend allerdings, das muß ich zugeben ... C. 16 wird von einer Hand gepackt, die mir von prächtiger Größe zu sein scheint, und er wird nach hinten gezogen. Vor uns zwei Männer, die die gleiche Uniform tragen wie er.

»Wir suchen euch schon eine ganze Weile«, brummt der erste, ein großer, braungebrannter, schlanker Typ mit sehr weißen Zähnen und einem schmalen Schnurrbart. Ich kann den andern nicht richtig sehen. Eine jähe Bewegung, die er macht, zeigt ihn offen. Ich habe Mühe, daß ich nicht vor Überraschung aufschreie. Sie sind völlig identisch. Mike tritt natürlich ins Fettnäpfchen.

»Ihr seid sicherlich beide aus der gleichen Serie?«

Sie sehen ihn an, ohne daß sich auch nur ein einziger Muskel ihres Gesichts bewegt.

»Folgen Sie uns.«

Nummer 1 tritt zurück, um uns durchzulassen und Nummer 1 a geht uns in einem weißen Flur voran, der ganz erstaunlich dem ähnelt, in dem ich mich mit den beiden Krankenpflegern auseinandergesetzt habe, an dem Abend, an dem diese ganze Geschichte begann.

»Wo führen Sie uns hin?« fragt Mike im Gehen.

»Halten Sie den Mund!« sagt der, der uns folgt.

Der Flur ist endlos. Wir müssen etwas tun. Mike fängt an, vor sich hinzupfeifen. Ich frage mich, wo C. 16 hingekommen ist. Hat ihn ein dritter weggeführt? Was haben sie mit ihm getan? Ich hatte einen schlechten Platz, als man ihn durch die offene Tür nach hinten gezogen hat, und ich habe nichts gesehen. Bitter werfe ich mir meine Dummheit vor. Wir haben kostbare Zeit in diesem Keller mit Diskutieren verloren. Wir hätten sie nutzen können, um das Gebäude auszukundschaften. Ich komme einfach nicht umhin, an das zu denken, was dieses wunderliche Geschöpf uns erzählt hat... Wer ist Markus Schutz? Daß er Experimente machte, habe ich geahnt, da ich die Fotos gesehen habe – und sie konnten keinen Zweifel lassen. Aber diese Fortpflanzungsgeschichten, diese Geschichten von einem menschlichen Gestüt? Einfach unmöglich, daß solche Dinge in Kalifornien geschehen. Meiner Meinung nach sieht die Wahrheit anders aus: dieser Dr. Schutz leitet eine Privatklinik und behandelt wahrscheinlich Geisteskranke, von denen einer entkommen ist... Und nebenher treibt er noch alle möglichen unsauberen Geschäfte. Aber ich verwerfe diese Erklärung. Das ist unmöglich. Es ist dumm, es kann sich nur um eine furchtbare Sache... um eine entsetzliche Sache handeln... doch wer sind diese beiden identischen Männer, die uns zwischen sich genommen haben?

Verflixt, ich möchte gern mit Gary Kilian über das alles reden. Was er wohl treibt? Hat er die Polizei benachrichtigt?

Dummkopf, der ich bin... Natürlich dürfte er sie nicht benachrichtigt haben... Nick Defato ist in Los Angeles allmächtig, aber hier, in San Pinto, was kann er da ausrichten? In so einem kleinen Kaff ist es doch ein Leichtes, das ganze Polizeirevier aufzukaufen... Den Sheriff und seine Beamten.

Gut. Dieser Punkt ist abgehakt. Von der Polizei ist nichts zu erwarten. Aber Gary? Und Andy Sigman? Wo sind sie?

Und Mikes Handgranaten? Die Männer vom Wachtturm?

Mein Gott, je länger das dauert, um so mehr gleicht alles einem Alptraum. Und wir laufen immer noch durch diesen weißen Flur. Mike pfeift vor sich hin ... Ich höre das leise Scharren von Noonoos Krallen auf dem betonierten Fußboden. Er trabt hinter dem Wärter her, der mir folgt.

Mike ist ganz nahe bei dem, der vorausgeht. Und plötzlich sehe ich, wie er einen Satz macht und zwischen den Zähnen brüllt.

»Faß, Noonoo! Los!«

Ein Röcheln in meinem Rücken, und ich drehe mich um und sehe, wie mein Hintermann die Hände an den Hals bringt und versucht, sich von der Masse des Boxers freizumachen, der augenblicklich gehorcht hat. Er macht sich halb frei, hebt den Revolver und will schießen, doch ich packe ihn und drehe ihm den Arm in die falsche Richtung. Es kracht. Gut, ich habe ihn gebrochen, Pech gehabt, das gehört eben zum Berufsrisiko.

Unterdessen schlägt Mike gewissenhaft den Kopf des andern Wächters auf den Beton. Er lächelt breit, während er die Schläge zählt. Bei fünfzehn hört er auf. Das ist ein gutes Maß. Der Bursche, dem ich den Arm ausgerenkt habe, ist gerade ganz lieb in den meinen ohnmächtig geworden. Ich lege ihn auf den Boden an die Wand und durchsuche ihn ein wenig, denn man sollte die guten Gewohnheiten nicht aufgeben. Natürlich hat er nichts in den Taschen. Wenigstens nichts Interessantes.

»Jetzt«, sagt Mike halblaut, »müssen wir uns etwas beeilen. Wo ist denn unser Kauz hingekommen?«

»Wen meinst du«, sage ich. »Jef?«

»Ja ... Jef ... Was haben sie mit ihm gemacht? Nur er kann uns führen ...«

»Das ist doch nicht kompliziert«, sage ich ... »Immer geradeaus.«

»Wir sind an Türen vorbeigekommen«, sagt Mike ... »und ich möchte wissen, was dahinter ist ...«

»Gehen wir also schnell wieder zurück... Aber der ist wahrscheinlich gerade mit seinen kleinen persönlichen Übungen beschäftigt.«

Wir schlagen die Köpfe unserer Ex-Wächter ein letztes Mal auf den Boden. Ich vermeide es, sie anzuschauen, sie sehen sich allzu ähnlich; und im Laufschritt kehren wir an unseren Ausgangspunkt zurück.

Die Tür ist geschlossen. Direkt davor gabelt sich der Flur in zwei Seitenzweige; wir haben das vorher gar nicht gemerkt. Wo ist der glatzköpfige Mann hingekommen? Was haben sie mit ihm gemacht?

»Vielleicht waren sie zu dritt«, sage ich zu Mike.

»Möglich«, brummt er. »Den Hund brauchen wir erst gar nicht zu bitten, uns aus der Patsche zu helfen, denn dieser Kerl riecht ja nach nichts... So ein Kalb!...«

»Sie haben ihn sicherlich eingebuchtet«, sage ich. »Wie wärs, wenn wir versuchten, alle Türen aufzumachen?«

»Das ist riskant«, sagt Mike. »Welchen Flur nehmen wir?«

Wir können nach rechts gehen, nach links oder dorthin zurückkehren, wo wir unsere beiden Verführer in einem jämmerlichen Zustand zurückgelassen haben.

»Sollen wir nicht besser abhauen?« sage ich noch. »Indem wir wieder durch das Kellerloch steigen?«

»Die Tür ist abgeschlossen«, sagt Mike.

Er hat eine Art, mich anzuschauen, daß ich rot werde. Es ist dumm, wenn man rot wird. Trotzdem... wie wohl man sich doch zu Hause fühlt...

»Ich habe nicht etwa Schiß«, sage ich, »ich habe nur schlicht und einfach etwas Lust, mal zu schlafen.«

»Mann«, sagt Mike Bokanski, »ich habe den Eindruck, daß ich an Ihrer Stelle eher Lust nach Kompressen und einem Paar Krücken hätte... Ich weiß zwar nicht, aus was Sie gemacht sind, aber das Material hält allerhand aus... Wo wir schon da sind, machen Sie die Tür trotzdem wieder auf... es kann sein, daß wir stiften gehen müssen, das ist dann wenigstens ein Ausgang, den wir kennen.«

Ich gehe an die Tür heran und betrachte sie mir. Sie ist handfest. Ich stoße etwas mit der Schulter. Sie bewegt sich nicht. Ich trete zurück.

»Achtung«, sage ich zu Mike.

Ich nehme einen Anlauf und stürze mich mit meinen neunzig Kilos drauf. Es kracht von allen Seiten, und ich setze mich mitten in ein Dutzend Holzstücke. Mike hilft mir wieder hoch. Das geht nicht ohne Lärm ab.

»Ich begreife überhaupt nichts mehr«, sagt er. »Überlegen Sie doch mal, was für einen Spektakel wir seit einer halben Stunde machen! Und gekommen sind lediglich drei völlig verrückte Typen.«

»Ein seltsamer Ort«, sage ich und massiere dabei mein rechtes Schlüsselbein. »Aber ich habe jetzt langsam ein bißchen die Schnauze voll.«

Mike betritt den Raum und stellt fest, daß das Kellerloch immer noch da ist. Ich bin ihm gefolgt und zucke zusammen. Noonoo hat gerade gebellt, ein kurzes, dumpfes Bellen. Wir drehen uns um und verstecken uns auf beiden Seiten der aufgeschlitzten Tür.

»Allmählich fange ich an zu begreifen«, sage ich. »Dieser Raum hier dient ihnen als Mäusefalle.«

Das Geräusch von Schritten kommt näher. Mike hat seinen Hund herbeigerufen.

Wir warten. Die Schritte machen vor der Tür halt. Noonoo verkriecht sich angewidert zwischen Mikes Beinen. Der Mann kommt herein.

»Na«, sagt er (und ich erkenne die Stimme von C.16 oder Jef Devay). »Haben Sie sich die Operation in Saal acht angesehen?«

XIX
Hausbesuch

Wir bleiben stumm.

»Sie haben angefangen«, erzählt Jef weiter. »Es wäre besser, wenn Sie sofort mitkämen. Die Operationen dauern in der Regel nicht sehr lange.«

»Wir folgen Ihnen«, sagt Mike. »Wo ist denn dieser Saal acht?«

»Zwei Stockwerke tiefer«, sagt Jef. »Wir nehmen den Aufzug. Sagen Sie mal, Sie haben ja die Tür eingeschlagen?«

»Ja«, sagt Mike. »Aber reden Sie nicht drüber, es war ein kleiner Irrtum.«

»Geben Sie mir nicht solche Empfehlungen«, sagt Jef. »Sie wissen doch genau, daß ich alles weitererzähle, was ich für mich behalten soll.«

»Entschuldigen Sie bitte«, sagt Mike. »Und nehmen Sie bitte die Hand aus der Tasche.«

Jef macht kehrt und wir folgen ihm auf dem Fuße. Wir haben noch keine drei Meter zurückgelegt, als der Hund Noonoo halt macht und schwanzwedelnd zu unserem Ausgangspunkt zurückgaloppiert. Wir hören Ausrufe und drehen uns um. Wir erblicken Gary Kilian und Andy Sigman, die interessiert den Zustand der Tür in Augenschein nehmen.

Ich bin froh, daß ich sie wiedersehe. Gary scheint sich von der Schlägerei vom Nachmittag erholt zu haben. Ich will Ihnen sein Gesicht nicht beschreiben, denn ich habe Ihnen zu Anfang dieser Geschichte erzählt, daß er ein hübscher Junge ist, und im Augenblick entspricht das überhaupt nicht mehr dem Bild, das ich Ihnen von seiner Physiognomie geben könnte.

Wir verlieren keine Zeit mit Plaudern. Es ist schon ungewöhnlich genug, daß sie da sind. Mike erklärt ihnen mit zwei Worten, was wir seit unserer Trennung vor der großen Backsteinmauer erlebt haben. Wir stellen ihnen den falschen Jef Devay vor, der über diese zusätzliche Gesellschaft entzückt zu sein scheint, und wir setzen uns hinter ihm wieder in Marsch. Sein rechter Arm bewegt sich immer noch gleichmäßig.

Zum zweiten Mal geht es in den großen Flur, aber wir biegen sofort nach rechts ab und nach einigen Schritten stehen wir vor einer Batterie von Aufzügen, die groß genug sind, daß jeder einen Packard und zweiundzwanzig Zugposaunen transportieren könnte.

Jef Devay drängt uns zum dritten Aufzugsschacht, und unter dem Druck seines Fingers geht die Tür auf. Wir gehen alle fünf hinein, und die Maschine versinkt in den Boden.

Sie hält, ohne daß wir auch nur das geringste gespürt haben, und schon sind wir in einem zweiten Flur, der mit dem ersten identisch ist. Der Bau dieses Besitztums muß unseren Freund Markus Schutz eine beachtliche Anzahl blauer Lappen gekostet haben.

Jef biegt nach rechts ein. Mike läßt seinen Hund nicht aus den Augen, bereit, auf das kleinste Zeichen der Unruhe des großen, gelben Tiers zu reagieren. Dieser verfluchte Mike läuft hartnäckig mit den Händen in den Taschen herum, und ich bin ständig darauf gefaßt, daß er seine Ostereier in die Natur wirft... Das stört mich ein bißchen. All die Hiebe, die ich seit zwei Tagen einstecken mußte, ärgern mich auch ein wenig, und ich möchte lieber ein Gläschen mit kleinen, achtzehnjährigen Mädchen trinken, als kilometerweit von der nächsten Stadt entfernt einem aus dem Irrenhaus Entflohenen durch Flure zu folgen, die nach Äther stinken.

Jef bleibt stehen und macht eine Tür auf, die ich kaum bemerkt hatte.

»Treten Sie ein«, sagt er. »Wir werden uns schön machen.«
Wir lassen ihm den Vortritt und er stürzt sich in den Raum. Dieser ist quadratisch und makellos rein. Türen ... Metallschränke, ringsum alles weiß lackiert. Jef macht fünf von den Schränken auf, damit wir uns bedienen können.

»Wenn Sie diese bezaubernde Kleidung anlegen wollen«, sagt er. »Damit können Sie jeden Raum betreten, den Sie betreten wollen.«

»Ist sie sterilisiert?« fragt Gary.

»Nein«, sagt Jef lächelnd, »aber wir gehen gleich zum Sterilisator hinüber. Sie brauchen keine Angst zu haben. Alles ist bestens eingerichtet. Mich haben sie zwar verpfuscht, aber man kann wirklich sagen, daß es nicht ihre Schuld war. Es war reine Unachtsamkeit, und außerdem standen die Experimente erst am Anfang. Übrigens ist es ganz angenehm, wenn man den ganzen Tag onaniert.«

Andy und Gary sind an die Reden Jef Devays nicht gewöhnt, und das scheint einen gewissen Eindruck auf sie zu machen, aber unser komischer Kauz schert sich nicht darum und schleppt uns zu einer anderen Tür, die von Kleiderschränken flankiert ist. Er geht als erster durch. Wir folgen ihm und befinden uns in einer Art Zelle. An einer der Wände sind Skalenscheiben angebracht. Die Türen sind mit Schaumgummi gepolsterte Doppeltüren, und neben den Skalenscheiben zeigen einige Hebel Markierungen und Nummern.

»Fünf Minuten«, sagt Jef, »dann ist es erledigt«.

Er stellt sich vor die Apparate, wirft einen ersten Hebel herum, der schlagartig die Tür schließt, die wir aufgelassen haben, betätigt dann die andern Instrumente, und der Raum füllt sich mit einer Art lauwarmem, duftenden Nebel, sicherlich ein Desinfizierungsmittel. Die Temperatur steigt, und der Nebel wird dichter. Trotzdem atmet man ganz leicht.

Wahrscheinlich ist es ein neues Verfahren. Dr. Schutz dürfte wohl mehrere Pfeile in seinem Köcher haben.

Nach etwas mehr als fünf Minuten ertönt ein Gong mit einem sehr reinen, dunklen Klang, und Jef stellt die Hebel wieder auf Null. Dies hat zur Folge, daß sich ein neuer Durchgang öffnet, der dem gegenüberliegt, durch den wir gekommen sind, und dorthin begeben wir uns. Mike Bokanskis Hund scheint von seiner Sterilisierung entzückt zu sein und er niest fünf oder sechs Mal, bevor er seinem Herrn auf dem Fuße folgt.

Jetzt stehen wir vor einer neuen Tür.

Ein Druck auf den Öffnungsknopf, und sie gleitet geräuschlos in ihren Rillen. Wir erblicken eine kreisförmige Wand, wie die Rückwand eines Theaters, und wir befinden uns in der Entsprechung des Wandelgangs, der zu den Logen führt. Eine Reihe von Bullaugen mit dickem Glas ist eingelassen, und ein grelles, unerbittliches Licht schießt aus ihnen heraus, das so stark ist, daß wir geblendet zurückweichen.

Jef eilt nach rechts und Andy Sigman folgt ihm. Gary zieht mich mit. Mike schließt die Gruppe ab, zusammen mit dem Boxer, der ein wenig verwirrt ist von all dem, was er sieht. Sicherlich hat er Mühe, sich unter all diesen Düften in den Sälen zurechtzufinden.

Jef bleibt stehen. Wir tun das gleiche, und jetzt, wo unsere Augen ans Licht gewöhnt sind, pressen wir unsere Gesichter begierig an die Bullaugen.

Zuerst kann ich kaum etwas erkennen. Und dann sehe ich.

Zwei Meter vor mir eine lang ausgestreckte Form, bedeckt mit weißen Laken, die ein Operationsfeld von zwanzig Quadratzentimetern frei lassen. Drei Männer, alle in der gleichen Kleidung wie wir, machen sich um den Körper herum zu schaffen.

Daneben, auf einem anderen Tisch, eine Frau. Diesmal

ist das Operationsfeld viel größer, denn sie ist mit den Füßen, den Schenkeln und den Knöcheln an den Tisch festgebunden, und ein glänzendes, flaches Stahlband umschließt ihren Bauch. Ansonsten ist sie unverhüllt. Sie scheinen sich im Augenblick nicht um sie zu kümmern.

Am Kopf eines jeden Tisches ist eine komplizierte Apparatur angebracht. Für die Anästhesie vielleicht.

Ich versuche zu sehen, ob noch andere Gehilfen in dem Raum sind, doch die relative Dunkelheit außerhalb des blendenden Lichts der beiden Riesenscheinwerfer erleichtert mir die Sache nicht; ich glaube, es sind insgesamt nur drei Männer.

Sie machen sich um den ersten Tisch herum zu schaffen. Ich versuche herauszufinden, was sie tun, aber einer von den dreien wendet mir den Rücken zu. Eine leichte Bewegung erlaubt mir zu erraten, daß sie im Begriffe sind, einen Mann zu operieren. Ich kann nicht hinsehen ...

So was würde man nicht einmal seinem schlimmsten Feind antun. Ich wende den Kopf ab. Ich habe genug. Ich habe begriffen, wo die Fotos herkommen. Ich lege keinen Wert darauf, noch mehr zu sehen. Am liebsten würde ich weggehen. In kühles Wasser tauchen. Im pazifischen Ozean ein Bad nehmen. Der wäre gerade groß genug.

Kaum habe ich den Kopf umgedreht, als ich das Gefühl einer Bewegung zu meiner Linken habe. Ich höre das Knurren Noonoos, und blitzschnell sehe ich, wie er sich flach auf den Boden legt und zurückweicht, bevor er zum hinteren Teil des Wandelgangs saust. In diesem Augenblick geht alles sehr schnell. Ich stehe einem Burschen gegenüber, der einen guten Kopf größer ist als ich ... Das gibt's doch nicht, ich muß bescheuert sein. Er trägt keine Maske. Er ist ganz weiß gekleidet.

»Mike! ... Gary! ...«

Ich finde die Kraft, mit erstickter Stimme ihre Namen zu schreien, und schon fallen die Pranken des Ungeheuers auf mich herab. Seine harten, kalten blauen Augen mustern mich ... so wie man eine Wanze betrachtet. Ich spüre, wie seine Finger mir wie Stahlzangen die Schulterblätter zerquetschen.

Ein Schuß ... zwei ... Ich brülle ... Ich habe Schmerzen ... Ich winde mich zwischen den Fingern dieses Viehs ... Sein Gesicht sieht mich an. Mein Gott! Es ist ausdruckslos ... Auf seiner Stirn ist ein rotes Loch zum Vorschein gekommen, das Blut läuft über sein Gesicht, und er drückt zu ... er drückt immer fester zu ... Ich spüre, wie mir die Tränen in die Augen steigen ... Gleich wird es krachen ...

Noch zwei Schüsse ... Wir fallen fast gleichzeitig. Mike befreit mich von dem mächtigen Leichnam, der nicht gezuckt hat, als er zusammenbrach.

Ich habe kaum Zeit, wieder auf die Beine zu kommen, und Jef ruft uns mit sanfter Stimme.

»Es wäre wohl besser, wenn wir jetzt gingen«, sagt er. »Dr. Schutz wird sich bestimmt nicht freuen, daß Sie eines der Subjekte aus der Serie R getötet haben.«

Gary hatte ihn mit zwei Schüssen in den Rücken ... in Höhe des Herzens erledigt. Alles, was nun folgt, geht viel zu schnell, als daß ich Zeit hätte, an meine von der Stahlfaust des Monsters zerquetschten und malträtierten Schultern zu denken. Wir galoppieren hinter Jef Devay her, der uns in die Tiefen des Flurs schleppt. Ein Durchgang, in den wir uns stürzen, wir biegen nach rechts ab, dann wieder nach rechts ... Ich bin völlig verloren. Väterchen Sigman amüsiert sich prächtig, und ich höre, wie er hinter seiner Maske gluckst, entzückt von dem Abenteuer.

Ich ... also, ehrlich gesagt, ich habe Hemmungen, es Ihnen zu sagen ... mein Gott, ich bin zwanzig Jahre alt, ich bin zweihundert Pfund schwer, nichts als Muskel ... es gibt kaum was, wovor ich Angst habe ... verflixt ... also schön ... was soll's ... ich sag's doch ... na ja, beim Laufen merke ich tatsächlich ...

Genau. Wie ein dreijähriges Kind. Ich habe meine Hose naß gemacht, eine solche Angst hat mir dieses monströse Vieh eingejagt.

Und wie viele von dieser Sorte sind wohl noch in diesem höllischen Bau ... Mir ist jetzt klar, warum es ihnen ziemlich schnuppe ist, ob jemand reinkommt oder nicht reinkommt ...

Mit solchen Burschen als Polizei laufen sie keine Gefahr, daß sie lange gestört werden.

Aber was für neue Scheußlichkeiten werden wir zu sehen bekommen? Ich bin so in meine Überlegungen vertieft, daß ich in Mike Bokanski renne, er ist direkt vor mir stehengeblieben, und ich bin weitergegangen, zum Glück war er da, denn ohne ihn wäre ich auf die Mauer geprallt, aber mir graust bei dem Gedanken an seine Handgranaten, und wie von einer Tarantel gestochen springe ich auf. Er ist mir nicht böse ... er sieht genauso verstört aus wie Gary und Andy. Nur Jef bleibt unerschütterlich.

»Es ist nichts«, sagt er zu uns. »Hier riskieren wir nicht viel. Ich persönlich bin entzückt, daß Sie R 62 getötet haben. Er hat ständig Witze über mich gerissen, weil ich zu heiß gekocht war. Gewiß, bei ihm war alles in Ordnung... das stimmt schon ... aber er ist tot; das hat er davon.«

»Schon gut«, unterbrach ihn Gary. »Wie kommt man hier wieder raus?«

»Oh!« sagte Jef sehr mondän, »es wäre lächerlich und unfreundlich, wollte man die mustergültige Privatklinik des Dr. Schutz verlassen, ohne wenigstens die Inkubationskammern sowie die Kammern für die beschleunigte Alterung der Embryos besichtigt zu haben. Dann kann ich Ihnen nämlich ganz genau und im Detail den Unfall erklären, den ich gehabt habe, was Sie sicherlich im höchsten Grade interessieren wird.«

»Verflixt«, sage ich ... »Ich bin bedient! Laßt uns abhauen, und zwar schnell. Ich gebe Dr. Schutz auf. Es würde mir sehr viel mehr Spaß machen, den Weinanbau in San Bernoo zu studieren. Und Sie«, sage ich, »Sie nehmen wir mit, wenn Sie wollen. Als Souvenir.«

»Na«, sagt Mike ... »nun beruhigt euch beide mal wieder. Wir haben immerhin eine gute Gelegenheit, interessante Dinge zu sehen ...«

»Aber ja«, sagt Andy Sigman ... »Rock, Gary, meine Kinder, ihr seid müde, und ich verstehe das auch, nachdem, was ihr durchgemacht habt, aber vergeßt nicht, daß es jetzt erst anfängt, spannend zu werden. Denkt an den armen Andy ... ein alter Knabe, der sich den ganzen Tag langweilt ... Ich habe nicht alle Tage Gelegenheit, Dinge dieser Art zu sehen ...«

»Hören Sie«, sage ich, »die Chancen stehen schon eins zu zehn, daß wir Unannehmlichkeiten bekommen nach dem Granatencoup des guten Mike ... aber wenn wir alle Kerle töten müssen, die wir hier finden, weil sie nicht mit sich reden lassen, wird es uns immer schwerer fallen, der Polizei das alles zu erklären.«

»Lassen Sie uns nur machen«, sagt Mike. »Andy und ich werden das schon in Ordnung bringen.«

Jef Devay wird unterdes ungeduldig.

»Beeilen Sie sich«, sagt er. »Sie haben den ganzen Tag über Kisten weggeschafft und ganze Säle leergemacht, und morgen nehmen sie den Rest mit. Halten Sie sich also etwas ran. Andernfalls sehen Sie nichts mehr.«

Wir spitzen die Ohren und folgen ihm.

»Was haben sie denn weggeschafft?« fragt Mike.

Jef lächelt listig.

»Ah! Ah!« sagt er. »Sehen Sie jetzt, wie lästig ich bin? Ich habe schwören müssen, daß ich nichts sagen werde, und seit Ihre Freunde gekommen sind, erzähle ich alles ununterbrochen.«

Wir erreichen eine neue Tür, die vor Jef aufgeht. Wir betreten eine Art Schleusenkammer, die von einer violetten Leuchtröhre schwach beleuchtet wird. Nach dem harten Licht im Flur und dem blendenden Licht im Operationssaal ist das ausgesprochen beruhigend, wenn auch etwas unheimlich.

»Wußten Sie nicht, daß Dr. Schutz San Pinto verlassen will?« sagt Jef.

Wir sind vor einer mattglänzenden Stahlplatte stehengeblieben. Die Stille ist total. Es herrscht hier eine seltsame Atmosphäre, ein wenig wie in den großen Sälen des Aquariums... feucht... warm... beunruhigend.

»Trödeln wir nicht lange hier herum«, sagt Gary. »Die Geschichten von Schutz können Sie uns ein andermal erzählen.«

»Aber nein«, sagt Mike... »wir haben doch Zeit... lassen Sie ihn erzählen.«

»Außerdem weiß ich nichts«, sagt Jef. »Gestern sind Lastwagen angekommen und heute haben sie den ganzen Tag Material weggefahren, Apparate und Serien mit Versuchspersonen. Alle Versuchspersonen der Serien D bis P. Und Dr. Schutz ist heute abend selber weggegangen. Morgen wird dieser Saal geleert sein. Ich glaube, er hat die Klinik verkauft.«

»Wo geht er denn hin?« fragt Mike urplötzlich.

»Aber... das weiß ich doch nicht«, sagt Jef. »Reden Sie nicht so mit mir, ich bin sehr ängstlich.«

Er betätigt den Öffnungshebel der großen Stahlplatte, die rechts in die Wand gleitet, und wir gehen durch. Hier herrscht das gleiche Licht wie in der Schleusenkammer. Wir gewöhnen uns allmählich daran.

Der Saal ist sehr groß, mindestens dreißig oder vierzig Meter lang. Es ist eher so etwas wie ein langer Gang. In regelmäßigen Abständen weiße Porzellansockel... nein, es ist lackierter Stahl, auf denen Kästen aus dickem Glas stehen, die von unten sanft beleuchtet werden. Wir machen einige Schritte. Es ist sehr warm, sehr viel wärmer als in der Schleusenkammer, und wir können nur mit Mühe atmen; dabei haben wir schon vor einigen Minuten unseren Gesichtsschutz heruntergerissen. Ich beuge mich über einen der Kästen. Ich verstehe nicht recht, was ich sehe. Jeder Glaskasten ist mit einer dicken Glasplatte bedeckt.

Plötzlich weiche ich zurück und stoße einen Entsetzensschrei aus. Der Kopf, der mich auf der anderen Seite der Scheibe mit seinen entsetzlichen, rötlichen, hervorquellenden Augen ansieht, ist der eines menschlichen Fötus. Der mich ansieht, ist so eine Redensart ... denn dünne, gespannte Augenlider bedecken die Augenhöhlen. Das bewegt sich schwach ... es ist ein entsetzlicher Anblick ... in einer trüben Flüssigkeit.

Mike, Gary und Andy sind über andere, gleichartige Objekte gebeugt ... und das Schauspiel scheint sie nicht zu Begeisterungsstürmen hinzureißen. Neben jedem Kasten ist eine Schalttafel, auf der Hinweise stehen, deren Bedeutung ich nicht verstehe.

Ich entferne mich einige Schritte, aber es gibt überall welche, und jetzt weiß ich auch, was in allen Glaskästen liegt und ich habe nur noch den einen Wunsch, wegzugehen.

Ich packe Jef Devay bei der Schulter.

»Haben Sie uns nichts Besseres zu zeigen?«

»Sie sind nicht alle so«, sagt er. »Ganz hinten im Saal finden Sie welche, die schon weiter sind.«

»Mir reicht's«, sage ich.

»Aber für die andern gibt es kein Wasser mehr«, sagt er. »Sie sind ... äh ... sie leben eigentlich schon. Sie sind ... geboren, wenn ich mal so sagen darf.«

»Wegen mir brauchen Sie sich nicht zu genieren. Aber das sagt mir nichts.«

»Aha! ...« sagt Jef. »Im Grunde sehen Sie, was mir passiert ist. Meine Schaltregelung war gestört. Ich lag die ganze Zeit über in einer zu heißen Flüssigkeit.«

»So schlecht ist Ihnen das auch wieder nicht bekommen«, sage ich.

Ich gehe zu Gary, Andy und Mike hinüber.

»Nicht schön«, sagt Mike. »Trotzdem interessant.«

»Bleibt nur zu wissen, wie er sie fabriziert«, sagt Gary.

Jef schaltet sich ein.

»Er nimmt sie wirklich ganz jung«, sagt er. »Es gibt mehrere Methoden. Mal läßt er eine ausgewählte Frau ganz normal von einem ausgewählten Mann befruchten, mal befruchtet er direkt die Eierstöcke, die er zuvor operativ entfernt, allerdings wird im ersten Falle der befruchtete Eierstock der Frau noch vor Ende des ersten Monats entnommen. Es gibt auch noch andere Verfahren... aber ich kenne sie nicht alle.«

»Dich wollte er für das erste Verfahren benutzen«, sagt Gary.

»Ja«, sage ich. »Wenn ich diese Dinger da sehe, bekomme ich eine richtige Gänsehaut.«

»Kommen Sie«, sagt Jef, »ich werde Ihnen den nächsten Saal zeigen. Wenn sie ein Jahr alt sind, kommen sie in einen Spezial-Brutapparat, wo sie mit Sauerstoffbädern und einem Haufen anderer Systeme künstlich gealtert werden. Ab einem Alter von drei Jahren sind die Versuchspersonen dann in der Lage, sich fortzupflanzen. In zehn Jahren bringt es Dr. Schutz so auf annähernd vier Generationen. Ich kann Ihnen die drei Jahre alten nicht zeigen, sie sind gestern weggeschafft worden... aber der Saal liegt dahinter.«

»Schon gut«, sagt Mike... »das hier reicht.«

XX
Genrebild

»Oh, verflucht«, sagt Jef enttäuscht. »Glauben Sie vielleicht, daß es mir Spaß macht, mein ganzes Leben lang in dieser Idiotenklinik zu bleiben, und auch noch so zu tun, als fände ich das lustig? Wenn ich schon einmal Besuch habe, dann tun Sie wenigstens so, als würden Sie sich für das alles interessieren ... Hören Sie, ich habe Ihnen da noch was zu zeigen ... Ich wollte ja eigentlich nicht, weil es ein Schauspiel ist, das ich persönlich für sehr anstrengend halte ... aber da oben ist noch ein Mädchen, das wahrscheinlich gerade ... aber lassen Sie sich überraschen.«

Wir sehen uns alle vier an, und Noonoo spuckt mit einem angewiderten Grinsen auf den Boden.

»Ich hab' den Kanal voll«, sagt er. »Sind denn keine Hündinnen in der Gegend?«

Es ist das erste Mal, daß man ihn protestieren hört, deshalb schimpft Mike auch nicht allzu sehr mit ihm.

»Fünf Minuten haben wir wohl noch«, bemerkt Andy Sigman. »Nehmen Sie die Hand aus der Tasche«, fügt er an die Adresse Jef Devays gewandt hinzu. »Das haben wir Ihnen jetzt schon fünfzehnmal gesagt.«

»Ich hab's schon weitaus öfters gemacht als fünfzehnmal«, bemerkt Jef, »Sie müssen da gegen eine alte Gewohnheit ankämpfen und Sie werden bald aufgeben. Kommen Sie.«

Wir verlassen den Saal mit einer gewissen Erleichterung, und die Stahlplatte gleitet mit dem sanften Geräusch geölten Metalls auf gut polierten Kugeln in ihren Führungsrinnen. Zum sechshundertneunundsechzigsten Mal stehen wir wieder im Flur, und Jef übernimmt die Führung unserer kleinen Gruppe.

»Wenn ich Ihnen sagen würde, was Sie gleich sehen

werden«, sagt er, ohne daß es so aussieht, als berühre ihn das, »könnten Sie nicht mehr gehen.«

»Schon gut, Devay«, sagt Mike. »Das werden wir schon selber sehen.«

Unwillkürlich gehen wir schneller. Die Aufzüge sind ganz in der Nähe.

Und schon sind wir im oberen Teil des Gebäudes. Keiner von uns weiß noch, ob es Tag oder Nacht ist, denn überall herrscht die gleiche grelle Beleuchtung. Die Türen haben Leuchtnummern, und gewisse zusätzliche Angaben bleiben für uns ein Buch mit sieben Siegeln. Jef geht los wie ein Hase auf einem Wachstuch, ich folge ihm, und dicht hinter mir Andy Sigman. Dann kommt Mike, anschließend Gary, und Noonoo bildet das Schlußlicht, mit vorwurfsvollem Gesicht.

Diesmal bin ich ganz sicher, daß wir über den Boden des Flurs laufen, in den man mich am ersten Tag gebracht hat. Ein Teil meines Individuums erinnert sich mit immer größerer Genauigkeit. Ich trete Jef Devay auf die Absätze, der zu laufen anfängt, und wir gelangen endlich an eine Tür – wie viele Türen gibt es an diesem Ort? – fast am Ende des Flurs.

Jef tritt ohne jegliche Vorsicht ein, und innerhalb von vier Sekunden drängen wir uns hinter ihm zusammen.

»Es spielt sich unten drunter ab«, sagt er. »Kommen Sie.«

Er macht die Tür wieder zu und knipst ein kleines Licht an, bei dessen schwachem Schein wir am liebsten vor Erleichterung weinen möchten. Noonoo geht sogar soweit, daß er an der Wand das Bein hebt, aber er zeigt seine Gefühle zu sehr.

Jef hat die Mitte des Raums erreicht und beugt sich vor. Er zieht an einem Knauf, der in Ruhestellung im Boden eingelassen ist und klappt damit ein Fußbodengeviert von fünfzig Quadratzentimetern auf. Wir stellen uns um die

Öffnung herum auf und wahrhaftig... ich persönlich habe einen recht guten Platz erwischt. Ich habe Zeit, einen letzten Blick auf Jef zu werfen und festzustellen, was ich sehr merkwürdig finde, daß er völlig beruhigt ist, und dann vertiefe ich mich in die Betrachtung der Schenkel von Cynthia Spotlight, die sich, zwei Meter unter mir, von einem Burschen mindestens der Serie W, nach dem Kaliber seiner Waffen zu urteilen, bedienen läßt.

Jef flüstert mir ins Ohr.

»Mich lassen diese Geschichten völlig kalt. Ich habe soviel davon gesehen... Ich finde, daß man sich allein sehr viel besser amüsiert.«

»Entschuldigen Sie bitte«, sage ich... »aber ich werde Ihnen nachher antworten.«

Ich höre einen leisen Schrei Garys. Er hat sicherlich Cynthia erkannt, und zwar nach dem Foto, das wir von ihr kennen, das Foto, das Mac uns im Büro für die Vermißtenanzeigen gezeigt hat und das uns zuerst zu Mary Jackson führte.

Nie habe ich ein Mädchen gesehen, die das, was sie über sich ergehen läßt, mit einem solchen Lächeln über sich ergehen läßt... Ich muß allerdings zugeben, daß ich noch die Unschuld habe... Er dreht sie, er schüttelt sie, er knutscht sie ab, er dreht sie um, er kitzelt sie, er streichelt sie, er zermalmt sie und... er fängt alle fünf Minuten von vorne an.

Einen Augenblick lang stelle ich mir vor, daß Sunday Love neben mir ist und ich packe sie an der Schulter, aber ich höre Mikes Stimme, der zu mir sagt:

»Sachte, alter Bruder... ich bin's nur... tut mir leid...«

»Soll ich den Ton dazuschalten?« schlägt Jef, immer noch liebenswürdig und zuvorkommend, fast im gleichen Augenblick vor.

Er geht zur Wand und spielt an Knöpfen auf einem Schaltbrett herum. Bis der Verstärker warm geworden ist,

läßt das Mädchen fünf Stellungswechsel über sich ergehen. Noch nie habe ich einen Typ gesehen wie diesen vitalen Burschen, der sich da unter uns abmüht. Jef ist zurückgekommen, ich stoße ihn mit dem Ellbogen an: »Fabrikation Schutz?«
»Ja«, sagt er. »Serie T. Das ist eine spezielle Zuchtserie.«
Ich bin fasziniert vom Spiel der Muskeln dieses Mannes. Er hat einen Brustumfang von mindestens einem Meter sechzig, und er sieht aus, als sei er mit dem Pinsel gezeichnet, derart ist er mit Vertiefungen und Erhebungen bedeckt, wie sie arme Teufel nicht mal in zehn Jahren bekommen, wenn sie acht Stunden am Tag Leibesübungen machen. Und dabei habe ich immer geglaubt, ich sei gut gebaut... Im letzten Jahr habe ich mir den Titel Mister Los Angeles geholt... Ich kann es ja jetzt ruhig sagen... Nun... ich glaube, daß dieser Typ mich bei weitem übertrifft...

Allerdings werde ich etwas abgelenkt, während ich an alle diese Dinge denke, denn seit einigen Sekunden hören wir, was sich unter uns abspielt... und obgleich es mir leid für euch tut, ist es mir unmöglich, die Worte dieses Mädchens in diesem Augenblick wiederzugeben. Er hat sie auf den Boden gestellt... er hält sie mit ausgestreckten Armen von sich ab und hindert sie daran, an ihn heranzukommen und sie schreit... Sie schreit solche Dinge, daß sich sogar Noonoo verlegen umdreht. Ganz langsam zieht der Mann sie an sich heran... Sie windet sich und versucht, die Bewegung zu beschleunigen, doch Herkules höchstpersönlich hätte Mühe gehabt, gegen den Willen dieser Stahlmuskeln anzukämpfen, die sich allmählich zusammenziehen. Sie wirft den Kopf zurück... Ihr halbgeöffneter Mund keucht schneller... Sie schließt die Augen und ihre beiden schweißtriefenden Leiber werden aneinandergeschweißt... Cynthias Fingernägel krallen sich tief in das Fleisch der kolossalen Schultern, die vor ihr sind... Und ich frage mich, was geschehen wird...

Jefs Stimme erhebt sich.

»Die haben noch für gut zwei Stunden«, sagt er. »Wenn es Sie amüsiert, können Sie bleiben, aber ich würde es vorziehen, ein Schneckenwettrennen zu veranstalten oder Fangen zu spielen ...«

Ich erhebe mich mühsam. Mike, Andy und ich vermeiden es, uns anzusehen. Gary hingegen ... schläft. Das ist wirklich ein starkes Stück ...

»Danke für das Schauspiel, Jef«, sagt er. »Wahrscheinlich wird das meinen zukünftigen Berufsweg völlig verändern, und das verdanke ich Ihnen.«

»Ja?« sagt Mike ... »hm ... Es stimmt schon, daß einen das nachdenklich macht ...«

»Ist nachdenklich das richtige Wort?« murmelt Andy. »Ich glaube, daß ich für diese Spiele schon ein bißchen zu alt bin.«

Er scheint eher deprimiert zu sein. Ich versetze ihm einen mächtigen Schlag auf den Rücken.

»Na, Andy ... machen Sie sich nichts draus ... Erst werden wir diese Arbeit hier hinter uns bringen, und dann sind wir an der Reihe, uns ein wenig zu zerstreuen. Wenn alles vorbei ist, verspreche ich Ihnen, daß wir einen Bummel durch die teuersten Restaurants machen, den Sie sobald nicht vergessen werden.«

Jef geht zur Zentraltür und schließt sie wieder. Man hört nur noch Cynthias Keuchen im Lautsprecher. Mike begibt sich an die Schalttafel. Er stellt den Strom ab und trocknet sich die Stirn ab.

»Gehen wir hier raus«, sagt er. »Wir haben genug gesehen. Besteht eine Möglichkeit, daß wir noch in Schutz' Büro gehen, bevor wir abhauen?«

»Das ganze Büro ist weggebracht worden«, sagt Jef. »Der Doktor ist abgereist, mehr kann ich Ihnen nicht sagen. An der Pazifikküste, siebzehn- oder achtzehnhundert Kilometer von hier, ich weiß nicht mehr wo, gibt es eine Insel, die ihm gehört, und er hat alles dorthin mitgenommen.«

»Mit dem Schiff?« fragt Andy.

»Wo denken Sie hin«, sagt Jef. »Mit der B-29. Er hat mehrere davon. Alle Installationen auf der Insel sind intakt; sie hat während des Krieges als Luftwaffenbasis gedient und ist jetzt verkauft worden, als die Armee ihre Heeresbestände abstieß.«

»Sieh an«, sagt Andy. »Das wissen Sie auch. Sie wissen wirklich viel, Jef.«

»Oh«, sagt Jef, »wenn man den ganzen Tag nichts zu tun hat, dann muß man eben versuchen, sich so gut man nur kann zu bilden. Meine egozentrische Sexualaktivität läßt mir genügend Muße, ein wenig das Köpfchen anzustrengen und nachzudenken, wenn's drauf ankommt. Kommen Sie, verlassen wir diesen Ort... Ich versichere Ihnen, daß es für Sie nichts Interessantes mehr hier gibt.«

Wir folgen Jef, und er lotst uns unbehindert zum Ausgang, dem Kellerloch, durch das wir in das Gebäude eingedrungen waren. Ich wundere mich schon längst über nichts mehr: niemand hindert uns daran, das Gebäude zu verlassen, niemand schießt auf uns, und wir erreichen unbehindert eine Bresche in der Umfassungsmauer, die neueren Datums zu sein scheint.

»Hier sind wir hereingekommen, Kilian und ich«, erklärt Andy.

Gary nickt. Er ist noch nicht ganz wach. Jef scheint uns nicht verlassen zu wollen. Was sollen wir mit diesem Kerl nur machen?

»Halten Sie sich zurück, mein Lieber«, rät ihm Mike. »In der Klinik mag das gehen, aber draußen fallen Sie unweigerlich auf.«

»Ich muß was andres finden«, seufzt Jef. »Sagen Sie mal, beruhigt Kaugummi?«

»Gar nicht schlecht«, meint Mike.

Ich stecke ihm ein Päckchen zu, und Jef beginnt zu kauen. Wir sind bei Sigmans Wagen angekommen.

»Ist Cora Leatherford immer noch im Kofferraum?« fragte Mike.

»Wir haben sie zusammen mit den andern beim Polizeichef von San Pinto gelassen«, sagt Andy.

»Heller Wahnsinn«, sage ich. »Er steht mit Sicherheit im Sold von Schutz.«

»Ich meine natürlich den *neuen* Polizeichef«, antwortet Andy. »Hier, Rock, schauen Sie mal her, das wird Ihnen einiges erklären.«

Er holt seine Brieftasche hervor, öffnet sie und nimmt ein Stück Papier heraus, das er mir hinhält. Ich lese und sehe, daß die Leser gehalten sind, sich dem Polizeibeamten Franck Say vom F.B.I. zur Verfügung zu stellen, der mit den Untersuchungen über den Arzt und Mathematiker Schutz, Markus, beauftragt ist... Es folgen eine Menge Anweisungen und Instruktionen, von denen ich nichts mehr verstehe. Ich bin völlig sprachlos.

»Sie sind Franck Say?« sage ich zu Andy.

»Das bin ich.«

»Und Mike?«

»Das ist sein richtiger Name. Er ist auch vom F.B.I.«

»Dann riskiert er ja nichts, wegen der Handgranaten?« sage ich ein wenig enttäuscht.

»Er hat so seine Macken...«, sagt Andy. »Wir müssen sie eben tolerieren, weil er ein guter Polizist ist; aber an höchster Stelle wird es trotzdem nicht gern gesehen.«

Wir haben uns in Andys Taxi gesetzt (ich kann mich nicht an seinen neuen Namen gewöhnen), und er fährt an.

»Wir werden das ganze Nest ausräumen«, sagt er.

Es herrscht dunkle Nacht und wir merken es erst jetzt. Die Scheinwerfer des Chevrolets fegen die Landstraße. Mike spricht in sein Mikrofon, und ich kann mir denken, was er erzählt; wenn man ihn so hört, hat Tante Clara gerade Vierlinge bekommen, denn diese Burschen vom F. B. I. haben sicherlich mehrere Codes zur Verfügung. Das Schnarren des Wagens hat Gary von neuem eingeschläfert, und Jef kaut wütend an seinem Kaugummi. Ein braver Junge, aber er ist doch ein wenig verstört.

»Wo fahren wir hin?« sage ich zu Andy.

»Wir werden etwas schlafen...«, sagt er.

»Verdammt... Ich habe keinen Schlaf...«

»Wir müssen uns erholen, alter Junge. Morgen müssen wir uns ein letztes Mal ins Zeug legen...«

»Morgen?«

»Morgen werden wir mit dem Fallschirm über der Insel von Schutz abspringen. Unterdessen wird ein Torpedoboot Kurs auf die Insel nehmen, und wenn sie ankommen, muß alles vorbei sein, so daß sie die Knaben nur noch verladen müssen.«

»Sollen wir das tun?« sage ich.

»Wenn es Ihnen allerdings unangenehm ist... Sie stecken von Anfang an in der Affäre drin, Sie wissen, worum es geht... und vor allem...«

»Was, vor allem?«

»Man kann Sie sehr gut für einen der Leute der T-Serie halten.«

Mir verschlägt's den Atem, aber gleichzeitig bin ich auch ziemlich geschmeichelt. Dann kann ich's also doch mit den Produkten von Dr. Schutz aufnehmen. Andy hat wahrscheinlich keinen Grund, mir faule Komplimente zu machen. Wenn er es sagt, dann meint er es auch... und er ist ein Mann von großem Urteilsvermögen.

»Ich komme mit«, sagt Jef.

»Darauf zähle ich auch«, sagt Andy. »Sie können sich unter Schutz' Männer schmuggeln, ohne aufzufallen und Ihre Arbeit tun. Wir zwei halten uns im Freien versteckt... Wir werden übrigens vier Mann Verstärkung bekommen ...Vier sichere Burschen...«

Gary wird wach.
»Ich komme auch mit ...«, sagt er. »Das wird ein sensationeller Artikel für den *California Call!*...«
So was, also, wenn mir irgend etwas schnuppe ist ...

XXI
Ich verliere alle Scham

Und jetzt bin ich um halb sieben morgens ganz allein zu Hause. Andy und die andern sind gerade weg. Ich bin um eins mit ihnen auf dem Flughafen verabredet, von wo aus wir zum Pazifik fliegen.

Um diese Zeit zu schlafen kommt gar nicht in Frage. Im Gegenteil, es kann angenehm und instruktiv sein, ein Telefongespräch zu führen.

Ich ziehe mich aus, reibe mich mit Kölnischwasser ab und ziehe einen schönen Morgenrock aus orangenfarbener Seide über meinen Slip. Die Füße in Ledersandalen, strecke ich mich dann auf meinem Bett aus und greife mir den Apparat, dem ich sechsmal eins auswische, wie es sein muß.

Eine verschlafene Männerstimme antwortet mir, und ich runzele die Stirn.

»Hallo? Was ist?«

»Hier ist Rock Bailey. Bist du's, Douglas? Was tust du denn bei Sunday Love?«

»Sie ist ein Luder...«, murmelt Douglas. »Ein Miststück. Eine Kanaille. Eine Lesbe.«

»Was machst du bei ihr? Antworte.«

»Ich hab' sie nach Hause begleitet«, sagt Douglas plötzlich lebhaft. »Ich habe ihr das Abendessen bezahlt, das Kino, das Tanzlokal, alles. Ich habe an einem Abend siebenundvierzig Dollar ausgegeben. Ich bin mit ihr raufgegangen, um noch einen zu trinken. Ich glaubte, es sei alles in Butter und fing an, mich auszuziehen, worauf sie wütend geworden ist. Ich habe versucht, sie zu küssen, und sie hat mir einen Aschenbecher auf die Birne geschmettert und ist weggegangen, wobei sie die Tür zugeschlagen und meine Hose mitgenommen hat. Sie hat gesagt, ich könne ruhig in ihrem Bett schlafen, wenn es das ist, worauf ich scharf bin, aber sie würde es vorziehen, lieber allein zu schlafen als mit einem Lüstling, vor allem mit einem Lüstling, der eine Visage hat wie ich. Und jetzt habe ich keine Hose mehr, und ich kann nicht nach Hause, weil meine Schlüssel drin sind, und so bin ich bei ihr geblieben.« Er gähnt hörbar.

»Du bist ein Flegel«, sage ich. »Du solltest die Frauen in Frieden lassen. Warum wirst du kein Base-Ball-Champion? Die Sportler rühren gewöhnlich keine Mädchen an. Dann würdest du auch keine Enttäuschung erleben.«

»Jaaa...«, sagt er. »Na ja, ich schlafe mal weiter. Im Grunde fühlt man sich ganz wohl, wenn man allein in einem Bett liegt. Tschüs.«

Ich lege auf und wähle Douglas' Nummer. Es ist genau, wie ich vermutet habe. Unser Liebling ist da und sie scheint gar nicht zufrieden zu sein.

»Was ist?« bellt sie. »Sind Sie es, Sie Dummkopf?«

»Ich bin's, Rock«, sage ich. »Dieser alte Bailey.«

»Oh!« ruft sie. »Ich glaubte schon, dieser Dummkopf von Douglas Thruck würde mir wieder römische Spiele vorschlagen. Was ist, Rock? Kann ich Ihnen mit irgend etwas helfen?«

»Ja«, sage ich. »Meine Matratze ist sehr hart und müßte etwas weich getrimmt werden.«

Also Kinder, wenn sie das nicht verstanden hat, dann weiß ich auch nicht, was für eine Dosis sie braucht... Dann hab' ich halt Pech gehabt... Schließlich habe ich noch die Unschuld und darf daher gar nicht wissen, wie man es bei Frauen anstellt.

»He...«, sagt sie. »Das scheint mir aber ein merkwürdiger Vorschlag zu sein, den Sie einer anständigen Frau machen. Aber Sie können natürlich nicht wissen, daß ich eine anständige Frau bin... Deshalb werde ich vorbeikommen, um es Ihnen selber zu erklären. Wo sind Sie denn?«

Ich gebe ihr meine Adresse und mein Herz schlägt verdammt stark. Mann, da kann man sagen, was man will, aber das erste Mal ist eben doch was Besonderes. Werde ich wissen, wie man es macht?... Ich habe nicht einmal ein Elementar-Lehrbuch...

Gut, ich glaube, ich werde es wissen... Ich brauche mich nur an das zu erinnern, was ich bei Dr. Schutz gesehen habe.

Ich räume schnell mein Zimmer auf und stopfe alles, was herumliegt, in den Schrank... Die Putzfrau wird das morgen wieder in Ordnung bringen. Ich flitze ins Bad und schicke mich an, eine Dusche zu nehmen, um auf andere Gedanken zu kommen, weil ich den Eindruck habe, wenn das so weitergeht, dann fange ich ohne sie an... und genau in dem Augenblick, in dem das kühle Wasser anfängt, mir über den Rücken zu laufen, höre ich die Tür aufgehen und eine sanfte Stimme:

»Rocky? Wo sind Sie?«

Sie hört das Geräusch des Wassers und kommt herbei, ohne sich im geringsten zu genieren... Sie trägt eine Hose und einen Pullover, die beide schwarz sind wie ihre Haare, dazu eine Reihe Perlen um ihren hübschen runden Hals, und das steht ihr genausogut wie der Venus von Milo gar nichts.

»Eine gute Idee, Rocky... Das wird uns guttun.«

In zwei Sekunden fällt die Hose, und der Pullover fliegt, und Gott möge mir verzeihen, sie empfand nicht das Bedürfnis nach was anderem. Ich weiß nicht, wo ich mich hin verkriechen soll... Sie steigt in die quadratische Duschwanne, deren Vorhang ich nicht vorgezogen hatte.

»Machen Sie Platz... Sie brutaler Mensch... Ein ordentliches junges Mädchen um eine solche Zeit zu wecken... Rocky... mein Liebling... Sie sind gebaut... daß man davor auf die Knie fallen könnte...«

Gesagt, getan... Die Sache spielt sich überhaupt nicht so ab, wie ich es vorhergesehen hatte... Es ist einfach... Es ist sogar viel zu einfach... Ich brauche gar nichts zu tun... Manometer, sie weiß wirklich, wie sie sich anzustellen hat... Ich muß schon sagen, die Handarbeit ist der Elektrizität des alten Schutz weit überlegen...

Ich packe sie unter den Armen und ziehe sie hoch...

»Sunday... Kleines... Meinen Sie nicht, wir sollten uns erst mal wieder von Anfang an mit der Theorie befassen? ... Sie wissen doch, ich bin ein Anfänger...«

Sie drückt sich gegen mich, und mein Rücken berührt den Drücker der Dusche. Das Wasser spritzt uns über den ganzen Körper, und meine Haut fängt zu rauchen an... Ich küsse sie durch die tausend Wasserstrahlen hindurch, die uns durchbohren. Ihre Hand führt mich... Ich hebe sie einige Zentimeter hoch, um den Höhenunterschied auszugleichen... Sie wiegt nichts in meinen Armen... Ich bin in einem Zustand unbeschreiblicher Erregung... Sie will um keinen Zentimeter zurückweichen.

»Sunday... Das ist gefährlich.«

Sie schließt die Augen und lächelt und nennt mich einen verdammten Idioten und eine Flasche und einen Erstkommunikanten und sie beißt mir so fest sie nur kann in die Lippe... Ich halte es nicht mehr aus und verlasse die Dusche, wobei ich sie immer noch trage... Ich strauchele im Zimmer, bleibe mit den Füßen im Teppich hängen und es gelingt mir, quer über dem Bett zu landen... Sie ist immer noch an meinen Körper festgeschraubt und sie zwingt mich, mich auf den Rücken zu legen...

»Rocky... Lassen Sie es mich Ihnen zeigen, wenn es das erste Mal ist...«

Ich lasse mich gehen... Ich versuche, mir meine Eindrücke zu merken... Ich bedaure nicht im mindesten... Aber nichts von dem, was ich kenne, läßt sich damit vergleichen.

Jesus Maria... Das ist noch angenehmer, als geeiste Ananas zu essen...
Und die Zeit vergeht... wie im Handumdrehen...
....
Im Grunde verdanke ich es Dr. Schutz, daß ich meine Unschuld sechs Monate früher verloren habe, als ich vorgesehen hatte. Dr. Schutz und Sunday Love... Dieser Gedanke überrascht mich, während ich zerstreut den Teil von Sundays Körper küsse, der vor meinen Lippen ist... Keine schlechte Wahl übrigens, fest und sanft gewölbt wie eine kalifornische Frucht, nur saftiger und schmackhafter.

Ich sehe allmählich alles durch einen leichten Nebel und ich frage mich, ob das die Wirkung der Schläge auf den Kopf oder der Hand- und Kunstgriffe meiner Freundin ist, die genauso aktiv zu sein scheint wie vor vier Stunden, als sie meine Wohnung betreten hat.

»Sunday«, sage ich.

Sie schließt mir den Mund, indem sie ihren Körper vorschiebt, und ich verstehe, was ich tun soll, denn immerhin, wenn ich auch noch so dumm bin, beim elften Mal begreift man schließlich. Ich habe einen Krampf in der Kinnlade, weil ich mich mit allen meinen Kinnbacken abrackere, aber es ist eine Art von Krampf, den ich gern ein paar Tage behalten würde...

Zum Glück bin ich etwas erfahrener geworden, und ihr Körper entspannt sich plötzlich und gibt mir zu verstehen, daß sie eine Atempause von fünf Minuten wünscht... für sich, aber nicht für mich, denn woanders stelle ich eine Neubelebung fest...

»Sunday«, sage ich sehr schnell, »etwas Ruhe... Ich falle um... Wir werden erst mal was Kleines essen und dann fangen wir wieder an... Wissen Sie, ich habe seit vier Tagen nicht mehr geschlafen...«

»Ich auch nicht«, haucht sie und richtet sich auf, wobei

sie ihr Gesicht an das meine preßt... »Aber bei mir war es, weil ich Verlangen nach Ihnen hatte.«

Ich spiele ein wenig den Heuchler.

»Sie hatten doch Douglas Thruck«, sage ich. »Immerhin, um einen Abend mit ihm zu verbringen...«

»Ich habe schon zwei Abende mit ihm verbracht, an denen er mir den allgemeinen Plan zur Einführung in seine *Ästhetik des Films* entwickelt hat«, sagt sie und läßt sich bequem zwischen meinem Arm und meinem Oberkörper nieder.

»Und das reicht Ihnen?«

»Mir ist Ihre Ästhetik lieber...«, murmelt sie und beißt mir dabei in die Brust.

Meine linke Hand streichelt ihre spitzen Brüste, und sie schmiegt sich wie eine Katze an mich. Ich richte mich auf und gleichzeitig mit mir setze ich sie auf. Ich schaue auf die Uhr. Elf. In zwei Stunden muß ich dort sein... Ich springe aus dem Bett und falle auf die Schnauze. Meine Beine sind derart schwach... Zum Glück hält das nicht an... Ich finde eben, daß Längslage der aufrechten Haltung überlegen ist.

»Rock!« schreit Sunday Love... »Sie werden doch nicht weggehen wollen...«

»Ich muß, mein Schatz.«

»Oh...«, beklagt sie sich. »Wo ich endlich einmal einen Mann kennengelernt habe, dem ich keine Tomaten mit rotem Pfeffer zu essen geben muß...«

»Und dabei«, sage ich, »haben Sie mich müde erwischt. Warten Sie erst einmal, bis ich meine richtige Form wiedergefunden habe.«

»Rocky... mein Kleiner... Das gibt's doch nicht... Das darf Ihnen nie passieren, daß Sie müde sind...«

»Oh«, sage ich und strecke mich..., »es kommt nicht oft vor. Sobald ich zurück bin, werden Sie das feststellen... Ich persönlich möchte Ihnen den guten Rat geben, sich eine Freundin zu suchen, die Sie notfalls vertreten kann ... denn jetzt, wo ich Bescheid weiß, werden wir das Tempo etwas beschleunigen ...«

XXII
Es kommt zu einer neuen Runde

Es fällt mir wahnsinnig schwer, mich aus den Armen meiner bezaubernden Freundin zu reißen, aber die Zeiger meiner Uhr wissen nicht, was Liebe ist, und ich muß ihnen gehorchen. Ich lasse sie völlig nackt mitten in meinem Zimmer zurück und laufe im vierten Gang die Treppe runter, um ein Taxi zu finden. Ich muß dran denken, daß ich mir meinen Schlitten zurückhole.

Bestens. Da steht er, vor meiner Tür. Andy Sigman arbeitet schnell. Auf diese Weise spare ich gut eine Viertelstunde... Ich werde also nicht wie ein Irrer laufen müssen.

Unterwegs rufe ich mir die wenigen Tage dieses Abenteuers wieder ins Gedächtnis zurück, und man darf wohl annehmen, daß ich völlig leergebrannt bin, weil mir das alles so farblos und blaß erscheint...

Selbst der Morgen mit Sunday Love... Mein Gott, ich hatte sicherlich recht, daß ich meine... na ja, sagen wir meine Initiation solange ich nur konnte aufschob... Diese Dinge, die ich gerade mit ihr getrieben habe, scheinen mir völlig normal... gewiß angenehm und geeignet, daß man flotte und erfrischende Vormittage verbringt... aber alles in allem ausgesprochen ungenügend... Ich habe den Eindruck, daß ich sie jetzt in- und auswendig kenne... Ich suche und suche... Gibt es etwas, das ich nicht mit ihr gemacht habe?

Meine Bildung auf diesem Gebiet ist beklagenswert. Ich muß unbedingt Erkundigungen einziehen. Es muß doch irgendwelche technischen Tricks geben, die mir entgangen sind. Andernfalls... Das habe ich ihr auch gesagt... Ich werde drei oder vier gleichzeitig nehmen müssen... Oder aber ein Mädchen von wirklich tollem Format... Etwas, womit sich meine Hände beschäftigen können...

Ich weiche mit knapper Mühe einem Lastwagen aus, der sich anschickte, mir seine Autonummer aus nächster Nähe zu zeigen, und ich denke an Haferpudding, um meinen Blutdruck zu senken. Ich hasse Haferpudding; meine Mutter gab ihn mir kiloweise zu essen, als ich elf Jahre alt war, und ich mußte mir jedesmal den Schlund mit einem Katzenschwanz kitzeln, um Gott den Armenanteil zurückzugeben. Das sind keine angenehmen Erinnerungen, und ich fühle, wie mein Puls fast stehenbleibt. Genau das hatte ich gewollt.

Ich komme zehn Minuten vor der verabredeten Zeit auf dem Flughafen an. Mike und Andy sind schon da und sie stellen mir einige stämmige Burschen vor sowie einen kleinen, schlanken Mann mit schwarzen Augen und intelligentem Ausdruck, der zwar kalt aussieht, jedoch die Augen zusammenkneift, um mir zuzulächeln.

»Aubert George«, sagt Mike Bokanski zu mir. »Einer der besten Beamten hier am Ort.«

Ich drücke ihm die Hand. Die ganze Mannschaft scheint vollständig zu sein.

»Rock«, sagt Andy, »das Flugzeug wird frühestens in eineinhalb Stunden startklar sein. Ich an Ihrer Stelle würde erst mal im Restaurant einen trinken und dann etwas pennen.«

»Nicht müde«, sage ich.

»Ich kann Ihnen nichts anderes anbieten«, sagt Andy. »Mike und ich müssen alles überwachen und unseren ersten Bericht abschließen... Aubert wird Ihnen Gesellschaft leisten.«

»Und Gary?«

»Wir haben ihn telefonisch verständigt«, sagt Andy... »Er wird pünktlich da sein. Sie waren schon weg. Ihre Sekretärin... hm... hat es uns gesagt.«

»Ach ja ...«, sage ich. »Sie ist meine Sekretärin.«

Aubert schleppt mich mit ins Restaurant, durch dessen große Glasfensterfront man das Flugfeld überblicken kann.

»Es gibt Ruhezimmer«, sagt er ... »Vielleicht möchten Sie sich lieber langlegen ...«

»Niemals allein«, sage ich ...

»Oh«, murmelt er, »vielleicht finden Sie jemanden ... Es wimmelt nur so von Serviererinnen und Zimmermädchen ... Ich selbst ... Sie müssen verstehen ... Meine Frau sitzt draußen im Wagen, und ich hätte ihr gern auf Wiedersehen gesagt ...«

»Gehen Sie schon«, sage ich. »Ich komme auch allein zurecht.«

Er zischt ab, und als ich mich umdrehe, stoße ich zufällig auf meine beiden alten Freundinnen Beryl Reeves und Mona Thaw, die ich Ihnen sicherlich schon zu Anfang dieser Geschichte vorgestellt habe, in Lem Hamiltons Zooty Slammer.

»Oh! Rock ... sind Sie's wirklich?« sagt Beryl. »Wir suchen Sie seit heute morgen ... Gary wollte uns nicht sagen, wo wir Sie finden können und ... hm ... Ihre Sekretärin hat uns so unfreundlich empfangen ... Haben Sie sie schon lange, Rocky-Liebling?«

»Seit heute morgen.«

»Ich hatte den Eindruck, als würde ich sie kennen ...«, murmelt Mona Thaw.

»Sie haben sie sicherlich mit Douglas zusammen gesehen«, sage ich. »Er hat sie mir nämlich besorgt ...«

»Ach so ... na ja ... sie hat uns trotzdem den Ort angegeben, wo wir Sie finden könnten«, sagt Beryl.

Woher hat sie das gewußt? Ach ja, ich hab's! Durch Andys Telefonanruf.

»Sind Sie bei mir zu Hause gewesen?«

»Aber ja, Rocky ... Wir haben Sie seit drei Tagen nicht

mehr gesehen ... Kommen Sie, wir haben das Auto dabei ... Wir machen eine kleine Spritztour ... Sie fliegen doch nicht sofort ...«

»Ich habe etwas Zeit ...«, sage ich.

Ich folge ihnen und setze mich zwischen sie in den Cadillac von Mona, die Beryl ans Steuer läßt. Wir flitzen über die Landstraße, und fast gleich darauf hält der Wagen vor einer bezaubernden Villa.

»Meine Vettern wohnen hier«, sagt Beryl. »Sie sind im Augenblick nicht da. Kommen Sie, wir wollen einen trinken.«

Wir steigen aus und gehen ins Haus. Den Wagen lassen wir vor dem Gartentor stehen, damit wir wieder zurückfahren können, ohne Zeit zu verlieren. Das Wetter ist schön wie es nur in Kalifornien schön sein kann. Die Luft ist mild und warm, und wenn man nur atmet, spürt man schon, daß man lebt ...

»Bleiben wir draußen ...«, sage ich. »Es ist so angenehm hier ...«

»Wir haben mit Ihnen zu reden«, sagt Mona.

Verflucht! Das hat gerade noch gefehlt ... Sobald wir im Wohnzimmer sitzen, fängt Beryl an:

»Was ist denn mit diesem Mädchen, Rock, das in Ihrer Wohnung ist? Haben Sie mit ihr geschlafen?«

»Na ja ... hm ... das geht Sie überhaupt nichts an«, sage ich ziemlich verlegen.

»Das geht uns was an«, sagt Mona. »Und ob. Wir haben Sie in Frieden gelassen, weil wir wußten, daß Sie nichts tun wollten, bis Sie zwanzig Jahre alt geworden sind, aber wenn Sie Ihre Versprechungen derart halten, dann halten wir die unsern auch nicht mehr. Ziehen Sie sich aus.«

»Aber Mona«, sage ich flehend. »Ich falle vor Müdigkeit um ... Warten Sie noch ein paar Tage ... Wenn ich wieder zurück bin ...«

»Keine Geschichten«, sagt Beryl. »Wir haben Sie und

wir lassen Sie nicht mehr los. Wenn ich daran denke, daß Sie sich dieses kleine Scheusal ausgesucht haben, um Ihre Laufbahn als Liebhaber zu beginnen...«

»Sie haben keinen Geschmack«, fährt Mona fort. »Sie hat keine Brust und keine Hüften und sie ist mager wie ein Hering.«

»Also gut«, sage ich, »aber doch nicht hier... Wenn irgend jemand kommt... Außerdem habe ich keine Zeit...«

»Sie haben eine Stunde Zeit«, sagt Beryl. »Das ist völlig ausreichend. Um so mehr, als wir Ihnen die Arbeit erleichtern werden... Los... legen Sie Ihre Kleider ab... andernfalls werden wir das tun... Ihre Socken können Sie anbehalten.«

»Dann schließen Sie wenigstens die Tür ab, Mona...«

»Gut«, stimmt Mona zu, »ich werde die Tür abschließen, um Ihnen eine Freude zu machen. Helfen Sie ihm beim Ausziehen, Beryl. Und meckern Sie nicht rum... So was... sucht sich ausgerechnet diese Heuschrecke aus...«

Sie schlägt die Tür zu, dreht sich um, hakt ihr Kleid auf und schon springen ihre Brüste an die Luft... Die sind natürlich was ganz anderes als die von Sunday Love... Ich spüre so etwas wie ein Prickeln in den Lenden... Verflixt noch mal, das wird das zwölfte Mal seit heute morgen... Das ist etwas übertrieben...

»Nicht so schnell, Mona«, protestiert Beryl... »Lassen Sie mir Zeit, daß ich mich auch zurechtmachen kann...«

Mona kümmert sich um mich... Sie hat ihre Strümpfe anbehalten und ein kleines Ding aus hellen Spitzen, an denen sie festgemacht sind... Genau die gleiche Farbe wie... na ja, eben genau die gleiche Farbe. Ihr ist warm und sie riecht gut nach Frau... und der alte Rocky ist vielleicht nicht so erschöpft und schlapp, wie es den Anschein hat... Sie zieht mir das Hemd aus und die Hose... Ich lasse alles mit mir geschehen... Sie hat etwas mehr Mühe mit meiner Unterwäsche, die hängenbleibt...

»Keine Faxen, Mona ... Wir werden ihn auslosen, damit Sie's wissen«, kreischt Beryl.

Auch sie hat nichts mehr auf dem Leib ... Sie hat ihre Strümpfe bis zu den Knöcheln heruntergerollt ... Ich stelle Vergleiche an.

»Nun hört mal«, sage ich, »ich bin schließlich kein Jahrmarktartikel ...«

»Sie halten den Mund«, befiehlt Mona. »Sie hat recht. Wir werden Sie auslosen ...«

»Das ist nicht gerecht«, sage ich. »Und wenn ich eine von Ihnen vorziehe ...«

Ich kann kaum reden. Diese beiden Mädchen haben mich in einen solchen Zustand versetzt, daß ich nur noch auf eins scharf bin. Egal welche von beiden, aber sofort.

»Einverstanden«, stimmt Mona zu. »Wir werden Ihnen die Augen verbinden, und dann werden wir Ihnen etwas tun, und Sie sagen dann, welche Sie vorziehen.«

»Wir müssen ihm auch die Hände festbinden«, ruft Beryl, immer erregter ...

Sie rennt zum Fenster und reißt eine der Vorhangschnüre ab ... Ich lasse mich fesseln, weil ich sicher bin, daß ich die Schnur zerreiße, wann immer ich will ... und schon ist es geschehen, Mona packt mich und läßt mich auf den Teppich fallen ...

»Ihren Seidenschal, Beryl ...«

Ich liege auf dem Rücken ... zum Glück, sonst würde ich leiden ... und ich sehe nichts mehr ... Zwei Hände legen sich auf meine Brust, zwei lange Beine pressen sich an die meinen ... Ich bin nahe daran zu schreien, so schmerzhaft ist es, wenn man so warten muß ... Und auf einen Schlag legt sich die erste der beiden auf mich ... Ich dringe mit allen Kräften in sie ein ... und fast unmittelbar darauf zieht sie sich zurück und die zweite nimmt ihren Platz ein ... Ich ziehe verzweifelt an der Schnur, mit der meine Hände gefesselt sind ... Sie zerreißt ... Sie hat nichts gemerkt... In dem Augenblick, in dem sie sich ebenfalls entfernen will, schließen sich meine Arme über ihr... Ich halte sie mit einer Hand und mit der andern gelingt es mir, die Beine der zweiten zu schnappen... Ich lasse sie neben mich fallen und meine Lippen küssen sich an ihren Schenkeln hoch... bis dorthin, wo ich hinkomme... Ich mag das... Ich mag das sehr... Sie stöhnen ein wenig... ganz leise.

... Die Zeit vergeht...
Sie vergeht heute sehr schnell...

XXIII
Auf hohem Roß

Um fünf Uhr komme ich in Monas Cadillac an... gerade noch rechtzeitig zum Abflug... Ich habe die beiden Mädchen bei ihrem Vetter zurückgelassen... Ich hoffe, daß sie wachwerden, bevor jemand kommt... denn in dem Zustand, in dem sie sind, ist es besser, wenn das unter uns bleibt. Meine Beine tragen mich nur mit Mühe, und wenn ich mich an ihre Stelle versetze... kann ich sie auch verstehen... Andy sieht mich frotzelnd an.

»Na, Rock... waren Sie Ihrer alten Mutter auf Wiedersehen sagen?«

»Hm... Ja...«, sage ich. »Sie hat mich etwas länger aufgehalten, als ich glaubte... Jetzt bin ich hier.«

»Sie können noch ein kleines Nickerchen machen«, schlägt mir Mike vor. »Es wird noch eine Weile dauern, bis wir dort sind.«

»Wir können uns nicht den Luxus erlauben, dort am hellen Tag anzukommen«, erklärt Andy.

Sie sind alle fix und fertig. Aubert George ist ebenfalls zurückgekommen, und wenn ich ebensolche Ringe unter den Augen habe wie er, dann verstehe ich, weshalb sich Sigman über mich lustigmacht!

Das dicke Flugzeug erwartet uns auf seinen drei Rädern, die Nase in der Luft, das Antlitz im Wind. Einige Männer kümmern sich um es. Ein Auto kommt angefahren und hält zwei Schritte vor uns. Nick Defato steigt aus. Gary ist bei ihm... Stimmt ja, der alte Gary hat auch noch gefehlt...

Wir drücken Nick die Flosse... Er macht ein Gesicht, als sei ihm alles völlig zuwider.

»Na, Sie machen mir ja ganz schön Arbeit, Sie...«, ruft er mir süßsauer zu.

»Das ist nicht meine Schuld, Chef«, sage ich und heuchle Betroffenheit.

»Paßt gut auf, Kinder«, sagt Nick. »Heute abend sind Kondore unterwegs...«

Gary lacht. Wahrscheinlich ist das einer der üblichen Witze. Gary ist ganz mit Heftpflaster und Desinfektionsmitteln bedeckt; er sieht aus wie eine ägyptische Mumie, die durch eine Waschmaschine geschleudert wurde. Wenn er das nicht alles wegmacht, bevor wir auf die Insel von Schutz kommen, dann können wir Gift drauf nehmen, daß wir im Nu entdeckt werden.

Dann tauschen Nick Defato und Andy Sigman einige vertrauliche Tips aus, und die Jungens vom Flugzeug geben uns ein Zeichen, daß wir einsteigen sollen. Wenn es so weitergeht, werden wir schließlich ganz bestimmt die Anker lichten.

Ich setze mich neben Aubert George, der mir von seinen frühen Lebenserfahrungen erzählt, als er noch versuchte, Theater zu spielen; das einzige Stück, in dem es ihm je geglückt war, mitzuspielen, hat sich nur einen Monat lang gehalten, und außerdem hatte er darin nur eine Rolle von zehn oder zwölf Zeilen: ein Kunde, der hereinkommt, ein Buch verlangt und wieder hinausgeht. Er sagt mir, daß es ein ganz saublödes (genauso hat er sich ausgedrückt, ich wiederhole es nur) Stück war, daß aber trotzdem viel gelacht wurde.

Dafür habe ich ihm erzählt, wie ich am gleichen Morgen meine Unschuld verloren habe; ich erzähle es ihm nicht in allen Einzelheiten, wie ich es gern möchte, weil ihm sonst die Augen aus dem Kopf fallen und wie gelbe Achatkugeln auf dem Boden herumrollen, aber ich sage ihm genug darüber, damit er etwas wach wird.

Darauf merke ich, daß es sich bewegt und daß wir losfliegen. Da es eine Vergnügungsreise ist, gibt es keine Lufthostessen (ein bißchen auch, weil wir in einem Militärflugzeug sitzen). Es ist nicht das erste Mal, daß ich mit dem Flugzeug fliege und ich bin etwas abgestumpft gegenüber den Gefühlen, die man empfindet. Andy sitzt irgendwo in der Nähe des Pilotenraums, Mike zwei Sitze vor mir neben Gary. Die Maschine ist als gemischtes Transportflugzeug eingerichtet. Wir sitzen gut. Ich sehe mir ein bißchen die Landschaft an und die Küste, über die wir gerade hinausgeflogen sind. Wir steigen sehr hoch, und ich schlummere auf meinem Sitz ein, den eine vorausschauende Hand so weit wie möglich nach hinten verstellt hat.

XXIV
Es ist fast so weit

Ich werde von der Faust Andy Sigmans geweckt, der mich kräftig schüttelt. Ich träumte, daß ich gerade mit einer Giraffe Liebe mache, aber Andy hält mich von diesem Fehltritt ab. Ich danke ihm, und wir beginnen mit unseren Vorbereitungen zum Fallschirmabsprung über der Insel.

Es ist noch hell, weil wir der Sonne entgegengeflogen sind; aus diesem Grund ist unser Abflug um mehrere Stunden verschoben worden. Mike ist schon fast fertig, und seine Männer sind dabei, sich anzuziehen. Aubert verschwindet in einer ausgepolsterten Kombination, die viermal zu groß für ihn ist und er fängt an, Shakespeare zu deklamieren. Er verändert die Worte nach seiner Art; was Shakespeare schreibt, ist schon eine tolle Sache, was aber Aubert daraus macht, kann man vor keiner Musterungskommission sagen, und gerade da bekommt man ja allerhand zu hören. In der B-29, die, während wir schliefen, von den Männern der Mannschaft mit einer bezaubernden Blumentapete ausgeschlagen wurde, herrscht gute Laune und sogar Ausgelassenheit. Ich kann es nicht mehr erwarten, anzukommen.

Andy Sigman legt einen Haufen unwahrscheinliches Material vor mich hin, und ich frage ihn:

»Was soll ich denn damit tun?«

»Sie springen damit ab...«, sagt er. »Ohne das würden Sie nicht schnell genug fallen.«

Es ist wirklich alles dabei, was man sich nur vorstellen kann, es sei denn, man hat schlechte Gedanken. Es gibt Lebensmittel, Waffen, Kleider, Munition, Zigaretten, alles, womit man einen armen Forscher, der sich seit fünf Jahrzehnten im birmesischen Dschungel verirrt hat, begeistern könnte. Ich habe immer weniger Lust, mir das alles auf den Buckel zu binden... warum nicht einfach so runterspringen, um sofort Schluß damit zu machen? Es gibt sogar Prismenferngläser und einen Fotoapparat; es ist wirklich zum Verblöden.

Na ja. Wir legen uns trotzdem ins Zeug. Mike, der vor mir ist, verschwindet unter einer Masse von Kleidern und kleinen Paketen. Er sieht aus, als käme er von Macy zurück. Oh, là, là, was für ein Beruf...

XXV
Es ist soweit

Und dann folgt eins aufs andere. Wir befinden uns jetzt über der Insel. Es ist eine ziemlich große Insel... Ich hatte Angst, ich würde sie verpassen und nebendran herunterfallen, aber ich bin beruhigt. In der Mitte gibt es einen hübschen alten Vulkan; selbstverständlich erloschen, mit einem bezaubernden kleinen, ganz runden See auf dem Gipfel, der durch die dichten Bäume glänzt. Wir sind einer nach dem andern abgesprungen, der letzte hat die Tür hinter sich zugemacht, denn hier sind alle gut erzogen... Wir schweben herab, einige hundert Meter voneinander entfernt, wobei uns unser ganzer Krempel auf dem Rücken herumbaumelt. Andy ist als erster gesprungen, ich war der vierte; ich habe nicht allzu viel Schiß gehabt, aber das stört trotzdem ein wenig; man fühlt sich ganz durcheinandergeschaukelt und man fragt sich, ob das Ding auch aufgehen wird, wie sie sagen. Ich bin schon fünfzig Meter tiefer als alle andern; bei meinem Gewicht ist es nicht verwunderlich, wenn ich schneller falle. Die Bäume kommen näher, wir sind gehalten, dazwischen herunterzukommen... Es bestand keine Möglichkeit, uns auf dem flachen Land herunterzulassen, es war zu nahe bei dem mutmaßlichen Ort, an den sich der Doktor zurückgezogen hatte... Daher riskieren wir den Absprung, wobei jeder auf eigene Rechnung versuchen soll, sich nicht den Hals zu brechen. Ich kann schon die Wipfel der ersten Bäume erkennen und ich fange an, ein wenig an meinen Fangleinen zu ziehen und mich hin- und herzuwiegen, um mich wenn möglich im letzten Augenblick in die ungefährlichste Richtung zu steuern.

Wenn man tiefer ist, geht es noch schneller... Ich krümme mich zusammen, bereit, den ersten Ast zu ergreifen, den ich sehe... Hoppla, da ist er... Er zerkratzt mir die Hände, und ich verpasse mir einen Schlag mit dem Baum auf den Schädel... etwas sehr Gediegenes... im Lärm zerbrochener Äste purzele ich herunter, wobei ich mir einige Schienbeine verstauche, und werde am Ende von einer listigen Baumgabel völlig eingeklemmt... Ich bin mindestens sechs Meter vom Erdboden entfernt. Nicht weit von mir höre ich verschiedene Geräusche und Flüche!... Einer meiner kleinen Kameraden ist wohl angekommen... Es ist jetzt nicht mehr der richtige Augenblick, den Hanswurst zu spielen. Es ist ziemlich hell... Ich finde mich ohne Schwierigkeiten zurecht... Ich bin ganz nahe am Stamm und unter mir ist kein einziger Ast, den ich vor einem freien Fall von drei Metern erreichen könnte... Gut. Im Grunde hatte Andy recht. Ich sichere meine Stellung und knote die Seilrolle auf, die er mir um die Taille gebunden hat. Am Ende ist ein kleiner Enterhaken aus gehärtetem Stahl, den ich mitten im Holz befestige, und ich ziehe die Handschuhe an, die mir um den Hals baumeln, bevor ich das Seil packe... Es geht. Ich lasse mich fallen... mit der Kraft meiner Handgelenke; mein Gott, bin ich schwer... Ich schaue... Noch zwei Meter... Das wird gehen... Ich lasse los.

Ich stoße einen lauten Schrei aus, als ich rittlings auf die dicke Kröte falle, die mich seit fünf Minuten erwartete. Sie hat sich sang- und klanglos aus dem Staub gemacht: sie wollte mir lediglich guten Tag sagen, sonst gar nichts... Sie ist sofort darauf abgehauen. Ich habe mein Verlangen runtergeschluckt, Hals über Kopf davonzurennen, und ich habe angefangen, in Richtung des Geräuschs loszumarschieren, das ich vorhin gehört hatte. Als Sammelplatz hatten wir das Ufer des kleinen Sees, in nördlicher Richtung, ausgemacht. Ein Kompaß? Vorhanden... an meinem rechten Handgelenk.

Es ist Mike, der ganz in meiner Nähe heruntergekommen ist. Auch er ist unversehrt geblieben... aber er hat

Mühe beim Gehen, denn ein dicker Ast ist ihm direkt zwischen die Haxen geraten. Als sorgfältiger Mensch hat Mike seinen Fallschirm bereits zusammengefaltet, und ich erinnere mich nun, daß ich meinen mit dem Strick am Baum hängen gelassen habe. Ich sage es ihm.

»Wir werden ihn holen gehen«, sagt er. »Wir können dadurch auffallen.«

»Glauben Sie, daß das noch nicht geschehen ist?« sage ich.

»Ich hoffe es nicht... Wir werden schnell wissen, woran wir sind...«

Wir gehen zu meinem Baum zurück, und es gelingt uns, den Strick und den Fallschirm wieder an uns zu bringen; nicht ohne Mühe allerdings... Bei dieser Gelegenheit erfahre ich auch von der Existenz des Tiroler Mahnung genannten Taschenspielerkunststücks... Es ist sehr einfallsreich...

Dann machen wir uns auf den Weg zum See. Der Wald ist dicht und voller schneidender und harter Gräser. Zum Glück schützen uns unsere Kombinationen, und außerdem ist diese Insel schon ganz schön besucht worden; es gibt Reste von Pfaden, über die man noch gehen kann. Eine Viertelstunde genügt uns, um den kleinen See zu erreichen. Das Ufer glänzt unter dem Mond; dicke Lavablöcke stecken die abschüssigen Ufer des Wassers ab.

Ein kleines Feuer flackert ganz in der Nähe. Mike bleibt stehen, schaut hin...

»Es ist Sigman«, sagt er. »Er erwartet uns dort.«

Wir gehen zu ihm und stellen fest, daß Aubert schon bei ihm ist. Allmählich kommen alle aus dem Wald heraus und bald sind wir wieder alle acht beisammen. Carter hat sich das Handgelenk verstaucht, das ist alles. Gary zappelt wie ein Teller voller Heuschrecken; sein Absprung hat ihn wachgemacht wie nie zuvor. Aubert stößt mich mit dem Ellbogen an.

»Schade, daß meine Frau nicht da ist«, sagt er. »Ein Seeufer im Mondschein, das würde sie wahnsinnig inspirieren ... zumal sie Ungarin ist...«

Ich verstehe zwar den Zusammenhang nicht so recht und sage es ihm, aber das verwirrt ihn nicht im geringsten.

»Sie ist eine Romantikerin, verstehen Sie ... das erklärt einfach alles.«

Wenn sie eine Romantikerin ist, habe ich dem nichts hinzuzufügen. Andy fängt an, seine Anweisungen zu geben. Es wird vereinbart, daß zwei von uns hierbleiben. Carter und ein anderer, ein großer Rothaariger mit einem Vogelkopf, werden bestimmt. Sie sollen eine Art Lager einrichten, das sie so gut wie möglich verbergen und wo wir das Material ablegen. Die andern nehmen die Festung Schutz in Angriff... Es gibt tatsächlich irgend so eine Hütte, auf die sich dieses Wort anwenden läßt.

»Wann brechen wir auf?« sagt Gary.

Er hat eine Leica umhängen und brennt darauf, die Fährte aufzunehmen. Wie ein Jagdhund mitten auf dem flachen Lande, nimmt er die Witterung des Hasen im Pfeffer auf, auch Hasenpfeffer genannt (ein Spezialist unter meinen Freunden hat mir versichert, daß sich der Hund den Hasen nur unter diesem Aspekt vorstellen kann, daher auch seine Affinität zu diesem Tier und die Pflicht, die er sich auferlegt, die Wirklichkeit mit dem Ergebnis seiner Idee in Einklang zu bringen).

»Es wird nicht mehr lange dauern«, antwortet Andy.

Tatsächlich lichten wir zehn Minuten danach die Anker. Andy hat sich orientiert, und wir marschieren zügig durch den dichten Inselwald.

Ich zähle nicht die Zahl der Schritte, die wir machen, aber sie muß zwischen dreitausendvierhundertundsieben und dreitausendvierhundertundneun liegen, als wir in eine Ebene gelangen. Wir lassen den Wald hinter uns und schlagen uns geradewegs durch Felder voller Gräser und japanischer Stahlhelme, Reste des Krieges, der vor gar nicht allzu langer Zeit hier wütete.

Es ist etwa drei Uhr morgens.

Wir gehen geräuschlos vor, trotz allem ein wenig beunruhigt. Wie werden sich die Dinge anlassen? Der Boden ist trocken und hart unter unseren Schritten, und Pflanzenstengel knacken rhythmisch, als wir uns unseren Weg in die Richtung bahnen, die Andy uns angegeben hat.

An gewissen Zeichen glaube ich zu erkennen, daß wir uns in der Nachbarschaft bewohnter Orte befinden. Stellenweise sind Laufspuren zu sehen, und nun zeigt sich ohne die geringste Scham eine Straße vor unseren Augen, liegt unter dem gelben Auge des Mondes, der so tut, als schaue er woanders hin.

»Halt!« befiehlt Andy.

Wir machen halt. Andy orientiert sich von neuem.

»Weitergehen.«

Wir biegen nach links ab.

»Keinen Lärm!« empfiehlt Andy. »Wir sind sicher nicht mehr weit...«

Eine Viertelstunde noch... und ich trete Jameson auf die Absätze, der vor mir stehengeblieben ist. Aubert verfehlt mich nicht und prallt mit voller Wucht gegen mich. Na ja, er ist nicht schwer... zum Glück...

»Rücken Sie mir nicht zu nahe auf den Leib, Aubert«, sage ich. »Die Ungarinnen sind sicherlich furchtbar eifersüchtig. Sagen Sie mal, wo haben Sie eigentlich Ihren Namen aufgegabelt? Sind Sie kanadischer Abstammung? Oder was?«

»Mohikaner...«, sagt er, »und der Teufel weiß, warum ich so heiße.«

»Pst!« sagt Andy halblaut. »Mensch«, sagt er noch, »das ist ja toller als mit Segeltuchrollschuhen Harpunenfischerei zu spielen.«

Vor uns liegt ein riesiger Landsitz, halb verdeckt von

einem Vorhang von Bäumen... Ein großes, niedriges Haus ist von oben bis unten hell erleuchtet; das heißt über die ganze Breite, weil oben genauso tief ist wie unten, wie das unbestreitbar bei allen eingeschossigen Häusern der Fall ist.

Man hört die Echos einer undeutlichen Jazz-Musik... guter Jazz... Silhouetten gehen an den Fenstern vorbei... Wir sind noch zu weit entfernt, um etwas zu sehen...

Andy duckt sich, und wir tun das gleiche.

»Rock«, ruft er. »Und Sie, Mike. Kommt her zu mir...«

Ich robbe zu ihm, und Mike ist schon bei ihm. Er nimmt ein großes Fernglas und hält es mir hin. Ich habe meines natürlich im Lager gelassen.

»Sehen Sie sich das an...«

Ich schaue... Es ist verschwommen; ich drehe am Rädchen... So was, das... ist ja lustig.

Sie sind alle mit bezaubernden Perlenketten oder Blumenarmbändern behängt... nein, ich übertreibe... Einer ist dort drüben dabei, der hat eine Girlande auf der Brust und ein farbiges Stirnband um den Kopf...

»Zieht euch aus«, befiehlt Andy. »Und Sie pflücken Blumen, Aubert... zusammen mit Jameson... und flechten einen Kranz daraus...«

»Aber ich hab' überhaupt keine Ahnung, wie man das macht«, stöhnt der lange Jameson.

»Komm, laß dir da keine grauen Haare wachsen«, sagt Aubert... »Das ist die Kindheit der Kunst...

Man sieht, daß du nie Theater gespielt hast... Wenn man Theater spielt, lernt man alles.«

Ich folge Andys Befehl, und bald bin ich in der leichtesten Aufmachung... Die andern, die sich nicht um die Blumen zu kümmern brauchen, stehen sofort um mich herum...

»Mannomann«, sagt Nicholas... »Aber Sie sind ja der Mister Los Angeles vom letzten Jahr.«

Ich fange an zu lachen... Ich habe einen guten Schneider und wenn ich angezogen bin, ahnt keiner, was ich mir für eine Anatomie zurechtgezimmert habe (meine Eltern haben mir am Anfang dabei geholfen).

»Stimmt«, sage ich... »aber für mich ist das kein Ruhmestitel. ... Jeder hält mich für einen Idioten ...«

»So gewaltig irrt man sich da nicht«, sagt Gary.

Unterdessen hat Mike Bokanski seine Kleider ebenfalls abgelegt, und wahrhaftig, wir passen gar nicht so schlecht zusammen. Mike, der Junge, kann mithalten.

Aubert hat ein hübsches kleines Blumenarmband aus Zinzillastrabis geflochten und streift es mir über. Es steht mir sehr gut... Jameson begnügt sich damit, Blumen zu pflücken... Sein erster Versuch ist eine gemeine Schweinerei und er versteift sich nicht drauf...

»Ihr geht jetzt zu ihnen«, sagt Andy zu uns. »Und kommt so schnell ihr könnt mit Auskünften zurück...«

»Und wenn wir nichts erfahren?« sagt Mike.

»Ich verlasse mich auf euch«, antwortet Andy.

»Das ist mir unangenehm«, sagt Mike. »Erstens habe ich meinen Hund nicht dabei und zweitens habe ich keine Handgranaten. Ich bin völlig wehrlos.«

»Seht zu, wie ihr klarkommt«, sagt Sigman. »Und laßt uns jetzt in Frieden...«

»Gut, Chef«, sagt Mike. »Wir gehen.«

Er schmückt sich mit Blumen und wir flitzen los, wobei wir uns am kleinen Finger halten, so zum Spaß. Die Männer biegen sich ganz leise vor Lachen.

Anfangs geniert das ein bißchen, wenn man sich ganz nackt fühlt, aber das Wetter ist so schön und nachts ist es nicht dasselbe. Und außerdem hat es den Anschein, als sei das auf dieser merkwürdigen Insel allen furchtbar schnuppe... Ich war darauf gefaßt, einen gepanzerten, bösartigen Schutz vorzufinden, der gerade dabei ist, Roboter zu fabrizieren, um Amerika zu überfallen oder etwas in dieser Art... Und dann ist es völlig anders... Ein schöner kleiner Empfang von Lüstlingen...

Wir folgen einem mit Blumen bestandenen Pfad... Man hört jetzt die Musik sehr deutlich...

An einer unerwarteten Biegung sehe ich Mike, der mir vorausgeht, von Kopf bis Fuß zittern...

Ein Mann ist am Wegrand gekreuzigt worden...

Ein Mann, der ebenfalls nackt ist... sehr blond... ganz blaß... Eine klaffende Wunde in der linken Brust... Er ist mit einem Stahlzapfen, der ihm durchs Herz gedrungen ist, an einen Baumstamm genagelt. Um seinen Hals ein Schild:

»Schönheitsfehler«

Mike hat mich am Arm gepackt... Er merkt gar nicht, daß er mich sehr fest drückt; ich merke es auch nicht. Dann steht er da mit hängenden Armen.

»Was soll das heißen?« murmelt er. »Können Sie bei diesem Burschen einen Schönheitsfehler entdecken?«

»Na ja...«, sage ich, »jetzt würde ich zwar nicht mehr mit ihm tauschen, aber vorher ganz sicher.«

»Er ist tot«, sage ich noch.

»So tot, wie man nur sein kann«, antwortet Mike, kalt wie gewöhnlich, aber trotzdem ein wenig unangenehm berührt.

»Sollen wir wieder zurück oder sollen wir weitergehen?«

»Gehen wir weiter«, sagt Mike. »Wir werden ja sehen.«

Gut, plötzlich finde ich, daß es gar nicht so warm ist und daß wir nichts auf dem Leib haben... Was ist denn ein Schönheitsfehler, den man nicht sieht? Man kann das auch einen Vorwand nennen...

Wir gehen ganz behutsam... Wir sind jetzt ganz in der Nähe des Festes... Ein Pärchen scheint vor uns zu sein... Sie werden an uns vorbeikommen... Sie kommen an uns vorbei...

»He«, sagt Mike *mezzo voce*, »wenn alle so sind wie die beiden hier ... dann ist mir klar, warum sie den Kameraden dort umgelegt haben.«

Denn noch nie haben wir zwei Menschen von einer solchen Schönheit gesehen ... Sie sind einfach unbeschreiblich. Sie haben gar nicht hochgeschaut, als sie uns sahen. Sie sind gleichgültig vorbeigegangen, sich am Arm haltend. Ein Mann und eine Frau ... genauso wenig bekleidet wie wir ... ein paar Blumen ...

»Sagen Sie mal, Mike ... Glauben Sie wirklich, daß wir eine Chance haben, nicht aufzufallen? ... Ich fühle mich voller Schönheitsfehler ... Und da drinnen muß ich eine ausgesprochene Katastrophe sein ...«

»Sie sind okay«, sagt Mike ... »Aber ich, das kann ich nicht abschätzen ...«

Ich sehe ihn genau an ... Es ist nichts an ihm auszusetzen ... Das Haarsystem ist vielleicht etwas zu stark entwickelt ...

Ich teile ihm meine Zweifel mit ...

»Ach was, Quatsch«, sagt Mike. »Wenn das alles ist, dann muß es einfach gehen ... Ich werde mir doch nicht alle meine hübschen Haare ausreißen, nur wegen der schönen Augen des Dr. Schutz. Schauen Sie mal nach links«, fährt er ohne Übergang fort.

Zu meiner Linken kniet ein ganz blasser Körper ... Ein langer Eisenpfahl durchbohrt seine Kehle ... Der Kopf ist nach hinten geworfen und die Metallstange nagelt ihn am Boden fest ... Um seinen Hals hängt das Schild mit dem schicksalhaften Wort ...

»Oh, là, là«, sage ich ... »Ein seltsamer Empfang ... Glauben Sie, daß sie das zu unseren Ehren da aufgestellt haben? ...«

»Nein ... Pst ...«, flüstert Mike ...

Wir sind gerade auf offenem Gelände angekommen. Zwölf oder fünfzehn Paare tanzen einen Slow, während andere umherlaufen, hin und her gehen, lachen, trinken, tanzen ...

Jetzt dürfen wir uns keine Blöße geben, wenn ich mal so sagen darf ...

XXVI
Die Geheimnisse des Markus Schutz

Einige Meter von uns entfernt stehen drei Frauen. Sie sprechen zerstreut miteinander und scheinen das Verhalten von jemandem zu beobachten. Ich nehme meinen ganzen Schneid zusammen und verbeuge mich vor der ersten.

Glaubt mir, es ist das erste Mal in meinem Leben, daß ich ohne den Schatten eines Schleiers mit einer Person tanze, die als einziges Kleidungsstück ein großes Halsband aus roten Blumen trägt. Zum Glück haben Sunday Love und meine alten Freundinnen Beryl und Mona mir ermöglicht, etwas Vorsprung zu gewinnen ... Obgleich mir das so fern zu sein scheint. Ich spüre auf meiner Brust den Druck zweier runder, fester Kugeln, und meine Beine berühren zwei glatte, frische Fleischsäulen ... Ich ziehe sie etwas an mich, aber ich wünsche, daß die Schallplatte, falls es eine Schallplatte ist, nicht allzu früh aufhört oder aber, daß sie sofort aufhört ...

Mike tanzt ebenfalls. Ich beobachte die dritte Frau aus der Gruppe. Sie entfernt sich, ohne uns auch nur einen Blick zuzuwerfen.

Zweimal hintereinander gehe ich in die Luft, weil ich zwei völlig identische Gesichter sehe, aber unser Besuch in der Klinik von San Pinto hatte mich in dieser Hinsicht bereits aufgeklärt. Mensch, und Jef Devay? Was ist denn aus dem geworden? Seit meiner Rückkehr nach Los Angeles haben sich so viele Dinge ereignet, daß ich völlig vergessen habe, daß er uns begleiten sollte.

Ich zögere. Soll ich mit dieser Frau sprechen? ... Sie macht den Anfang.

»Von welcher Serie sind Sie?« fragt sie mich rundheraus. »Sie sehen nach einem S aus.«

»Das stimmt«, sage ich, glücklich, daß sie mir aus der Patsche hilft. »Und Sie?«

»Nur Serie O«, sagt sie bescheiden. »Ich habe nicht geglaubt, daß der Doktor Sie kommen läßt ... Es ist nämlich ein Fest für die O-Serie.«

»Ich habe mir eben zu helfen gewußt«, sage ich. »Wissen Sie, innerhalb einer solchen Serie gleicht man sich doch etwas zu sehr ... Das ist eintönig ...«

»Ja«, sagt sie, »der Doktor kann noch so viele verschiedene Gesichtselemente zusammensetzen, es gibt immer gemeinsame Punkte ... Ich bin froh, daß ich mit einem S reden darf.«

Sie zeigt mir ihre Freude, und ich bin gezwungen, das gleiche zu tun ...

»Kommt der Doktor heute abend?« sage ich, ein bißchen aufs Geratewohl.

»Ja, er kommt zum Schluß ... Er wird bald da sein ... Sollen wir gleich auf die Wiese gehen?«

»He ...«, sage ich etwas verlegen.

Was tut man auf dieser Wiese? Ich kann es mir in etwa denken ...

»Heute dürfen wir«, sagt sie. »Es ist kein gefährlicher Tag ...«

Langsam sehe ich durch, worum es sich handelt.

»Möchten Sie nicht lieber plaudern?« sage ich.

»Oh ...«, sagt sie, »plaudern ... Das ist zwar lustig ... aber eine besondere Abwechslung ist es nicht ... Ich möchte so gern mal mit einem S Liebe machen ...«

Ich kann nicht gut ablehnen ... und vor allem kann ich ihr nicht sagen, daß mir das mißfällt ... Ich bin gerade dabei, ihr unfreiwillig das Gegenteil zu beweisen ... Jesus, was für ein Tag ...

Sie zieht mich zu den Bäumen mit, und wir trennen uns, sobald wir in der Dunkelheit sind. Sie läuft und zieht mich dabei an der Hand mit. Wo ist Mike? Es ist mir schnuppe.

Wir wälzen uns in dichtem, duftendem Gras. Sie ist völlig außer Rand und Band.

»Sofort«, stöhnt sie... »Sofort... Bitte...«

Verflixt, wenn es so schnell geht, dann ist es nicht mehr lustig. Ich fange an Geschmack zu finden an den kleinen einleitenden Spielchen und ich zeige es ihr auch schön. Außerdem entspannt es auch ein bißchen.

Nach drei Minuten Sport muß ich ihr die Hand quer in den Mund stecken, um sie am Brüllen zu hindern. Sie windet sich wie ein dreigeteilter Aal. Sie ist etwas zu vollkommen; man sucht barocke Reliefs, Anomalien... Nichts... Nicht der mindeste Schönheitsfehler. Und dennoch eine ziemlich bemerkenswerte Festigkeit.

Los... Stellungswechsel... Das Gras ist zwar angenehm, aber sich auf eine hübsche Haut legen... das hat auch was für sich... Ich bin etwas zu klarsichtig... Ich möchte gern den Kopf verlieren...

»Na«, sage ich, »was hat man Ihnen beigebracht...«

»Dem Befehl zu gehorchen...«, antwortet sie mit gebrochener Stimme.

Ach Gott, auch das noch, dann muß ich ihr also sagen, was ich von ihr erwarte... Ich traue mich nicht mehr... Und außerdem habe ich zuviel Phantasie... eine etwas zu komplizierte Phantasie...

»Lassen Sie nur alles mit sich machen...«, sage ich ihr ins Ohr. »Das ist bequemer.«

Es gibt nämlich noch so ein paar kleine Sachen, die ich mich bei Sunday, Beryl und Mona noch nicht auszuprobieren getraut habe. Sachen, die euch übrigens nichts angehen.

Diesmal bin ich nach einer halben Stunde müde... Fehlendes Training oder zuviel Training. Sie selbst ist völlig reglos... Das heißt, ihr Herz schlägt... Immerhin das... Ich stehe taumelnd auf...

Ich lasse sie einfach da liegen... Was für ein komisches

Land. Es stimmt allerdings, daß man kein menschliches Gestüt unterhält, um seinen Pensionsgästen das Murmelspielen beizubringen...

Ich gehe wieder zum Ball zurück. Ich stehe unverhofft vor Mike.

»Was haben Sie denn mit Ihren Blumen gemacht?« sage ich.

»Und Sie?« gibt er zur Antwort. »Wer hat Sie denn ins Schlüsselbein gebissen?«

»Das ist ein Geheimnis, mein kleiner Mike. Was haben Sie denn herausgefunden?«

»Diese Weiber hier sind so was von heiß, das darf doch nicht wahr sein...«, brummt Mike in seinen Bart.

»Ich mag das sehr«, sage ich. »Aber als Auskunft für Andy ist das recht mager. Mike!... Schauen Sie mal dorthin!... Ein Großvater!...«

Inmitten der Gruppen ist ein Mann aufgetaucht... Hochwüchsig, schlank, mit Silberhaar und bekleidet mit einer Hose und einem Hemd aus weißer Seide.

Er kommt auf uns zu.

»Was tut ihr denn hier?« fragt er. »Heute ist nicht euer Ausgehtag.«

Er sieht mich aufmerksamer an und lächelt dann mit den Mundwinkeln.

»Ach! Das ist ja der liebe Mister Rock Bailey... Entzückt über Ihren Besuch... Ich habe Sie für... hm... für einen meiner Pensionsgäste gehalten.«

»Serie S«, sage ich.

Sein Lächeln verstärkt sich.

»Serie S, ganz genau.«

»Mike Bokanski«, sage ich und zeige auf Mike.

Mike verbeugt sich. Der andere tut das gleiche.

»Ich bin Markus Schutz«, sagt er. »Nun, Mister Bailey... ich bin glücklich über den Zufall, der sie zu mir geführt hat... Sie kennen bereits meinen Landsitz von

San Pinto, glaube ich ... Dieser hier ist viel angenehmer ... Man ist hier viel ungestörter ...«

»Außerdem kann man bequem die Leute umlegen, die Schönheitsfehler aufweisen«, antwortet Mike.

Er hebt eine schmale Hand, um zu protestieren.

»Sie begehen Selbstmord. Das ist ein Makel hier ... Ich erziehe sie in sehr eigentümlichen Vorstellungen ... Sie sind so beschaffen, daß ihnen allein schon die Vorstellung von der Häßlichkeit ein Greuel ist ... an dem Tag, an dem sie sich ihrer Unvollkommenheit bewußt werden, bringen sie sich um ... Da sie trotzdem sehr schön sind, behalten wir die Leichen noch für einige Tage ... Meine Gärtner stellen sie am Eingang des Anwesens sorgfältig auf ...«

»Ihre Experimente laufen gut?« sage ich.

»Mein Gott ... Ich bin in letzter Zeit etwas gestört worden ... Ich muß Ihnen gestehen, daß ich viele Unannehmlichkeiten mit meinen Sekretären, den Brüdern Petrossian, gehabt habe ... Ich habe festgestellt, daß sie hinter meinem Rücken einen kleinen Schleichhandel aufgezogen hatten ... Nichts Schlimmes ... Operationsfotos ... Ich glaube, das Geschäft lief sehr gut, aber ich bekam damit Geschichten an den Hals und ich habe sie gebeten, Schluß zu machen ...«

»Dazu haben Sie Ihre Methoden ...«, sagt Mike.

»Ich habe ausgezeichnete Schützen in meiner Mannschaft«, sagt Markus Schutz. »Aber sagen Sie mal, Bailey ... Ich hatte Sie neulich abends zu mir eingeladen ... Warum haben Sie die junge Dame abgelehnt, die ich Ihnen anbot? ... Dabei sind Sie doch ein Mann, der die Frauen liebt, oder nicht? ... Wohlgemerkt, ich persönlich habe einen etwas anderen Geschmack ... aber ich habe Ihre Abneigung wirklich nicht verstehen können ...«

»Ich erinnere mich an Ihre beiden Krankenwärter«, sage ich. »Einen von ihnen habe ich bereits erwischt, aber wenn ich den anderen je zu greifen kriege ...«

»Er ist ein braver Junge«, sagt Schutz... »Sie dürfen sich nicht so von vorgefaßten Meinungen beeinflussen lassen. Sie werden das alles ganz schnell vergessen. Kommen Sie doch beide zu einem Drink mit...«
Völlig verblüfft sehen wir uns beide an, Mike und ich.
»Nehmen Sie es nicht tragisch«, sagt Markus Schutz... »Alle, die mich zum erstenmal sehen, reagieren so. Ich sehe überhaupt nicht nach dem aus, was ich bin. Hören Sie«, fügt er hinzu und wendet sich an mich... »Sie werden für einige Tage meine Gäste sein... Ich habe den dringenden Wunsch, Sie mit einer ausgezeichneten Freundin zusammenzubringen... Diesmal werden Sie nicht mehr so jung sein wie das erste Mal... hoffentlich... und wenn Mister Bokanski einverstanden ist... Ich glaube, daß er die gewünschte Statur hat... habe ich auch für ihn jemanden.«
»Sie halten mich wohl für einen Eber«, sagt Mike mit einer gewissen Brutalität.
»Aber aber«, sagt Schutz. »Gebrauchen Sie doch nicht solche Worte... Ich liebe hübsche Geschöpfe und ich versuche, so viele wie möglich davon herzustellen... Aber ich will Abwechslung und Mannigfaltigkeit, und die vermag ich nur zu erhalten, indem ich häufig meine männlichen Basis-Zuchtelemente wechsle... Ich sage Ihnen ganz offen, wie es ist... Ich hoffe, daß wir alle drei immer sehr offen zueinander sein werden... Ihr Freund scheint mir gerade heraus zu sein«, fährt er fort und wendet sich an mich; »er gebraucht wenig übliche Wörter, aber das ist ja auch Offenheit und Freimut... Ich finde das nicht unangenehm...«
Wir folgen ihm über eine Freitreppe aus weißem Stein innerhalb einer riesigen, bezaubernden Villa.
»Ich habe viele Leute zu ernähren«, sagt Schutz, »und deshalb habe ich die ganze Insel kaufen müssen... Ich habe eine Serie, die auf den Feldern arbeitet; ich habe

Leute für alles ... Wenn man den ersten mal gemacht hat, ist es nicht mehr schwer, so weiterzumachen.«

»Wer hat Sie denn auf den Gedanken gebracht, Lebewesen zu machen?« fragt Mike.

»Die Leute sind alle sehr häßlich«, sagt Schutz. »Ist Ihnen schon aufgefallen, daß man nicht auf der Straße gehen kann, ohne eine Menge häßlicher Leute zu sehen? Nun, ich gehe gern auf der Straße spazieren, aber ich habe einen Abscheu vor dem Häßlichen. Deshalb habe ich mir eine Straße gebaut und ich habe mir hübsche Passanten fabriziert ... Das war das Einfachste von der Welt. Ich habe viel Geld verdient, indem ich Milliardäre behandelte, die voller Magengeschwüre waren ... Aber jetzt habe ich genug davon ... Es hat mir gereicht ... Mein Wahlspruch lautet: Wir werden alle Fiesen killen ... Das ist amüsant, finden Sie nicht?«

»Grandios!« sage ich.

»Natürlich liegt da eine gewisse Übertreibung drin«, sagt er noch. »Wir killen sie natürlich nicht einfach so ...«

Wir treten an einen großen, mit einem makellos reinen Tischtuch bedeckten Tisch, auf dem Gläser glänzen und Flaschen und Eis und ein Haufen Dinge, die unweigerlich ans Trinken erinnern. Die Paare in unserer unmittelbaren Nähe achten nicht im mindesten auf uns drei.

»Ich spiele den Leuten eine Menge Streiche ...«, fährt Schutz fort. »Selbstverständlich beschränke ich mich nicht darauf, Kinder in Brutkästen großzuziehen; das ist kein Problem. Ich kultiviere ihren Körper und ihren Geist und ich jage sie hinaus in die Natur oder aber ich behalte sie bei mir, damit sie mir bei meinen Arbeiten helfen. Ich habe beste Referenzen ... So etwa der Filmstar Lina Dardell ... Sie kommt aus meiner Klinik ... Deshalb hat man auch nirgends je etwas über ihr Leben erfahren ... Vor zehn Jahren lag sie noch in ihrem Brutkasten ... Am einfachsten ist das beschleunigte Altern ... Eine vorübergehende Beschleunigung des Lebensrhythmus, eine etwas verstärkte Oxydierung ... das geht von selbst ... Der wunde Punkt ist die Selektion ... die Verbesserung ... Denn es gibt immerhin ziemlich viel Ausschuß ... Etwa sechzig Prozent ...«

»Haben Sie viele Pensionsgäste, die berühmt geworden sind?« fragt Mike weiter.

Schutz sieht ihn an.

»Mein lieber Bokanski, wenn Sie das nicht vermuteten, wären Sie gar nicht hier ...«

»Aber Sie irren sich«, versichert Mike ... »Ich weiß nichts anderes über Sie als das, was Sie mir gesagt haben ...«

»Na ... na ...«, macht Schutz ironisch ... »Sie können sich wohl denken, daß ich genau Bescheid weiß.«

Er wendet sich an mich.

»Fünf Spiele hat Harvard gegen Yale verloren«, sagt er.

»Fußball?« sage ich.

»Ja. Fünf Spiele hintereinander. Das zählt. Und warum das alles?«

»Weil die Mannschaft von Harvard schlechter ist«, sage ich.

»Nein«, sagt Schutz. »Weil die Mannschaft von Yale überlegen ist. Die von Harvard ist die beste von Amerika; aber die von Yale kommt aus meinen Ställen.«

Er lacht höhnisch.

»Nur das, das müssen Sie beweisen ... und das ist der Grund für den Besuch Mike Bokanskis und Andy Sigmans in meinem Haus in San Pinto. Wieviel haben Sie von Harvard bekommen, um alles bei mir kaputtzumachen?« fährt er fort, wobei er sich an Mike wendet.

»Nichts«, sagt Mike. »Ich gebe Ihnen mein Wort.«

»Sie haben kein Wort«, sagt Schutz ..., »folglich verpflichtet es Sie auch nicht sonderlich.«

»Ich bin wegen etwas ganz anderem hier ...«, sagt Bokanski. »Von Sport ist dabei keine Rede. Das wissen Sie ganz genau.«

»Ach«, sagt Schutz, »wenn Sie in Rätseln reden, kann ich Ihnen nicht mehr folgen. Kommen Sie und sehen Sie sich meine kleinen Mädchen an; wir haben schon genug Zeit verloren... Ich verlange nur eine Stunde von Ihrer Zeit und dann lasse ich Sie in Frieden...«

»Hören Sie«, sage ich. »Wirklich, glauben Sie mir, ich habe gerade eine genommen, und das ist keine Metapher. Noch vor fünfundzwanzig Stunden war ich völlig unberührt und ich versichere Ihnen, daß ich mich nach dieser Zeit zurücksehne. Denn seit gestern morgen um acht geht das ununterbrochen...«

»Oh«, sagt Schutz... »einmal mehr oder weniger... Los, kommen Sie...«

Wir folgen ihm durch eine Reihe riesiger Zimmer, die in hellen Farben gestrichen sind und große Fenster haben, die aufs Meer gehen, das man in der Nacht undeutlich errät. Der Morgen beginnt gerade erst anzubrechen. Endlich kommen wir an eine Treppe, die nach unten führt.

»Immer unterirdisch«, sage ich.

»Man ist dort sehr gut untergebracht«, antwortet Schutz. »Gleichförmige Temperatur, vollkommener Schallschutz, Sicherheit, es gibt dort alles.«

Wir wühlen uns in die Eingeweide der Erde... sehr saubere und gut gefegte Eingeweide. Der Doktor geht uns voran, Mike folgt ihm, und ich bilde das Schlußlicht.

»Um auf das zurückzukommen, was wir gesagt haben«, sagt Mike, »so möchte ich gern wissen, wer Pottar ist?«

Schutz gibt keine Antwort und geht unerschütterlich weiter.

»Haben Sie mal was von Pottar gehört?« fährt Mike fort. »Rock, kennen Sie Pottar?«

»Na ja... schon, wie jeder«, sage ich. »Ich habe seine Artikel gelesen... aber ich habe ihn nie gesehen...«

»Man weiß nicht, wer Pottar ist«, fährt Mike fort, der verträumt vor sich hinspricht, als sei er allein; »aber hinter

Pottar stehen zwanzig Millionen Amerikaner, die auf ein einziges Zeichen von ihm warten, um hinter ihm her zu marschieren. Und Kaplan?«

»Ich weiß, wer Kaplan ist...«, sage ich. »Das ist der, der kürzlich die Kampagne gegen Gouverneur Kingerley geführt hat.«

»Kaplan ist vor vier Jahren in der Welt der Politik aufgetaucht«, sagt Mike, »und er hat alle Pläne Kingerleys zu Fall gebracht, eines Mannes, der seit zwanzig Jahren weiß, wo es lang geht... Man weiß nichts von Kaplan... Doch wenn man sich einmal die Mühe macht, die Theorien Kaplans mit denen Pottars zu vergleichen... erlebt man seltsame Überraschungen...«

»Ich verfolge kaum das politische Geschehen«, sagt Schutz.

Wir sind am Fuße der Treppe angekommen, und Schutz lotst uns durch neue, helle und leere Flure. Der Boden ist ausgelegt mit einem dicken, beige-rosa Teppich, verchromte Wandleuchter erhellen glänzend die Wände.

»Kaplan und Pottar gefallen den Massen«, sagt Mike. »Sie sind schön, sie sind intelligent, sie besitzen Ausstrahlung... und sie spielen ein gefährliches Spiel. Sie bedrohen die Sicherheit der gesamten Vereinigten Staaten...«

»Sie haben sicherlich recht«, sagt Schutz... »Ich muß Ihnen noch einmal sagen, daß mich das wenig interessiert... Ich bin vor allem Ästhet.«

»Kaplan und Pottar kommen aus Ihrem Haus...«, sagt Mike kalt.

Es entsteht eine Stille. Schutz bleibt stehen, und seine grauen, eiskalten Augen fallen auf Mike.

»Hören Sie zu, Bokanski«, sagt er, »ersparen Sie mir Ihre Witze... Reden wir von was anderem... Das ist eine persönliche Gefälligkeit, um die ich Sie bitte...«

»Schon gut«, sagt Mike. »Ich will nicht mehr davon reden. Aber wenn Sie mir erzählen wollen, daß Sie sich damit zufriedengeben, das Äußere der Leute zu bilden, dann erwarten Sie nicht, daß ich das schlucke... Ich weiß ganz genau, daß zwei Drittel der Politiker, die für die gegenwärtige Regierung gefährlich sind, von Ihnen selbst aufgezogen und entscheidend beeinflußt sind... Ich muß Sie übrigens beglückwünschen... Ihr System funktioniert gut.«

Schutz beginnt zu lachen.

»Hören Sie zu, Bokanski... Ich war nahe daran, mich zu ärgern, aber Sie sagen das mit einem solchen Ernst, daß ich Ihnen verzeihe... Ich, Markus Schutz, soll im Begriffe sein, alle Kreise zu unterwandern, um die Schalthebel der Macht in die Hand zu bekommen?... Na, mein Lieber... Sie wollen sich wohl einen Scherz erlauben... Ich sitze hier auf meiner Insel wie ein König ohne Krone, ich gebe mich in aller Ruhe meinen Experimenten hin...«

»Reden wir nicht mehr darüber«, sagt Mike... »Wo sind Ihre Mädchen?«

»Aha!« sagt Schutz... »Das nenne ich gut gesprochen... Da sind wir.«

Er tritt zur Seite, um uns in einen großen Raum eintreten zu lassen, in dessen Mitte ein Schreibtisch steht. Er geht zu dem Schreibtisch hin, zieht eine Schublade auf, die mit Karteikarten gefüllt ist und liest drin herum.

»Gut«, sagt er. »Saal 309 und 311. Ich lasse sie kommen und in einer Stunde sind Sie frei... natürlich frei, wegzugehen, ich habe nämlich was für Humor übrig, aber nur, wenn er nicht übertrieben wird.«

»Ich verspreche Ihnen, daß wir nicht die Absicht haben, hier alt zu werden«, sage ich. »Wenn Sie uns nicht so nachdrücklich bitten würden, doch noch zu bleiben, wären wir schon längst wieder zurückgekehrt.«

»Sie müssen sich ein wenig lächerlich vorkommen«, fährt Schutz fort. »Eine B-29 nehmen, mit dem Fallschirm abspringen wie kleine Fallschirmspringer, sich ganz nackt ausziehen und das Haus eines armen alten Mannes überfallen, der Menschenpflanzen zieht wie andere Orchideen züchten oder den Chistoperzacchio, also darauf brauchen Sie wirklich nicht stolz zu sein ...«

»Ich gebe zu, daß es dumm ist«, gesteht Mike ein.

Aber ich habe den Eindruck, daß Mike immer mehr auf der Hut ist.

»Auf jeden Fall«, fährt Schutz fort, »kommen Sie jetzt mit mir. Ich werde Ihnen zeigen, wo es ist.«

Er nimmt das Telefon ab.

»Schicken Sie P. 13 und P. 17 zu den Zimmern 309 und 311«, sagt er.

Er dreht sich wieder nach uns um.

»Die beiden sind völlig identisch. Wenn Sie es vorziehen, alle vier zusammen zu sein, also ganz, wie Sie wollen ... die beiden Zimmer gehen ineinander über.«

»Danke«, sagt Mike. »Wir werden uns die Erlaubnis zunutze machen.«

Schutz legt zerstreut den Hörer auf.

»Also gut, gehen wir.«

Wir folgen ihm wie zwei treue Jagdhunde der Schnecke.*

Vor Zimmer 309 bleibt er stehen, und Mike geht hinein. Ich überschreite die Schwelle der nächsten Tür.

»Bis nachher!« ruft uns Schutz nach, während er geht.

Die Polizei in seinen Fluren ist zuverlässig. Wir haben keine lebende Seele gesehen, seit wir herunter gekommen sind.

In meinem Zimmer erwartet mich eine sehr hübsche Person. Sie hat flammend rotes Haar. Rothaarig von Kopf bis Fuß.

»Guten Tag«, sagt sie. »Sie sind doch mindestens ein S.«

»Ich bin ein Freischärler«, sage ich. »Ich arbeite auf eigene Rechnung.«

* Ein Wortspiel, das es im Amerikanischen nicht gibt und das im Französischen nicht lustig ist (Anmerkung des Übersetzers).

Sie scheint ein wenig überrascht.

»Wie kommt es, daß Sie hier sind?«

»Das sind Dinge, die schon mal vorkommen«, sage ich. »Wenn es kein Geheimnis mehr gäbe, wäre das Leben nicht lustig.«

Ich gehe zur Verbindungstür und trete ein, ohne anzuklopfen.

Mike sitzt auf dem Bett. Vor ihm steht die genaue Doppelgängerin meiner Gefährtin.

»He, Mike«, sage ich. »Schaffen Sie es noch?«

»Ich habe allmählich die Nase voll«, sagt er. »Erstens verabscheue ich das, und zweitens habe ich mit einem Mal in der Woche völlig genug. Wie wär's, wenn wir die beiden allein mit sich klarkommen ließen?«

»Ausgezeichnete Idee«, sage ich.

Ich gehe wieder zurück in das andere Zimmer.

»Kommen Sie, Sally«, sage ich. »Wir werden Spiele spielen.«

»Gern.«

Sie drängt sich an mich und schiebt die Hüften hin und her. Ich bleibe gleichgültig.

»Gefalle ich Ihnen nicht?« sagt sie.

»Doch, Liebling«, sage ich. »Aber ich bin homosexuell.«

»Was soll das heißen?«

»Daß ich nur die liebe, die mir gleichen. Wenn es Ihnen also nichts ausmacht, werden Sie sich mit Mary zerstreuen.«

»Aber warum geben Sie uns diese Namen«, sagt sie.

»Ich mag keine Nummern«, sage ich.

Sie läßt sich mitziehen und schaut mich beunruhigt an. Mike stößt einen Ausruf aus, als er sie sieht.

»Das darf doch nicht wahr sein«, sagt er. »Das sind Geschichten. Die können sich doch nicht derart gleichen.«

»Aber doch«, protestiert Mary. »Wir sind Zwillinge von derselben Serie... Das wissen Sie doch...«

»Das ist ja empörend«, sagt Mike. »Eine solche Frau zu heiraten und dir ständig sagen zu müssen, daß sie dich mit einem andern betrügt...«

»Aber wir sind *zwei*«, sagt Sally. »Zwei, verstehen Sie?«

»Wißt ihr wenigstens, was zwei hübsche Mädchen miteinander machen können?« sagt Mike.

»Das ist streng verboten«, sagt Mary.

»Ich will Ihnen mal was sagen«, sagt Mike. »Ich kann nicht mit Ihnen schlafen, weil mein Arzt mir diese Art Sport verboten hat. Ich bin ein Schwachmatikus und muß mich ständig ausruhen.«

»Sie wollen sich überhaupt nicht ausruhen«, sagt Sally. »Das sieht man doch.«

»Machen Sie sich keine Gedanken«, sagt Mike. »Das ist nur ein Reflex; das ist genau wie die Leichenstarre, das hat nichts zu bedeuten. Kommen Sie her, Sie...«

Er packt Sally.

»Ich«, sagt er, »möchte Sie gern voneinander unterscheiden können.«

Er setzt sie auf seine Knie, und sie unternimmt alle Anstrengungen, damit das zu etwas führt... aber er begnügt sich damit, sie festzuhalten, und er beißt ihr heftig in die linke Schulter. Sie stößt einen Schrei aus und wehrt sich. Er lutscht ein wenig, um eine schöne, violette Färbung zu erhalten und läßt sie los.

»So«, sagt er, »kann man Sie nicht mehr verwechseln. Und jetzt legen Sie sich aufs Bett, Sally.«

Er packt sie und legt sie aufs Bett. Sie läßt es mit sich geschehen, passiv, keuchend. Er schnappt sich Mary, dreht sie um und legt sie auf ihre Gefährtin.

»Ihr seid jetzt unmittelbar an der Einsatzstelle, wenn ich mal so sagen darf«, fährt er fort. »So, Kinder, und jetzt bedient euch dessen, was der liebe Gott euch mitgegeben hat.«

Sie entfernen sich voneinander, rot vor Scham.

»Aber ... wir haben das nie gemacht ...«, sagt Sally.

»Hochanständige Leute tun es«, versichert Mike. »Küßt euch ... sanft ... Es ist sehr angenehm, ihr werdet sehen.«

Er kniet sich neben sie und bringt sie einander näher. Mary begreift allmählich und gibt sich dem Kuß Sallys hin, die sich gehen läßt, und mit Hilfe von Mikes Liebkosungen sind sie bald auf vollen Touren. Ab und zu gibt Mike ihnen einen großen Klaps auf den Hintern ...

»Nur ran, Schätzchen«, sagt er ... »Das tut niemandem weh und auf diese Weise bekommt man keine Kinder.«

Nun, es ist ziemlich angenehm zuzusehen, wie zwei hübsche Mädchen Liebe miteinander machen ... Das ist ein neues Schauspiel für mich, aber ich gewöhne mich sehr schnell daran. Marys Haare fegen über die zarte Haut von Sallys Schenkeln, und diese gibt als erste nach und wirft sich zurück, wobei sie vor Befriedigung gluckst ... Aber die andere ist damit gar nicht einverstanden ...

»Mach weiter ... du Kamel ... Höre ich vielleicht auf? ...«

»Komm, Kleines«, sagt Mike ... »Nur keine Sorge ... Mein Arzt muß sich geirrt haben ...«

Er legt sich neben Mary und hält sie an sich gedrückt, eine Hand an ihrer Brust. Sie krümmt sich und preßt ihren Rücken gegen Mikes Bauch, und Mike geht mit einer bemerkenswerten Präzision zu Werke ...

Verflixt ... nichts für mich ... Wirklich, ich habe etwas übertrieben ... Ich drehe mich um und gehe in das Zimmer nebenan ... Amüsiert euch Kinder ... Ich werde ein wenig schlafen ... Ich strecke mich aus und schließe die Augen ... Fünf Sekunden ... Ich schlafe ...

XXVII
Wir reden über Philosophie

Eine kräftige Faust schüttelt mich. Ich schaue. Mike steht neben mir, keuchend und schweißbedeckt.

»Rock«, sagt er, »kommen Sie, helfen Sie mir ... Ich kann sie nicht mehr im Zaum halten ... Wir werden ihnen eine anständige Tracht Prügel verpassen, erst dann haben wir unseren Frieden.«

»Mein lieber Mike«, sage ich, noch ganz dösig von einem Zipfel Schlaf, »das ist allein Ihre Schuld ...«

»Das ist ein Gefallen, um den ich Sie bitte, Rock«, sagt er.

»Die Tracht Prügel können Sie ihnen auch allein verpassen«, sage ich. »Das sind doch alles Impotenz-Geschichten ... und verkappte Flagellationen ...«

»Rock«, sagt Mike, »ich schwöre Ihnen, daß ich noch jungfräulich war, als ich auf der Insel ankam. Ich hatte Bücher gelesen und war theoretisch beschlagen, aber ich hatte noch nie eine Frau angerührt ...«

»Na, schämen Sie sich dann nicht?« sage ich.

Ich kann nur lachen, als ich sein aufgelöstes Gesicht sehe ...

»Es ist wahr«, sagt Mike ... »Das einzige, was mich interessiert, sind Gymnastik und Körperkultur ...«

»Ach, Kleiner«, sage ich, »das ist nicht alles im Leben ...«

Ich folge ihm ins Zimmer nebenan, dessen Tür er die ganze Zeit über zugehalten hat, und die beiden Furien fallen über ihn her ... Ich packe eine bei dem, was mir unter die Hände kommt, ich lege sie mir aufs Knie und verpasse ihr auf den Hintern eine ganze Serie von diesen Klapsen, von denen in der Heiligen Geschichte die Rede ist. Danach stelle ich sie wieder auf die Beine und wuchte ihr meine

Faust ins Auge. Es ist Sally... Ich erkenne den Biß. Sie zappelt immer noch. Ich nehme sie mit und schließe sie in meinem Zimmer ein. Ich komme zurück und finde Mike auf Marys Rücken sitzend. Sie liegt bäuchlings auf dem Bett, und es hat den Anschein, als rühre sie sich nicht mehr.

»Es graust mir davor, Frauen zu schlagen«, sage ich, »aber kann man das hier als Frauen ansehen?«

»Nein«, sagt Mike. »Wie wär's, wenn wir gingen...«

»Hauen wir ab? Was für Informationen haben wir für Andy?«

»Keine«, sagt Mike. »Das ist alles längst bekannt. Sigman weiß Dinge über Schutz und seine Geschäfte, mit denen er ein Buch füllen könnte, das so dick ist wie der Webster.«

Ich setze mich neben ihn, auf Marys Schenkel. Das ist warm.

»Der Beruf des Detektivs ist was Tolles«, sage ich und strecke mich. »Aber inzwischen muß es schon mindestens sechs Uhr morgens sein, und ich komme allmählich vor Hunger um. Hat Schutz wirklich all das getan, was Sie sagen? Die Geschichten von Pottar und Kaplan? Was will er eigentlich?«

»Präsident der Vereinigten Staaten werden«, sagt Mike.

»Aber jeder amerikanische Bürger hat doch die Möglichkeit, Präsident der Vereinigten Staaten zu werden«, antworte ich. »Das steht in allen Büchern. Also, warum nicht er? Na ja, dann haben wir wenigstens schöne Jungens als Senatoren.«

»Sie«, sagt Mike, »Sie sind gerade im Begriff, zum Feind überzulaufen. Erinnern Sie sich ein wenig an die Schilder mit dem »Schönheitsfehler« und an die kleinen Geschichten in den Straßen von Los Angeles und an die Mädchen, die er entführen ließ...«

»Verdammt noch mal«, sage ich. »Eine schöne Bande

von Verrückten ... wenn sie alle so sind, wie Mary Jackson, schenke ich sie ihm ...«

»Und die Operationen«, sagt Mike ... »Erinnern Sie sich an die Operationen, Rock?«

»Aber er behauptet doch, es seien seine Sekretäre, die die Situation ausgenützt haben? Er hat den Namen der Brüder Petrossian genannt, nicht wahr?«

»Das ist nicht statthaft«, sagt Mike. »Man kann doch nicht zulassen, daß ein Mann auf diese Weise sein eigenes Gesetz durchsetzt...«

»Ist es Ihnen lieber, daß das eine Bande korrupter Politiker tut?« sage ich. »Natürlich ist da noch diese Geschichte mit den Fiesen, die alle gekillt werden sollen. Aber genau besehen, gehören Sie und ich zur andern Kategorie ... also?«

Während wir sprechen, beginnt sich Mary offensichtlich zu langweilen, denn sie bewegt sich und versucht, uns zum Fallen zu bringen.

»Stillgehalten!« befiehlt Mike und versetzt ihr einen dröhnenden Klaps auf den Hintern.

»Oh, là, là«, stöhnt sie ... »Ich habe den Eindruck, unter eine Dampfwalze geraten zu sein ...«

»Ich auch«, sagt Mike. »Also, Klappe halten.«

Er spricht weiter.

»Begreifen Sie denn nicht, wie viele Leute umgebracht werden müssen, Rocky. Das ist entsetzlich.«

»Aber wenn sie doch fies sind«, sage ich. »Hinterher wird es viel lustiger sein...«

»Aber man braucht doch auch Fiese«, sagt er. »Mein Gott, was tun wir denn ohne Fiese? ... Begreifen Sie denn nicht, Mann? ... Wer geht denn dann noch ins Kino, wenn alle Leute schön wie Apollo sind?«

»Na ja, dann geht man sich halt die Fiesen ansehen«, sage ich. »Es genügt ja, wenn man ein paar Dutzend behält.«

»Begreifen Sie auch, daß man dann fies sein muß, um bei den Mädchen Erfolg zu haben?« fährt Mike in verzweifeltem Ton fort. »Alle Krummbeinigen werden dann triumphierende Gesichter aufsetzen, und wir können uns ganz allein amüsieren ... Und wird das lustig sein, wie Sie sagen?«

»Das«, sage ich, »ist ein verdammt überzeugendes Argument, um so mehr, als es *ad hominem* ist. So, wie die Dinge im Augenblick stehen, ist es sicher, daß wir Chancen bei den Mädchen haben... aber sehen Sie: was nutzt es uns? Wir bleiben bis zwanzig und drüber hinaus unberührt.«

»Nur weil wir Arschlöcher sind«, sagt Mike, »sollen wir die Gesellschaft zugrunde gehen lassen, selbst wenn eine Gesellschaft von noch größeren Arschlöchern ist.«

»Ich bin mit dieser Schlußfolgerung überhaupt nicht mehr einverstanden«, sage ich. »Erstens sind wir eigentlich keine Arschlöcher, sondern keusche Menschen, was lobenswert ist; zweitens sind mir die andern schnuppe.«

»Mir auch«, sagt Mike, »nur, wenn ich das Andy Sigman sage, wird er mich stundenlang anschnauzen und mir nachweisen, daß ich ein Hinterwäldler bin. Deshalb werde ich auch dem Geheimagenteneid treu bleiben. Hauen wir ab und machen unseren Bericht und lassen wir Andy sehen, wie er zurechtkommt.«

»Einverstanden«, sage ich. »Hauen wir ab. Aber wie?«

»Wir machen die Tür auf«, sagt Mike, »und ziehen Leine.«

»Und stoßen auf Papa Schutz, der mit einem Maschinengewehr hinter uns herläuft. Kommt nicht in Frage.«

»Aber nein«, sagt Mike, »das sind doch Faxen. Er arbeitet gerade in seinem Büro.«

»Gut, dann gehen wir.«

Wir stehen zusammen auf, und Mary bleibt liegen. Sie stößt einen Seufzer der Erleichterung aus und schläft ein.

Sie hat einen Kamm nötig und braucht einen anständigen Schluck aus der Flasche.

Mike geht zur Tür und macht sie auf. Er schaut in den Flur, nach rechts und nach links.

»Nichts«, sagt er. »Wir können gehen.«

Er geht hinaus, ich folge ihm. Wir machen einige Schritte. Alles ist ruhig und still. Wir versuchen die Treppe wiederzufinden:

»Es ist dort«, sagt Mike ohne zu zögern.

Wenn sein Hund bei uns wäre ... wäre es schon geschafft ... Dieser Ort verursacht mir einen Katzenjammer. Da ist die Treppe. Sehr einfach. Aber oben ist alles abgeschlossen.

Das ist auch sehr einfach.

XXVIII
Schutz macht Ferien

Wir versuchen es an der ersten Tür. Sie gibt nach vier Versuchen nach. Wir machen so wenig Lärm wie möglich, aber unsere Kräfte sind ziemlich erschöpft ... und es ist sehr anstrengend, keinen Lärm zu machen.

Nach der ersten gibt es natürlich eine zweite...

»Ich habe die Nase voll«, sage ich. »Ich schreie. Ich werde schreien. Ich werde brüllen. Ich werde grölen... Uauauauaua...«

Ich stoße ein Geschrei aus, das Tarzan beschämt hätte, und ich fühle mich viel besser. Der große Saal, in dem wir sind, dröhnt unheildrohend.

»Sie sind übergeschnappt, Bailey«, sagt Mike. »Das bringt Ihnen doch überhaupt nichts, wenn Sie so schreien.«

»Es erleichtert, Mike«, sage ich. »Versuchen Sie es. Es ist großartig.«

Und ich fange von vorne an. Diesmal spüre ich, daß ich ganz blau werde, und ich höre, wie die Gläser auf dem Tisch zu klirren anfangen.

»Das ist gar nichts«, sagt Mike. »Ich kann's besser. Hören Sie.«

Er stellt sich breitbeinig hin, legt die Hände trichterförmig vor den Mund und stößt die schönste Salve von Schreien aus, die Jericho je gehört hat. Ich will ihm nichts schuldig bleiben und antworte schlagfertig und nach bestem Vermögen. Wir stehen da und schreien uns gegenseitig ins Gesicht, und plötzlich bekomme ich einen Eimer eiskaltes Wasser über den Arsch. Ich hatte vergessen, daß ich splitternackt war, aber das erinnert mich blitzschnell wieder daran. Mike dreht sich um... Ihm ist die gleiche Behandlung zuteil geworden.

»Verflucht und zugenäht, so ein Schwein«, sage ich.

»Können Sie nicht die Leute sich in aller Ruhe amüsieren lassen?«

Hinter uns ... aber das ist doch ... dieser Schurke ... dieser Grobian ...

Mit einem Wort, der Kerl, der mir die Elektroden in den Hintern gesteckt hat. Du bist schon tot, Alter. Ich springe in die Luft und falle im Laufen wieder herunter. Er hat meine Bewegung vorausgesehen und galoppiert schon zwei Meter vor mir. Mike schließt sich an, und schon wetzen wir durch die Villa Schutz wie Känguruhs, das heißt mit Hüpfeinlagen.

Er hängt uns immer stärker ab, weil er die Örtlichkeiten kennt, und so auch mal eine Tür aufmachen kann, durch die er noch schneller davonflitzt. Aber da habe ich ihn schon fast eingeholt. Im Laufen rufe ich ihm Beleidigungen zu.

»Hurensohn! Du Spätentwickler! Du Brassengesicht! Bleib mal 'nen Moment stehen, wenn du keine Angst hast!«

Das ist natürlich zwecklos, denn ich wiege gut dreißig Kilo mehr als er ... Ich bin im Grunde ein großer Feigling. Wir sind in einem neuen Flur, und ich ziehe meine Knie bis unter die Nase, so viel Eifer lege ich hinein; ich gewinne ... einen Meter ... zwei Meter ... Er ist nur noch drei Schritte vor mir. Am Ende des Flurs ist eine Tür ... Er macht nicht langsamer ... Er stürmt drauf los ... Peng! Er prallt dagegen ... Sie ist geschlossen, aber das ist einerlei, sie geht trotzdem auf ... Ich lande auf ihm ... Im Freien! Mein Gott, wir sind draußen! Darauf verliere ich wieder vier Meter und Mike überholt mich ... Wir folgen einem kleinen Sandpfad. Dieser gemeine Leuteschinder und Krankenpfleger hat Tennisschuhe an, und wir, wir scheuern uns die Füße wund ... aber macht nichts ... wir werden ihn kriegen ...

Er stürzt den Abhang hinunter quer durch die Büsche mit den roten Blüten und die Vegetationsbüschel ... Eine frische Brise schlägt uns ins Gesicht, und das Geräusch des Ozeans ist ganz in der Nähe ... Dieser verdammte Kerl kennt alle Kniffe und Tricks; für mich ist es Ehrensache, Mike einzuholen, dessen Rücken ich leidenschaftlich anstarre ... Er hat schöne Muskeln, dieses Schwein ... Der andere vor uns macht Heuschreckensprünge und bei jedem Abhang breitet er die Schöße seines Pflegerkittels aus, um Segelflug zu machen ... Der Abhang ist verdammt steil, und er flitzt wie ein Wurfspieß; nie hätte ich geglaubt, daß ein so kleiner Mann so schnell laufen kann; allerdings hat er auch nicht vierundzwanzig Stunden hintereinander gehurt; aber bei Vater Schutz kann man das eigentlich nicht wissen ...

Endlich stolpert er und wälzt sich am Boden ... aber deshalb macht er nicht halt ... Wir sind fast am Ufer der Küste ... Eine kleine Klippe von sechs Metern Höhe ... Es gelingt ihm, sich wieder aufzurichten und er macht einen Kopfsprung ...

Verflucht. Er hat uns abgehängt ... Ich kann jetzt nicht tauchen, ich hätte nicht mehr genügend Kraft, um wieder hochzukommen; es ist bestimmt zu angenehm im Wasser.

Zu unserer Rechten erstreckt sich eine kleine, bezaubernde Sandbucht, die von grünen Pflanzen und roten Felsen eingesäumt ist ... Ein Schiff liegt vor Anker und schaukelt hin und her ... Eine kleine Motoryacht von etwa dreißig Metern ... Ein richtiges Milliardärsschiff ...

»Ist dort ein Pfad?« fragt Mike.

»Ja«, sage ich, denn ich habe ihn gerade entdeckt.

»Lassen wir ihn laufen?«

Der Krankenpfleger plätschert fünfzig Meter von uns entfernt; wir gehen nach rechts zurück und nähern uns der Bucht ... Über einen sehr sanft abfallenden Hang, der gut befestigt und von Blumen gesäumt ist, gelangt man hin. Dr. Schutz hat sein Landhaus wirklich gut hergerichtet.

Hinter uns ertönen eilige Schritte. Wir drehen uns um. Es ist Schutz.

»Na?« sagt er zu uns. »Haben Sie eine gute Nacht verbracht?«

Wir sind völlig verdutzt. Er hat ein leichtes Toiletten-Necessaire aus Krokodilleder in der Hand. Er ist frisch, gesund und jünger denn je.

»Verreisen Sie?« fragt Mike.

»Ja«, sagt Schutz, »es ist genau das Datum, an dem ich jedes Jahr Ferien mache. Sie entschuldigen mich bitte ...«

»Aber ... Ihre Experimente?« sagt Mike.

»Ich nehme alles mit, was ich brauche«, antwortet Schutz. »Sie können beruhigt sein ...«

»Ihre Patienten?« frage ich.

»Sie bleiben hier«, sagt Schutz ... »Sie sind daran gewöhnt und kommen gut allein zurecht ... Ich habe sehr fähige Leute in der Serie W.«

»Sind Pottar und Kaplan auch aus der Serie W?« fragt Mike.

»Das ist wohl eine Frage, die Ihnen sehr am Herzen liegt«, sagt Schutz. »Aber wissen Sie, außer Pottar und Kaplan gibt es da auch noch Count Gilbert und Lewison ... und einige andere ...«

»Aber dann ...«, sagt Mike ...

»Dann wird Ihr Torpedoboot, verstehen Sie«, sagt Schutz, »genau das tun, was Count ihm zu tun befiehlt ... Man ist nicht Großadmiral der Kriegsflotte für nichts und wieder nichts, wenn ich mich einmal dieser etwas vulgären Ausdrucksweise bedienen darf, die Ihnen, wie mir scheint, ganz besonders gut zu gefallen scheint ...«

»Und Lewison ... Das ist doch der Sekretär von Truman«, sage ich ...

»Ja«, ergänzt Schutz ... Unser lieber Präsident ... Wissen Sie ... ganz allmählich schaffen wir es ... Für diesmal lassen wir die Dinge erst mal wieder zur Ruhe kommen, aber in fünf Jahren wird es keine Fiesen mehr geben..."

»Alle Achtung«, sagt Mike... »Sie sind schon ein merkwürdiger Kauz..."

»Aber nein«, sagt Schutz... »Ich liebe eben schöne junge Männer und schöne Mädchen. Sie sind beide sympathisch... Sie werden mit mir ins Weiße Haus kommen und dort für mich arbeiten. Aber ich muß Sie verlassen, es ist Zeit... Auf Wiedersehen, Rocky... Auf Wiedersehen, Bokanski..."

»Mann«, sagt Mike... »Mir bleibt glatt die Spucke weg..."

»Andy Sigman wird befördert werden«, sagt Schutz... »Machen Sie sich nur keine Sorgen..."

»Wegen der Handgranaten...«, sagt Mike... »Es tut mir leid... Es war eher um Krach zu machen als wegen sonst was.«

»Das ist doch eine Bagatelle«, sagt Schutz... »Ich bitte Sie... Vergessen Sie das einfach... Auf Wiedersehen, Jungens..."

Er drückt uns die Hand und entfernt sich mit lässigem Schritt... Wir schauen ihm nach, wie er davongeht. Seine lange, elegante Gestalt schreitet über den Boden der kleinen Bucht. Er geht an Bord eines Schnellbootes, das gerade von der Yacht abgelegt hat... Er winkt uns zu... dann fährt das Schnellboot um die Breitseite der Yacht herum, wodurch es unserem Blick entzogen wird. Fast zur gleichen Zeit setzt sich das kleine Schiff in Bewegung und hinter ihm erscheint eine schäumende Gischtspur. Es dreht sich langsam, um dem Ozean seinen Bug zu zeigen, und rauscht dann ab... bald hat es sein volles Tempo erreicht...

Auf der Brücke grüßt uns ein großer Kerl in Weiß mit der Hand... und wir tun das gleiche.

Mike legt mir seine Pfote auf die Schulter.

»Rock«, sagt er zu mir, »ich weiß überhaupt nicht mehr, was ich machen soll.«

»Wir können dem Krankenpfleger ja Kieselsteine an die Birne werfen«, sage ich.

»Oh«, sagt Mike, »bei fünfmal werde ich viermal daneben treffen. Lassen wir ihn dort unten sich im Wasser tummeln, wo er von den Haien, den Biskofeln und den Seeungeheuern des Pazifiks gefressen wird.«

Melancholisch gehen wir den befestigten Pfad hinauf.

»Was wird Andy sagen?« murmle ich.

»Was wird er schon sagen können?« antwortet Mike im gleichen Ton.

»Und die Jungs vom Torpedoboot?«

»Wenn Schutz die Wahrheit sagt und Count Gilbert, der Großadmiral der Kriegsflotte der Vereinigten Staaten, einer seiner Männer ist, werden sie in jedem Falle genau das tun, was Schutz will.«

»Wir müssen das alles Andy erzählen«, sage ich.

»Und wieder eine Hose überziehen«, sagt Mike. »Ich bin es allmählich leid, den Anhänger der Freikörperkultur zu spielen. Es ist ziemlich lästig beim Laufen ...«

»Und doch«, schließe ich mit einem Seufzer, »können wir noch von Glück sagen, daß wir nicht gezwungen waren, auf die Bäume zu klettern.«

XXIX
Sigman faßt einen Entschluß

Wir sind wieder in Gesellschaft Sigmans und der Jungens von der Mannschaft. Mike schließt den Bericht über unsere Abenteuer ab, und Aubert George stößt mich mit dem Ellbogen an, wobei er mich neidisch ansieht.

»Sie waren rothaarig, sagen Sie?

»Rot wie Feuer, Aubert.«

»Mann«, sagt er. »Wenn meine Frau keine Ungarin wäre und wenn sie nicht so furchtbar eifersüchtig wäre, würde ich schon mal gern ein paar Weiber vom alten Schutz vernaschen...«

»Schämen Sie sich nicht?« sagt Jameson. »Ein verheirateter Mann.«

»Eben«, antwortet Aubert. »Ein verheirateter Mann übernimmt Verantwortung, da ist es doch nicht mehr als gerecht, wenn er zum Ausgleich dafür ein paar zusätzliche Vorteile hat. Was denn noch.«

»Es ist zum Kotzen«, sagt Jameson. »Ich mag nur Männer.«

»Na, das können Sie vergessen«, sagt Aubert. »Lieber krepiere ich.«

»Sie sind überhaupt nicht mein Typ«, sagt Jameson. »Mister Bailey würde mir besser gefallen.«

»Ohne weiteres...«, sage ich, immer noch leise, um Andy und Mike nicht zu stören.

Diese beiden haben ihr Minikonzil gerade beendet.

»Gut«, sagt Andy. »Im Grunde läuft alles bestens.«

»Alles läuft bestens«, sagt Mike. »Wie wär's, wenn wir jetzt mal was Anständiges essen würden? Ihre Schokolade und Ihre Biskuits, das ist zwar sehr nett, aber ein Dutzend Hamburger mit Käse und Eiern wäre mir lieber.«

»Genug, Mike«, sage ich. »Reden Sie nicht von unerreichbaren Dingen... Ich würde meine eigene Mutter zwischen zwei Scheiben Brot fressen...«

»Sagen Sie mal«, sagt Aubert... »Wenn Ihre Mutter Ihnen gleicht, können Sie sie mir dann nicht mal vorstellen?«

Dieser verfluchte Aubert hält es nicht mehr aus.

»Chef«, schlägt er Andy vor, »ich möchte gern, daß wir der Bruchbude von Papa Schutz einen Besuch abstatten, bevor uns diese Schweinehunde von der Marine die hübschen Puppen vor der Nase wegschnappen.«

»Kinder«, sagt Sigman, »ich weiß überhaupt nicht, was ich tun soll... Wir müssen wieder hinauf ins Lager, um den beiden, die dort geblieben sind, Bescheid zu sagen, und dann denke ich, daß wir nur noch auf die Ankunft des Torpedoboots zu warten brauchen... Was ist los?«

Ein Kerl taucht gerade auf dem Weg auf... Wir sitzen alle im Kreis herum im Gras... Das Wetter ist schön, es weht eine sanfte Brise, die Blumen und die Wiesen riechen gut.

»Mister Sigman?« fragt der Eindringling.

Er sieht nicht gefährlich aus. Jameson und Aubert stehen gleichzeitig auf und rahmen ihn ein.

»Das bin ich...«, sagt Andy.

»Dr. Schutz beauftragt mich, Sie wissen zu lassen, daß er für Ihre Mannschaft acht Zimmer bereithält, die Ihnen so lange Sie wollen zur Verfügung stehen... Es wird gleich ein Wagen vorbeikommen, um Sie und Ihre Freunde abzuholen...«

Sigman wird etwas rot, dann macht er gute Miene zum bösen Spiel und steht auf.

»Gut«, sagt er. »Gehen wir, Kinder...«

»Der Wagen kommt«, sagt der Mann... »Lassen Sie Ihr Gepäck nur da.«

»In Ordnung«, sagt Sigman. »Wir folgen Ihnen...«

Wir legen wieder den Weg zurück, den Mike und ich

schon gegangen waren. Die Schönheitsfehler sind verschwunden ... eine liebenswürdige Aufmerksamkeit des Doktors ... ein seltsamer Mensch ... Aubert hält es nicht mehr aus ...

»Sagen Sie mal, Mister Bailey ... Glauben Sie, daß mich die Rothaarigen nicht allzu armselig finden werden?«

»Aber nein, Aubert ...«

Ich habe nicht die geringste Ahnung, ob er ihnen gefallen wird ... obgleich ich es glaube ... Aber der Gedanke an eine gute Mahlzeit und an ein Bett ist mir angenehmer, als alle Weibergeschichten. Damit bin ich für einige Tage vollauf bedient ...

Mike kommt zu mir.

»Jetzt werden wir ja sehen«, sagt er.

»Was werden wir sehen?«

»Wie das mit den Matrosen vom Torpedoboot ausgeht ...«

»Es sind schöne Männer unter den Matrosen«, sage ich.

»Ja«, sagt er, »aber es sind auch ganz magere und ganz fiese darunter ...«

»Ich bin mir dessen, was ich sage, ganz sicher, Mike. Je häßlicher die sind, um so mehr mögen das die Weiber. Warten Sie mal ab, wie es bei Aubert sein wird, der zwar nicht übel ist, aber nur fünfundvierzig Kilo wiegt und eher nach einem Floh aussieht. Sie werden ihn lebendig verschlingen. Das ist sicher, alter Junge. Die werden sich um die Fiesen raufen, lassen Sie sich das von mir gesagt sein.«

Wir kommen vor der Villa an, und in diesem Augenblick ertönt die Sirene eines Schiffes. Andy springt in die Luft.

»Das Torpedoboot!« sagt er. »Kinder, wir müssen eiligst unsere Wahl treffen. Die ganze Sache hat sich im Grunde schon erledigt, wir können nichts gegen Schutz tun. Aber wir können diesen Lumpen von der Marine zeigen, daß sich die Jungens vom F.B.I. zuerst bedient haben. Los, beeilen Sie sich, Kleiner«, sagt er zu unserem Führer und stößt ihn vor sich her.

Mike und ich schaffen uns in die erste Reihe.

»Wo sind die Küchen?« sage ich zum Führer.

»Dort... Sie müssen ganz ums Haus gehen.«

Ich packe Mike am Arm und wir laufen los. Die andern betreten die Villa im Laufschritt.

»Was wird geschehen?« sage ich zu Mike.

»Wir werden uns erst mal ordentlich vollfressen«, gibt er mir zur Antwort. »Alles andere interessiert mich nicht...«

XXX
Die Marine hat die Ehre

Mike und ich befinden uns in einer Riesenküche, die eingerichtet wurde, um für mindestens fünfhundert Kerle das Essen zu kochen. Mike bleibt vor einem Kühlschrank stehen und fällt auf die Knie, um Gott zu danken... Er verliert nicht allzuviel Zeit damit und steht wieder auf, um die emaillierte Tür des Kastens aufzumachen.

Ich fahre mir mit der Zunge über die Lippen, als ich sehe, was drin ist... Wunderbar... Wir werden uns wieder hochpäppeln... Languste, kalter Fisch, Hühnchen in Gelee, Milch... Juhu! Wir langen zu und fangen an zu kauen.

Eine Viertelstunde vergeht unter den Geräuschen von Kinnladen und zufriedenem Zungenschnalzen. Dann kommt Mike wieder zu Atem.

»Es sieht mir ganz so aus, als verliefe das alles im Sande«, sagt er.

»Das ist doch ein guter Verlauf«, sage ich. »Wenn der Sand schön warm ist...«

»Was wird Sigman tun?«

»Nichts... Wir werden ja sehen...«

»Die Jungens vom Torpedoboot werden wohl nicht mehr lange auf sich warten lassen?...«

»Sie sind bestimmt schon da...«

Unterdessen kommt der weißgekleidete Bursche herein.

»Bokanski«, sagt er zu mir. »Sind Sie das?«

»Das ist er...« (Ich zeige auf Mike.)

»Andy Sigman hat mir gesagt, daß Sie ihn vertreten«, fährt der Mann fort und wendet sich an Mike.

»Steht er nicht zur Verfügung?« fragt dieser.

»Er ist völlig von Sinnen«, versichert der Mann friedlich. »Er hat sich vier Mädchen genommen, für sich allein, und jetzt sind sie alle vier dabei, um Gnade zu flehen. Aber er hat die Tür abgeschlossen.«

Stolz sehe ich Mike an.

»Na?« sage ich. »Das ist ein Chef!...«

»Ich verstehe!« pflichtet der Mann bei. »Aber da ist ein Matrose, der mir eine Botschaft für Sigman gebracht hat. Er wartet auf Antwort. Soll ich sie Ihnen geben?«

»Geben Sie her!« sagt Mike, der die Hand ausstreckt, um das Papier entgegenzunehmen.

Das Papier hat den Briefkopf der Admiralität und trägt die Unterschrift von Count Gilbert.

Befehl für Andy Sigman und seine Männer, sich Doktor Markus Schutz oder seinen Vertretern ganz zur Verfügung zu stellen, und im Falle ihrer Abwesenheit alle notwendigen Maßnahmen zu treffen, um ihm bei seiner Arbeit zu helfen, da diese für die Nationale Verteidigung von größter Wichtigkeit ist. Für diesen Fall wird ihnen jegliche Vollmacht übertragen, wofür der vorliegende Befehl verbindlich ist.

»Genau das, was ich gesagt habe, Mike«, sage ich. »Sobald die Männer von Schutz in der Regierung sind, heißt für sie arbeiten, dem Vaterland dienen ... und wenn Pottar und Kaplan ebenfalls dazu gehören, kann man sie nicht mehr als unerfreuliche Erscheinungen ansehen ...«

»Mein Gott!« stöhnt Mike niedergeschlagen ... »Das verspricht uns ja schöne Tage ... Glauben Sie mir ...«

»Los, Mike ... fassen Sie sich ... Sie sind jetzt der Chef.«

Mike richtet sich auf.

»Ist der Matrose da? Er soll hereinkommen«, sagt er zu dem Mann, der die Botschaft überbracht hat.

»O. K.«, sagt dieser, geht hinaus und kommt einen Augenblick später in Gesellschaft des entsetzlichsten kleinen Affen, den ich je in der Uniform der Marine gesehen habe, zurück.

»Sie wissen, daß Sie mir zu gehorchen haben?« sagt Mike.

»Wir wissen Bescheid«, sagt der Mann und grüßt.

»Also«, sagt Mike ... (Er sieht mich an und zögert.) »Also«, fängt er wieder an, »dann lassen Sie die fünfundzwanzig schönsten und die fünfundzwanzig häßlichsten Matrosen, die an Bord sind, kommen. Sie sollen sich im Hof aufstellen und dort auf weitere Befehle warten.«

»Verstanden!« macht der Seemann, der grüßt und sich im Laufschritt entfernt.

»Sie«, sagt Mike zu dem Mann, »Sie lassen die fünfzig schönsten Mädchen von Papa Schutz in den Garten vor der Villa kommen. Im Arbeitsdress.«

»Jawohl, Chef!« sagt der Mann. »Die Serie P?«

»Die Serie P.«

Der Mann entfernt sich, und Mike wischt sich die Stirn ab.

»Na, Rock«, sagt er. »Bald werden wir Gewißheit haben. Ich glaube, daß dieses Experiment Schutz ganz besonders bei seinen Arbeiten helfen wird.«

»Wie lange werden sie brauchen, bis sie da sind?« sage ich. »Ich möchte gern wissen, wie sich die Sache abspielen wird ...«

»Ich habe Schiß«, sagt Mike ... »Ich habe wirklich verdammt Schiß, mein alter Bailey.«

Wir verlassen die Küche und gehen wieder vor das große, niedere Haus. Es herrscht strahlendes Wetter. Die Palmen bewegen sich unmerklich, und die Blumen tun den Augen weh, derart explodieren ihre Farben unter den glühenden Strahlen.

Mädchen kommen langsam aus dem Haus. Natürlich nackt ... in Serien von vier oder fünf völlig identisch ... Rothaarige, genau wie die, die wir heute nacht gehabt hatten ... Dunkelhaarige ... Blonde ... Alle haben eine tadellose Figur und sind schön wie die Sünde oder um einen Hollywood-Produzenten zur Verzweiflung zu bringen.

»Stellen Sie sich dort hin«, befiehlt Mike. Er zählt sie.

»Man wird Ihnen Männer zuführen und Sie werden den auswählen, der Ihnen gefällt... kapiert? Auf Befehl gehen Sie auf ihn zu und zeigen auf ihn... Sie werden zahlenmäßig gleich sein mit den Männern.«

Die Matrosen kommen ebenfalls.

»Ausziehen!« befiehlt Mike.

Sie gehorchen, ohne mit der Wimper zu zucken. Tatsache ist, daß man sich so wohler fühlt.

»Hier aufstellen. In einer Reihe. Ist jemand unter Ihnen, der sich einem Experiment der angewandten Physiologie widersetzt, dessen Zweck es ist, der Marine und den Vereinigten Staaten zu nützen?«

»Ich«, sagt ein dicker, pausbäckiger Matrose und tritt einen Schritt vor, »ich bin Kriegsdienstverweigerer.«

»In Ordnung«, sagt Mike. »Ihrer Teilnahme an dem Experiment steht nichts im Wege. Das wurde schon in der Bibel zur Zeit von König Salomo so gehalten.«

Alle Frauen sind da. Die Männer ebenfalls. Wirklich, unter der Gruppe der Kümmerlinge findet sich eine Reihe von Fehlgeburten, daß einer texanischen Kuh die Milch im Euter sauer werden kann. Ich nehme an, die nimmt man nur deshalb für die Torpedoboote, weil die Decken niedrig sind und die Rekrutierung schwierig ist.

»Fertig?« fragt Mike die Frauen.

Es ist der entscheidende Augenblick. Sie sehen aus, als seien sie ganz scharf drauf...

»Los!« sagt Mike.

Ein richtiger Ansturm. Und Mike verhüllt sich das Gesicht. Siebenundvierzig Mädchen haben sich auf die Gruppe der Schwächlinge gestürzt und nur drei auf die andern. Alle drei übrigens auf denselben: einen wie Herkules gebauten Kerl, der wie ein Waldteufel mit schwarzen Haaren bedeckt ist und eine große Hakennase und leuchtende Augen hat.

»Aufhören!...«, sagt Mike...»Laßt sie los!... Es ist vorbei... Das genügt...«
Zu spät. Das Handgemenge hat seinen Höhepunkt erreicht. Die vierundzwanzig verschmähten schönen Jünglinge sehen ihre Kameraden angeekelt an und am liebsten würden sie sich wieder anziehen. Auf der anderen Seite herrscht ein solcher Wirrwarr von Körpern, daß ich, völlig betäubt, den Kopf abwende. Mike schlägt die Augen nieder und wird rot. Man hört nur das Keuchen der Frauen und die Ausrufe der Auserwählten, die um Gnade bitten. Von Zeit zu Zeit trennen sich zwei zusammengekoppelte Körper von der Masse und machen einige Schritte, um sich etwas weiter zu Boden fallen zu lassen... und genau in diesem Augenblick stürzt eine Frau los, um ihre Rivalin vom Körper des Mannes wegzureißen und sich an ihre Stelle zu schieben... Allmählich werden wir kühner und schauen zu... Es gibt wirklich interessante Kombinationen, die auf einen entwickelten Mannschaftsgeist schließen lassen...

»Schutz war falsch beraten«, sagt Mike. »Es tut mir leid für ihn... Er ist ein feiner Kerl... aber er hat sich geirrt... Dafür bekommt er jetzt eine Generation von Ungeheuern...«

»Pah!« sage ich, »ich verlasse mich da ganz auf ihn... Er wird schon eine Möglichkeit finden, etwas daraus zu machen...«

Ein kopflos gewordener Typ löst sich aus der wogenden Gruppe und läuft im Galopp davon, wobei er sich die Hinterbacken hält...

»Da sind welche drunter, die mogeln!« sagt er...»Verflucht und zugenäht... Es gibt doch genügend Frauen hier...«

»Na, sehen Sie jetzt«, sagt Mike zu mir... »Das ist der Bankrott des Systems...«

Ich protestiere.

»Es ist nur ein Irrtum, Mike... In dem Haufen können sie gar nicht sehen, was sie tun...«

Die verschmähten Matrosen haben einen Kreis gebildet und einer von ihnen macht Fotos mit einem kleinen Fotoapparat. Die andern sehen verärgert aus. Einige werden wieder kühner und gehen an die Gruppe heran. Den drei ersten gelingt es, sich einzugliedern und sie bringen es sogar fertig, einige Benzol-Doppelverbindungen herzustellen... aber der vierte wird erkannt und von zwei zerzausten Furien herausgeworfen, die ihn überdies noch kratzen und verfolgen und ihm Beleidigungen nachrufen... Sie schimpfen ihn einen Verkorksten und drohen ihm mit den schlimmsten Kastrationen...

Mike packt mich am Arm.

»Kommen Sie, Rock«, sagt er. »Unser Platz ist nicht hier. Wir müssen erst ein paar Kilo verlieren und ganz weich und ganz häßlich werden... So, wie die Dinge im Augenblick stehen, haben wir überhaupt keine Chancen mehr bei den Frauen.«

Ich folge ihm, und wir entfernen uns genau in dem Augenblick in Richtung Meer, in dem die zwanzig verschmähten Matrosen mit gezogenem Säbel einen Gruppenangriff versuchen. Von diesem Kampf steigt ein solcher Geruch nach Schweiß und heißem Fleisch auf, daß sich mir der Kopf dreht.

Wir gehen schweigend dahin, und Mike schüttelt den Kopf, tief betrübt.

»Das ist doch kein Leben«, sagt er. »Schutz hat recht, nieder mit den Fiesen! Die nehmen sich alles.«

»Ihr Standpunkt ist falsch, Mike«, sage ich. »Sie sind da inmitten von Göttinnen, die jeden Tag mit Kerlen schlafen, die so schön sind wie sie... Die haben jetzt die Nase voll davon...«

»Außerdem«, schloß er, »habe ich auch die Nase voll. Sie sind zu vollkommen, diese Weiber...«

»Sie wissen nicht mehr, was Sie wollen, Mike«, sage ich.
Wir nähern uns dem Strand. Ich stoße Mike mit dem Ellbogen an.
»Wer ist das?«
Ein junger Mann mit silbernem Haar, sehr groß, kommt auf uns zu... Er ist in Zivil... Er lächelt, als er uns sieht. Er hält sich sehr gerade... Er ist sehr sympathisch und außerordentlich verführerisch.
»Count Gilbert...«, murmelt Mike. »Na, so was...«
Na ja, es ist ganz eindeutig, daß er aus den Laboratorien von Schutz kommt... ich hatte ihn immer nur auf Fotos gesehen... Aber es macht Eindruck auf mich, daß er sich dafür herbemüht hat... Er ist immerhin ein hohes Tier.
Wir bleiben stehen und grüßen ihn.
»Mister Bailey?« sagt er zu mir. »Ich habe Ihr Foto in den Sportillustrierten gesehen. Und Sie?« fährt er fort, an Mike gewandt.
»Mike Bokanski«, sage ich. »Vertritt Andy Sigman.«
»Erfreut Sie zu sehen...«, sagt er. »Sie sehen verstimmt aus? Ich nehme doch an, daß alles in Ordnung ist? Was haben Sie mit meinen fünfzig Matrosen gemacht?«
»Oh... die haben ihre Beschäftigung...«, sagt Mike... »Ich habe ein Experiment gemacht. Ich fürchte, daß Markus Schutz es bedauerlich findet.«
Ich erkläre Count Gilbert, worum es sich handelt, und er lacht aus vollem Hals.
»Kommen Sie mit«, sagt er. »Es wird alles wieder von selbst in Ordnung kommen... Ich gebe Ihnen einen aus... Ich bin privat hier...«
»Ich habe die Nase voll!« sagt Mike.
Er ist stehengeblieben. Sein Zorn bricht auf einen Schlag aus.
»Die Frauen sind Miststücke! Da bringt sich unsereiner um, daß er Muskeln bekommt, um ein hübscher Junge zu

sein, um sauber auszusehen, um nicht aus dem Hals zu riechen, um sich beim Gehen aufrecht zu halten, um die Nachbarn nicht mit den Füßen zu belästigen, um gesund zu sein und gut gebaut... und was tun sie, sie werfen sich dem erstbesten Schmächtling, den sie finden, an den Hals und vergewaltigen ihn, bevor sie überhaupt gesehen haben, daß er außerdem auch noch ein Gebiß und durchlöcherte Lungen hat. Es ist zum Kotzen. Das geht zu weit. Das ist ungerecht, das ist unverdient und das ist unannehmbar...«

»Glauben Sie das nicht«, sagt Gilbert.

Wir folgen ihm... Ich fühle mich sehr wohl... Sunday Love muß gerade in meinem Zimmer in Los Angeles wach geworden sein... Sie erwartet mich... Mona und Beryl ebenfalls... Das Leben ist schön...

»Ich bin enttäuscht...«, sagt Mike. »Diese Weiber widern mich an... Ich werde mir einen dicken Affen mit viel Wildgeruch suchen.«

Wir kommen am Strand an. Das graue Schnellboot des Torpedoboots erwartet uns.

»Steigen Sie ein«, sagt Gilbert. »Sobald meine Männer zurückgekommen sind, werden wir nach Los Angeles ablegen... Und dort verspreche ich Ihnen Überraschungen.«

Er neigt sich zu Mike herüber.

»Ich will Ihnen keine allzu großen Hoffnungen machen ... aber ich habe im Augenblick eine bucklige Sekretärin zur Verfügung...«

Mikes Augen leuchten auf.

»Ist sie richtig häßlich?«

»Sie ist abscheulich!« versichert Gilbert mit einem breiten Lächeln. »Und außerdem hat sie noch ein Holzbein!...«

ZU DIESER AUSGABE

Der Roman »Wir werden alle Fiesen killen« (Et on tuera tous les affreux) entstand als Fortsetzungsserie für die Wochenzeitung »France Dimanche«, in deren Feuilleton er von Februar bis April 1948, von der Redaktion erheblich gekürzt und zensuriert, auch großenteils erschien. Auf Grund zahlreicher Leserproteste wurde der Abdruck dann vorzeitig eingestellt. Die ungekürzte Originalausgabe erschien unter dem Pseudonym Vernon Sullivan (traduit de l'americain par Boris Vian) im Sommer 1948 bei Éditions du Scorpion. Ein weiteres Manuskript des Romans im Nachlaß des Autors hat den Titel »Gary Kilian vom California Call«. Die Namen der meisten Figuren sind Huldigungen oder Anspielungen auf Freunde oder Bekannte von Boris Vian wie Andy Sygman oder Michel Bokanowski (im Roman Mike Bokanski). J. F. Devay (Jef Devay) war Mitarbeiter des »Combat«, Ozéus Pottar war das Pseudonym von Jean Suyeux. Douglas Thruck erinnert unverkennbar an Alexandre Astruc. Markus Schutz verdankt seinen Namen Marco Schutzenberger, dem damaligen Direktor des Centre National de la Recherche Scientifique. Der Übersetzung von Eugen Helmlé liegt der Text der Erstausgabe zugrunde. Dort hat das Kapitel XXIX irrtümlicherweise die Nummer XIX.

K.V.

BORIS VIAN

Geboren 1920 in Ville d'Avray. 1939 École Centrale des Arts et Manufactures in Agoulême. 1942 Ingenieursexamen. Begründet eine Amateurjazzband mit Claude Abadie. 1946/47 erscheinen seine ersten Romane, gefördert von Raymond Queneau und Jean-Paul Sartre. Bis 1947 Ingenieur; daneben und in den folgenden Jahren Schriftsteller, Jazztrompeter, Chansonnier, Schauspieler, Übersetzer und Leiter der Jazzplattenabteilung bei Philips. Starb 39-jährig in Paris während einer Vorab-Vorführung der Verfilmung von *Ich werde auf eure Gräber spucken* an Herzversagen.

Ich werde auf eure Gräber spucken
Erstveröffentlichung 1946 unter dem Titel
J'irai cracher sur vos tombes
unter dem Pseudonym Vernon Sullivan
(aus dem Amerikanischen von Boris Vian)
bei Éditions du Scorpion, Paris.
Copyright © 1997 by Ursula Vian & Christian Bourgeois Éditeur.
Für die deutsche Übersetzung von Eugen Helmlé
Copyright © 1979 by Zweitausendeins.

Die kapieren nicht
Erstveröffentlichung 1950 unter dem Titel
Elles se redent pas compte
unter dem Pseudonym Vernon Sullivan
bei Éditions du Scorpion, Paris.
Copyright © 1997 by Société Nouvelle des Éditions Pauvert,
© 2000 by Libraire Arthème Fayard pour l'édition
en œuvres complètes.
Für die deutsche Übersetzung von Hanns Grössel
Copyright © 1981 by Zweitausendeins.

Tote haben alle dieselbe Haut
Erstveröffentlichung 1947 unter dem Titel
Les morts ont tous la même peau
unter dem Pseudonym Vernon Sullivan
(aus dem Amerikanischen von Boris Vian)
bei Éditions du Scorpion, Paris.
Copyright © 1973 by Christian Bourgeois Éditeur, Paris.
Für die deutsche Übersetzung von Asma Semler
Copyright © 1979 by Zweitausendeins.

Aufruhr in den Andennen
Erstveröffentlichung 1966 unter dem Titel
Trouble dans les Andains bei La Jeune Parque, Paris.
Copyright © 1966 by La Jeune Parque, Paris.
Für die deutsche Übersetzung von Wolfgang Sebastian Baur
Copyright © 1981 by Zweitausendeins.

Wir werden alle Fiesen killen
Erstveröffentlichung 1948 unter dem Titel
Et on tuera tous les affreux
unter dem Pseudonym Vernon Sullivan
(aus dem Amerikanischen von Boris Vian)
bei Éditions du Scorpion, Paris.
Copyright © 1965 by Éditions Le Terrain Vague,
© 1997 by Société Nouvelle des Éditions Pauvert,
© 2000 by Libraire Arthème Fayard
pour l'édition en œuvres complètes.
Für die deutsche Übersetzung von Eugen Helmlé
Copyright © 1981 by Zweitausendeins.

46 Auflagen der Krimis
bei Zweitausendeins